KNAUR

*Über den Autor:*
Daniel Holbe, Jahrgang 1976, lebt mit seiner Familie in der Wetterau unweit von Frankfurt. Insbesondere Krimis rund um Frankfurt und Hessen faszinieren den lesebegeisterten Daniel Holbe schon seit geraumer Zeit. So wurde er Andreas-Franz-Fan – und schließlich selbst Autor. Als er einen Krimi bei Droemer-Knaur anbot, war Daniel Holbe überrascht von der Reaktion des Verlags: Ob er sich auch vorstellen könne, ein Projekt von Andreas Franz zu übernehmen? Daraus entstand die »Todesmelodie«, die zu einem Bestseller wurde. Nach zwei weiteren Krimis, in denen er Julia Durant und ihr Kommissariat weiterleben ließ, ist »Giftspur« Daniel Holbes erster eigenständiger Kriminalroman.
Mehr über Daniel Holbe erfahren Sie auf seiner Homepage:
www.daniel-holbe.de

# DANIEL HOLBE

## Giftspur

Roman

**Besuchen Sie uns im Internet:**
www.knaur.de

Originalausgabe März 2014
Knaur Taschenbuch
© 2014 Knaur Taschenbuch
Ein Unternehmen der Droemerschen Verlagsanstalt
Th. Knaur Nachf. GmbH & Co. KG, München
Alle Rechte vorbehalten. Das Werk darf – auch teilweise –
nur mit Genehmigung des Verlags wiedergegeben werden.
Redaktion: Regine Weisbrod
Umschlaggestaltung: ZERO Werbeagentur, München
Umschlagabbildung: Trevillion Images / Andy & Michelle Kerry
Satz: Daniela Schulz, Puchheim
Druck und Bindung: CPI books GmbH, Leck
ISBN 978-3-426-51374-3

5 4 3 2 1

*Ich gebe auch zu, daß Gift Gift sei;*
*daß es aber darum verworfen werden solle,*
*das darf nicht sein.*

*Das ist allein Gift,*
*das dem Menschen zu Argem ersprießt,*
*das ihm nicht dienstlich, sondern schädlich ist.*

Theophrast von Hohenheim, 1538

# PROLOG

**S**abine Kaufmann hielt das Steuer fest umklammert.
Ihre Fingernägel pressten sich in den schwarzen Überzug. War es Leder, war es Latex? Was auch immer, es schien in diesem Augenblick die einzige Option zu sein. Kein rettender Strohhalm, denn diese Umschreibung wurde dem Szenario nicht im mindesten gerecht. Vielmehr war es für sie wie die letzte Faser eines aufgedröselten Kletterseils, von den scharfen Kanten des zerschlissenen Felsgesteins durchgescheuert, unter ihr der bodenlose Schlund, der sie bei der nächsten unbedachten Bewegung verschlingen würde.
Jede Muskelkontraktion konnte ihre letzte sein.
Sabine zwang ihren Blick nach oben. Blauer Himmel, weit über ihrem Kopf ruhten vereinzelte Kumuluswolken, jene zarten Schönwetterwolken, die es in den vergangenen Monaten viel zu selten gegeben hatte. Die Sonne strahlte warm, im Grunde war alles perfekt. Ein glückliches Zusammentreffen von angenehmer Witterung und einem freien Vormittag.
*Was also zum Teufel mache ich hier?*
Sie steuerte geradewegs auf Gedern zu, am nördlichen Zipfel der Wetterau gelegen und geographisch betrachtet längst dem Vogelsberg zugehörig. Kaum, dass man die flache, von Feldern und verinselten Waldstücken beherrschte Region verließ und sich von der flach gelegenen Mainmetropole entfernte, erhoben sich die unzähligen Kuppen und Höhenzüge eines

beachtlichen Vulkanmassivs. Inaktiv, selbstverständlich, und das bereits seit sieben Millionen Jahren. Von lokalpatriotischen Gelehrten wurde er verbissen als Europas größter Schildvulkan verteidigt, an den umliegenden Hochschulen jedoch lehrte man das Gegenteil. Der Vogelsberg war der überwiegenden Meinung nach das größte Basaltmassiv Europas, also immer noch ein Superlativ, allerdings nicht mehr als eine Ansammlung einzelner Vulkanschlote. Wie auch immer, sein höchster Gipfel, der Hoherodskopf, lockte Sommer- wie Wintersportler gleichermaßen. Darunter auch Sabine Kaufmann. Langlauf, Rodeln, Walken – wann immer das monotone Grau des ewig dauernden Winters sie zu erdrücken drohte, flüchtete die sportbewusste Zweiunddreißigjährige sich hierhin. Der Große Feldberg im Taunus lag zwar deutlich näher, war allerdings meist überlaufen, und das auch noch von einer unerträglich selbstverliebten Schickeria der Reichen und Schönen und jener, die sich in verzerrter Selbstwahrnehmung für das eine oder andere hielten.

*Muskelkontraktion.*

Schweiß glänzte auf Sabines Handrücken, ihre Stirn war längst von salzigen Perlen bedeckt, und sie dankte Gott, dass niemand sie sehen konnte. Zumindest nicht von vorn.

»Alles okay?«

»Natürlich«, presste sie hervor.

Unter der Baumwolle ihres grauen Sportpullovers begann es zu jucken, und zwar unter den beiden hochgezogenen Bünden der Ärmel, die sich kurz unterhalb der Ellbogen eng über die sanft gebräunte Haut spannten.

*Bloß nicht zucken.*

»Gleich sind wir da, sehen Sie da vorn?«

*Ich bin ja nicht blind.*

Der tiefe Klang der voluminösen, von einer beneidenswerten Ruhe geprägten Stimme schien den gesamten Innenraum einzunehmen. Dabei hatte der Mann kaum eine Ähnlichkeit mit Rebroff oder Pavarotti, von einer gewissen Fülle des Bauches einmal abgesehen. Stattdessen wirkte sein Oberkörper, als habe die Natur ihn versehentlich mit zwei oder drei zusätzlichen Rippenbögen ausgestattet. Sabine schätzte, dass er über ein beachtliches Lungenvolumen verfügte, ein überdimensionaler Resonanzraum wie bei einem mannshohen Subwoofer.
Statt der üblichen Serpentinen und schmaler Nebenstraßen, die sich zwischen Viehgattern und eng stehenden Douglasien hindurchschnitten, breitete sich nun eine lange Gerade vor ihnen aus. Keine Steigung, keine Kurven, keine Abzweigung. Alles schien perfekt bereitet. Doch die Kommissarin konnte sich nicht entspannen.
Ihr Blick huschte hinab auf den Tachometer, verharrte für eine Sekunde auf dem Lüftungsregler, dann schnell wieder nach vorn.
Café au Lait, ein Croissant mit Nutella und ein bis zwei Stunden Wiederholungsprogramm im Fernsehen. Das Leben könnte so einfach sein.
»Jetzt haben wir's gleich«, dröhnte es von hinten, und ein plötzlicher Ruck des Lenkers ließ der Kommissarin das Blut in den Adern gefrieren.
Wie von Geisterhand fuhr der grasgrüne Horizont vor ihren Augen nach oben, und in ihrem Magen wurde es flau. Bald war nur noch eine grüngolden schillernde Fläche zu sehen, immer näher kommend, und aus dem fernen Nirwana hörte Sabine noch die Frage, ob sie Hilfe brauche.
Einige Sekunden später setzte der Doppelsitzer auf der Landebahn auf.

Für den Fluglehrer, der seit Wochen auf eine schneefreie Wiese und entsprechende Thermik gehofft hatte, ging eine vielversprechende Schnupper-Flugstunde zu Ende. Er hatte die interessierte Städterin ohne allzu große Eingriffe manövrieren lassen, und sie hatte sich dabei auch nicht dumm angestellt. Für Sabine Kaufmann jedoch zählten nur die letzten Minuten. Das Thema Segelfliegen, eine fixe Idee, mit der sie seit geraumer Zeit schwanger gegangen war, war für sie an diesem Vormittag gestorben.
Vermutlich endgültig. So wie der Tod es nun einmal an sich hat.

Stunden später, als Sabine nach einem ausgiebigen Marsch durch die kalte, klare Luft mit puterroten Wangen in ihren alten Ford Focus sank, verspürte sie ein Brummen in der Magengegend. *Hunger,* diagnostizierte sie zunächst, doch da war noch etwas anderes. Tief im Inneren ihrer Jack-Wolfskin-Jacke meldete sich die Zivilisation.
Fünfhundert Höhenmeter weiter unten, siebzig Kilometer entfernt.
Die Kommissarin verspürte keinen Groll. Ihr Bewegungssoll hatte sie erfüllt, und jeder Weg, der sie auf sicheren Boden zurückführte, war ihr recht.
*Trotzdem ist mein freier Tag.*
Sabine Kaufmann blickte auf eine vergleichsweise lange Karriere im Polizeidienst zurück, denn sie hatte seit ihrer Jugendzeit nie etwas anderes werden wollen als Polizistin. Nach dem Abitur folgten die üblichen Instanzen der Ausbildung, irgendwann war sie beim berüchtigten Sittendezernat gelandet und hatte das Frankfurter Rotlichtmilieu besser kennengelernt, als sie es je wollte. Ein immerwährendes Hamsterrad,

zuerst kam die Gewalt, in der Regel gegen Frauen, die sich nicht zu wehren vermochten. Dann die Angst. Vor einer Aussage, vor der Abschiebung – die Hintermänner wussten, wie sie ihre Schäfchen lammfromm hielten. Und dann neue Gewalt, um sicherzustellen, dass die Gefügigkeit blieb. Ab und an gelang es einem Mädchen, sich daraus zu befreien, auszubrechen, doch das war die große Ausnahme. Nennenswerte Verurteilungen erfolgten trotzdem nicht, denn am Ende erklärte sich doch kaum eine Frau zu einer Aussage bereit. Wenn, dann erwischte es ohnehin nur Handlanger, denn die Zuhälter verbargen sich gekonnt und blieben somit unantastbar. Gepaart mit dem nötigen Schmiergeld eine bombensichere Angelegenheit, denn es war kein Geheimnis, dass der Main nur ein Fluss sekundärer Bedeutung war. Dollar und Euro bildeten das Elixier, welches die Stadt pulsieren ließ. Sabine Kaufmann verband mit jener Zeit nicht viele positive Erinnerungen, ihre gewachsene Menschenkenntnis und Erfahrungswerte wollte sie allerdings nicht missen.

Sobald sich eine Gelegenheit bot, wechselte sie zur Mordkommission, wo sie sich die vergangenen fünf Jahre verdingt hatte. Etwas anderes als das Polizeipräsidium Frankfurt hatte sie noch nicht kennengelernt, Hessens modernstes und größtes Präsidium, und es war ihr nicht leichtgefallen, die Mainmetropole zu verlassen. Doch es gab einen Menschen, der sie zurzeit mehr brauchte: Hedwig Kaufmann, ihre Mutter. Hedi litt unter einer Persönlichkeitsstörung, deren Zyklen in den vergangenen Jahren kürzer und vor allem tiefgreifender geworden waren. Zudem war sie geschwächt von jahrelanger Trunksucht. Es bedurfte keiner intensiven, aber einer regelmäßigen Begleitung, und sonst gab es niemanden, der das hätte übernehmen können. Sabine Kaufmann hatte die Gelegenheit beim

Schopf gepackt, als eine Stelle in Bad Vilbel ausgeschrieben wurde, der Stadt, in der sie aufgewachsen war und wo ihre Mutter noch immer lebte. Sie hatte eine Wohnung auf dem Heilsberg gefunden, die größer und heller war als ihre Frankfurter Bude und von deren Balkon sie hinüber auf die Skyline blicken konnte. Im Großen und Ganzen also stand nicht alles zum Schlechten, wenn man es genau betrachtete.

*Das Handy.*

Sabine las die SMS, welche ihr verriet, dass sich der verpasste Anrufer mit einer Sprachnachricht auf der Mailbox verewigt hatte. Sie tippte den Touchscreen kurz an, die Verbindung wurde aufgebaut und gleich wieder unterbrochen. Stirnrunzelnd musste sie feststellen, dass der Empfang gen null ging. Laut diversen Bemerkungen, die man im geologischen Informationszentrum aufschnappen konnte, übte der Vogelsberg, dessen Basalt mit einem hohen Eisengehalt angereichert war, eine gewisse Magie auf die Dinge aus.

Verwechselte da jemand Geologie und Theologie?

*Magnetischer Berg blockiert Netzempfang?*

Nach Sabines Einschätzung lag es eher daran, dass sie seit Stunden keinen Funkmast mehr wahrgenommen hatte – ein weißes, rundes Funkfeuer für Verkehrsmaschinen, welches das bärbeißige Volumenwunder ihr von oben gezeigt hatte, einmal außer Acht gelassen.

Die Nachricht stammte von einem ihrer neuen Kollegen, der sie mit einer Wahrscheinlichkeit von neunzig Prozent von neuen Entwicklungen im sogenannten Ballermann-Fall in Kenntnis setzen wollte. Mit Mallorca, derzeit unvorstellbare sechzehn Grad warm und mit einer beneidenswerten Sonnenscheindauer, hatte der Fall leider nichts gemein. Vielmehr rührte der Name daher, dass vorgestern, in der Nacht von

Freitag auf Samstag, in der Innenstadt Bad Vilbels Schüsse gefallen waren. Es gab unzählige Zeugenaussagen, doch diese waren von Vorurteilen und inhaltlichen Diskrepanzen derart zersetzt, dass sie zu keiner brauchbaren Täterbeschreibung führten.
Je tiefer man bohrte und je länger man fragte, desto mehr kristallisierte sich heraus, dass es sich um zwei bis vier Jugendliche gehandelt hatte. Im Zweifelsfall waren es immer Jugendliche, die für störenden Lärm verantwortlich waren. Dunkelhaarig, versteht sich, mit südosteuropäischem Akzent. Auch eine schwarze Pistole wollte jemand zweifelsfrei erkannt haben. Oder eine Schrotflinte. Oder eine Kalaschnikow. Man musste nur lange genug fragen.
Trotz der räumlichen Nähe zu Frankfurt wies Bad Vilbel eine eher überschaubare Kriminalitätsrate auf. Innerhalb des Wetteraukreises lag sie dennoch relativ weit oben, und die Aufklärungsquote ließ Wünsche offen, das Kreuz, wenn man so nahe an der statistisch betrachtet kriminellsten Stadt Deutschlands lag. Es gab vergleichsweise wenige Gewaltdelikte, aber wenn es zu einem besonders unschönen Szenario kam, durchflutete eine Welle der Empörung die Stadt. Der letzte Mord hatte sich nur wenige Gehminuten von Sabines Wohnung in der Heilsbergsiedlung zugetragen. Ein zurückgezogen lebender Mann, seit vielen Jahren geschieden, Frührentner mit neunundfünfzig Jahren. Seine Eltern waren 1946 aus dem Sudetenland vertrieben worden und gemeinsam mit etlichen anderen auf der südlichen Anhöhe Bad Vilbels sesshaft geworden. Diese alte Generation starb nun nach und nach aus. Enkel hatte der Mann keine, und lediglich eine Putzfrau kam dreimal die Woche, um Wäsche zu waschen und die Wohnung zu putzen. Ironie des Schicksals, denn sie stammte

aus Tschechien, aber das war zwischen den beiden nie Thema gewesen. Der Mann interessierte sich weder für seine Herkunft noch für Politik, noch ging er aus.
Es war ebenjene Putzfrau, die ihn schließlich aufgefunden hatte, letzten Donnerstag, am unteren Ende seiner Kellertreppe. Sie hatte sich noch gewundert über die ausgekühlte Wohnung, was daran lag, dass die Terrassentür sperrangelweit offen stand. Vermutlich hatte sie deshalb auch nicht den verräterischen Leichengeruch wahrgenommen, denn durch die ebenfalls geöffnete Flurtür hatte die gesamte Wohnung arktische Temperaturen angenommen. Verzweifelt hielten die alten Rippenheizkörper dagegen, und der Brenner lief auf Hochtouren. Eine Klimakatastrophe im Kleinen. Die Putzfrau war mit dem Wäschekorb vor der Brust hinabgestiegen und wäre beinahe über den ausgestreckten Fuß ihres Arbeitgebers gestolpert. Ein spitzer Schrei, die herabfallende Wäsche begrub den halben Körper unter sich, dann schwanden ihr die Sinne. Für die Spurensicherung war es eine Katastrophe, denn die Frau hatte ihrem ureigenen Trieb nachgegeben und das Haus in Ordnung gebracht, bis jemand eintraf. Umso leichter war es für die Rechtsmedizin. Schlag auf den Kopf, diverse Frakturen vom Sturz treppabwärts inklusive ausgeschlagener Schneidezähne und zu guter Letzt Genickbruch. In dieser Reihenfolge.
Wegen des prämortalen Schlages auf die Schädeldecke musste man von einem Tötungsdelikt ausgehen, ausgeführt durch einen mutmaßlich hölzernen Gegenstand, vermutlich ein Baseballschläger. Die Befragten zeigten sich zunächst bestürzt angesichts dieser kaltblütigen Gewalt. Doch sie ertrugen es mit Fassung. Man lebte nun einmal in Frankfurts düsterem Schatten. Jener bösen Stadt, deren Übel viel zu oft über den Hügel schwappte.

# MONTAG

## MONTAG, 18. FEBRUAR 2013

**S**abine Kaufmann betrat das Büro pünktlich um acht, wie sie es gewohnt war. Das Wochenende war viel zu schnell vergangen. Nach ihrem Ausflug in den Vogelsberg, dem ursprünglich ein abendlicher Bummel mit ihrer Mutter Hedwig hatte folgen sollen, war Sabine neunmal von ihrem Handy gestört worden. Es gab zwar kaum Neuigkeiten über die suspekte Schießerei, und auch der Mord in ihrer Nachbarschaft erwies sich als eine von Sackgassen geprägte Ermittlung; doch sie war nun mal die einzige Ansprechpartnerin vor Ort beim neu ins Leben gerufenen K10, wie sich das hiesige Morddezernat nannte.

*Zwei Wochen noch.*

Dann sollte der neue Kollege aufschlagen, ein Ermittler aus Gießen, von dem die Kommissarin bis dato kaum etwas wusste. Doch für solche gedanklichen Ausflüge hatte sie ohnehin keine Zeit. Sabine hatte ihren Dienst am ersten Januar begonnen, und es war ihr weder bei ihrer kurzen Stippvisite zwischen den Jahren noch an ihrem ersten Dienst-Tag, einem Mittwoch, entgangen, dass man sie in der Polizeistation höchst argwöhnisch beäugte.

Die Neue, die Großstadttussi, dieser blonde Hüpfer mit den Allmachtsphantasien.

Zugegeben, niemand sagte etwas, aber Sabine Kaufmann wäre eine schlechte Kriminalbeamtin, wenn sie nicht die typischen Gesichtsausdrücke decodieren könnte. Schiefes Grinsen, plötzliches, betretenes Schweigen, Tuscheln – sie hatte dieses Machoverhalten bereits bei der Sitte kennengelernt. Immun dagegen war sie allerdings nicht.

Konrad Möbs, der Dienststellenleiter, der seinem Ruf nach so etwas wie der Fels in der Brandung sein musste, leitete die Bad Vilbeler Polizeiwache seit über zwanzig Jahren. Anstatt viele Worte zu machen, hatte er den anwesenden Kollegen Sabine kurz vorgestellt und sie im Anschluss ein wenig hilflos im Raum stehen lassen. Später hatte er sie noch einmal aufgesucht und ihr zu verstehen gegeben, dass, wenn sie etwas brauche, nicht bei ihm, sondern gleich in der Kreisstadt Friedberg anfragen müsse. Für ausufernde Ermittlungsarbeiten fehlten schlicht und ergreifend die Mittel. Das Experiment K10 sei ohnehin ein fragwürdiges Unterfangen, schloss er unmissverständlich.

Bis auf einen jungen Polizeibeamten waren alle Kollegen älter, und es gab keine weitere Ermittlerin. Sabine war ausgezogen, um die Bad Vilbeler Gewaltverbrecher das Fürchten zu lehren. Doch Punkt eins der Tagesordnung war eine unsichtbare Barriere, die zwischen ihr und einer angestaubten Männerdomäne stand. Diese galt es niederzubrechen – oder abzubauen, und das sah nicht besonders vielversprechend aus für eine Frau, die schon äußerlich weitaus zarter gebaut war als sämtliche ihrer Gegner. Von ihrem Innenleben bekam zum Glück keiner etwas mit.

Sabine schaltete den PC ein und öffnete während des Hochfahrens das Fenster ihres kleinen Büros, in dem zwei Schreibtische einander gegenüberstanden, einer davon leer. Die strah-

lende Wintersonne hatte sich längst wieder hinter dem seit Monaten vorherrschenden Grau verborgen, und wenn man dem Wetterbericht Glauben schenkte, würde der Frühling noch sehr lange auf sich warten lassen. Irgendwie kein Wunder, nachdem der Sommer 2012 bereits so aus dem Ruder gelaufen war.
Die Klimaveränderung?
*Es gibt also doch einen Zusammenhang,* dachte Sabine bissig.
Seit dem spektakulären Ende der Laufbahn eines berühmten Meteorologen spielte das Wetter verrückt.
Fakt war, dass der Mangel an Sonne selbst die fröhlichsten Gemüter in Depressionen zu stürzen drohte. Und Sabine zählte sich momentan gerade nicht zur Gruppe der Frohgelaunten.
Noch bevor sie die Kaffeemaschine darauf vorbereiten konnte, ihre Produktion schwarzen Goldes aufzunehmen, meldete sich das Telefon. Es war Möbs, was sie etwas irritierte, denn er saß kaum zehn Meter entfernt von ihrem Büro, und ein wenig Bewegung hätte seiner Konstitution sicherlich nicht geschadet.
»Es gibt Arbeit im Ballermann-Fall«, eröffnete er ihr.
»Hervorragend«, erwiderte sie halbernst, »und welcher Art?«
»Es gibt augenscheinlich einen Zusammenhang zwischen den Schüssen und dem Heilsberg-Mord.«
»Oha!« Sabine wurde hellhörig, und ihre Gedanken begannen zu rasen. »Ich bin ganz Ohr«, fügte sie hinzu und griff sich Stift und Papier.
»Gestern Abend ist ein junger Mann dabei gesehen worden, wie er eine Waffe in der Nidda entsorgt hat. Ein Schrebergärtner hat ihn beobachtet und bis zu seinem Auto verfolgt.«
Möbs lachte kurz auf. »Da soll mal einer sagen, es gebe keine

Zivilcourage mehr unter den Menschen. Aber ich erspare Ihnen die Details. Die Halterabfrage führte zu einem Treffer, eine halbe Stunde später war der Kleine dingfest.«
»Hm. Der *Kleine?*«
»Er ist gerade siebzehn, ein Milchbubi«, erklärte Möbs seine Wortwahl.
»Und er hat geschossen?«
»Das zumindest hat er ohne großen Widerstand zugegeben. Eine Beteiligung an der anderen Tat streitet er vehement ab.«
»Aber er war anwesend?«, hakte Sabine nach.
»Sie wissen doch, wie das läuft, mitgegangen, mitgefangen …«, seufzte Möbs. »Er hat zweifelsohne mitbekommen, was sich abgespielt hat, und später dann kalte Füße gekriegt. Mit einem Mord will er nichts zu tun haben, das hat er immer wieder beteuert. Also ist auch schon sein Anwalt aufgekreuzt. Der Kleine kommt nämlich aus gutem Hause, da weiß man offenbar, wie der Hase läuft.«
»Ich höre da ein *Aber* in Ihrer Stimme?«
»Nun ja, die Familie des Jungen ist hier bei uns ziemlich angesehen. Klar, dass sie seine Weste rein halten wollen«, mutmaßte Möbs und räusperte sich. »Der Bengel lieferte daraufhin bereitwillig zwei Namen, beides Typen, die bereits vorbestraft sind. Er wird gegen sie aussagen und kommt selbst ungeschoren aus der Sache. So weit der Deal.«
Sabine überlegte kurz. Der Handel wirkte übereilt, denn in dem Fahrzeug würden sich unter Garantie Fingerabdrücke finden, die zu denselben beiden Personen führten. Andererseits konnte die Spurensicherung Tage damit verbringen, aus einem Auto Spuren zu extrahieren, und weder Haare noch Hautpartikel oder Fingerabdrücke ließen sich im Nachhinein in ein enges Zeitfenster ordnen. Womöglich war der Bengel

ihre einzige Chance, den Fall aufzulösen, bevor es zu weiteren Überfällen kam. Aber es schmeckte ihr nicht. »Da steckt doch noch mehr dahinter, oder?«, erkundigte sie sich missmutig.

»Es gab noch weitere Hauseinbrüche, die in das Schema passen könnten«, rechtfertigte sich Möbs. »Allerdings kam bislang niemand zu Schaden. Irgendwo in dieser Stadt könnte es also einen recht ansehnlichen Berg Diebesgut geben.«

»Quatsch, das haben die doch längst flüssiggemacht.«

»Ihr Job, das herauszufinden«, gab Möbs zurück. Er diktierte der Kommissarin zwei Namen und die zugehörige Anschrift, eine Adresse im Nordosten der Stadt.

»Im Rosengarten«, wiederholte Sabine gedankenverloren. Sie war in Bad Vilbel aufgewachsen und kannte sich aus. Was nach einem beschaulichen Blumenviertel klang, war in Wahrheit der Standort einiger heruntergekommener Hochhäuser, in denen sich größtenteils Sozialwohnungen befanden.

*Und um die Ecke eine Moschee.*

»Sagten Sie nicht, dass dieser Junge aus gutem Hause stammt?«

»*Er* schon, *die* wohl eher nicht«, entgegnete Möbs scharf.

»Haben diverse Zeugen nicht zu Protokoll gegeben, dass es sich um südländische Typen gehandelt haben soll?«

»Nicht ausschließlich«, verneinte Sabines Boss. »Die Aussagen widersprechen sich, sobald sie ins Detail gehen.«

»Stimmt«, erinnerte sie sich. Es war nicht weiter verwunderlich. Man brauchte nur lange genug bei den richtigen Personen nachzuhaken, und bereitwillig wurde die nächstbeste Minderheit angeprangert. Die Nähe des Rosengartens zur Moschee in der Büdinger Straße war offensichtlich nur Zufall.

»Sie fahren aber nicht allein dorthin!« Möbs' mahnende Stimme ließ keinen Zweifel daran, dass dies nicht nur ein gut-

gemeinter Ratschlag war. »Diese Typen haben ein ellenlanges Register und nichts zu verlieren.«
»Darf ich mich in unserem Personalpool also nach Belieben bedienen?«, stichelte Sabine.
»Nein. Sie treffen die Kollegen der Kripo Friedberg vor Ort. Wenn Sie jetzt losfahren, dürften Sie zeitgleich eintreffen.«
Damit war das Gespräch seitens Möbs beendet, und er hängte grußlos ein.

Die feuchtkalte Witterung schien mit eisiger Hand auf die Abgase zu drücken und diese am Aufsteigen zu hindern. Die Luft schmeckte förmlich nach Kohlenmonoxid und Feinstaubpartikeln, wenngleich das wohl größtenteils Einbildung war.
Sabine atmete schwer, als sie ihren Wagen verließ, dessen Innenraum sich auf dem kurzen Weg kaum aufgeheizt hatte. Mit Engelszungen und Stoßgebeten hatte sie die alte Karre zum Starten überredet und sich anschließend gegen den Strom aus Berufspendlern durch die Stadt gekämpft. Das Ende des in die Jahre gekommenen, metallicgrünen Ford nahte mit eiligen Schritten. *Zehn Tage Minimum.* So lange musste er noch durchhalten, bis ihr neuer Wagen geliefert wurde, ein Renault, Sabines erster Neuwagen. In das Modell hatte sie sich schon im letzten Herbst verliebt, sie seufzte kurz und betätigte die Zentralverriegelung. Jetzt war kein Platz für Schwärmereien.
Sabine suchte mit zusammengekniffenen Augen die Umgebung ab, bis sie entdeckte, wonach sie Ausschau gehalten hatte. Ein VW-Transporter, hinter dessen Scheiben sie drei Personen ausmachte, der Fahrer stand draußen und rauchte, erwartete sie in angemessener Entfernung zur verabredeten Adresse. Zwei Kollegen kannte die Kommissarin bereits vom

Sehen, eine junge Frau – *endlich mal eine Frau!* – sah sie zum ersten Mal. Außerdem dabei war Heiko Schultz, ein korpulenter Polizeibeamter ihres Alters, dessen Laufbahn mit Sabines begonnen hatte. Vor ein paar Wochen hatten sie sich nach Jahren wiedergesehen, Erinnerungen ausgetauscht, und nun standen sie kurz davor, ihre erste gemeinsame Aktion durchzuführen.

»Möchtest du nicht nach Bad Vilbel wechseln?«, hatte Sabine Heiko noch im Januar gefragt, als sie sich eines Abends durch das Friedberger Nachtleben bewegten. Doch er hatte nur gelacht.

»Meine Frau würde mir die Hölle heißmachen, wenn ich in ein kleineres Revier wechsle.« Im Laufe des Abends berichtete der wenig attraktive, aber sympathische Mann von seinem Häuschen auf dem Land, einer hochschwangeren Frau, die ihm gegen Ostern das zweite Kind schenken würde, und das alles mit jenem kaum zu ertragenden verklärten Blick, der sie stets berührte. Familie, Kinder, ein Haus ... Sabine Kaufmann hatte sich dazu gezwungen, dieses Idyll nicht mit ihren Sorgen zu belasten, und gute Miene zum bösen Spiel gemacht. *Auch du, mein Sohn Brutus.* Wenn selbst ein Mann wie Heiko Schultz, zwar ungemein sympathisch, aber ansonsten weder ein Krösus noch ein Adonis, es zu einer Familie brachte, warum dann nicht sie?

»Wir müssen das Überraschungsmoment nutzen.« Die etwas heisere Stimme des Beamten holte Sabine abrupt in die Gegenwart zurück. Ihr Blick wanderte die Gebäudefassade hinauf. Die Wohnung lag im vierten Stock, zu hoch, um sich über den Balkon abzusetzen, und zu tief, als dass sich die Flucht in Richtung Dach lohnen würde. Doch mit einem rationalen Handeln war nicht zwangsläufig zu rechnen. Einmal in der

Falle, ohne Aussicht auf Entkommen, traten die niedrigsten Überlebensinstinkte eines Menschen hervor.
Die Gruppe näherte sich dem Eingang. Anstatt wahllos zu klingeln, kam ihnen der Zufall zu Hilfe, und eine ältere Dame presste ihren Körper durch die Metalltür, in der Hand zwei Müllbeutel, aus denen es nach altem Käse stank. Sabine legte verschwörerisch ihren Finger auf die Lippen und gab der irritierten Frau zu verstehen, dass sie sich in Sicherheit bringen solle. Ihre Waffe hatte die Kommissarin noch nicht gezogen, aber die Gürtelholster ihrer Kollegen waren nicht zu übersehen. Misstrauisch brabbelnd entfernte sich die Alte in Richtung der metallenen Müllcontainer. Zwei Beamte sicherten das Treppenhaus in der dritten Etage, die Kollegin, die sich ihr als Petra vorgestellt hatte, schlich hinauf in die fünfte. Den Fahrstuhl hatte Heiko im Erdgeschoss mit einer zwischen den Türen eingeklemmten Zeitung blockiert. Ein spontaner Einfall, so simpel in der Durchführung, so verlässlich in seiner Wirkung.
»Zeugen Jehovas?«, raunte er nun in Sabines Richtung, die ihn daraufhin verwirrt anblickte. Sie näherten sich der fraglichen Haustür, hinter der gedämpfte Stimmen zu hören waren. Vermutlich der Fernseher.
»Wie? Quatsch!« Die Kommissarin fuhr herum und schüttelte entgeistert den Kopf, bis sie Schultz grinsen sah. Für gewöhnlich tarnte man sich als Hausverwaltung, Stromableser oder ähnliche Personen, denen auch schwere Jungs unbedarft die Türe öffneten, und sei es nur, um sie abzuwimmeln.
»Dann Stadtwerke«, schlug er vor.
»Meinetwegen. Ich klingele ...«
»Von wegen! Als würde eine Blondine wie du bei den Stadtwerken arbeiten.«

»Mir machen zwei spätpubertäre Jungs aber eher auf«, konterte Sabine, doch Heiko hatte längst die Tür erreicht und bohrte seinen speckigen Zeigefinger auf den Klingelknopf.
Es dauerte eine gefühlte Ewigkeit, bis sich drinnen etwas rührte. Sabine vermutete, dass sie in der Wohnung auf mindestens zwei kreidebleiche, zugedröhnte Individuen stoßen würden, deren Gehirne noch viel zu träge waren, um zu verarbeiten, was sich abspielte. Doch sie täuschte sich. Nach dem zweiten Schellen näherten sich schlurfende Schritte, es schepperte, als eine Wade gegen einen Glastisch stieß, dann murrte von innen eine unverständliche Stimme. »*Wnz …*« Hüsteln, dann, etwas lauter: »Was?«
»Schultz, Stadtwerke Bad Vilbel. Ich soll die Thermostate prüfen.«
Sabine grinste schief. Hätte Heiko vor ihrer Tür gestanden, sie wäre prompt darauf reingefallen.
*Sehr überzeugend.*
»Hä?«
»Schultz von den Stadtwerken. Bitte machen Sie auf«, forderte er, diesmal mit etwas mehr Elan. Eine Türkette rasselte, dann öffnete sich ein schmaler Spalt. Dahinter zeigte sich ein unrasierter Mann in gebückter Haltung, dessen muskulöser Oberkörper aus einem Unterhemd quoll. Ungepflegte Zehennägel lugten unter der schlaff hängenden Jogginghose hervor.
Dann ging alles ganz schnell. Sabine drang mit ihrer Pistole im Anschlag in die Wohnung ein, durchforstete das im Halbdunkel liegende, nach kaltem Zigarettenrauch stinkende Innere, während im Flur Heiko Schultz den Überrumpelten über dessen Verhaftung informierte. Handschellen rasselten, doch es klang nicht nach erbitterter Gegenwehr.

»Ihr tickt ja wohl nicht richtig«, hörte Sabine, gerade als sie das Schlafzimmer betrat. Dort richtete sich erschrocken ein zweiter Mann auf, er war nur mit einer Unterhose bekleidet und wand sich aus dem zerwühlten Laken, das nicht wenige Brandlöcher aufwies und vermutlich seit Wochen nicht gewechselt worden war. Bevor er begriff, was geschah, drängte ihn Sabine auch schon in Richtung Wand. Eine Leibesvisitation konnte sie sich sparen, denn die knapp sitzende Unterhose verbarg unter Garantie keine tödliche Waffe oder sonst etwas von bedrohlicher Größe.
»Ziehen Sie sich etwas an«, stieß die Kommissarin hervor, »aber ich warne Sie! Keine Tricks, meine Mündung zielt direkt auf Ihre Hühnerbrust.«
»Einen Scheiß werd ich.« Es war mehr ein trotziges Knurren, aus dem kaum Angriffslust sprach. Sabine schaltete das Licht an, und sofort hob der Junge geblendet die Arme vors Gesicht.
»Schalten Sie die Funzel aus.«
»Werde ich nicht. Ziehen Sie sich nun an, oder sollen wir Sie halbnackt aus dem Haus schleifen?«
»Ihr könnt mir gar nichts«, wehrte er sich weiter, doch Sabine unterbrach ihn harsch.
»Sie werden beschuldigt, an einem Einbruch beteiligt gewesen zu sein, infolgedessen ein Mann starb. Heilsberg, letzten Donnerstag, klingelt da was? Ich verhafte Sie wegen des dringenden Tatverdachts, und zwar wegen Mordes.«
»Das können Sie mir nicht beweisen!«, spie der Junge aus. Er fröstelte und angelte sich eine Hose und einen Kapuzenpullover, in die er nacheinander hineinschlüpfte.
»Wir werden sehen. Rumdrehen jetzt bitte und Hände auf den Rücken.« Sabine presste sich mit voller Kraft gegen den

einen Kopf größeren, schlaksigen Körper. Beißender Schweißgeruch stieg ihr in die Nase, als sie die Handschellen um seine Handgelenke schloss. »Sie haben das Recht, die Aussage zu verweigern. Alles, was Sie von nun an sagen, kann gegen Sie verwendet werden.«
Sie trat einen Schritt zurück, zuckte dann zusammen und erstarrte wie eine Salzsäule.
Ein Schuss. *Verdammt.* Draußen war ein Schuss gefallen!
Sabine Kaufmann packte den Mann am Schlafittchen und trieb ihn vor sich her in Richtung Ausgang. Vor ihren Augen spielte sich eine Action-Sequenz nach der anderen ab, *Stirb langsam, Lethal Weapon, Departed* ... Bilder, wie man sie zwangsläufig kannte, wenn der Lebensgefährte auf Actionfilme und Popcornkino stand. Die meisten Szenarien endeten mit einem blutüberströmten Bösewicht, der seinen letzten Atemzug aushauchte. Doch im heutigen Drehbuch war kein Happy End vorgesehen.
Auf dem mit Flecken übersäten, zerschlissenen Teppichboden, die Schuhe noch auf dem Fußabtreter liegend, lag Heiko Schultz. Sabine schluckte. An seinem Kopf kniete Petra. Sie brauchte nichts zu erklären, Sabine zählte eins und eins zusammen. Die Wunde, die auf der Brust des massigen Körpers klaffte, stieß pulsierende Schwalle hellroten Blutes aus. Petras Hand lag darauf gepresst, vermochte aber die Kaskaden nicht zu stoppen. Nur sanft hob und senkte sich Heikos Brustkorb, die Pausen zwischen zwei Atemzügen wurden immer länger.
»Ein Messer«, wisperte Petra tonlos.
Sabine schluckte schwer, als sie sich hinabbeugte. Nur verwaschen nahm sie wahr, wie einer der Kollegen sich ihres Verhafteten annahm und Petras Stimme mit desperater Hysterie

nach einem Notarzt verlangte. Aus den Augenwinkeln erkannte sie außerdem einen weiteren Körper, es handelte sich vermutlich um den Messerstecher, niedergestreckt von der Dienstwaffe eines Kollegen. Zu spät, wie eine innere Stimme grausam schrie. Aus den benachbarten Wohnungen strömten Schaulustige, das Stimmengewirr wogte auf und ebbte ab, doch all das war nur die grausame Hintergrundbegleitung des vor ihr liegenden Dramas.
Eine Routineverhaftung.
Ein toter Familienvater.
Sabine schaffte es gerade noch, den Kopf zur Seite zu werfen, bevor sie sich übergab.

# ZWEI WOCHEN SPÄTER

Eisige Dunkelheit hüllte den Weidenhof ein. Nebeldunst lag über dem Kopfsteinpflaster und leckte an dem uralten Gebälk der ehemaligen Stallungen. Nahezu ungehindert durchdrang die feuchte Kälte den Bademantel des Mannes, der eilig den Innenhof überquerte. Er zog sich mit der Linken den Kragen enger, in der Rechten hielt er zwei Braunglasflaschen an deren dicken Hälsen, die bei jedem Schritt ein Scheppern verursachten. Jetzt, wo absolute Stille über dem Anwesen lag, wirkte es so laut wie der sprichwörtliche Elefant, der eine Scherbenorgie im Porzellanladen feiert. Doch niemand hörte ihn.
Nicht einmal Gunnar Volz, der auf dem Hof lebende und arbeitende Knecht, war zu sehen. Der schweigsame Hüne mit dem düsteren Blick tauchte in der Regel immer dann auf, wenn man am wenigsten mit ihm rechnete, meist sah man zuerst seine leuchtend gelben Gummistiefel, danach seinen durchdringenden, wie magisch an einem haftenden Blick. Er stand dann einfach da und glotzte, nickte allenfalls kurz und verzog keine Miene. Doch zu dieser Nachtzeit schien selbst Gunnar zu schlafen.
Ulf Reitmeyer erreichte die Stufen des Wohnhauses, in dem er auch sein Büro hatte, und kickte im Flur die Lederpantoffeln von den Füßen, an deren Sohlen nun Stroh haftete. Er drückte bedächtig die Tür ins Schloss und glitt auf Wollstrümpfen lautlos durch den Wohnbereich, hinüber in

Richtung seines Zimmers, aus dem fahler Lichtschein drang. Eine Energiesparlampe tauchte den Raum in kaltes Weiß, er hatte sie längst durch eine Birne mit wärmerem Lichtspektrum ersetzen wollen. Ulf zog den kleinen Absorberkühlschrank auf, der sich unweit seines Schreibtisches in einer kubischen Schrankwand befand, und verstaute eine der beiden Flaschen dort. Die andere öffnete er, klackend schnalzte der Drehverschluss, als die einströmende Luft das Vakuum brach. Er wog das Glas in der Hand und beäugte das farbenfrohe Etikett. *500 ml Bio-Kefir,* eine schwarz-weiß gefleckte Kuh lachte breit, Sonnenblumen umgaben sie. Obwohl keines seiner Milchrinder auch nur jemals in die Nähe einer Sonnenblume kam, wusste Reitmeyer, dass seine Kunden mit diesem Sinnbild genau das assoziierten, was die Marketingfirma ihm versprochen hatte.

Biologisch-dynamische Glückseligkeit.

Trinkst du unseren Kefir, kommt der hundertste Geburtstag von ganz allein.

Aber abgesehen von dem ganzen Brimborium schmeckte das Zeug auch verteufelt gut. Gierig trank Reitmeyer einen großen Schluck, danach einen weiteren. Er setzte die Flasche neben seiner Tastatur ab, entsperrte den Bildschirmschoner und setzte seine Arbeit fort.

*Fünf Uhr früh,* dachte er zerknirscht. Die vergangenen sechs Stunden hatte er auf seiner Matratze verbracht, allein, schwitzend, und das, obwohl er bei gekipptem Fenster schlief und draußen laut Wetterbericht minus zwei Grad herrschten. Doch es gab Dinge, die hielten ihn wach, und falls die Müdigkeit ihn doch einmal übermannte, verfolgten die Dämonen ihn in seine Traumwelt. Es gab keine Möglichkeit zu fliehen, er musste sie besiegen.

Doch was konnte man schon erreichen, sonntagmorgens um fünf, wenn selbst der debile Gunnar nicht draußen herumspukte?

Reitmeyer schrieb noch zwei bitterböse E-Mails, löschte einige nicht minder freundlich klingende Aufzeichnungen auf seinem Anrufbeantworter und verschloss den ausgetrunkenen Kefir, um die Flasche anschließend in Türnähe zu deponieren. Den Rest sollte die Putzfrau erledigen, ebenso wie das Reinigen der Hauslatschen. Er legte seinen Hausmantel ab, schlüpfte in seine Laufkleidung, die er stets griffbereit hielt, und schob sich als kleine Stärkung eine Handvoll Nüsse und ein paar kandierte Ingwerwürfel in den Mund.

Die Morgendämmerung hatte noch immer nicht eingesetzt, aber das machte nichts. Leichtfüßig und mit routiniertem Bewegungsablauf begann Ulf Reitmeyer seinen Lauf. Die frostig schmeckende Luft drückte wie nadelbesetzte Kissen in seine Lungenflügel, so lange, bis das Gewebe sich an die Witterung gewöhnt hatte. Wie Eiszapfen strich der Sog durch Nasenflügel und Stirnhöhlen, doch all das war längst kein Grund, einen Mundschutz zu tragen. Reitmeyer schätzte das Puristische, er stand in bestem Training und bog grimmig lächelnd an einer Wegkreuzung in einen nicht asphaltierten Feldweg ein, der hinüber zur Nidda führte. Sofort passte sein Bewegungsapparat sich an den unebenen Untergrund an. Er kannte die Strecke in- und auswendig. Im Gegensatz zu anderen Läufern, die sich nachmittags und abends in Gruppen zusammenrotteten oder jedes Mal eine andere Route wählten, suchte Reitmeyer die Einsamkeit des angebrochenen Tages, wenn alles still und friedlich dalag.

Er trug nichts bei sich, kein Handy, kein MP3-Player, nichts, was ihn ablenken konnte. Nur er und die Natur, Zeit für

Körper und Geist, in Einklang zu kommen. Und doch konnte er nicht so schnell laufen, dass er den Alltagsgedanken zu entfliehen vermochte.

Essenzielles, spirituelles und philosophisches Denken musste sich hintenanstellen und materiellen Überlegungen weichen. Die Bilanzen waren hervorragend, wie sollte es in seiner Branche auch anders sein. Personell mussten einige unschöne Entscheidungen getroffen werden, aber auch das war ihm nichts Neues. Was ihn bedrückte, war etwas anderes.

Schweiß lief ihm übers Gesicht, kullerte warm über die Wangen und tropfte, vom Hinabrinnen abgekühlt, vom bebenden Kinn in den Ausschnitt des Laufshirts. Der kurze Reiz löste ein sanftes Kribbeln an der betroffenen Stelle aus, Ulf beschleunigte weiter und wischte sich mit dem Handrücken über die Stirn. Das schweißnasse Haar wippte im Takt seiner Schritte, und er stieß einen leisen Fluch aus. *Verdammt!* Nicht einmal beim Laufen gelang es ihm mehr, seine Sorgen abzuschütteln.

Minuten später erreichte er den Niddaradweg, auch hier war keine Menschenseele unterwegs, und nur ein einziges Auto war in der Ferne zu hören. Es näherte sich, dann entfernte es sich wieder, ohne dass Reitmeyer es ins Blickfeld bekam.

Erneut Totenstille. Keine Vögel, keine Insekten, keine Kröten. Alles war erstarrt in dem ewig anmutenden Winterhalbjahr, dessen statistische Sonnenarmut längst Wochenthema der gelangweilten Medien geworden war. Globale Erwärmung? Die Kälte schaufelte Wasser auf die Mühlräder der Ungläubigen, für die es keinen Klimawandel gab. Äußerst kontraproduktiv. Dabei war es genau betrachtet ein völlig normaler Winter gewesen. Der fahle Schein einer Laterne warf einen kurzen Schatten unter ihn, als er den Lichtkegel

unterquerte, dann verschwand er wieder. Knirschend rollten die Gelsohlen seiner Laufschuhe über den Bodenbelag, das Wasser der Nidda gluckste kaum hörbar in sanfter Bewegung, und alles in allem hätte es, trotz frostiger Kälte und trübem Morgenhimmel, ein idyllischer Märzsonntag werden können. Doch der Schatten, der sich über seinen Geist gelegt hatte, ließ sich nicht verjagen.
*Etwas ist faul im Staate Dänemark.*
Warum zum Teufel kam ihm dieses abgedroschene Hamlet-Zitat ständig in den Sinn?
Gab es nichts Besseres? Das Wittern der Morgenluft, zum Beispiel, auf die er sich so krampfhaft zu konzentrieren versuchte. Doch etwas war faul und schien ihm nun über den Kopf zu wachsen. Es wucherte in seinem Inneren, wie endlos verzweigte Wurzeln eines kranken Geschwürs, und konnte nur von der Person geheilt werden, die für die Fäulnis verantwortlich war.
Ihm selbst.
Kälte überlief Ulf Reitmeyer, als er seine Schritte verlangsamte, und dann durchwogte ihn in jähem Kontrast zu seinem Frösteln ein heißer, innerer Schwall. Er zuckte zusammen, tänzelte, riss seine Rechte an die feucht glänzende Kehle und glaubte dort eine geschwollene Zunge zu schmecken, die sich wie ein Pfropf in seine Luftröhre zu schieben schien. Dann sackte er in sich zusammen, spürte das taunasse Ufergras unter sich, dann schwanden ihm die Sinne.
Ein einsamer Star begann seinen schnalzenden Ruf, als würde er ein Klagelied anstimmen.
Ulf Reitmeyer war tot.

# SONNTAG

## SONNTAG, 3. MÄRZ

**D**ann zieh ich eben aus, verdammt!«
Das schrille Kreischen der hysterischen Mädchenstimme schmerzte in den Ohren. Dumpfes Poltern entfernte sich, sie war eine fersenlastige Läuferin, was wohl in der Familie lag, dann krachte die schwere Holztür. Draußen wurde das Stampfen nach und nach leiser. Als es schließlich verebbt war, verkündeten unmittelbar darauf verwaschene, wie durch zugehaltene Ohren klingende Bassschläge, dass Janine ihr Zimmer erreicht hatte und sich vermutlich für die nächsten Stunden dort verschanzen würde. Oder sie packte ihre Sporttasche, um sie ihm vor die Füße zu werfen. Doch diese Möglichkeit schätzte Ralph Angersbach als eher unwahrscheinlich ein. Solche Gesten zogen nicht bei ihm, das hatte seine sechzehnjährige Halbschwester gleich zu Beginn ihrer Bekanntschaft schmerzlich herausfinden müssen.
Die Koexistenz der ungleichen Geschwister, deren Alter immerhin sechsundzwanzig Jahre auseinanderlag, hatte erst vor einigen Monaten begonnen. Im Herbst des vergangenen Jahres war Ralphs leibliche Mutter gestorben, eine Frau, die nie eine Rolle in seinem Leben gespielt hatte, geschweige denn die einer Mutter. Sei es aus schlechtem Gewissen oder weil er

der Erstgeborene war, jedenfalls hatte sie ihm dieses alte, ziemlich heruntergekommene Haus am Ortsrand von Okarben hinterlassen, in dem sie bis zu ihrem Ableben gewohnt hatte. Und in diesem Haus, als gänzlich unerwarteten Bonus, jenen pubertierenden Teenager, aus deren Höhle die unerträgliche Musik dröhnte.
Seufzend wandte Ralph sich um und fuhr mit der Hand über die Arbeitsplatte der Einbauküche. Er machte sich keine Illusionen darüber, wer den längst überfälligen Abwasch übernehmen würde, der sich dank einer defekten Spülmaschine längst über die Grenze des Waschbeckens hinaus stapelte. In seiner anderen Hand hielt er die letzte saubere Tasse, der Kaffee darin war nur noch lauwarm, und Ralph kippte ihn kurzerhand in Richtung Ausguss. Gluckernd suchte die schwarze Flüssigkeit sich ihren Weg über Teller, Frühstücksbrettchen und Untertassen, und ein unwillkürliches Schmunzeln durchzuckte seine Mundwinkel. *Fast wie ein Schokoladenbrunnen,* dachte er, *oder die Wasserspiele in den Hängenden Gärten der Semiramis.* Er tauschte das noch lauwarme, tropfende Kaffeepad gegen ein frisches und drückte nach geduldigen Sekunden des Wartens den Knopf, der die giraffenhalsige Maschine in ein tiefes Brummen versetzte.
*Apropos Garten.* Ralph beugte sich ein wenig nach vorn. Die Küche befand sich im ersten Stock des Hauses, sein Blick wanderte über die drei Meter unter ihm liegende Rasenfläche, welche der Vegetation nach eher der Tundra ähnelte. Eine Amsel hüpfte frohlockend aus dem taufeuchten Gras, schüttelte sich und setzte ihren Weg auf den moosgrünen Steinplatten der Terrasse fort. Die Märzsonne stand tief, es war statistisch betrachtet viel zu kalt draußen, aber man konnte ja froh sein, wenn sie sich überhaupt einmal zeigte.

»Irgendwo musst du anfangen«, murmelte der Kommissar zu sich selbst, als er die Tasse zu seinen Lippen führte und ihm der bittere, aromatische Röstduft in die Nase stieg. Er verspürte keinen Elan, sich durch den Urwald da draußen zu quälen, denn immerhin schien sich dort seit Jahren niemand mehr engagiert zu haben.
*Dann die Spülmaschine.* Wenigstens ausbauen konnte er sie ja schon mal, dafür brauchte es weiß Gott keinen Kundendienstmonteur. Ein funktionstüchtiger Geschirrspüler würde wenigstens einen der Konfliktpunkte zwischen Ralph und Janine entschärfen. *Bleiben noch neunundneunzig andere,* schloss Ralph sarkastisch. Aber eins nach dem anderen.
Er knöpfte sein Hemd auf und hängte es über den Stuhl, kniete sich vor den Patienten und klopfte mit den Fingerknöcheln die Abschlussleiste ab. Im Grunde wusste er nichts. Nichts über Hausinstallationen, nichts von seiner Halbschwester, nicht einmal von deren Existenz hatte er ja etwas gewusst. Gab es am Ende noch ein Dutzend weiterer Kinder seiner Mutter? Eine oberflächliche Recherche im Präsidium im vergangenen Herbst hatte nichts Konkretes ergeben, aber es war dem Kommissar auch zuwider, seine abenteuerliche Familiengeschichte mit ins Büro zu tragen. Wie hieß es so schön? Dienst ist Dienst und Schnaps ist Schnaps.
Wie aufs Stichwort meldete sich das Handy. Passanten hatten am Ufer der Nidda eine männliche Leiche entdeckt. *Der Tod kennt keine freien Wochenenden,* dachte Ralph, als er sich ächzend wieder aufrichtete. Er nahm einen großen Schluck aus seinem Porzellanhumpen und schob ihn neben den Geschirrberg.
»Da hast du gerade noch mal Glück gehabt«, brummte er grimmig in Richtung Spülmaschine.

Keuchend und schweißdurchnässt stand Sabine Kaufmann an einer niedrigen Betonmauer, die linke Ferse auf dem Rand aufliegend und das Bein gestreckt. Sie beugte den Oberkörper nach vorn, strebte mit den Händen in Richtung Zehenspitzen und ächzte leise, als jeder einzelne Muskel der rechten Wade ihr stechend zu verstehen gab, dass die maximale Dehnung nun erreicht war. Sie wechselte das Standbein und wiederholte die Übung. Angeblich sollte man sich weder vor noch nach dem Sport dehnen, hieß es in diversen Internetforen, aber es gab auch genügend Gegenstimmen, und sie trainierte seit Jahren nicht anders. Fünf Kilometer Laufen, drei Mal pro Woche Minimum, mit einer kurzen Pause nach der Hälfte der Strecke.
Sabines heißer Atem kondensierte zu einer dichten Wolke, verrückt, denn es war immerhin schon März, und dennoch lag an der Uferböschung der Nidda teils dichter Rauhreif. Irgendwann wollte sie das Pensum auf zehn Kilometer erhöhen, doch bis dahin galt es unter anderem, die besten Wege für ihren Frühsport zu erkunden. Sabine blickte sich um. Die heutige Laufrunde hatte am Friedhof vorbei in Richtung der Felder geführt, die ausnahmslos gelb und braun dalagen. Selbst das Grün der Wiesen wirkte kraft- und farblos, der sonnenarme Winter forderte seinen Tribut. Im Zickzack-Kurs hinab in Richtung Niddaufer, über die Brücke beim Klärwerk und Sportfeld vorbei war sie gelaufen. Zufall oder nicht, sie befand sich in diesem Augenblick nur einen Steinwurf vom Riedweg entfernt, wo ihre neue Dienststelle lag. Tatsächlich kam Sabine der spontane Gedanke, ihre Runde für eine Kaffeepause zu unterbrechen, aber sie verwarf ihn sofort wieder. Erstens wusste sie nicht, wer Dienst hatte, auch wenn die Möglichkeiten ausgesprochen überschaubar waren.

Zweitens war ihr Frühsport heilig. *Spute dich mal lieber, dann schmeckt das Frühstück doppelt lecker.*
Ein Vibrieren an Sabines Oberarm, wo ihr Handy in einem Sportarmband steckte, unterbrach ihre Tagespläne jäh.

Knirschend rollte Ralph Angersbachs dunkelgrüner Lada Niva über den ausgestorbenen Parklatz. Im Hintergrund erkannte er das Logo des Radiosenders FFH, seitlich befanden sich die silbernen Türme der Abfüllanlage eines der Mineralbrunnen, die Bad Vilbel weit über seine Grenzen hinaus bekannt gemacht hatten. Nicht, dass der Kommissar sich sonderlich gut in der Dreißigtausend-Seelen-Stadt im südlichsten Zipfel der Wetterau auskannte, aber er wusste immerhin, dass auf dem Schotter unter ihm alljährlich ein großer Jahrmarkt abgehalten wurde. Doch heute lag der Platz brach, verwaist bis auf einige Lkw-Aufleger und zwei verlassene Autos, von denen eines bereits die leuchtend rote Notiz des Ordnungsamtes trug, dass der Wagen umgehend zu entfernen sei. *Schwieriges Unterfangen*, dachte Angersbach, denn dem alten Audi fehlten alle vier Reifen. Er steuerte auf die dichten Bäume und Büsche zu, die den Platz säumten. Ein Rettungswagen parkte dort, außerdem einige weitere Fahrzeuge, darunter ein Streifenwagen und der protzige VW Touareg des Notarztes. Zwischen den Blättern bewegte sich etwas, und im nächsten Augenblick erkannte Angersbach seine Kollegin in unerwarteter Montur.
»Guten Morgen«, nickte er, und die leise Irritation seines Blicks blieb Sabine Kaufmann nicht verborgen.
»Ebenso«, lächelte sie zurück. »Mich hat's beim Joggen erwischt.«
Angersbach konnte nicht umhin, die sportliche Figur seiner

zehn Jahre jüngeren Kollegin wahrzunehmen. Der schlanke, aber trainierte Körper, der einen ganzen Kopf kleiner war als er, steckte in schwarzen Laufleggins, dreiviertellang, und einem entsprechenden Oberteil. Das blonde, etwas über schulterlange Haar wurde von einem Haargummi zusammengehalten, und um den Nacken lag ein weißes Handtuch, vermutlich eine Leihgabe der Rettungssanitäter.
»Zum Glück nicht so wie unseren Toten«, griff Angersbach den letzten Satz seiner Kollegin auf und zuckte mit den Augenbrauen. »Dann führen Sie mich mal hin, bitte.«
Der Arzt schien seinen schwarzen Lederkoffer entweder noch nicht ausgepackt zu haben, oder er war mit seiner Untersuchung längst fertig. Angersbach glaubte, sein Gesicht schon einmal gesehen zu haben, konnte es aber nicht zuordnen.
»Gehen Sie schon wieder?«, fragte er argwöhnisch und neigte dabei den Kopf, wie er es gern tat.
»Ich habe meinen Part bereits erledigt«, war die unmittelbare Antwort des Arztes, dessen Statur ein wenig untersetzt war. Unter seiner Schutzhaube quoll dichtes schwarzes Haar hervor und ging in einen Vollbart über. Selbst auf den Handrücken, die er soeben schnalzend freilegte, indem er die Latexhandschuhe abzog, wucherte es schwarz. »Ich habe es schon Ihrer Kollegin gesagt, das war wohl falscher Alarm. Ich kümmere mich mal um den vorläufigen Totenschein.«
»Moment, Moment«, bremste Angersbach ihn aus. »Was schreiben Sie denn hinein?«
»*Todesart ungeklärt* natürlich«, brummte der Arzt. »Aber ich bin mir dennoch ziemlich sicher, dass es sich um eine natürliche Todesursache handelt.«
»Weshalb?«

»Sport ist Mord, deshalb. Der Mann ist Ende fünfzig, verschwitzt von Kopf bis Fuß, als wäre er dem Leibhaftigen davongerannt, und das in einem viel zu dünnen Dress. Dünner noch als Ihre Kollegin hier.« Er deutete mit rügendem Stirnrunzeln auf Sabine Kaufmann.
»Ich will ihn selbst in Augenschein nehmen«, entgegnete Angersbach, ohne auf die Bemerkung einzugehen.
Die Nidda verlief in sanft geschwungenen Bögen und leckte an matt schimmernden Lehmbuchten. Der Wasserstand war vergleichsweise niedrig. Zwei Handbreit über der Wasseroberfläche erst begann der Bewuchs, einige Papierstreifen und vergilbte Plastikfetzen trübten das Bild. Ruhig und ohne Eile, beinahe lautlos, floss das farblose Wasser vorbei. Nicht ein einziges Tier war zu sehen oder zu hören. Auf der nahe gelegenen Straßenbrücke knatterte ein alter Porsche 911 vorbei, der Fahrer spielte offenbar genüsslich mit den unbändigen Kräften seines Boliden.
Der Tote lag bäuchlings neben dem Radweg im kniehohen, taufeuchten Gras. Er trug ein helles Funktionsshirt, in dessen Taschen man die notwendigsten Gegenstände eng am Körper tragen konnte. Dazu eine Radlerhose, die über den Knien endete. Die größtenteils ergrauten Haare waren im Nacken kurz geschnitten, lagen darüber jedoch dicht und in klebrigen Strähnen. Der Körper wirkte nicht verkrampft, doch das hatte nichts zu bedeuten, wie Angersbach wusste. Selbst tödlich verwundete Soldaten lagen nicht in unnatürlicher Haltung in ihren Schützengräben, auch wenn das Fernsehen einen das immer wieder glauben machen wollte. Es sei denn, der Tod trat von einem Moment auf den anderen ein, aber solche kurzen Sterbeprozesse gab es statistisch betrachtet höchst selten. Nein, der Mann war ins Gras gefallen und

nicht wieder aufgestanden. Warum, das sollte dieser Arzt herausfinden.

»Wie lange liegt er Ihrer Meinung schon da?«, erkundigte Angersbach sich.

»Maximal zwei Stunden, würde ich meinen«, gab der Mediziner mürrisch zurück. »Am Hals sind Totenflecken ausgebildet, die Extremitäten sind aber noch nicht ausgekühlt. Die Starre hat sich bislang nur in den Augenlidern entwickelt. Auf eine Entkleidung und vollständige Leichenschau habe ich vorerst verzichtet. Ich werde einen Teufel tun, der Spurensicherung ins Handwerk zu pfuschen. Außerdem ist mir kalt, und ich habe Rufbereitschaft. Soll sich ein anderer darum kümmern. Und ich wiederhole es gerne noch mal, es ist vergebene Liebesmüh. Dieses Gerede von einem Schuss ist Blödsinn.«

»Welcher Schuss?«

Ralph Angersbach wechselte einen schnellen Blick mit Sabine Kaufmann. Wusste sie etwas, was ihm entgangen war?

Diese zuckte mit den Schultern. »Ich weiß auch nichts Konkretes, sorry, angeblich will jemand einen Schuss gehört haben. Aber Dr. Körber fand keinerlei Hinweise auf eine Eintrittswunde.«

»Sie kennen sich also?«, fragte Angersbach leicht gereizt. Er hasste nichts mehr, als an einem Tatort die zweite Geige spielen zu müssen. Oder Fundort, wie auch immer.

»Flüchtig«, bestätigte die Kommissarin. »Irgendwann kennt man eine Menge Mediziner, wenn man in einer so verbrechensstarken Stadt wie Frankfurt arbeitet.«

»Hm. Also noch einmal zu diesem Schuss. Wer hat das gemeldet?«

»Sehen Sie die Frau dort bei den Beamten?«, fragte Sabine mit gedämpfter Stimme und deutete stadtwärts in Richtung einer Baumgruppe, wo eine bieder gekleidete Frau Mitte dreißig stand, an der Leine einen schwarzweißen Border Collie, der unruhig hin und her trappelte. Sie sah in ihre Richtung und traf Angersbachs Blick. Er nickte ihr zu.

»Sie hat den Toten gefunden und gemeldet«, fuhr Sabine fort. »Übergeben wir den Fundort der Spurensicherung? Ich habe noch nicht mit ihr gesprochen.«

»Übernehmen Sie das?« Ralphs Frage klang weniger wie eine Bitte als wie eine Aufforderung, das wurde er erst gewahr, als seine neue Kollegin sich wortlos abwandte und in Richtung der Uniformierten lief. *Mist.* Wie lange kannte er Sabine Kaufmann nun? Ganze fünf Tage. Sie hatte ihre Stelle schon zum ersten Januar angetreten, er hingegen stieß erst zum ersten März dazu. Bis dahin hatte ihn das Präsidium in Gießen gebunden, in dem Ralph Angersbach den größten Teil seines Berufslebens verbracht hatte. Dass er einmal hierherwechseln würde, hätte er noch vor einem halben Jahr mit einem müden Lächeln abgetan. Friedberg, ja, eine adäquate Mittellösung auf halbem Weg zwischen Gießen und Frankfurt. Dort gab es eine echte Mordkommission, keinen spärlichen Außenposten, aber das Leben beschritt zuweilen eben eigenartige Wege. Obgleich er keinen rechten Elan verspürte, würde er sich nach Kräften darauf konzentrieren, dass die Kommunikation zwischen ihm und seiner Großstadtkollegin funktionierte. Irgendwie.

»Chucky hat total verrückt angeschlagen, ich dachte schon, er hätte einen Biber ausgemacht.« Regina Ruppert hatte etwa Sabines Größe, eins fünfundsechzig, und war dem Ausweis nach fünfunddreißig Jahre alt. Sie sah älter aus, was daran liegen mochte, dass ihr der Schreck noch in den Knochen saß. Dunkelblonde Locken lugten unter ihrer Fleece-Mütze hervor, sie drehte nervös in den Haaren. Sabine nickte verständnisvoll und entschied, die Fragen so knapp wie möglich zu halten. Außerdem wurde ihr allmählich kalt. Sie bereute es mittlerweile, dass sie vom Riedweg direkt hierhergesprintet war.

»Sie waren also auf Gassirunde?«, fuhr Sabine fort.

»Ja, auf dem Rückweg. Ich wollte eigentlich abbiegen und über die Brücke gehen«, sie deutete in Richtung der klobigen Betonüberführung, »aber, na ja.«

»Haben Sie den Toten in irgendeiner Weise berührt? Oder Ihr Hund?«

»Um Himmels willen!« Die Frau schüttelte angewidert den Kopf. Dann überlegte sie einige Sekunden und fuhr fort: »Chucky hat ihn mit der Nase angestupst. Als er sich nicht bewegt hat, habe ich ihn angesprochen, dann zog ich sofort das Handy heraus und habe den Notruf gewählt.«

»Konnten Sie andere Lebenszeichen erkennen?«

»Sie meinen Atem oder Puls?« Regina wand sich, schien unangenehm berührt. Sabine nickte auffordernd.

»Nun, ich habe ihm die Hand vor den Mund gehalten«, begann ihr Gegenüber, und ihre Blicke wanderten ausweichend hin und her. »Aber er atmete nicht. Keine Bewegung, das hab ich doch schon gesagt.«

»Okay, in Ordnung.« Sabine lächelte matt. »Sie haben richtig gehandelt. Nicht jeder hätte die Überwindung aufgebracht, sich dem Körper zu nähern. Aber kommen wir noch einmal auf den Schuss zu sprechen, den Sie gehört haben.«

»Glauben Sie mir etwa nicht?« Regina Ruppert verschränkte die Arme und funkelte Sabine herausfordernd an.

»Wieso fragen Sie?«
»Ich lebe doch nicht hinterm Mond. Mir ist nicht entgangen, dass es keine Schussverletzungen gibt.«
»Keine sichtbaren zumindest«, korrigierte Sabine.
»Also glauben Sie mir?«
»Schildern Sie mir den zeitlichen Ablauf bitte so präzise wie möglich.«
»Gut, in Ordnung.« Regina lächelte matt. Sie zeigte wieder in Richtung der Niddabrücke, in deren Betonsockel sich ein düsterer Durchgangstunnel für den Niddaradweg befand. »Ich war mit Chucky auf dem Rückweg. Wir laufen je nach Witterung manchmal bis nach Dortelweil oder Gronau, aber heute war schon beim Römerbrunnen Schluss. In der Unterführung fiel dann dieser Schuss. Ich glaube, der Arme ist einen halben Meter hochgehüpft vor Schreck. Ein einziger Knall, nichts weiter, danach war wieder Stille. Zumindest so lange, bis Chucky zu jaulen begann und wie ein Wilder losrannte. Er reagierte nicht auf mein Rufen, und mir schlug das Herz bis hier.« Sie legte sich die Hand unters Kinn. »Aber ich musste ihm ja hinterher, obwohl ich lieber die Böschung rauf und bis nach Hause gerannt wäre. Keine Menschenseele weit und breit.« Sie fröstelte, rieb sich die Oberarme, dann wurde ihr Blick leer. »Das nächste Bild, an das ich mich erinnere, ist Chuckys Nase in Reitmeyers Gesicht.«
Die Kommissarin zuckte zusammen.
»Reitmeyer?«, wiederholte sie mit zusammengekniffenen Augen. »Sie kennen den Toten?«
Doch Regina Ruppert gab ihr keine Gelegenheit zum Grübeln.
»Ulf Reitmeyer, den kennt hier doch jeder«, sagte sie schnell, wie beiläufig. »Der Bio-Mogul.«

Ralph Angersbach schaltete einen Gang zurück, als sie den Kreisel verließen und die Steigung der Frankfurter Straße in Richtung Heilsberg nahmen.
»Reitmeyer? Sagt mir nichts.«
»Ich kenne ihn auch nur vom Namen her«, erwiderte Sabine Kaufmann und blickte nachdenklich aus dem von Handabdrücken übersäten Seitenfenster. Sie hatte Angersbach gefragt, ob er sie kurz zu Hause absetzen würde, denn mittlerweile war sie vollkommen durchfroren. Eine heiße Dusche, frische Kleidung und ein hastiges Brötchen unterwegs; all das war für sie nichts Neues. Und doch war alles irgendwie anders. Angersbach schenkte ihr einen fragenden Blick, dann musste er sich wieder auf die Straße konzentrieren. *Wo waren wir eben?*
»Reitmeyer hat vor vielen Jahren einen Bioladen in Bergen-Enkheim aufgemacht«, nahm Sabine den Faden wieder auf. »Nach und nach wuchs daraus ein gigantisches Unternehmen, so viel weiß ich. Die Kunden schwören auf seine Produkte, denn er befriedigt die Nachfrage ökologisch und ökonomisch. So zumindest stellt er sich selbst gerne dar.«
»Stellte sich dar«, brummte Angersbach nachdenklich, und Sabine nickte mit einem schmalen, freudlosen Lächeln.
Der Kommissar musste unwillkürlich schmunzeln. »Sie kennen sich ziemlich gut aus hier in der Ecke, wie?« Diesmal klang seine Stimme weniger wie ein Oberlehrer, sondern beinahe schon anerkennend.
»Bin hier aufgewachsen«, bestätigte Sabine. Sie näherten sich einem weiteren Kreisel, und sie deutete nach rechts vorne. »Die erste Ausfahrt müssen wir raus.«
Wenige Minuten später parkte der Geländewagen, dem Sabine weder optisch noch technisch etwas abgewinnen konnte,

vor dem Mehrfamilienhaus, in dem sie wohnte. Ihr Rücken schmerzte, die Federung der Sitze war ein Witz, und die stumpf verkratzte Holzperlenauflage konnte das auch nicht zum Besseren wenden.

»Soll ich warten?«

»Danke, ich komme selbst runtergefahren«, lehnte Sabine ab, angestrengt darauf bedacht, sich nicht anmerken zu lassen, dass sie eine weitere Fahrt in diesem Vehikel um jeden Preis vermeiden wollte.

»Wie Sie meinen. Dann kümmere ich mich so lange um die notwendigen Telefonate. Bitte lassen Sie sich nicht zu viel Zeit. Die Angehörigen sollen Reitmeyers Tod nicht erst aus den Nachrichten erfahren.«

»Halbe Stunde?«

»Die Zeit läuft«, grinste Angersbach und trat aufs Gas. Der dünne Auspuff vibrierte und spie eine dunkle Abgaswolke aus, dann wendete das Unikum in einem engen Halbkreis und knatterte davon.

*Komischer Kauz,* dachte Sabine im Hineineilen. Sie nahm zwei Treppenstufen auf einmal und hatte, kaum dass sie die Wohnungstür aufgeschlossen hatte, auch schon ihr Laufshirt über den Kopf gezogen. Sekunden später flogen der schwarze Sport-BH und das Handtuch in den Wäschekorb, und sie drehte den Regler der Dusche auf. Gierig sog ihr unterkühlter Körper die dampfende Wärme des auf sie hinabprasselnden Wassers auf, und am liebsten wäre sie den Rest dieses winterlichen Märzsonntags genau hier verblieben. *Die Pflicht ruft,* mahnte sie sich jedoch. Sabine würde einen Teufel tun, ihrem doch recht gewöhnungsbedürftigen Kollegen den Triumph zu bescheren, sich zu verspäten.

Die Polizeistation von Bad Vilbel lag in einer Nebenstraße, nahezu verdeckt von dem Gebäude der lokalen Feuerwehr, dessen Schlauchturm sich martialisch in den Himmel reckte. Weiß getüncht, mit türkisen Fenstern und einem halben Dutzend Gauben, wie man sie in den neunziger Jahren nur allzu gern in Neubauten untergebracht hatte, wirkte das zweigeschossige Haus auf den ersten Blick wie eine Arztpraxis. Der Eingangsbereich lag unter einem Vorbau, den eine schlanke Rundsäule trug, zur Straße hin gab es einige wenige Parkplätze, und niedrige Bodendecker füllten die Zwischenräume des Grundstücks. Rechts führte eine Einfahrt in den Hof hinter dem Gebäude, doch hierhin war Sabine bislang nie abgebogen, da in der Regel draußen kaum Fahrzeuge parkten.
Schwungvoll lenkte Sabine ihren brandneuen Renault Twizy, den sie am vergangenen Donnerstag nach wochenlangem Warten endlich in Empfang hatte nehmen dürfen, auf den Parkplatz. Es handelte sich um ein modernes Elektroauto mit zwei hintereinander angeordneten Sitzen. Flügeltüren und Fenster gab es als Nachrüstpakete und waren bei den vorherrschenden Außentemperaturen sicher keine Fehlinvestition gewesen, wenn auch eine teure. Der Akku hielt mindestens hundert Kilometer, und glaubte man diversen Internetforen, konnte man ihn sogar fast doppelt so lang ausreizen. Für Sabines Zwecke das ideale Fahrzeug, denn weiter als in Richtung Vogelsberg führte sie ihr Radius derzeit ohnehin nicht. Und mehr als zwei Personen beförderte sie auch nie, in der Regel war es nur sie selbst. Bevor sich ein Schatten über ihre Miene legen konnte, stieg die Kommissarin hurtig aus. Sie schloss den Wagen ab, vergewisserte sich, dass ihre eilig aus dem Schrank gegriffene Kleidung korrekt saß, und ging rasch

zum Eingangsportal. *Dreiundzwanzig Minuten, nicht übel,* dachte sie und betrat das Gebäude.

Ralph Angersbach war im Grunde genommen ein ihr gleichgestellter Kollege. Beide waren Polizeioberkommissare, wobei es Sabine ein Rätsel war, wieso Angersbach es nicht längst zum Hauptkommissar gebracht hatte. Als Außenposten der regionalen Kriminalinspektion unterstanden sie der Führung des K10 in Friedberg und damit Kriminaloberrat Horst Schulte. Trotz heiligem Sonntag, wie Sabine von einem geschäftig umhereilenden Uniformierten aufschnappte, hatte dieser seinen Weg nach Bad Vilbel gefunden.

»Es ist eine mittelprächtige Katastrophe«, eröffnete Schulte die Besprechung, nachdem alle Platz genommen hatten. Seine dunklen, buschigen Augenbrauen erinnerten an einen Habicht, und die spitze, leicht gekrümmte Nase tat ein Übriges. Der füllige, breitschultrige Körper des etwa Fünfzigjährigen verbarg sich hinter einem halbrunden Stehpult, das gewöhnlich für Pressekonferenzen herhalten musste.

»Ein zumindest regional prominenter Toter«, fuhr Schulte mit tiefem Schnarren fort, »eine Zeugin, die einen Schuss vernommen haben will, aber keine Hinweise auf eine entsprechende Verletzung beim Opfer. Die Presse wird verrücktspielen. Was wissen wir bislang über den Tathergang?«

Mirco Weitzel, einer der Uniformierten, die bei Regina Ruppert gestanden hatten, fasste die dürftigen Erkenntnisse noch einmal zusammen.

»Reitmeyer joggte stadtauswärts in Richtung Dortelweil«, begann er, wurde jedoch sofort von Angersbach unterbrochen.

»Sein Kopf lag aber doch in Richtung Bad Vilbel. Worauf begründen Sie Ihre Behauptung?«

Weitzel schmunzelte. Er war achtundzwanzig Jahre alt, athletisch gebaut und trug sein kurzes, braunes Haar stets korrekt gestylt. Unter den Kollegen munkelte man, er verwende tagtäglich große Mengen an Sekundenkleber dafür, denn auch nach dem Tragen der Dienstmütze wirkte seine Frisur in der Regel wie frisch gerichtet. Angeblich hatte man ihn sogar schon mit einem kleinen Spiegel erwischt, den er in seiner Brusttasche tragen sollte, doch für Sabine waren das die üblichen bösen Unterstellungen neidischer Kollegen, die weniger attraktiv waren. Ein Schönling allerdings, das musste sie zugeben, schien der junge Mann schon zu sein.
»Hundekot an seinen Sohlen«, sagte dieser triumphierend.
»Hundekot?« Die Aufmerksamkeit aller war ihm nun gewiss.
»Ja, an seinen Laufschuhen. Die Spusi hat ein paar Meter südlich einen zertretenen Hundehaufen gefunden, und in seinem Schuhprofil waren entsprechende Rückstände. Das bedeutet, er war stadtauswärts unterwegs.«
Sabine beobachtete aus den Augenwinkeln, wie Angersbach diese Information aufnahm. Er schien einerseits beeindruckt zu sein, der Erkenntnis an sich jedoch keine allzu große Bedeutung beizumessen.
»Ob hin oder zurück ist letztlich nebensächlich«, kommentierte er, »es sei denn, er lief diese Strecke nach einem festen Muster, und jemand hat ihm aufgelauert. Ohne Eintrittswunde scheidet ein Heckenschütze aber aus, oder sieht das jemand anders?«
»Darum geht es mir ja«, schaltete Schulte sich wieder ein. »Was wissen wir von ihm? Feinde, Gewohnheiten, Motiv, Gelegenheit«, er wedelte ungeduldig mit der Hand. »Oder sein Gesundheitszustand. War er herzkrank, nahm er Medikamente, hatte er Asthma? Zugegeben, Reitmeyer war besser

in Form als ich und noch lange nicht in einem Alter, wo man einfach umkippt. Oder führen wir es einmal ad absurdum: Hat möglicherweise jemand auf ihn geschossen, und der Schuss verfehlte ihn, hat ihn aber zu Tode erschreckt?«
»Dazu brauchte es keinen Heckenschützen«, brummte Angersbach und erinnerte sich an den alten Porsche, der über die Brücke geknattert war. »Ein Knallkörper oder eine Fehlzündung täten es auch.«
»Wie auch immer. Ich stelle keine Theorien auf, die nicht auch in der Bildzeitung produziert werden könnten. Aber fahren Sie bitte fort.« Schulte nickte in Mirco Weitzels Richtung.
»Keine äußeren Verletzungen nach Inaugenscheinnahme durch den Notarzt. Die Todesursache bleibt zunächst unklar, Dr. Körber und das Opfer waren nicht miteinander bekannt. Ohne Kenntnis der Krankengeschichte ...«
»Klar so weit«, unterbrach Schulte den Beamten. »Wir beantragen eine Obduktion. Wir können es uns nicht leisten, nach Reitmeyers Hausarzt zu fischen, jede Stunde ist kostbar. Ich gebe Ihnen Bescheid, sobald Sie sich in der Rechtsmedizin einfinden können.«
Sabine nickte. In ihrem Kopf formten sich vertraute Bilder des rechtsmedizinischen Instituts in Sachsenhausen, außerdem Gesichter einiger alter Bekannter. Insgeheim freute sie sich darauf, wenngleich die Umstände weniger erfreulich waren, dem Team dort einen Besuch abzustatten. Doch dann fiel ihr siedend heiß ein, dass ja nun ein anderes Institut zuständig war. *Mist.* Sie schluckte.
»Friedberg oder Gießen?«, raunte sie, für die anderen nicht hörbar, in Richtung ihres neuen Kollegen.
»Was?«, entgegnete er, weitaus weniger diskret, und die Kommissarin bereute, überhaupt gefragt zu haben.

»Schon gut«, wehrte sie hastig ab.
»Ist es zeitlich angemessen, die Pressekonferenz zwischen zwölf und ein Uhr anzusetzen?«, fragte Schulte in die Runde. »Bis dahin sollten die Hinterbliebenen aufgesucht sein. Ich möchte das möglichst eng terminieren, um Spekulationen zu vermeiden.«
»Kommt drauf an. Wen gibt es denn da?«, erkundigte sich Sabine.
»Reitmeyer ist verwitwet und hat zwei erwachsene Kinder«, kam es von Weitzel. »Der Sohn, er stammt aus einer frühen Liaison, und über dessen Mutter liegt nichts vor. Französin, seit zwanzig Jahren nicht mehr in Deutschland gemeldet. Sieht nicht nach einer heißen Spur aus. Die Tochter hingegen ist greifbar. Sie lebt auf dem Hof der Familie, in der Nähe von Rendel.«
»Wo?«, wandte sich Angersbach mit gebeugtem Kopf und in Falten gelegter Stirn an Sabine.
»Liegt hier um die Ecke«, antwortete diese und senkte ihre Stimme dabei ebenfalls kaum. Ein kokettes Grinsen huschte über ihr Gesicht, erleichtert, dass nun wieder ein Patt zwischen ihnen herrschte. Doch der nächste Konflikt sollte nicht lange auf sich warten lassen. Die beiden verließen das Gebäude, und mit einem vielsagenden Lächeln nickte Sabine in Richtung ihres Elektroautos.
»Da soll ich einsteigen?« Ralph Angersbach tippte sich mit aufgesetzter Empörung an die Stirn, als er das in seinen Augen höchst ulkige Fahrzeug erblickte.
»Wieso nicht?«, entgegnete Sabine frostig. »Es bietet genug Platz für uns beide, wollen wir wetten?«
»Wenn wir Ölsardinen wären, vielleicht. Ist Ihnen entgangen, dass ich ein ganzes Stück größer bin als Sie?«

»Reden wir von Ihrer Länge oder von Ihrem Ego? Ich jedenfalls produziere keinen Feinstaub mehr und habe kaum Einschränkungen beim Komfort. Letzterer ist bei Ihrer Kiste ja so gut wie nicht vorhanden.«
»Ich brauche keinen Komfort, ich bin schließlich kein verwöhntes Stadtkind«, konterte Ralph.
»Na, prima.« Sabine grinste, noch bevor ihr Kollege realisierte, dass er sich ins Abseits argumentiert hatte. »Dann können Sie ja jetzt einsteigen.«

Das Hofgut der Familie Reitmeyer lag außerhalb Rendels und gehörte, auf der nördlichen Seite der B521 gelegen, zum Stadtgebiet Karbens und damit noch zum Wetteraukreis. Ein Hauptgebäude und einige Nebengebäude, größtenteils renoviert und mit verschlossenen Toren, umringten einen gepflasterten Innenhof, in dessen Mitte sich ein aus Bruchsteinen gemauerter Brunnen befand. Mit ein wenig Anstrengung entnahm die Kommissarin einem im Mauerwerk eingesetzten Sandstein die dort eingemeißelte Zahl 1789, das Jahr der Französischen Revolution, wie Sabine auch ohne profunde Geschichtskenntnisse wusste.
»Hier lebt sichs nicht schlecht«, kommentierte Ralph Angersbach, die Hände lässig in den Taschen seiner Jeans verborgen. »Fehlen nur noch Polo-Reiter und zwei Bentleys im Schuppen.«
»So einer war Reitmeyer angeblich nicht«, erwiderte Sabine. Sie blickte in die Ferne, wo auf einer Hügelkuppe einige Windräder standen. Die Flügel drehten sich nur äußerst gemächlich, eine Anlage stand still. »Sehen Sie dort oben? Dort verläuft die Hohe Straße, ein alter Handelsweg aus dem Mittelalter. Heutzutage ein stinknormaler Feldweg, aber vor ein

paar Jahren entdeckte man den Höhenzug als geeignete Stelle für Windkraftanlagen.«

»Hässliche Teile.« Angersbach beäugte die schätzungsweise drei Kilometer entfernten weißen Spargel. Er zählte sieben Stück, außerdem zwei Pfeiler auf halber Höhe, an denen sich Baukräne nach oben reckten.

»Mag sein. Aber wenn man dort oben steht, ist das Panorama aufs alte Kraftwerk auch nicht besser. Und Strommasten sind genauso unästhetisch, und ohne geht's nun mal nicht.«

Angersbach zuckte die Schultern und beäugte wieder das Haupthaus.

Während sie darauf zugingen, fuhr Sabine fort: »Drei der Anlagen stehen auf Reitmeyer-Äckern. Er ist kein dekadenter Materialist gewesen, darauf wollte ich vorhin hinaus, aber er wusste durchaus, in welchen ökologischen Sparten der Profit liegt. Vom Körnerladen zum Biohof-Unternehmer entwickelt man sich nicht einfach so.«

»Und nicht ohne Feinde«, murmelte Angersbach und nickte. Dann erreichten sie die flachen Stufen, die zur Haustür hinaufführten.

Claudia Reitmeyer traf die Nachricht vom Ableben ihres Vaters mit aller Härte. Kreidebleich drohte sie in sich zusammenzusacken, und es war nur Ralph Angersbachs Reflexen zu verdanken, dass er sie rechtzeitig auffing und in Richtung Wohnzimmercouch bugsierte.

»Tot?«, hauchte die junge Frau, Sabine schätzte sie auf Anfang zwanzig, mit entkräfteter Stimme und noch immer ungläubig. »Wann, ähm, ich meine, wo?«, stammelte sie, dann: »Und wie?«

»Wir wissen leider noch keine Details über die Todesursache«, setzte die Kommissarin an, »denn es gibt keine sicht-

baren Verletzungen. Ist Ihr Vater regelmäßig entlang der Nidda gejoggt?«
»Fast jeden zweiten Tag«, bestätigte Claudia.
»Hatte er ein Herzleiden oder andere gesundheitliche Dispositionen?«
»Nein, Herrgott. Er war kerngesund.«
Die Kommissarin spürte intuitiv, dass ihr Gegenüber sich allmählich erholte. Der Wechsel von schockierter Trauer zu zynischer Ablehnung – ein beinahe klassisches Verhalten gegenüber dem Überbringer von Todesnachrichten. Doch all die Routine, falls man überhaupt von einer solchen sprechen durfte, machte das Aushalten solcher Momente nicht einfacher.
Sabine Kaufmann atmete durch die Nase ein, gab der jungen Frau einige Sekunden, dann fuhr sie fort: »Hatte Ihr Vater Neider oder Feinde?«
»Neider?« Claudia Reitmeyer lachte spöttisch und wies mit dem Daumen hinter sich, wo ein Panoramafenster den Blick auf eine weitläufige Grünfläche preisgab, dahinter zwei Streifen Ackerland, durchschnitten von der Bundesstraße, und in einiger Ferne die Häuser der kleinen Gemeinde. »Suchen Sie sich einen aus.«
»Ihr Vater hatte also Feinde?«, wiederholte Ralph Angersbach.
»Wie Sie es nennen, ist mir egal«, erwiderte Claudia kühl und schniefte kurz. »Warum fragen Sie diese ganzen Dinge eigentlich? Denken Sie, er wurde ermordet?«
»Halten Sie das denn für möglich?«, fragte Angersbach prompt zurück, und Claudia zuckte erschrocken zusammen.
»Ich weiß nicht«, murmelte sie dann.
»Frau Reitmeyer, wir machen Ihnen nichts vor«, schaltete Sabine sich wieder ein und versuchte, dabei fürsorglich zu

klingen. Wenn Angersbach es schroff und direkt mochte, würde sie gerne den empathischen Gegenpart übernehmen. *Kein Problem.* »Momentan sieht es so aus, als sei Ihr Vater einem Herzanfall erlegen oder etwas in dieser Art. Hinweise auf einen gewaltsamen Tod haben wir auf den ersten Blick nicht gefunden.«

»Aber er hatte doch nichts«, wimmerte Claudia mit hilfesuchender Miene. »Vor ein paar Jahren ist er noch beim Frankfurt-Marathon mitgelaufen.«

»Eine Obduktion wird uns Klarheit verschaffen«, sagte Angersbach, und sofort fügte Sabine hinzu: »Bis dahin müssen wir in jede Richtung ermitteln. Daher auch unsere Frage nach Feinden. Gibt es jemanden, den Sie konkret benennen könnten?«

Claudia sah zu Boden und schüttelte nach einigen Sekunden den Kopf. Ein leises »Nein« war zu vernehmen, wirkte auf Sabine jedoch mehr wie ein Ausweichen.

»Wann haben Sie Ihren Vater zum letzten Mal gesehen?«, fragte sie weiter.

»Gestern«, murmelte Claudia, dann schnellte ihr Kopf wieder nach oben, und ihre Augen erhellten sich. »Nein, heute!«, rief sie. »Das heißt, ich habe ihn gehört, aber nicht gesehen. Er läuft sonntags meist zu nachtschlafender Zeit los.«

»Und Sie?«

»Ich lag noch im Bett.«

Bevor Sabine ihre nächste Frage, ob das jemand bezeugen könne, ausformulieren konnte, kam bereits von ihrem Kollegen die obligatorische Kurzform.

»Allein?«

»Wie?« Irritiert schüttelte Claudia Reitmeyer den Kopf. »Was geht Sie das an?«

»Es geht um Ihr Alibi, bedaure«, erläuterte die Kommissarin, »aber ich muss Sie bitten, die Frage zu beantworten. Gibt es jemanden, der das bezeugen kann?«
»Gilt eine Katze als Zeuge?«, erwiderte die junge Frau und rang sich ein gequältes Lächeln ab.
»Wer außer Ihnen lebt noch auf dem Hof?«, wollte Angersbach wissen und schlug lässig das Bein übers Knie, während sein langer Oberkörper sich tief in das Polster der Couch drückte. Das offene Wohnzimmer, welches ohne Türen in den Flur und seitlich in einen Küchenbereich überging, war angefüllt mit hölzernen Bauernmöbeln, teils unbehandelt, teils in bunten Farben und mit Blümchenmotiven bepinselt. Strohschmuck und getrocknete Sträuße obenauf; ein Hauch von Allgäu, nur dass keine Kruzifixe und andere Devotionalien an den Wänden hingen. Die hohe Decke zeigte offenes Gebälk, in die herabhängenden Lampen waren cremeweiße Energiesparbirnen eingedreht, die Holzfenster schienen neu zu sein. Alles in allem steckte in dem Anwesen eine beachtliche Detailverliebtheit – und jede Menge Geld.
»Leben im Sinne von Wohnen? Nur mein Vater und ich«, beantwortete Claudia Reitmeyer die Frage, dann drehte sie den Kopf zur Seite und rollte mit den Augen. »Aber ein und aus gehen hier regelmäßig Dutzende Personen.«
Sabine folgte ihrem Blick, er wies in Richtung einer zugezogenen Schiebetür aus Milchglas, hinter der sich schemenhafte Konturen abzeichneten.
»Das Büro?«, folgerte sie, als sich ihr Blick mit dem der Tochter traf, und Claudia nickte.
»Hier geht es an sechs Tagen in der Woche zu wie in einem Taubenschlag.« Sie schluckte schwer und kniff die Augenwinkel zusammen, um eine Träne zu unterdrücken. »Was soll

nun bloß werden?«, hauchte sie und verbarg das Gesicht hinter den Händen.

»Sollen wir später noch einmal wiederkommen?«, fragte die Kommissarin, nach vorn gebeugt, und kam damit dem Bestreben ihres Kollegen zuvor, selbst eine Frage zu stellen. Sie warf ihm einen raschen Blick zu, Angersbach runzelte die Stirn, gab ihr dann aber mit einem Nicken seine Zustimmung zu verstehen.

»Müssen Sie das denn?«, fragte Reitmeyers Tochter.

»Ich fürchte, ja. Wir müssen den Tagesablauf Ihres Vaters, so gut es geht, rekonstruieren, außerdem brauchen wir eine Liste der Personen, mit denen er zuletzt Kontakt hatte.«

»Kann ich Ihnen das nicht auch zumailen?«

»Nein«, erwiderte Angersbach knapp, aber bestimmt, was Claudia zu einem irritierten Blick veranlasste. »Wir benötigen zu den Namen auch einige Informationen«, erklärte er daher.

»Also gehen Sie doch von Mord aus«, schlussfolgerte die junge Frau.

»Wir prüfen alle Möglichkeiten«, schaltete sich Sabine wieder ein, der nicht entgangen war, dass Claudia Reitmeyer mit Angersbachs Gesprächstechnik offenbar ein Problem hatte. »Wenn es der Sache dient, so schnell wie möglich Gewissheit zu erlangen, ist das doch in unser aller Interesse, oder?«

*Oha*, dachte sie sofort, *das war suggestiv*. Nicht gut. Doch ihr Gegenüber nickte zögerlich.

»Können wir eine Viertelstunde Pause machen?«, fragte sie dann. »Sie können sich gerne einen Tee oder Kaffee kochen, ich brauche frische Luft. Danach gebe ich Ihnen die Liste.«

Ralph Angersbach lehnte an einer senkrecht in den Boden getriebenen Eisenbahnschwelle, die nun als Pfosten eines Weidezauns ihren Dienst verrichtete. *Recycling en détail*, dachte er amüsiert, wobei diese Zweckentfremdung der harten, schweren Hölzer beileibe nicht unüblich war. Auch ohne Hintergedanken. Die Grasfläche war zu weiten Teilen von einer gelblichen Tönung durchwachsen. Tautropfen wiegten sich an den Spitzen der längeren Gräser in der kühlen Brise, die eingesetzt hatte. Er schätzte die Außentemperatur auf fünf Grad, viel zu kalt, selbst für ihn, der sich für einigermaßen abgehärtet hielt.
»Sie reden nicht gerne um den heißen Brei herum, wie?«
Der angenehme Mezzosopran in Sabine Kaufmanns Stimme war eine willkommene Abwechslung zu dem schrillen Gekreische, in dem Janine sich derzeit hauptsächlich artikulierte.
»Mag sein«, brummte er nachdenklich, noch immer mit Blick über die Weite der vor ihm liegenden Koppel. Ein Feldhase zeigte sich am anderen Ende, verschwand jedoch sofort wieder im angrenzenden Gestrüpp. Ralph wandte sich seiner neuen Kollegin zu, die nur einen Meter von ihm entfernt stand, so dass er seinen Blick senken musste.
»Bisher hat das jedenfalls immer bestens funktioniert.«
»Verstehe«, war Sabines knappe, unterkühlte Antwort.
»Haben Sie ein Problem damit?«
*Mist.* Jetzt hatte er sie tatsächlich in die Verteidigungsposition gedrängt.
»An und für sich nicht«, begann sie mit Bedacht, »aber da drinnen sitzt eine junge Frau, die gerade ihren Vater verloren hat.«
»Oder eine junge Abstauberin, die gerade ein Bio-Imperium geerbt hat«, widersprach Angersbach. »Oder sind Sie so ein Gutmensch, dass ein paar Krokodilstränen genügen?«

»Blödsinn!«, gab Sabine verärgert zurück und wandte sich mit verzogenem Mund zur Seite. »Aber wenn Frau Reitmeyer aufgrund mangelnder Empathie die Schotten dicht macht, haben wir nichts gewonnen. Da versuche ich es lieber auf die freundliche Tour. Deshalb schließe ich sie als Verdächtige doch nicht aus.«

*Prima, eine Vollspektrumsrechtfertigung.* Das versprach ja, eine tolle Zusammenarbeit zu werden.

»Nehmen Sie's doch nicht als persönlichen Angriff«, schmunzelte Angersbach nach einigen Sekunden versöhnlich. »Aber Sie sehen ja selbst, es erzielt eine gewisse Wirkung, wenn man das Kind beim Namen nennt. Funktioniert als Taktik mindestens so oft wie ein Wellness-Paket, wetten?«

»Abwarten«, brummte Sabine. »Ich werde jedenfalls weiterhin empathisch mit meinen Gesprächspartnern umgehen, auch mit Frau Reitmeyer. Im Übrigen schätze ich es nicht, als Testobjekt missbraucht zu werden.«

»In Ordnung, belassen wir es dabei. Ich bin weder mürrisch noch emotionslos, aber beschränke mich lieber aufs Beobachten als aufs Reden. Jedem das Seine, Sie können wohl beides.« Den letzten Satz fügte er bewusst hinzu, um bei seiner Kollegin nicht wieder ein Gefühl der Wertung zu verursachen. Beobachtung und Konversation waren gleich wichtig, das wusste er nur allzu gut.

»Ich versuche es zumindest«, knüpfte Sabine an. »Stichwort Beobachtung: Was haben Sie denn so alles wahrgenommen?« Ihr Daumen deutete hinter sich, in Richtung Haupthaus. Hinter einer mannshohen Hecke glaubte sie, eine Bewegung zu erahnen, verharrte kurz in ihrem Blick, aber es tat sich nichts.

»Frau Reitmeyer ist mitten in der zweiten Trauerphase, sie

verhält sich augenscheinlich normal«, sprach Angersbach und blies sich warme Luft in die Handflächen, die er anschließend einige Male aneinanderrieb. »Leider verschwimmen die ersten beiden Phasen beim Überbringen einer Todesnachricht miteinander, aber dennoch verhält sie sich den Umständen entsprechend normal. Ich halte es momentan auch für unwahrscheinlich, dass ihre Emotionen gespielt sind, allerdings verheimlicht sie uns etwas.«
»Spielen Sie auf meine Frage nach den Feinden an?«
»Ja. Sie verbirgt etwas vor uns, dessen bin ich mir sicher.«
»Das Gefühl hatte ich auch«, pflichtete Sabine bei. »Was halten Sie von der Frischluftpause? Grundbedürfnis oder Kalkül?«
»Von beidem etwas«, schätzte Angersbach. »Sie denkt natürlich über die Personen nach, die sie uns nennen wird. Ihr Augenmerk liegt dabei aber nicht auf den Namen, sondern vielmehr auf den Hintergrundinfos, die wir dazubekommen werden.«
Auf dem Weg zurück zum Haus verlangsamte Sabine Kaufmann ihren Gang und musterte prüfend die in tausend Verästelungen wuchernde Hecke, die trotz ihrer Kargheit an Blattwerk so dicht war, dass man das Dickicht kaum einen Meter durchblicken konnte. Der Boden war teils bemoost, teils steinig. Sollte tatsächlich jemand hier gestanden haben, so hatte er keine Spuren hinterlassen.

Claudia Reitmeyer wirkte wie ausgewechselt, obwohl seit der Unterbrechung kaum zwanzig Minuten vergangen waren. Sie wirkte auf bedrückende Weise gefasst, ihre Bewegungen waren statisch, ihre Miene fast regungslos. Nachdem die Kommissare sich zuvor gegen ein Heißgetränk entschieden hatten, war sie mit ihnen aus dem Haus gegangen, dann jedoch in Richtung eines der Nebengebäude verschwunden. Irgendwann hatten sich ihre schnellen Schritte über den Pflastersteinen verloren, und als Ralph und Sabine zurück ins Haus kamen, wartete sie bereits im Wohnzimmer.

»Hier sind die aktuellen Geschäftsunterlagen«, eröffnete sie sachlich und deutete auf einen flachen Papierstapel, der größtenteils aus aufgefalteter Korrespondenz und ausgedruckten E-Mails zu bestehen schien. »Dem Terminkalender nach hatte mein Vater gestern Nachmittag um sechzehn Uhr eine Besprechung mit Dr. Elsass. Victor ist der Forschungsleiter unserer Saatgutwerkstatt. Telefonate kann ich leider nicht nachvollziehen, da wir keine digitale Anlage haben. Außerdem gibt es handschriftliche Notizen im Kalender, die ich nicht entziffern kann. Hier.« Sie griff neben sich und legte einen schmalen Querkalender mit Drahtkammbindung auf die Papiere. Zeitgleich schnellten die Köpfe der Ermittler nach vorn, und um ein Haar wären diese zusammengestoßen. Sabines Finger erreichten den Kalender zuerst, und sie drehte die Schrift in ihre Richtung. Sie erkannte krakelige Bleistiftnotizen, einiges musste eine Art Steno sein, außerdem für den Vortag in der entsprechenden Stundenzeile den Vermerk V. E.

»Mist, nur Abkürzungen oder Hieroglyphen«, stieß Angersbach mürrisch durch die Zähne.

»Dürfen wir den Kalender mitnehmen?«, erkundigte Sabine sich bei Claudia.

»Nur zu. Nehmen Sie den ganzen Stapel aus dem Posteingangsordner mit, dann erhalten Sie einen Überblick.«

»Danke. Wie war das Verhältnis zwischen Ihrem Vater und Dr. Elsass?«

»Normal, denke ich.« Die Antwort kam schnell und wurde

begleitet von einem Schulterzucken und einem unschlüssigen Blick.
»Dr. Elsass hat für Ihren Vater gearbeitet?«
»Fragen Sie ihn, und er wird das ein wenig anders darstellen.«
»Inwiefern?«
»*Professor Doktor Doktor Elsass*«, sprach Claudia betont abfällig, »arbeitet für niemanden außer für sich selbst. Er tut ausschließlich Dinge, die seiner wissenschaftlichen Reputation dienlich sind. Klar so weit?«
»Hm. Gab es Rivalität zwischen den beiden?«
»So würde ich das wiederum nicht bezeichnen«, wandte Claudia kopfschüttelnd ein.
»Wie bezeichnen Sie es denn?«, fragte Angersbach gereizt. Wenn er eines nicht leiden konnte, dann war das Salami-Taktik.
»Ich habe keinen Begriff dafür«, erklärte die Tochter. »Nennen wir es meinetwegen eine Win-win-Situation. Mein Vater hatte einen erstklassigen Wissenschaftler an Bord, und Dr. Elsass konnte sich mit x Forschungspatenten brüsten.«
»Sie nannten ihn vorhin Victor«, sagte Sabine mit einem Pokerface, und ihr Blick haftete wie ein Magnet auf ihrem Gegenüber. Doch Claudia zeigte weder ein verräterisches Zucken noch sonst eine Reaktion.
»Wir kennen uns schon recht lange«, kam prompt ihre Antwort. Etwas zu schnell, beinahe als wäre sie vorbereitet, fand die Kommissarin.
»Sonst gab es gestern keine Kontakte?«, erkundigte sich Angersbach.
»Jedenfalls keine, von denen ich wissen sollte«, wich die junge Frau aus und erhob sich. Da war es wieder. Jener ausweichende Zynismus, der Sabine wie eine verzweifelte Stimme

zuzurufen schien. Etwas wollte nach draußen, tief in Claudia Reitmeyers Innerstem, aber sie war noch nicht bereit, es aus eigenem Antrieb freizulassen. Oder irrte sie sich?
Claudia trat mit verschränkten Armen vor das Panoramafenster und ließ den Blick in die Ferne schweifen.
»Ich habe Ihnen alles gesagt, was Sie wissen müssen«, sagte sie nach einigen Momenten des Schweigens, noch immer mit dem Rücken zu den Kommissaren. »Darf ich jetzt bitte allein sein?«
»Eine Frage noch«, beharrte Sabine. »Wir wissen, dass Ihre Mutter vor geraumer Zeit verstorben ist. Gibt es aktuell jemanden im Privatleben Ihres Vaters?«
Ein unverständliches Murmeln erklang aus Richtung des Fensters, und Angersbach reckte mit angestrengtem Blick den Hals.
»Wie bitte?«
»Dazu möchte ich mich nicht äußern«, wiederholte Claudia Reitmeyer.
*Volltreffer,* dachte Sabine triumphierend und sagte dann: »In Ordnung. Wir beenden unser Gespräch fürs Erste, aber wir werden Sie in Kürze wieder aufsuchen. Bitte denken Sie noch einmal über alles nach, ich lasse meine Visitenkarte hier, Sie können mich also jederzeit erreichen. Jeder Hinweis kann für uns von Bedeutung sein, vergessen Sie das nicht.«
Claudia Reitmeyer sagte nichts dazu, nahm die Visitenkarte jedoch an sich, als sie den Kommissaren in Richtung Tür folgte.
»Sie werden es ohnehin herausfinden«, begann sie dann leise, als Angersbach seinen Körper bereits durch den Türspalt ins Freie geschoben hatte und Sabine verharrte. »Was denn?«, fragte sie und schenkte Claudia einen aufmerksamen Blick.
»Sprechen Sie mit Vera Finke. Sie arbeitet im Hofladen, ihre

Privatadresse habe ich gerade nicht im Kopf. Massenheim, glaube ich. Mehr möchte ich nicht dazu sagen.«
Sabine notierte sich diese Information und bedankte sich.
»Bevor wir gehen«, fragte sie dann, »was ist mit Ihrem Bruder?«
»Wer?«, fragte Claudia stirnrunzelnd, dann, hastig lächelnd: »Ach, Frederik. Was ist mit ihm?«
»Das war meine Frage an Sie«, beharrte Sabine, ein wenig verwundert über Claudias erste Reaktion. Diese schnaubte verächtlich. »Die meiste Zeit des Jahres über habe ich nicht die geringste Ahnung, wo er sich herumtreibt. Wir haben seit Wochen nichts voneinander gehört.«
Beim Verlassen des Grundstücks fiel Sabines Blick ein weiteres Mal auf die Windkraftanlagen, die sich wie gigantische Spargel in den tristen Himmel streckten. Sie erinnerte sich an einen feurigen Leserbrief, den sie zu dem streitbaren Thema gelesen hatte. Vom Aus des römischen Kulturerbes war dort die Rede, nun, da weiße Spargel wuchsen, wo vor zweitausend Jahren der Limes die Eroberer vor den Germanen schützte. Aufgefallen war der Kommissarin, dass dieselben Stimmen, sobald es um die neue Umgehungsstraße ging, erstaunlich stumm blieben.

Claudia Reitmeyer sah den Beamten nach, bis der Wagen auf die Zufahrtsstraße eingebogen war und sich entfernte. Ihr gefiel es, dass die Kriminalpolizei offenbar nicht mehr auf PS-Boliden angewiesen war, sondern mit Strom reiste. Solange es kein Atom- oder Kohlestrom ist, dachte sie sofort. Viel schwerer wog, dass sie die Ermittlerin nicht mochte. Mit dem Ärmel ihres Jeanshemds wischte Claudia sich über die Stirn, erleichtert, die beiden vorerst los zu sein. Doch sie würden

wiederkommen, das hatten Polizisten nun mal so an sich. Claudia spielte nervös mit dem Anhänger ihrer Halskette, den sie zwischen die Lippen gesteckt hatte und mit der Zunge hin und her schob. Als sie ins Wohnzimmer gelangte, blieb sie wie angewurzelt stehen und wurde vor Schreck aschfahl. Der kleine goldene Anhänger fiel ihr aus dem Mund, und ihr Atem stockte, als sie die grobschlächtige Gestalt wahrnahm, die sich dort aalte, wo kurz zuvor noch sie selbst gesessen hatte.
»Verdammt!«, entfuhr es ihr entgeistert.
Der breitschultrige, in einen abgewetzten Parka und mit fleckigen gelben Gummistiefeln bekleidete Mann zog den schwulstigen Mund in die Breite. Das selbstgefällige Grinsen legte den Blick auf seine Zähne frei, zwischen denen eine hässliche Lücke klaffte.
»Na, na, das ging aber auch schon mal höflicher«, erwiderte er und zog sich die bordeauxfarbene Dockermütze von der Glatze. Er knetete das Wollgewebe zwischen seinen zerfurchten Pranken. »Wo wolltest du denn hin?«
»Vorhin?«
»Klar. Beinahe hätte mich die Blondine entdeckt, sonst hätte ich mich bemerkbar gemacht. Aber wir müssen uns ja nicht immer nur in der Maschinenhalle treffen.«
Der lüsterne Unterton, gepaart mit einem vielsagenden Zwinkern, jagte Claudia einen Schauer über den Rücken.
»Haus und Büro stehen nicht zur Debatte«, entgegnete sie kühl, »das hat sich nicht geändert.«
»Ach, komm schon, er ist doch jetzt nicht mehr da. Zeit, gewisse Dinge neu auszuhandeln, findest du nicht?«
»Kein Bedarf, soweit es mich betrifft.«
Der Mann, dessen stämmiges Wesen dem klassischen Bild

eines Knechtes am nächsten kam, stemmte sich nach vorn und richtete sich ächzend auf. Langsam trat er einen Schritt auf Claudia Reitmeyer zu, dann einen weiteren. Versteinert, wie das Kaninchen im Bann einer Schlange, klammerte sich diese an die Lehne eines Stuhls, bewegte sich aber keinen Millimeter zurück.

»Was hast du ihnen gesagt?«, erkundigte sich der Mann, blieb kurz stehen, musterte sie fragend und wandte sich dann in die entgegengesetzte Richtung. Seine Hände wanderten das Wohnzimmerregal entlang, suchten den Drehknauf des Getränkefachs, dann knarrte die Tür.

»Ich musste ihnen den Kalender mitgeben, außerdem ein paar Papiere. Nichts Wichtiges.«

»Wie willst du das denn beurteilen?«, erklang es spöttisch, im Hintergrund ertönte gläsernes Scheppern. Der Knecht entstöpselte eine kristallgläserne Karaffe und roch daran. Er verzog angewidert das Gesicht und entleerte den goldbraunen Inhalt in das Granulat einer Hydrokulturpalme.

»Hätte ich Ihnen eine Büroführung anbieten oder am besten gleich den ganzen Computer mitgeben sollen?«, fragte Claudia gereizt. »So haben wir wenigstens bis morgen Zeit, uns um alles zu kümmern.«

»Gott, wie naiv. *Um alles kümmern*«, äffte er sie nach und steuerte zielstrebig auf sie zu. Als sein Gesicht nur noch dreißig Zentimeter von ihrem entfernt war – sein Atem roch nach Alkohol, also musste er schon vorher am Tag etwas getrunken haben –, stieß der Mann, dessen Volumen beinahe das Doppelte der jungen Frau maß, grimmig hervor: »Ich bin hier fürs Kümmern zuständig, meine Liebe, vergiss das besser nicht. Und *Silence is golden,* das solltest du ebenfalls nicht vergessen! Mein Schweigen gibt's nicht umsonst.«

»Du lebst doch bereits wie die Made im Speck«, konterte Claudia, doch ihr Mut war auf ein kümmerliches Etwas zusammengeschrumpft, und viel würde sie ihm nicht mehr entgegenzuhalten haben. Leider wusste er das.
Spöttisch lachte er auf und winkte ab. Dann griff er nach einer ihrer Haarsträhnen und ließ diese langsam zwischen zwei Fingern hindurchgleiten.
»Ich rede nicht von Geld«, sagte er, und Claudia erschauderte ein weiteres Mal.

Da der Hofladen, dessen Werbetafel die beiden Kommissare erst beim Verlassen der Zufahrtsstraße wahrgenommen hatten, sonntags geschlossen hatte, blieb ihnen nur eine Personenabfrage, um Vera Finkes Adresse in Erfahrung zu bringen. Während man sich in der Dienststelle darum kümmerte, steuerte Sabine ihren Wagen in Richtung Bad Vilbel. Sie hatte Hunger und Durst, Ralph Angersbach ging es ebenso. Er hielt das Handy noch immer am Ohr, im Rückspiegel zeichnete sich eine angestrengte Miene ab, und er sprach zwischenzeitlich mit Schulte. Sabine vernahm Schlüsselworte wie *Presse* und *Obduktion*.
Ralph Angersbach beendete das Gespräch und nannte ihr eine Adresse in Massenheim, was von ihrer jetzigen Position aus betrachtet auf der anderen Seite Bad Vilbels lag.
»Ein schneller Kaffee auf dem Weg dorthin?«, vergewisserte sich Sabine, und er nickte dankbar lächelnd.
»Auf jeden Fall. Ich hatte heute Morgen keine rechte Gelegenheit dazu.«
Bevor Sabine dieses kleine Hintertürchen in sein Privatleben, das er soeben geöffnet hatte, für eine entsprechende Frage nutzen konnte, sprach Angersbach weiter: »Allerdings stellen

wir die Befragung der Finke hintenan, wir haben als Nächstes ein zweites Date mit unserem Verblichenen. Den Kaffee gönnen wir uns aber trotzdem«, lächelte er.
Schnell überlegte die Kommissarin, wie viele Kilometer es von Bad Vilbel bis Gießen waren. Fünfzig? Sechzig? Wie sie es auch drehen und wenden mochte, es waren zu viele, selbst für eine vollgeladene Batterie. Sie würde sich lieber jetzt die Blöße geben, den Wagen zu wechseln, als auf dem Heimweg liegenzubleiben. Doch Übel blieb Übel, auch wenn man das kleinere wählte. »Wir müssten vorher das Dienstfahrzeug wechseln.« Sabine versuchte, es so beiläufig wie möglich zu sagen. Doch Angersbach sprang sofort darauf an und lachte spöttisch auf.
»Wieso denn das? Reicht der Sprit nicht?«
»Sehr witzig. Freuen Sie sich doch, Ihre Beine wieder ausstrecken zu können«, gab Sabine zurück.
»Beine? Gut, dass Sie es sagen. Die sind schon so lange eingeschlafen, ich hätte fast vergessen, dass ich noch welche habe.«
Am liebsten hätte Sabine gekontert, dass sie sich für die Fahrt im Lada wünsche, keine Wirbelsäule zu haben, doch ihr fehlte der Elan für einen ausufernden Schlagabtausch.
»Wenigstens finde ich den Weg von Rendel zur Dienststelle«, murmelte sie nur und beobachtete im Spiegel, wie Angersbach amüsiert den Mund verzog. Bestand für ihn der ganze Tag aus Sarkasmus und Spitzfindigkeiten? Das konnte ja heiter werden, im wahrsten Sinn des Wortes.
»Was ist nun eigentlich mit der Pressekonferenz?«, fragte sie unvermittelt.
»Die übernimmt Schulte, dann ist er ganz in seinem Element.«
Sabine verzog fragend das Gesicht, daraufhin fügte Angersbach hinzu: »Im Präsidium heißt es, er aale sich nur allzu gerne im Rampenlicht. Mir ist das im Übrigen auch sehr recht,

Sie wissen ja, ich bin mehr der Beobachter. Und wegen der Autopsie: Wollen Sie erst die gute oder erst die schlechte Nachricht hören?«

»Mir egal«, antwortete Sabine, denn sie hatte nicht den blassesten Schimmer, was nun kommen würde.

»Professor Hack übernimmt diesen Job, die Staatsanwaltschaft hat sofort grünes Licht gegeben.«

»Daran hatte ich keinerlei Zweifel«, murmelte Sabine. Auch wenn ein womöglich durch Sport hervorgerufener Todesfall nicht zwangsläufig zu einer Leichenöffnung führte, so sprachen in diesem Fall alle Faktoren dafür. Sie rief sich ins Gedächtnis, was sie über Professor Hack wusste. Persönlich begegnet waren sie sich erst ein Mal, da hatte die Kommissarin allerdings noch nicht gewusst, dass es sich um den beinahe schon legendären Rechtsmediziner handelte. Bislang hatte sie nur mit einem Dr. Schiller zu tun gehabt, aber das Jahr hatte es in puncto Mord und Totschlag auch verhältnismäßig ruhig angehen lassen. Zumindest im Vergleich zu Frankfurt. Professor Hack, es begann schon damit, dass sie nicht einmal seinen Vornamen im Kopf hatte, war eine Koryphäe. Er hatte sich in Krisengebieten auf der ganzen Welt herumgetrieben, Leichen aus Massengräbern auf deren Identität hin untersucht und irgendwo an einem Kriegsschauplatz, so lautete zumindest die Legende, das linke Auge eingebüßt. An dessen Stelle befand sich nun ein Glaskörper, denn alle moderneren Verfahren lehnte Hack schlichtweg ab. Seit vielen Jahren, auch das biologische Alter war der Kommissarin nicht geläufig, leitete er das rechtsmedizinische Institut in Gießen und gab diesen Posten stets nur kommissarisch ab, wenn er sich auf Reisen begab. Hack hätte sich längst an der französischen Riviera zur Ruhe setzen können, doch seine Devise lautete, den Knochenjob – er liebte doppeldeutige Wortspiele – bis zum bittern Ende durchzuziehen. Was er an Lebensalter auf dem Buckel hatte, glich er angeblich durch Charme und Esprit aus, es sei denn, er hatte jemanden auf dem Kieker. Unter seinen Studenten war er dafür berüchtigt, das unbewegliche Glasauge in Richtung des Auditoriums zu richten und mit dem anderen rastlos durch die Reihen zu blicken. Wie im Fadenkreuz eines Zielfernrohrs fühlten sich auf diese Weise stets mindestens ein Drittel der Anwesenden unangenehm fokussiert. Auch bei Dienstbesprechungen, so hieß es, würde er diese aus einer Not geborene Untugend gerne einsetzen, sobald die Aufmerksamkeit zu schwinden drohte.

*Ein echter Charmebolzen*, schloss die Kommissarin schmunzelnd, zufrieden, dass sie doch einiges über den Mann wusste, der die gerichtliche Leichenöffnung von Ulf Reitmeyer übernehmen würde. Glücklicherweise waren Hack und Schulte so etwas wie alte Kameraden, und neben der Pressekonferenz hatte sich der Boss auch gleich um den Anruf bei Professor Hack gekümmert. Das erschien sinnvoll, denn Sabine erinnerte sich an einen Wortwechsel Ende Januar zwischen ihr und Schulte, als es an einem Samstagabend darum ging, eine weibliche Leiche zu untersuchen, die erstochen worden war.

»Wenn dort jemand anderes anruft als ich«, hatte Schulte seinerzeit mit verschwörerischer Miene gesagt, »hat Hack flugs einen weiteren Toten in seiner Kühlkammer liegen.«

Wohl eine heillose Übertreibung. Oder gab es für die Kollegen der Rechtsmedizin etwa keine Rufbereitschaft? Lagen die Dinge heute ähnlich? Einmal mehr wurde Sabine Kaufmann gewahr, dass sie sich an einige der vorherrschenden Strukturen noch gewöhnen oder diese gar von null auf kennenlernen musste. Da fiel ihr ein, dass Angersbach von einer guten und

schlechten Nachricht gesprochen hatte, und sie warf ihm einen raschen Blick zu.
»Was war das denn nun eigentlich mit Professor Hack? Die gute oder die schlechte?«
»Beides«, erwiderte Angersbach lachend.

Das Institut für Rechtsmedizin der Universität Gießen erreichte man über die Frankfurter Straße, eine der Hauptverkehrsadern des beschaulichen Städtchens. Altbauten, Villen und moderne Fassaden reihten sich wie selbstverständlich aneinander; trotz der trüben Witterung ein bunt erstrahlender Flickenteppich. Gesäumt wurde das Ambiente von den erhabenen Gebäuden der Universität, welche an schier unzähligen Standorten Institute, Büros und Labor beherbergte.
Professor Hack begrüßte die Kommissare erwartungsgemäß mürrisch und wechselte anschließend einige Worte mit Ralph Angersbach, die sich auf frühere Begegnungen beriefen. Sabine Kaufmann konnte nicht allem einen Sinn entnehmen, versuchte es auch nicht, aber als ein trockenes Lachen ertönte und Hack sich in Bewegung setzte, widmete sie ihm wieder ihre volle Aufmerksamkeit.
»Hätten Sie ihn nicht nach Frankfurt verschiffen können?«, brummte er, hastig voranschreitend und nur mit leicht zur Seite gedrehtem Blick. Das Auge starrte dabei wie absichtlich an ihr vorbei. Was zunächst wie eine forsche Geste anmutete, war, wie der Kommissarin dann einfiel, keine Absicht. *Das Glasauge.* Nun wusste sie zumindest schon einmal, um welches der beiden es sich handelte.
Angersbach sprang in die Bresche. »Schultes Entscheidung«, gab er dem Pathologen zu verstehen.
»Prächtig. Wenn's nach Horst geht, trifft's mich immer.«

In einem Nebenzimmer lasen sie eine Assistentin auf, die Angersbach nicht zu kennen schien und die auch Sabine völlig unbekannt war. Außerdem stand ein junger Mann von der Staatsanwaltschaft bei ihr, einen beinahe leeren Kaffeebecher in der Hand, der sich den Kommissaren reserviert vorstellte.
»Sie schon wieder?«, polterte Hack, während seine Pranke die des Mannes zu zermalmen schien. »Wem sind Sie denn an den Karren gefahren, dass man Sie ständig zu Sektionen abkommandiert?« Er grinste, als der Anwalt etwas von Telefonkette und Zuständigkeit brabbelte, und schien sich für die Antwort nicht im Geringsten zu interessieren. Die Legenden waren also allesamt wahr, dachte Sabine. Hoffentlich war seine Arbeit genauso professionell wie seine bemerkenswert ungehobelte Art.
Ulf Reitmeyer lag in der Mitte des Raumes, die über ihm befindliche Leuchte flackerte kurz, bevor sie ihn in ein farbloses Licht tauchte. Der Körper war bedeckt von einem Tuch, welches Professor Hack ohne Umschweife entfernte. Er klappte eine Brille auseinander und schob sich diese auf den breiten Nasenrücken. Dann schnalzte er mit der Zunge.
»Der erste Bericht ist ein Witz«, kommentierte er den aus seinem Kittel herauslugenden Totenschein Dr. Körbers. »Zum Glück hat der Verblichene nicht auf dem Rücken gelegen, und er hat sich zu einer Temperaturmessung im Rektum hinreißen lassen. Sonst würde ich ihn jetzt verklagen, das können Sie mir glauben. Na ja, legen wir mal los.«
Er nickte seiner Assistentin zu, welche daraufhin das Aufnahmegerät aktivierte.

Ralph Angersbach hatte schon so mancher Sektion beigewohnt, und vor allem die Untersuchungen durch Professor Hack waren üblicherweise ein Mix aus medizinischem Blabla und morbidem Humor. Gewürzt wurde das Ganze hin und wieder durch den einen oder anderen Schwank aus Hacks ereignisreichem Leben. Als ständiger Begleiter des Todes, also dem, wie der Rechtsmediziner es auszudrücken pflegte, »krisensichersten Arbeitgeber der Welt«, hatte er schon eine Menge gesehen. »Zu viel für zwei Augen«, wie er nicht selten zum Besten gab, wenn betretenes Schweigen herrschte. *Hackebeil* – so nannte man ihn, teils amüsiert und teils ehrfürchtig – erfreute sich nicht nur unter seinen Studenten eines gewissen Rufes. Seit Jahren kursierten die verschiedensten Gerüchte, etwa, dass der Professor mit seinen Patienten spräche, wenn er allein im Sektionssaal stand.

»Wieso denn auch nicht?«, war Hacks lachende Reaktion gewesen, als Angersbach ihn einmal darauf angesprochen hatte. Dann hatte er sich an die Stirn getippt und gemurmelt: »Andere sprechen mit ihren Tomaten. Geht's noch?«

Ralph hatte bei jeder Leichenöffnung noch mit ganz anderem zu kämpfen. In Kindertagen hatte er die eine oder andere Hausschlachtung mit angesehen. Ein Schwein von gut und gerne zwei Zentnern, dessen Maße, Hautfarbe und sogar die leblose Form des Kadavers denen eines Mannes ähnelten, hing baumelnd an einem Wandhaken. Wenige Minuten zuvor noch hatte es drei keuchende Männer gebraucht, um das Vieh zu bändigen, welches quiekend und schreiend in seinem Kabuff polterte, bis das unvergessliche »*Pssing!*« des Bolzenschussapparats dem Leid ein Ende setzte. Ein nackter Toter auf dem Blechtisch, eine rosige Sau am Haken; Ralph hatte es nie geschafft, dagegen anzukämpfen, dass diese beiden Szenarien im Laufe der Jahre miteinander verschmolzen. Der Schlächter in seiner weißen Schürze, der stolze Bauer, dessen Stall die Sau entwachsen war, die Frauen an Wanne und Kessel, bereit, die Zerlegungszeremonie routiniert zu begleiten.

Der Professor ratterte derweil eine routinierte Litanei von Fachbegriffen hinunter, während er die äußere Begutachtung vornahm. Ein normal gebauter Mann von altersgemäßer Konstitution. *Eine kapitale Sau.*

Wann immer Hack eine Körpereigenschaft erwähnte, wanderten Ralphs Augen an die entsprechende Stelle. Sabine tat dasselbe, und er schätzte, dass sie dankbar war, dass Reitmeyers Leichnam ein verhältnismäßig ästhetischer war. Keine offenen Verletzungen, kein aufgedunsener Leib, kein verfaultes Gewebe. Die Haut war von einer blauvioletten Marmorierung, und überall dort, wo der Körper auf dem Boden gelegen hatte, befanden sich bleiche Stellen. *Rosig wie ein Ferkel.*

An den Achselhöhlen und rund um die Taille durchwuchsen schmale, unregelmäßige Streifen die dunkle Leichenfärbung, ebenso hell wand sich eine Bahn wie ein Gürtel unterhalb des Bauchnabels. Kleidungsspuren, wusste der Kommissar, verursacht durch Falten im Stoff oder einen enganliegenden Bund. Dort, wo das Blut nicht ungehindert hinlaufen konnte, entstanden keine Livores, Totenflecke.

»Dem Anschein nach Zusammenbruch von HKS und ZNS nach kurzer Agonie«, drängte sich Hacks schnarrende Stimme zurück in Ralphs Bewusstsein. »Aber was zum Geier soll dieser unselige Kommentar in puncto Projektilverletzung?«

»Eine Zeugin will einen Schuss vernommen haben«, erklärte Sabine hastig, was zu einem Stocken des Professors führte.

»Und wo soll das Projektil bitte eingedrungen sein?« Seine Stimme reicherte sich mit höhnischer Ironie an. »Ins Ohr? Ins Rektum?«

»Sagen Sie es uns«, gab die Kommissarin beherzt zurück.

»Sie gefallen mir, Mädchen!«, lachte Hack und beugte sich wieder über den Toten. Während er den Rumpf in einer bedächtigen, wie mit einem Lineal vollzogenen Bewegung von der Halsgrube bis oberhalb des Schambereichs aufschnitt und die T-Öffnung anschließend mit einem weiteren, von einer zur anderen Schulter verlaufenden Bogenschnitt vollendete, drangen die alten Erinnerungen wieder vor Ralphs Auge. Von unten nach oben, kerzengerade. Aus der aufplatzenden Schwarte drangen die Innereien nach außen.

Derweil sprach Hack, an Sabine gerichtet, weiter: »Ob Sie's glauben oder nicht, aber im Kosovo habe ich es erlebt. Da schoss man, um Munition zu sparen, zwei nebeneinanderstehenden Personen ins Ohr. Sehr effizient.« Er blinzelte über seinen Brillenrand kurz in die Runde, um Reaktionen zu erhaschen, doch niemand erwiderte etwas. »Ein Kollege von mir gibt außerdem gerne einen Fall zum Besten, dass eine gehörnte Ehefrau ihrem Gatten in den Hintern geschossen haben soll. Aber diese Geschichte hab ich schon so oft in so vielen Varianten gehört … Na, wie auch immer.«

Neben einer gehörigen Portion Selbstverliebtheit, die Professor Hack zur Schau stellte, und einigen sarkastischen Äußerungen bezüglich des Innenlebens von Ulf Reitmeyer bot die Untersuchung der Leiche nur wenig Neues. Er entnahm die inneren Organe einzeln und begutachtete diese. Was beim Schlachten nach außen gekrempelt und mit dem Ausbeinmesser durchtrennt wurde, wanderte hier fein säuberlich auf die Waage und in separate Behältnisse. Keine Aluminiumwanne, in der die glibberigen Innereien schwammen, so konturlos, als wären sie geschmolzen. Doch die schmatzenden Geräusche, das Glucksen und das Tropfen, waren identisch.

Weder im Kopf noch im Darm noch sonst irgendwo fanden

sich Hinweise auf eine Patronenspitze. Reitmeyer hatte weder eine Fettleber noch andere Indizien auf eine innere Erkrankung, und letzten Endes blieb nur die Frage nach einer Intoxikation offen.
Fleischbeschau. Fehlte nur noch, dass er einen Stempel auspackte und ihn auf die einzelnen Körperteile presste. Und im Hintergrund, am Kessel, die Frauen mit dem großen Rührer.
»Duh reure, Marri!«, schallte die mahnende Stimme tief aus Angersbachs Unterbewusstsein. *Tu rühren, Marie!*
Rühren im angefeuerten Kessel, in dem das Schweineblut in spritzenden Wellen rundherum getrieben wurde, damit es nicht anbrannte.
*Duh reure, damit mer Blout für die Bloutwurscht krieje!*
Jeder Handgriff und jedes gesprochene Wort waren Routine, eingespielt durch unzählige Male, an denen dasselbe Procedere ablief. Das Ergebnis war stets dasselbe. Ein Schwein weniger auf dieser Welt, der Hof mit Blut und Exkrementen verschmiert, und das aufgeregte Grunzen zur Fütterungszeit wirkte weitaus dezenter als sonst. Keiner der Überlebenden schien auffallen zu wollen. Keine dumme Strategie.
Schweine waren schließlich ausgesprochen intelligent.
Angst gemacht hatte dem jungen Kommissar diese brutale Szenerie nicht, denn sie gehörte auf dem Land zum Alltag, auch wenn es heute kaum mehr praktiziert wurde. Doch die Schweinehaken, die man an zahllosen Häusern noch immer vorfindet, bewahren die Erinnerung. Seit jenen Tagen hatte Ralph einen Ekel vor Schweinefleisch. Angst hingegen hatte er eher vor den Menschen, die die wahren Raubtiere waren.
Und vor Wölfen. Doch das gehörte in eine andere Erinnerungsschublade, die er hastig wieder schloss, denn Professor Hack bereitete nun die Gewebeproben vor.

»Das Tox-Screening bekommt oberste Priorität«, versprach er, fügte allerdings hinzu, dass aufgrund des Zustands der inneren Organe keine bahnbrechenden Erkenntnisse zu erwarten seien. Viel wichtiger, betonte er, sei ein ganz anderer Sachverhalt, den bereits Dr. Körber am Fundort erwähnt hatte: »Sprechen Sie mit dem Hausarzt des Mannes, und lassen Sie mir die Krankengeschichte zukommen.«
*Selbstredend.* Doch sowohl Angersbach als auch Kaufmann ahnten, dass ihre Mühen in diese Richtung das sich ankündigende Ergebnis nicht mehr ändern würden.
Ulf Reitmeyer hatte beim Frühsport der plötzliche Tod ereilt.
Fremdeinwirkung unwahrscheinlich.

Der Lada passierte die Bahnunterführung und erreichte den Abzweig zur Dienststelle, jene versteckte Straße, die Sabine bei ihrem ersten Besuch zweimal verfehlt hatte. Die Meldung vom plötzlichen Dahinscheiden des Bio-Moguls war bereits in die Mittagsnachrichten gelangt, was weder Sabine noch Ralph wunderte, denn immerhin befand sich der Radiosender praktisch in Sichtweite des Leichenfundorts. Auch dies blieb nicht unerwähnt, dankenswerterweise unterließ man jedoch allzu wilde Spekulationen. Sowohl der Hin- als auch der Rückweg von Gießen waren auf den verkehrsarmen Schnellstraßen zügig vonstattengegangen. Selbst die Wirbelsäule wurde halbwegs geschont, denn es gab nur wenige Straßenschäden, die der Federung zusetzten. Eine Gelegenheit für tiefergehende Konversation ergab sich nicht, obgleich Sabine nur allzu gerne ein wenig mehr über ihren eigenbrötlerischen Kollegen erfahren hätte. Doch sie mahnte sich zur Geduld, wollte sich nicht anbiedern, denn genau genommen war sie selbst im Ausplaudern privater Angelegenheiten auch sehr reserviert. Also sprachen sie über den Fall, über Professor Hack und den gesichtslosen Anwalt, der die Sektion ohne sichtbare Anteilnahme über sich hatte ergehen lassen, weil es nun mal seine Pflicht gewesen war.

In der Dienststelle selbst herrschte Aufbruchstimmung, Schichtwechsel, Dienstschluss, das übliche Treiben. Weder auf dem Anrufbeantworter noch im Posteingang befanden sich interessante Neuigkeiten, und von Konrad Möbs war nichts zu sehen, was beide Kommissare nicht bedauerten.

Sie verließen das Büro, um die Befragung von Vera Finke in Angriff zu nehmen. Sie wohnte in Massenheim, nur einen Steinwurf entfernt, und wie selbstverständlich übernahm Sabine die Fahrt. Angersbach stieg kommentarlos ein, was sie wunderte, und wenige Minuten später erreichten sie den südlichen Ortsrand des benachbarten Ortsteils. Das Haus, in dem Vera Finke gemeldet war, unterschied sich deutlich von den anderen Einfamilienhäusern. Solarkollektoren krönten das flach abfallende Dach auf metallenen Gerippen, darunter wucherte der buschige Bewuchs des Gründachs. Die Wandflächen waren zum Teil holzverkleidet und in fleckigem Blassblau angelegt, ein chromglänzender Kaminabzug klebte an der Seitenwand. Der wild bewachsene Garten glich eher einer Schmetterlingswiese, ein Bild, das Ralph Angersbach seltsam vertraut vorkam. Zu dieser Jahreszeit jedenfalls, ohne Blüten und Falter, war es kaum mehr als ein verwahrloster Garten.

Sabine schritt über den mit Steinplatten ausgelegten Weg, dann zwei hölzerne Stufen hinauf und suchte den Klingelknopf. Stattdessen fanden ihre Augen eine Glocke mit herabhängender Ziehkette. Auch gut.

»Wir werden beobachtet«, raunte Angersbach, der hinter sie getreten war, und wies mit dem Kopf dezent nach links. Die Kommissarin drehte sich reflexartig in die angedeutete Richtung, vernahm aber nur noch eine schnelle Bewegung hinter einem der Fenster. Der Vorhang schwang verräterisch noch einige Male hin und her.
»Wachsame Nachbarn, wie?«
»In so einer biederen Gegend fällt man eben auf, wenn man aus dem Raster fällt«, seufzte Angersbach. »Kommen Sie mal nach Okarben«, setzte er nach und verdrehte die Augen.
»War das eine Einladung?«
Sabine Kaufmann griff nach der hölzernen Kugel am unteren Ende der Kette und zog. Beim durchdringenden Klang der Glocke zuckte sie zusammen, lächelte dann aber vielsagend.
»Allein dafür dürften sie ihre Nachbarn schon verachten.«
»In Zeiten, wo man schon gegen Kirchenglocken klagt …«, pflichtete Ralph bei, wurde jedoch durch die abrupt aufschwingende Haustür unterbrochen. Vor den beiden Kommissaren stand ein dürres Männchen, eins achtzig groß, in ockerfarbener Leinenhose, an dessen Körper kaum mehr als Haut und Knochen zu sein schienen. Auf dem dünnen Hals ruhte ein im Verhältnis viel zu füllig wirkender Kopf, die Ellbogengelenke traten wie Geschwulste aus den Armen, die wie verloren in T-Shirt-Ärmeln steckten. Das tatsächliche Alter des wettergegerbten Gesichtes ließ sich schwer einschätzen. Auf den ersten Blick deutete alles auf einen Sechzigjährigen hin. Doch sowohl die Körperspannung als auch der wachsame, unstete Blick des Mannes waren von jugendlichem Habitus.
»Ja?« Seine Stimme war rauh, aber unerwartet tief und voluminös.

Angersbach stellte sich selbst und seine Kollegin vor. Ohne zu zögern, brachte er dabei auf den Punkt, welcher Abteilung sie angehörten.
»Mordkommission?«, fragte der Schmalbrüstige ungläubig. Sabine nickte langsam, sie selbst hätte sich wohl intuitiv auf die Bezeichnung *Kriminalpolizei* reduziert, aber nun lagen die Karten eben offen auf dem Tisch.
»Wir sind auf der Suche nach Vera Finke«, erklärte sie dem etwas verloren im Türrahmen stehenden Mann.
»Vera?«, fragte dieser wieder zurück, und Sabine entging nicht, dass ihr Kollege offensichtlich allergisch darauf reagierte, wenn ein Gesprächspartner die ihm gestellten Fragen wiederholte, anstatt sie zu beantworten.
»Vera Finke«, bekräftigte sie daher noch einmal. »Laut Personenregister ist sie hier gemeldet.«
»Ähm, ja, natürlich«, brummelte der Mann und fuhr sich durch das schüttere, ehemals schwarze Haar, welches zu weiten Teilen ergraut war. »Kommen Sie doch bitte rein, ich hole sie.«
»Danke«, murmelte Angersbach und betrat nach seiner Kollegin den sandfarben gefliesten Flur.
»Und Sie sind?«, wandte Sabine sich an den Mann.
»Anselm Finke natürlich«, kam es brüskiert zurück. »Veras Mann.«
Wenige Minuten später saßen Angersbach und Kaufmann an einem runden, unverschnörkelten Eichentisch, auf dem zahlreiche kreisrunde Abdruckspuren darauf hindeuteten, dass man im Hause Finke keine Untersetzer kannte. Vera war eine naturschöne Frau, die gegenüber ihrem Mann wie eine Walküre wirkte, obgleich sie kaum mehr als normal proportioniert war. Kein Make-up, lediglich eine kastanienbraune Haartönung, vermutlich Henna, und ein verschnörkeltes

Tattoo auf den makellosen Unterarmen. Sie hatte einen dezent südländischen Teint, dazu grüne Augen und einige Sommersprossen um die spitze Nase. *Im Gegensatz zu meinen bleiben ihre sogar im Winter,* konstatierte Sabine ein wenig neidisch in Gedanken, dann konzentrierte sie sich auf die Mimik und Gestik der Frau. Angersbach gab sich alle Mühe, das Gespräch behutsam anzukurbeln, doch welche Adjektive und Metaphern konnten den Verlust eines nahestehenden Menschen wohl schönreden.
»Tot?«, hauchte Vera und begann, sich nervös die Unterarme zu kratzen, bis sich rote Striemen über die Tätowierungen zogen. Anselm Finke rückte näher zu ihr, doch sie ging reflexartig auf Abstand. Peinlich berührt erhob er sich und fragte die Kommissare, ob sie etwas trinken wollten. Sie verneinten, trotzdem verließ er die Küche, und sofort zischte seine Frau mit leidender Miene und voller Verzweiflung ein »Sie sagen ihm doch nichts?« in Angersbachs Richtung. Offenbar ahnte sie, dass die beiden über ihr Verhältnis zu Reitmeyer informiert waren, denn sie setzte noch einmal flehend nach: »Bitte, Sie dürfen ihm nichts sagen«, nun an Sabine gerichtet, womöglich in der Hoffnung, in einer weiblichen Person eine Seelenverwandte zu finden.
In diesem Augenblick waren auch schon wieder Anselm Finkes schlurfende Schritte zu vernehmen, und Sabine entschied spontan, vorerst keine peinliche Konfrontation zu verursachen.
»Sie haben für den Verstorbenen gearbeitet?«, fragte sie ein wenig umständlich in der Hoffnung, dass sie den Wink verstehen würde. Und Angersbach auch.
Vera nickte und schluckte. »Im Hofladen, ja. Eine Dreiviertelstelle.«

»Von wegen«, knurrte ihr Mann verächtlich, und sein Blick verdüsterte sich. Fragend blickte Angersbach zu ihm auf, und Anselm fuhr fort: »Eher eindreiviertel, so oft, wie du länger bleiben musstest.«
»Ach, Unsinn«, nervös wedelte Vera mit den Handflächen, »das scheint nur, weil es sich so ungünstig verteilt. Außerdem hat Ulf mir jede Überstunde …«
»Ulf, Ulf!«, spie Anselm aus, noch immer stehend, und gestikulierte abfällig. »Wenn Ulf sagt: *Spring,* dann springen sie alle. Aber wehe, wenn man mal nicht spurt.«
»Hör doch auf, Liebling«, flehte Vera, die offensichtlich damit kämpfte, die Fassung zu wahren und nicht in Tränen auszubrechen.
»Sie waren nicht gut auf ihn zu sprechen?«, hakte Angersbach bei ihrem Mann nach.
»Gelinde gesagt, nein. Aber das tut nichts zur Sache.«
»Das würden wir gerne selbst entscheiden. Welcher Art waren Ihre Schwierigkeiten denn?«
»Vergessen Sie's«, wehrte sich Anselm. »Sagen Sie mir lieber, was passiert ist.«
»Reitmeyer wurde tot am Niddaradweg gefunden«, erklärte Sabine, ohne ins Detail zu gehen. »Heute Morgen gegen acht Uhr. Wo waren Sie um diese Zeit?«
»Bin ich etwa verdächtig?«
»Beantworten Sie bitte die Frage«, forderte Angersbach.
»Hier im Büro. Vera kann das bezeugen. Oder, Vera?« Anselm tippte seiner Frau auf die Schulter, und diese fuhr erschrocken zusammen. »Sag doch auch mal was!«, forderte er.
»Ja, kann sein, ich habe nicht auf die Uhr geschaut«, gab diese mit gesenktem Blick zu verstehen. Sie fixierte die Tischplatte und fuhr mit den Fingerspitzen entlang der Fleckenringe.

»Und was ist mit Ihnen?«, erkundigte sich Sabine und schob ihre Hand langsam nach vorn, um die ihres Gegenübers zu erreichen. Hastig zog Vera ihre Hände zurück und verschränkte die Arme vor ihrem Körper.

»Wenn Sie mich im Haus wahrgenommen hat, wird sie ja wohl auch selbst da gewesen sein«, meckerte das Männchen ungeduldig, und Sabine kam plötzlich eine alte Märchenverfilmung in den Sinn. *Rumpelstilzchen,* schoss ihr impulsiv durch den Kopf, und sie unterdrückte ein Grinsen. Fehlte nur noch der Bart.

»Ja, natürlich, ich war hier«, bekräftigte seine Frau, wich aber noch immer geflissentlich den Blicken der Kommissare aus.

»Wäre ja schließlich noch schöner, wenn du auch schon sonntags dort antanzen müsstest«, nörgelte Rumpelstilzchen weiter und trabte dann in Richtung Küchenzeile, wo er sich aus einer Karaffe Wasser in ein Glas schenkte. Bunte Glassteine fielen in dem bauchigen Gefäß hin und her, und für eine Sekunde war Sabine versucht, nach deren Sinn zu fragen, doch sie konzentrierte sich auf die Vernehmung.

»Welches Verhältnis hatten Sie denn zu Ihrem Chef?«, fragte sie Vera, und endlich trafen sich ihre Blicke. Die Antwort lag offen da, wie ein goldenes Funkeln im smaragdgrünen Meer, Ulf Reitmeyer und Vera Finke verband weit mehr als nur ein Arbeitsvertrag.

»Gut, normal eben«, erwiderte sie achselzuckend und gab sich größte Mühe, gleichgültig zu wirken. »Ich habe meine Arbeit im Hofladen gerne gemacht.«

»Am liebsten rund um die Uhr«, erklang es prompt.

*Heute back ich, morgen brau ich …*

»Und was ist mit Ihnen?«, wollte Angersbach von Herrn Finke wissen.

»Wie jetzt? Mein Verhältnis zu diesem Selbstbeweihräucherer?«

Angersbach nickte, und Finke fuhr fort: »Ich konnte ihn nicht leiden und werde ihm auch nicht nachweinen. Das ist mein Standpunkt, und dazu stehe ich auch.«

»Anselm!« Vera warf ihrem Gatten einen vernichtenden Blick zu, doch dieser ließ ihn an sich abprallen.

*Ein Hoch auf die Ehe,* stellte Sabine für sich fest und fragte sich insgeheim, ob der Hänfling etwas vom Verhältnis seiner Gemahlin zu ihrem Chef wusste. Oder ob es ihn überhaupt interessieren würde, denn zwischen den beiden schien jede Beziehung zu fehlen. Andererseits war es nur eine Momentaufnahme, getrübt durch den Verlustschmerz, den die Frau nicht ausleben durfte, und den offenen Zynismus ihres Mannes, der ihr diesen Schmerz wohl kaum erträglicher machte.

»Danke für Ihre Ehrlichkeit«, nickte die Kommissarin. »Gibt es außer Ihnen beiden noch andere Personen, die Ihre Alibis bestätigen könnten. Nachbarn zum Beispiel?«

»Herrje«, stöhnte Anselm auf, »glauben Sie uns etwa nicht, weil wir Ehepartner sind? Dann schellen Sie bei der ollen Wischnewski nebenan, die wird mit Freuden einiges vom Stapel lassen. Aber ob es für ein Alibi reicht? Keine Ahnung. Ich habe E-Mails versandt, falls Ihnen die Zeitstempel genügen.«

»Wir kommen gegebenenfalls darauf zurück«, wehrte Angersbach ab. Er verfügte über ausreichend technisches Verständnis, um zu wissen, dass man, wenn man sich ein Alibi konstruieren wollte, diese Zeitstempel ohne große Schwierigkeiten fälschen könnte. Die Server zu überprüfen war im Zweifelsfall der bessere Weg, diesen zu beschreiben aber bedurfte es einer entsprechenden Anordnung. »Welcher Tätigkeit gehen Sie denn überhaupt nach?«

»Ingenieur, Architekt, Energieberater. Haben Sie das Schild nicht gesehen? Ich habe mich auf ökologische Sanierung spezialisiert.«

»Hm. Lukrativ?«

»Allerdings. Unsere Region ist in diesen Belangen tiefstes Entwicklungsland. Aber es besteht Hoffnung.«

Zum ersten Mal erhellte sich die mürrische Miene etwas, und der Anschein eines Lächelns huschte über Anselm Finkes Gesicht.

Bevor sie sich verabschiedeten, nahm Angersbach den Mann noch einmal zur Seite und tuschelte ihm zu: »Mal unter uns: Waren Sie nicht eifersüchtig auf diesen Bio-Fuzzi? Mir scheint, Ihre Frau habe dort mehr Zeit verbracht als mit Ihnen.«

Doch in Finkes Miene regte sich nichts. Gefühlskalt und tonlos gab er lediglich zurück: »Selbst wenn, das ist ja nun wohl vorbei.«

*Prächtiges Motiv,* dachte der Kommissar im Hinausgehen, obgleich er wusste, dass es für eine Verhaftung weit mehr als das brauchte.

Cordula Wischnewski schien bereits hinter der Haustür gelauert zu haben, denn zwischen dem Drücken der Klingel und dem schwungvollen Aufreißen des Türblatts vergingen nur Sekunden. Ihre grauen Locken waren zu einer akkuraten, biederen Frisur gerichtet, dazu passend zierte eine blau gemusterte Kittelschürze den rundlichen Körper. Sie war einige Zentimeter kleiner als die Kommissarin.

»Kriminalpolizei?«, wiederholte sie mit einer durchdringenden Stimme, die sich in einer Tonlage befand, in der selbst gedämpfte Aussprache laut wirkte. »Was hat dieses Volk denn angestellt?«

»*Volk?*« Es war Angersbach, den diese Wortwahl zutiefst irritierte.
»Na, diese Hippies nebenan. Ich habe doch gesehen, dass Sie von dort gekommen sind.«
»Was wissen Sie über die Finkes?«, hakte Sabine sofort ein.
»Sehe ich etwa aus, als täte ich tratschen?« Die Stimme klang nun, da Verärgerung in ihr mitschwang, noch unangenehmer.
»Wir benötigen Hintergrundinformationen, aber wenn Sie keine haben«, Ralph Angersbach gab sich desinteressiert, »dann gehen wir eben wieder.« Er musste sich nicht einmal mehr demonstrativ in Richtung Straße wenden, da kam schon wie aus der Pistole geschossen die Reaktion.
»Warten Sie!« Cordula atmete schneller und tatschte sich nervös an den Hinterkopf, als müsste sie ihre Frisur richten. »Es ist ja schließlich meine Pflicht, der Polizei zu helfen, oder?«
»So gesehen, ja«, nickte Sabine und verkniff sich ein Schmunzeln.
»Dann kommen Sie doch bitte herein.«
Flur, Wohnzimmer und Küche des Hauses waren genauso eingerichtet, wie das Äußere der Wischnewski zu vermuten gelassen hatte. Fein säuberlich aneinandergereihter Nippes füllte dunkle Holzmöbel, goldumrandete Porzellantassen mit Blumenmotiven und in Spitzenkleidchen drapierte Lackpuppen dominierten das Bild. Billige Ölgemälde namenloser Künstler, die Blumenvasen und eine Berghütte mit brünstigem Hirsch zeigten, darunter ein Plüschsofa, auf dem sich ein wabernder, haariger Klumpen befand. Schwer röchelnd. Bei genauerer Betrachtung stellte Sabine fest, dass es sich bei dem champagnerfarbenen Wesen um einen Hund handelte, und zwar um den fettesten, der ihr je untergekommen war. Neugierig drehte dieser den Kopf nach hinten, eine Anstrengung,

die ihm ein weiteres heiseres Keuchen entfahren ließ. Frau Wischnewski setzte sich mit verliebtem Blick neben das Tier, kraulte ihm den Nacken und flüsterte ihm beruhigende Worte zu.
»Ist das ein Mops?«, erkundigte sich Angersbach mit hochgezogenen Augenbrauen. Offenbar fiel es ihm schwer, seine Mischung aus Ekel und Amüsement zu verbergen. Doch er versuchte es zumindest.
»Wo denken Sie hin?«, erwiderte die Frau spitz und betonte voller Inbrunst: »Vincent ist eine französische Bulldogge.«
*Also ein Mops,* dachte Sabine und verkniff sich ein Grinsen.
»Kommen wir zurück auf die Finkes«, sagte sie dann.
»Was möchten Sie denn wissen?«
Der Geruch nach Sonntagsbraten lag schwer in der Luft, vermischt mit dem Duft nach frisch gebrühtem Kaffee. Nur als Beigeschmack konnte man den bittersüßen Hundegeruch wahrnehmen. Die Zwischenfrage, ob sie etwas trinken wollten, verneinten Sabine und Ralph mit der Begründung, nur wenig Zeit zu haben. Cordula Wischnewski sollte sich unter keinen Umständen dazu ermutigt sehen, ihren gesamten Lebensfrust bei den Kommissaren abzuladen. Erfreulicherweise kam sie – nach dem obligatorischen Wettern über Asoziale, Linke und alle anderen Geschwüre, die ihr Gesellschaftsbild zerfraßen – relativ zügig auf die Finkes zu sprechen.
»Er hockt den ganzen Tag in der Bude und stiert in den Computer. Einen richtigen Job hat der nicht, ich kenne jedenfalls keinen, bei dem man so rumläuft. Weit kann er auch nicht kommen, denn er hat ja nur dieses Dreirad.«
»Dreirad?«
»Na, so ein Tretmobil. Der Finke würde sich niemals ein Auto vors Haus stellen. Ich habe ihm damals angeboten, dass

er den alten Mercedes fahren könne. Baujahr 1985, ein Diesel, der hat meinen Walter, Gott hab ihn selig, und mich nie im Stich gelassen. Und sparsam ist er auch.«
Die Erzürnung in ihrer Stimme ließ darauf schließen, wie Anselm Finke auf die Vorstellung reagiert haben musste, mit einem uralten Diesel, der zudem noch einen Stern trug, durch die Gegend zu tingeln.
»Na, und dann dieses Haus. Keine Kontur, kein Stil, und dieser Garten! Haben Sie den *Garten* gesehen? Da muss man sich in Grund und Boden schämen. Wenn das mein Walter hätte erleben müssen.«
Sie seufzte tief und ließ ihren Satz unbeendet stehen.
»Können Sie Herrn Finke in seinem Büro sehen?«, erkundigte sich Angersbach.
»Ich bin doch keine Spannerin!«, kam es zurück, und Cordula stemmte empört die Fäuste in die Hüften.
»Sie sagten, er stiere in den Computer.«
»Ja, natürlich. Das ist ja auch unvermeidbar zu sehen. Schauen Sie doch mal aus meinem Küchenfenster.«
»Schon gut. War er heute früh auch dort?«
»Weshalb? Steckt er etwa in Schwierigkeiten?«
»Beantworten Sie doch bitte erst einmal die Frage.«
»Allerdings. Ich habe um halb sieben Kaffee gekocht, da lungerte er bereits dort herum. Am heiligen Sonntag!«, entrüstete sie sich. »Das ist für Sie schwer zu glauben, oder?«
»Ich wäre auch lieber zu Hause.«
Sabine legte die Stirn in Falten, denn Angersbachs leicht angesäuerter Kommentar passte ihr nicht ins Konzept. Eine brüskierte Zeugin war der Sache nicht dienlich.
Doch stattdessen nickte Frau Wischnewski betreten. »So war das nicht gemeint. *Sie* tun ja etwas für die Gesellschaft, was

man von *denen* nicht behaupten kann. Solche wie die würden am Ende noch mit Ziegelsteinen nach Ihnen werfen.« Dann blitzten ihre Augen auf. »Was ist denn nun mit den Finkes?«
»Wir befragen Zeugen im Zuge einer Mordermittlung«, lächelte Sabine unverbindlich, »das ist leider alles, was wir Ihnen derzeit sagen dürfen.«
»Gefällt mir nicht«, reagierte Cordula schulterzuckend und klopfte der wabernden Masse auf den geblähten Bauch, was der Hund mit einem erregten Schmatzen beantwortete.
»Was ist mit Frau Finke?«, fuhr Angersbach fort.
»Die arbeitet in so einem Öko-Laden. Mickrige Kartoffeln zu übertrieben Preisen und gammeliges Gemüse haben die dort. Heißt es jedenfalls, denn ich gehe da ja nicht hin«, betonte sie noch. »Aber leben lässt es sich offenbar nicht schlecht davon.«
Noch während Sabine darüber nachdachte, mit welcher Frage sie fortfahren sollte, beugte sich Cordula vor, und ihr praller Busen berührte die Tischplatte. Wispernd und hinter vorgehaltenem Finger fuhr sie fort: »Ich habe mich schon manchmal drüber gewundert, warum Vera Finke sich nicht einen gestandenen Mann sucht, der sich um sie zu kümmern weiß. Mit dem sie eine Familie gründen kann, na, Sie wissen schon.«
»Spielen Sie dabei auf jemand Bestimmtes an?«
»Dazu möchte ich lieber nichts sagen. So etwas gehört sich nicht.«
»Es könnte uns aber weiterhelfen«, bohrte Angersbach und setzte dabei seinen besten Hundeblick auf, den er zu bieten hatte.
*Möchte er nun Mutterinstinkte wecken?*, dachte Sabine, gespannt, ob seine Taktik funktionieren würde.
»Na ja, es ist so«, begann Frau Wischnewski gedehnt und drehte, als wolle sie sich absichern, dass niemand lauschte,

den Kopf zur Seite. »Wenn ich mich entscheiden müsste zwischen einem attraktiven Herrn, der mich mit einem eleganten Wagen bis vor die Haustür chauffiert, oder einem solchen Hampelmann, der seine eigene Ehefrau mit dem Fahrrad oder per Bus zur Arbeit schickt … Muss ich mehr sagen?«
»Ein eleganter Wagen? Geht das noch etwas genauer?«, erkundigte Sabine sich sofort, erntete jedoch nur ein resigniertes Kopfschütteln.
»Ach herrje, da kenne ich mich nicht aus. So ein Geländewagen eben, dunkelgrün.«

Als Angersbach und Kaufmann zurück in Richtung Wagen liefen, öffnete sich die Haustür der Finkes, und ein schmächtiger Schatten kam den Zugangsweg hinabgehuscht. Mit fragend geneigtem Kopf blickte Sabine den Mann an, als er sie erreichte. Seine Stimme zitterte leicht, er gab sich die größte Mühe, gefasst zu klingen, doch er musste sich noch vor kurzem in höchster Aufregung befunden haben.
»Hören Sie«, begann Finke und fuchtelte dabei mit der knöchrigen Hand, »ich weiß Ihre Zurückhaltung von vorhin durchaus zu schätzen, aber ich weiß Bescheid.«
»Sie wissen Bescheid«, wiederholte Angersbach prompt, was mehr nach gelangweilter Feststellung als nach einer Frage klang.
»Meine Frau weiß nicht, dass ich Sie hier draußen abgepasst habe, also machen wir es kurz«, raunte Anselm verschwörerisch. »Sie hatte eine Affäre mit diesem Windhund. Das ist doch der wahre Grund, weshalb Sie heute hierhergekommen sind, nicht wahr?«
Ohne auf seine Frage einzugehen, erwiderte Sabine: »Sie wissen von dem Verhältnis? Seit wann?«

»Schon seit Jahren«, brummte er.
»So lange?«, entfuhr es Sabine ungläubig. Sofort bereute sie ihren impulsiven Kommentar und ergänzte schnell: »Sie haben sich, hm, damit arrangiert?«
»Was soll ich sagen? Ja. Wir hatten, nachdem Sie vorhin gegangen sind, einen ziemlichen Streit. Da kochte vieles wieder hoch. Vera hätte bei ihrer Vernehmung einfach Klartext reden sollen, anstatt aus falsch verstandener Rücksichtnahme um den heißen Brei herumzureden.«
»Die Beziehung zu Reitmeyer war also schon längst wieder beendet, oder wie?«, hakte Angersbach nach.
»Sag ich doch. Ich hätte Vera doch nicht bei diesem Dreckskerl arbeiten lassen, wenn er sie ... Na, Sie wissen schon.«
»War es nicht trotzdem wie ein Damoklesschwert, das da drohend über Ihnen baumelte?«, konstatierte Angersbach pathetisch, und Sabine hob die Augenbrauen, gespannt, wie Anselm darauf reagieren würde. Das hagere Männchen räusperte sich kurz und wischte sich Schweißperlen von der Stirn.
»Letzten Endes kommt es doch darauf an, dass Vera all die Jahre bei mir geblieben ist. Der Rest ist Vergangenheit, also belassen wir es dabei.«
Mehr hatte Anselm Finke nicht zu sagen und verschwand kurz darauf so still und leise, wie er gekommen war, im Hausinneren.
»Der hat gut reden«, kommentierte Angersbach, als er sich mit einem angestrengten Ächzen hinab in den Beifahrersitz sinken ließ, und Sabine glaubte zu wissen, worauf er hinauswollte.
Für Anselm Finke schienen sämtliche Probleme mit Ulf Reitmeyers Tod gelöst zu sein.

Das Elektroauto holperte über den Bordstein auf den Parkplatz, und Angersbach erdreistete sich prompt zu dem Kommentar, dass die Federung ganz schön unbequem sei.
»Wie bitte?« Sabine warf ihm einen empörten Blick zu.
»Für ein Format wie diesen Hasenkasten ist die Federung zu hart«, bekräftigte dieser seinen Standpunkt, und sofort schnellte Sabines Zeigefinger in Richtung des Lada.
»Wollen Sie dieses Fass tatsächlich aufmachen? Nennen Sie das, was in Ihrer Kiste verbaut ist, etwa eine angemessene Federung?«
»Meine *Kiste*, wie Sie es nennen, ist eine vollkommen andere Fahrzeugklasse«, entgegnete Angersbach trocken, ohne sich auf das angriffslustige Funkeln in Sabines Augen einzulassen.
»Na, von einem eleganten grünen Jeep, wie die Wischnewski ihn gesehen haben will, ist er aber einige Klassen entfernt«, frotzelte sie.
»Gehen Sie noch mal rein?« Angersbach klimperte mit seinem Schlüsselbund und nickte in Richtung seines Wagens.
»Wollte mir noch einige Notizen machen und ein paar Sachen recherchieren. Sie nicht?«
»Nichts, was nicht auch noch morgen früh erledigt werden könnte. Schulte und alle anderen sind längst weg, und an den Computer kann ich mich auch zu Hause setzen. Da habe ich wenigstens eine Couch.«
*Und eine ätzende Halbschwester.*
»Fahren Sie nur.« Sabine Kaufmann wollte ihn offenbar loswerden. Hatte er sie etwa verärgert?
»Na, dann drehe ich wenigstens noch einen kurzen Schlenker bei Frau Ruppert vorbei«, schlug Angersbach vor. »Die Sache mit dem Schuss hat sich ja nun wohl erledigt, trotzdem stößt mir das Ganze noch bitter auf. Halten Sie es für möglich, dass

sie sich den Schuss nur eingebildet hat und jetzt aus Stolz oder Scham an ihrer Aussage festhält?«
Sabine Kaufmann überlegte kurz und sagte dann: »Ob ich so weit gehen würde, weiß ich nicht. Aber wenn Sie ihr noch mal auf den Zahn fühlen wollen, nur zu.«
Als Angersbach sich in Richtung seines Lada abwandte, konnte sich die Kommissarin einen spöttischen Kommentar nicht mehr verkneifen: »Ich dachte, Ihre Couch wartet auf Sie? Ihr malträtiertes Gesäß schien doch förmlich danach zu schreien.«
*Sie ist* verärgert, registrierte Angersbach und verkniff sich eine spitze Gegenbemerkung. Sollte kein himmlisches Wunder geschehen sein und Janine sich entmaterialisiert haben oder wenigstens mit ihrem obskuren Lover auf Nimmerwiedersehen durchgebrannt sein, musste er mit seiner verbalen Munition sparsam sein.

Die Dunkelheit hatte sich längst wie eine Decke über die Stadt gelegt, nur dass sie statt behaglicher Wärme nur Einsamkeit brachte und neuen Frost. Der Fernseher flimmerte, es lief der Weltspiegel mit einem Bericht über einen Einsiedler, der in den polnischen Wäldern lebte. Sabine schaute desinteressiert zu, die Hand um ein halbleeres Glas Rotwein geschlossen, in dem sich die Lichtreflexe des Bildschirms spiegelten. Der Mann war zur Gänze in Pelz gekleidet und schien sich ausgesprochen wohl zu fühlen. *Na, wenigstens hat er Sonne und Schnee.* Die Kommissarin hingegen fröstelte schon beim Gedanken daran, ihre wärmende Decke zu verlassen, in die sie sich eingerollt hatte. Mit einem großen Zug leerte sie das Glas und stellte beim Nachschenken fest, dass die Flasche beinahe leer war.

*Prima,* dachte sie zerknirscht. Rechnerisch war es nur ein Dreiviertelliter Wein, kein Grund also, das Ganze überzubewerten. Doch es waren die Rahmenbedingungen, die das Ganze bedenklich machten. Sabine konnte nicht umhin, an die Jahre zurückliegenden Alkoholexzesse ihrer Mutter zu denken. Diese Zeiten mochten längst vergangen sein, aber die Narben in ihrer Seele schmerzten, als sei es erst gestern gewesen. Ein als dienstfrei geplanter Sonntag war vorübergegangen, und anstatt sich um ihre Mutter zu kümmern, deretwegen Sabine immerhin den Wechsel von Frankfurt hierher angestrengt hatte, war ihr Tag von völlig anderen Dingen bestimmt gewesen. Dem Aufschneiden eines Toten zum Beispiel, der vermutlich gar kein Mordopfer war. Dazu die womöglich gänzlich fruchtlosen Vernehmungen – im Falle eines natürlichen Todes reine Zeitverschwendung – und, was am allerschlimmsten war, die stichelnden Wortgefechte mit ihrem neuen Kollegen. Angersbach hielt sich wohl für besonders witzig, wenn er den Eigenbrötler mimte, vielleicht war er auch tatsächlich bislang nicht damit angeeckt. Aber Sabine kam mit seiner Art und Weise nicht zurecht, er war bei Vernehmungen fahrig oder schlichtweg unfreundlich und spielte seine Trümpfe, sämtliche Kollegen zu kennen, bei jeder Gelegenheit aus.
*Tue ich ihm unrecht? Nein.*
Er wickelte sie jedes Mal, wenn er sie vor den Kopf gestoßen hatte, wieder um den Finger und hatte sich mit dieser Masche durch den gesamten Tag gemogelt. Angreifbar gemacht hatte er sich nicht, wahrscheinlich würde er sie glatt an die Wand reden, wenn sie ihn damit konfrontierte. Verzweiflung ergriff Besitz von ihr, und sie sehnte sich in diesem Augenblick ihre Mutter herbei, die vermutlich längst eingeschlummert war, denn die Psychopharmaka machten sie unendlich schläfrig.

Oder die starken Arme ihres Freundes Michael, der sich als IT-Experte im Frankfurter Präsidium verdingte. Doch Michael war mal wieder nicht da, wie so oft in letzter Zeit. Seit zweieinhalb Jahren waren die beiden nun ein Paar, und Sabine musste sich eingestehen, dass sie diesen gutaussehenden Mann abgöttisch liebte. Sie war ihm, ohne dies anfangs zu wollen, völlig verfallen, und wenn sie zusammen waren, fühlte sich das Leben so leicht und beschwingt an, dass alles andere nicht zählte. Doch sobald der Job, ihre Mutter oder sonst etwas sie auseinanderdividierte, kam sofort das schwarze Loch mit seiner bedrückenden Schwere und den finsteren Dämonen. *Bleibt er bei mir? Was, wenn er eine andere findet? Eine, die unkomplizierter ist. Eine Frau mit heilem Elternhaus für eine Schar dunkelblonder Kinder.* Sabine Kaufmann hatte es weder nötig, noch hatte sie es gewollt, sich jemals derart von einem Mann abhängig zu machen.

Doch gegen den Strudel ihrer Gefühle war sie machtlos. Michaels Handy war ausgeschaltet, im Flugzeugmodus oder in einem Funkloch, was auch immer. Gerade jetzt, wo sie seine warme, beruhigende und erotisierende Stimme so dringend gebraucht hätte. Sie war allein, niemand greifbar, bei dem sie ihrem Frust über die Gesamtsituation hätte Luft machen können.

*Ein Job, bei dem dich jeder betrachtet, als seist du eine Zicke aus der Großstadt, die sich wichtigmacht.*

*Ein Kollege, der sich als Kotzbrocken aufspielt, kaum dass er einen Tag dazugehört.*

*Eine Mutter, bei der du dich nicht ausheulen kannst, weil du ihr dann eingestehen müsstest, dass du nur ihretwegen hierher gewechselt bist. Und die dich, selbst wenn es so weit käme, sowieso nicht verstehen würde.*

*Ein Freund, der vom ersten Tag an keinen Hehl daraus gemacht hat, dass er den Wechsel zwar unterstützt, aber nicht für richtig empfindet.*
Und dann war da noch Heiko Schultz.
*Ein Kollege, der bei einem völlig alltäglichen Zugriff durch einen siebzehnjährigen Messerstecher draufgehen musste.*
Die Beerdigung war eine Katastrophe gewesen. Eine stoisch am Grab stehende, hochschwangere Frau, an der Hand ein teilnahmslos dreinblickendes Kleinkind von vielleicht drei Jahren. Schluchzende Angehörige, dazu weiße Schneeflocken, die sich auf den schwarzen Trauerkleidern niederschlugen. Blicke der Schuldzuweisung, nicht gegenüber Sabine, sondern an sämtliche Kollegen gerichtet, die äußerst zahlreich vertreten waren. Nicht das Messer war es, das Simone Schultz ihren Mann genommen hatte, es war dieser gottverdammte Job.
*Halt!*
Eine Stimme in Sabines Kopf begann zu rufen, immer lauter werdend, bis die Kommissarin ihr endlich Beachtung schenkte.
*Selbstmitleid? Dafür bist du zu jung!*, insistierte das verborgene Ich. Zu jung, zu engagiert, zu stolz. Sabine wusste das alles und war dankbar, diese Stimme vernommen zu haben. Ihre Verzweiflung war nicht rational, der Tränenschleier auf ihren Netzhäuten gehörte dort nicht hin. Die Konturen des Wohnzimmers waren längst verschwommen, doch sie war plötzlich wild entschlossen, die Kontrolle zurückzuerlangen. Zumindest über die Bereiche, in denen sie etwas verändern konnte. Hastig kippte sie den restlichen Wein hinunter und schmiedete einen Schlachtplan. Michael war nun mal nicht greifbar, daran konnte sie nichts ändern. Ihre Mutter würde sie

morgen im Laufe des Tages besuchen. Und Angersbach? Sabine knallte das leere Weinglas zurück auf den Couchtisch und schnaubte entschlossen.
*So nicht, Herr Kollege, nicht mit mir!*
Ab morgen würde sie andere Saiten aufziehen.

# MONTAG

## MONTAG, 4. MÄRZ

Zur Lagebesprechung hatten sich neben Angersbach und Kaufmann die üblichen Verdächtigen versammelt, also Schulte, der seit gestern seine Kleidung nicht gewechselt hatte, und Weitzel, dafür umso geschniegelter. Außerdem zwei Streifenbeamte, die ihre Schicht gerade beendeten, und natürlich Konrad Möbs. Es war nicht viel, was man außerhalb der Arbeit über Konrad Möbs wusste, denn er schien mit seinem Job verheiratet zu sein. Im Laufe der Jahre hatte er sämtliche Angebote, seiner Laufbahn einen weiteren Karriereschub zu verpassen, dankend abgelehnt. Der Grund lag auf der Hand. Eine Beförderung hätte das Aus für Bad Vilbel bedeutet, Platz für einen neuen Dienststellenleiter, und Möbs wäre fortan nach Friedberg berufen worden. Danach stand ihm nicht der Sinn, also versuchte er geflissentlich, eine Beförderung zu umgehen.
»Ich bin in Bad Vilbel geboren, ich lebe hier, arbeite hier und werde hier dereinst auch das Zeitliche segnen«, gab er hin und wieder zum Besten.
»Und wenn es nach ihm geht«, hatte Mirco Weitzel unlängst geflachst, »geschieht das auch noch in seinem Dienstsessel.«
Doch bis dahin dürfte es noch eine Weile hin sein, Möbs war

zwar alles andere als ein durchtrainierter, gesundheitsbewusster und bewegungsfreudiger Mensch, hatte sich für seine neunundvierzig Jahre aber beneidenswert gut gehalten. Vor allem, da er den Neunundvierzigsten in diesem Sommer zum sechsten Mal feiern würde.

»Kommen Sie jetzt täglich zu uns in die Provinz?«, eröffnete er die Runde, nicht ohne ein angriffslustiges Aufblitzen in seinen hellblauen Augen in Schultes Richtung.

»Das K10 untersteht meiner Leitung, ob es Ihnen passt oder nicht«, erwiderte dieser emotionslos. »Solange wir einen Mord nicht ausschließen können, bleibt es also dabei. Reitmeyer ist zu wichtig, als dass wir uns hier einen Fehltritt erlauben könnten.« Ohne eine weitere Reaktion abzuwarten, hob Schulte seinen Blick in die Runde. »Also, was gibt's Neues?«

Sabine war die Erste, die sich zu Wort meldete, denn sie hielt den bohrenden Blick des Kriminaloberrats nicht lange aus.

»Frau Reitmeyer hat uns gestern einige Unterlagen mitgegeben, die ich einmal überflogen habe. Darunter eine Menge Briefe, sogar ein Schreiben an seine verstorbene Frau von der Knochenmarkspenderdatei. Erhalten die keine Meldung, wenn jemand verstirbt?«

»Keine Ahnung. Was noch?«

»Wie es scheint, war Claudias Vater ein ziemlich rücksichtsloser Geschäftsmann.«

»Das sagt man ihm nach, ja«, nickte Möbs. Als Bad Vilbeler Urgestein kannte er natürlich solche Gerüchte.

»Er schien sich derzeit mit dem Kauf eines weiteren Hofs zu beschäftigen, wartete auf grünes Licht für einen Neubau und drohte außerdem einigen mit Kündigung«, fasste Sabine kurz zusammen. »Seinen Terminplan konnte ich nicht entziffern,

da er eine ungewöhnliche Stenografie zu verwenden schien. Die Gestaltung des Samstagnachmittags und -abends dürfte somit wohl zunächst mal im Dunkeln bleiben.«
»Lassen Sie mir den ganzen Kram mal da«, schlug Möbs vor. »Ich kann mit den meisten Namen in der Region was anfangen, vielleicht findet sich etwas.«
»Machen Sie das«, polterte Schulte ungeduldig und suchte dann den Blickkontakt zu Angersbach. »Jetzt erzählen Sie aber mal von der Obduktion. Hat unser Hackebeil sich auch Mühe gegeben?«
»Medizinisch kann ich das nicht beurteilen«, antwortete der Kommissar, »aber er fand auch bei intensiver Betrachtung keine Hinweise auf Fremdeinwirkung.«
»Hm. Ein echtes Original, wie?«, wandte sich Schulte grinsend an Sabine.
Ihr fiel nichts weiter dazu ein als ein überrumpeltes: »Ja.« Dann sammelte sie sich und fasste das Wesentliche zusammen: »Keine Würgemale, keine Schuss- oder Stichverletzungen, auch nicht Kleinstpunktionen wie etwa von einer Spritze.«
»Erstickung? Eine Plastiktüte, mit Fleecehandschuhen gehalten, verursacht so gut wie keine Würgemale.«
*Testet der uns etwa?* Sabine atmete durch die Nase ein und ratterte dann monoton Hacks Ergebnisse herunter:
»Petechien im Gesichts- und Augenbereich sind geringfügig vorhanden, können aber auch durch einen Infarkt verursacht worden sein. Das Blut in der Herzkammer war nicht mit $CO_2$ überladen, und auch die Lunge ist atypisch. Woran auch immer Reitmeyer starb, stranguliert wurde er nicht, auch nicht mit einem Daunenkissen auf der Nase.«
Der letzte, latent spitzzüngige Satz brachte ein amüsiertes

Lächeln auf Angersbachs und Möbs' Gesicht, aber auch Schulte zeigte sich nicht verärgert.

»Ihr guter Ruf scheint gerechtfertigt«, brummte er, offenbar erpicht darauf, sein Lob nicht zu sehr aufzubauschen. »Nun gut. Was ist mit diesem vermaledeiten Schuss?«

»Ein Schuss in den Ofen, wenn überhaupt«, gab Angersbach zurück. »Gestern haben einige Beamte den Ort des Geschehens rundherum abgesucht. Keine Hinweise auf eine Waffe, keine weiteren Zeugen. Ich habe daraufhin Frau Ruppert mit diesen Erkenntnissen konfrontiert. Es hat nicht lange gedauert, und sie zeigte sich bereit, ihre Aussage zu relativieren.«

»*Relativieren?* Inwiefern?«, wollte Schulte wissen, und Angersbach raschelte mit einem Papier. Er suchte mit dem Finger eine bestimmte Stelle und las dann laut und deutlich vor: »Ich zitiere: *Kann auch ein Geräusch von der Hassia gewesen sein oder wie wenn so ein Lkw-Hänger runterkracht.*«

Sabine dämmerte etwas, während Möbs' Gedanken noch im dichtesten Nebel zu liegen schienen.

»Es hat was mit den Schüssen in der Innenstadt zu tun, richtig?«

Angersbach nickte.

»Frau Ruppert hat den Knall womöglich unbewusst mit einer Schusswaffe assoziiert.«

»Sehr ärgerlich«, murrte Möbs, »aber leider nicht von der Hand zu weisen. In den Tagen nach dieser Ballermann-Sache gingen immer wieder Falschmeldungen über vermeintliche Schüsse ein. Ich dachte, das sei endlich überstanden«, seufzte er abschließend.

»Na, wenigstens müssen wir keinen Heckenschützen suchen«, erwiderte Angersbach trocken. »Ich habe ihr jedenfalls von der fehlenden Schusswunde erzählt und dann aufgelistet, welche Geräusche noch alles einer Treibladungsexplosion ähnlich seien. Vom Peitschenknall bis hin zur Fehlzündung, dieser alte Porsche auf der Brücke hatte mich darauf gebracht.«

*Nicht Ihr eigenes Vehikel?*, hätte Sabine am liebsten gefragt, nickte aber nur nachdenklich und hörte auch schon Schultes ungehaltene Frage: »Sie haben der Frau *Ermittlungsdetails* verraten?«

»Nur so viel wie nötig«, bot Ralph ihm die Stirn.

»Wie auch immer«, lenkte Schulte ein. »Es scheint ja letzten Endes doch auf einen natürlichen Tod hinauszulaufen. Was steht diesbezüglich noch auf der Agenda?«

»Wir wollten noch einmal mit Reitmeyers Tochter sprechen«, setzte Angersbach ihn ins Bild, »und bei der Gelegenheit auch der Finke im Hofladen aufwarten. Wenn die Ergebnisse des Tox-Screenings bis dahin vorliegen, können wir das Ganze im Anschluss gerne abhaken.«

»Nichts lieber als das«, erwiderte Schulte bärbeißig.

»Noch mal zum Thema Lkw-Lärm«, warf Möbs ein, der sich die ganze Zeit über äußerst unruhig verhalten, aber keine Gelegenheit zum Sprechen gefunden hatte. Er deutete in Richtung der beiden Uniformierten. »Heute früh hat ein Milchtransporter am Ufer in der Nähe von Gronau seinen gesamten Inhalt ins Wasser abgelassen.« Er kratzte sich nachdenklich am von dunklen Bartstoppeln bewucherten Doppelkinn. »Der Fahrer verweigert jegliche Kooperation. Ein südländischer Typ, der nahezu kein Deutsch spricht.«

Angersbach und Kaufmann wechselten einen schnellen Blick.

»Sondern?«

»Spanisch.«

Ohne einen bissigen Kommentar hievte Sabine Kaufmann ihr Hinterteil auf den Sitz des Lada, dessen Kotflügel noch immer schlammgesprenkelt waren und dessen puristischem Inneren eine pflegende Hand nicht schaden würde. Sie klickte den Anschnaller zu und bugsierte den ungünstig verlaufenden Gurt über ihre Brust.
»Alles gut?«, erkundigte Angersbach sich, der sie von der Seite beobachtet hatte, und Sabine nickte. Er machte einen friedfertigen Eindruck, und sie war gespannt, wie lange ihre nicht ausgesprochene Waffenstillstandserklärung wohl anhalten würde.
»Hatten Sie schon viele Delikte seit Ihrem Wechsel?«, fragte Angersbach, nachdem sie die Feuerwache umrundet und eine in die Jahre gekommene Sporthalle passiert hatten.
»Relativ«, gab sie nachdenklich zurück. »Bad Vilbel ist nicht wirklich ein gefährliches Pflaster.«
Sie erinnerte sich an ihre erste Leiche, eine alte Frau, die man in ihrer Wohnung gefunden hatte, nachdem sie dort mindestens drei Wochen gelegen hatte. Keine Verwandtschaft in der Nähe, und die eisige Kälte hatten den Verwesungsgeruch nur langsam nach außen dringen lassen. Drinnen jedoch, die Heizkörper bollerten auf hoher Stufe, war ihr schier die Luft weggeblieben. Trotz eilig aufgerissenen Fenstern war der Kommissarin der Atem gestockt, und nur mit größter Mühe war es ihr gelungen, den Würgereiz zu unterdrücken. Unter dem Körper der Toten hatten sich Abertausende fetter Maden getummelt, ein trauriger, würdeloser Abschied von einer einsamen, freudlosen Welt.
»Warum haben Sie gewechselt?«, durchbrach Angersbachs Stimme ihre Gedanken.
»Lange Geschichte«, erwiderte sie wortkarg. Sie fühlte sich

nicht dazu bereit, ihre privaten Sorgen mit Angersbach zu besprechen. Nicht nach ihrem holprigen Start. Noch nicht zumindest. Andererseits interessierte es sie brennend …

»Ich wollte jedenfalls ursprünglich nach Friedberg«, sprach der Kommissar weiter, als hätte er die Gedanken seiner Kollegin erraten. »Dann hat unser Häuptling mir aber offeriert, dass ich entweder ein Jahr Bad Vilbel abzureißen hätte oder bleiben müsse. Wobei er mir deutlich zu verstehen gab, dass seine Präferenz der Wechsel war.«

»Ärger im Paradies?«, fragte Sabine metaphorisch. Sollte Angersbach selbst entscheiden, wie viel er preiszugeben bereit war.

»Wie man's nimmt«, brummte dieser und manövrierte den Geländewagen ruckelnd durch einen kleinen Kreisverkehr. Der zu enge Kurvenradius ließ ihn einen Rinnstein überfahren, fluchend steuerte er gegen und setzte nach: »Verdammte Kreisel! Die sind hier ja überall.«

Grinsend verkniff Sabine Kaufmann sich einen Kommentar, denn sie wollte nicht die Erste sein, die wieder mit spitzzüngigen Bemerkungen in den Ring stieg.

Auf dem Hof herrschte mäßiger Betrieb. Zwei in grüne Arbeitshosen und dicke Jacken gekleidete Männer lehnten rauchend an einer Mauer unweit der Maschinenhalle, und alles wirkte friedlich, beinahe idyllisch. Die Sonne zeigte sich am von zahlreichen blauen Flecken durchlöcherten Firmament, und auch wenn es ihr nicht gelang, die tiefsitzende Kälte aufzulösen, so spürte man ihr doch eine frühlingshafte Kraft innewohnen. Sekunden, bevor Angersbachs Wagen den Zufahrtsweg durch die gemauerte Hofeinfahrt nahm, schoss ihnen eine dunkle Limousine entgegen. Der Fahrer lenkte erschrocken gegen, das Heck schlingerte kurz, dann gewann er wieder die volle Kontrolle und verschwand in Richtung Bundesstraße.

»Nette Kiste«, kommentierte Sabine kopfschüttelnd, während sie das kleiner werdende Fahrzeug in ihrem Außenspiegel beobachtete.

»Der ganze Biokram kostet ja auch ein Vermögen«, brummte Angersbach, »kein Wunder, dass die Hautevolee hier ein und aus geht.«

Die hölzernen Verschläge, hinter denen die Fassade des Hofladens am Vortag verborgen gewesen war, waren nun nach außen geklappt und gaben den Blick auf den hell erleuchteten, einladend dekorierten Verkaufsraum frei. Über dem Eingang prangte ein Schild, auf dem der einprägsame Schriftzug *BIOgut* stand. Das O wurde von einer Sonnenblume dargestellt, die Buchstaben waren regenbogenfarben.

Sabine und Ralph verständigten sich darauf, zuerst mit Claudia Reitmeyer zu sprechen, um diese von den Obduktionsergebnissen in Kenntnis zu setzen. Anschließend würden sie Frau Finke einen Besuch abstatten.

Die Hausherrin empfing die beiden in Schwarz gekleidet, im Hintergrund klingelte das Telefon, doch sie tat das mit einer fahrigen Geste ab. »Wenn ich da jedes Mal rangige, käme ich heute zu gar nichts. Haben Sie denn etwas herausgefunden?« Ihre Augen musterten die beiden Ermittler fest und aufmerksam, doch an ihrer Stimmlage erkannte die Kommissarin, dass es in Claudias Innerem zu brodeln schien. Trauer, Schmerz, Überforderung und wohl auch die Unsicherheit, was als Nächstes käme.

»Wir haben gestern Nachmittag der Autopsie beigewohnt«, fasste Angersbach es in einfache Worte, »und es gibt bis dato keine Anzeichen von Fremdverschulden.«

»Aha, und das bedeutet?«, vergewisserte Claudia sich stirnrunzelnd.
»Das bedeutet, dass Ihr Vater einem Herzinfarkt erlegen ist, der ihn beim Joggen ereilt hat«, erläuterte Sabine geduldig. »Wobei die Ursache für diesen Infarkt noch nicht abschließend geklärt ist.«
»Hm.« Claudia Reitmeyer spielte nachdenklich mit einem goldbraunen Ring, dessen Oberseite ein zu einer Eule geschliffener Opal zierte.
»Gibt es etwas, was Ihnen dazu eingefallen ist?«, hakte Sabine argwöhnisch nach.
»Nein, natürlich nicht«, kam es hastig zurück. »Er musste es ja immer übertreiben.«
»Ich frage deshalb, weil Sie gestern betont haben, wie durchtrainiert Ihr Vater war. Eine Einschätzung, die auch durch die Obduktion bestätigt wurde. Das macht den plötzlichen Infarkt umso unwahrscheinlicher.«
»Mag sein, aber es trifft doch immer mal wieder jemanden wie aus heiterem Himmel, oder?« Claudia kniff die Augen zusammen. Dann setzte sie nach: »Oder haben *Sie* einen konkreten Verdacht? Dann sagen Sie mir das!« Ihr letzter Satz kam unerwartet fordernd, und Sabine hob sofort beschwichtigend die Hand.
»Aktuell gibt es da nichts, allerdings möchten wir noch Einsicht in die Krankengeschichte Ihres Vaters nehmen. Können Sie uns bitte den Namen seines Hausarztes nennen?«
»Pff, Hausarzt.« Claudia lachte spöttisch auf, und Sabine neigte fragend den Kopf.
»Wenn Sie diesen Guru meinen, dann gebe ich Ihnen gerne seine Anschrift. Aber als Arzt würde ich ihn definitiv nicht bezeichnen. Heilpraktiker nennt er sich offiziell, warten Sie.«

Claudia erhob sich, eilte zu einer mahagonifarbenen Kommode und zog ein Schubfach heraus. Sie kramte kurz raschelnd in den Papieren.

»Sorry, ich finde die Karte nicht«, entschuldigte sie sich, als sie unverrichteter Dinge zurückkehrte. »Aber suchen Sie einmal in Karben nach Reiner Rahnenfeldt. Wenn Sie auf Stichworte wie Schamane oder Kräuterhexer stoßen, sind Sie goldrichtig.« Aus ihrer ablehnenden Haltung machte sie keinen Hehl.

Sabine notierte sich den Namen. »Sie scheinen alternativer Medizin gegenüber nicht besonders aufgeschlossen zu sein.«

»War das eine Frage?«

»Nur eine Feststellung.«

»Sehen Sie sich den Typen einfach an, und urteilen Sie selbst«, erwiderte Claudia schulterzuckend. »Jedem das Seine. Stört es Sie, wenn ich mich nun wieder dem Telefon widme?«

»Nein, wir sind fürs Erste durch. Allerdings werden wir uns noch ein wenig auf dem Hof umsehen, wenn Sie gestatten.«

»Von mir aus. Hauptsache, ich kann mich in Ruhe ums Geschäft kümmern. Ich muss eine Million Telefonate und Mails beantworten und dann die Beerdigung organisieren. Nicht gerade ein angenehmer Wochenstart«, schloss Claudia resigniert.

»Haben Sie jemanden, der Sie unterstützen kann?«

»Ha!« Da war es wieder, das hämische Auflachen, und der Zynismus sprach Bände. »Die Finke heult sich zwar in jeder ruhigen Sekunde die Augen aus, während sich manch anderer ins Fäustchen lachen wird. Aber unterm Strich stehe ich alleine da. Wenigstens das Procedere der Bestattung hat mein Vater schon festgelegt. Er bekommt einen Platz im Friedwald, unter einer Buche, neben meiner Mutter.«

»In Weilrod?«, vergewisserte sich Sabine, denn der Ruheforst im Taunus war der erste und einzige, der ihr in den Sinn kam. Doch Claudia schüttelte voller Abscheu den Kopf.
»Nicht um alles in der Welt! Mein Vater liebte die Natur, aber er wollte nicht im Taunus bestattet werden. *Zu viele Bonzen*, so hat er es immer begründet. Also entschied er sich für den Spessart. Er hat dort, als Mamas Tod absehbar war, einen Familienbaum gekauft.«
»Aha, verstehe«, sagte Sabine. »Kommt Ihr Bruder auch?«
»Nein«, kam es gereizt zurück. »Frederik ist abgetaucht, das sagte ich bereits.«
»*Abgetaucht* ist nicht gerade eine zufriedenstellende Information. Geht es ein wenig präziser?«
Claudia verzog das Gesicht.
»Er verdingt sich als Forscher«, begann sie, und der Klang ihrer Stimme zeigte deutlich ihre Geringschätzung. »Derzeit ist er in Südostasien im Dschungel, und sein Basiscamp ist nur einmal pro Woche besetzt. Sonntags, glaube ich. Wir stehen nicht in regelmäßigem Kontakt.«
»Soll er der Bestattung nicht beiwohnen?«
»Wer sagt uns denn, dass er überhaupt käme?«, gab sie verächtlich zurück. »Frederik hat sich ja bisher auch nicht sonderlich für Familienangelegenheiten interessiert.« Sie seufzte. »Können Sie schon einen Zeitpunkt absehen, wann die ganze Sache abgewickelt werden kann? Ich habe auch so schon alle Hände voll zu tun mit der Organisation der Trauerfeier.«
Angersbach hatte nachdenklich geschwiegen und meldete sich nun zu Wort: »Frau Reitmeyer, wir sprechen bei einer Beerdigung im Friedwald ja von einer Urnenbestattung. Ich kann nicht ausschließen, dass es eine zweite Obduktion geben wird, bevor man einer Verbrennung zustimmt.«

»Wie bitte?« Claudia schnellte nach oben und funkelte den Kommissar empört an. »Wie oft wollen Sie denn noch an meinem Vater herumpfuschen? Das ist ja geschmacklos.«
»Wäre es Ihnen lieber, wenn wir ein fremdverschuldetes Ableben übersehen würden?«, fragte Angersbach zurück, und die Frau biss sich auf die Unterlippe.
War es Angst, die in ihren Augen lag?, fragte sich Sabine. Und falls ja, was befürchtete sie? Die Tatsache, dass jemand ihren Vater ermordet haben könnte, oder die Möglichkeit, dass jemand es herausfand?

Vera Finke sortierte eine Stiege mit Gemüse, als das metallene Glockenspiel über der Tür anschlug. Sie fuhr erschrocken herum, was Sabine wunderte, denn in einem Einkaufsladen war es doch wohl normal, dass Kundschaft hereinkam. Auch heute war die Verkäuferin ungeschminkt, mit Ausnahme eines dezenten Puders auf den Wangen, welchen man aber wohl nur als Frau bemerkte. Sie trug ein ockerfarbenes Hemd, darunter ein gemustertes Halstuch, und um ihre Taille schlang sich eine dunkelgrüne Schürze. Es war angenehm warm im Inneren des kleinen Raumes, es roch süßlich und ein wenig nussig. Sabine vermochte die Gerüche nicht einzuordnen und ließ den Blick rasch über die Auslagen wandern: Bananen, Tomaten, Kartoffeln, das gewöhnliche Sortiment eines Obst- und Gemüsehändlers, außerdem einige heimische Apfelsorten, Zitrusfrüchte und Ingwerwurzeln. Zwei Glastürkühlschränke, von denen einer eine beschlagene Scheibe hatte, beinhalteten alle möglichen Molkereiprodukte in braunen Glasbehältern, außerdem eingeschweißte Wurst und Käse. In einem Kühlregal, hinter dem es in diesem Augenblick metallisch schepperte, gefolgt von einem dumpfen

Brummen, lagen vegetarische und vegane Produkte, darunter einige Bio-Marken, die Sabine aus anderen Geschäften kannte.

»Guten Morgen«, vernahm sie Vera Finkes Stimme, die mit traurigen Augen zuerst Angersbach und dann ihr zunickte. Die Kommissare erwiderten den Gruß.

»Ich bin völlig neben der Spur. Aber Sie sind meine ersten Besucher heute, vielleicht legt sich das noch. Gibt es denn etwas Neues?«

»Darüber dürfen wir nichts sagen«, wich Sabine aus und rieb sich die Wange. »Wir kommen, um noch einmal über gestern zu sprechen.« Sie blieb bewusst unpräzise, um Vera aus der Reserve zu locken.

»Danke, dass Sie meinem Mann gegenüber nichts erwähnt haben«, nickte Vera leise.

»Wovon genau sprechen Sie denn?«

»Na, von dieser Sache mit Ulf, ich meine, mit Herrn Reitmeyer«, korrigierte sie flink.

»Und bei dieser *Sache* handelt es sich um was?«

»Wir hatten eine Romanze. Warum fragen Sie denn, wenn Sie es ohnehin schon wissen?«

»Ich wollte es von Ihnen selbst hören«, gab Sabine zurück.

»Ihr Mann weiß nichts davon?«

»Hm. Doch.«

*Zumindest ist sie in dieser Hinsicht ehrlich.* Sabine tat dennoch erstaunt: »Er wusste Bescheid?«

»Ja, na ja«, wand sich Vera, »er glaubt zumindest, alles zu wissen. Aber was für eine Rolle spielt das noch? Jetzt läuft ja nichts mehr zwischen Ulf und mir.«

Sie schluckte schwer, und Sabine überlegte kurz.

»Wer hat die Beziehung denn beendet?«

»Sehr witzig.« Vera blitzte die Kommissarin wütend an. »Was soll diese Frage?«
Also war Sabine auf der richtigen Spur.
»Wir müssen uns ein Bild darüber machen, wie die Geschichte zwischen Ihnen endete«, erläuterte sie geduldig, »und dazu gehört das Wann, das Wer und das Warum.«
»Irgendwie reden wir aneinander vorbei, glaube ich«, murmelte Vera und wandte sich wieder in Richtung der Gemüsestiegen, wo sie lustlos die Kartoffeln neu aufzustapeln begann.
Sabines Verdacht hatte sich offenbar als goldrichtig erwiesen.
»Wann begann denn Ihre Liebschaft mit Herrn Reitmeyer?«
»Jahre her.«
»Und was geschah dann?«
»Irgendwann war Schluss, dann heiratete er Claudias Mutter.«
»Welche mittlerweile verstorben ist«, drängte Sabine weiter.
»Hm.«
»Haben Sie danach Ihre Beziehung zu Herrn Reitmeyer wieder aufleben lassen?«
Vera Finke nickte stumm, danach gluckste es in ihrer Kehle, und als sie sich wieder in Sabines Richtung wandte, standen Tränen in ihren Augen.
»Ich habe Ulf geliebt, verstehen Sie? *Geliebt.* Davon weiß mein Mann nichts, so, und jetzt können Sie mich an den Pranger stellen, wenn Sie möchten.«
»Darum geht es uns nicht«, sprach Sabine mit ruhiger Stimme und überlegte noch, ob sie ein Taschentuch einstecken hatte, als Angersbach sie bereits sanft antippte und ihr eine Packung entgegenhielt. Sie reichte sie weiter zu Frau Finke.
»Wir versuchen lediglich, die Puzzleteile zusammenzusetzen,

auch, um Sie und Ihren Mann nötigenfalls zu entlasten. Wenn er von der wieder aufgeflammten Affäre nichts wusste, kommt ihm das ja zugute.«

»Er kann davon nichts wissen, er darf es nicht«, hauchte Vera verzweifelt, und Sabine gab ihr mit einem sanften Kopfschütteln zu verstehen, dass es hierzu keinen Anlass gab. Vorerst nicht.

»Hat diese Giftziege Sie auf mich gehetzt?«, fragte die Frau, nachdem sie sich geschneuzt und ihre Augenwinkel trockengetupft hatte. Mit dem Kopf vollzog sie eine Bewegung in Richtung des Haupthauses.

»Frau Reitmeyer? Wieso sollte sie das tun?«

»Da fallen mir eine Menge Gründe ein«, erwiderte Vera mit vielsagender Miene, sprach jedoch nicht weiter.

»Wer A sagt, muss auch B sagen«, schaltete sich Angersbach ein und rang sich einen charmanten Blick ab.

»Na schön.« Vera ging einige Schritte, bis sie vor dem Schaufenster wieder zum Stehen kam. Ihre Hand vollzog einen ausladenden Bogen, beinahe hundertachtzig Grad, der das gesamte Blickfeld abdeckte.

»All das hier gehört jetzt ihr«, sprach sie weiter, und ihre Stimme verfinsterte sich, »und es ist niemand mehr da, der ihr das streitig machen könnte.«

»Ist sie nicht ohnehin Mitinhaberin?«, fragte Angersbach, der neben sie getreten war und mit zusammengekniffenen Augen nach draußen blickte.

»Teilen ist nicht Claudias Stärke, glauben Sie mir.« Vera lachte abfällig. »Mir liegt nichts an irdischen Gütern.« Ihr Blick verklärte sich. »Wenn wir sterben, nehmen wir nichts mit als unser Gewissen. Es sollte demnach so unbelastet wie möglich sein.«

»Ansichtssache«, brummte Angersbach, »worauf wollen Sie hinaus?«
Wieder vollkommen sachlich, schloss Vera: »Ulf wollte mich heiraten, dann hätte Claudia hier nicht länger die Königin mimen können. Keine Ahnung, ob sie davon Wind bekommen hat.« Sie zuckte mit den Achseln. »Letzten Endes ist es wohl auch egal.«
Doch so gleichgültig Vera Finke diesem Fakt auch gegenüberzustehen vorgab, für die beiden Kommissare war es alles andere als egal.

Der Rückweg zur Polizeistation dauerte länger als am verkehrsarmen Sonntag, der Lada stand beinahe an jeder Ampel, und so bot sich Angersbach und Kaufmann genügend Gelegenheit, um das eben in Erfahrung Gebrachte zu reflektieren. Sie waren sich einig, dass es an Motiven nicht mangelte und sich gewiss noch einiges mehr zutage fördern ließe. Doch selbst ein Dutzend Motive machten noch keinen Mord.
Endlich erreichten sie den Riedweg, und Ralph bugsierte den Geländewagen gekonnt in die enge Parklücke zwischen Sabines Twizy und einem Besucherfahrzeug. Teuer, klobig, mit einer Perleffektlackierung irgendwo zwischen Anthrazit und Schwarz. Ein Jaguar, wie die Kommissarin auf den zweiten Blick feststellte. Sie war sich mit einem Mal sicher, dass es sich um den Wagen handelte, der ihnen vorhin auf dem Reitmeyer-Anwesen entgegengepresscht war.
»Gut, dass Sie da sind!«, rief Weitzel, sobald er die beiden erblickte, und eilte auf sie zu.
»Das hört man gerne«, schmunzelte Angersbach. »Hat Ihre Freude einen besonderen Grund, oder ist es nur, weil wir so tolle Vorgesetzte sind?«

»Bei Ihnen weiß ich das noch nicht«, gab Weitzel ein wenig unsicher zurück, »aber gegen Frau Kaufmann müssen Sie sich mächtig ins Zeug legen.«
*Schleimer.* Dennoch konnte sich Sabine ein Grinsen nicht verkneifen. Bei den Kollegen hatte sie die Nase also vorn, es bestand Grund zur Hoffnung. Und im Vergleich zu gestern war Angersbach bisher lammfromm.
»Dann schießen Sie mal los«, forderte sie Weitzel auf.
»Dr. Hack hat nun fast alle Ergebnisse vorliegen, und er bleibt dabei, dass es keine Anzeichen für ein Fremdverschulden gibt.«
»Keine Vorerkrankungen, keine Gifte, kein Drogenmissbrauch also«, murmelte Angersbach nachdenklich und schien im Geiste die Standardprozeduren durchzugehen, die in rechtsmedizinischen Verfahren Anwendung fanden. Mit der Zeit, so wusste Sabine, lernte man die Abläufe kennen, wenn auch nur widerwillig. An die Geräusche und Gerüche, die ein toter Mensch vom Tatort bis in den Sektionssaal produzierte, würde sie sich niemals gewöhnen.
*Und falls doch einmal, dann schmeißt du den Job hin*, das hatte sie sich geschworen
»Über Vorerkrankungen kann Hack nichts sagen«, widersprach Weitzel dem Kommissar. »Außerdem besteht er auf weiteren Tests. Reitmeyers innere Maschinerie sei viel zu gesund, um einfach so zu versagen, so hat er sich ausgedrückt. Er wartet übrigens noch immer auf die Befunde des Hausarztes.«
»Dürfte schwierig werden«, gab Angersbach zurück, und Weitzel neigte fragend den Kopf.
»Reitmeyer war, wenn er überhaupt medizinischen Rat in Anspruch nahm, bei einem Heilpraktiker. Die Unterlagen

möchte ich mal sehen, Hackebeil wird sich vermutlich die Haare raufen, auch wenn's nicht mehr viele sind. Na, ich rufe den Quacksalber mal an, dann sehen wir weiter.«

Er verschwand in Richtung des Büros, das er sich mit Sabine Kaufmann teilte.

»Moment, ich komme gleich nach«, gab diese ihm zu verstehen und wandte sich noch einmal an Mirco Weitzel, der sie, wie so oft, traumverloren anlächelte.

»Sagen Sie, dieser Schlitten da draußen«, begann sie mit gedämpfter Stimme, und sofort erhellten sich Weitzels Augen wieder.

»Ein XJ Supersport mit V8-Maschine. Der pure Wahnsinn, das Teil hat acht Gänge!« Offensichtlich war der Beamte schwer angetan von dem Jaguar, denn er plapperte noch einige weitere Ausstattungsdetails hinunter, von denen Sabine kaum die Hälfte verstand. Beim Preis jedoch musste sie schlucken.

»Hundertdreißigtausend?«, wiederholte sie entgeistert.

»Können auch hundertfünfzig sein, ganz nach Ausstattung«, sprach Weitzel weiter, jedoch weitaus weniger beeindruckt, als die Kommissarin es war. Die Erklärung kam stante pede: »Die meisten warten ein, zwei Jahre, anstatt sich einen Neuwagen zu kaufen. Der Preisverlust bei diesen Karossen ist immens, je nach Modelllinie kosten die Dinger nach drei Jahren kaum mehr die Hälfte. Immer noch viel zu viel«, schloss er seufzend, und für eine Sekunde kehrte die träumerische Seligkeit in sein Gesicht zurück.

»Ein Auto bleibt ein Auto«, erwiderte Sabine geschäftig, »obgleich ich gestehen muss, dass ich nicht ohne Grund danach frage. Ich habe den Wagen heute schon einmal gesehen. Wissen Sie, wem er gehört?«

»Dreimal dürfen Sie raten, es beginnt mit einem A, und Arzt oder Anlageberater scheiden aus. Was bleibt übrig?«
»Anwalt? Machen Sie's nicht so spannend, Angersbach wartet auf mich. Der beginnt auch mit einem A.«
Mirco Weitzel lachte. »Das einzig Britische an Angersbachs Kiste ist die Farbe.« Dann, wieder ernst, fügte er hinzu: »Der Jaguar gehört einem Dr. Brüning. Er vertritt diesen Lkw-Fahrer von heute Morgen, Sie erinnern sich?«
»Allerdings«, murmelte Sabine erstaunt.
Warum zum Teufel interessierte sich ein Jaguar fahrender Anwalt, der dem Kennzeichen nach aus der Luxusstadt Bad Homburg kam, für einen spanischen Milchlasterfahrer?

Der Anrufbeantworter Reiner Rahnenfeldts teilte nach fünfmaligem Freizeichen mit, dass die Praxis an Montagen geschlossen sei. Im Hintergrund der friedvollen, aber auch markanten Männerstimme spielten harmonische Harfenklänge. *Bei einem Notfall hilft mir das auch nicht,* dachte Angersbach naserümpfend. Andererseits: Bei einem medizinischen Notfall wandte man sich als normal gepolter Mensch auch nicht an einen Heilpraktiker. *Jedem das Seine.*
Als Sabine Kaufmann das Büro betrat, hob er den Blick.
»Ich habe mich nach dem Jaguar erkundigt«, verkündete diese mit einem verschwörerischen Lächeln und wiederholte, was Mirco Weitzel ihr mitgeteilt hatte.
Ralph schüttelte überrascht den Kopf. »Dann war das vorhin keine Zufallsbegegnung, nehme ich an.«
»Ich glaube nicht an Zufälle«, verneinte Sabine, »und Sie offenbar auch nicht. Zufall wäre es, wenn er auf dem Hof eingekauft hätte und im Anschluss hierhergefahren wäre. Aber

Frau Finke hat vorhin gesagt, dass wir die Ersten im Laden gewesen seien, stimmt's?«

Angersbach nickte kurz und fügte dann grübelnd hinzu: »Okay, gehen wir mal davon aus, er habe einen geschäftlichen Termin wahrgenommen. Da kommt mir als Erstes Reitmeyers Tochter in den Sinn, denn sie dürfte ja allein des Geschäfts wegen Bedarf an einem Rechtsbeistand haben. Hat der Anwalt auch einen Namen?«

»Weitzel wusste es nicht mehr genau, aber ich habe ihn gebeten, ihn bei uns vorbeizuschicken.«

»Gut gemacht«, lächelte Angersbach anerkennend.

»Danke, *Chef*«, erwiderte Sabine ironisch, lächelte dann aber ebenfalls. »Haben Sie schon mit diesem Dr. Rahnenfeldt gesprochen?«

»Ja und nein«, entgegnete Angersbach, »und im Übrigen können Sie sich den Doktortitel sparen. Der Mann ist vieles, aber kein zugelassener Arzt. Das braucht es in diesem Zweig auch nicht. Wie auch immer, Rahnenfeldt ist erst morgen wieder erreichbar, ab neun Uhr.«

»Dann setzen wir das doch gleich als ersten Termin auf die Agenda«, murmelte die Kommissarin und zog sich ihren Stuhl zurecht. Da klopfte es, und unmittelbar darauf wurde die zur Hälfte angelehnte Tür aufgeschoben. Ein elegant gekleideter Mann mit dunkler, leicht getönter Hornbrille und makellosem Teint schob sich hinein.

»Brüning, guten Morgen«, nickte er knapp. »Sie wollten mich sprechen?«

»Sind Sie der Anwalt von …?«

Der Name des Lkw-Fahrers war nirgends erwähnt worden, doch bevor Sabine Kaufmann ausweichen musste, vollendete der Mann ihre Frage: »Ich vertrete Herrn Alvaro. Bitte erklären Sie mir, was die Mordkommission diesbezüglich von mir will.« Er runzelte die dunklen Augenbrauen und fügte hinzu: »Und seit wann hat Bad Vilbel überhaupt ein Dezernat für Gewaltdelikte?«

»Seit dem ersten Januar«, beantwortete Ralph Angersbach zunächst die zweite Fragenhälfte, bevor er sich einen Bleistift griff, mit dem er scheinbar gelangweilt zu spielen begann. »Den Rest verraten Sie uns doch bitte selbst.«

»Was soll ich verraten?«, fragte der Anwalt gereizt.

»Die Verbindung zwischen Herrn Alvaro und dem Fall Reitmeyer.« Es war ein Schuss ins Blaue, zugegeben. Aber wenn Brüning nur halb so gewieft war, wie sein Auftreten es vermuten ließ, würde Angersbach mit einer Fragestunde nach Lehrbuch nicht weit kommen.

»Reitmeyer?«, wiederholte Brüning nur und bemühte sich, eine gleichgültige Miene zu wahren. Angersbach warf seiner Kollegin einen vielsagenden Blick zu. Der Anwalt spielte auf Zeit, dessen war er sich sicher.

»Reitmeyer, ja«, nickte er geduldig. Als Brüning einige Sekunden lang schwieg, entschied der Kommissar, das Ganze nun doch ein wenig zu beschleunigen. »Sie sind uns in der Hofeinfahrt entgegengekommen, also reden wir nicht lange drum herum.«

»Nun gut«, sagte Brüning frostig, »Sie haben mich also gesehen. Welche Schlüsse ziehen Sie daraus?«

»Vertreten Sie die Interessen der Reitmeyers?«

»Das fragen Sie Frau Reitmeyer am besten selbst.«

*Eine harte Nuss,* dachte Angersbach und massierte sich angestrengt die Schläfen. »Okay, in Ordnung, dann anders. Welche Verbindung besteht zwischen diesem Alvaro und dem Reitmeyer-Betrieb?«

»Wie kommen Sie darauf, dass eine Verbindung besteht?«
»Milchlaster – Molkereiprodukte«, meldete sich Sabine Kaufmann zu Wort und drehte sich mit dem Stuhl in Brünings Richtung. »Die kürzeste Verbindung zwischen zwei Punkten ...«
»Selbst wenn dem so wäre ...«, wehrte Brüning ab und wippte überheblich lächelnd mit dem Zeigefinger. »Ich stehe meinen Mandanten gegenüber in der Schuld, ihre Interessen vertraulich zu behandeln. Mir scheint, ich kann hier nichts weiter für Sie tun.«
»Sehr bedauerlich«, schloss Angersbach.
»Eines darf ich Ihnen jedoch sagen«, offerierte der Anwalt den beiden Kommissaren vor dem Hinausgehen. »Weder Herr Alvaro noch Frau Reitmeyer sollten in irgendeiner Weise Ziel Ihrer Ermittlungen sein. Die beiden haben weder Kenntnisse noch Verbindungen zu Delikten Ihrer Zuständigkeit. Glauben Sie mir das einfach, dann sparen Sie sich Zeit und dem Steuerzahler Geld. Guten Tag.«
*Windhund.*

Der Tag hinterließ einen schalen Beigeschmack, als Ralph Angersbach die Dienststelle verließ. Es waren Stunden klassischer Polizeiarbeit gewesen, nämlich Recherche und Papierkrieg am Schreibtisch, also jener Tätigkeiten, die man im Fernsehen üblicherweise nicht zu sehen bekam. Die Ergebnisse waren zum Teil recht erhellend gewesen, so hatte sich zum Beispiel herausgestellt, dass Ulf Reitmeyer bei weitem keine Lichtgestalt gewesen war. Im Gegenteil. Die Zahl derer, die an seiner Grabstätte eher lachen als weinen würden, schien stetig zu wachsen. Reitmeyer hatte seinen Betrieb, als er ins Florieren kam, rücksichtslos expandiert. Wer mithalten konnte, gut, wen er aufkaufen oder ruinieren musste, auch gut. Eine genauere Hintergrundrecherche stand noch aus, denn Möbs hatte die beiden Ermittler mahnend daran erinnert, dass die begrenzten personellen Ressourcen nicht ohne triftigen Grund überstrapaziert werden mussten. Nach wie vor gab es keine belastbaren Hinweise auf ein Tötungsdelikt. Auf den Magen jedoch schlug Angersbach noch etwas anderes. Ihm wollte der lakonische Kommentar seiner Kollegin nicht aus dem Kopf gehen, ob sie es nun ernst gemeint hatte oder nicht.

*Chef.* So hatte sie ihn genannt, natürlich im Scherz, aber in jedem Spaß verbirgt sich auch ein Funke Wahrheit. Die beiden Stellen in Bad Vilbel waren mit identischem Wortlaut ausgeschrieben worden, eine intern, eine extern. Es war keine Rede davon gewesen, welche Person die Leitung des Teams übernehmen sollte, denn genau genommen gab es ja kein echtes Team, sondern eben nur zwei Ermittler. Verstärkung kam aus Friedberg, und dort lag auch die Leitung, ganz oben stand Schulte, dazwischen, hier in Bad Vilbel, befand sich nur Möbs. Kaufmann hatte natürlich den Vorteil, schon acht Wochen länger vor Ort zu sein. Und das ließ sie ihn gerne spüren, so empfand Angersbach es zumindest, denn er kannte sich weder besonders gut in der Gegend aus, noch waren ihm die ganzen Uniformierten vertraut. Spaßeshalber hatte er versucht auszurechnen, wer unterm Strich die besseren Qualifikationen hatte. Doch diese Rechnung ging leider nicht zu seinen Gunsten auf, denn Sabine Kaufmann war zwar rund zehn Jahre jünger, hatte ihre letzte Beförderung aber früher erlangt als Angersbach. Sie verfügte über eine Menge Berufserfahrung in Deutschlands kriminellster Stadt, wenn man der Statistik Glauben schenken durfte. Selbst Mordfälle hatte sie beinahe gleich viele bearbeitet, und das, obwohl sie noch keine sieben Jahre bei der Mordkommission tätig war. Es war eine vertrackte Situation. *Wenn du nicht aufpasst, kommst du unter die Räder,* so viel war Angersbach längst klar. Selbst wenn *er* keinen Konkurrenzkampf führte, woher sollte er wissen, dass *sie* es nicht längst tat?

Am späten Nachmittag kehrte der Kommissar nach Okarben zurück. Er hatte es sich nicht nehmen lassen, einen Umweg durch Karben zu fahren, um die Adresse des Heilpraktikers in Augenschein zu nehmen. Verrückte Welt, dachte Angersbach, der sich vorher am Computer eine Straßenkarte samt Routenplaner aufgerufen und außerdem versucht hatte, ein Foto des Hauses zu finden. Doch im Gegensatz zu Frankfurt und Gießen gab es hier noch kein flächendeckendes Street View, ebenso wenig in Okarben, wie er erleichtert festgestellt hatte. So nützlich manche Informationen im Internet auch waren, Angersbach proklamierte sich stets als *analogen Menschen,* der sich nur ungern in aller digitalen Breite gläsern machte. Groß-Karben und Klein-Karben waren zwei miteinander verschmolzene Gemeinden, die zusammen über zehntausend Einwohner aufwiesen. Okarben lag nordwestlich davon, war deutlich dörflicher geprägt, und obgleich die Strecken allesamt recht kurz waren, brauchte es an mancher Stelle eine gute Ortskenntnis oder ein Navigationsgerät, um sich nicht im endlosen Einbahnstraßengewirr zu verfahren.

Rahnenfeldts Haus lag in der Schillerstraße, ein unauffälliger Bungalow aus den siebziger Jahren mit kleinen Fenstern und schwarzer Holzverkleidung unter dem Dach, was ihn etwas düster wirken ließ. Weder ein auffälliges Hinweisschild noch ein nach Feng-Shui angelegter Garten ließen darauf schließen, dass sich im Inneren ein zutiefst spiritueller Mensch

verdingte, und Angersbach entschied, seine Vorurteile ein wenig zurückzuschrauben. Gut möglich, dass Claudia Reitmeyers vorgefertigte Meinung übertrieben war und sich hinter der Tür ein weitgehend weltlicher Mann befand.
*Morgen weißt du mehr.*
Dröhnend und von hysterischen Schreien begleitet, schwappte die Welle der Familienrealität ihm bereits entgegen, als Ralph den Schlüssel ins Türschloss schob. Seufzend atmete er tief ein, und verharrte einige Sekunden, bevor er eintrat. Seine Nachbarn kannte er nicht. Die Menschen in der Straße waren allesamt Fremde, und stetig wuchs Angersbachs Verdacht, dass diese Distanz nicht zufällig war. Zugegeben, er war nicht der Typ, der mit Begrüßungspräsenten von Haus zu Haus ging, wie es einst in spießbürgerlichen Vierteln üblich gewesen war. *War es das überhaupt jemals?* Ralph hatte sich diese Frage schon öfter gestellt. Aber eine Prise nachbarschaftlichen Miteinanders, das über ein hastiges Nicken und Davoneilen hinausging, war jedenfalls keine völlig realitätsentfremdete Erwartung, oder? Doch diese Chance schien vor langer Zeit vertan worden zu sein, von einer Mutter, deren Lebenseinstellung er nur aus den kargen Erzählungen anderer kannte, und von diesem grauenvollen Teenager, über die man vermutlich im halben Dorf hinter vorgehaltener Hand sprach. Vermutlich betete man sogar sonntags für ihr Seelenheil.
Janine war von hagerer Gestalt, jedoch mit einem breiten Becken, das ihre dünnen Beine unnatürlich weit auseinanderstehend wirken ließ. Früher hätte man das als gebärfreudig bezeichnet, doch junge Frauen des einundzwanzigsten Jahrhunderts verwendeten schlicht die Bezeichnung fett. Dabei war an Janine kaum etwas dran, sie hatte durchaus weibliche Rundungen, aber die Arme waren zu dünn, der Hals eine

Nuance zu lang, und dazu kamen tiefliegende, von grauen Schatten umgebene Augen. Das bleiche Gesicht wurde von langen, schwarzgefärbten Haaren umrahmt; die echte Haarfarbe konnte Ralph nur raten. Regelmäßiges Sonnenlicht und eine weniger flapsige Körperhaltung würden sie zu einem durchaus attraktiven Mädchen machen, so seine Einschätzung, aber darauf würde die Männerwelt wohl erfolglos warten. Janine führte ja auch nicht gerade das Dasein einer Ordensschwester, es gab einen zotteligen Hippie-Typen, der beinahe täglich zugegen war und mit dem sie aller Wahrscheinlichkeit nach auch ging. Wenigstens waren die Hausorgien weniger geworden, denn nicht wenigen aus Janines Dunstkreis schien es nicht zu behagen, dass plötzlich ein Kriminalbeamter unter ihrem Dach wohnte. Diesen Triumph genoss Angersbach klammheimlich über alles.

Mit polternden Schritten erklomm er die hölzerne Treppe ins Obergeschoss, er hatte bereits die Haustür dröhnend zugeschlagen und würde dies mit der Zwischentür im oberen Flur ebenso tun. Dieses Entgegenkommen, gepaart mit der Tatsache, dass der Kommissar an neunzig Prozent der Tage in einem Zeitfenster von eineinhalb Stunden nach Hause kam, sollte selbst einem Teenager genügen, dessen Interessenhorizont kaum weiter als bis zur Zimmertür reichte.

»Egal ob Erziehungsberechtigter oder Polizeibeamter«, hatte Angersbach ihr mit Engelszungen gepredigt, und zwar nicht nur ein Mal, »ich kann, darf und werde keine Alkoholexzesse und kein Kiffen dulden.«

»Kann dir doch scheißegal sein!« So oder ähnlich klang in der Regel die erste Reaktion seiner trotzigen Halbschwester, woraufhin er ihr zumeist jene geschickte Möglichkeit offerierte: »Was du machst, wenn ich nicht da bin, kann ich nicht nachprüfen. Aber wenn ich etwas sehe, wandert es ohne Umwege ins Klo.«

War die Jugend von heute tatsächlich so debil, oder lag es an dieser Scheißegal-Mentalität, die von einer ganzen Generation Besitz genommen zu haben schien? Statt den Vorteil zu erkennen, der sich ihr bot, keifte das Mädchen lieber erzürnt: »Dann steck mich doch in den Knast. Da hab ich wenigstens meine Ruhe!«

*Und genügend Gras gibt's da auch.* Auch wenn sie das so nicht sagte, Ralph Angersbach konnte es in ihren Augen lesen.

Arme Janine. Sie hatte ja keine Ahnung. Und so kam es, dass auch heute ein schweres Aroma in der Luft lag, das dem Kommissar nur allzu vertraut war. Süßlich, bitter, mit einer Nuance von Tannenduft.

Er seufzte und streifte sich mit den Fußspitzen die Schuhe von den Fersen.

*Heute nicht,* dachte er müde und sank wenige Minuten später mit der Zeitung in die Plüschpolster der uralten Couch.

# DIENSTAG

## DIENSTAG, 5. MÄRZ

Der Tod ereilte Malte Kötting wie ein Raubtier auf der Jagd. Er kam lautlos, unsichtbar und völlig unerwartet. Eine unglückliche Verkettung von Umständen hatte letzten Endes dazu geführt, doch das änderte nichts am Ergebnis. Kötting war am Samstag später als geplant in den Feierabend gegangen. Dies hatte Auswirkungen auf seine Abendpläne gehabt, die er spontan verworfen hatte, stattdessen erledigte er einen Großeinkauf und entschied sich für eine oder zwei DVDs. Es war längst dunkel, als er seinen Wagen in die Parklücke vor dem Haus zwängte, und so eng, dass er den Wagen seines Nachbarn touchierte. Kötting bereitete sich einen Salatteller zu, dazu einen Beutel Essigchips und eine Bio-Limonade, deren Etikett Ingwergeschmack versprach. Kötting liebte Ingwer, seinen scharfen, dominanten und zugleich erfrischenden Geschmack. Wann immer er im Büro seines Chefs saß, nutzte er die Gelegenheit, eine Handvoll kandierter Stücke der fernöstlichen Heilwurzel in seiner Hemdtasche verschwinden zu lassen, und jener Samstag hatte hierbei keine Ausnahme gebildet.
Es sollten ganze zwei Tage vergehen, bis der besagte Nachbar erzürnt vor Köttings Haustür stand, die Klingel malträtierte

und mit den Knöcheln aufs Türblatt hämmerte. Der schäbige Citroën 2CV, auf dessen Heckscheibe ein fußballgroßer Aufkleber *Atomkraft? Nein danke!* prangte, hatte der dunklen Stoßstange seines Audi einen millimeterbreiten Kratzer beigefügt. Außerdem parkte dieser verdammte Öko so eng, dass an ein Ausscheren nicht zu denken war, denn hinter der Karosse begrenzte ein Holzpoller den Rangierraum. Aus Köttings Wohnung meinte der Nachbar, Musik zu hören, eine Endlosschleife des immer selben Liedes, also musste der Mann zu Hause sein. Doch er schien sich zu verschanzen, vielleicht ignorierte er ihn sogar voller Absicht, ein Gedanke, der in dem Nachbarn die nackte Wut aufsteigen ließ. Unverrichteter Dinge zog er von dannen, kehrte Stunden später wieder zurück, und noch immer spielte dieselbe Musik.
Eberhardt Werner wurde misstrauisch. Nicht, dass er diesen selbstgefälligen Gutmenschen auch nur ansatzweise vermisst hätte. Malte Kötting, so viel wusste er, hatte keine sozialen Bindungen in der kleinen Ortschaft, er kam zum Essen und zum Schlafen, hatte gelegentlich Damenbesuch, aber nichts Dauerhaftes. Würde ihn überhaupt jemand vermissen? Seine utopischen Weltanschauungen mit Sicherheit nicht. Ungeachtet dessen rief Werner nach einer unruhigen Nacht die Polizei.

Hedwig Kaufmann, Sabines Mutter, klingelte ihre Tochter um sechs Uhr aus den Federn. Ob sie heute Zeit habe, mit in die Taunustherme zu fahren, wollte sie wissen. Schlaftrunken und dadurch weit mürrischer, als sie es wollte, krächzte Sabine ein »Hallo? Ich habe einen Job!« in ihr Handy und hätte das Gerät anschließend am liebsten in die entfernteste Ecke des Raumes geworfen. Wer zum Geier kam auf die Idee, mitten in der Woche am Vormittag ins Schwimmbad zu gehen?

Zugegeben, Frau Kaufmann senior war eine besondere Persönlichkeit, das durfte man nicht außer Acht lassen. Unmittelbar vor, während oder nach einem psychotischen Schub bedeuteten gesellschaftliche Konventionen nichts für sie, dann bestimmten andere Dinge ihre Realität. Die Medikamente verhinderten, dass Hedi Kaufmanns schizophrene Phasen zu Totalausfällen wurden, aber eine regelmäßige Kontrolle, dass sie die Pillen auch nahm, war unerlässlich. Als einzige Verwandte hatte Sabine diese Verantwortung angenommen, und natürlich begannen ihre Gedanken, nun unaufhaltsam jene beklemmenden Spiralen zu drehen.
*Geht es wieder los?*
*Wie schlimm wird es diesmal?*
Sie griff erneut zum Handy, wählte per Kurzwahl die Nummer ihrer Mutter und hoffte, dass diese den Anruf nicht ablehnen würde. Verweigerung sozialer Kontakte war eines der verräterischen Frühwarnsymptome.
»Ja?« Erleichtert, dass die Stimme ihrer Mutter weder verärgert noch benebelt klang, stieß Sabine den vor Spannung zurückgehaltenen Atem aus und sagte dann: »Sorry, Mama, du hast mich aus dem Schlaf gerissen.«
»Habe ich mir schon gedacht. Aber du hast dich gestern Abend nicht mehr gemeldet, das hat mir zu schaffen gemacht.«
*Irrationale Ängste. Alarmstufe gelb.*
»Ich hab's total verschwitzt, das ist alles«, gestand Sabine ein, »und als ich dann auf die Uhr gesehen habe, war es nach neun. Weißt du noch? Du hast mir als Kind eingebimst, dass man nach neun nirgendwo mehr anrufen soll.«
Aus dem Hörer erklang ein unbeschwertes Lachen, Sabine erwiderte es und entspannte sich etwas. Ihre Mutter klang

weder verunsichert noch depressiv. Vielleicht war es tatsächlich nur eine Impulshandlung gewesen.
»Sechs Uhr früh ist im Grunde auch nicht besser, wie?«, vergewisserte Hedi sich schuldbewusst. »Aber du stehst doch seit Jahren um diese Zeit auf.«
»Das war in Frankfurt. Hier kann ich mir locker eine halbe Stunde mehr Zeit lassen. Aber bevor wir lange reden, soll ich zum Frühstück rüberkommen? Dann war es zumindest keine verschenkte Zeit.«
Außerdem wäre ein Blick in das Tablettendosett bei dieser Gelegenheit kein Fehler, und nachher konnte sie Hedi an der Tagesklinik absetzen.
»In Ordnung, ich koche Kaffee.«

Reiner Rahnenfeldt entsprach in keinerlei Weise dem Bild eines kauzigen Eremiten mit zotteligem Bart, welches sich auf der Grundlage von Claudia Reitmeyers abwertenden Äußerungen in Angersbachs Kopf entwickelt hatte. Im Gegenteil. Er wurde empfangen in einem angenehm unaufdringlichen Ambiente, mehr dem Vorraum einer Tierarztpraxis als dem Zelt eines Medizinmanns ähnelnd. Ihm gegenüber stand ein sympathischer Mann, einige Jahre älter als der Kommissar, mit schwarzgrauem Dreitagebart und ordentlich gekämmtem Scheitel. Er trug einen weißen Kittel, seine Handgelenke zierten silbrig glänzende Metallreife, um den Hals hing ein Lederriemen, an dessen verborgenem Ende wohl ein Anhänger baumelte. Unter dem Kittel verwehrte ein bis zum vorletzten Knopf geschlossenes Leinenhemd den Blick auf Rahnenfeldts Brust.
Auf die Vorstellung Angersbachs reagierte er mit bestürzter Überraschung.

»Kriminalpolizei? Ach herrje, Sie kommen bestimmt wegen Ulf Reitmeyer, habe ich recht?«
»Korrekt. Sie wissen davon?«
»Es stand ja in aller Ausführlichkeit in der Zeitung. Stimmt es, dass er beim Joggen einfach zusammengeklappt ist?«
»Wenn's so in der Presse formuliert wird ...«, brummte Angersbach schulterzuckend. »Ich bin gekommen, um Ihre Meinung dazu zu hören.«
»Gehen wir doch ins Büro.« Rahnenfeldt ging voran, sie passierten einen gemütlichen Wartebereich, dessen Eingang von zwei mannshohen Pflanzen gesäumt wurde, und gelangten schließlich in einen Raum, der sich von herkömmlichen Behandlungszimmern kaum unterschied. Ein breites Wandregal hinter dem Schreibtisch enthielt allerhand Nachschlagewerke, inklusive der *Roten Liste* und des *ICD*-10. Daneben stapelten sich einige in Softcover gebundene Bücher, deren knapp ein Zentimeter dicker Rücken den Namenszug *Rahnenfeldts Kräuterheilkunde* enthielt. Offenbar hatte der Heilpraktiker den Blick des Kommissars aufmerksam verfolgt, denn er griff das oberste Exemplar, wischte mit dem Ärmel eine kaum sichtbare Staubschicht von dem glänzenden Cover und reichte es Angersbach über den Tisch.
»Bitte, ich überlasse Ihnen gerne eines. Der Selbstverlag ist ein äußerst ernüchterndes Geschäft.« Er lächelte schief.
Angersbach wog das Buch in der Hand, sein Blick fiel auf den Preis, fast zwanzig Euro. *Kein Wunder,* dachte er.
»Danke, aber das darf ich nicht annehmen. Ist, um ehrlich zu sein, auch nicht ganz mein Thema, ohne Ihnen zu nahe treten zu wollen.«
»Darf ich fragen, wieso?«
»Ich war in meinem bisherigen Leben kaum krank«, wich

Angersbach aus, »und das meiste ließ sich mit einer Aspirin und Vitamin C hinbiegen.« Bessere Argumente fielen ihm ad hoc nicht ein.

»Weniger als ein Prozent der Menschheitsgeschichte wird von der sogenannten Schulmedizin begleitet«, holte Rahnenfeldt mit einer ausladenden Handbewegung aus, »und alle anderen Lebewesen kommen sogar völlig ohne sie aus.« Offenbar hielt er diese Ansprache nicht zum ersten Mal.

»Und was ist mit Pest, Krebs oder Aids?«, fragte Angersbach schlagfertig.

»Das ist nicht ganz fair«, lächelte der Heilpraktiker. »Zugegeben, die großen historischen Seuchen waren ein düsteres Kapitel, aber gegen die anderen beiden ist auch die moderne Medizin machtlos. Behandelt wird erst, wenn es zu spät ist, und selbst dann ohne Garantie. Und HIV, davon bin ich überzeugt, ist eine Seuche aus dem Labor. Aber das führt nun wirklich zu weit.« Er zog mit dem Zeigefinger nachdenklich Linien auf die Schreibtischunterlage, und Angersbach nutzte das Schweigen.

»Sprechen wir über Ulf Reitmeyer«, lenkte er das Thema auf den Grund seines Besuchs.

»Meinetwegen. Was möchten Sie wissen?«

»Bei einer Obduktion oder Leichenschau wird, soweit möglich, Einsicht in die medizinische Vorgeschichte eines Menschen genommen. Zumindest, wenn die Todesursache Fragen offenlässt.«

»Welche Fragen sind denn offen?«, erkundigte sich Rahnenfeldt.

»Belassen wir es vorerst dabei, dass es Unklarheiten gibt«, wehrte Angersbach ab. »Führen Sie denn überhaupt Akten, oder haben Sie Kenntnis von alten ärztlichen Unterlagen über Herrn Reitmeyer?«

»Ich führe Aufzeichnungen, ja«, lächelte Rahnenfeldt frostig. »Meine Arbeit ist nicht weniger professionell als die eines richtigen Arztes, falls Sie darauf anspielten.«
Angersbach entschied sich, nicht darauf einzugehen. »Unser Rechtsmediziner würde diese Akten gerne einsehen.«
»Ich faxe sie ihm zu. Haben Sie eine Verfügung oder etwas Schriftliches?«
»Nein. Brauche ich das?«
»*Richtige* Ermittler wedeln immer mit einem Beschluss«, gab der Heilpraktiker augenzwinkernd zurück.
»Okay, ich habe verstanden«, lenkte Angersbach ein. »Ich wollte Sie nicht herabwürdigen. Und ich besorge auch gerne ein entsprechendes Formular, es pressiert uns nämlich, um es auf den Punkt zu bringen.«
»Schon in Ordnung«, murmelte Rahnenfeldt, »Ulf ist tot, Sie sind von der Kripo, das genügt mir.« Er tippte hastig auf der Tastatur seines Computers, beugte sich anschließend hinab und öffnete eine Schublade. In einem kleinen Abstellraum begann ein alter Tintenstrahldrucker ratternd seinen Dienst. »Zwei Minuten, dann haben Sie alles komplett. Ich habe übrigens ein ordentliches Studium der Medizin hinter mir, das nur am Rande.«
»Sie sind Arzt?« Angersbach hätte schwören können, nirgendwo den entsprechenden Titel gelesen zu haben. Natürlich gab es Ärzte, die sich nicht hinter einem Dr. med. verschanzten, als sei es ein Heiligenschein, aber …
»Nun ja, eine Approbation habe ich nicht«, kam Rahnenfeldts Erklärung, »aber von den zehn Semestern Schulmedizin ist doch ein wenig hängengeblieben.«
»Ach.«
»Erstaunt Sie das?« Rahnenfeldt verzog die Mundwinkel zu

einem schiefen, freudlosen Grinsen. »Tja, ich komme aus einem wohlhabenden Haus. Mein Vater war Internist und mein Großvater Pneumologe. Lungenfacharzt. Da schien es praktisch in Stein gemeißelt, dass ich diese Staffel übernehme. Medizinstudium in Hamburg, inklusive schlagender Verbindung«, Rahnenfeldt hob mit zwei Fingern seinen Scheitel an und tippte auf eine kleine Narbe, »und das alles sponsored by Papa. Selbst die Praxisräume standen schon für mich bereit. Aber mir wurde schnell klar, dass ich mich nicht in dieses krank machende System der Zwei-Klassen-Medizin und Pharmaindustrie stürzen wollte.« Er horchte auf, der Drucker war wieder verstummt. »So weit also meine Vita in zwei Minuten, Moment, bitte.« Er eilte ins Nebenzimmer, kehrte Sekunden später mit einigen Papieren zurück, welche er raschelnd auf die Seiten legte, die er aus der Schublade gefischt hatte. »Bitte sehr, Ihre Unterlagen. Haben Sie eine Faxnummer, oder möchten Sie sie ausleihen?« Er seufzte und ergänzte dann: »Im Grunde brauche ich sie ja überhaupt nicht zurück.«

Angersbach zog den flachen Stapel in seine Richtung und warf einen prüfenden Blick über die oberste Seite.

»Wie lange war Reitmeyer bei Ihnen in Behandlung?«

»Behandlung ist wohl kaum der richtige Ausdruck«, gab Rahnenfeldt zurück. »Ich habe ihn schon eine ganze Weile nicht mehr gesehen. Er war einer der gesündesten Menschen, die mir je untergekommen sind. Das Einzige, weshalb er jedes Jahr kam, war ein Check-up. Das steht auch alles da drinnen.« Er deutete in Richtung der Unterlagen. »Der Schulmedizin hat er schon vor zwanzig Jahren den Rücken gekehrt, er ist einer meiner längsten Patienten. *War*, meine ich.« Der Blick des Heilpraktikers verdüsterte sich.

»Waren Sie darüber hinaus befreundet?«, wollte Angersbach wissen, dem die Mimik seines Gegenübers nicht entgangen war.
»Ja, das könnte man sagen«, nickte Rahnenfeldt. »Zumindest bis zum Tod seiner Frau. Danach zog er sich zurück, er war nur noch ein Mal bei mir seitdem. Traurige Sache, ich hätte gerne mehr für sie getan.«
»Für seine Frau?« Ralph Angersbach richtete sich hellhörig auf und blickte sein Gegenüber fragend an.
»Ja, natürlich. Sie war bei mir in Behandlung. Alternative Krebstherapie, aber leider waren die Metastasen viel zu weit gestreut. Ich konnte ihr nicht helfen.«
In Ralphs Kopf rasten die Gedanken, und der Kommissar versuchte, ihre losen Enden zu fassen zu bekommen, die scheinbar zusammenhanglos umherwirbelten.
*Claudia – Ulf – eine verstorbene Ehefrau und Mutter.*
Brodelten hier Animositäten unter der Oberfläche, die keiner auszusprechen wagte?
»Hat Reitmeyer Ihnen Vorwürfe gemacht?«, versuchte er es ins Blaue hinein, und sofort schüttelte der Heilpraktiker energisch seinen Kopf.
»Er nicht«, antwortete er mit Nachdruck, »aber seine Tochter dafür umso mehr. Haben Sie ihr gegenüber meinen Namen erwähnt?«
»Eher andersherum«, gab Angersbach nachdenklich zurück.
»Oh, dann kann ich mir eine Menge farbiger Metaphern vorstellen, mit denen sie mich bedacht haben dürfte«, erwiderte Rahnenfeldt bitter. Dann, ruhig und sachlich, schloss er: »Ich nehm's ihr nicht krumm. Der Verlust eines geliebten Menschen verleitet zu irrationalen Handlungen.«
»Welche Handlungen?«
Rahnenfeldt zögerte kurz, beugte sich vor und raschelte in

einem Stapel abgelegter Papiere. Dabei murmelte er etwas Unverständliches, dann, wieder zu Angersbach gewandt: »Tut mir leid, ich habe es wohl in den Schredder gestopft.«
»*Was* denn?« Der Kommissar wurde langsam ungeduldig.
»E-Mails, anonyme Briefe und dergleichen. Nach Frau Reitmeyers Tod erhielt ich die eine oder andere Drohung.«
»Von Claudia?« Angersbach wollte sichergehen, dass er hier nichts falsch verstand.
»Das weiß ich nicht genau«, widersprach Rahnenfeldt, »es stand kein Name darunter. Der Wortlaut war ›du bist schuld‹ oder ›das wirst du bereuen‹.«
»Hm, konkrete Drohungen. Haben Sie etwas dagegen unternommen?«
Rahnenfeldt verzog erneut das Gesicht, diesmal war es eine spöttische Miene. »Deshalb?« Er schnaubte und winkte ab. »Mitnichten. In dieser Hinsicht habe ich ein dickes Fell, zumal mich keinerlei Schuld trifft. Naturheilkunde kann keine Wunder vollbringen. Dafür sind andere zuständig.«
Er legte für eine Sekunde den Kopf nach hinten und drehte seinen Blick in Richtung Decke. Dann lächelte er und schloss mit den Worten: »Wut und Trauer sind völlig normale Reaktionen. Warum hätte ich den Hinterbliebenen also die Polizei auf den Hals hetzen sollen? Das wäre doch absurd.«
»Wut und Trauer können sich schnell in Gewalt manifestieren«, argumentierte Ralph dagegen.
»Die Drohungen haben aber aufgehört«, gab der Heilpraktiker ungeduldig zurück. »Noch etwas?«
Ralph hatte den Eindruck, dass Rahnenfeldt das Gespräch unangenehm wurde, und beschloss, das Ganze vorerst ruhen zu lassen. Beim Hinausgehen fiel sein Blick auf die zur Hälfte geöffnete Schiebetür der begehbaren Garderobe. Nicht nur,

dass er selbst gern einen solchen Raum gehabt hätte, lieber jedenfalls als eine Speisekammer, in der gähnende Leere herrschte, während seine zahllosen Kleidungsstücke überall herumflogen. Ein schwarz glänzender Motorradhelm und eine Lederhose mit ausgebeulten Knien, in denen sich zweifelsohne Protektoren verbargen, irritierten Ralph für einen Augenblick. Sie passten irgendwie nicht zu dem Bild jenes friedliebenden Vorstadt-Heilers, das Reiner Rahnenfeldt soeben gezeichnet hatte.

Malte Köttings Wohnung befand sich hinter der mittleren, im Obergeschoss liegenden Haustür eines Sechsfamilienhauses. Fertigbauweise, in Randlage des beschaulichen Ortes Petterweil. Zwei Kollegen der Schutzpolizei sicherten den Eingang gegen Unbefugte, doch von den Nachbarn lugte höchstens ab und an jemand neugierig hinter dem Vorhang hervor. Angersbach hatte die Adresse nur wenige Minuten vor Sabine Kaufmann erreicht und beschlossen, diesmal auf sie zu warten. Einem Toten, der seit dem Wochenende dort oben lag, kam es gewiss nicht auf ein paar Minuten an.
Sie begrüßten einander, und Angersbach brachte seine Kollegin mit knappen Sätzen auf den neuesten Stand in Sachen Rahnenfeldt. Dann überquerten sie den hell gepflasterten Vorplatz und stiegen eine Marmortreppe nach oben.
»Selbes Spiel in Grün«, murmelte einer der Beamten, doch Angersbach war sich nicht ganz sicher, worauf er anspielte. Der süßlich beißende Geruch, der ihm entgegenströmte, als er das Wohnzimmer Malte Köttings betrat, trieb ihm die Tränen in die Augen. Fäulnis gepaart mit abgestandener Raumluft, es roch widerlich, und das, obschon man Haustür und Küchenfenster geflissentlich auf Durchzug gestellt hatte.

»Was soll hieran dasselbe sein?«, brummte er hinter vorgehaltener Hand.

»Mag sein, dass der Kollege mich meint«, erwiderte seine Kollegin. »Wir hatten unlängst schon mal eine halb verweste Tote, da roch es ähnlich. Aber können wir das draußen besprechen?«

»Klar«, nickte Angersbach und rang sich ein Lächeln ab.

Auf einer dreisitzigen Wildledercouch saß der vierzigjährige Malte Kötting, den Kopf im Nacken, leichenblass und mit aufstehendem Mund. Seine Augen schienen einen unsichtbaren Punkt an der Decke zu fixieren, die außer einer staubigen Halogenleuchte und einigen Spinnweben jedoch nichts Sehenswertes vorzuweisen hatte. Kötting war ein irischer Typ, helle, fleckige Haut, Sommersprossen und rote Haare, die vom Kopf hinab über Schultern und Oberarme in Richtung Rücken wucherten. Außerdem lugten sie oberhalb der Brust aus dem weißen Unterhemd hervor. Unter der Hüfte, die nur einen leichten Bauchansatz aufwies, trug Kötting eine schwarze Trainingshose und an den Füßen Wollstrümpfe. Ein nicht angerührter Salatteller stand vor ihm auf dem Tisch, die welken Blätter waren zusammengesunken, und Mais, Pilze und Paprika waren von glanzloser Trockenheit. Im Hintergrund verriet das in einer Endlosschleife spielende DVD-Menü auf dem klobigen Röhrenfernseher, dass Kötting sich einen alten Clint-Eastwood-Film eingelegt hatte. Die Musik hatte man stumm geschaltet, wie einer der Spurensicherer mitteilte.

»Achtundvierzig Stunden. Mindestens«, lautete die Diagnose des Arztes, der die Leichenschau vornahm, und im Folgenden ergoss sich ein teilnahmsloser Monolog aus Fachbegriffen über Ralph und Sabine. Das Procedere glich dem von Sonntag bis auf wenige Unterschiede. Todesursache nicht gesichert,

keine äußeren Anzeichen eines Fremdverschuldens. Medizinischer Befund unklar, da keine Patientengeschichte bekannt.
»Okay, dann verfahren wir in puncto Spurensicherung und Rechtsmedizin ebenso wie im Fall Reitmeyer«, ordnete der Kommissar an, nachdem er sich kurz mit Sabine Kaufmann beratschlagt hatte. Sie wollten beide nicht länger als unbedingt nötig in der Wohnung herumstehen und bahnten sich rasch ihren Weg ins Freie, nachdem alle Aufgaben verteilt waren.
»Mein Gott«, keuchte Sabine und sog hastig einige Züge eiskalter Winterluft ein. »Ich bin nicht zimperlich, aber der Gestank meiner letzten verwesten Leiche ist mir einfach noch zu präsent.«
»Da braucht es bei mir kein langes Gedächtnis«, gestand Angersbach und wünschte sich in diesem Moment nichts sehnlicher herbei als den erstbesten Geruch, der ihm in den Sinn kam. Alles war besser als ein toter Körper, selbst der zweifelhafte Duft nach kaltem Rauch und muffiger Wäsche. Dieser kam Ralph als Erstes in den Sinn, vermutlich, weil ihm diese Mixtur immer dann in die Nase stieg, wenn Janine ihre Zimmertür öffnete.

Eberhardt Werner bewohnte die links neben Kötting gelegene Wohnung. Sabine Kaufmann stellte überrascht fest, dass die Räumlichkeiten trotz identischen Grundrisses deutlich heller und größer wirkten, die Einrichtung war modern, in hell-dunklem Kontrast und kubischen Formen. Ganz anders als das bunt zusammengewürfelte Stückwerk in der Wohnung des Toten, welches offensichtlich primär nach den Faktoren Funktion und Kostenminimierung ausgewählt worden war. Der einzig erkennbare bauliche Unterschied war, dass es zwischen Küche und Wohnbereich statt einer Wand eine Theke gab, was sich ebenfalls positiv auf Licht und Raum auswirkte. An den Wänden hingen zwei farbenfrohe Pop-Art-Kunstdrucke von Roy Lichtenstein.

»Der Tag ist ohnehin gelaufen«, kommentierte Werner, ein kleiner, agiler Typ mit südländischem Einschlag, den Sabine auf Mitte dreißig schätzte, als die beiden Kommissare sich auswiesen. Nach dem üblichen Geplänkel, währenddessen Werner erklärte, dass er in der Finanzbranche tätig sei und auch von zu Hause arbeiten könne, wenn ihm danach sei, ließen die beiden sich chronologisch berichten, was vorgefallen war. Nicht ohne die Beschädigung seines Wagens in den Mittelpunkt zu stellen und zugleich seine totale Missbilligung von Köttings Lebenseinstellung zu unterstreichen, wiederholte sein Nachbar, was er den Beamten zuvor bereits knapp dargelegt hatte.

»Was ist denn nun genau geschehen?«, erkundigte er sich anschließend neugierig.

»Darüber dürfen wir noch keine Auskunft geben«, wehrte Sabine ab, doch das reichte Werner nicht.

»Wenn ich mir Zutritt verschafft hätte, wüsste ich es doch auch«, widersprach er beharrlich. »Im Gegensatz zu diesem Hippie gehört mir die Wohnung hier, er hatte sie nur gemietet. Ein Anruf beim Hauseigentümer ...«

»Das beeindruckt uns nicht«, brummte Angersbach ungehalten, »denn Sie haben es nicht getan. Für Was-wäre-wenn-Spiele ist es zu spät.«

»Dann habe ich Ihnen auch nichts mehr zu berichten«, erwiderte Eberhardt Werner trotzig und verschränkte die Arme vor der Brust. Sabine rollte mit den Augen, denn obgleich Angersbach in Prinzip recht hatte, hätte man das auch diplo-

matischer lösen können. Sie warf ihm einen prüfenden Blick zu. Ob er es gemerkt hatte?
»Kötting saß tot im Wohnzimmer«, gab sie daraufhin preis, denn diese Information würde ohnehin in Kürze über die Medien verbreitet werden. Vorausgesetzt, Kötting war interessant genug dafür.
»Na also.« Werner verzog das Gesicht, und Sabine vermutete, dass er sich das Bild oder den Gestank vorzustellen versuchte.
»Wurde er etwa ermordet?«
»Hatte er denn Feinde?«, gab sie zurück und hob dabei ihre Augenbrauen.
»Nun, wir zumindest waren keine Freunde. Aber warum sollte ich ihn killen? Wegen meines Autos? Dann hätte ich wohl kaum die Polizei gerufen, oder?«
»Soll ich Ihnen all diese Fragen nun beantworten?«, lächelte Sabine. »Sagen Sie es mir.«
Angersbach verharrte ruhig und bewegungslos neben ihr. Insgeheim hoffte die Kommissarin, dass er es auch bleiben würde, denn ihr Draht zu Eberhardt Werner war nur dünn gesponnen.
»Was soll ich Ihnen sagen?«, feixte dieser zurück.
»Würden Sie sich als Feind bezeichnen?«
»Quatsch. Wegen so einem Hampelmann ...« Werner winkte verächtlich ab.
»Gibt es Freunde, Kollegen oder eben Feinde, von denen wir wissen sollten?«
»Von Freunden weiß ich nichts«, brummte Werner achselzuckend. »Ab und an hatte er eine Tussi bei sich, aber ich habe mich auch nicht sonderlich für ihn interessiert. *Live and let live*, Sie verstehen? Und seine dämlichen *BIOgut*-Kollegen hat er zum Glück auch nicht mitgebracht.«

»*BIOgut?*« Ralph Angersbach schnellte nach vorn, und erschrocken wich Werner zurück.
»Ähm, ja«, sagte er unsicher, »diese Körnerfresser, die sich wie ein Virus in der Region ausbreiten.«
Auch Sabine Kaufmann musste schlucken. Wenn Malte Kötting für Ulf Reitmeyer gearbeitet hatte und zwischen deren Ableben nur wenige Stunden lagen, bekam die flapsige Bemerkung »dasselbe in Grün« plötzlich eine neue Dimension.

Sabine Kaufmann fuhr den Weg hinaus zum Weidenhof, mittlerweile ohne nachzudenken. Wie würde Claudia Reitmeyer wohl reagieren, dass sie bereits den dritten Tag in Folge dort aufkreuzte? Als die Kommissarin ihren Wagen vor dem Hauptgebäude zum Stehen brachte, sah sie, wie ein grimmig dreinblickender Hüne in gelben Gummistiefeln eilig aus der Tür schritt. Schwungvoll flog diese hinter ihm ins Schloss, er nahm je zwei Stufen mit einem Schritt und überquerte, ohne Sabine eines Blickes zu würdigen, den Hof. Vorbei an dem Brunnen, vorbei am Laden, bis er schließlich in der Maschinenhalle verschwand. *Ärger im Paradies?*
»Was denn noch?«, ertönte die gereizte Stimme Claudia Reitmeyers, als sich die Haustür öffnete. Beim letzten Wort stockte sie, offensichtlich hatte sie erwartet, dass der Riese auf dem Absatz kehrtgemacht hatte und um Einlass bat. »Ach, Sie schon wieder«, setzte sie hastig nach und warf einen prüfenden Blick an Sabine vorbei. Diese nutzte die Gelegenheit, um die Sprache auf den Fremden zu bringen, und wies mit dem Finger hinter sich.
»Ihr Gast hat sich in Richtung Maschinenhalle verabschiedet.«
»Gast ist gut«, knurrte Claudia und bedeutete der Kommissa-

rin, einzutreten. »Was wollen Sie noch von mir? Ich will nicht unhöflich sein, aber ich habe viel zu tun.«
»Ich komme heute nicht wegen Ihres Vaters«, leitete Sabine vorsichtig ein, auch wenn sie zu gerne über den wütenden Besucher von eben gesprochen hätte. »Sie beschäftigen einen Herrn Kötting, ist das richtig?«
»Ja, er arbeitet in der Molkerei. Wieso?« Claudia runzelte fragend die Stirn.
»Wie viele Mitarbeiter beschäftigen Sie denn?«, schaltete Sabine dazwischen, denn sie wunderte sich ein wenig darüber, dass Köttings Fernbleiben noch nicht zu Frau Reitmeyer durchgedrungen zu sein schien.
»Das kommt darauf an«, antwortete diese unentschlossen. »Hier auf dem Hof sind es nur eine Handvoll Leute, und die variieren je nach Saison. Es gibt Subunternehmen wie unsere Saatgut-Abteilung, wo in externen Betrieben geforscht wird. Das zählt also nicht als Angestellte. Die Molkerei befindet sich im Nachbarort, da arbeiten fünfzehn Personen. Nun ja«, seufzte sie dann, »genau genommen nur noch zwölf. Mein Vater hat unlängst drei von ihnen gekündigt.«
»Herrn Kötting auch?«, fragte Sabine hellhörig.
»Nein, warum, was ist mit ihm?«
»Er wurde heute früh tot in seiner Wohnung aufgefunden.«
Die Nachricht verfehlte ihre Wirkung nicht, und die Kommissarin versuchte herauszulesen, ob es sich bei der Reaktion ihres Gegenübers um ehrliche Bestürzung handelte. Es gab indes keine Anzeichen dafür, dass Claudia Reitmeyer ihr etwas vorspielte, sie schnellte zuerst in die Höhe, schnappte einige Male nach Luft und fuhr sich dann kopfschüttelnd durch die Haare.
»Tot?«, wisperte sie ungläubig, wiederholte das Wort mehrmals, dann sammelte sie sich und sah Sabine fragend an: »Was

ist passiert, ich meine, was hat das alles zu bedeuten? Was ...«
Sie verschluckte den Rest des Satzes und schüttelte sich.
»Wir stehen noch ganz am Anfang, Frau Reitmeyer, bedaure.« Sabine beugte sich vor und versuchte dabei, so warmherzig wie möglich zu klingen. »Ich muss Sie leider fragen, ob Sie etwas über Herrn Kötting wissen, was der Ermittlung dienlich sein könnte. Feinde, Konflikte, solcherlei.«
»Ich kannte ihn doch kaum«, wich Claudia aus, dann verfinsterte sich ihre Miene, und sie ergänzte spitzzüngig: »Kümmern Sie sich lieber erst einmal um meinen Vater.«
Sabine ignorierte diesen Vorstoß geflissentlich und blieb ruhig, fragte sich allerdings, wie ihr Kollege dieses heikle Gespräch wohl führen würde. Mit Drohgebärden? Oder Zweiwortsätzen? Doch dann schämte sie sich beinahe ihrer abfälligen Gedanken und konzentrierte sich wieder auf ihr Gegenüber. »Wen könnte ich denn Ihrer Meinung nach befragen? Die Kollegen in der Molkerei?«
»Gut möglich«, erwiderte Claudia gleichgültig.
»Dann geben Sie mir doch bitte die Adresse der Molkerei.«
Frau Reitmeyer beschrieb der Kommissarin den Weg, denn es handelte sich auch hier um ein abgelegenes Gehöft.
»Tannenhof«, schloss sie, »das Hinweisschild steht etwas versteckt. Sie müssen dem Feldweg ein ganzes Stück weit folgen, bis Sie die Häuser sehen können. Es ist aber alles asphaltiert.«
»Okay, danke, ich fahre gleich mal hin«, nickte Sabine, und Claudia schickte sich an, aufzustehen.
»Moment, bitte.«
»Was denn noch?« Sie verharrte ungeduldig.
»Wer war denn dieser Hüne, der mir vorhin praktisch die Klinke in die Hand gegeben hat?«
Die Antwort kam einsilbig. »Gunnar Volz.«

»Welche Funktion nimmt er hier ein?«, bohrte Sabine geduldig weiter und lehnte sich demonstrativ zurück. Sie hatte es nicht eilig, und Frau Reitmeyer schien ihre Beharrlichkeit überhaupt nicht zu gefallen.

»Knecht, Lakai, Mädchen für alles«, gab diese zurück, »suchen Sie sichs aus.«

»Offenbar hat ihm etwas gründlich missfallen, so wie er vorhin von dannen gezogen ist.«

»Nun ja«, lächelte Claudia überheblich, »er gehört hier irgendwie zum Inventar. Er haust in einem kleinen Gebäude hinter den Stallungen, dort, wo früher Knechte oder Mägde gewohnt haben.«

»Er *haust* da?« Sabine kratzte sich unschlüssig an der Wange. *Dienstboten im einundzwanzigsten Jahrhundert?*

»Er zahlt keine Miete, und für seine Verköstigung kommt er auch nicht auf«, erklärte Claudia schnippisch. »Wie würden Sie das denn bezeichnen? Die Vereinbarung hat er mit meinem Vater getroffen, aber wie es scheint, habe ich mich ebenfalls daran zu halten.«

»Haben Sie deshalb Dr. Brüning konsultiert?«

Claudia Reitmeyers Miene fror ein. »Wie meinen Sie das?«

»Wir sind Ihrem Anwalt gestern begegnet«, erklärte Sabine mit einem wohligen Gefühl der Genugtuung. »Wie mir scheint, haben wir ein gutes Händchen für Zufallsbegegnungen.«

»Ich sagte doch, hier geht es zu wie im Taubenschlag.« Claudia sprach emotionslos und kühl weiter: »Dr. Brünings Kanzlei ist zuständig für sämtliche Belange des Betriebs. Wie Sie sich wohl vorstellen können, gibt es derzeit Unmengen an Rechtsfragen.«

»Und diese betreffen auch die Molkerei?«, hakte Sabine nach.

In ihrem Unterbewusstsein hatte es einige Minuten gebraucht, bis sich aus dem Anwalt, dem Milchtransporter und Malte Köttings Arbeitsplatz ein interessantes Bild abzeichnete. Oder griff sie damit zu hoch?

»Wieso denn das?«, kam es pikiert zurück, und etwas in Claudias Miene bestärkte die Kommissarin in dem Glauben, auf dem richtigen Weg zu sein.

»Sie haben doch von allen Belangen gesprochen«, gab sie sich unbedarft, doch Claudia schwieg. Als sie endlich etwas sagte, hatte es nichts mehr mit dem Thema zu tun.

»Darf ich jetzt bitte weiterarbeiten?«

»Natürlich.« Sabine Kaufmann stand auf. »Ich finde selbst hinaus, lassen Sie sich nicht aufhalten.«

Kurz vor dem Erreichen der Haustür drehte sie sich noch einmal um, gerade schnell genug, um zu sehen, wie Claudia ihr Handy hinter den angewinkelten Knien verschwinden ließ und eine Unschuldsmiene aufsetzte.

Mit zusammengekniffenen Augen lugte Gunnar Volz hinter dem dunklen Schiebetor hervor, das auf alten Metallschienen vor der Maschinenhalle hing. Wie meist stand es eineinhalb Meter offen, gerade so weit, dass man bequem hindurchschlüpfen konnte und die runden Scheinwerfer des in der Mitte geparkten Traktors wie die wachsamen Augen eines Ungetüms aus seiner Höhle blicken konnten. Die Halle lag dem Haupthaus beinahe senkrecht gegenüber, war fünfzehn Meter breit und etwa halb so tief. Das düstere Innere bot Raum für einen Mähdrescher, zwei Zugmaschinen und zwei Anhänger, an den Wänden und in den Ecken ruhten außerdem zahlreiche Gerätschaften. Die Fahrzeuge waren bis auf den alten Traktor relativ modern, dennoch bevorzugte Gunnar in

der Regel das in die Jahre gekommene Gefährt. Er hatte eine geschlossene Kabine, auf dem Sitz lag ein halb zerfetztes Lammfell; hier oben hockte der Knecht gern und rauchte eine seiner selbstgedrehten Zigaretten. Unsichtbar für die Außenwelt, hatte er so einen guten Überblick über das, was sich auf dem Hof abspielte und wer sich seiner Position näherte. Die knappe SMS von Claudia hatte ihn dazu bewogen, sein Versteck zu verlassen und sich dem Tor zu nähern.
Er sah die Fremde, die sich ihm zielstrebig zu nähern schien, bevor er sie hörte. Immer lauter erklang nun das eilige Absatzklacken ihrer Lederstiefel, die der zierlichen Frau bis knapp unter die Knie reichten. Dazu Bluejeans und eine weiße Bluse, die unter einem dunklen Kurzmantel hervorragte. *Fehlt nur noch der Gaul, mit dem sie zum Dienst reitet,* dachte Volz verächtlich und fragte sich, seit wann es in Mode war, Pseudo-Reiteroutfit zu tragen. Dann kam ihm der Gedanke, dass Claudia in engen Jeans und Stiefeln eine durchaus reizvolle Erscheinung sein dürfte, und ein hämisches Grinsen zog sich über seine Visage. Rasiert hatte er sich noch immer nicht, er kratzte sich die juckende Wange, dann trat er aus dem Schatten der Halle und baute sich protzig vor der kleinen Frau auf. Diese zuckte zusammen und verlangsamte ihren Schritt. Schnell fing sie sich wieder, wedelte mit einem Ausweis und stellte sich vor.
»Gunnar Volz? Mein Name ist Sabine Kaufmann, Kriminalpolizei.«
»Hm.« Er genoss es, den Unnahbaren zu mimen, vor allem, wenn es sich um das schwache Geschlecht handelte und sein Gegenüber so unendlich viel kleiner war. Sie hatte blondes Haar, Sommersprossen auf der Nasenspitze und einen schlanken, trainiert wirkenden Körper.
»Haben Sie mich bereits erwartet?«

Die Frage irritierte ihn etwas, woher wusste sie von Claudias SMS? »War'n ja nicht zu übersehn«, brummelte er, ohne eine Miene zu verziehen.

»Wir ermitteln im Todesfall von Herrn Reitmeyer, außerdem im Fall von Herrn Kötting.«

»Hm.«

Die SMS hatte gelautet: *achtung: kötting tot, polizei in anmasch.*

Zwei Tippfehler und ausschließlich Kleinbuchstaben legten den Schluss nah, dass Claudia sie heimlich und höchst eilig verfasst hatte.

»Ich hatte vorhin den Eindruck, als wären Sie ziemlich aufgebracht gewesen«, klang es von unten, und Volz gab sich der Phantasie hin, wie er die kleine Frau mit seinen Stiefeln zermalmte wie ein lästiges Insekt.

»War wohl nicht schwer zu erkennen«, gab er stattdessen zurück und nestelte seinen Tabaksbeutel hervor, in dem sich auch das Zigarettenpapier befand.

»Worum ist es denn gegangen?«, fragte die Kommissarin.

Gemächlich und mit routinierten Handgriffen fertigte er sich eine Zigarette, riss ein Streichholz aus einem Papierbriefchen und entflammte es an der roten Sandbahn.

»Fragen Sie die Reitmeyerin«, antwortete er und paffte, bis die Glut sich knisternd um die gesamte Spitze des Glimmstengels gefressen hatte. Danach inhalierte er genussvoll und pustete den Rauch über Sabines Kopf hinweg.

»Können Sie mir etwas über Reitmeyer senior oder Kötting erzählen?«

*Tapferes Mädchen,* dachte er, insgeheim beeindruckt, wie beharrlich und sachlich die Frau blieb. Dann schüttelte er den Kopf und sagte: »Nichts, was Sie nicht schon wissen.«

»Okay, schade.« Die Ermittlerin wandte sich zur Seite. »Ich dachte, als geduldeter Gast bekäme man hier etwas mehr mit als die Laufkundschaft.«
»*Gast?*«, grollte Volz.
»Sie sind doch Gast hier, oder nicht?«, erwiderte Sabine mit scharfem Blick.
»Ich bin hier *geboren*«, knurrte Gunnar Volz und warf wütend seine Zigarette zu Boden, wo er sie länger und fester als nötig zertrat. »Alle anderen sind nach mir gekommen, inklusive der Reitmeyers. Gast, pah!« Er winkte ab, dann verschränkte er die Arme.
»Ist nicht angenehm, sich plötzlich von unerfahrenen Emporkömmlingen sagen zu lassen, wo es langgeht, wie?«, hörte er die Kleine sagen. Die Frage kam so schnell und voller Überzeugung, dass er einen Moment lang ins Grübeln kam. War das ein Schuss ins Blaue gewesen?
»Ist nicht Ihr Problem«, blockte er ab, wild entschlossen, der Kommissarin keine weiteren Einblicke hinter seine Fassade zu gewähren. Er wollte, nein, er *durfte* nicht riskieren, dass jemand ihm dazwischenfunkte. Schon gar nicht die Bullen. Gunnar Volz' Angelegenheiten waren von einer Art, wie er sie nur selbst aus der Welt schaffen konnte.

In der Dienststelle reagierte Möbs nur mäßig begeistert über den zweiten Leichenfund. Er stellte eine Konferenzschaltung zu Schulte in Friedberg her, nachdem Angersbach ihn informiert hatte.
»Eine zweite Obduktion?«, erklang Schultes Grollen mit einem blechernen Beiklang aus dem Lautsprecher.
»Ich würde sie nicht verlangen, wenn ich sie nicht für wichtig halten würde«, erwiderte Angersbach selbstbewusst.

»Möbs, auch eine Meinung dazu?«, fragte die Stimme, und dieser wechselte einen kurzen Blick mit dem Kommissar. Der deutete ein Nicken an.

»Wir sollten es lieber durchziehen«, schlug sich Möbs auf Angersbachs Seite. »Die Verbindung zu Reitmeyers Betrieb ist nun einmal gegeben.«

»Und Hackebeil hat schon bei Reitmeyer nichts gefunden«, hielt Schulte entgegen. »Was ist denn überhaupt mit seiner Vorgeschichte?«

»Keine Leiden, von denen wir wissen«, antwortete Ralph nach vorn gebeugt, »und bei Kötting stehen wir noch am Anfang. Er machte aber auch keinen ungesunden Eindruck.« *Von der Verwesung mal abgesehen,* dachte er und unterdrückte ein Schmunzeln.

»Dann kümmern Sie sich in drei Teufels Namen darum«, gab Schulte nach. »Aber wenn sich in diesem Fall auch nichts findet, halten *Sie* die Pressekonferenz.«

Das Gespräch endete abrupt, und Ralph verzog sich in sein Büro, das ihm ohne seine Kollegin geradezu leer vorkam. Sie war auf eine anstrengende Weise impulsiv, kleidete sich viel zu schick für die Außeneinsätze, und dennoch vermisste er jetzt schon ihren Esprit. Wenn sie das Telefonat mit Schulte geführt hätte, hätte es allerdings vermutlich dreimal so lange gedauert, um zum selben Ergebnis zu führen. Bittersüß grinsend hob Angersbach seinen Hörer ab und wartete geduldig, bis man ihn zu Professor Hack durchstellte.

»Ja?«, bellte dieser schließlich in den Hörer, so dass Angersbach erschrocken zusammenzuckte.

»Angersbach hier. Sie bekommen einen weiteren Gast.«

»Hm, hab's schon mitbekommen. Das nächste Mal rufen Sie vorher an.«

*Als hättest du irgendetwas daran mitzuentscheiden.*
»Ich versuch's, aber wir arbeiten daran, dass es kein nächstes Mal gibt.«
»Gestorben wird immer«, widersprach Hack und lachte zynisch. »Die *Pension zum silbernen Tisch* ist immer gut belegt, zum Glück sind's nur Übernachtungen ohne Frühstück.«
Kopfschüttelnd lachte auch Ralph kurz auf, wurde aber sofort wieder ernst. »Ich möchte keine Verbindung erzwingen, wo keine ist«, begann er dann vorsichtig, »aber unsere beiden Toten waren so etwas wie Kollegen.«
»Kollegen?«
»Leiche zwei hat für Leiche eins gearbeitet.«
»Ah, kapiert. Und?«
»Beide Männer wirken auf den ersten Blick völlig gesund, um die Krankenakte Köttings kümmert sich jemand, und der Heilpraktiker von Reitmeyer bescheinigte diesem beste Gesundheit.«
»Kein Wunder«, brummte Hack. »Haben Sie schon gegessen oder einen empfindlichen Magen?«
»Nein, wieso?«
»Dann erzähle ich Ihnen mal von Reitmeyers letztem Mahl. Buttermilch, Nüsse und Ingwer. Pfui Deibel!«, echauffierte sich der Rechtsmediziner. »Aber gesund ist es allemal. Organisch ging es dem Toten blendend, er scheint sich sehr ausgewogen ernährt zu haben. Sein biologisches Alter ist dem manches Dreißigjährigen überlegen.«
»Untersuchen Sie Kötting bitte genauso aufmerksam«, antwortete Angersbach. »Wenn wir hier auch nichts finden, springt Schulte im Dreieck.«
»Ich untersuche immer aufmerksam«, schloss Hack etwas angesäuert.

Als Nächstes zitierte der Kommissar Mirco Weitzel zu sich.
»Gibt's etwas von Belang?«, erkundigte er sich ohne Umschweife, als der junge Polizist in das Büro trat. Dann, mit einem kaum sichtbaren Grinsen fügte er hinzu: »Und denken Sie dran: Von Ihrer Antwort hängt die nächste Beförderung ab.«
Doch Mirco zuckte nur die Achseln und konterte: »Mein Boss ist Möbs. Sie sind hier nur zu Gast. Ich sehe es so: Ohne meine Mithilfe lösen Sie die ganze Chose niemals auf, und dann heißt es: Adieu K10.«
»Gut gebrüllt, Löwe«, lachte Angersbach.
»Man hat mich vor Ihnen beiden gewarnt«, wisperte Weitzel geheimnisvoll lächelnd, doch bevor Angersbach nachhaken konnte, aus welcher geheimnisvollen Quelle er geschöpft hatte, fuhr der Beamte geschäftig fort: »Ich habe mich ein wenig mit der Vita von Vera Finke beschäftigt. Es scheint so, dass ihr Mann sich tatsächlich mehr schlecht als recht als Berater für regenerative Energien verdingt.«
»Ein waschechter Öko also, wie?«, brummte Ralph.
»Falls das bedeutet, dass ihn sein Idealismus ernährt, vielleicht. Er hat viele Titel, aber wenig auf dem Konto. Ohne den Verdienst seiner Frau sähe es wenig rosig aus.«
Frau Wischnewski hatte also nicht nur Vorurteile, sondern schien die Situation unbewusst richtig eingeschätzt zu haben.
»Dann liefert er also eine gute Show mit all dem auffälligen Naturkram um sein Anwesen.«
»Ich habe es nicht gesehen.« Mirco zuckte die Schultern. »Aber der Knaller kommt noch. Es geht das Gerücht um, dass Ulf Reitmeyer Frau Finke geschwängert haben soll.«
»Wie bitte?« Entgeistert ließ Angersbach seinen Stift fallen. »Die Finke ist schwanger?«
»Nein«, wehrte Weitzel hastig ab, »das habe ich nicht gesagt.

Ein anonymer Hinweis ging uns zu, dass es da eine Sache in der Vergangenheit gebe, die wir wissen sollten. Blöde Sache, weil der Anruf weder aufgezeichnet noch rückverfolgt werden konnte.«

»Mist«, murmelte Ralph. »Und wo ist das Kind?«

»In Holland abgetrieben«, antwortete Weitzel und ergänzte dann: »*Wenn* es denn überhaupt stimmt.«

»Hm, es gefällt mir nicht, dass diese Information uns auf diesem Weg erreicht hat«, murrte Angersbach. »Das ist doch Kalkül. Und es lässt sich absolut nicht zurückverfolgen?«

»Wenn ich's doch sage.« Der Beamte warf ihm einen resignierten Blick zu.

»Nun gut. Aber unsere Bio-Lady werde ich bei Gelegenheit mal direkt darauf ansprechen. Weiter, bitte.«

Mirco Weitzel warf einen Blick auf seine Notizen. »Wir haben einen Bauern ausfindig gemacht, der einen ziemlichen Brass auf den Weidenhof schiebt. Nein, ich korrigiere mich, er hat es sogar direkt auf Ulf Reitmeyer abgesehen und macht auch keinen Hehl aus seiner Freude, dass dieser nicht mehr unter den Lebenden weilt.«

»Aha. Hat dieser Bauer auch einen Namen?«

»Gottfried Kayser, Pappelhof.«

»Verdammt, diese Baumnamen.« Ralph kritzelte mürrisch dreinblickend die Namen auf ein Papier. »Das kann sich ja kein Mensch merken.«

»Von Pappeln habe ich da auch weit und breit nichts gesehen. Aber ich meine mich zu erinnern, dass diese vor einigen Jahren allesamt abgeholzt wurden. Zwei Dutzend, entlang eines Wassergrabens. Angeblich waren sie schädlich für ihre Umgebung. Aber das tut wohl nichts zur Sache.«

»Wohl kaum. Warum hat Kayser Reitmeyer gehasst?«

»Reitmeyer hat ihn schon lange mit Preisen unterboten, bei denen er nicht mithalten konnte. Erdbeeren, Kartoffeln, Äpfel. Kayser hat mir vorgerechnet, dass der Weidenhof unmöglich mit diesen Waren Gewinne erwirtschaften könne. Er betreibt konventionellen Anbau, also im Klartext billiger. Reitmeyer habe ihn gezielt vernichten wollen, um seinen Hof zu übernehmen.«
»Hat er auch Milchvieh?«, kam es Angersbach in den Sinn.
»Nein, wieso?«
»Nur so eine Idee. Falls ja, wäre Kötting ebenfalls eine potenzielle Bedrohung gewesen. Ich suche nach Verbindungen.«
»Ach so.« Mirco kratzte sich an der Schläfe. »Wir sind aber mit Reitmeyer und Kayser noch nicht durch.«
»Nein? Was gibt's denn noch?«
»Kayser musste vor zwei Jahren, als es ihm besonders schlecht ging, einige Ländereien verkaufen.« Mirco zuckte zweimal mit den Augenbrauen und fragte mit amüsiert verschwörerischer Miene: »Na, wie gut können Sie kombinieren?«
Ralph überlegte schnell. »Hohe Straße?«, fragte er, und Weitzel ließ mit einem langgezogenen »Aaah!« seine aufgesetzte Erleichterung nach außen.
*Die Windräder.*
Manch einer, so wusste Ralph, hatte schon für weitaus weniger sterben müssen.

Sabine Kaufmann schätzte, dass der Molkereibetrieb kaum vier Kilometer Luftlinie vom Weidenhof entfernt lag, mit dem Auto legte sie jedoch gut und gern die dreifache Strecke zurück. Von der Bundesstraße ab wurde die Zufahrtsstraße immer enger, bis der Renault nach einer Wegkreuzung nur noch über staubige Pflastersteine holperte.

*Mein armes Auto.* Auf drei Seiten gesäumt von Wiesen und Feldern, in der Nähe eines Waldstücks, fand sie endlich die imposanten Gebäude des Molkereibetriebs. Unter dem Wegweiser war ein von beiden Seiten der Straße zu lesendes Plakat angebracht, welches faire Milchpreise forderte. An der Hofeinfahrt selbst war das Logo von *BIOgut* zu erkennen, darunter proklamierte man genfreies Futter und regionale, biologische Produkte. Das Einzige, was die Kommissarin vermisste, waren grasende Kühe, denn irgendwoher musste die Milch ja kommen. Stattdessen eröffnete der Blick auf das Anwesen vier langgezogene Stallgebäude mit niedrigen Dächern, aus deren Kippfenstern ein sanfter Dunst zog. Dumpfes Brüllen und metallisches Klappern war zu vernehmen, als sie ihre Wagentür öffnete und die Kommissarin langsam auf das linke Gebäude zuging, dessen Stalltür offen stand.
»Kann ich Ihnen helfen?«
Erschrocken hielt Sabine inne, denn sie hatte niemanden gesehen und nicht damit gerechnet, von hinten angesprochen zu werden. Ihr Herz raste, als sie sich umdrehte, sah sich dann aber lediglich einem jungen Mann gegenüberstehen, kaum älter als achtzehn und von zierlicher Statur. Er trug eine grüne Latzhose, eine gefütterte Arbeitsjacke und Handschuhe. Eine blonde Strähne und stahlblaue, wachsame Augen lugten unter seiner Baseball-Kappe hervor.
»Ja, mein Name ist Kaufmann von der Kripo«, sagte Sabine hastig. »Gibt es hier ein Büro?«
»Dort drüben.« Der Junge deutete neben sich. Entlang der Hofmauer waren drei weißgraue Container aufgestellt, wie man sie als Behelfsräume von Baustellen oder mobile Gebäudeerweiterungen kannte. An dem vorderen Container

baumelte ein Schild mit dem Aufdruck »*Anmeldung*«. Hinter dem viereckigen Fenster war Licht zu erkennen.
»Okay, danke«, nickte Sabine freundlich und wandte sich ab, doch der Junge schloss zügig zu ihr auf.
»Kripo?«, wiederholte er fragend und blinzelte in die Sonne. Die Kommissarin überlegte kurz und entschied sich spontan, das Interesse des Jungen zu nutzen.
»Arbeitest du hier?«, fragte sie, obwohl diese Frage sich allein durch seine Anwesenheit und die Arbeitsmontur beantwortete.
»Kann man so sagen«, gab er zögerlich zurück.
»Wie heißt du?«
»Martin. Und Sie?« Er grinste.
»Sabine«, grinste sie zurück. »Meinen Nachnamen kennst du ja bereits. Hast du auch einen?«
»Uhland.«
Sabine stockte. Uhland. Irgendetwas in ihrem Unterbewusstsein schrie ihr eine Information zu.
»Moment, Martin Uhland? Da klingelt bei mir etwas«, sagte sie. Die Erinnerung war wieder da. Es war der Name des jungen Mannes, der beim sogenannten *Heilsberg-Mord* den entscheidenden Hinweis geliefert hatte. Ein Hinweis, der einen ihrer Kollegen das Leben gekostet hatte.
»Was machst du hier?«
»So 'ne Art Praktikum, schätze ich«, brummte dieser. »Ein Knochenjob, aber besser als Knast, nehme ich an.«
»Dessen kannst du dir sicher sein«, gab Sabine zurück. Sie war dem Jungen nie begegnet, aber er machte auf sie nicht den Eindruck, als würde ihm unbändige kriminelle Energie innewohnen. Ganz anders als bei seinen Kumpanen.
»Meine Alten, ähm, ich meine, meine Eltern haben das mit

der Jugendgerichtshilfe ausbaldowert.« Er zuckte die Schultern und versuchte, lässig zu wirken. »Ist wohl nur fair, wenn ich mitspiele.«
Sprach dort er selbst oder irgendein Sozialarbeiter? Spielte er eine Rolle, oder bereute er, in eine Sache verstrickt zu sein, die zwei Menschenleben gefordert hatte? Sabine gelang es nicht, analytisch zu denken, denn die Bitterkeit und der Schmerz über den Verlust von Heiko Schultz waren noch viel zu frisch.
»Ich habe bei dem Einsatz einen guten Freund verloren«, sagte sie freiheraus mit sehr ernster Miene. »Also würde ich sagen, du hast verdammtes Glück, wie du aus der ganzen Sache rausgekommen bist.«
Martin zuckte zusammen. »Der Cop, der erstochen wurde?«, vergewisserte er sich, und Sabine nickte.
»Scheiße.« Er wurde bleich.
»Ich habe mich mit dem Fall nur teilweise befasst«, erklärte Sabine, »aber ich rate dir eines: Halte dich künftig von solchen Typen fern, wenn dir etwas an deiner Zukunft liegt.«
»Das sagt meine Psychotante auch«, murmelte der Junge verlegen, noch immer nicht in der Lage, Sabines Blick standzuhalten. »Wir ziehen Ende des Monats von hier weg«, sprach er weiter, »irgendwo in den Osten. Für meinen Vater rentiert sich das jobmäßig, und ich muss dort natürlich wieder zur Schule.« Augenrollen.
»Sauber bleiben ist mehr als nur Wegziehen. Aber es ist ein erster Schritt. Der Rest liegt bei dir«, mahnte Sabine. »Ich hoffe inständig, du hast deine Lektion gelernt.«
»Hm. Denke schon. Ich muss ja oft genug drüber quatschen mit dem Fuzzi vom Jugendamt und der Psychologin.«
»Das ist auch gut so.«
»Sie sind aber offenbar nicht meinetwegen hier.«

»Stimmt.« Sabine entschloss sich dazu, es dabei bewenden zu lassen. Der Fall war abgeschlossen, die beiden Täter hinter Gittern. Sie war zwar noch nicht dazu bereit, Martin Uhland als Opfer zu betrachten, denn er hatte sich den beiden immerhin aus freien Stücken angeschlossen. Doch es lag nicht an ihr, darüber zu entscheiden, und es würde Heiko Schultz nicht wieder lebendig machen. Also rang sie sich ein knappes Lächeln ab und erklärte: »Ich bin wegen etwas anderem hier.«
»Hm.«
»Kennst du Malte Kötting?«
»Kaum.« Martin schüttelte den Kopf. »Aber seltsam, dass sich heute jeder für ihn interessiert.«
»Wieso jeder?«
»Er wird vermisst. Urlaub hat er keinen, das habe ich vorhin im Stall aufgeschnappt, aber krankgemeldet hat er sich auch nicht. Da redet man halt so drüber … Moment mal.« Er dachte nach. »Ist er etwa tot?«
»Wie kommst du denn darauf?«, erwiderte die Kommissarin, überrascht von der Schlagfertigkeit des Jungen.
»Kötting fehlt – keiner weiß Bescheid – Polizei taucht auf«, zählte Martin an seinen Fingern ab. »Jede Krimiserie läuft nach diesem Schema ab.« Er grinste schief. »Habe ich ins Schwarze getroffen?«
»Sieht ganz so aus. Aber mehr wird nicht verraten, jetzt möchte ich zuallererst ins Büro.«
»Klar, das Verhör beim Chef. Ganz wie im Fernsehen«, feixte der Junge. »Aber ich bleibe in der Nähe!«
»Pass bloß auf, dass du nicht wieder in unsere Mühlen kommst«, zwinkerte Sabine ihm verschwörerisch zu, was Martin unwillkürlich zusammenzucken ließ. Doch dann erkannte er, dass das Ganze nicht als Drohung gemeint war, und

wandte sich ab. Er schlenderte auf eine Schubkarre zu und setzte sich pfeifend mit ihr in Richtung Stall in Bewegung. Aufgeregtes Muhen, auf der Schubkarre befand sich frisches Heu, dann war er aus dem Blickfeld der Kommissarin verschwunden.

*Er wird seinen Weg gehen,* dachte sie und klopfte an die weißlackierte Metalltür. *Hoffentlich den richtigen ...* Sie drückte die Klinke hinunter, und mit einem Knarren schwang das Türblatt nach innen. Sabine klopfte ihre Schuhe auf dem Gitter ab und stand im nächsten Moment auf grau gesprenkeltem PVC. Ein funktioneller Bodenbelag, nicht unähnlich dem, der auch in der Polizeistation verlegt war. Hinter einem Schreibtisch aus billigem Pressspan, den Oberkörper nach vorn gebeugt und mit den Ellbogen auf der Tischplatte, erwartete sie ein drei Zentner schwerer Mann. Sein Gesicht glich dem eines Metzgers, sowohl von der Mimik als auch der verräterisch glänzenden Rötung auf Wangen und Hals her. Schweißperlen lagen unter dem Haaransatz, seine Frisur war strähnig und wirkte wie aufgeklebt. Seine prankenhaften Hände erinnerten an aufgeblasene, fleischfarbene Einweghandschuhe, und am linken Ringfinger, eingesunken wie eine Schnur, mit der man Würste abband, lugte ein goldener Ehering hervor. Alles in allem eine wenig sympathische Erscheinung. Doch als er zu sprechen begann, verflog Sabines Unbehagen.

»Ja, bitte?«, säuselte es, und die Stimme glich dem ungebrochenen Tenor eines Knaben, sanft und voller Güte.

Erneut stellte die Kommissarin sich vor, und bei der Erwähnung des Wortes *Kriminalpolizei* wurden die Augen ihres Gegenübers traurig.

»Malte, nicht wahr?«, fragte er leise, und Sabine nickte.

»Sie wissen Bescheid?«, vergewisserte sie sich.
»Frau Reitmeyer hat angerufen, ja. Was ist passiert?«
»Hat sie das nicht erwähnt?«, wunderte sich die Kommissarin. »Herr Kötting wurde tot in seiner Wohnung aufgefunden.«
Von dem fleischigen Ungetüm war kaum mehr übrig als ein kleinlautes Häufchen Elend, und Sabine erkundigte sich weiter: »Ihnen scheint der Tod Ihres Mitarbeiters ziemlich nahezugehen.«
»Wir waren gute Freunde, ja«, wisperte der Mann, und Sabines Blick wanderte derweil in dem Bürocontainer umher. Neonlicht, billige Möblierung, ein typischer Behelfsraum. Die Frage war nur, warum das Büro eines millionenschweren Betriebs, das ja immerhin so etwas wie ein Aushängeschild war, in einem derartigen Verschlag untergebracht war.
»Malte und ich kannten uns schon lange, bevor Reitmeyer sich den Betrieb hier unter den Nagel gerissen hat.«
»Wann war das genau?«
»In den Neunzigern, ich müsste nachschlagen. Ist das denn von Belang?«
»Nicht zwangsläufig, aber wir stehen auch noch ganz am Anfang unserer Ermittlung«, antwortete Sabine wahrheitsgemäß. *Und wir wissen noch nicht einmal, ob wir es überhaupt mit einem Verbrechen zu tun haben*, ergänzte sie insgeheim resigniert. »Wenn Sie sagen, dass Sie Herrn Kötting schon so lange kennen, wissen Sie dann auch von Konflikten, Streit oder Animositäten?«
»Nein«, erwiderte ihr Gegenüber und schüttelte energisch den Kopf.
»Nichts? Auch nicht außerhalb des Betriebs? Vielleicht eine verschmähte Liebschaft oder dergleichen?«

»Hören Sie«, entgegnete der Mann, und erst in diesem Augenblick wurde der Kommissarin bewusst, dass sie ihn nicht nach seinem Namen gefragt hatte. »Malte Kötting war hier so etwas wie meine rechte Hand, der Vizechef, der Vertrauensmann, wie auch immer man es bezeichnen mag. Inklusive mir selbst gab es auf dem Hof keinen beliebteren Menschen als ihn. Sein Verlust trifft mich nicht nur persönlich, er wird dem gesamten Betrieb schaden. Da können Sie jeden fragen.«
»Das müssen wir eventuell auch tun«, murmelte Sabine, während sie die Worte auf sich wirken ließ. Vor ihr saß ein Mann, der sich aller Wahrscheinlichkeit nach in aufrichtiger Trauer befand. Davon war sie überzeugt, doch dann fiel ihr etwas ein.
»Sie haben erwähnt, dass Reitmeyer sich den Hof unter den Nagel gerissen habe«, setzte Sabine an und neigte aufmerksam den Kopf. Kein Muskel im Gesicht ihres Gesprächspartners entging ihrem geschulten Auge, und sie fragte sich, ob die Schweißperlen mehr geworden waren oder ob der Mann permanent schwitzte. Der Raum hatte eine muffige, überheizte Atmosphäre; das und die ausgeprägte Adipositas ließen Letzteres vermuten.
»Das sagte ich, ja«, nickte er und blickte düster drein.
»Würden Sie also auch sagen, dass Ulf Reitmeyer eine weitaus weniger beliebte Person war als Herr Kötting?«
»Allerdings.«
»Und zwischen Reitmeyer und Kötting, wie sah es da aus?«
Wenn die erste Einschätzung des Arztes stimmte, war Kötting etwa zur gleichen Zeit wie Reitmeyer gestorben. Andererseits konnten auch einige Stunden dazwischen liegen.
»Herr oder Frau Reitmeyer?«, kam es zurück.
»Spielt das eine Rolle?«

»Nein, im Grunde genommen nicht. Ulf und Malte hatten sich seinerzeit mehr als ein Mal in den Haaren, aber letzten Endes hat die Übernahme den Hof vor dem Bankrott gerettet. *Beiß nicht die Hand, die dich füttert,* oder? Wir haben uns arrangiert.«
»Hm. Und Claudia?«
»Dazu möchte ich nichts sagen in Gegenwart einer Dame.« Er schmunzelte und bedachte sie mit einem vielsagenden Blick.
»Verstehe. Galt das Gleiche auch für Herrn Kötting?«
»Ja, aber das hat nichts zu bedeuten. Das gilt für alle hier.« Er legte sich verschwörerisch den Zeigefinger vor die wulstigen Lippen. »Diese Hexe wird den Betrieb binnen kürzester Zeit vor die Wand fahren, aber das habe ich offiziell niemals gesagt, hören Sie?«
Sabine lächelte und nickte ihm blinzelnd zu. »Danke. Sprechen Sie mit Ihren Mitarbeitern, oder wissen diese schon Bescheid?«
»Ich erledige das. Müssen Sie noch jemanden befragen?«
»Gab es besonders enge Arbeitskollegen von Herrn Kötting?«
»Nein, eigentlich nicht. Er hatte den Container nebenan, ansonsten war er ständig auf dem Hof zugange. Mir fällt da niemand Bestimmtes ein.«
»Weshalb arbeiten Sie eigentlich in diesen Containern?«
»Umbau in einigen Gebäuden«, erklärte er und winkte abfällig. »Mitten im Winter. Dreimal dürfen Sie raten, wessen schwachsinnige Idee das war.«
»Verstehe. Ich würde mich gerne noch an Herrn Köttings Arbeitsplatz umsehen, in Ordnung?«
»Klar.«

»Und noch eine Sache, bevor ich es vergesse«, sagte Sabine hastig, und der Mann, der bereits aufstehen wollte, hielt noch einmal inne. »Hatte Herr Kötting irgendwelche Erkrankungen, zum Beispiel ein Herzleiden oder dergleichen?«
»Malte? Quatsch!«, kam es inbrünstig. »Ich kenne kaum jemanden, der gesünder gewesen sein dürfte als er.«
Die beiden erhoben sich, dabei ächzte der sympathische Fleischklops nicht wenig. Im Hinausgehen, ein eisiger Windzug fuhr durch den Türspalt, sagte die Kommissarin wie beiläufig: »Sie haben mir Ihren Namen noch nicht verraten.«
»Sie haben nicht gefragt«, lächelte er und zog die buschigen, blassbraunen Augenbrauen hoch. »Adrian Becker.«
Bevor die Kommissarin überhaupt etwas denken oder erwidern konnte, sprach Becker mit mokantem Unterton weiter: »Und Sie brauchen es nicht zu sagen: Ich kenne sämtliche Spötteleien.« Er klopfte sich mit den Handflächen auf die Wampe. »Metzger hätte besser gepasst, ich weiß, aber ich stamme tatsächlich aus einer Bäckerfamilie. Fleisch hingegen esse ich seit Jahren nicht mehr, ob Sie's glauben oder nicht.«
»So weit habe ich überhaupt nicht gedacht«, erwiderte Sabine, die sich ertappt fühlte, obgleich sie sich niemals zu einem abfälligen Kommentar erdreistet hätte.
Becker schloss die Tür auf und bedeutete ihr, einzutreten. Schwermütig warf er einen Blick ins Innere des Raumes, der dem seinen weitestgehend glich. Er seufzte und verabschiedete sich mit den Worten: »Ich bin drüben, sollte etwas sein. Bitte geben Sie mir Bescheid, wenn Sie gehen, damit ich wieder zuschließen kann.«

Am Waldrand, verborgen durch tief hinabhängende Nadelbäume, lehnte Claudia Reitmeyer an dem mit ockerfarbenen

Lehmspritzern gesprenkelten Landrover und blickte schweigend in Richtung des Milchbetriebs. Tannenhof, so lautete die alte Flurbezeichnung des Anwesens. Im Gegensatz zu unzähligen anderen Höfen hatten weder der Krieg noch die zunehmend unrentable Landwirtschaft die Existenz der Milchwirtschaft bedroht. Im Gegenteil. Ab einer gewissen Anzahl von Rindern, und der Tannenhof besaß derzeit zweihundertfünfzig, wurden selbst Dumpingpreise nicht zu einer Bedrohung. Zumindest nicht, wenn die Personalkosten im Rahmen blieben und man nicht auf externe Futterversorgung angewiesen war. Doch diesen Luxus konnten sich nicht viele Höfe leisten. Claudias Vater hatte dafür gesorgt, dass der Tannenhof nach und nach in totale Abhängigkeit von *BIOgut* geraten war. Erst wurden sie Hauptabnehmer, dann stellten sie die gesamte Produktion auf ökologische Standards um. Just in dem Moment, als die Investitionen am größten und die Erträge am geringsten waren, hatte Ulf den Hebel angesetzt und die Betreiber vor eine bedingungslose Wahl gestellt: Insolvenz oder Übernahme. Und der Tannenhof war nicht der erste Betrieb, der sich für die zweite Option entschieden hatte. Diese Praktiken waren ein offenes Geheimnis. Niemand sprach darüber, jeder wusste davon, aber letzten Endes ging jeder Beteiligte mit einem Sack voller Geld davon. *Stolz muss man sich leisten können.*

»Worüber denkst du nach?«, erklang Gunnars Stimme. Unter seinen Stiefeln knackte der von Nadeln und Zapfen übersäte Boden, er kehrte auf den schmalen Fahrweg zurück, nachdem er sich zum Pinkeln einige Meter in den Wald geschlagen hatte.

»Die Kaufmann lungert schon seit einer halben Stunde dort herum«, murrte Claudia, nur wenig begeistert, hier in der

Kälte zu stehen und die Zeit mit dem widerlichen Knecht totschlagen zu müssen.

»War mir klar, dass ihr beide euch nicht riechen könnt«, gab Volz lasziv zurück und wollte noch etwas hinzufügen, als Claudia ihn unterbrach.

»Erspar mir deine Phantasien, okay?«, herrschte sie ihn an.

»Ist ja gut.« Dann murmelte er grinsend: »Aber nur getroffene Hunde bellen.« Er drehte sich eine Zigarette und lehnte sich ebenfalls an das klobige Geländefahrzeug. Claudia nahm das kleine Fernglas, das um ihren Hals hing, und fixierte das Geschehen auf dem Hof. Knapp zwei Kilometer entfernt spiegelte sich die Sonne auf Sabine Kaufmanns Twizy. Der Waldrand, wo Claudia und Gunnar standen, war etwas höher gelegen, und ihre Position erlaubte einen guten Blick in die Senke, ohne dabei selbst gesehen zu werden.

Der aromatische Geruch von verbranntem Tabak stieg in Claudias Nase, und sie lugte kurz zu dem Knecht hinüber. Genau genommen war er nicht der Widerling, als den sie ihn meist sah, zumindest nicht optisch. Ein starker Hüne, prädestiniert für die Jagd, also im Grunde das ideale Bild eines Versorgers, von der Evolution begünstigt. Einzig seine geistigen Fähigkeiten ließen zu wünschen übrig. Das, gepaart mit einer Mimik und Gestik, die viel zu oft einem unkontrollierten Lüstling glich, machten ihn ihr so zuwider. Kein Wunder also, dass er zeit seines Lebens nicht geheiratet und eine eigene Existenz aufgebaut hatte. Stattdessen begnügte er sich mit einer dreißig Quadratmeter großen Bude auf einem Anwesen, auf dem er nichts zu melden hatte. Und hier lag Claudias Dilemma. Gunnar Volz wusste von allem und jedem, was auf dem Weidenhof vor sich ging, und dieses Wissen machte ihn zu einem gefährlichen Zeitgenossen.

*Niemand sägt an meinem Thron,* schloss sie grimmig und riss sich das Fernglas vom Hals. Weder Volz noch diese Kaufmann.
»Komm, wir fahren jetzt runter«, bellte sie entschlossen und stapfte die drei Schritte in Richtung Fahrertür.
»Jetzt?«, fragte der Knecht verwundert.
»Die Kaufmann latscht gerade rüber in Köttings Büro, die Fettbacke im Schlepptau. Das lasse ich ihr nicht durchgehen«, knurrte sie.

Ralph Angersbach spülte seinen Kaffeebecher aus und trat vor die billige schwarze Kaffeemaschine, deren Kanne unzählige Kalkränder zierten wie Jahresringe einen Baumstamm. Die schwarze Brühe war heiß, stand vermutlich seit Stunden auf der Heizplatte und verströmte einen säuerlichen Geruch. Entsprechend bitter würde sie auch schmecken, schlussfolgerte der Kommissar, doch er brauchte jetzt eine Dosis Koffein. Nichts war ermüdender als Schreibtischarbeit, und seine Zunge fühlte sich schwer und trocken an von den vielen Telefonaten, die er geführt hatte. Eine Stunde noch, dann konnte er endlich aufbrechen zu Dr. Elsass, jenem Mitarbeiter Ulf Reitmeyers, der ihn womöglich als Letzter lebend gesehen hatte. Seit zwei Tagen wollte er das schon tun, doch einerseits schien der Wissenschaftler sich nie länger als eine Stunde am selben Ort aufzuhalten, und dann wurde Reitmeyers Tod mittlerweile als vermeintlich natürlich abgetan, was eine Befragung zu erübrigen schien. Doch Schulte und Möbs konnten sich noch so sehr dagegen sträuben: Der Zusammenhang zwischen den beiden Toten war markant genug, um sich mit dem Umfeld der Männer auseinanderzusetzen. Ralph nippte an seiner Tasse und verzog angewidert den Mund. Zu heiß, zu

stark, zu bitter. Ganz wie erwartet. *Wenigstens eine Sache, auf die man sich verlassen kann,* dachte er sarkastisch. Morgen würde er seinen Automaten von zu Hause mitbringen. Janine trank keinen Kaffee, wenigstens ein weiches Suchtmittel, dem sie nicht verfallen war, und würde sie wohl kaum vermissen. Das Telefon klingelte, auf dem Display erkannte Angersbach eine Gießener Vorwahl. Professor Hack verkündete, dass auch der Tod Köttings allem Anschein nach ohne Fremdeinwirkung eingetreten war. Dann aber machte der Rechtsmediziner eine entscheidende Einschränkung.
»Wieder so ein junger Hüpfer, zumindest seinen Innereien nach. Gesunde Ernährung und Sport gehen eben doch nicht spurlos an einem Körper vorüber«, kommentierte er lax.
»Nahm Kötting Medikamente?«
»Nicht, dass ich wüsste«, verneinte Ralph. Von einem Medizinschrank oder Betäubungsmitteln hatte keiner der Tatortermittler etwas gesagt.
»Hm. Besteht eine Möglichkeit, die Lebensmittel aus dem Umfeld der Toten zu untersuchen?«, erkundigte sich Hack.
»Bei Kötting kein Problem«, antwortete Angersbach und machte eine kurze Pause, um seine Erinnerung an Reitmeyers Haus abzurufen. »Bei dem anderen wohl kaum. Es sind ja fast drei Tage vergangen, und die Tochter wohnt dort«, erklärte er dann resigniert. »Wonach suchen wir denn?«
»Ich drücke es mal so aus. Kötting und Reitmeyer teilten offenbar zwei gemeinsame Vorlieben. Kandierter Ingwer und Sauermilchprodukte.«
»Sauermilchprodukte?«, wiederholte Angersbach.
»Buttermilch, Naturjoghurt, präziser geht es nicht«, führte Hack aus. »Das und diese widerliche Wurzel haben sich in beiden Verdauungssystemen gefunden.« Angespannt knetete

Angersbach sein Kinn. Die beiden Männer arbeiteten im selben Betrieb, hatten dieselben Essgewohnheiten, und dann war da noch diese obskure Verbindung zwischen Molkereiprodukten und einem Milchlaster. Sah er Gespenster?
»Ich warte«, drängte Hack, und Angersbach schrak auf.
»Sorry. Also gut, bei Kötting stand ein nicht verzehrter Salat auf dem Tisch, und Sie können von mir aus seine ganze Speisekammer unter die Lupe nehmen. Er lebte allein, es dürfte dem aktuellen Ermittlungsstand nach alles unverändert sein.«
»Begnügen wir uns zunächst mit dem Ingwer und den Molkereiprodukten«, wehrte Hack ab. »Ich werde der Spurensicherung nicht den Job streitig machen. Versprechen Sie sich außerdem keine Wunder davon, es ist nur ein Vorstoß meinerseits.«
»Wunder sind etwas für Gläubige«, kommentierte Angersbach lapidar, »aber Sie verraten mir schon Ihren Denkansatz, oder?«
Hack lachte kurz auf und sagte dann nur: »Gift.«
»Gift?«
»Bilde ich mir das ein, oder gibt es hier ein Echo?«
»Ich habe keine Lust auf Spielchen!«, rief Angersbach verärgert.
»Dann lassen Sie mich meine Arbeit machen«, entgegnete der Rechtsmediziner kühl. »Ich melde mich wieder.«
Mehr war nicht aus ihm herauszuholen, wie dem Kommissar klar war, denn niemand drängte Professor Hack zu Dingen, die er nicht selbst preisgeben wollte. Gerade, als er den Hörer aus der Hand legen wollte, erklang dann aber doch noch einmal dessen Stimme, und sie war frei von dem ihr typischen mürrischen Klang: »Recherchieren Sie im Internet derweil mal den Begriff *Herzglykoside*.«

Für Sabine Kaufmann endete die Inaugenscheinnahme des Arbeitsplatzes von Malte Kötting mit einem Paukenschlag. Sie hatte am Schreibtisch Platz genommen und überlegte gerade, ob die freizügige Erlaubnis Beckers, sich im Büro seines Vizes umzusehen, auch das Durchforsten des Computers beinhaltete. *Wenn er kein Passwort hat …*
Weiter war sie nicht gekommen. Die Tür flog auf und schlug so weit aus, dass die Klinke an die Wand schepperte, im gleichen Moment tauchte die vergleichsweise zierliche Gestalt Claudia Reitmeyers im Eingang auf und hinter ihr das Ungetüm Volz. Er musste sich ducken, um ins Innere zu gelangen, und blieb dann im Türbereich stehen, während Claudia sich entrüstet vor der Kommissarin aufbaute.
»Was machen Sie hier?«, herrschte sie Sabine mit in die Hüften gestemmten Armen an. Diese zwang sich zu der nötigen Gelassenheit, um die Situation nicht eskalieren zu lassen.
»Ich sehe mich an Herrn Köttings Arbeitsplatz um«, begann sie kleinlaut.
»Das dürfen Sie nicht so ohne weiteres!«, schnitt Claudia ihr harsch das Wort ab und knurrte anschließend: »Dieser Becker kann was erleben.«
»Herrn Becker trifft keine Schuld«, wandte Sabine ein, »ich habe ihn womöglich überrumpelt, als ich ihn fragte, ob er mir aufschließt. Ihm geht der Tod Köttings offenbar recht nah.«
*Ganz im Gegensatz zu dir.* Sabine hätte Claudia nur allzu gerne die Meinung gegeigt, doch sie zwang sich weiterhin zur Zurückhaltung, denn je mehr sie ihr Gegenüber gewähren ließ, umso unverhohlener zeigte diese ihr wahres Gesicht.
»Wie auch immer. Becker arbeitet für mich. Und demnach treffe ich hier die Entscheidungen. Bitte!« Frau Reitmeyer deutete in Richtung Tür, wo Gunnar Volz grinsend zur Seite

trat und ebenfalls auffordernd neben sich wies. Sabine nickte und erhob sich. Sie nahm ihren Mantel und ihre Tasche, schlenderte ohne Eile zum Ausgang und hielt erst draußen auf dem Gitterrost inne.

»Ich weiß nicht, was ich davon halten soll, dass Sie mir plötzlich derart die Kooperation verwehren«, sagte sie, wobei sie den direkten Blickkontakt mied, »aber ich werde es mir für die Zukunft merken.«

Mit diesen Worten, die ihre Wirkung zumindest bei Volz nicht zu verfehlen schienen, verließ sie den Container. Auf dem Weg zum Auto entschied sich die Kommissarin dagegen, noch einmal bei Becker einzukehren, da sie nicht für weitere Unannehmlichkeiten verantwortlich sein wollte. Sie stellte sich bildlich vor, wie Claudia Reitmeyer sich wie eine Furie vor dem armen Fleischberg aufplusterte und ihn in Grund und Boden redete, obgleich sie nur ein Drittel seiner Ausmaße hatte. Wenn in Familie Reitmeyer die altbekannte Redewendung *Der Apfel fällt nicht weit vom Stamm* Anwendung fand, so hatte Sabine Kaufmann plötzlich eine ziemliche präzise Vorstellung vom Wesen ihres Vaters. Doch all das erklärte in keinerlei Weise den Tod von Malte Kötting.

Grübelnd näherte sich Sabine ihrem Wagen und kramte ihren Autoschlüssel hervor, dennoch bemerkte sie die Bewegung in ihren Augenwinkeln. Ihr Kopf schnellte nach oben.

»Du schon wieder«, lächelte sie Martin an, der sich ihr lautlos wie eine Katze genähert hatte. »Zweimal am Tag lasse ich mich nicht von dir erschrecken.«

»Wollte ich ja gar nicht«, erwiderte er und streifte sich seine Arbeitshandschuhe von den Händen. Dann fischte er ein Päckchen Lucky Strike aus dem Jackeninneren, der Karton war abgestoßen und knittrig, nur noch drei Filter ragten heraus. Sabine konnte die Gedanken des Jungen förmlich lesen, wie Regieanweisungen auf einem Bildschirm schienen sie über seine in Falten gelegte Stirn zu wandern.

»Ich rauche nicht«, sagte sie leise, und Martin blinzelte sie anerkennend an.

»Woher wussten Sie ...?«

»Ich bin Polizistin, schon vergessen?«, lachte sie. »In deiner Packung sind noch drei Zigaretten, und auf dem Hof gibt es unter Garantie keinen Automaten. Dir wäre nur noch eine einzige geblieben, und bis du hier wegkommst, dürfte es noch ein paar Stunden dauern, habe ich recht?«

»Hm. Ich könnte natürlich noch welche in meinem Spind haben«, redete der Junge sich heraus.

»Mag sein, aber mir gefällt meine Theorie besser.«

»Sie stimmt ja auch«, brummelte Martin.

»Um welche Zeit wird denn nachmittags gemolken? Schätze, der Arbeitstag wird vom Rhythmus der Kühe bestimmt, oder?«

»Schon, aber da habe ich längst Schluss«, winkte der Junge ab. »Ich bin diese Woche in der Morgenschicht dran, also dauert's nicht mehr lange bis Feierabend.« Er grinste schief. »Zwei Zigaretten noch, sonst hätte ich mir mehr mitgebracht. Aber das Melken ist ohnehin ein Witz.«

»Wieso?«

»Der lange Winter, die wenige Sonne, was weiß ich. Kuh-Depressionen vielleicht. So wenig Milch wie in dieser Saison gab es noch nie.«

»Hat der Hof nicht Abgabeverträge?«

»Ja, schon. Aber wenn die Euter nicht voll sind, kann man's ja nicht beizaubern, oder?«, erwiderte Martin naseweis. »Hat

das was mit Ihrer Ermittlung zu tun, oder wollen Sie umsatteln auf Viehwirtschaft?«
»Nur interessehalber«, murmelte Sabine abwesend, denn wieder schoss ihr ein gewisser Milchtransporter ins Gedächtnis. »Sag mal, wer holt denn die Milch?«
»Das meiste wird hier verarbeitet«, antwortete Martin und deutete auf die weiter entfernt liegenden Gebäude. »Käse, Joghurt, Kakao und Kefir. Abgeholt wird nur das, was übrig bleibt.«
»Verstehe, danke«, entgegnete Sabine. Sie wollte gerade noch eine weitere Frage stellen, als sie Bewegung an Malte Köttings Büroeinheit vernahm.
»Geh lieber weiter«, zischte sie Martin zu, »sonst riskierst du Ärger mit Frau Reitmeyer. Ihr passt es nicht, dass ich mich hier umsehe.«
»Kein Wunder«, kam es zurück, und seine Miene verfinsterte sich. Sabine hätte eine Menge dafür gegeben, sich diesen Kommentar erläutern zu lassen, aber nahm sich vor, dies zu einem besser geeigneten Zeitpunkt nachzuholen. Sie winkte noch einmal kurz, startete dann ihren Wagen und verließ den Tannenhof.

Konrad Möbs nahm die Information weitaus gelassener auf, als Angersbach erwartet hatte. Er hatte Möbs vor seinem Dienstantritt in Bad Vilbel kaum mehr als drei-, viermal gesehen und war sich noch nicht ganz sicher, ob dieser ein ruheliebender Schreibtischhengst war, der die Jahre bis zu seiner Pensionierung ohne Aufhebens verleben wollte, oder das genaue Gegenteil. Anders als Schulte, dessen Elan bei jeder ihrer Begegnungen überzusprudeln schien, war Möbs eher zurückhaltend und schien sich zudem nicht gern im Rampenlicht zu

aalen. Eine Abneigung, die Angersbach gut nachvollziehen konnte und die Möbs ihm in gewisser Weise sympathisch machte.
»Also Mord«, wiederholte der Dienststellenleiter emotionslos. Gemeinsam mit Sabine Kaufmann, die vor wenigen Minuten zurückgekehrt war, befanden sie sich in Möbs' Büro und tauschten die Ergebnisse des Vormittages aus.
»Hack hat in diesem Zusammenhang Herzglykoside erwähnt«, wiederholte der Kommissar den Hinweis des Rechtsmediziners. »Meiner Recherche zufolge können diese Wirkstoffe einen Herzinfarkt auslösen und, wenn sie richtig dosiert sind, hinterher nicht nachgewiesen werden. Das ist jedoch keine fachliche oder medizinisch einwandfreie Einschätzung«, betonte er, »sondern nur das Ergebnis meiner Internetsuche.«
»Wann bekommen wir es denn wissenschaftlich und amtlich?«, erkundigte sich Sabine.
»Professor Hack meldet sich im Laufe des Tages«, antwortete der Kommissar und drehte gedankenverloren seine Kaffeetasse hin und her.
»Worüber grübeln Sie nach?«, fragte Möbs, und Ralph hielt sofort inne. Er überlegte noch einige Sekunden, bevor er sagte: »Ich frage mich gerade, ob wir von Kötting auf Reitmeyer rückschließen können. Im Klartext: Wenn Kötting vergiftet wurde, ist Reitmeyer dann dasselbe widerfahren?«
»Hack wird das doch testen, oder?«, warf Sabine ein.
»Hat er schon«, entgegnete Ralph kopfschüttelnd, »doch es kam nichts dabei heraus. Deshalb werden nun die Lebensmittel untersucht, aber im Gegensatz zu Köttings abgeschlossener Wohnung wurde das Haus Reitmeyer ja seit Samstag von mindestens einer weiteren Person belebt.«

»Claudia«, brummte Sabine missmutig, was ihr einen fragenden Blick der beiden Männer einbrachte.

»Das klingt wenig begeistert«, kommentierte Angersbach, und Sabine berichtete in kurzen Sätzen von ihrem jüngsten Zusammenstoß mit Reitmeyers Tochter.

»Jetzt verstehe ich«, nickte er und verzog den Mund. »Doch wer zuletzt lacht ... Ein Team der Spurensicherung ist auf dem Weidenhof zugange, um dort Lebensmittelproben zu nehmen. Das dürfte ihr noch viel weniger schmecken.«

Sabine grinste kurz. »Ich wollte auch gerade fragen, wie wir verfahren wollen. Aber mal jenseits aller Animositäten: Falls wir es mit Gift zu tun haben, ist Frau Reitmeyer in größter Gefahr.«

»Nicht nur die Reitmeyer«, gab Möbs zu bedenken. »Der Hof vertreibt selbstproduzierte Lebensmittel, das zieht weitaus gefährlichere Kreise, denken Sie nicht?«

»Wir können es zumindest auf zwei Möglichkeiten einschränken. Laut Hack sprechen wir von Molkereiprodukten und kandiertem Obst. Beides befand sich sowohl in Reitmeyers Verdauungstrakt als auch in Köttings«, erläuterte Angersbach. »Ich hoffe, wir wissen es in Bälde noch etwas genauer. Eine Schließung des Hofladens werden wir gerichtlich nur schwer erwirken können, falls Claudia dem widerspricht. Seit der Applizierung sind immerhin schon drei Tage vergangen.«

»Schade eigentlich«, sagte Sabine mit einem angriffslustigen Aufblitzen in ihren Augen, »das verdutzte Gesicht von der Reitmeyer hätte ich allzu gerne gesehen.«

»Die scheint Ihnen ja ganz schön auf die Füße getreten zu sein«, stichelte Angersbach. Dann fasste er seine Informationen über den möglichen Schwangerschaftsabbruch Vera

Finkes und den verbitterten Nachbar Gottfried Kayser zusammen. Anschließend begann die Kommissarin mit ihrem Bericht, wobei sie sich auf die Informationen rund um Malte Kötting beschränkte. Erst am Ende, nachdem sie hinlänglich betont hatte, dass Kötting dem ersten Eindruck nach ein völlig anderes Standing hatte als Reitmeyer, griff sie einen weiteren Faden auf: »Mich beschäftigt nach wie vor dieser Milchtransporter und der Reitmeyer-Anwalt«, schloss sie, und Ralph Angersbach war erleichtert, dass nicht nur er diesen Punkt als verdächtig wirkenden Zufall wahrgenommen hatte.
»Das lässt mir auch keine Ruhe«, verkündete er und warf einen prüfenden Blick zu Möbs, der sich unentschlossen gab.
»Was genau ist denn Ihrer Meinung nach verdächtig?«, hakte er nach. »Der gemeinsame Anwalt, die obskure Tat des Fahrers, seine Ladung in die Nidda zu verklappen, oder die Buttermilch in Köttings Verdauungsapparat?«
Ralph und Sabine wechselten einen schnellen Blick, und der Kommissar erkannte in den Augen seiner Kollegin, dass sie zu einem übereinstimmenden Ergebnis kamen.
»Die Kombination aus allem«, sagte er daher, und Sabine ergänzte: »Das *kann* kein Zufall sein.«
»Die Verknüpfungspunkte häufen sich allerdings«, murmelte Möbs, gähnte und rieb sich die Schläfen. »Statistisch betrachtet würde ich Ihnen zustimmen, dass es sich dabei kaum um Zufälle handeln kann. Mein Problem dabei ist: Sollten wir aufgrund *eines* Obduktionsbefunds gleich die Büchse der Pandora öffnen?«
»Wir können ja vorsichtig unter den Deckel lugen«, gab Sabine schmunzelnd zurück, und Angersbach bewunderte ihre

Schlagfertigkeit. Sie hatte ganz offensichtlich bereits einen guten Draht zu Möbs aufgebaut, wieder machten sich die zwei Monate bemerkbar, die ihm selbst an Eingewöhnungszeit fehlten.

»Ich meine es ernst«, betonte Möbs und klopfte mit den Knöcheln auf die Schreibtischplatte, deren Ecken von Papierablagekörben gesäumt waren, in denen sich Akten und Korrespondenz angesammelt hatten. »Was haben Sie als Nächstes vor?«

Da Sabine Kaufmann nicht den Anschein erweckte, als hätte sie eine weitere flinkzüngige Antwort parat, übernahm Angersbach das Antworten: »Ich hatte gerade vor, Dr. Elsass zu befragen, als Frau Kaufmann hier eintraf. Bevor er uns ein weiteres Mal versetzt, würde ich das gerne erledigen. Wollen wir zu zweit hinfahren?« Er warf seiner Kollegin einen fragenden Blick zu.

»Hm, ich hatte mir überlegt, mir den Lkw-Fahrer vorzunehmen«, gestand diese ein.

»Das können Sie sich abschminken«, wehrte Möbs ab, »der ist längst auf dem Weg zurück nach Spanien.«

»Wie bitte?« Ungläubig drehten sich beide Kommissare in seine Richtung.

»Sie haben Dr. Brüning doch erlebt, oder?«, verteidigte sich Konrad Möbs. »Wir sprechen von einer Umweltstraftat, nämlich von Gewässerverunreinigung, und, wenn man es auf die Goldwaage legen möchte, kommt noch Bodenverunreinigung hinzu, weil die Brühe noch einen Meter weit die Böschung hinabgelaufen ist. Aber der entscheidende Punkt ist ein ganz anderer. Wir sprechen hier von *Milch*, nicht etwa von Altöl oder Lösungsmitteln. Folglich käme es niemals zu einer Haftstrafe, sondern wird mit einer Geldstrafe abgegolten,

darüber machte Brüning mir keinerlei Illusionen. Und im Grunde«, schloss Möbs zerknirscht, »hat er ja auch nicht ganz unrecht. *Milch.*« Er schüttelte seufzend den Kopf.
Angersbach konnte sich gut vorstellen, wie das Gespräch abgelaufen war, und musste sich eingestehen, dass Konrad Möbs tatsächlich keine Wahl geblieben war.
»Was ist mit dem Laster?«, erkundigte er sich.
»Wieso?«
»Ich hätte zu gerne eine Probe genommen. Wenn wir vom Fahrer und von Brüning schon nichts erfahren, ist es doch unser gutes Recht, eine Probe des Tanks zu untersuchen. Die Milch könnte ja verseucht sein«, holte er mit einer betonten Unschuldsmiene aus, »kontaminiert mit den tollsten Bakterien ...«
»Na, na«, unterbrach Möbs ihn, »man kann es auch übertreiben. Was kommt als Nächstes, radioaktiv verstrahlt?«
»Wissen Sie es?«, eilte Sabine ihrem Kollegen zu Hilfe, die längst verstanden hatte, worauf er hinauswollte.
*Milch – Bio – Gift.* Eine Laboruntersuchung musste allemal drin sein, wenn sie schon sonst nichts unternehmen konnten.
»Wir haben allen Grund, die Lebensmittel von *BIOgut* unter die Lupe zu nehmen«, vollendete Ralph seine Argumentation, nun wieder weniger pathetisch. »Sie haben selbst gesagt, dass es viel zu viele Schnittpunkte gibt, um reiner Zufall zu sein.«
»Versuchen Sie Ihr Glück«, gab Möbs sich geschlagen. »Der Lkw dürfte noch auf dem Hof stehen, solange der Papierkram nicht erledigt ist.« Er erhob sich, schob seine Jalousie mit den Fingern auseinander und blickte hinab. Dann kehrte er zurück und nickte mit einem schmalen Lächeln. »Er ist

noch da. Also los. Ich werde dann mal Schulte anrufen und ihn auf eine weitere Pressekonferenz vorbereiten.«
»Geben Sie mir Bescheid, falls Hack sich meldet?«, vergewisserte sich Angersbach und erhob sich.
Möbs nickte. Sabine stand ebenfalls auf, rückte die beiden Stühle gerade und verabschiedete sich mit den Worten: »Ich setze Weitzel auf einige Hintergrundinformationen an und begleite Angersbach zu Dr. Elsass.«

Sabine Kaufmann hatte sich mit einem so einfachen wie bestechenden Argument durchgesetzt, als es darum ging, welchen Wagen die beiden nehmen sollten.
»Meiner ist noch warm«, sagte sie mit einem spitzbübischen Augenaufschlag, während ihr Kollege wie selbstverständlich zu seinem Lada geschritten wäre, wenn sie nicht interveniert hätte. Statt sich in ein weiteres Jammern über seinen geplagten Rücken zu ergehen, nickte Angersbach nur und stieg ein.
»Sie müssten mich navigieren«, forderte Sabine ihn auf, nachdem sie sich angeschnallt hatten und sie den Motor startete.
»Sagt die Ortskundige zum Fremden«, flachste er mit einer zweifelnden Miene. Da war sie wieder. Eine winzige Gelegenheit, die Tür in die geheimnisvolle Welt von Ralph Angersbach ein Stück weit aufzustoßen. *Wenigstens ein Blick durchs Schlüsselloch.*
»Ich denke, Sie leben schon seit vergangenem Herbst in Okarben?«, fragte Sabine prompt.
»Ich *wohne* dort«, korrigierte Angersbach sie missmutig, ließ diesen Satz dann jedoch unkommentiert im Raum stehen.
*Nicht mit mir,* entschied Sabine.
»Worin besteht der Unterschied?« Sie war so gespannt wie

die Sehne eines Bogens, denn sie konnte sich nicht vorstellen, dass es aus dieser direkten Frage ein Herausreden gab. Es sei denn, er verweigerte sich, doch heute schien Angersbach sich nicht wie eine Auster um die Perle zu schließen. Etwas arbeitete in ihm, er warf einen Blick aus dem Wagenfenster, seufzte und sortierte ganz offensichtlich seine Gedanken.
»Der Unterschied«, antwortete er dann beinahe leidenschaftslos, »besteht in einem baufälligen Haus und dem Mensch gewordenen Satan in Form einer Halbschwester, die ich bis vor einem halben Jahr nicht kannte.«
*Paff.* Wie ein Trog zerkochter Kartoffelschalen und Küchenabfälle, den man einer Horde gieriger Paarhufer vor die nimmermüden Rüssel knallt. *Friss oder stirb.*
»Na, hat es Ihnen nun die Sprache verschlagen?« Angersbach blinzelte mit nach vorn geneigtem Kopf in Sabines Richtung, die erst jetzt realisierte, dass bereits lange Sekunden vergangen waren, ohne dass sie eine Reaktion gezeigt hatte.
»Wie? Ach nein«, wehrte sie hastig ab und lächelte schief. »Ich habe mir nur meine nächste Frage überlegt. Zu viele Informationen in einem Satz.«
»Man kann auch mit wenigen Worten viel sagen«, gab Angersbach mit einem provokanten Gesichtsausdruck zurück. »Quod erat …«
»Ja, ich hab's kapiert«, unterbrach die Kommissarin ihn brüsk. »Baufälliges Haus? Teufel in Menschengestalt? Erinnert mich an meinen Vermieter in Heddernheim«, lächelte sie versöhnlich.
»Ein Vorschlag«, kam es von ihrem Kollegen, und sie horchte auf. »Nachher essen wir eine Kleinigkeit, dann können Sie mich meinetwegen ausfragen. Ich versuche derzeit, Dienst und Feierabend so weit wie möglich voneinander zu trennen,

sonst würde ich wohl wahnsinnig werden. Sie müssen übrigens auf die B3 Richtung Friedberg.«
»Okay«, nickte Sabine, ordnete sich auf die entsprechende Fahrspur ein und drehte sich anschließend noch einmal zu Angersbach, »und einverstanden.«

Dr. Victor Elsass war von durchschnittlicher Statur, das dunkle Haar graumeliert, ein zottiger Schnäuzer, der die Oberlippe beinahe vollständig bedeckte, und statt eines Laborkittels trug er eine ausgewaschene Jeans und einen Rollkragenpullover. Die Saatgutwerkstatt befand sich in einem unscheinbaren Nebengebäude eines Fachwerkhauses, welches man mit halbherziger Mühe in gleichfarbigem Holz verkleidet hatte. Fünf Häuser, davon zwei weitestgehend zerfallen, und einige Anbauten bildeten die inmitten von Feldern gelegene Siedlung Lohmühle zwischen Karben und Wöllstadt. Ein schmaler, wasserloser Graben, an dessen Rändern sich karges Buschwerk befand, durchschnitt das Gelände, in einiger Entfernung begannen die niedrigen Ausläufer eines Wäldchens. Die Kommissare folgten Dr. Elsass durch einen kurzen Korridor, an dessen Ende eine Glastür in einen hell erleuchteten Raum führte. Mikroskope, eine Zentrifuge, eine Handvoll Rollhocker und zwei Mitarbeiter mit Mundschutz und Haarnetz strahlten eine ruhige Atmosphäre aus, außer leiser Radiomusik und dem Brummen einiger Kühlschränke war nichts zu hören. Gedämpft gab die Frau, deren weibliche Konturen unter der weit geschnittenen Laborkleidung kaum auszumachen waren, ihrem Kollegen eine Anweisung, dieser blickte kurz zu den Besuchern auf und rollte dann undeutlich murmelnd an den nächsten Tisch.
»Keine Angst, hier gibt es keine Keime oder so«, kommen-

tierte Dr. Elsass Sabines verunsicherten Blick, die sich mit einem Mal deplaziert fühlte. Alltagskleidung, Straßenschuhe, offenes Haar – andererseits lief Elsass ja ebenfalls ungeschützt herum. *Allein in seinem Bart …*

»Gehen wir in mein Büro«, forderte er und durchquerte den Raum, ohne den beiden Laboranten einen Blick zu schenken. »Sie kommen wegen Ulf?«, vergewisserte er sich, nachdem er auf einem Drehstuhl Platz genommen hatte, dessen Sitzfläche der Form eines Sattels nachempfunden war. Er zog sich eine Teetasse herbei und warf einen Blick hinein, offenbar enttäuscht, dass sich nur noch ein Zentimeter bronzefarbener Flüssigkeit im Inneren befand.

»Unter anderem, ja«, bestätigte Angersbach. »Sie sind ja schwieriger zu fassen als Dr. Kimble. Ich telefoniere Ihnen seit zwei Tagen hinterher.«

»Dr. *wer?*« Elsass runzelte die buschigen Augenbrauen, ganz offensichtlich gehörte er zu den wenigen Menschen, die mit der berühmten Fernsehserie der Sechziger nichts anzufangen wussten. »Ach so, der, ähm, ja, kann sein«, ergänzte er dann allerdings hastig, und Sabine schmunzelte.

»Was ist denn nun genau passiert?«, erkundigte sich der Forscher. »War es Mord? War es ein Unfall? Mir sagt ja keiner was.« Seine Stimme bekam einen vorwurfsvollen Klang.

»Spielen Sie dabei auf jemand Bestimmtes an?«, wagte Sabine einen Vorstoß.

»Ach nein«, wehrte Elsass sofort ab. »Wir sind hier draußen ja auch ziemlich weitab vom Schuss.«

»Hm. Wie würden Sie Ihr Verhältnis zu Herrn Reitmeyer denn bezeichnen? Sie haben ihn vorhin beim Vornamen genannt.«

»Tja, das ist eine gute Frage«, gab Elsass verschwörerisch von sich und ließ den Blick von einem seiner Besucher zum nächsten wandern, zuerst Sabine, dann Ralph. Die Kommissarin war zunehmend unsicher, ob sie es mit einem verschrobenen und zerstreuten Kauz zu tun hatten oder ob Elsass ihnen ein verdammt gutes Schauspiel bot.

»Auch einen Tee?«, fragte er unvermittelt, erhob sich und watschelte zu einer Thermoskanne, die auf der Fensterbank stand. Die Kommissare verneinten, der Deckel gab ein blubberndes Zischen von sich, und Sekunden später kroch ein süßlicher Duft nach Zimt in Sabines Nase. Elsass nahm wieder Platz und nippte zufrieden an der dampfenden Tasse.

»Noch mal zu Ihrem Verhältnis zu unserem Opfer, bitte«, drängte Angersbach, und Dr. Elsass nickte schnell.

»Ja, ja, ich versuch's. Aber zuerst möchte ich wissen, ob Ulf tatsächlich nur der Schlag getroffen hat oder ob da eine helfende Hand im Spiel war.«

»Beeinflusst das Ihre Aussage?«, erkundigte Sabine sich und neigte den Kopf.

»Sie zuerst«, blockte Elsass ab und führte erneut die Tasse zum Mund.

»Wir ermitteln in alle Richtungen, konkreter geht es derzeit noch nicht«, erklärte Angersbach, und genau genommen traf er damit den Nagel präzise auf den Kopf.

»Dann bleibe ich auch nur vage«, gab Elsass zurück. »Ulf und ich kennen uns schon beinahe unser ganzes Leben. Man könnte also mit Fug und Recht behaupten, dass wir so etwas wie Busenfreunde sind … Sagt man das heute überhaupt noch?« Er wischte sich einige Tropfen aus dem Bart und sah sie mit einem schwer zu deutenden Blick an. Inständig hoffend, dass Angersbach ebenfalls schweigen würde, verharrte Sabine in stummer Erwartung und fixierte Elsass' Gesicht.

»Okay, dann Tacheles«, überwand dieser sich nach wenigen, aber wie eine Ewigkeit wirkenden Sekunden. »Es ist kein Geheimnis, dass wir beide einander eine Menge verdanken. *Gegenseitig,* wie ich betonen möchte. Aber es hat in letzter Zeit auch Differenzen gegeben.«
»Bezüglich wessen?«, hakte Angersbach prompt nach.
»Bezüglich unserer Forschung. Sie haben doch gewiss längst mit Claudia darüber gesprochen, oder?«
»Wir würden es gerne von Ihnen hören«, erwiderte Sabine mit einem auffordernden Lächeln.
»Meinetwegen«, murmelte Dr. Elsass. »Wir entwickeln hier Saatgut, welches gute Erträge vereint mit Resistenzen gegen Schädlingsbefall und extreme Klimabedingungen. Eine eierlegende Wollmilchsau, wenn Sie so wollen. Das Ganze erreicht man einerseits durch gezielte Züchtung, und dann braucht es natürlich die Laborarbeit hier. Unser Spektrum umfasst derzeit acht Getreidesorten, darunter zwei sogenannte Ur-Getreide, für deren Saat wir das Patent eingetragen haben. Unsere Ziele sind, widerstandsfähige Sorten zu erzeugen, die den Einsatz von Dünger und Spritzmitteln minimieren sollen, und unsere Prämisse lautet: Finger weg von der Gentechnik.«
Ein weiterer Schluck Tee, während Sabine den routiniert heruntergeratterten Vortrag verarbeitete, den Elsass offenbar nicht zum ersten Mal gehalten hatte. Alles klang nachvollziehbar, lediglich der Bogenschluss zu Reitmeyer fehlte. Und wieder einmal war es ihr Kollege Angersbach, dem es augenscheinlich genauso ging und der prompt fragte: »Und an welcher Stelle kommt Reitmeyer ins Spiel?«
Dr. Elsass seufzte und mied im Folgenden die Blicke der Kommissare. Zögerlich und recht undeutlich brummelte er in Richtung Tischplatte: »Ulf und ich hatten seit geraumer Zeit

nicht mehr dieselben Vorstellungen von diesem ethischen Manifest.«

»Geht das konkreter?«

Eines musste Sabine ihrem forsch voranschreitenden Kollegen lassen: Er gab Elsass keinerlei Gelegenheit, sich herauszuwinden. Ob ihr das mit ihrer Einfühlsamkeit wohl auch gelungen wäre? *Na klar*, sagte sie sich schnell, immerhin war sie keine blutige Anfängerin mehr. Aber insgeheim musste Sabine Kaufmann sich eingestehen, dass ihr neuer Kollege in manchen Bereichen einen durchaus bereichernden Kontrast bildete.

Dr. Elsass nuschelte mittlerweile so unverständlich, dass sie nur Bruchteile seiner Antwort verstand, etwa die Wortfetzen »Samstagabend« und »geknallt«.

»Dr. Elsass, bitte«, sagte die Kommissarin daher, »wir erfahren es doch ohnehin. Sprechen Sie also deutlich, ja?«

»Am Samstag hat es ziemlich Stunk gegeben«, wand Elsass sich und legte anschließend die Unterarme mit nach oben zeigenden Handflächen auf die Tischplatte. »Deshalb sind Sie wohl hier. Ich nehme an, dass Claudia mich hingehängt hat, oder? Wir waren nicht gerade leise. Wenn Sie mich also abführen müssen, dann bitte. Aber ich habe Ulf nichts angetan, auch wenn Sie's mir nicht glauben werden.«

»Langsam, so schnell verhaften wir niemanden«, brummte Angersbach. »Worum ging es denn bei Ihrer Auseinandersetzung?«

»Das Übliche.« Elsass winkte mürrisch ab und verzog den Mund. »Ulf und ich hatten inhaltliche Differenzen bezüglich meiner Forschungen. Aber das ist normal«, ergänzte er hastig, »wir sind nun mal zwei Hitzköpfe. Egal was Claudia auch behaupten mag, ich habe keinerlei Grund, dem Boss etwas anzutun.«

»Weshalb denken Sie denn, dass Herrn Reitmeyers Tochter Ihnen etwas anhängen möchte?«, fragte Sabine, und Elsass verschränkte die Arme.
»*Tochter?*«, wiederholte er spöttisch. »Weiß Gott nicht! *Erbin* wäre der treffendere Begriff.«
»Wie meinen Sie das?«
Angersbach wirkte nicht minder überrascht, als Sabine es war, und Dr. Elsass lachte höhnisch auf.
»Claudia Reitmeyer ist nicht Ulfs Tochter«, sagte er anschließend. Sabine fiel es wie Schuppen von den Augen. Natürlich, dachte sie. Das erklärt, weshalb Claudia und ihre Mutter nicht schon viel länger auf dem Weidenhof leben. Derweil sprach Elsass unbeirrt weiter: »Frederik ist sein einziger leiblicher Sprössling, doch der ist ja leider auf der anderen Seite des Globus. Freddy kriecht durch den Regenwald und entdeckt seltene Pflanzen und Tiere. Der Hof geht ihm sonst wo vorbei. Er hat noch wahren Forschergeist.« Elsass seufzte verklärt, hielt kurz inne und fuhr in düsterem Tonfall fort: »Claudia hingegen hat ganz bequem auf ein gemachtes Nest gewartet. Ulf angelte sich zuerst ihre Mutter, heiratete diese und adoptierte zu guter Letzt die Kleine. Ich werde den Teufel tun, diesem gewieften Luder etwas nachzusagen, aber … Nein«, er unterbrach sich und legte sich den Zeigefinger auf die Lippen, »ich werde mich keiner üblen Nachrede schuldig machen. Doch niemand soll behaupten, dass ich von Ulfs Tod mehr profitiert hätte als so manch andere Person. Punkt. Kein weiterer Kommentar.«
Es stand für die Ermittler nicht zur Debatte, diese höchst brisanten Informationen unkommentiert im Raum stehenzulassen.
»Sie müssen die Fragen schon uns überlassen«, lächelte Sabine

deshalb und neigte den Kopf. »Erzählen Sie uns bitte von Reitmeyers Sohn.«
»Fragen Sie doch Claudia.«
»Ich frage aber *Sie*.«
»Hmm, ich weiß nicht viel«, wand sich Elsass wie ein Aal und spielte mit seinen Fingern.
»Was macht Sie dann so nervös?«, fragte Angersbach unverblümt, und sein Gegenüber zuckte erschrocken zusammen.
»Wie? Äh, gar nichts«, erwiderte er hastig und räusperte sich. »Er ist momentan auf Borneo, soweit ich weiß. Tief in einem der größten Dschungel der Welt, ohne Handy, ohne PC, ein wundervolles Leben. Freddy forscht über Heilpflanzen und war in praktisch jedem Urwald, den es gibt. Weiß er überhaupt vom Tod seines Vaters?«
»Wir konnten ihn noch nicht erreichen«, gestand Sabine ein.
»Ein Jammer.«
»Wie war das Verhältnis der beiden?«
»Gut, an und für sich«, antwortete Elsass vorsichtig, »aber sie haben sich ja auch nur selten gesehen. Grüßen Sie Frederik bitte, wenn Sie ihn erreichen. Richten Sie ihm mein Beileid aus.«
»Wir werden sehen«, murmelte Angersbach.
»In Ordnung, dann verraten Sie uns bitte noch, wo Sie sich nach Ihrem Besuch auf dem Weidenhof am Samstag bis einschließlich Sonntagvormittag aufgehalten haben«, bat Sabine Kaufmann ihn freundlich.
»Da muss ich nachdenken«, murmelte Elsass, und seine Finger wanderten in Richtung eines Notizblocks, der ihm offensichtlich als eine Art Terminkalender diente. »Ach ja, Samstag«, erinnerte er sich, »da war ich in Wiesbaden, ich habe mich dort mit einem Kollegen der Fachhochschule getroffen.

Ich gebe Ihnen gerne seine Nummer. Auf dem Rückweg habe ich mir an einer Raststätte etwas zu beißen geholt, die Quittung dürfte ich noch im Auto haben, falls Sie sie brauchen. Das war rückblickend wohl die teuerste Mahlzeit meines Lebens.«

»Wieso das denn?« Zugegeben, die Preise für eine Flasche Wasser und ein matschiges Sandwich konnten an Autoraststätten utopische Dimensionen annehmen, aber hinter dem Kommentar verbarg sich zweifelsohne etwas anderes.

»Mein Wagen hat Mucken gemacht, aber ich bin schließlich weitergefahren«, setzte Elsass seinen Bericht fort. »Vielleicht hätte ich ihn lieber dort stehenlassen, na, egal. Nach dem Homburger Kreuz, kurz vor der Steigung, war dann endgültig Exitus. Die Karre ist mir abgesoffen, und ich stand hilflos am Seitenstreifen. Von Motoren, müssen Sie wissen, habe ich nicht das geringste bisschen Ahnung. Jedenfalls hat mich, entgegen aller Erwartung, jemand abgeschleppt. Einen Namen dazu habe ich aber leider nicht. Ein Mann, etwa mein Alter, das Kennzeichen war H.«

*Hannover.*

»Schade, dass Sie keinen Namen nennen können«, brummte Angersbach.

»Hätte ich gewusst, dass ich ein Alibi brauche …«, gab Elsass beleidigt zurück, wurde jedoch von einem energischen Klopfen unterbrochen. Eine Frau glitt beinahe lautlos herein, warf den Kommissaren einen abschätzigen Blick zu, beugte sich nah an das Ohr des Wissenschaftlers und wisperte ihm etwas zu.

»Bin gleich da«, raunte er, und die Laborantin verschwand wieder. Feine Schweißperlen sprenkelten die Stirn des Forschers.

»Gehen Sie nur«, schlug Angersbach sehr zur Überraschung seiner Kollegin vor, denn sie waren noch längst nicht fertig. Doch dann warf er ihr einen vielsagenden Blick zu und fügte hinzu: »Ich würde mir bei dieser Gelegenheit gerne das Labor ansehen.«
»Muss das sein?« Elsass verdrehte die Augen. Wenigstens verbarg er nicht seine Gefühle, andererseits konnte er auch ein begabter Schauspieler sein.
»Haben Sie etwas zu verbergen?« Angersbach spielte ebenfalls nicht übel, wie Sabine zufrieden feststellte.
»Kommen Sie meinetwegen mit«, murrte Elsass und schritt in Richtung Tür. Sabine Kaufmann nickte ihrem Kollegen auffordernd zu und gab ihm mit einem Deut auf ihr Telefon zu verstehen, dass sie im Büro verweilen würde.

Im Labor lief der Wissenschaftler schnurstracks auf die Laborantin zu und tuschelte ihr hastig etwas zu, bevor Angersbach in Hörweite kam. Danach klapperte er mit einigen Gläsern, in denen sich bernsteinfarbene Flüssigkeiten befanden, und wirbelte dabei dunklen Bodensatz auf. Nachdenklich betrachtete er die Bewegung des flockigen Niederschlags, der sich wie in einer Schneekugel allmählich beruhigte und wie in Zeitlupe niederrieselte.
Auf einem rot gekachelten Tisch erkannte Ralph einen langen Glaszylinder, dessen Form an eine überdimensionale Spritze erinnerte und in dessen Innerem sich ein Glasrohr spiralförmig wand. Er hatte diesen Aufbau schon einmal gesehen, irgendwo im Vogelsberg, versteckt in einem ausgedienten Milchkühler-Raum. Unerlässlich für den Betrieb einer illegalen Schnaps-Destille, doch er kam beim besten Willen nicht auf den Namen des Ortes oder den Namen des Glaskolbens.

»Ein Reflux-Kondensator«, verkündete Elsass stolz. »Sie kennen sich aus?«
»Nicht wirklich.« Angersbach musste grinsen, denn die Bezeichnung, auf die er nicht von allein gekommen wäre, erinnerte ihn an einen anderen Begriff. Flügeltüren und Flux-Kompensator, die Filmreihe *Zurück in die Zukunft* – damit musste er seine Kollegin mit ihrem kleinen E-Mobil unbedingt aufziehen. Doch vorläufig galt es, Victor Elsass auf den Zahn zu fühlen. Dieser schien sich damit abgefunden zu haben, dass Angersbach Meter für Meter durch das Labor schritt und alles neugierig beäugte.
»Interessieren Sie sich für Themen wie globale Ernährung und dergleichen?«
»Hmm. Ich bin Vegetarier«, antwortete Ralph beiläufig. »Aber das hat hauptsächlich gesundheitliche Gründe.«
»Macht nichts«, kommentierte Elsass augenzwinkernd, »Ethik und Ökologie sind etwas für Träumer. Aber im Ernst. Wer, glauben Sie, verrichtet in der Landwirtschaft die wichtigste Arbeit?«
»Die Bauern?« Ganz offensichtlich war dies nicht die Antwort, auf die der Wissenschaftler abzielte, aber Angersbach sagte es trotzdem.
»Humbug.«
»Ich warne Sie, ich bin auf dem Land groß geworden«, mahnte der Kommissar. »Die Landwirte, die ich kenne …«
»… sind auf Gedeih und Verderb abhängig von der Industrie«, unterbrach Elsass ihn und winkte verächtlich ab. »Wissen Sie, wie viele Betriebe in Deutschland nach ökologischen Richtlinien arbeiten?«
»Sie werden's mir sicher verraten.«
»Doppelt so viele wie vor zehn Jahren«, fuhr Elsass fort,

»aber noch nicht einmal zehn Prozent. Ein Armutszeugnis! Dabei ist mittlerweile hinlänglich belegt, dass der Einsatz von Spritz- und Düngemitteln blanker Widersinn ist.«
»Erzählen Sie das mal einem Landwirt, der vom Ertrag seiner Ernte abhängig ist«, brummte Angersbach. Das Gespräch missfiel ihm, zumal er nicht des Nachts hierhergekommen war, um über biologisch-dynamischen Ackerbau zu reden.
»Ein Landwirt, der biologisch-dynamisch wirtschaftet, hat am Ende der Saison genau denselben Ertrag«, widersprach Elsass energisch, »und das spätestens ab dem dritten Jahr. Doch anstatt, dass jeder das Offensichtliche erkennt, nämlich, dass die Anfälligkeit von Pflanzen gegen Schädlinge und Krankheiten erst durch chemische Überbehandlung herbeigeführt wurde, geht es munter weiter. Dabei liegt die Lösung auf der Hand.«
»Und die wäre?«
»Rückbesinnung auf früher.«
»Was denn? Etwa Ackergäule und karge Ähren?« Angersbach schüttelte lächelnd den Kopf.
»Unsinn«, wehrte Elsass ab. »Die Kombination alter, robuster Sorten mit ertragreichen neuen Züchtungen. Das ist die Zukunft, und darin besteht die eigentliche Arbeit. Über den Tellerrand schauen und etwas riskieren, anstatt über Ethik zu jammern.«
So langsam verstand Angersbach, worauf Elsass hinauswollte.
»Sie sprechen von Genmanipulation.«
»In der Tat«, nickte dieser. »Ist das ein Problem?«
»Meine Meinung ist da wohl nicht entscheidend.«
»Das ist ja das Schlimme«, seufzte Elsass. »Sobald der Begriff *Genmanipulation* fällt – und wenn Sie mich fragen, ist das

eine sehr engstirnige Bezeichnung –, legt jeder seine Scheuklappen an.«

»Ich hatte Sie vorhin so verstanden, dass es diesbezüglich einen eindeutigen Kodex gab«, erinnerte sich der Kommissar.

»Ulf betrachtete das Thema schwarz-weiß«, erklärte Elsass, »was jedoch ein fataler Fehler ist. Die Grenzen sind längst nicht mehr geradlinig.«

»Klingt für mich wie eine Rechtfertigung.«

»Die Gründe liegen doch auf der Hand!«, rief Elsass, und seine Laborantin fuhr erschrocken zusammen. »Fast drei Viertel unserer hochzivilisierten Bevölkerung haben mittlerweile Rückstände des Pflanzenschutzmittels Glyphosat im Urin. Fehlgeburten, Krebs, Infekte – aber *da* schert sich keiner drum. Man kann offiziell ja nichts beweisen. Stattdessen schürt man weiterhin die Angst, dass Gentechnik Allergien auslösen könnte. In Wirklichkeit könnte eine vernünftige Gentechnik den Einsatz von Giftstoffen überflüssig machen.«

Angersbach seufzte, denn er konnte dem erzürnten Redeschwall seines Gegenübers nichts entgegensetzen. Elsass indes schritt durch sein Labor und tippte mit der Fingerkuppe auf einige Glasbehälter.

»Hierin steckt die Zukunft, glauben Sie mir«, wisperte er verschwörerisch, und Ralph ergriff die sich ihm bietende Chance beim Schopf.

»Hat Ulf Reitmeyer Ihre Forschung demnach ausgebremst?«

»Ausgebremst? Ja, das könnte man wohl sagen!«, antwortete Elsass verärgert. »Er sagte, dass es, solange die Lohmühle zu seinem Betrieb gehöre, keine Genmanipulationen geben werde. Vermutlich hatte er Angst um seine Bio-Siegel. Diese Ökomafia ist auch nicht viel besser als die Pestizid-Lobbyisten.«

»Dann kommt Ihnen das Dahinscheiden von Herrn Reitmeyer ja doch nicht ganz ungelegen«, warf Angersbach ein, während er sein verzerrtes Spiegelbild in einem bauchigen Glas beäugte.
»Ach, kommen Sie«, stöhnte Elsass. »Das hatten wir doch schon längst.«
»Mich interessiert es aber«, beharrte der Kommissar, der seinen Blick nun wieder auf den Wissenschaftler gerichtet hatte, so scharf, als wolle er ein Geständnis aus ihm herausbohren. »Wie steht Claudia denn zu dem Ganzen? Oder Frederik?«
»Interessiert mich nicht«, murrte Elsass. »Fragen Sie sie doch selbst.«
»Das werde ich«, nickte Angersbach, »verlassen Sie sich drauf.«
Sie kehrten zurück ins Büro, wo Sabine gerade ein Telefonat beendet hatte. Möbs, wie sie tonlos mit den Lippen formte.

»Darf ich nun weiterarbeiten?«, fragte Dr. Elsass gepresst, als er wieder hinter seinem Schreibtisch Platz genommen hatte. »Wir stehen kurz vor der Patentierung einer neuen Sorte, ich möchte nicht unhöflich sein ...«
»Wir auch nicht«, entgegnete Angersbach, »aber über eine Sache müssen wir noch sprechen.«
»Und die wäre?«, kam es verstimmt zurück.
»Malte Kötting«, warf Angersbach ihm hin und beobachtete ihn genau, Sabine tat es ihm gleich. Über Elsass' Miene legte sich ein Schatten, doch sie war sich relativ sicher, dass es ein Ausdruck der Unwissenheit war, und dann kam auch schon die Gegenfrage: »Mopro-Kötting?«
Sabine schoss in den Sinn, dass es sich bei *Mopro* um die allgemeine Bezeichnung für Molkereiprodukte handeln konnte,

auch wenn sie diesen Begriff schon seit Jahren nicht mehr gehört hatte. Bei Angersbach war der Groschen offenbar noch schneller gefallen als bei ihr, denn er nickte und fragte: »Sie wissen es noch nicht?«
»Was denn?«, kam die gereizte Rückfrage.
»Malte Kötting wurde tot aufgefunden.«
Bei diesem Satz schüttete sich der Professor beinahe seinen restlichen Tee über den Pullover, denn er schrak auf, und seine Augen weiteten sich vor Bestürzung. *Aufgesetzt oder echt?* Es waren immer dieselben Mechanismen, die sich in solchen Gesprächen abspielten, und Sabine Kaufmann tat sich im Falle von Dr. Elsass schwer, diese Persönlichkeit einzuschätzen. Eine Forscherseele, durch und durch, aber verbarg sich hinter der Fassade nicht noch etwas anderes?
»T...Tot?«, stammelte dieser und schluckte dann. »Warum, ich meine, wieso? Kötting war einer der beliebtesten Kollegen, wenngleich ich nicht oft mit ihm zu tun hatte. Er war einer der wenigen, die sich nicht durch den Bio-Boom haben verblenden lassen und zu eiskalten Subjekten verkommen sind.«
»Höre ich da eine Anspielung auf Claudia Reitmeyer?«, hakte Sabine prompt nach.
»Hm.«
»Oder Gunnar Volz?«
»Nein. Gunnar ist ein armes Schwein, aber im Grunde kein schlechter Mensch. Er lebt nur in schlechter Gesellschaft. Aber ich rede mich hier um Kopf und Kragen, befürchte ich«, unterbrach Elsass sich abrupt. »Was ist denn mit Kötting geschehen?«
»Das ermitteln wir noch«, gab Angersbach zurück.
»Verstehe. Keine Details«, nickte Elsass. »Schätze, ich muss nun ein weiteres Alibi vorweisen?«

»Nein«, erwiderte Angersbach, und Elsass' irritierter Blick sprach Bände.
»Köttings Todeseintritt deckt sich mit dem Zeitfenster von Reitmeyers Ableben«, erklärte Sabine, und die Fragezeichen verschwanden aus dem Gesicht des Forschers. »Wenn Sie uns wirklich helfen möchten, dann denken Sie darüber nach, wer Köttings Feinde waren«, fuhr die Kommissarin fort und meinte ihrem Gegenüber anzusehen, dass er sie mit den Worten »Kötting hatte keine Feinde« abwiegeln wollte.
*Kötting war ein Blumenkind, Kötting war ein Heiliger.*
Trotzdem hatte ihn jemand getötet.
Also sprach sie eilig weiter: »Das Gleiche gilt natürlich auch für Ulf Reitmeyer.«
»Der einzige Feind, der mir dazu einfallen würde, wäre Philip Herzberg«, murmelte Elsass nach einiger Zeit des Nachdenkens. »Wobei mir der Begriff *Feind* nicht behagt, außerdem trifft es, wenn überhaupt, nur auf einen der beiden Toten zu. Mit Kötting war Herzberg nämlich recht dicke.«
»Was hat es mit Herzberg auf sich?«, fragte Sabine hartnäckig, und Elsass wand sich erneut, bis er endlich antwortete. »Philip ist Claudias leiblicher Vater.«

Sie fuhren zurück in Richtung Dienststelle. Auf halbem Weg nutzte Sabine Kaufmann eine rote Ampel, um ein eingehendes Gespräch entgegenzunehmen. Ein Freisprechsystem war in ihrer Fahrzeugkonfiguration nicht vorgesehen gewesen, und sie bereute längst, dies nicht bestellt zu haben.
»Kaufmann hier«, meldete sie sich knapp. Eine ganz offensichtliche Tatsache, denn es war ja schließlich ihr Handy. Aber das Spektrum an freundlichen Begrüßungen war ein enges Feld.

»Weitzel«, kam es zurück. »Sie müssen noch mal nach Petterweil.«
»Petterweil, wieso?«
»Eine Nachbarin von Kötting möchte gerne befragt werden.«
»Sind die Kollegen damit nicht längst durch?«
Am drucksenden Schweigen des Beamten erkannte die Kommissarin, dass eine unangenehme Erklärung kommuniziert werden wollte.
*Vergessen – nicht angetroffen – übergangen?*
Doch was dann kam, versetzte Sabine in echtes Staunen. Längst hatte die Ampel auf Grün geschaltet, und der Renault surrte über die B3 in Richtung Norden. Das Smartphone lag zwischen Sabines Knien, sie hatte flugs den Lautsprecher eingeschaltet. Verkehrsregeln galten auch für Kriminalbeamte.
»Man hat es nicht für nötig gehalten«, leitete Weitzel ein.
»Wieso denn das?«
»Die Dame wohnt direkt unter Kötting, ist aber blind wie ein Fisch.«
*Gab es überhaupt blinde Fische?*
Doch anstatt über den fragwürdigen Sinn dieser Metapher nachzudenken, fragte Sabine gereizt: »Okay, sie ist blind. Ist das ein Grund?«
Weitzel hüstelte.
»Eberhardt, der Hauseigentümer, hat zu Protokoll gegeben, dass man sich in dem Haus generell nicht für seine Nachbarn interessiere. Und Frau Wedmann, so heißt die Dame, kriege – ich zitiere – ›noch am wenigsten mit‹.«
»Aha. Und weiter?«
»Ergo hat sich niemand zu ihr bemüht. Geben Sie nicht mir die Schuld, ich bin nur der Bote.«

»Und wir dürfen nun die Kastanien aus dem Feuer holen. Vielen Dank.«
Sabine Kaufmann malte sich eine erzürnte Frau mit schwarzen Wespenaugen aus, die, im Türrahmen stehend, die verbale Integrationskeule schwang. Wundervoll.
Sie beendete das Gespräch und wartete auf einen Kommentar aus dem Fond. Angersbach hatte sich die ganze Zeit über ruhig verhalten, und sie versuchte, seine Miene im Rückspiegel zu erfassen. Es gelang ihr nicht.
»Schwachsinn.«
Wie aufs Kommando brachte der Kommissar seine Meinung auf den Punkt.
»Was ist Schwachsinn?«
»Nach Petterweil zu fahren, nur, um eine blinde Zeugin zu vernehmen. Hätte sie ihre Aussage nicht am Telefon machen können?«
»Vielleicht möchte sie das nicht. Außerdem kann ich ihren Ärger verstehen. Sie wurde diskriminiert, das gehört sich selbst dann nicht, wenn ihre Aussage keine neuen Erkenntnisse bringt.«
»Trotzdem sieht sie uns nicht«, widersprach Angersbach. »Rufen wir sie doch einfach an. Was ändert's denn?«
»Nein.« Sabine schüttelte energisch den Kopf.
»Hm. Hat Weitzel denn verlauten lassen, was sie uns erzählen möchte? Sie wird ja schlecht jemanden *gesehen* haben.«
»Haben Sie einen Zyniker gefrühstückt?«
»Wieso? Ich habe gar nicht gefrühstückt, wenn Sie's genau wissen wollen«, murrte Angersbach. »Lassen Sie mich doch am besten beim Bäcker raus. Dann können Sie Ihren politisch korrekten Hausbesuch alleine machen.«
»Sie können mich mal grad …«

»*Was?*« Seine Augen blitzten angriffslustig im Spiegel.
»Kreuzweise!«, erwiderte Sabine giftig.
»Können vor Lachen. Dazu müssen Sie mich erst mal aus dieser Konservenbüchse befreien.« Angersbachs Knie bohrte sich demonstrativ in die Lehne des Fahrersitzes. Pfeifend machte Sabine ihrem Ärger Luft, verbiss sich aber jede weitere Bemerkung.
Sie erreichten das Mehrfamilienhaus wenige Minuten später. Die Außenbeleuchtung brannte, fahles, weißes Licht, wie man es aus Energiesparleuchten kannte. Das Haus wirkte dadurch klinisch, leblos und kalt. Betont umständlich schälte Angersbach sich aus dem Fahrzeug, was Sabine geflissentlich zu ignorieren wusste. Sie ging zielstrebig auf die Haustüre zu und suchte den Namen Wedmann auf dem Klingelschild. Sie zählte die Sekunden, einundzwanzig, zweiundzwanzig … Endlich kam auch ihr Kollege angeschlurft, und dann ertönte ein warmer Alt durch die Gegensprechanlage: »Jaaa?«
»Kaufmann und Angersbach, Kriminalpolizei«, antwortete Sabine, in Richtung der mattsilbernen Metallplatte gebeugt, hinter deren Bohrungen sich Lautsprecher und Mikrofon befanden. Prompt schnarrte der Öffnungsmechanismus, und Sabine stemmte sich gegen die Tür, die nach innen aufschwang. Wenige Meter gegenüber wurde eine Wohnungstür geöffnet, und im Halbdunkel des Flurs stand eine stattliche Person, dunkel gelocktes Haar, schätzungsweise Anfang fünfzig. Sie trug eine Jeans, deren Beine einige Zentimeter zu lang geschnitten waren, darunter lugten Haussandalen hervor. Eine Bluse mit einer dicken Bernsteinkette zierte die nicht unattraktive Frau.
Keine überdimensionale Sonnenbrille, die wie Insektenaugen wirkte. Keine Behinderte, die sich wie ein Mauerblümchen im

Verborgenen hielt, um bloß niemandem zur Last zu fallen. Sabine schämte sich zutiefst für die Nachlässigkeit ihrer Kollegen und trat schwungvoll auf Frau Wedmann zu.
»Kaufmann, Kriminalpolizei«, stellte sie sich vor. Angersbach nannte ebenfalls seinen Namen und ließ den Blick aufmerksam umherwandern. Aus der Wohnung drang Licht, sie war durchaus geschmackvoll eingerichtet, nicht mit üppigem Tinnef überladen. Besser als jene unpersönliche Alkoven in Wohnheimen, aber doch keine typische Wohnung normaler, *nein, sehender* Menschen.
»Sie klingen sympathisch«, lächelte Heike Wedmann und trat einladend zur Seite. Nacheinander betraten sie die Wohnung. Im Vorbeigehen musterte die Kommissarin die Einrichtung.
»Leben Sie hier allein?«
»Ja. Mein Mann ist früh gestorben. Aber ich habe gute Freunde, auf die ich mich verlassen kann«, erklärte die Frau. Dann seufzte sie. »Doch das werden immer weniger.«
Sie nahmen am Esstisch Platz, der inmitten des Wohnzimmers stand. Oval, vier Stühle. In einer Ecke des Raumes summte der Lüfter eines großen Computers, dessen Bildschirm hell flimmerte. Ein großes, graues Gerät war daneben aufgebaut, Sabine vermutete, dass es sich um einen Faxdrucker handelte. Sogar einen Fernseher gab es, doch sie entschied sich, nichts dazu zu sagen. Das Gerät befand sich neben einer mattsilbernen Stereoanlage. inmitten eines sechs Meter breiten Regals, welches neben zahlreichen CDs vor allem Bücher enthielt.
»Darf ich Sie etwas fragen, bevor wir mit der eigentlichen Vernehmung beginnen?« Sabine achtete auf unverfängliche Formulierungen, was ihr schwerfiel.
»Das war schon eine Frage«, kam es zurück. »Soll ich einen Tee kochen? Oder Kaffee?«

»Keine Umstände, bitte«, murmelte Angersbach.
»Wieso Umstände? Ich benötige keinen Pflegedienst, um ein Heißgetränk zuzubereiten.« Die Reaktion war unerwartet spitz, und Sabine verkniff sich ein Grinsen. Angersbach verschränkte die Arme und sagte: »Für mich bitte nichts.«
Heike Wedmann lief in Richtung Küche und kehrte kurz darauf mit einer Thermoskanne und zwei Tassen zurück, die sie auf die Tischplatte bugsierte. Ihre Bewegungen wirkten routiniert, sie stieß nirgendwo an, und auf ihrer Kleidung oder der Tischplatte befanden sich keine Flecken. Geschickt schenkte sie ein, dabei hielt sie den Ringfinger über den Tassenrand gebeugt, um rechtzeitig zu spüren, wann die Tasse sich füllte. Drei Zentimeter unterhalb des Randes stoppte sie.
»Wie viel Prozent Sehkraft haben Sie?«
»Das war Ihre Frage?«, lächelte die Blinde. »Null, nada.«
»Aber Sie haben einmal gesehen.«
»Nein. Blind geboren und nichts dazugelernt. Ich habe das Licht der Welt sozusagen nie erblickt.«
»Hm. Imponierend«, erwiderte die Kommissarin, und selbst Ralph Angersbach wirkte beeindruckt. »Bitte entschuldigen Sie meine Direktheit.«
»Es gibt zwei Fehler, die Menschen im Umgang mit mir machen. Erstens: permanentes Entschuldigen. Lassen Sie das. Ich bin weder eine Invalide noch auf Mitleid angewiesen. Ich habe meinen Mann zu Hause gepflegt, bis sein Körper nicht mehr wollte. Das Schwierigste dabei war nicht die Arbeit mit ihm, sondern der andauernde Ärger mit der Krankenkasse. ›Wie kann eine Blinde einen Gelähmten pflegen?‹ *Das* war das wirklich Anstrengende, und damit kommen wir zu Punkt zwei: Unterschätzen Sie mich nicht. Ich bin ein mündiges

Wesen. Kennen Sie die Positionen von Immanuel Kant oder Karl Marx?«

»War das eine rhetorische Frage?«

»Ganz, wie Sie mögen. Es ging mir nur darum, dass ich nicht bedauert und bevormundet werden möchte.« Frau Wedmann deutete in Richtung der Computerecke. »Fragen Sie wegen der Bücher und des Computers?«

*Wie macht sie das?*

Sabine nickte, dann wurde ihr gewahr, dass das nicht genügen würde. »Ja, unter anderem.«

»Ich bin ein Bücherwurm. Krimis, Thriller, Liebesromane – aber auch schwere Kost. Leider gibt es vieles nicht als Hörbücher, und wenn, dann erscheinen sie oft nur gekürzt. Also lasse ich mir die Bücher kommen und scanne sie ein. Die Software ist nicht günstig und hat auch ihre Macken, aber man kann darüber *hinwegsehen*.«

Sie schmunzelte über ihren Wortwitz, dann wurde sie wieder ernst.

»Kommen wir zu Malte Kötting«, leitete Sabine über und nippte an ihrer Tasse. Früchtetee mit Weihnachtsaroma. Sie wäre wohl niemals auf die Idee gekommen, fruchtig süßen Tee zu trinken, sagte aber der Höflichkeit halber nichts.

»Stimmt es, dass er umgebracht wurde?«, wollte Frau Wedmann wissen.

»Hat das jemand gesagt?«, kam die prompte Gegenfrage von Ralph.

»Ich bin leider auf das angewiesen, was ich aufschnappe«, entgegnete sie angriffslustig, und ein Schatten verfinsterte ihre Miene. »Ich weiß im Grunde überhaupt nicht, ob ich mit Ihnen darüber reden soll. Ein blindes Huhn wie ich kann zu Ihrer Ermittlung doch ohnehin nichts Brauchbares beitragen.«

»Ich kann mich nur für meine Kollegen entschuldigen«, antwortete Sabine. In ihrem Magen zog es sich zusammen, doch es war kein Appetit nach Nahrung, sondern ein Rachehunger. *Irgendjemandem muss ich nachher den Hals umdrehen.* Bildlich, versteht sich. Sie sprach weiter: »Es war vollkommen ungehörig, das versichere ich Ihnen, zumal Sie bisher die einzige Person sind, die uns außerhalb seiner Kollegen Informationen zuteilwerden lässt.«
Angersbach spielte mit seiner Zungenspitze. Dabei entwich zirpend Luft aus seinem Mund, worauf Frau Wedmann prompt reagierte.
»Ihr Kollege scheint das skeptisch zu betrachten.«
Angersbach, der bislang kaum drei Sätze gesprochen hatte, richtete sich empört auf.
»Wie kommen Sie denn darauf?«, fragte er stirnrunzelnd.
»Nur getroffene Hunde bellen«, lächelte die Blinde und schüttelte langsam den Kopf. »Aber ich nehm's Ihnen nicht übel. Ich weiß vielleicht wirklich nicht viel über Malte, aber ich bin wohl die einzige Nachbarin, die ihn vermissen wird. Und ich möchte jetzt«, ihre Stimme wurde plötzlich forsch, »verdammt noch mal wissen, warum ihn jemand umgebracht haben soll!«
»Wir stehen noch am Anfang der Ermittlung«, erklärte Sabine, »also kann ich Ihnen nicht viel dazu sagen. Herr Kötting wurde tot aufgefunden, augenscheinlich hat er einen Herzinfarkt erlitten. Aus ermittlungstechnischen Gründen …«
»Ja, verstehe«, seufzte ihr Gegenüber und winkte ab. »Sie dürfen nichts sagen und wollen dafür alles von mir wissen.«
»Das wäre hilfreich«, bestätigte die Kommissarin.
Heike Wedmann dachte einige Sekunden nach, in denen sie die Hände aneinanderrieb. Schließlich, und ihr Blick verklärte

sich dabei, begann sie zu sprechen: »Malte war ein echter Kavalier.«

Ihr Blick und die ins Schwärmen geratende Stimme verrieten Sabine, dass sie es ehrlich meinte. »Er schleppte mir jedes Mal ungefragt die Wasserkästen vor die Wohnungstür. Der Getränkehandel ist in dieser Hinsicht sehr fahrig. Je nachdem, welcher Lieferant die Tour durch Petterweil macht, stehen die Kisten wie der Schiefe Turm von Pisa neben dem Blumenbeet.«

Sabine Kaufmann stutzte, als ihr nicht sehendes Gegenüber diesen bildhaften Vergleich anführte, sagte aber nichts.

»Und außerdem hat er mir regelmäßig Produkte aus seinem Betrieb mitgebracht.«

»Sie sprechen von Einkäufen aus dem Hofladen?«, vergewisserte sich Angersbach.

»Aber nein!« Frau Wedmann lachte schallend auf. »Diesen Zahn hat er mir schon längst gezogen.«

Sabine wurde hellhörig. »Erklären Sie das bitte.«

Doch Heike Wedmann gab sich geheimnisvoll. »Ich möchte niemanden beschuldigen ...«

»Das verstehen wir«, erwiderte die Kommissarin, »aber jeder Hinweis könnte uns von Nutzen sein. Was hat es also mit dem Hofladen auf sich?«

Heike Wedmann schien einzulenken. Mit ruhiger Stimme begann sie zu erzählen.

»Ich habe verschiedene Lebensmittelallergien, also achte ich sehr auf eine gesunde Ernährung. Es ist für mich zwar mit einer halben Odyssee verbunden, aber ich habe früher regelmäßig Einkäufe auf dem Weidenhof getätigt. Ich verdiene meinen Lebensunterhalt als Übersetzerin, also kann ich mir diese Lebensmittel durchaus leisten. Ich brauche dafür keine Designerklamotten oder eine DVD-Sammlung.« Sie zwinkerte verstohlen, eine Mimik, die auf Sabine surreal wirkte. Und auf Ralph wohl noch mehr, wie sie aus seinem Gesichtsausdruck zu lesen meinte.

»Malte und ich sind uns per Zufall begegnet, es war ein amüsantes Zusammentreffen, und das im wahrsten Sinne des Wortes«, fuhr die Frau fort und kicherte kurz. »Ich watschelte mit meiner *BIOgut*-Einkaufstasche über den Vorplatz, und er lief mir praktisch auf der Treppe in die Arme. Es klirrte, und meine Äpfel rollten über den Boden, er entschuldigte sich tausendfach, zumal er es auch noch eilig hatte, und versprach mir, die Waren zu ersetzen. Das ist der Vorteil, wenn man als Behinderte wahrgenommen wird«, lächelte sie. »Wir waren im Prinzip beide schuld, aber Malte bestand darauf und stand Knall auf Fall mit einer riesigen Ladung an Lebensmitteln vor meiner Tür. Seitdem ist er mein Lieferant, nun ja, er war es.« Ihr Gesichtsausdruck wurde traurig, und sie seufzte schwermütig. »Jedenfalls, um auf den Punkt zu kommen, Malte hat mir deutlich zu verstehen gegeben, dass nicht alle Produkte die angepriesene Qualität haben.«

»Aha.« *So weit waren wir auch schon.* »Hat er das auch ein wenig präziser ausgedrückt?«

»Ja und nein. Er riet mir von bestimmten Dingen ab.« Heike Wedmann überlegte kurz. »Da waren zum Beispiel bestimmte Gemüsesorten, also Tomaten, Paprika und Gurken. Bei Backwaren hingegen hatte er keine Einwände.«

»Was war mit Milchprodukten?«, hakte Sabine nach.

»Darüber musste ich mir keine Sorgen machen. Für mich kamen ja nur wenige Sachen in Frage, Butter und Käse zum Beispiel, aber die hat er mir direkt von seinem Arbeitsplatz mitgebracht. ›Bloß nicht selbst kaufen‹, sagte er stets. Das hing wohl mit seinem Mitarbeiterrabatt zusammen.«

Sabine ließ diese Theorie unkommentiert im Raum stehen und ging in Gedanken zu den Gemüsesorten zurück. Doch Angersbach war schneller.
»Was ist mit den anderen Sachen?«, fragte er zielgerichtet.
»Dem Gemüse?«
»Ich möchte niemanden in Schwierigkeiten bringen«, wehrte die Frau zögerlich ab. Dann wurde ihre Stimme energisch: »Und Malte hatte mit alldem nichts zu tun!«
»Davon gehen wir aktuell auch nicht aus«, erwiderte Angersbach.
»Wissen Sie, er wollte das alles nicht. Aber alleine konnte er es nicht aufhalten.«
»Und deshalb achtete er darauf, dass wenigstens die Produkte, die er Ihnen mitbrachte, einwandfrei waren, richtig?«
»Ja. Malte meinte, man würde dem Sortiment im Hofladen Gemüse aus Spanien beimischen. Und zwar solches, das nicht nach ökologischen Richtlinien produziert werde.«
»Hat er auch gesagt, wer dafür verantwortlich ist?«
»Ich hatte den Eindruck, dass er seinem Boss die Schuld gab – und einer Frau. Ich komme aber nicht auf ihren Namen. Glauben Sie etwa, das Ganze hat mit seinem Tod zu tun? Oh Gott!« Als würde sie erst jetzt das Naheliegende realisieren, wurde Frau Wedmann kreidebleich und legte sich die zitternde Hand auf den Mund. Und auch ohne das lebendige Funkeln wohnte ihrem Blick das Entsetzen inne.
»War es vielleicht Claudia?«, fragte Sabine.
»Wie? Nein.« Die Blinde schüttelte den Kopf. »Kürzer, aber hinten auch mit A. Warten Sie.« Sie murmelte einige Namen vor sich hin, doch noch bevor sie zu einer Erkenntnis gelangte, platzte es aus Angersbach heraus: »Vera?«
Sofort hielt Heike inne und nickte schnell.

*Vera Finke.*
Sabine rief sich die Fakten in Erinnerung und versuchte, eine plausible Verbindung zu erkennen. Vera hatte eine diffizile persönliche Beziehung zu Ulf Reitmeyer. Und offenbar hatte es aufgrund der falsch etikettierten Lebensmittel einen Konflikt mit Malte Kötting gegeben.

Auf Mirco Weitzel kam eine Menge Arbeit zu. Claudia Reitmeyer, Gunnar Volz – jede Person, mit der die Kommissare in den vergangenen Tagen zu tun gehabt hatten, schien weitaus verzweigtere Verknüpfungen zu haben als auf den ersten Blick erkennbar. Claudia war adoptiert. Warum hatte das bisher niemand herausgefunden oder ihnen gegenüber erwähnt? Vera Finke wusste doch bestimmt davon, wenn sie Reitmeyers Geliebte gewesen war. Die Finkes – auch hier galt es nun, Hintergrundinformationen zu beschaffen. Eine voreilige Verhaftung, so schlüssig sich manche Dinge nach dem Gespräch mit Frau Wedmann auch zeigten, hielten beide Kommissare für kontraproduktiv. Zu viele Fragen waren noch offen, wenngleich Hack darauf beharrte, dass er nicht an einen natürlichen Tod glaubte. Und welche Geschichte verbarg sich hinter diesem sonderbaren Knecht oder den Feldern, auf denen die Windkraftanlagen standen? Deren monatlicher Kapitalertrag war mit Sicherheit nicht unerheblich und strömte völlig unabhängig von den Windverhältnissen auf das Reitmeyer-Konto.
Zu dritt saßen sie im Büro der beiden Kommissare und gingen die stetig anwachsende Liste der zu erledigenden Dinge durch. Weitzel balancierte ein in schwarzes Leder gebundenes Notizbuch auf dem überschlagenen Knie. Die etwa postkartengroße, karierte Seite war bereits eng beschrieben.

»Irre ich mich, oder wird die Arbeit ständig mehr, je weiter Sie ermitteln?« In der Stimme des jungen Polizisten schwang Ironie, und Sabine Kaufmann bedachte ihn mit einem aufmunternden Lächeln.
»Es wird sogar noch schlimmer. Überlegen Sie es sich also gut, ob Sie sich beruflich in diese Richtung begeben wollen. Immerhin wissen wir erst seit kurzem, dass wir es tatsächlich mit einem Mord zu tun haben.«
»Einer oder zwei«, warf Angersbach mürrisch ein, »und selbst das birgt eine Menge Ungewissheit.« Er hatte kurz zuvor mit Professor Hack telefoniert und sich erkundigt, ob es denn bereits Gewissheit gebe. Den genauen Wortlaut der ruppigen Antwort enthielt Ralph seinen Kollegen zwar lieber vor, fasste es dann mit einigen der sanfteren Begriffe zusammen, die Hack verwendet hatte: »Beizaubern«, »Hellseher« sowie »Geduld«.
»Kennen Sie Hack?«, erkundigte sich der Kommissar bei Weitzel. Dieser verneinte.
»Scheint ja ein angenehmer Zeitgenosse zu sein.«
»Als Menschenfreund würden ihn wohl die wenigsten bezeichnen«, lachte Ralph und winkte ab. »Deshalb umgibt er sich ja lieber mit Toten. Aber unter uns: Das ist zum Großteil Fassade. Sie kennen doch den Spruch von Hunden, die bellen, aber nicht beißen. Hackebeil bildet da keine Ausnahme.«
*Hackebeil.* Mirco Weitzel verzog das Gesicht etwa auf die gleiche Weise, wie Angersbach es vor Jahren getan hatte, als er diesen zynischen Spitznamen zum ersten Mal gehört hatte.
Sabine Kaufmann stand auf und trat ans Fenster, dessen dünne Metalljalousien zu drei Vierteln hinabgezogen waren.
»Wenn wir es tatsächlich mit zwei Morden zu tun haben«, dachte sie laut, »was bedeutet das für uns?« Sie verharrte

einen Augenblick, drehte sich wieder um und fuhr fort: »Reitmeyer hat einen denkbar schlechten Ruf, das kristallisiert sich ja immer deutlicher heraus. Aber Kötting scheint da sein genaues Gegenteil zu sein. Wer hätte eine Intention, *beide* zu ermorden? Dazu fehlt mir jede Idee, sowohl in Bezug auf eine der Personen, die wir befragt haben, als auch in Sachen Motiv. Zwei Morde begeht man nicht ohne Grund, zumal es sich nicht um Taten im Affekt zu handeln scheint. Wir reden immerhin von Gift.«
»*Cherchez la femme*«, kommentierte Mirco beiläufig und blätterte in seinem Block eine Seite zurück. Irritiert trafen sich die Blicke der beiden Kommissare.
»Wie bitte?« Angersbach kratzte sich am Kopf.
»Sorry, ich habe nur laut gedacht«, entschuldigte sich Weitzel hastig, »aber bei Gift denke ich immer gleich an Frauen.«
»Ein verbreitetes Klischee«, lächelte Sabine, »doch Klischees entstehen nicht ohne Grund. Ich denke vor allem an Claudia Reitmeyer. Allerdings ist mein Blick da nicht ganz objektiv, denn ich kann diese Schlange nicht ausstehen.«
»Schlange – Gift, ich verstehe«, schmunzelte Angersbach, und Sabine wollte gerade etwas hinzufügen, da meldete sich ihr Handy.
»Ja«, hörte er sie noch mit gedämpfter Stimme sagen, danach verließ sie den Raum.


Obwohl das Display den Namen ihrer Mutter zeigte, meldete sich eine Männerstimme. Sabine Kaufmann seufzte erleichtert, als sie das entsprechende Gesicht zuordnete. Es war ein Angestellter aus der Tageseinrichtung, die Hedi besuchte. Gemeinsames Kochen, verschiedene Gruppentherapien und Angebote, die Menschen mit psychischen Erkrankungen

soziale Kontakte und eine wiederkehrende Tagesstruktur boten. Ein Kindergarten für Erwachsene, wie böse Zungen behaupteten, denn die Akzeptanz seelischer Leiden reichte hierzulande nicht sonderlich weit. Auch Sabine hatte für sich entschieden, die Krankheit ihrer Mutter nicht jedem auf die Nase zu binden. In Frankfurt war sie jahrelang so verfahren, und dort hatten ihr einige Kollegen weitaus näher gestanden als dieser Angersbach.
Ob Hedi ihre Medikamente regelmäßig einnehme, wollte der Heilpädagoge wissen.
Natürlich. Sabine hatte die Pillen doch erst überprüft.
»Geht es wieder los?«, seufzte sie und fürchtete sich vor der Antwort.
»Nicht zwingend«, beschwichtigte er sie. »Es wäre nur fatal, wenn sie die Tabletten ausgerechnet jetzt absetzen würde.«
Sabine wusste mittlerweile genauestens über die Wirksamkeit von Psychopharmaka Bescheid. Es war ein Paradoxon: Man musste die Medikamente in gesundem Zustand besonders gewissenhaft nehmen, damit einem tiefe Abstürze erspart blieben. Doch gerade, wenn eine Episode drohte, war es mit der eigenen Krankheitseinsicht nicht weit her. Es sprach alles dafür, Alarmstufe Gelb beizubehalten.
Sie einigten sich darauf, dass Hedi ihre Tabletten bis auf weiteres in der Tagesstätte einnehmen solle. Auch wenn sich am Ende keine handfeste Psychose entwickeln würde, was Sabine inständig hoffte, war das die vernünftigste Vorgehensweise. Sie selbst steckte viel zu tief in der Ermittlung.
Tatsächlich geschah nun genau das, was sie durch ihren Weggang aus dem hektischen Frankfurt hatte beenden wollen. Der Job raubte ihr die Zeit, die sie für ihre Mutter brauchte.
Sie rief sich zur Ordnung. Diese Betrachtungsweise war viel

zu oberflächlich. Unterm Strich kam Sabine besser klar, und auch der enge Kontakt zu Hedis Einrichtung funktionierte. Sie scrollte über ihre Anruferliste und entdeckte eine neue Sprachnachricht, die offenbar während ihres Telefonats eingegangen war. Sie hörte den Text ab, rief zurück und schenkte ihre Aufmerksamkeit wieder ganz der Ermittlung.

Weitzel hatte derweil die Gelegenheit genutzt, um sich die letzte Portion Kaffee einzuschenken. Danach schaltete er die Maschine aus, was die überhitzte Apparatur ihm mit einem erleichterten Knacksen dankte.
»*Cherchez la femme*«, wiederholte Angersbach gedankenverloren die Worte des Beamten. »Wissen Sie, woher dieses Zitat stammt?«
Weitzel lächelte. »Von Alexandre Dumas, dem Typ mit den Musketieren. Aber unter uns, ich hab's als Kind zum ersten Mal bei Kommissar Hunter gelesen.«
»*Micky Maus?*«
»Ja, genau. Sie sind demnach auch vom Fach?«
»Hm, ich verrate es jedenfalls nicht weiter«, schmunzelte Ralph, und wie aufs Stichwort kehrte Sabine zurück ins Zimmer.
»Das war Becker, der Chef vom Tannenhof«, erklärte sie ohne Umschweife und überlegte rasch, inwieweit Weitzel über das Schwergewicht im Bilde war. Doch dieser blickte nicht fragend drein, also fuhr sie fort: »Ihm sind zwei Personen eingefallen, die wir zu Kötting befragen könnten.« Sie wedelte mit einem kleinen Papier. »Der erste Name ist kein Unbekannter, es handelt sich um Philip Herzberg.«
»Den hätten wir ja ohnehin aufgesucht«, brummte Angersbach. »Wer noch?«

»Stefan Moreno«, antwortete Sabine, wobei sie den Namen mit einem zischenden S begann und das A äußerst kurz aussprach. Angersbach horchte auf.
»Stefan Moreno«, wiederholte er mit derselben Betonung. »Klingt spanisch, nicht wahr?«
»Müsste er dann nicht eher Esteban heißen?«, warf Weitzel ein. »So denke ich eher an einen Italiener.«
»Ich habe den Namen genau so ausgesprochen, wie Becker es am Telefon getan hat«, antwortete Sabine achselzuckend und zwinkerte dem jungen Polizisten vielsagend zu. »Die personenbezogenen Infos dürfen *Sie* uns beschaffen, dann wissen wir es genau.«
»Das Dreieck Spanier – Milchwirtschaft – Mordopfer formiert sich dennoch ständig, finden Sie nicht auch?«, warf Angersbach ein, und Kaufmann nickte.
»Was ich mich außerdem frage«, fuhr Angersbach fort, »warum präsentiert uns Becker nun ausgerechnet diese beiden Namen?«
»Ich habe ihn nach Mitarbeitern gefragt, die Kötting besonders gut kannten. Da er Beckers Aussage nach bei allen Kollegen gleichermaßen beliebt gewesen sein soll, war das die einzige Möglichkeit. Moreno arbeitete in der Abfüllung, und Herzberg war unter anderem in der Käserei tätig.«
»*War?*«
»Er wurde entlassen.«
»Oha.« Angersbach hob die Augenbrauen. »Dann hat er neben der Geschichte mit der ausgespannten Frau ja gleich noch ein Motiv, wie?«, konstatierte er.
»Aber wieder nur gegen Reitmeyer und nicht gegen Kötting«, widersprach Sabine, was Angersbach mit einem zerknirschten »Verdammt« bedachte.

»Herzberg und Moreno waren Beckers Aussage nach nämlich die dicksten Freunde«, fuhr die Kommissarin fort, »wobei ich, bei aller Sympathie, den Anruf Beckers mit Vorsicht bewerte. Er wirkte auf mich zwar wie eine ehrliche Haut, aber er steht in der Hackordnung nun mal unter den Reitmeyers. Ich möchte nicht wissen, wie Claudia ihn zur Schnecke gemacht hat, nur weil er mich in Köttings Büro gelassen hat. Im Grunde lieferte er uns mit diesen beiden Namen zwei Personen, die ihren Oberboss hassten. Würde das nicht jeder bereitwillig tun, um nicht selbst verdächtigt zu werden?«
Angersbach zuckte unentschlossen die Schultern. »Wieso beide?«, hakte er nach.
»Herzberg wurde ja bereits von Elsass benannt, und Moreno ist einer der Mitarbeiter, dessen Kündigung Reitmeyer unmittelbar vor seinem Tod eingeleitet hat.«
»Ist Becker selbst denn auch verdächtig?«
»Darüber muss ich nachdenken«, antwortete Sabine unentschlossen, »ich bin bislang lediglich skeptisch wegen seiner Motivation, uns zu helfen – die beiden Namen hätten ihm durchaus schon bei unserem Treffen einfallen müssen.«
Mirco Weitzel räusperte sich und gab den beiden zu verstehen, dass er sich an seinen Computer verabschieden wolle. Sabine reichte ihm den Notizzettel mit den beiden Namen und bat darum, die Personenabfrage allem anderen vorzuziehen. Während die beiden miteinander tuschelten, schlenderte Angersbach über den verwaisten Gang in Richtung Toilette und sinnierte über seine Kollegin nach. Ein kleines Persönchen, das sich nur allzu gerne taff aufspielte, aber dann wiederum, bei Befragungen, so unerträglich einfühlsam tat, dass nur noch der sprichwörtliche Erdbeertee zur gelungenen Wohlfühlrunde fehlte. Doch wurde er ihr mit diesem vorge-

fertigten Bild tatsächlich gerecht? Steckte hinter der Fassade der zartbesaiteten Großstadtzicke nicht eine ganze Menge mehr? Ganz bestimmt, dessen war Angersbach sich mittlerweile sicher. Obgleich er bei ihrer ersten Begegnung exakt diesen Eindruck gewonnen hatte, strich er den Faktor »zartbesaitet« und »Zicke« aus seinem Repertoire. Er musste sich eingestehen, dass er sie um die Zeit beneidete, die sie ihm voraus war. Sie hatte ihren Polizeidienst einige Jahre früher begonnen und somit auch schneller den gehobenen Dienst erreicht. Das war bei den meisten jüngeren Kollegen Ralphs so gewesen, und bis dato hatte es ihn nur wenig gestört. Als Chefin würde er Sabine Kaufmann dennoch nicht hinnehmen, aber alles in allem waren der zweite und dritte Ermittlungstag doch recht harmonisch abgelaufen. Der Abend lief sogar auf ein gemeinsames Essen hinaus, wer hätte das gedacht?
*Alles halb so wild,* lächelte Ralph, als er sich in der Toilette die Hände wusch und anschließend mit nassen Fingern die zerzausten Haare richtete. Im Gegensatz zu Janine war Sabine Kaufmann doch lammfromm.

Die Adressen der beiden Männer waren zügig ermittelt. Stefan Moreno wohnte in Berkersheim, dem nordöstlichsten Zipfel Frankfurts. Obwohl beide Kommissare ihn gerne zuerst befragt hätten, wollten sie doch auf die Ergebnisse der Laboranalyse der Milch warten. Außerdem lag die Adresse Philip Herzbergs weitaus verkehrsgünstiger, und der Tag neigte sich mit schnellen Schritten dem Ende zu. Sabine hatte Hunger, fror und sehnte sich nach einer heißen Dusche.
»Die Ergebnisse liegen Ihnen über Nacht vor«, verkündete eine unbekannte Stimme am Telefon. Damit bekam Moreno

den ersten Platz im Kalender für den nächsten Tag, und kurze Zeit später folgten die beiden der sich dahinschlängelnden Konrad-Adenauer-Allee im Bad Vilbeler Stadtteil Dortelweil. Mit geducktem Kopf musterte Angersbach vom Beifahrersitz aus die vorbeiziehenden Fassaden und wandte sich dann an Sabine: »Wie findet man hier denn sein Haus? Das sieht ja alles gleich aus.«
»Das ganze Viertel ist in den Neunzigern neu entstanden. Der gesamte Hang hier war vor zwanzig Jahren noch völlig unerschlossen.«
»Trotzdem nicht viel schöner als das, was sie aus der Gießener Kaserne machen«, erwiderte Angersbach mürrisch, »wenn auch vermutlich eine ganze Ecke teurer.«
Philip Herzberg war ein unscheinbarer Mann mittleren Alters, Sabine hätte ihn wohl ein wenig älter geschätzt, wusste aber durch die Personenabfrage, dass sein Geburtsjahr 1958 war. Er wirkte sehr distanziert, mied allzu langen Blickkontakt und bewegte sich unsicher. Nervosität? Schuldbewusstsein? Im Kopf der Kommissarin ratterte das übliche Schema herunter, die Analyse der Körpersprache, der erste Eindruck, die Mimik, wenn der Dienstausweis zum Vorschein kam, et cetera. Doch letztlich verhielt sich Herzberg wie jede durchschnittliche Person in einer Erstvernehmung.
»Kriminalpolizei?«, wiederholte er leise, und seine Gesichtsmuskeln drückten ehrliche Überraschung aus.
»Wir kommen wegen Herrn Reitmeyer«, leitete Sabine ein, »und wegen Herrn Kötting.«
Herzberg zuckte. »Kötting?« Er schien Schwierigkeiten zu haben, das Gesagte in Kontext zu setzen, und Sabine fiel ein, dass Köttings Name in den Medien bis dato nicht erwähnt worden war.

»Tut uns leid, Sie mit dieser Nachricht zu überfallen«, entschuldigte sie sich, »aber Malte Kötting ist verstorben. Man sagte uns, Sie seien befreundet gewesen?«
»M...Malte ist tot?«, hauchte Herzberg und wurde aschfahl. Sabine war sich nicht sicher, ob seine Wangen, auf der sich rote Äderchen abzeichneten, nicht bereits vorher von ungesunder Blässe gewesen waren, und ärgerte sich, dass ihr das entgangen war. Definitiv neu war allerdings der feucht glänzende Schleier, der sich über die Augen der ansonsten versteinerten Miene legte. Sabine verabscheute es zutiefst, Todesmeldungen zu überbringen, aber diese gehörten nun mal zum Job.
»Unser Beileid«, setzte sie leise an, »aber wir haben einige Fragen und suchen daher die engeren Kollegen Köttings auf. Angehörige hatte er ja keine, oder?«
»Kollegen«, gab Herzberg genervt zurück, ohne die Frage zu beantworten. »Das waren wir einmal ...«
»Dürfen wir reinkommen?«
»Wenn's sein muss.«
Er schlurfte vor den beiden Kommissaren her über weiße Fliesen in Richtung eines geräumigen Wohnzimmers. Dabei entging Sabine nicht der Geruch von Alkohol, den er hinter sich herzog, und plötzlich ergab alles ein Bild. Seine ausweichenden Blicke, die Bewegungen, das gesamte Gebaren. Philip Herzberg war angetrunken, vermutlich in einem Level, der andere Menschen längst hätte lallen lassen. Ein Alkoholiker? Unschöne Erinnerungen an Alkoholexzesse ihrer Mutter durchzuckten Sabine und förderten schmerzhafte, düstere Bilder zutage, gegen die sie nur schwer ankämpfen konnte. Arbeitslos, seiner Familie beraubt und einsam. War dies tatsächlich das Profil Herzbergs oder nur eine Projektion? Sabi-

ne zwang sich zu einem objektiven Blick, was ihr nur zum Teil gelang, und war dankbar, dass ihr Kollege sich derweil aufmerksam umsah. Im Wohnzimmer lagen Zeitschriften kreuz und quer auf dem Couchtisch, über einen Computermonitor flimmerte ein Bildschirmschoner, und der riesige Flachbildfernseher lief tonlos. Herzberg trug eine schwarze Jogginghose, unter deren tiefsitzendem Bund eine blaue Boxershorts herauslugte. Dazu ein weißes T-Shirt. *Schlabberlook versus Hightech*, folgerte Sabine, wieder deutlich konzentrierter. Der Mann kleidete sich offenbar gerne bequem, hatte es nicht so mit Ordnung, aber gehörte, allein aufgrund der teuren Unterhaltungselektronik, augenscheinlich nicht zu den Mittellosen. Auch die Möblierung sprach dagegen. Zeichnete er absichtlich ein Klischee?

»Was können Sie uns über Kötting erzählen?«

Angersbach hatte es sich auf einem weichen Sessel bequem gemacht und musterte Herzberg abschätzig.

»Was um aller Welt ist ihm denn zugestoßen?«, fragte dieser mitfühlend zurück.

»Daran arbeiten wir noch. Wir möchten gerne etwas über den Menschen hinter dem Namen Kötting erfahren. Außerdem bräuchten wir Ihr Alibi für Samstagabend.«

*Rumms!* Der Vierzigtonner Angersbach hatte den unsicheren Mann mit einem schwungvollen Manöver überrollt. Sabine seufzte tief und rieb sich über die Augenbrauen.

»Vielleicht eins nach dem anderen«, hakte sie mit warmer Stimme ein, »möchten Sie mit dem Alibi beginnen? Das müssen wir jeden fragen, bedaure.«

»Ich war hier, wie meistens«, gestand Herzberg und hob die Hände. »Hätte ich gewusst …«

»Schon in Ordnung. Den ganzen Tag über?«

»Nein. Ich war auf dem Jahrestreffen meines Tierschutzvereins in Idstein. Ich bin erst spät zurückgekehrt, danach war ich durchgehend zu Hause. Allein.«
»Können Sie uns eine Uhrzeit nennen?«
»Das Treffen ging bis kurz nach achtzehn Uhr. Bis ich loskam und zu Hause war ...« Herzberg zögerte und verzog unsicher den Mund. »Sagen wir, halb acht?«
»Und wann hatten Sie das letzte Mal Kontakt zu Malte Kötting?«
»Da muss ich überlegen«, sinnierte Herzberg. »Wir haben unlängst telefoniert, aber ich kann Ihnen den Tag nicht mehr sagen. Letzte, vorletzte Woche, glaube ich.«
»Und zu Herrn Reitmeyer?«
Finsterer hätte seine Miene kaum werden können. Wie von schwarzvioletten Gewitterwolken verhangen, trübte sich Herzbergs Blick, und wie ein fernes Donnergrollen kam seine Antwort. »Kein Kontakt. Niemals!«
»Das erklären Sie uns bitte genauer«, forderte Angersbach.
»Ulf Reitmeyer hat mein Leben zerstört«, kam es verbittert. »Sie werden das ohnehin herausfinden, also kann ich's Ihnen auch selber sagen. Er hat mir die Frau ausgespannt, die Tochter abspenstig gemacht und zu guter Letzt gekündigt. Noch Fragen?«
Der Vierzigtonner war zurückgekehrt, wie Sabine feststellen musste, nur diesmal aus einer völlig unerwarteten Richtung. Ihr Herz begann zu pochen, und sie überlegte fieberhaft nach einer angemessenen Gegenfrage. Doch Angersbach war schneller.
»Claudia ist also Ihre Tochter?«
*Das Offensichtliche hätte ich auch selbst hinterfragen können.*

»Ja und nein«, entgegnete Herzberg resigniert. »Mittlerweile hat sie sich ja sogar in den Familienstammbaum adoptiert. Aber darüber möchte ich nicht weiter reden.«
»Das können wir Ihnen leider nicht ersparen«, erwiderte Sabine leise, aber bestimmt.
»Was soll ich denn dazu noch sagen?«, empörte sich Herzberg, und seine Wangen röteten sich. Tatsächlich meinte Sabine sogar, eben, als seine Wortfolge an Tempo gewann, ein leichtes Lallen herausgehört zu haben, und sie blinzelte neugierig zu Angersbach. Dieser fixierte Herzberg wie ein Raubvogel seine Beute, während Herzberg fortfuhr: »Meine Frau ist tot, und zu Claudia habe ich kaum mehr Kontakt. Ende der Geschichte. Ob ich froh bin, dass es Ulf erwischt hat? Ich werde deshalb jedenfalls nicht in Tränen ausbrechen, habe allerdings nichts damit zu tun. Maltes Tod allerdings trifft mich sehr.« Er schluckte und sprach nicht weiter.
»Sie waren mehr als Kollegen, nicht wahr?«, fragte Sabine weiter.
»Wir waren Freunde«, nickte Herzberg, und sein Blick wurde noch glasiger. »Malte war mein einziger richtig guter Freund. Bitte, ich möchte mich jetzt wirklich nicht darüber unterhalten.«
»Wir machen es so kurz wie möglich«, beharrte sie, dankbar, dass Angersbach ihr behutsames Vorgehen nicht mit einem weiteren Manöver durchbrach.
»Na gut«, gab sich Herzberg düsteren Blickes geschlagen.
»Sie waren Arbeitskollegen auf dem Tannenhof und hatten demnach beide Einblick in das Geschehen. Mir kam es wie ein florierender Betrieb vor, weshalb die Kündigungen?«
»So weit reichte unser Einblick nun auch wieder nicht«, antwortete Herzberg. »Hintergründe, Interna und alles, was

über den eigenen Arbeitsbereich hinausging, wurden nicht öffentlich besprochen.« Er zischte abfällig. »Selbst Becker überblickt bei weitem nicht alles. Aber das liegt alles hinter mir. *Meine* Kündigung habe ich damals jedenfalls selbst ausgesprochen.«
»Sagten Sie nicht, dass Ihnen gekündigt wurde?«
»Ich war schneller.« Herzberg lächelte freudlos, aber seine Augen blitzten auf. »Gerade rechtzeitig, bevor mir Ulf damit kommen konnte.«
»Wann und warum hat sich das abgespielt?«
»Vor einigen Monaten. Warum? Weil mich alles angekotzt hat.« Er verzog das Gesicht.
»Die Arbeit?«
»Die Reitmeyers. Dieses ganze verdammte Konglomerat aus Intriganz und Selbstgerechtigkeit. Im Grunde habe ich es nur so lange ausgehalten, weil Malte und ich so gut miteinander auskamen. Dass er nun auch auf der Abschussliste stand, habe ich erst am Sonntagabend erfahren.«
»Moment, Sonntag*abend*?« Sabine wurde hellhörig. Kötting war zu diesem Zeitpunkt längst tot gewesen.
»Wiederholt Ihre Kollegin eigentlich aus Prinzip jede Aussage?«, wandte sich Herzberg, am Kinn kratzend, an Angersbach, der daraufhin ein sanftes Grinsen auflegte, aber nicht mehr zu einer Antwort kam. Stattdessen stieß Sabine hastig hervor: »Am Sonntag war Kötting bereits tot.«
»Er hat mir eine Mail geschrieben«, murmelte Herzberg unschlüssig. »Gut möglich, dass die Nachricht schon länger auf dem Server gelegen hat.«
Das klang schlüssig. Solange ein Postfach über genügend Speicherplatz verfügte, galt für E-Mails kein Verfallsdatum. Doch es gab einen eindeutigen Zeitstempel, wann und von

wo sie abgesendet wurden. Bevor Sabine weiterfragen konnte, erhob sich Herzberg mit den Worten: »Ich sehe nach, Augenblick.«

Er schlurfte hinüber zu seinem PC, Angersbachs Blicke folgten ihm. Im Laufen zog er seine Jogginghose hoch, eine Geste, die Sabine sehr zu schätzen wusste, denn eine breite Bahn behaarter Rückenhaut gestattete bereits erste Blicke auf das Steißbein-Dekolleté. Sie wandte sich in Richtung ihres Kollegen.

»Was halten Sie davon?«, raunte sie ihm zu.

»Er hat getankt, und zwar nicht von schlechten Eltern«, gab Angersbach zurück. »Aber es stehen keine Flaschen herum.«

»Und seine Geschichte?«

»Mir kam, während Sie mit ihm sprachen, eine total krude Idee«, antwortete er und dämpfte seine Stimme so stark, dass es kaum mehr als ein verschwörerisches Hauchen war. »Reitmeyer sägt Kötting ab, dieser spielt Reitmeyer ein Gift zu und tötet sich dann selbst. Rache und Selbstmord, was halten Sie davon?«

»Hmm.«

Sabine hatte kaum Gelegenheit, sich auf die Theorie ihres Partners einzulassen, doch erkannte seine Enttäuschung über ihre unentschlossene Reaktion. Das triumphierende »Ja!«, welches Angersbach sich von ihr erhofft hatte, erklang stattdessen aus der Ecke, in der Herzberg sich befand. Parallel dazu summte ein Laserdrucker, und unmittelbar darauf kehrte dieser, mit einer A4-Seite winkend, zurück an den Tisch. Das graue Recyclingpapier raschelte, als Sabine es an sich nahm, zwei feuchte Stellen am oberen Rand verrieten ihr zudem, dass Herzberg Schweißfinger hatte.

»Ich lösche meine Mails nach dem Lesen«, verkündete Herz-

berg, was sie nur auf einem Ohr wahrnahm, »aber den Papierkorb leere ich nicht regelmäßig.«
»Zum Glück«, brummte Angersbachs Stimme in das andere Ohr.

*Hi Phil,*
*jetzt hat er Moreno auch gekickt, dieser Arsch, und er macht munter weiter. Bin mal gespannt, wie lange es bei mir noch dauern wird, er hat es im Streit praktisch schon angekündigt. Aber ich habe ihm Kontra gegeben, das kann ich Dir sagen. Mit mir nicht! Lass uns mal quatschen bei Gelegenheit!*
*Ciao,*
*Malte*

War Angersbachs Theorie nun mit einem Schlag dahin? Oder bekam sie durch diese E-Mail Hand und Fuß?
Sabine las die Zeilen erneut, ohne zu einem Ergebnis zu kommen. Mochte sein, dass Kötting sich gegen den Oberboss hatte auflehnen wollen, und gut möglich, dass er dabei bereit gewesen war, gewisse Grenzen zu überschreiten. Aber nach Selbstmord klangen diese Zeilen nicht, eher nach einem Mann, der wild entschlossen war, bis zum letzten Atemzug zu kämpfen.

Eine Viertelstunde später verließ der Renault mit den beiden Ermittlern die Konrad-Adenauer-Allee in Richtung Bad Vilbel. Es war längst nach achtzehn Uhr, und auch bei Ralph Angersbach schien sich der Stoffwechsel zu regen und nach Nahrung zu verlangen.
»Kennen Sie sich denn aus in der Szene?«, erkundigte Sabine

sich, als das Knurren seines Magens erklang und er sich räuspernd aufs Zwerchfell klopfte.

»In der Gastronomie?«, fragte Angersbach zurück und verzog den Mund. »Ich glaube, das überlasse ich lieber Ihnen.«

»Dachte ich mir schon«, schmunzelte sie. »Aber so richtig gut kenne ich mich eigentlich nur in Frankfurt aus.« *Und ich weiß nicht mal, ob er mehr der Steakhaus- oder der Pizza-Typ ist.* Plötzlich kam ihr eine völlig verrückte Idee, und sie schlug impulsiv vor: »Meinetwegen können wir auch oben auf dem Heilsberg anhalten, und ich werfe uns eine Packung Spaghetti in den Topf. Nudeln kochen kann ich wirklich gut.«

Sie lachte auf, es klang ein wenig gestelzt, denn die Situation war ihr unangenehm. Hatte sie Angersbach nun überfallen? Oder war es tatsächlich so unüblich, wenn man schon gemeinsam aß, dass man es der Bequemlichkeit halber am heimischen Esstisch tat?

Ein sanftes, recht emotionsloses »In Ordnung« erlöste sie aus ihrem Leiden.

»Ich hätte mich ohnehin umziehen müssen«, rechtfertigte sie sich dennoch und deutete an sich hinab.

»So ein Quatsch«, brummte Angersbach kopfschüttelnd und zupfte an seinem karierten Hemd. »Was soll ich denn dann sagen?«

*Da hast du allerdings recht,* dachte Sabine amüsiert. Die Jeans und das Holzfällerhemd hätten nicht mal in ein Steakhaus gepasst, welches ihr als erster spontaner Gedanke gekommen war.

Kaum aber, dass der Wagen den Kreisel gegenüber dem Arzneimittelriesen STADA genommen hatte, vibrierte Angersbachs Handy in den Tiefen seiner Jacke. Er brummelte etwas Unverständliches, förderte das beharrlich weitersummende

Gerät endlich zutage und klappte es auf. Es war ein vorsintflutliches Modell, passend zu seiner Gesamterscheinung, wie Sabine sich insgeheim dachte. Dieser Angersbach, sosehr er sich auch bemühte, ihr nicht bei jeder Gelegenheit auf die Füße zu treten, war und blieb ein komischer Kauz. Sabine war höchstgradig gespannt, welche Geheimnisse sich hinter seiner Fassade des wortkargen, unnahbaren Kommissars verbargen. Und ausgerechnet Horst Schulte war es, der ihr einen Strich durch die Rechnung machte.

Ralph klappte das Handy zu und sagte knapp: »Anruf vom Big Boss. Wir müssen wohl umdisponieren.«

Schulte verlangte die beiden sofort zu sehen und hatte sie in die Friedberger Dienststelle beordert.

Dort angekommen, die Fahrt dauerte aufgrund des Feierabendverkehrs länger als erwartet, führte Angersbach Sabine zielstrebig durch das Gebäude, welches sich in unmittelbarer Nähe eines alten, klobigen Wasserturms am Rande eines Industriegebiets oberhalb der Stadt befand. Trotz der fortgeschrittenen Stunde herrschte geschäftiges Treiben in einigen Dienstzimmern, und auch Schulte wirkte auf die beiden nicht so, als befände er sich auf dem Sprung nach Hause.

»Hack hat mich informiert, dass wir es bei beiden Männern mit demselben Todesumstand zu tun haben: herzwirksames Gift«, kam Schulte ohne Umschweife zur Sache.

Ralph Angersbach wunderte sich, dass der Rechtsmediziner nicht bei ihm angerufen hatte, enthielt sich aber eines Kommentars, denn Schulte dachte nicht daran, eine Pause zu machen. Er saß, den Kopf auf die gefalteten Hände gestützt, hinter seinem Schreibtisch. Der Raum wurde durch fahles Neonröhrenlicht in kühles Weiß gekleidet, und dies verstärkte den Effekt, dass der Kriminaloberrat blass und übermüdet aussah.

»Ich muss Ihnen wohl kaum sagen, dass wir extrem im Fokus der Öffentlichkeit stehen, nicht wahr?«

»Natürlich nicht«, räumte Sabine ein. »Reitmeyer war eine prominente Persönlichkeit.«

»Der ermordet wurde!«, fiel ihr Schulte ins Wort und rieb sich angestrengt die Schläfen.

»Das haben wir bislang nur angenommen, amtlich bestätigt war noch nichts«, sagte Angersbach mürrisch, der sich noch immer darüber ärgerte, dass Hack ihn offenbar übergangen hatte.

»Ich habe Hackebeil Dampf gemacht«, gab Horst Schulte nun preis. »Schlimm genug, dass wir in der Sache überhaupt gezweifelt haben. Aber *Gift?*« Er seufzte und schüttelte entgeistert den Kopf.

»Eben. Wer konnte das ahnen?« Ralph beeilte sich, Schulte zuzustimmen, denn von Schuldzuweisungen wollte er nichts wissen. »Es gab einen Schuss, der keiner war, keine Verletzungen an der Leiche, und die statistische Wahrscheinlichkeit, dass es einen Mann über fünfzig beim Joggen erwischt …«

»Papperlapapp!«, schnitt Schulte ihm unwirsch das Wort ab. »Wir haben eine ganze Reihe von Verdächtigen, und das ist es, was unterm Strich zählt. Ihr Job ist es, aus diesem Personenkreis jemanden zu finden, der für beide Taten verantwortlich ist. Was zum Beispiel ist mit diesem verschollenen Sohn?«

»Frederik?«, wiederholte Angersbach stirnrunzelnd.

»Genau der.«

»Frederik Reitmeyer ist auf Borneo«, sprang Sabine ein. »Erreichen unmöglich.«

»Wenn Sie mich fragen, ein hervorragendes Alibi«, schnellte Schultes Antwort zurück, und er machte eine herausfordernde

Geste. »Haben wir eine Fahndung? Was sagen die Kollegen am Flughafen dazu? Nun, ich höre! Denkbar wäre es doch, oder?«

»Theoretisch vielleicht«, murmelte Ralph, »aber was für ein Motiv sollte er haben?«

»Erbschaft, Neid auf die Schwester, was auch immer«, schnaubte Schulte. »Sehen Sie, was da eben passiert ist?« Er tippte sich an die Stirn, und die beiden Kommissare blickten ihn fragend an. »Ich habe kombiniert«, fuhr er fort, »selbst wenn es ein recht abstruses Ergebnis zur Folge hatte. Also behaupten Sie nicht, es mangele uns an Verdächtigen. Passen Sie auf, ich sage das jetzt in aller Deutlichkeit: Morgen früh habe ich einen Termin in Kassel, den ich auch unbedingt wahrnehmen werde.« Schulte gab sich geheimnisvoll, vielleicht geschah es nicht einmal aus Absicht, und keiner der Kommissare fragte ihn nach Details. Seine Stimme ließ keinerlei Zweifel an seiner wilden Entschlossenheit. »Wenn ich wiederkomme, erwarte ich Ergebnisse«, mahnte er. Dabei funkelte er Angersbach herausfordernd an, vermutlich, weil er ihn länger kannte als Sabine.

»Sollen wir blindlings jemanden verhaften?«, konterte Ralph bissig.

»Nein, verdammt, aber ziehen Sie die Daumenschrauben ruhig mal etwas an! Morgen ist eine halbe Woche vergangen, und die Presse wird sich früher oder später das Maul zerreißen. Stellen Sie sich nur einmal folgende Schlagzeile vor: ›*Experiment der Vilbeler Mordkommission gescheitert!*‹ Muss ich deutlicher werden?«

»Wir wissen doch erst seit eben definitiv, dass es sich auch bei Reitmeyer um Mord handelt«, verteidigte Sabine sich pikiert. Ralph nickte. »Eben.«

Ein drängelnder Vorgesetzter, der saubere Ermittlungsarbeit

hintanstellte, um der Presse zu schmeicheln – das konnte er auf den Tod nicht ausstehen. Plötzlich vermisste er das Präsidium in Gießen, verdrängte diese Sehnsucht dann aber rasch wieder, denn niemand würde ihn aus dem Hier und Jetzt befreien.

»Wie auch immer, wir reden trotzdem von drei vertanen Tagen. Wenn Sie intuitiv jemanden verhaften müssten, wer wäre das?« Schultes bohrender Blick traf erst Ralph und wanderte dann weiter zu Sabine. Keiner der beiden antwortete zunächst, wobei Angersbach insgeheim darauf hoffte, dass seine sonst so wortgewandte Kollegin entweder eine diplomatische Antwort parat hatte oder ihm nicht widersprach, wenn er zuerst einen Namen nannte.

»Ich höre?« Schulte meinte es tatsächlich ernst.

»Niemand hat ein offensichtliches Motiv für beide Morde«, kam endlich die herbeigesehnte Diplomatie seiner Kollegin zum Tragen, und Ralph atmete auf.

»Und doch sind beide tot«, widersprach ihr Vorgesetzter. Er schien an diesem Punkt festzuhängen wie eine Diamantnadel auf einer verkratzten Vinylscheibe. Angersbach entschied, dem mürrischen Tonabnehmer einen Impuls zu geben.

»Wir hatten vorhin ein recht interessantes Gespräch mit einer Nachbarin Köttings«, begann er und registrierte in den Augenwinkeln ein dezentes Nicken seiner Kollegin.

»Sie reden von dieser Blinden?«, vergewisserte sich Schulte hastig, und Ralph bejahte.

»Auch so ein Problem«, seufzte der Chef und raufte sich die Haare. »Wie *kann* so etwas passieren? Wer ist dafür verantwortlich, dass man diese Frau nicht gleich befragt hat?«

»Zweitrangig«, erwiderte Angersbach, obgleich er sich bewusst war, dass seine Kollegin diese Sache nicht auf sich

beruhen lassen würde. »Nach den heutigen Erkenntnissen deutet einiges auf Vera Finke.«
»Die Bioladen-Tante?«
»Präzise.« In knappen Sätzen fasste Angersbach die Quintessenz der Aussagen bezüglich minderwertiger Lebensmittel zusammen. Er schloss mit den Worten: »Kötting hat von dem Betrug gewusst und wollte womöglich dagegen vorgehen. Sollte die Finke mit drinstecken, hätte er für sie durchaus zur Bedrohung werden können, oder?«
»Mittel und Alibi?«
»Ihr Ehemann schützt sie«, überlegte Sabine laut, »der Rest bleibt zu klären. Möglicherweise bekommen wir ihn aber zum Schwanken, wenn wir ihre aktuelle Beziehung zu Reitmeyer oft genug thematisieren. Verletzter Stolz bei Männern«, sie schmunzelte, »ich möchte niemandem zu nahe treten, aber die Chancen stehen nicht schlecht.«
»Wieso ist sie dann noch auf freiem Fuß?«, herrschte Schulte sie an, und sowohl Sabine als auch Ralph zuckten erschrocken zusammen.
»Die Luft bleibt verdammt dünn«, setzte Ralph zu einer Erklärung an, doch davon wollte Schulte nichts wissen.
»Ich erledige den Papierkram, und Sie kassieren die Finke ein.«
»*Jetzt sofort?*« Der Kommissar neigte den Kopf demonstrativ in Richtung seiner Armbanduhr und runzelte die Stirn.
»Morgen früh als erste Amtshandlung. Haben wir uns verstanden?«
»Hm.« Sosehr Schulte auf eine Verhaftung drängte, umso größer wurden plötzlich die Zweifel, die sich in Angersbach breitmachten. Doch er kannte den Boss und wusste, dass es sinnlos wäre, ihn umzustimmen zu versuchen. Mit gemischten Gefühlen verließen die beiden die Polizeidirektion.

Sabine schaltete das Autoradio ein, und es ertönten die Verkehrsmeldungen. Halb acht, verriet ihr die Digitalanzeige, allerhöchste Zeit für einen Imbiss. Die Kommissarin rief ihre Erinnerung ab, Okarben lag direkt an der B3 und praktisch auf halbem Weg nach Bad Vilbel hinein.
»Wo gehen wir denn jetzt hin?«, fragte Angersbach wie aufs Stichwort und rieb sich den Magen. Eine Subway-Reklame tauchte auf, daneben ein McDonald's-Logo, aber beides waren heute keine Optionen für Sabine. Spontan antwortete sie: »Sieht wohl so aus, als müsste Ihre Küche fürs Nudelkochen herhalten.«
»Wie bitte?«
Angersbachs entgeisterter Gesichtsausdruck machte ihr beinahe Angst, er könne seinen gesamten Teint verlieren, und für eine Sekunde bereute sie ihren Vorstoß bereits. Dann sprach er zerknirscht weiter: »Das haben Sie ja geschickt eingefädelt.«
»Ich weiß überhaupt nicht, was Sie meinen«, verteidigte Sabine sich. »In meine Wohnung hätte ich Sie schließlich auch gelassen, und für Schultes Abendappell kann ich nichts. Fakt ist, dass ich es bis Bad Vilbel nicht mehr schaffe. Wenn Ihnen das zu viel ist, dann raus damit, ich begnüge mich auch mit einem Sandwich oder Burger.«
»Pfui Teufel«, brummte Angersbach und winkte ab. »Ist ja schon gut, ich war nur nicht darauf vorbereitet, Gäste auf Burg Bran zu empfangen?«
»*Burg Bran?*«
»Draculas Schloss«, winkte Angersbach mit einem müden Grinsen ab. »Sie werden's schon sehen. Aber ich sag's Ihnen gleich: Um den Abwasch kommen Sie nicht herum, meine Spülmaschine hat das Zeitliche gesegnet.«
»Ein Grund mehr, sich die Arbeit zu teilen.«

»Okay, überredet. Können wir uns vor dem Essen aber bitte noch mal darüber unterhalten, was da gerade eben passiert ist? Sonst hat sich mein Appetit bis Okarben nämlich erledigt.«

»Fühlt sich beinahe schon wie Torschlusspanik an?«, mutmaßte Sabine. »Schulte hat das K10 in Bad Vilbel durchgedrückt, wer weiß, gegen wie viele Windmühlen er da zu kämpfen hatte. Jetzt haben wir einen Fall, der recht hohe Wellen schlägt, da braucht er wohl verzweifelt eine Verhaftung, um unsere Effizienz zu beweisen.«

»Nicht, dass ich es ihm nicht gönnen würde«, gab der Kommissar zurück, »schließlich geht es dabei um unsere Jobs. Aber schießen wir da nicht mit Kanonen auf Spatzen?«

»Die Chancen stehen fifty-fifty. Ich traue es der Finke schon zu, dass unter der Oberfläche einiges am Schwelen ist. Allein diese Beziehung zu ihrem Chef, inklusive einer abgebrochenen Schwangerschaft ... Von allen Personen, die uns in diesem Fall begegnet sind, laufen bei ihr die meisten Fäden zusammen.«

»Aber nur wegen der Lebensmittel«, widersprach Angersbach. »Wissen wir denn tatsächlich, dass sie da die Finger im Spiel hatte?«

»Vielleicht lockert ihr eine spektakuläre Verhaftung ja die Zunge«, überlegte Sabine.

»Mich hat es ohnehin gewundert, dass Sie nicht den Namen Ihrer speziellen Freundin haben einfließen lassen«, stichelte Ralph aus dem Fahrzeugfond.

»Claudia?«

»Klar, wer sonst. Wer sagt denn, dass sie nicht hinter allem steckt?«

»So gerne ich Ihnen zustimmen würde, aber dieser Lakai, Gunnar Volz, könnte genauso gut in Verbindung mit allem

stehen. Was alle drei gemeinsam haben, ist Folgendes: Sie agieren vom Weidenhof aus, während die Molkerei sich ja extern befindet. Zufall?«
Der Twizy passierte soeben eine im Dunkel liegende, von hohem Maschendraht umgebene Baumschule. Ein hell beleuchteter Regionalexpress raste auf den dahinterliegenden Schienen vorbei.
»Vertagen wir uns auf morgen«, schlug Angersbach vor. »An der Ampel da vorne müssen wir links abbiegen.«

Dunkle Wolkenfetzen krochen über den Himmel, und mit stillem Amüsement stellte Sabine Kaufmann fest, dass das schlanke Wohnhaus mit seinem spitzen Dach und den hervorstehenden Mauersteinen tatsächlich etwas Bedrohliches ausstrahlte. Zwei Straßenlaternen standen in etwa gleichem Abstand zu beiden Seiten, und weder der Eingangsbereich noch die straßenseitigen Fenster waren beleuchtet. In der Ferne schien Musik zu spielen, doch das Rattern der S-Bahn erlaubte Sabine nicht, es mit Sicherheit zu sagen.
»Das gehört Ihnen?«, fragte sie unbedarft und nicht ohne eine Portion Anerkennung. Ihre Wohnung war schätzungsweise kleiner als das Dachgeschoss dieses Gebäudes. Und die Immobilienpreise in Okarben dürften alles andere als niedrig sein.
»Mit all seinen Malessen«, erwiderte Angersbach mit einem verschwörerischen Blick.
Knirschend öffnete sich die Haustür, und Sabine begriff, dass die Musik tatsächlich aus dem Inneren des Hauses kam, wobei der Begriff *Musik* nicht ganz passend zu sein schien. Peitschende Schläge und tiefe, kehlige Schreie, begleitet von malträtierten Gitarren ... Sie zwang sich, nichts weiter zu sagen.

»Janine ist meine Halbschwester«, begann Angersbach unvermittelt, als sie die Treppe hinaufstiegen, »und ich habe von ihrer Existenz bis vor einem halben Jahr nichts gewusst.«
*Wow.*
»Sie ist sechzehn Jahre alt, der jüngste Spross unserer gemeinsamen Mutter, die mir praktisch das Haus mitsamt dem Erziehungsauftrag hinterlassen hat.«
»Wow!«, sprach Sabine ihren Gedanken nun laut aus. »Das war eine große Portion Offenheit.«
Angersbach blieb stehen, sie hatten den oberen Flur erreicht, und die Musik hämmerte nun weitaus lauter. Er drehte sich um und suchte Sabines Blick, dann deutete er mit dem Daumen hinter sich und sagte grinsend: »Besser so, als wenn Ihnen aus heiterem Himmel ein halbnackter, bekiffter Teenie über den Weg läuft und Sie sich wer weiß was denken.«
Unwillkürlich mussten beide lachen. *Da habe ich mich ja schonungslos hineinkatapultiert in Angersbachs geheimes Privatleben,* dachte Sabine, als sie weiter in Richtung Küche gingen.
Nach einem Blick in die Speisekammer offenbarte Ralph seiner Kollegin, dass er drei angebrochene Packungen Nudeln habe und sie sich etwas mischen müssten. Dafür mangelte es nicht an frischen Tomaten, Zwiebeln und den üblichen Gewürzen, eine Basis also, mit der man arbeiten konnte.
»Eine Bolognese à la Kaufmann wird's zwar nicht, aber einen mediterranen Hauch bekommen wir hin«, murmelte Sabine, während sie das Gemüse wusch.
»Bolognese hätte ich auch dankend abgelehnt«, offenbarte Angersbach ihr und plätscherte derweil mit Wasser.
»Doch eher der Typ Holzfällersteak?«
»Nein, Vegetarier.«
Er schaffte es immer wieder, sie zu überraschen.

Im Laufe der nächsten zwei Stunden, in denen die beiden eine Flasche Wein leerten, von der Sabine aber nur ein Glas trank, unterhielten sie sich recht zwanglos. Sie tauschten ihre Viten aus, einige Details aus ihrem Privatleben, wobei Sabine ihren Freund Michael Schreck mit keinem Wort erwähnte. Dafür sprachen sie umso ausführlicher über ihre Mütter.
»Ist diese Schizophrenie denn dauerhaft?«, erkundigte sich Angersbach mit betretener Miene, der sich nicht vorstellen konnte, wie der Alltag eines psychisch kranken Erwachsenen aussah. Doch wer konnte das schon?
»Ja und nein. Es gab Jahre, in denen fiel das kaum ins Gewicht. Man vermutet, dass die hormonelle Veränderung in den Wechseljahren zu einer Verstärkung geführt hat.«
Da ihre Erklärung nicht den erwünschten Effekt erzielte, das Gespräch wieder etwas unbeschwerter zu gestalten, setzte sie nach: »Keine Angst, es ist nicht ansteckend.«
»Und vererbbar ist es auch nicht?«
*Falsche Frage.*
»Gewisse Veranlagungen schon«, gestand Sabine ein, »aber es gab in dreißig Jahren kein einziges Symptom. Ich denke also, ich bin außer Gefahr.« Sie zwinkerte vielsagend.
»Ich sag's Ihnen, wenn ich was merke«, flachste Angersbach, wurde dann aber sofort wieder ernst. Seine Blicke wanderten in die Ferne, wobei diese kaum zwei Meter hinter Sabines Rücken an der Küchenwand endete. Gedankenverloren sprach er weiter: »Meine Frage kam ja nicht ohne Grund. Sie scheinen über Ihre Mutter jedes Detail zu wissen, vielleicht sogar manches, was man als Kind überhaupt nicht wissen möchte. Ich hingegen«, er seufzte, »habe meine Mutter nie kennengelernt.«
»Möchten Sie es mir erzählen?«

»Da gibt's nicht viel. Mit fünfzehn schwanger geworden, das konnte ich mir anhand ihrer Geburts- und Sterbedaten ausrechnen, Vater unbekannt. Das genügte in den Siebzigern praktisch als Ticket fürs Kinderheim, obwohl sie es irgendwie hinbekommen haben muss, mich bis dahin zwei Jahre lang durchzubringen. Später nahm mich dann eine Pflegefamilie, die brachten mich auf den richtigen Weg, und wenn ich mir meine damaligen Heimkollegen so ansehe, dann hatte ich wohl mächtig Glück.«

»Hat Ihre Mutter damals schon hier gelebt?«

»Das habe ich mich auch schon gefragt«, gab Ralph zu. »Ich zermartere mir manchmal das Hirn wie ein Verrückter, aber da kommen keine Erinnerungen mehr hoch.«

»Was sagt denn der Grundbucheintrag?«

»Sie hat das Haus selbst geerbt«, er deutete nach oben, »soweit ich weiß, vom Erzeuger Janines.«

»Graf Dracula also«, scherzte Sabine.

»Hm. Er ist jedenfalls nicht mein Vater, so viel ist sicher. Mehr weiß ich leider auch nicht, aber Janine sagte, sie sei von Geburt an hier aufgewachsen. Schätzungsweise wollte ihr Erzeuger sich mit dem Erbe seine Art der Absolution verschaffen.«

»Dafür, dass er Ihre Mutter mit Janine hat sitzenlassen?«

»Das ist wie gesagt nur eine Vermutung«, wandte Angersbach ein. »Doch wenn ich nachrechne, dürfte meine Mutter bei Janines Geburt etwa so alt gewesen sein, wie ich es nun bin.« Sein Gesicht verfinsterte sich. »Vielleicht hat sie es kommen sehen, dass sie sich nicht mehr um sie kümmern kann, bis sie aus dem Gröbsten raus ist, wobei …« Zweifelsohne dachte er, dass dieser Zeitpunkt bei seiner Halbschwester wohl nie eintreten würde, vollendete den Satz aber nicht.

»Na, lassen wir das. Jedenfalls hat sie mir diesen Batzen ungewollter Verantwortung recht elegant ans Bein gebunden, finden Sie nicht?«

»Ich würde dieses gar so grauenvolle Mädchen ja zu gerne mal kennenlernen.« Sabine funkelte ihn herausfordernd an.

Der Wunsch erfüllte sich eine halbe Stunde später, als die Weinflasche sich bereits bis auf einen letzten Schluck geleert hatte und von den Nudeln kaum mehr als ein karger Rest übrig war.

»Boah, hallo?«, krächzte eine rauchige Stimme, nachdem es zuerst auf der Treppe gepoltert hatte und sich dann schlurfende Schritte näherten. In der noch knarrenden Tür zeigte sich eine zierliche Gestalt, barfüßig, und mit einer dreiviertellangen Leggings bekleidet, deren Seiten aus schwarzer Spitze gefertigt waren und, verziert mit schwarzen Rosen, den Blick auf die bleichen Beine freigaben. Der graue Schlabberpullover, den Janine obenherum trug, hätte nicht unpassender sein können. Ihre Haare fielen links über die Schulter und gaben den Blick frei auf die rechte Hemisphäre des Gesichtes und die grelle, kahlrasierte Stelle oberhalb der Ohren. *Eine Halb-Irokesin?*

»Ebenfalls hallo.« Es war nicht zu übersehen, dass Ralph sich anstrengte, die Contenance zu bewahren. Janine steuerte zielstrebig auf den Kühlschrank zu, dabei musterte sie Sabine im Vorbeigehen skeptisch.

»Kannst du nicht abschließen, wenn du eine mitbringst?«

»Moment mal!«, rief Ralph verärgert, doch Sabine beschwichtigte ihn mit einer versöhnlichen Geste.

»Sabine Kaufmann«, wandte sie sich lächelnd an das Mädchen. »Ich bin eine Kollegin.«

»Noch ein Bulle, auch nicht besser«, klang es mürrisch aus

den Tiefen des Eisfachs. Dabei raschelte und knackte es. »Haben wir keine Pizza mehr?«

»Hast du eingekauft?«, erwiderte Angersbach kühl.

»Pff, dann bestellen wir eben.«

»Es sind noch ein paar Nudeln da«, versuchte Sabine noch einmal ihr Glück und deutete auf das Metallsieb in der Mitte des Tisches. Janine kam zwei Schritte näher und reckte den Hals, dabei klimperten die schwarz-silbernen Metallanhänger, die sie unter dem Pullover trug. Ohne es zu wissen, war Sabine sich sicher, dass mindestens ein Pentagramm oder ein Totenkopf dabei war. Eine verunsicherte junge Frau. Doch Sabine hatte schon ganz anderes gesehen: Frauen, die ihren Körper misshandelten, weil er ihnen nichts mehr bedeutete als eine schmerzende Hülle, die sie im irdischen Jammertal gefangen hielt. Mädchen, deren Unterarme zahllose feine Narben aufwiesen, von immer neuen Verletzungen mit Rasierklingen, Glasscherben oder Nadeln. *Ritzen,* so nannte der pseudowissenschaftliche Volksmund dieses Phänomen, doch die Verharmlosung, die diesem Begriff innewohnte, konnte unpassender kaum sein. Es waren schmerzhafte Schnitte, aber weitaus weniger schmerzhaft als ihre Ursache. Ein Schnitt war rasch durchgeführt und tat nur kurz weh, verheilte sogar relativ schnell wieder. Aber der innere Schmerz blieb bestehen, und die tiefliegenden Wunden verheilten nie. Doch dieses Mädchen, Janine, schien von solchen Dingen weit entfernt. *Kaum mehr als eine jugendliche Rebellin,* entschied Sabine für sich, zumindest deutete nichts auf eine tiefergehende Problematik hin. Angersbach konnte froh sein, dass Janines zur Schau getragene Extravaganz allem Anschein nach kaum mehr als die vergängliche Provokation einer Pubertierenden war.

»*Davon* sollen wir satt werden?«, keifte das Mädchen in diesem Moment, und die Kommissarin zuckte zusammen.
»Hast du die Bude wieder voll mit Halbaffen?«, knurrte Angersbach, und Sabine hätte ihm am liebsten einen Tritt gegen das Schienbein versetzt.
»Kommt doch runter, wir setzen noch mal Wasser auf«, schlug sie vor, bevor Janine ihren Halbbruder angiften konnte.
»Ich lache später«, kam es schnippisch zurück, und sie stapfte davon.
Einige Sekunden verstrichen, die Schritte entfernten sich, dann sprach Angersbach mit Unschuldsmiene: »Sehen Sie? Und damit schlägt man sich dann herum, in seiner Freizeit, wo es doch immer heißt, man solle sich regenerieren.«
»Na ja, vergessen Sie nicht, dass zwischen Ihnen Welten liegen«, sagte Sabine halbwegs diplomatisch.
»Nett ausgedrückt, dass ich ein alter Sack bin.«
»Das Alter meine ich nicht. Aber welche Rolle nehmen Sie denn Ihrer Meinung nach für Janine ein? Sicher nicht die des großen Bruders, auf den man sich verlassen kann und der einen beschützt.«
»Nein, ganz und gar nicht«, seufzte Angersbach.
»Wir sind Polizisten, repräsentieren also eine Gesellschaft, die Heranwachsenden nicht viel mehr bietet außer Restriktionen. Positive Männerrollen oder gar eine Vaterfigur kennt Janine ebenso wenig wie Geborgenheit.«
»Glauben Sie, das weiß ich nicht?« Angersbach klang mit einem Mal verärgert. »Immerhin bin *ich* hier das Heimkind von uns beiden. Ich bin jedenfalls nicht bei meiner Mutter in einem großen Haus aufgewachsen, aber das interessiert ja niemanden. Wenn ich im Zorn sage, dass ich am liebsten wieder

nach Gießen zurückzöge, dann höre ich nur ein wild entschlossenes ›mach nur‹.«
»Sie hat Angst, sich an Sie zu binden.«
»Von einer Bindung sind wir weit entfernt, keine Sorge.«
»Möchten Sie denn eine?«
»Hm. Was passiert, wenn das Experiment mit der Mordkommission schiefgeht?«
»Von Okarben nach Friedberg ist es doch keine Weltreise. Spielt das wirklich eine Rolle?«
»Ach, ich weiß nicht.« Angersbach stand ruckartig auf und ging zur Speisekammer. »Sag bloß, wir haben keinen Wein mehr«, hörte Sabine ihn verdrossen grummeln.

Es war längst tiefe Nacht, und über dem Flussbett lagen dichte Nebelschwaden. Sabine Kaufmann hatte ihren Wagen auf dem Bordstein in einer engen Seitenstraße abgestellt und schritt gemächlich über den Asphalt. Ihre Absätze klapperten in der Stille der einsetzenden Nacht unangenehm laut, und die Kommissarin war dankbar für jedes Hintergrundgeräusch. Das metallische Rauschen eines vorbeirasenden Güterzugs, ein rangierender Lkw, das lautstarke Heulen aufgemotzter Motoren auf der Friedberger Straße zwischen Tankstelle und McDonald's ... Und doch waren ihre Schritte unüberhörbar.
Angst verspürte sie im Grunde genommen nicht, denn Sabine hatte sich im vergangenen Jahr mit Krav Maga befasst, jener Selbstverteidigungstechnik, die wie kaum eine andere auf engen Körperkontakt und verbissener Nahkampftechnik beruhte. Polizei, Militär, aber zunehmend auch Zivilpersonen wandten Griffe und Methoden daraus an. Für eine vergleichsweise kleine Person wie Sabine erschien es als die ideale Tech-

nik. Sie fühlte sich also nicht auf dem Servierteller für im Nebel lauernde Meuchelmörder, sosehr die Szenerie auch daran erinnern mochte.

Die Kommissarin passierte eine kleine Burg, deren Fassade sich, unheimlich wie das Haus der Baskervilles im nebelüberfluteten Moor, aus dem Wassergraben reckte. Zwei Enten flogen kreischend auf, dann erreichte sie endlich den geschotterten Weg, und das Klappern verebbte. Krav Maga hin oder her: Beklommenheit stieg in ihr auf. Dem verwaschenen Schein der in weitem Abstand aufgestellten Laternen folgend, erreichte Sabine eine holzverkleidete Brücke, die sich von der Ostseite der Burg über die Nidda spannte. Eine Litfaßsäule mit abgerissenen Plakaten stand im kargen Gras, wenige Meter weiter gluckste leises Wasser. Sie wandte sich nach links und folgte dem Uferpfad. Über diese Brücke musste Reitmeyer gekommen sein und hatte bis dato schon eine beachtliche Strecke zurückgelegt.

Sabine verharrte kurz, zog sich den rechten Handschuh aus und öffnete ein Programm auf dem Touchscreen ihres Smartphones. Eine Landkarte füllte den kleinen Bildschirm, auf ihr zentrierte sich mit einem Fadenkreuz der aktuelle Standort. Sabine schaltete die Anzeige auf Luftbild um, wartete, bis die Daten geladen waren, und scrollte dann mit dem Zeigefinger nach Nordosten, so lange, bis die Bundesstraße und der Weidenhof zu erkennen waren. Sie markierte den Hof und wies die Funktion an, die kürzeste Route zu Fuß zu berechnen. Zehn Sekunden vergingen, offenbar kämpfte die App mit dem mobilen Datenempfang, dann zeigte sie das Ergebnis an. *Sechs Komma drei Kilometer,* stellte sie beeindruckt fest. Ulf Reitmeyer musste tatsächlich in gutem Training gestanden haben. *Laufe ich in zwanzig Jahren auch noch so viel?* Und, eine weitaus wichtigere Frage, hatte Reitmeyer den ganzen Weg über nichts gemerkt? Wenn er, wovon Hack ja mittlerweile ausging, das Opfer eines Angriffs mit herzwirksamen Glykosiden geworden war, hatte es tatsächlich so lange gedauert, bis er sie verstoffwechselt hatte? *Andererseits* ... Sabine rechnete kurz nach. Mit einem Jogging-Tempo von zwölf Stundenkilometern hätte er eine halbe Stunde bis hierher gebraucht, und vermutlich hatte seine Laufgeschwindigkeit sogar höher gelegen. Sie ließ das Handy wieder verschwinden, zog den Handschuh über und entschied, hierüber noch einmal mit dem Rechtsmediziner zu sprechen.

Sabine beschleunigte ihre Schritte, denn sie fühlte sich zunehmend unwohl, so mutterseelenallein auf diesem düsteren Weg, daran änderten ihre Dienstwaffe und diverse Nahverteidigungstechniken, die sie beherrschte, auch nichts. Sie passierte einige Fitnessgeräte, die auf der Wiese des angrenzenden Parks aufgestellt waren, in der Ferne bestrahlten die Lampen eines parallel verlaufenden Weges einige Kunstplastiken. Rechter Hand zog eine Steintreppe vorbei, eine Infotafel verriet, dass hier einst ein alter Gerbplatz gewesen war. Die zerfurchten Stämme einer Dreiergruppe von Sequoia-Bäumen reckten sich pfeilgerade in den Nachthimmel, zwei von ihnen standen so eng, dass ihre Konturen ineinander verwuchsen.

Endlich erreichte die Kommissarin den ersten Abzweig auf den Parkplatz. Sie versuchte sich vorzustellen, wie Ulf Reitmeyer auf den gelgepolsterten Sohlen seiner Laufschuhe federnd denselben Weg genommen hatte wie sie, ebenso einsam und nichtsahnend. Wann hatte er es gemerkt? Hatte er pausiert, hatte er Kurzatmigkeit oder Herzschmerzen gespürt? Oder war das Undenkbare eingetreten? Ein metallischer

Knall, der so plötzlich erklungen war, dass er ihn wie ein Mündungsfeuer erschreckte; ein Schlag aus heiterem Himmel, der seine Herzmuskulatur einfror, und zwar so lange, dass die lebensgewährende Pumpe ihren Dienst für immer versagte? Und: Welcher Mörder würde sich auf einen derartigen Zufall verlassen? Oder war das schleichende Gift genau aus diesem Grund gewählt worden? Um eine perfide Tat als natürlichen Tod beim Sport zu tarnen und keine Leiche im Haus herumliegen zu haben. Oder auf dem Hof. Es war zum Mäusemelken. Zu viele Verdächtige, zu viele Widersprüche. Außerdem stellte sich die Frage, wer das Motiv *und* die Möglichkeit hatte, das Gift zu beschaffen und entsprechend zu plazieren. Würde Vera Finkes Verhaftung tatsächlich all diese Unklarheiten beseitigen können?

Als Sabine den Fundort von Reitmeyers Körper erreichte, stellte sie resigniert fest, dass sie nicht schlauer war »*als wie zuvor*«. Bissig drängte sich jener berühmte Ausruf aus Goethes Faust in ihre Erinnerung und piesackte die Kommissarin so lange, bis sie die düsteren Gedanken an Reitmeyers Todesumstände aus ihrem Kopf verbannte und auf den kommenden Morgen vertagte.

Einige Kilometer von der Bad Vilbeler Burg entfernt, rappelte sich ein Mann in seiner einsamen Behausung auf. Es war warm und stickig in dem engen Raum, und sein Atem ging schwer. Er hatte zwei große Gläser Whiskey getrunken, eine Nachlässigkeit, die er nun bedauerte, denn der Alkohol machte sich lähmend in seinen Bewegungen und Reflexen bemerkbar. *Verdammt.* Er war nicht betrunken, dazu brauchte es schon erheblich mehr, doch für seine Pläne stellte ein sich anbahnender Rausch eine immense Gefahr dar. Er öffnete ein

Fenster, und eiskalte, nach frisch aufgeworfener Erde schmeckende Luft drang nach innen. Ein, zwei tiefe Atemzüge durch die pulsierenden Nasenflügel, dann erzielte der Sauerstoff seine Wirkung. Wie verflogen schien die Benommenheit, als die wild entschlossenen Gedanken wieder die Oberhand gewannen. In all ihrer brutalen Klarheit rasten sie durch seinen Kopf und zwangen ihm einen Schauer über den Rücken. Doppelmord. Reitmeyer und Kötting. Um den einen war es schade, um den anderen nicht. Die Polizei würde keine Ruhe geben, bis sie jemanden verhaften würde.

Er hatte es immer und immer wieder durchgespielt. Sie *konnten* ihm nicht auf die Spur kommen, aber was bedeutete das schon? Man hörte oft genug von Justizirrtümern. Es wurden regelmäßig Unschuldige verhaftet, besonders dann, wenn die wahren Täter mit hoher Vorsicht vorgegangen waren, oder auch, wenn der öffentliche Druck auf den Polizeiapparat stieg. Vor dieser Willkür war niemand sicher. Aber so weit musste es nicht kommen. Er fühlte den warmen Schweiß, der sich unter den Gummihandschuhen gesammelt hatte, und nahm den Papierbogen vom Tisch. Die Worte lasen sich verschwommen, schienen zu zittern, doch er zwang sich zur Konzentration. Er faltete den Bogen zweimal, dabei knisterten die aufgeklebten Fragmente aus Glanzpapier, und es roch nach Klebstoff. Vor zwei Stunden, als er seine Arbeit begonnen hatte, war ihm zuerst in den Sinn gekommen, mehrere Kopien zu erstellen. Diese Idee hatte er jedoch verworfen, als er feststellte, wie mühsam das Vorankommen war. Außerdem: je mehr Exemplare, desto größer das Risiko, verräterische Spuren zu hinterlassen. Seine unsteten Blicke suchten die Uhr, es war beinahe Mitternacht. Langsam, ohne Eile, schob er das Papier in einen weißen Briefumschlag und drückte im

Anschluss die Klebelaschen fest aufeinander. Er spürte die Wärme, die entstand, als er den Verschluss mit Daumen und Zeigefinger entlangfuhr, um sicherzugehen, dass der Inhalt nicht herausfallen würde. Er suchte einen Kugelschreiber und malte einige Kringel auf eine Zeitung, um zu testen, ob die Miene noch schrieb. Dann setzte er den Stift an … und erstarrte. Es war eine bittersüße Situationskomik, die ihm ein mürrisches Lächeln aufs Gesicht zeichnete.
*Was schreibt man auf einen anonymen Brief?*
»Claudia«? *Nein.*
*Nichts?* Doch damit lief man Gefahr, dass das Schreiben im Wust der nicht geöffneten Postwurfsendungen verlorenging.
Er überlegte noch eine Weile, bis seine Gedanken sich etwas beruhigt hatten, dann formte er einige große Lettern mit der schwarzen Tinte, die er mit einem Ausrufezeichen besiegelte. Er betrachtete sein Werk mit einem diabolischen Lächeln und malte sich aus, wie Claudia am nächsten Morgen den geheimnisvollen Brief mit der Aufschrift »EILT!« in den Händen halten würde, völlig im Unklaren darüber, wer ihn ihr sandte und was sie im Inneren des Kuverts erwartete.
Jedem das Seine, dachte der Mann, als er sich seiner Kleidung bis auf die Unterwäsche entledigte. Er schlüpfte in eine anthrazitfarbene Arbeitshose, wählte dazu einen schwarzen Rollkragenpullover und versenkte seine in Wollstrümpfen steckenden Füße in ein Paar Lederstiefel. Der gespenstisch helle Mond war längst wieder hinter Wolken verschwunden, und lautlos wie eine Katze verschwand er ungesehen in der Finsternis. Das einzig Grelle an ihm war das leuchtend weiße Kuvert, welches er, bis er vor Claudia Reitmeyers Briefkasten stand, unter seinem Pullover verbarg.

# MITTWOCH

## MITTWOCH, 6. MÄRZ

Sabine Kaufmann hatte ihre Haare zu einem kurzen Pferdeschwanz gebunden. Nach Jahren der Kurzhaarfrisuren – und deren Möglichkeiten waren weiß Gott Grenzen gesetzt – hatte sie sich dazu durchgerungen, ihr blondes Haar wieder länger zu tragen. Michael war daran nicht ganz unbeteiligt gewesen, denn wann immer Sabine laut darüber nachgedacht hatte, an welcher Stelle sie im Nackenbereich noch mehr kürzen lassen könne, ließ er die Bemerkung fallen, dass ein anmutiges Gesicht einen goldenen Rahmen verdiene. Geschmeichelt hatte die Kommissarin dem Drängen schließlich nachgegeben, auch wenn die Übergangsphase zwischen Bubikopf und schulterlang kaum auszuhalten gewesen war. Vor dem Badezimmerspiegel durchströmte sie eine wohlige Wärme, als sie Michaels Namen dachte und zum dritten Mal die liebevolle SMS las, die er ihr am frühen Morgen gesendet hatte.
Darin schrieb er unter anderem, dass ein Seminartag ausfiele und er sich schon am frühen Nachmittag auf die Heimreise begeben könne. *Heute!*
Und doch schien dieser Gedanke nicht nur befreiend auf Sabines Gemüt zu wirken. Ein Schatten lag auf ihrer Seele, ohne konkret Gestalt anzunehmen, aber seine düstere Kühle war

nicht zu ignorieren. Unsicher klopfte sie ihre Gedanken nach einer Erklärung ab, doch es fand sich keine, sosehr sie sich auch das Hirn zermarterte. Lediglich eine Belanglosigkeit drängte sich immer wieder in den Vordergrund, doch das konnte nicht der Grund sein.
*Oder?*
Es war kaum mehr als nur ein Zufall, dass das Gespräch gestern nicht auf Michael gefallen war. Angersbach hatte auch nicht von seinem Liebesleben gesprochen, andere Themen waren wichtiger gewesen. Es ließ sich demnach völlig rational erklären.
*Oder?*
Die Kommissarin zwang sich schließlich dazu, die verwirrenden Gedanken zu verjagen, denn der Tag würde auch ohne private Verstrickungen anstrengend genug werden. Das nächste Essen kam bestimmt, die nächste Fahrt zu einer Vernehmung oder eine andere Gelegenheit, um Michaels Namen ungezwungen zu erwähnen. Sabine Kaufmann entschied, die Sache pragmatisch anzugehen.
In der Dienststelle wunderte sie sich kurz, dass Angersbachs Geländewagen bereits auf dem Parkplatz stand, das Büro aber leer war. Dann fiel ihr ein, dass er seinen Wagen am Vorabend nicht mehr hatte holen können und heute mit der S-Bahn kommen wollte. Eine simple Logik, immerhin hatte er es von seiner Haustür bis zur Bahnlinie nicht weit, und der Fußweg vom Bahnhof zur Polizeistation war ebenfalls in wenigen Minuten zu bewerkstelligen. *Selbst mit Kater,* dachte Sabine lächelnd, als sie Platz nahm und zum Telefonhörer griff.
Ihr erster Gesprächspartner war Mirco Weitzel, der sie davon in Kenntnis setzte, dass die Verhaftung Vera Finkes bereits erfolgt war. Sabine schluckte den Ärger darüber hinunter,

übergangen worden zu sein, denn insgeheim war sie nicht unglücklich darüber. Man hatte die Frau zu Hause abgepasst, unter Garantie war das Procedere der Nachbarin, Frau Wischnewski, nicht entgangen. Fragende Blicke, abfällige Bemerkungen und inmitten des Geschehens Veras Ehemann. Rumpelstilzchen. Sabine war nicht böse darüber, nicht dabei gewesen zu sein, wenngleich das Vorgehen des Kriminaloberrats trotzdem nicht in Ordnung war. Wozu ein Morddezernat outsourcen, wenn man doch alles von der Zentrale in Friedberg steuerte? War es Taktik?
»Vernehmung im Laufe des Tages, Herr Finke kümmert sich um juristische Beratung.«
Mehr hatte Weitzel aktuell nicht dazu zu sagen, und Sabine bedankte sich und legte auf. Das nächste Telefonat führte sie mit einem Kollegen aus der Forensik, dessen Namen sie sich partout nicht merken konnte, auch wenn sie schon des Öfteren mit ihm zu tun gehabt hatte. *Schumacher,* sagte sie sich dreimal im Geiste vor, *so schwer kann das doch nicht sein.* In ihrem Lebenslauf und den Aufnahmegesprächen hatte sie stets bewusst darauf verzichtet, ihr eidetisches Gedächtnis zu erwähnen, welches man ihr nachsagte. Mit jenem Blick, der bestimmte Szenen wie Fotografien in ihrem Gedächtnis ablegte, hatte die Kommissarin schon so manches Detail in kniffligen Fällen in den Fokus der Ermittlung gezogen, aber zum einen war diese Fähigkeit nach wie vor ein wissenschaftlich umstrittenes Phänomen, und zum anderen konnte sie es nicht steuern. Viel zu oft stand sie im Supermarkt und konnte sich nicht an ihren Einkaufszettel erinnern – und dann dieser Schumacher. Sabine ertappte sich dabei, wie sie den Namen auf ihre Papierunterlage schrieb, in weicher Schreibschrift, danach verschnörkelte sie die Bögen.

»Wir haben den Mageninhalt Ihrer beiden Kandidaten genauestens überprüft«, leitete Schumacher ein, und sein resignierter Unterton bereitete ihr Unbehagen, »aber es ist uns nicht mehr möglich, das Gift einem bestimmten Lebensmittel zuzuordnen. Nicht wegen der Zersetzung oder der Menge, es hängt einzig und allein mit der Vermischung zusammen.«
»Mist, das ist ärgerlich. Was ist mit den Proben aus Köttings Wohnung?«
»Negativ auf Gifte. Der Salat ist unbedenklich, das Dressing auch.«
»Was ist mit der Milch?«
»Dazu komme ich als Nächstes. Die Milch aus dem Transporter ist einwandfrei, durch die niedrigen Außentemperaturen war sie nicht einmal sauer. Wir haben das gesamte Spektrum untersucht und nichts gefunden.«
»Hm. War die Probe denn ausreichend? Was, wenn die Giftkonzentration sich erst in größeren Mengen wirksam zeigt?«
»Guter Einwand, aber unsere Analysen hätten es trotzdem zutage gefördert«, wandte Schumacher ein. »Im Übrigen habe ich noch einen ganzen Eimer voll übrig, also mehr als genug.«
»Ich dachte, der Transporter sei leer gewesen«, hakte Sabine verwundert nach.
»Mag sein, aber bevor ein Tankwagen nach dem Transport komplett gereinigt wird, sammeln sich Reste. Es hieß doch, der Fahrer habe ihn einfach nur leerlaufen lassen, oder?«
»Ja, und wir haben keinen Schimmer, weshalb«, seufzte Sabine, »vor allem, da es teure Bio-Milch ist.«
»*Bio-Milch?*« Schumacher lachte auf. »Nur weil ich keine tödlichen Gifte gefunden habe, bedeutet das noch lange nicht, dass wir es mit einem gesunden Bio-Produkt zu tun haben.«

»Die Milch steht aber in Verbindung mit dem Tannenhof«, widersprach Sabine, »also bin ich davon ausgegangen …« Sie verstummte mitten im Satz und richtete sich kerzengerade auf. *Verdammt!* »Haben Sie dafür eindeutige Beweise?«, fragte sie dann mit Nachdruck.

»Konventionelle Milch hat eine vollkommen andere Struktur bei ungesättigten Fettsäuren et cetera«, holte Schumacher aus, »aber so genau wollen Sie das vermutlich gar nicht wissen.« Sabine lächelte erleichtert, während ihr Gesprächspartner fortfuhr: »Fakt ist, dass es sich bei dem untersuchten Produkt um ganz profane, konventionell erzeugte Milch handelt. Eine ausführliche Analyse können wir Ihnen gerne zukommen lassen.«

»Ich bitte darum.«

Sabine machte sich Notizen. Als sie sich verabschiedete, nahm sie eine Bewegung in der Tür wahr, und im nächsten Augenblick streckte Angersbach den Kopf hinein. Seine Augen blickten erfrischt, keine Spur von alkoholbedingter Rötung. Entweder vertrug er einfach mehr als sie, oder der Fußmarsch vom Bahnhof hatte eine heilende Wirkung gehabt. Lediglich eine Rasur und den Weg zum Bügeleisen hatte er sich offensichtlich gespart. Hastig kritzelte Sabine über ihr neuestes Kunstwerk, bis man unter den Linien des Kugelschreibers Schumachers Namen nicht mehr entziffern konnte.

»Na, schon eifrig am Werk?« Angersbach hängte seine Jacke an den freien Garderobenhaken neben der Tür und reckte den Hals in Richtung ihres Schreibtisches. »Machen Sie nur weiter, ich sehe Potenzial zu einem neuen Pollock«, scherzte er.

»Na danke.« Sabine lächelte bitter, als sie den Stift beiseitelegte und die dürftigen Details über den jähzornigen und extravaganten Maler abrief, die sie in ihrem Gedächtnis finden konnte. »Sie scheinen ja recht fit zu sein, angesichts der Menge an Wein, die Sie intus hatten.«

»Es bringt nichts, über pochende Schläfen zu jammern, oder? Und es waren ja auch nur zwei Flaschen, die wir geleert haben.«

»Mit 13,5 Prozent. Und ich hatte kaum mehr als ein Glas.«

»Wenn schon, denn schon«, zwinkerte er. »Was haben wir denn?«

Sabine informierte ihren Kollegen über die neueste Erkenntnis des Labors, und Angersbach schnaubte: »Dann hat der Biobetrug im Reitmeyerschen Betrieb offenbar tatsächlich System! Wenn das stimmt, dann rollen Köpfe.«

»Noch mehr Köpfe?«, warf Sabine ein. »Zwei Männer sind tot, und beide trugen Verantwortung in ihrem jeweiligen Bereich. Mir ist unsere Mordermittlung erst einmal wichtiger als ein Bio-Skandal, vor allem, weil wir Vera Finke inhaftieren mussten. Sollte sie sich als unbeteiligt erweisen, bin ich jedenfalls heilfroh, dass wir nicht direkt daran beteiligt waren.«

»Aus dem Schneider ist sie noch lange nicht«, murmelte Angersbach. »Wann können wir sie denn in die Mangel nehmen? Wir sollten die Zeit, in der Schulte sich in Nordhessen herumtreibt, sinnvoll nutzen.«

Sabine zuckte mit den Augenbrauen. »Wir haben noch einen Besuch bei Moreno offenstehen. Er hat immerhin in der Abfüllung gearbeitet. Sollten wir nicht mit ihm sprechen, bevor wir zu Frau Finke fahren? Von ihrer Verhaftung muss er ja nichts erfahren, das verschafft uns eventuell einen Vorsprung.«

»Auch gut«, erwiderte Angersbach und warf einen sehnsüchtigen Blick in Richtung Kaffeemaschine. Das Gerät stand noch genauso da, wie sie es am Vortag verlassen hatten. »Ich

hätte nur gerne einen vernünftigen Kaffee«, sprach er weiter, »denn zu Hause war keine Zeit dafür.«
»Wollten Sie Ihre Maschine nicht mit hierherbringen?«
»Ja, aber nicht frühmorgens in der S-Bahn. Wobei mir heute ein simpler schwarzer Kaffee am liebsten wäre.«
»Verständlich«, grinste Sabine.
*Gepanschte Milch.* Die Dinge schienen nun unaufhaltsam ins Rollen zu geraten.

Angersbach hatte demonstrativ mit seinem Autoschlüssel geklimpert, und um des lieben Friedens willen war Sabine stillschweigend auf den Beifahrersitz geklettert. Das Wageninnere war eisig kalt, daran änderte selbst die strahlende Sonne nichts, die sich durch den auflösenden Nebel brannte. Auch wenn das gesamte Land noch fest von der eisigen Faust des Winters umklammert wurde, hatte ihr Feuer spürbar an Kraft gewonnen und ließ auf einen baldigen Frühling hoffen.
Bis nach Berkersheim würde es nicht lange dauern, obgleich der Verkehr noch unerwartet dicht war. Sabine nutzte die Gelegenheit dennoch, ihr neues Tablet einzuschalten, auf dem sie die wichtigsten Stichpunkte festgehalten hatte. Angersbach schielte kurz hinüber, als sie gedankenverloren etwas murmelte.
»Eine Mörder-App wäre sicher der Verkaufsschlager schlechthin«, flachste er, und nicht zum ersten Mal dachte Sabine, dass er der neuesten Technik äußerst kritisch gegenüberzustehen schien. Sie beschloss, sich einfach mal darauf einzulassen.
»Eine App *für* Mörder oder eine, die uns den Täter errechnet?«
»Beides, schätze ich«, lachte Angersbach und riss mit einem Mal das Steuer so zügig herum, dass Sabine erschrocken japste.
»Sorry. Nur Idioten unterwegs«, knurrte er.

»Ich möchte gerne vorbereitet sein, wenn Schulte uns im Laufe des Tages am Schlafittchen packt.« Sabine hasste es, unter Druck gesetzt zu werden. Andererseits, selbst wenn Vera Finke sich letzten Endes als unschuldig erweisen sollte, konnte die Verhaftung trotzdem einen positiven Effekt haben. Sie würde den wahren Täter in falscher Sicherheit wiegen.

»Angenommen, der gesamte Betrieb ist in einen Bio-Betrug verwickelt«, dachte sie laut, »wer musste alles eingeweiht sein? Ich kann mir nicht vorstellen, dass Claudia eine weiße Weste hat.«

»Könnte doch sein«, antwortete Angersbach ohne langes Zögern, und Sabine bedachte ihn mit einem fragenden Blick.

»Wieso? Sie spielt die Unwissende und hatte nun mehr als genug Zeit, sämtliche Spuren zu beseitigen. Sie hat sogar zwei Tote, denen sie alles in die Schuhe schieben kann, und jetzt sogar noch eine Mordverdächtige. Besser könnte es für sie kaum laufen.«

»Dann erklärt das immer noch nicht, weshalb die beiden Männer klammheimlich mit Gift beseitigt werden sollten. Passender für mich wäre der Gedanke, dass Reitmeyer und Kötting aneinandergeraten sind, aber sie haben sich wohl kaum mit vergifteten Milchflaschen duelliert.«

Sabine konnte sich ob des absurden Bildes, das vor ihrem geistigen Auge entstand, ein Grinsen nicht verkneifen.

»Ihre Phantasie in allen Ehren, aber was ist mit dem Knecht? Würde er profitieren, wenn der Betrieb kaputtginge und er wieder der alleinige Herr über den Hof seiner Vorfahren sein könnte?«

»Na ja, das Gleiche gilt für Becker. Der Tannenhof ohne Reitmeyers ...«

»Ich geb's ja zu, beide Theorien schwächeln«, schnitt Sabine ihrem Kollegen das Wort ab. »Weder Becker noch Volz haben ein erkennbares Motiv für beide Morde. Ich bin sehr gespannt, was uns dieser Moreno dazu zu sagen hat … und wem nachher die Finke den Schwarzen Peter zuschieben möchte. Sie ist mir nicht der Typ, der sich einschüchtern lässt und klein beigibt.«

»Das sehe ich genauso«, erwiderte Angersbach, »und es gibt noch eine weitere Sache, die auf Vera Finke hindeutet.«

»Ich bin ganz Ohr.«

»Unabhängig davon, wo Kötting sein Gift herhatte, muss es jemand gezielt in Reitmeyers Speisekammer plaziert haben. Oder im Büro, im Kühlschrank, wo auch immer. Diese Person muss Zugang zum Haupthaus gehabt und seine Essgewohnheiten gekannt haben.«

»Da Vera Reitmeyers Geliebte war, dürfte das im Rahmen des Wahrscheinlichen liegen«, nickte Sabine, rieb sich das Kinn und ließ das Tablet zwischen ihre Beine sinken. Doch Angersbach war noch nicht fertig.

»Sie hätte es sich aber auch weitaus einfacher machen können, und zwar nicht nur bei ihrem Lover, sondern auch bei Kötting. Wer kannte das Essverhalten der beiden Männer besser als jeder andere? Die Lebensmittelverkäuferin ihres Vertrauens. Selbst von Kötting wusste sie, welche Produkte er kauft und welche er links liegenlässt. Wäre es nicht ein Leichtes, den beiden einen tödlichen Giftcocktail zu verabreichen, ohne den Laden auch nur für einen Schritt verlassen zu müssen?«

»Respekt«, lächelte die Kommissarin. Ralph Angersbach hatte soeben ein entscheidendes Argument vorgebracht, gegen das Vera Finke sich nur mit großer Mühe wehren können würde. Doch sie musste sich noch ein Weilchen gedulden.

Hinter der Haustür Stefan Morenos surrte der Staubsauger. Erst beim dritten Druck auf die Türklingel verstummte der hochfrequente Klang, und es rumpelte. Eine tiefe Stimme ertönte und bat mit durch die Tür gedämpftem Klang um »einen Moment«, es rumpelte erneut, und dann endlich näherten sich eilige Schritte.

»Ja?«

Stefan Morenos Teint und Statur ließen keine Zweifel über seine südeuropäische Herkunft und athletische Form. Er war eins siebzig, drahtig, aber mit breiten Schultern und muskulösen Oberarmen, die aus einem engen, ärmellosen Rip-Shirt quollen. Das strahlende Weiß schuf einen deutlichen Kontrast zu der gebräunten Haut, an den Unterarmen prangten verschnörkelte Tattoos. Während Sabine Kaufmann ihrem Gegenüber die üblichen Informationen zuteilwerden ließ, musterte Ralph Moreno von Kopf bis Fuß. Eine teure, schwarze Adidas-Trainingshose, Badelatschen, weiße Tennissocken und am Hals eine goldene Kette. Der schmale Bart getrimmt, die Haare akkurat drei Millimeter lang. Auf Brust und an den Oberarmen wucherte nichts, entweder verschonte ihn übermäßiger Haarwuchs an diesen Stellen, oder, was Ralph vermutete, er epilierte sich.

Sowohl der Zugangsweg zu dem kleinen Zweifamilienhaus, in dessen Erdgeschoss Moreno lebte, als auch das durch die geöffnete Haustür vom Flur zu erkennende Wohnungsinnere verhießen eine penibel gepflegte Atmosphäre. *Schönling mit Putzzwang?* Möglicherweise tat er ihm unrecht, aber Ralph war sich sicher, den Typ Mensch, der vor ihm stand, wiederzuerkennen.

Der Name »Richter« schoss ihm in den Sinn, und vor seinem inneren Auge formte sich das Bild jenes bärbeißigen Mannes, den er unzählige Male beobachtet hatte. »Spießer.« So hatten seine Pflegeeltern, die mit Hans und Edith Richter kaum weniger gemein hätten haben können, ihre Nachbarn gelegentlich bezeichnet. Doch mit diesem unschmeichelhaften Begriff allein wurde man ihnen nicht gerecht, wie der Kommissar, rückblickend betrachtet, fand. Pedanten waren sie gewesen, und das war noch milde ausgedrückt. Nicht so attraktiv wie Moreno und auch einige Jahre älter, aber alles andere passte. Zwei große, kurzhaarige Hunde, zwei stets blitzsaubere und frisch gewachste Autos in der Garage, im Garten einen gemauerten Pool, zwischen dessen Waschbetonumrandung kein Fitzelchen Unkraut hervorlugte. Akkurat gekehrte Rinnsteine, säuberlich gestutzte Hecken. In ihm kamen Bilder hoch, wie er sie jahrelang in sich aufgesogen hatte. Es war ein völlig gegensätzliches Bild zum Haus und Grundstück seiner Pflegefamilie, welches nicht in eine biedere Kleinstadtidylle zu passen schien. Eine alte, schiefe Schaukel, ein halbes Dutzend streunender Katzen und stets ein zur Hälfte zerlegtes Auto unter dem verwilderten Carport. Richters musste dieser Anblick wahre Höllenqualen bereitet haben, denn bei ihnen wirkte selbst der Gang zum Briefkasten wie eine einstudierte Choreographie. Jeder Handgriff schien ein Ritual zu sein, präzise ausgefeilt und rigoros konsequent in seiner Abfolge. Haustür auf, Latschen gegen Stiefel tauschen, Gassigehen mit den Hunden. Für die Rückkehr stand bereits eine Wanne bereit, in der das verdreckte Fell der lebhaften Rüden gebadet wurde, danach folgte das Abtrocknen und Kämmen. Hinterher reinigte er die Stiefel, während sie die Waschmaschine füllte. Das gesamte Leben des kinderlosen Paares schien sich nur um Ordnung und Disziplin zu drehen, und man sah sie nicht ein einziges Mal einfach nur entspannt im Garten ruhen. Der Staubsauger, der Auslöser sämtlicher Erinnerungen, war damals mindestens zweimal am Tag gelaufen. Ein Blick an Morenos Schulter vorbei, wo in einiger Entfernung der Staubsauger verharrte, hatte dem Kommissar genügt, um gewisse Muster wiederzuerkennen.

Ob er mit dem Rest richtiglag, würde sich zeigen.

Sie wechselten ins lichtdurchflutete Wohnzimmer, dessen akribische Sauberkeit der eines Reinraums glich.

Stefan Moreno erwies sich als recht zäher Gesprächspartner, der nur wenig von sich preisgab. Auf Angersbachs knappe Fragen antwortete er wortkarg, teilweise sogar mürrisch, und signalisierte den beiden Ermittlern damit, dass er ihre Anwesenheit nur wenig schätzte. Das änderte sich, als Sabine ihrem Kollegen einen vielsagenden Blick zuwarf und die Gesprächsführung übernahm.

»Herr Moreno, Sie behaupten also, dass die Kündigung Sie weder überrascht noch entrüstet hat.«

Schulterzucken. »Personalabbau ist doch nichts Ungewöhnliches.« Er neigte den Kopf zur Seite, nur wenige Millimeter, doch die Bewegung entging dem scharfen Blick der Kommissarin nicht.

»Ich frage deshalb, weil uns bisher fast ausnahmslos wütende Kommentare gegen Reitmeyer zu Ohren gekommen sind. Ihre Gleichgültigkeit verwundert mich ein wenig.«

»Ja, pff, einen Job kriege ich auch anderswo«, wand Moreno sich nun, ganz offensichtlich unangenehm berührt.

»Ihr Lebensstil scheint sich von dem eines einfachen Angestellten abzuheben«, quälte die Kommissarin ihn weiter und deutete um sich. Die Wohnung war nicht exquisit, aber durchaus mit einem Sinn für Ästhetik und Stil eingerichtet.

Bevor sie weitersprechen konnte, murmelte Moreno zerknirscht: »Ich habe eine Abfindung erhalten.«
»Ach? Reitmeyer zahlte Abfindungen? Das ist mir neu.«
»Nicht Abfindungen im Plural. Ich rede lediglich von mir«, korrigierte Moreno mit gedämpfter Stimme, als fühle er sich belauscht, und machte dazu eine verschwörerische Miene.
»Wofür denn? Schweigegeld?«
Ein Schuss ins Blaue, einem unbestimmten Instinkt folgend, der Sabine wie das sprichwörtliche Männchen im Ohr zurief, diese Frage zu stellen. Moreno schien zur Salzsäule zu erstarren, wenn auch nur für zwei Sekunden, aber seine Körpersprache war eindeutig. *Treffer.*
»Wie ..., ich ...«, stammelte er, doch Sabine hatte nicht vor, ihm eine Gelegenheit zu bieten, sich zu sammeln.
»Bio-Schwindel, gepanschte Milch – wir wissen Bescheid«, erwiderte sie frostig und setzte mit drohendem Unterton nach: »Ich schlage vor, Sie tun sich selbst einen Gefallen und sagen uns jetzt die Wahrheit. Ausnahmslos.«
»Verdammt«, zischte Moreno und schnellte nach oben. Er lief kreuz und quer durchs Zimmer, als könne er dem Unausweichlichen davonlaufen. Aber in seinen Augen spiegelte sich jene Hoffnungslosigkeit, die auch im Blick hospitalisierter Zootiere liegt, welche rastlos den ganzen Tag denselben Weg entlangeilen, stets auf der Flucht und zugleich in dem Bewusstsein, ihren Käfig niemals verlassen zu können. Lief hinter der in Falten liegenden Stirn des Spaniers ein Masterplan ab, oder hortete er gar eine Waffe in einem der Mahagonischränke? Nein. Sabine Kaufmann war sich sicher, dass er sich lediglich ausrechnete, welche Handlungsalternative das geringste Übel für ihn bedeutete. Sie ließ ihn gewähren und signalisierte dem unruhig werdenden Angersbach, sich in Geduld zu üben.

»Ich verstehe Ihre Lage«, sprach sie schließlich behutsam weiter, und Moreno hielt inne und blickte sie aufmerksam an. »Uns interessiert primär der gewaltsame Tod zweier Menschen. Wenn diese Milch-Geschichte dabei eine Rolle spielt, sind wir auf Ihre Hilfe angewiesen. Kooperation macht sich immer gut, vor allem, solange wir noch keinen Mörder ermittelt haben.« Sie zwinkerte. »Reitmeyers Geld interessiert uns hingegen überhaupt nicht. Was auch immer er Ihnen bezahlt hat, da soll sich Ihr Steuerberater darum kümmern. Aber Schweigen, um das mal ganz klar zu sagen, ist für Sie die denkbar schlechteste Alternative.«
»Warum?«
»Ich werde mich nicht zu Versprechungen bezüglich des Betrugs hinreißen lassen, aber wenn Sie mit uns offen reden, betrachten wir Sie in dem Mordfall tendenziell als Zeugen. Wenn nicht, behandeln wir Sie als Verdächtigen. Dann hilft Ihnen niemand von uns mehr.«
Natürlich war der Kommissarin bewusst, dass sie sich ziemlich weit aus dem Fenster lehnte, aber sie schien mit dieser Drohung genau die Rezeptoren anzusprechen, die vonnöten waren. Stefan Moreno schlurfte zurück und nahm den Kommissaren gegenüber Platz. Ein tiefer Seufzer entwich seiner Kehle, dann fragte er: »Was wollen Sie wissen?«
Und als Sabine Kaufmann ihm das Stichwort »Milch« gab, begann er eine haarsträubende Geschichte zu erzählen von dürftigen Erträgen des Tannenhofs und der Idee, die gute Bio-Milch mit konventionell erzeugter Überschussware zu vermischen.
»Käse, Joghurt, Kefir und Quark sind ganzjährige Verkaufsschlager«, berichtete Moreno. »Man kann unsere Produkte auch außerhalb des Hofladens kaufen, wir liefern sogar bis

nach Frankfurt hinein. Dazu kommt die Frischmilch, für die wir eine relativ konstante Nachfrage haben, zum Beispiel in Kindergärten und anderen pädagogischen Einrichtungen.«
»Kindergärten?«, unterbrach Angersbach ihn empört.
»Jetzt warten Sie halt«, forderte Moreno unwirsch und winkte ab. »Bei der Frischmilch gab es kein Gepansche, jedenfalls nicht meines Wissens.«
»Wieso, etwa wegen ethischer Bedenken?« Ralph machte aus seinem Zynismus keinen Hehl.
»Quatsch. Wegen des Risikos, entdeckt zu werden«, erwiderte Moreno kopfschüttelnd. »Haben Sie schon einmal echte Bio-Milch getrunken? Man kann den Unterschied nicht nur im Labor nachweisen, man schmeckt ihn auch. Das Ganze relativiert sich jedoch bei verarbeiteten Produkten, von daher fiel die Entscheidung nicht schwer.«
Gelegentlich spürte Sabine in seiner Stimme eine wilde Entschlossenheit, die zu sagen schien, dass er sich für nichts zu schämen habe. Selbst gemischt wäre die Milch noch besser als manch anderes Industrieprodukt. An anderer Stelle fiel der Kommissarin ein verräterisches Schwingen, ein Stocken, eine Atempause auf, das ihr verriet, dass Stefan Moreno froh war, den betrügerischen Aktivitäten den Rücken gekehrt zu haben. Wenn auch nicht freiwillig.
»Wessen Idee war das Ganze denn?«, erkundigte sie sich.
»Reitmeyers.«
»Vater oder Tochter?«
»Ulf natürlich.«
»Wer wusste davon?«
»Nur eine Handvoll Leute.«
»Becker? Kötting?«
»Gott bewahre! Die beiden wären Amok gelaufen.« Moreno

atmete schnell, er wedelte sich mit den Handflächen frische Luft zu und kniff dann argwöhnisch die Augen zusammen.
»Sagen Sie«, setzte er neu an, »ich habe nicht vor, mich hier selbst zu belasten. Was bekomme ich denn für meine Kooperation?«
»Dies ist weder eine offizielle Vernehmung, noch stehen Sie unter Anklage«, wich Sabine Kaufmann wahrheitsgemäß aus, »und unser Gespräch wird nicht einmal aufgezeichnet. Ich sagte Ihnen doch, es geht uns um Hintergrundinformationen. Uns interessiert die Mordermittlung. Diese Panscherei ist zwar das Hinterletzte, mit Verlaub, aber darum darf sich jemand anders kümmern. Oder gehen Sie davon aus, dass der Bio-Betrug und einer der Todesfälle in kausalem Zusammenhang stehen?«
»Kausal?« Moreno kratzte sich am Kopf. »Nein, dafür war das Ganze viel zu gut gedeckelt. Der Transporter kam, dann wurde der Schlauch angeschlossen, und er pumpte die Milch für den Abtransport ab. Dass sich vorher eine Ladung Milch im Inneren befand, deren Herkunft alles andere als öko-zertifiziert war, bekam niemand mit. Das lief so routiniert ab, dass niemand Verdacht schöpfte.«
Stefan Moreno vermied es geflissentlich, Namen zu nennen.
»Der Fahrer war ein Landsmann von Ihnen, nicht wahr?«, warf Angersbach prompt dazwischen.
»Ja, und?«
»Er hat den Tankwagen am Montag in die Nidda entleert und sich mittlerweile nach Spanien abgesetzt. Sehr praktisch.«
»Werfen Sie jetzt allen Spaniern vor, in Betrügereien verwickelt zu sein?«, entgegnete Moreno schnippisch. »Weil wir uns alle kennen, oder wie?«
»Kein Grund, pampig zu werden«, konterte Angersbach, und

Sabine verzog das Gesicht. Hoffentlich schlug er mit seinem ungestümen Vorstoß nicht jene Tür zu, die sich gerade erst geöffnet hatte.

»Es ging uns nur darum, dass im Hintergrund sehr schnell agiert wurde«, sagte sie eilig, »und jemanden, der nicht im Lande weilt, kann man schlecht befragen. Was können Sie uns über Herrn Alvaro sagen?«

»Ramon fuhr den Lkw und wartete in angemessener Entfernung auf grünes Licht. Das bekam er direkt vom Boss.«

»Von Reitmeyer.«

»Oder von jemand anderem mit Entscheidungsbefugnis«, wich Moreno aus.

»Gehörten *Sie* zu diesem auserwählten Zirkel?«, erkundigte sich Angersbach wie beiläufig.

»Selbst wenn«, murrte Moreno, »das hätte sich seit der Kündigung ja erledigt, oder?«

»Weshalb wurden Sie gekündigt?«

»Das weiß ich selbst nicht so genau.«

»Vielleicht wollte Reitmeyer sich ja seiner Mitwisser entledigen?«, bohrte Angersbach.

»Es hieß, dass wir neue Anlagen bekämen«, wandte Moreno stirnrunzelnd ein. »Ich habe mich mit der Abfindung zufriedengegeben. Mehr habe ich dazu nicht zu sagen.«

»In Ordnung«, gestand Sabine ihm zu, »dann weiter im Text. Ich gehe davon aus, das Signal am Montag ist ausgeblieben?«

»Scheint so. Reitmeyer konnte es ja schlecht geben und ohne seine Autorisierung auch niemand anderes. Die Absprache war ganz simpel. Kommt kein Anruf, weg mit der Brühe. Ich hab's in der Zeitung gelesen«, fügte Moreno dann kopfschüttelnd hinzu. »Drei Kilometer weiter hätte er es in einen

Klärschacht ablassen können, dieser Idiot. Was passiert mit ihm?«

»Vermutlich eine Geldstrafe«, erwiderte die Kommissarin achselzuckend.

»Und was ist mit mir? Bekomme ich einen Deal?«

Sabine warf Angersbach einen vielsagenden Blick zu, den dieser offensichtlich richtig deutete. Er nickte und brummte: »Liefern Sie uns Informationen, und wir werden das entsprechend honorieren.«

»Außerdem hätten wir gerne noch Ihr Alibi von Samstagnacht geprüft«, knüpfte Sabine unschuldig lächelnd an.

»Also doch verdächtig.«

»Nicht mehr als einige andere auch.«

»Hm. Ich war mit einer Freundin im Kino und in einer Bar. Das Ticket habe ich vielleicht noch.« Er deutete an den beiden vorbei in Richtung Flur und wollte schon aufstehen, doch Sabine bremste ihn aus.

»Die Kontaktdaten Ihrer Freundin würden uns fürs Erste genügen.«

»Moment.«

Stefan Moreno eilte hinaus, kramte raschelnd in diversen Jackentaschen und einer Schublade herum und kehrte dann mit einer handschriftlichen Notiz und einem abgerissenen Ticket des Kinopolis in Hanau zurück.

»Ich habe sogar einen Beweis«, lächelte er, und Angersbach warf einen prüfenden Blick auf die Papierschnipsel.

»Wir prüfen das, danke.«

Die Kommissare verabschiedeten sich, führten beide jeweils ein kurzes Telefonat und machten sich dann auf den Weg zu Vera Finke.

Claudia Reitmeyer schloss für einen Moment lang die Lider in dem verzweifelten Versuch, der Realität für einige Sekunden zu entfliehen. Vielleicht ist es weg, wenn ich die Augen wieder öffne. In Luft aufgelöst, entmaterialisiert, ins Nirwana berufen. Dabei wusste sie natürlich, dass das nicht passieren würde. Das nach Klebstoff riechende Papier, dessen aufgeklebte Lettern und Wortfragmente in grellen Farben leuchteten. Beim Zusammenfalten der Seite musste der Klebstoff noch feucht gewesen sein, ein Indiz für stümperhaftes Arbeiten, denn zwei Papierfetzen hatten aneinandergeklebt und wiesen nun Rissspuren auf. Der Text war dennoch vollständig zu lesen.

> Das Sterben hat erst begonnen.
> Die Milch macht's.
> Aber ist das schon die ganze Wahrheit?
> Paracelsus sagt:
> Allein die Dosis macht das Gift.
> Eine Millionen Euro und Ihr könnt wieder saufen
> und verkaufen.
> E-Mail für Dich!

*Was zum Teufel ...*
Sie hob das Schreiben erneut an und hielt es gegen das Licht. Dann den Umschlag, auf dem sie nichts weiter vorfand als das Wort »Eilt!«. Handschriftlich, aber es sah aus, als sei es von einem Kind gekritzelt worden. Womöglich hatte er nicht seine Schreibhand benutzt, um einem Graphologen keine Rückschlüsse auf seine Person zu liefern. Fingerabdrücke gab es demnach mit Sicherheit ebenfalls nicht. Hatte sie eben »er« gedacht? Konnte es nicht auch eine *sie* sein?

In Claudias Kopf schienen sämtliche Gehirnwindungen zu brennen, so sehr strengte sie sich an, aber sie fand keine Antworten. Das Konzentrieren fiel ihr zunehmend schwer, erneut presste sie die Augenlider aufeinander und wünschte sich, dass alles nur ein Alptraum sein, aus dem sie lediglich zu erwachen brauchte, und alles würde sich in Wohlgefallen aufgelöst haben.

Sie hörte die Schritte nicht, die sich näherten, und erst als die so unangenehm vertraute Stimme zu sprechen begann, schreckte sie aus ihrer Trance auf, und ihr wurde bitter gewahr, dass sie sich nicht in einem Traum befand.

»Was ist los?«

Gunnar Volz lehnte in einigen Metern Entfernung an der Küchentheke, die fleckigen gelben Stiefel lugten unter seiner Arbeitshose hervor, und der geschlossene Kragen seines Strickpullovers war bis unters Kinn geklappt. Er suchte die Arbeitsplatte ab, so gut wusste Claudia seine Blicke bereits zu deuten.

»Habe keinen Kaffee oder Tee gekocht«, brummte sie mürrisch, und Volz rang sich ein gepresstes Grinsen ab.

»Dann nicht. Also, ich höre. Warum hast du mich herzitiert?«

Der erste Impuls, nachdem Claudia den ominösen Brief aus dem Briefkasten gefischt und den ersten Schock überwunden hatte, war es, dem ungeliebten Knecht eine SMS zu senden.

»Komm rüber. Schnell!«

Natürlich hatte er sich Zeit gelassen, um ihr nicht das Gefühl zu geben, sie habe ihm gegenüber die Oberhand. Doch Claudia konnte sich keinen Machtkampf mit Volz leisten, sie war müde und ausgelaugt, und so ungern sie es sich auch eingestand, schien er derzeit die einzige Person zu sein, mit der sie sich verbünden konnte. Doch zuvor musste noch eine Sache geklärt werden.

»Stammt das von dir?« Claudia Reitmeyer hielt Gunnar das Papier entgegen und musterte ihn scharf.

»Was?« Er näherte sich und nahm das Schreiben an sich. Zeile für Zeile, Claudias Augen folgten den seinen, las er die bunte Buchstabencollage und lugte im Anschluss über den Rand.

»Ernsthaft?« Er lachte verächtlich.

»Sag es mir ins Gesicht, dass du nichts damit zu tun hast!«, forderte Claudia harsch.

»Blödsinn. Warum sollte ich? An Geld liegt mir nichts, das weißt du auch«, erwiderte der Knecht vehement.

»Das sieht man, stimmt«, brummelte Claudia mit einem Stirnrunzeln. Dann stand sie auf und reckte ihre Hand in Gunnars Richtung. »Gib ihn mir wieder, ich rufe die Bullen.«

»Im Ernst?«

»Natürlich. Es steht nirgendwo geschrieben, dass ich es nicht tun darf, und sie gehen doch ohnehin ein und aus hier.«

»Hm.«

»Ist der Laden immer noch gesperrt?«, erkundigte sie sich und deutete an Volz vorbei in Richtung Ausgang. Der Knecht nickte.

»Polizeisiegel. Sie haben der Finke gestern gesagt, dass sie gar nicht erst zu kommen braucht.«

»Das wird der Finke gerade recht sein«, ärgerte sich Claudia und überlegte insgeheim, ob sie die Gespielin ihres Vaters nicht herbeizitieren sollte. Der Hofladen war von Beamten der Spurensicherung versiegelt worden und würde so bald nicht wieder freigegeben werden. Nicht nach diesem Schreiben. Aber durfte Vera deshalb einfach zu Hause bleiben? Sie hätte sich wenigstens abmelden können oder höflichkeitshalber nachfragen, ob ihr Typ nicht andernorts verlangt wurde. Immerhin zahlte nun Claudia ihr Gehalt, und wenn der

Laden von der Spurensicherung geschlossen blieb, um die Lebensmittel auf Gift zu untersuchen, konnte sie sich durchaus anderweitig verdingen.
*Das Haus putzen zum Beispiel.* Claudia musste unwillkürlich grinsen bei der Vorstellung, wie Vera auf allen vieren mit Gummihandschuhen zu Boden kroch.
»Einen Tausender für deine Gedanken.«
»Vergiss es. Du kannst wieder verschwinden, aber mach dich darauf gefasst, dass die Kaufmann dich heute erneut besuchen wird.«
*Gut zu wissen,* dachte Gunnar Volz, als er wenige Minuten später ohne Eile über das feucht glänzende Kopfsteinpflaster schritt.

Vera Finke wirkte übernächtigt. Sie trug schlaff an ihrem Körper herabhängende Kleidung, die wirkte, als sei sie zwei Nummern zu groß gekauft. Die Seidenbluse gebatikt, eine bessere Pluderhose darunter und an den Füßen lederne Schlüpfschuhe. Wäre sie nicht ohnehin das Sinnbild einer alternativen Bioladen-Schönheit gewesen, heute hätte sie es geschafft. Ohne Schminke und ohne Chemie in den Haaren. War es ihre Natürlichkeit, die ihre Schönheit erst richtig zur Geltung kommen ließ? Oder würde sie mit Hilfe der Kosmetikpalette noch ansehnlicher werden?
Ralph Angersbach schob seine Gedanken beiseite und konzentrierte sich auf die bevorstehende Konfrontation. Entgegen seinen Erwartungen war den Kommissaren kein Anwalt entgegengestürmt, der die Vernehmung seiner Mandantin nach Kräften einzuschränken versuchte. Auch von ihrem Ehemann fehlte jede Spur. Ralph gewährte seiner Kollegin den Vortritt in das karge, beengte Zimmer, dessen einziges

Mobiliar aus einem Tisch mit vier Stühlen bestand. Außerdem war eine Videoanlage installiert, welche Angersbach kritisch beäugte.

»Würden Sie das machen?«, raunte er Sabine zu.

»Na klar.« Sabine betätigte einige Schalter, danach nahm sie neben Ralph Platz.

»Guten Morgen, Frau Finke«, begrüßte dieser die ihnen gegenüberkauernde Frau.

»Gut ist wohl relativ«, kam es widerspenstig zurück.

»Wurden Sie ausreichend darüber informiert, weshalb Sie hier sind?«

»Hirnrissig! Mich als Mörderin zu bezeichnen!«

»Sie stehen unter dem *Verdacht*«, griff Sabine korrigierend ein, doch davon wollte Vera nichts wissen.

»Ich verweigere jegliche Stellungnahme dazu«, erwiderte sie bestimmt. »Zu allem anderen stehe ich Ihnen Rede und Antwort. So lauten die Regeln, die unser Anwalt und ich getroffen haben.«

»Wer ist Ihr Anwalt? Brüning?«

»Wer?« Frau Finke schien mit dem Namen nichts anfangen zu können und nannte einen anderen. Angersbach warf Sabine einen fragenden Blick zu, doch diese zuckte mit den Schultern. Kein Staranwalt also. Und keiner, der von Claudia Reitmeyer gesteuert wurde.

»In Ordnung, beginnen wir am besten von vorn.«

Ralph Angersbach bereitete sich auf ein zermürbendes Wortgefecht vor. Jede Frage, die er stellen würde, käme garniert mit Verachtung von Frau Finke zurück. Trotzverhalten, Selbstschutz oder perfides Kalkül?

*Wir werden sehen.*

Doch schließlich, nachdem die üblichen Fragen nach Name,

Geburtsdatum, Anschrift und Familienstand abgehandelt waren, schien sich das Ganze einzupendeln.
»Beschreiben Sie bitte Ihr Verhältnis zu Ulf Reitmeyer.«
»Beruflich oder privat?«
»Guter Einwand«, erwiderte Angersbach mit einem mechanischen Lächeln, »beginnen Sie bitte mit dem beruflichen Aspekt.«
»Ich arbeite im Hofladen des Weidenhofs.«
»Seit wann?«
»Schon immer. Also seit es den Laden gibt.« Sie überlegte kurz. »Dürfte um die Jahrtausendwende gewesen sein. Ja, genau. Unser zehnjähriges Bestehen haben wir schon lange hinter uns.«
»Das genügt, danke. Welche Funktion haben Sie dort inne?«
»Verkäuferin. Na ja, technisch betrachtet. Aber ich habe den Laden mit aufgebaut, bin also auch in allen anderen Prozessen mit eingebunden. Kommissionierung, Sortiment et cetera. Die Bedürfnisse der Kunden lernt man nicht hinter dem Computer sitzend kennen.«
»Spielen Sie dabei auf jemand Bestimmten an?«, hakte Sabine dazwischen.
»Und ob ich das tue.« Vera verschränkte die Arme, sprach aber nicht weiter. Ralph lag Claudias Name auf der Zunge, wollte es jedoch lieber von Vera direkt hören. Also sagte er: »Verraten Sie uns bitte, wen Sie meinen.«
»Ulfs selbsternannte Tochter natürlich«, zischte sie. Sie schien zu wissen, dass Claudia nicht Reitmeyers leibliche Tochter war. So weit, so gut.
»Sie haben bereits anklingen lassen, dass Sie beide nicht miteinander auskommen.«
»Das ist sehr diplomatisch ausgedrückt.«

»Hängt das mit Ihrer privaten Beziehung zu Claudias Vater zusammen?«

»*Stiefvater*«, betonte Vera trotzig.

»Eine Adoption hat rechtlich denselben Rang wie eine leibliche Vaterschaft«, erläuterte Angersbach und seufzte kurz. »Tut mir leid, falls Ihnen das missfällt.«

»Missfallen ist gut«, schnaubte Vera. »Ohne dieses Luder hätten Ulf und ich es so schön haben können. So unkompliziert.«

»Meinen Sie ein schönes Leben zu zweit? Oder zu dritt oder zu viert, nein, mit einem ganzen Stall von Kindern?«, erwiderte Angersbach knallhart, und Vera zuckte zusammen. In ihrem Gesicht machte sich Verunsicherung breit.

»Was meinen Sie damit?« Ihre Augen begannen, unruhig hin und her zu wandern.

»Wollten Sie mit Ulf denn keine Kinder?«

»Wie ... wie kommen Sie darauf?«, stammelte sie.

»Hintergrundrecherche«, sagte Ralph kalt.

»Hat mein Mann etwa ...?«

»Ihr Mann weiß davon?«

»Nein, ich dachte nicht. Aber wer hat denn sonst etwas gesagt?« Ihre Stimme bebte.

»Ich formuliere Ihre Frage einmal anders: Wer wusste denn davon?«, bot Angersbach ihr einen Ausweg.

»Nur Ulf und ich«, antwortete Vera leise und schluckte schwer. »Das Ganze ist schon viele Jahre her. Dieses Kind konnte nicht sein. *Durfte* nicht sein. Aber ich möchte nicht weiter darüber sprechen.«

»Hat Reitmeyer Sie zum Abbruch der Schwangerschaft gedrängt?«

»Muss ich darauf antworten?«

»Sie sollten«, nickte Sabine.

»Er hat den Eingriff bezahlt, alles Nötige veranlasst und mich sogar begleitet. Genügt das?«

»Fürs Erste. Haben Sie ihn dafür gehasst?«

»Ich habe ihn geliebt.« Vera schluckte schwer und schniefte. Tränen stiegen ihr in die Augen, und sie rieb sich die Feuchtigkeit mit den Mittelfingern aus den Augenwinkeln. Nach einigen Sekunden presste sie hervor: »Und ich habe ihn nicht getötet!«

»Was können Sie uns über Unregelmäßigkeiten in dem Betrieb sagen?«, fragte Sabine nach einer Minute des Schweigens. Vera hatte sich die Nase geschneuzt und war etwas ruhiger geworden. Ihr Blick schien ins Leere gerichtet zu sein. Ralph musterte sie nachdenklich und konnte sich beim besten Willen nicht vorstellen, dass diese Frau eine kaltblütige Mörderin war.

Keine Doppelmörderin zumindest.

»Unregelmäßigkeiten?«

»Sie wissen, wovon wir sprechen, Frau Finke«, drängte Ralph.

»Ich werde mich nicht selbst belasten.«

»Hatten Sie nicht eingangs gesagt, wir könnten Sie alles fragen?« Sabine beugte sich vor, und Vera Finke kniff die Augen zusammen.

»Fragen ja«, konterte sie.

»Dann rechnen Sie es sich doch mal aus«, sprach die Kommissarin sachlich weiter und zählte die beiden Optionen an den Fingern ab. »Entweder Sie verweigern Ihre Kooperation, dann gibt's aber auch später keinen Deal mit der Staatsanwaltschaft. Oder Sie packen über die Machenschaften des Biobetriebs aus, und wir behandeln Sie als wertvolle Zeugin.«

»Kooperation wirkt ungemein entlastend«, lächelte Angersbach.

»Sie haben das aufgezeichnet?«, vergewisserte Vera sich und nickte in Richtung der Kamera. »Denn dann nehme ich es als amtliches Versprechen. Unterschätzen Sie nicht meinen Anwalt!«
*Überschätze ihn mal lieber nicht,* dachte Ralph grimmig.
»Deal ist Deal«, bekräftigte er. »Wer zuerst auspackt, bekommt den besten.«
»Wir sprechen von dem spanischen Gemüse, nehme ich an?«
»Sagen *Sie* es uns.«
»Ja, in Ordnung. Ein Teil unserer Produkte kommt von der Costa de Almería.«
»Almería, das Plastikmeer in Spanien?«, hakte Ralph nach. Er wusste, dass ein Großteil des europäischen Gemüsebedarfs von dort gedeckt wurde. Tomaten, deren Mutterpflanzen in Substrat steckten und tagtäglich dieselbe Menge an Nähr- und Düngelösung erhielten. Im Grunde war Almería *das* Sinnbild einer ins Absurde driftenden Nahrungsmittelindustrie. In Europa wurde so viel Obst und Gemüse gegessen wie niemals in der Menschheitsgeschichte zuvor. Doch das, was dort unter dem staubigen Grau der flatternden Foliendächer wuchs, war mit den Pflanzen aus heimischem Anbau nicht zu vergleichen. Paprika, deren Form und Farbe man mit Normtabellen messen konnte und die primär nach Wasser schmeckte. Tomaten, deren spezifisches Gewicht höher war als irgendwo sonst. Doch der Geschmack, der Nährstoffgehalt, das Aroma – die *Essenz* eines guten Gemüses: unwiederbringlich verloren. Stattdessen Schwarzarbeit, Billiglöhne und illegale Einwanderer aus Nordafrika, die wie Sklaven lebten. Stets im Schatten der Planen, in schmutziger, mit Schadstoffen überladener Atmosphäre, angefeindet von arbeitslosen Einheimischen, denen sie Löhne und Anstellungen ruinier-

ten. Nicht selten wurde einer der Illegalen totgeschlagen, doch es kamen täglich neue. In den bunten Werbeheften der namhaften Discountketten schlugen sich diese Dinge nicht nieder. Nicht, solange die Lastwagen rollten und die begehrten Produkte aus dem Land der Sonne bergeweise ankarrten. Vera nickte. »Nicht direkt von da, aber ja. Auch wir beziehen Produkte aus Spanien. Der Begriff *Bio* zieht auch dort allmählich ein. Wir haben Verträge mit Produzenten, die einen nachhaltigen Anbau garantieren. Unter Plastik zwar, aber eben anders. Die Arbeiter dort werden auch besser behandelt.«

»Hm, gut. Aber das sind ja nicht die Unregelmäßigkeiten, von denen wir sprachen.«

»Nein, leider«, presste Vera hervor. »Um die Gewinnspanne zu maximieren, wurden vier Hauptgemüsesorten Standardprodukte beigemischt.«

»Dasselbe in Grün wie bei der Milch«, schloss Sabine.

»Davon wissen Sie auch?«

Die Kommissare nickten.

»Wir möchten von Ihnen wissen, wer dahintersteckte«, sagte Ralph.

»Und ob sich hieraus Mordmotive ableiten lassen«, setzte Sabine nach.

»Malte Kötting und ich hatten am Wochenende einen lautstarken Streit«, seufzte Vera Finke nach einigen Sekunden Bedenkzeit. »Er hatte von allem Wind bekommen, ist selbst aber völlig unschuldig.«

»Und Claudia? Und ihr Vater?«

»So gerne ich Claudia der Mittäterschaft bezichtigen würde, ich kann's nicht. Aber Ulf«, Veras Stimme verwandelte sich zu einem kaum mehr hörbaren Flüstern, »ja, Ulf hat sich die

Hände schmutzig gemacht. Er hat all seine Ideale über Bord geworfen. Aber ich schwöre Ihnen, es ist ihm nicht leichtgefallen. Ganz gewiss nicht.«

Wenige Minuten später war die Vernehmung beendet. Mit einem Hoffnungsschimmer in den Augen fragte Frau Finke, ob sie denn nun nach Hause gehen dürfe, doch Angersbach wiegelte sie mit den Worten ab, dass er sich erst mit seiner Kollegin beratschlagen müsse. Die beiden verließen den Raum und fanden sich auf dem leeren, schmucklosen Gang wieder, der jedes Wort in weite Ferne trug und einen beklemmenden Hall verursachte.

»Sie hat bereitwillig geplaudert, sich aber auch immer mal wieder geziert«, überlegte die Kommissarin mit gesenkter Stimme. »Ich traue ihr eine Menge Voraussicht zu, würde mich ungern festlegen. Dem Gefühl nach ist sie nicht aus dem Schneider.«

»Sehe ich auch so«, nickte Angersbach. »Aber zwischenzeitlich ist mir ein ganz anderer Gedanke gekommen. Was wäre, wenn sie es nicht allein durchgezogen hat?«

»Ihr Mann?«

»Nein, besser«, grinste Angersbach. »Reitmeyer bringt sie dazu, Kötting zu beseitigen. Und dann beseitigt sie Reitmeyer.« An Sabines Gesichtsausdruck erkannte er, dass dies möglicherweise zu viel des Guten war. Darum winkte er ab: »Lassen wir sie ein wenig schmoren und warten, was Schulte sagt. Immerhin hat er uns diese Verhaftung aufoktroyiert.«

»Hm. Wenn Sie meinen …«

»Wollen Sie es sich etwa mit dem Häuptling verscherzen? Übrigens: Mein Handy hat während des Verhörs gut und gerne dreimal vibriert.«

»Ich hatte meins ausgeschaltet«, grinste Sabine. »Sie können

von Glück reden, wenn das Videoband nicht von Störgeräuschen durchwachsen ist.«
»Mist«, murmelte Ralph. Daran hatte er nicht gedacht. Er tippte auf die Kurzwahl der Mailbox und presste sich das Telefon ans Ohr.
Mirco Weitzels Stimme. Der Beamte, den so schnell nichts aus der Fassung brachte, klang in höchstem Maße erregt.

Sabine Kaufmann versuchte, ihre Gedanken zu ordnen. Was sie soeben in Bruchstücken zu verstehen gemeint hatte, erschien ihr unglaublich. Doch Angersbach bedeutete ihr unmissverständlich, zuerst das Gebäude zu verlassen, um außerhalb jeder Hörweite zu gelangen. Seine letzten Worte, die er in das Mikrofon gebellt hatte, waren: »Wir sind unterwegs.«
Unterwegs wohin?
Er stieß die gläserne Doppeltür auf, ein kalter Windstoß fuhr ihnen entgegen. Dann endlich spuckte er die Neuigkeiten aus. Im Telegrammstil setzte er seine Partnerin von dem anonymen Schreiben in Kenntnis, welches sich in Claudia Reitmeyers Briefkasten befunden hatte.
*Gift. In den Milcherzeugnissen.*
Und ein ominöser Fremder, der offenbar ein perfides Spiel zu spielen gedachte.
»Shit, verdammt!«
Sabine stockte der Atem, und ein kalter Schauer lief ihr über den Rücken. Auch in ihrem Kühlschrank befand sich eine Flasche *BIOgut*-Milch.

Der Weidenhof lag ungewohnt leblos da. Kein Licht brannte hinter den Glasscheiben des Einkaufsladens, und niemand querte ihren Weg, als der Lada über den unebenen Grund

holperte, bevor er ächzend vor dem Wohnhaus zum Stehen kam. Der Diesel knackte, irgendwo im Inneren gurgelte eine zur Ruhe kommende Flüssigkeit, und der Geruch von feinem Ruß strömte beim Aussteigen in Angersbachs Nase. Er würde dieses Auto niemals hergeben, so viel stand fest. Weder dieses unsägliche Gefährt seiner Kollegin, die im Gegenzug nichts als Skepsis für seinen Niva übrighatte, noch irgendein anderes Auto würden ihm je ein besserer Begleiter sein. *Ruhig, altes Mädchen,* dachte er und ließ die Handfläche sanftmütig über das glanzlose Jägergrün der Motorhaube gleiten.
»Sie haben sich ja ganz schön Zeit gelassen«, erklang Claudias Stimme vom oberen Ende der Treppe. Eingehüllt in eine Wolljacke und mit verschränkten Armen trotzte sie den eisigen Windböen, deren Geschmack Neuschnee versprach. Ihr Atem kondensierte, als blase sie Zigarettenrauch aus, wurde jedoch sofort verwirbelt. In der Ferne pfiff ein Ziegel und erinnerte den Kommissar mit einem wohligen Schauer an eine Geschichte, die ihm als Kind erzählt worden war. *Eine wahre Geschichte,* wie sein Pflegevater stets zu betonen gewusst hatte, und für einen kaum Zehnjährigen, zumindest damals, das höchst erträgliche Maß an Grusel.
In den Pyrenäen, weit oben, lag eine kleine Siedlung, nur eine Handvoll Häuser. Ihre Bewohner waren Hirten, die ihre Schafe und Ziegen auf den kargen Weiden hielten. Im Winter, wenn es so kalt wurde, dass ein bestimmter Ziegel auf dem Dach zu pfeifen begann, mussten die Bewohner sich und ihr Vieh schnellstmöglich in Sicherheit bringen. Denn dann kamen von den schneeumklammerten Gipfeln die hungrigen Wölfe hinab bis ins Dorf.
Jedes Mal wurde die Geschichte ausgeschmückt und angereichert mit den wildesten Phantasien. Aber zwei Dinge blieben

konstant: der *Wolfsziegel*, und mit ihm eine unbegründete, aber zeit seines Lebens nicht überwindbare Angst vor Wölfen. Selbst die späte Erkenntnis, dass es sich bei dem Szenario um einen französischen Roman gehandelt hatte, vermochte auch gut drei Jahrzehnte später nichts mehr daran zu ändern.
»Wir sind unmittelbar nach Ihrem Anruf aufgebrochen«, hörte Angersbach seine Kollegin sagen, und ihre Stimme klang frostig, so wie alles an jenem Vormittag unterkühlt wirkte. Sie folgten der Frau, deren Haare nur flüchtig gekämmt waren und die sich heute wie eine scheue Katze bewegte. Drinnen prallte ihnen abgestandene Heizungsluft entgegen. Angersbach warf seinen Mantel über eine Lehne und hielt seiner Kollegin stumm auffordernd den Arm hin, um auch den ihren zu nehmen. Sabine nickte dankbar und lauschte derweil Claudias knapper Schilderung ihres bisherigen Tagesablaufs. Sie beendete ihren Bericht mit dem Öffnen und Lesen des Schreibens, welches sie, in einer Klarsichtfolie steckend, von der Tischplatte hob.
»Ich habe es eingetütet, aber habe es überall angefasst«, gestand sie, »das Gleiche gilt für den Umschlag.«
Sabine betrachtete das Papier nachdenklich, dann reichte sie es an Angersbach weiter.
*Die Milch macht's.*
Ralph Angersbach erinnerte sich an eine breit angelegte Werbekampagne aus den achtziger Jahren, die mit diesem Slogan für Schulmilch geworben hatte. Sein alter Schrank war damals mit roten und blauen Aufklebern übersät gewesen, doch das war Jahrzehnte her. Weshalb wählte der Unbekannte diese Worte?
»*EILT*! ist mit der Hand geschrieben«, stellte er grübelnd fest und räusperte sich. »Wir werden das Papier dennoch ins

Labor geben, wundern Sie sich also bitte nicht, falls Ihnen jemand die Fingerabdrücke abnehmen möchte.«
»Die von Volz müssen Sie auch nehmen«, erwiderte Claudia leise. Es war nicht zu übersehen, dass der anonyme Brief sie schwer getroffen hatte, denn von ihrem angriffslustigen Gebaren, dem Feuer in ihren Augen und der koketten Stimme war nicht viel übrig. »Ich habe ihm den Wisch gezeigt.«
»In Ordnung, danke. Noch wer?«
»Nein.«
»Haben Sie noch etwas unternommen, außer uns und Herrn Volz zu informieren?«, erkundigte sich der Kommissar, und Claudia starrte ihn mit leeren Augen an, als blicke sie durch ihn hindurch. Endlich antwortete sie: »Ich habe E-Mails abgerufen, wegen dieser letzten Zeile dort«, sie deutete in Richtung des Briefes, der nun vor Angersbach lag. Er warf einen Blick auf die entsprechenden Worte. *E-Mail für Dich.* Im Grunde der einzige Handlungshinweis, der diesem recht untypischen Schreiben zu entnehmen war. Er nickte und bedachte Frau Reitmeyer mit einem fragenden Blick. Diese neigte sich zur Seite und zog ihren Laptop auf die Knie, ein mit schwarzem Klavierlack überzogenes Edel-Notebook. Sie klappte den Monitor nach oben, wartete einige Sekunden und starrte wie gebannt auf die sich aufbauende Grafik. Offenbar mied sie die Blicke ihrer Besucher, oder sie war höchst konzentriert, so genau wusste Angersbach das nicht einzuordnen. Ein leiser Glockenklang ertönte aus Claudias Richtung, ein vertrauter Laut, der aller Wahrscheinlichkeit nach auf neue Mails im Posteingang hinwies.
»Hier, bitte.« Frau Reitmeyer hob das Gerät an und drehte es herum, auf dem Bildschirm war ein auf Vollbild vergrößerter, fliederfarbener Rahmen zu erkennen. Eine einzelne E-Mail

wurde dort angezeigt, wie verloren wirkten die wenigen Zeilen auf dem fünfzehn Zoll großen, glänzenden Monitor.

> Hat mein Brief Dich schon erreicht?
> Schreib mir hier, es ist ganz leicht.
> Töricht, mich zu ignorieren,
> sonst wird Schreckliches passieren!

Als Absender war die Adresse p4r4celsus@web.de angegeben, die Betreffzeile war leer. Im Empfänger-Feld stand der Name Claudia Reitmeyer.
»Was sollen die Vieren?«, fragte Angersbach mit zusammengekniffenen Augen.
»Das nennt sich *Leetspeak*«, wusste Sabine und griff dabei wie selbstverständlich auf Wissen zurück, das sie ohne ihre Beziehung zu Michael Schreck niemals gehabt hätte. »Man ersetzt Buchstaben durch ähnlich aussehende Zahlen oder Symbol.«
»Und warum tut man so etwas?«
»Vielleicht war die normal geschriebene E-Mail-Adresse nicht mehr verfügbar«, überlegte Sabine, doch ihr Kollege widmete sich bereits dem Inhalt der Mail.
»Scheint mir ein Witzbold zu sein«, kommentierte er den Vierzeiler, der ihn auf unangenehme Weise an die Lehre verschiedener Reimformen in der Mittelstufe erinnerte. »Aber er hat außerdem einen bedrohlichen Tonfall, genau wie in dem Brief.«
Claudia Reitmeyer schwieg.
»Haben Sie schon darauf reagiert?«, fragte Sabine Kaufmann.
»Nein.«
»Dann antworten Sie doch bitte«, schlug die Kommissarin

vor, und wie aufs Stichwort kam ihr Michael Schreck in den Sinn. Kurz strömten Erinnerungen auf sie ein. Sie sammelte sich kurz und ergänzte dann: »Unsere Computerspezialisten werden sich der Sache annehmen. Löschen Sie also bitte nichts, und halten Sie uns über jeden Schritt auf dem Laufenden.«

»Aber was soll ich denn nun tippen?«

Zum ersten Mal seit ihrer kurzen Bekanntschaft wirkte die junge Frau verängstigt. Nicht der Tod ihres Vaters, besser gesagt: ihres Adoptivvaters, noch die Erkenntnis, dass es sich um Mord gehandelt hatte, hatten diesen Grad tiefster Verunsicherung zutage fördern können. Angersbach beugte sich nach vorn und grübelte, während er sich das stoppelige Kinn knetete.

»Fragen Sie doch einfach, was er will. Das ist wohl das Nächstliegende«, empfahl er. Claudia nickte. Sie zog den Computer wieder zu sich und begann nach einigen Sekunden des Nachdenkens, kurz auf den Tasten zu klappern. Ein weiteres Zögern, Angersbach warf einen Blick auf das Getippte und nickte. Mit aufeinandergepressten Lippen klickte sie auf »Senden«.

»Erledigt«, sagte sie und fügte hinzu, als wolle sie sich rechtfertigen: »Mehr als ›Was wollen Sie von mir?‹ ist mir nicht eingefallen.«

»Das geht schon klar«, entgegnete Angersbach. »Bisher wissen wir ja nicht, worauf das Ganze hinauslaufen wird. Zwei Schreiben, aber nur eine vage Forderung. Nicht gerade das, was man einen typischen Erpresser nennt.«

»Vielleicht beabsichtigt er ja genau das«, dachte Sabine laut. »Er schreibt von Millionen Euro und setzt dies in Zusammenhang mit Milch.«

»Eine Million«, berichtigte Angersbach und tippte mit dem Zeigefinger auf die Textstelle, die auf rot hinterlegtem Hintergrund leuchtete. »Man stolpert dabei vor allem über die falsche Grammatik.« Beide Worte schienen ein zusammenhängender Teil einer Überschrift gewesen zu sein, das zumindest ließen die in Großbuchstaben gesetzten Worte vermuten.
»Womöglich war er zu bequem, um den Text auseinanderzuschneiden. Oder er hatte es eilig.«
Für weitere Spekulationen war keine Zeit mehr, denn erneut meldete sich das Systemsignal des Notebooks mit einem einzelnen, dezenten Klang, der alle drei erschrocken zusammenfahren ließ. *E-Mail für Dich.*
Aber so schnell?

> Du hörst von mir – wann, bestimme ich.
> Bis dahin gibt's nichts Neues, doch ich melde mich
> PS: Bullen weg vom Fenster!

Sabine Kaufmann wiederholte das Gelesene laut. Angersbach kommentierte die prompte Rückantwort: »Wow, das ging aber fix.«
Doch Sabine hatte bereits einen Verdacht. In der Betreffzeile stand diesmal ›Ihre Mail an p4r4celsus@web.de‹. Sie wandte sich an Claudia: »Schicken Sie Ihre letzte Mail bitte noch einmal ab.«
Mit einem großen Fragezeichen auf der Miene leistete diese der Aufforderung Folge.
»Und nun?«
»Aktualisieren Sie Ihren Posteingang.«
Claudia klickte einmal auf die Taste des Trackpads.
»Nichts.«

»Noch mal, klicken Sie ruhig mehrmals«, sagte Sabine geduldig, und Ralph Angersbach räusperte sich.
»Was bezwecken Sie denn damit?«
*Bing!* Das erlösende Klingeln machte dem Warten ein Ende.
»Die gleiche Antwort«, kommentierte Claudia Reitmeyer nach einem weiteren Klick.
»Haargenau dieselbe, will ich meinen«, lächelte die Kommissarin und erklärte dann ihren bestätigten Verdacht: »Der Typ verwendet einen Autoresponder. Er weiß nun, egal, wann er sich wieder einloggt, dass Sie seine Mail erhalten haben. Und er weiß, dass Sie seinen Brief entweder bereits gelesen haben oder spätestens jetzt zum Postkasten eilen würden.«
»Aber wozu das Ganze?«, stöhnte Claudia und rieb sich die blassen Schläfen. Dabei verzogen sich die feinen Lachfältchen, die in ihren Augenwinkeln lagen, zu traurigen Krähenfüßen.
»Zweifelsohne werden Sie in Bälde eine konkrete Lösegeldforderung erhalten«, schloss Angersbach, »und ich kann Ihnen nur dringend dazu raten, uns weiterhin im Boot zu belassen.«
»Aber wenn er tatsächlich ein Giftmischer ist«, widersprach Claudia mit zitternder Stimme, »wäre es dann nicht gefährlich, sich ihm zu widersetzen?«
»Dieses Risiko besteht natürlich«, gestand Sabine ihr zu, »aber ich frage einmal andersherum. Was, wenn er das Geld kassiert und sein Gift danach trotzdem freisetzt?«
»Das sehe ich genauso.« Angersbach bekräftigte den Einwand seiner Kollegin so schnell, dass Claudia kaum eine Gelegenheit zum Widersprechen hatte. »Wir dürfen nichts unversucht lassen, diesen Typen in die Finger zu bekommen.«
»Und wie wollen Sie das anstellen?«
»Wir organisieren alles Erforderliche«, antwortete Sabine,

»also Computerüberwachung, Telefon et cetera. Dabei werden wir uns natürlich auf den Tannenhof fokussieren, denn dort befindet sich Ihre Milchproduktion. Aber das wird nicht unsere einziger Ansatzpunkt sein. Vertrauen Sie bitte auf unsere Experten, und kooperieren Sie mit ihnen. Das Wichtigste für Sie dabei ist, dass Sie sich so normal wie möglich verhalten.«

»Normal?« Es hätte kaum zynischer klingen können. Claudia fasste sich an den Kopf und wiederholte mit weit aufgerissenen Augen: »Wie kann ich mich denn *normal* verhalten?! Mein Vater ist tot, und in meinem Betrieb werden Lebensmittel vergiftet, ja *hallo?!*« Auf ihrer Stirn hatten sich Schweißperlen gebildet.

»Auch wenn Sie es in diesem Moment nicht glauben wollen«, sagte Sabine und versuchte, ermutigend zu klingen, »aber genau hierin liegt Ihre größte Stärke. Der Tod Ihres Vaters erklärt den Ausnahmezustand, der hier herrscht. Ich schätze den letzten Satz der E-Mail also nicht als große Gefahr ein.«

»Hä? Ich verstehe nur Bahnhof.«

»Sie sollen keine Polizei auf die Erpressung ansetzen. Das ist damit gemeint. Von der Überwachung muss dieser *Paracelsus* ja nichts mitbekommen, und wir gehören seit dem Wochenende praktisch zum Inventar. So schlau dürfte selbst der dümmste Erpresser sein, dass im Zuge einer Mordermittlung nicht auf Kommando alles stehen und liegen gelassen wird.«

»Hm, ich weiß nicht.« Claudia Reitmeyer wirkte alles andere als überzeugt. »Halten Sie Paracelsus denn für dumm? Im Übrigen: War Paracelsus nicht ein Heiler?«

»Stimmt.« Sabine lächelte. Gerade aufgrund der Namenswahl hielt sie den anonymen Schreiber für ganz und gar nicht dumm. Sie wollte das Frau Reitmeyer gegenüber jedoch nicht

preisgeben. »Dumm wäre zu viel gesagt. Aber rein statistisch betrachtet weisen Erpressungsversuche eine relativ geringe Erfolgsbilanz auf. Und Paracelsus hat, bei aller aufgesetzten Gerissenheit, schon mindestens zwei kapitale Fehler begangen.«
»Und die wären?«
»Er hat getötet, *bevor* er seine Forderungen stellte.«
»Ja, zweimal. Das waren die Fehler? Oder kommt da noch mehr?«
»Er hat sich dadurch mit uns angelegt«, schloss Sabine Kaufmann grimmig, und in ihren Augen funkelte es angriffslustig. »Ich gehöre selbst zu den Konsumenten von *BIOgut*-Milch und nehme das Ganze daher persönlich.«

Anstatt in der Dienststelle zu verharren, bis die neuen Beweismittel analysiert und ausgewertet wurden, entschlossen sich die beiden Kommissare nach einer kurzen Besprechung zu einer weiteren Vernehmung. Schon auf dem Weg zum Haus der Finkes stand den beiden die Unlust ins Gesicht geschrieben. Rumpelstilzchen würde vermutlich fauchend und stampfend über das Parkett fegen, und nur die anatomischen Grenzen und sein Selbsterhaltungstrieb würden ihn daran hindern, sich am Bein zu packen und entzweizuteilen.
Doch es kam ganz anders.
Anselm Finke, eine ohnehin schon hagere Gestalt, trat ihnen vollkommen stoisch gegenüber. Ob er ausgelaugt und entkräftet oder einfach nur kaltherzig und gleichgültig war, wusste Sabine auf den ersten Blick nicht zu beurteilen. Viel zu oft hatte sie in ihrer Laufbahn vermeintlich gebrochene Seelen erlebt, hinter deren Fassade sich pure Kaltblütigkeit verbarg. Sie würde die Körpersprache des Mannes, dessen Frau

vor einigen Stunden verhaftet worden war, sehr genau beobachten.
»Kommen Sie mich jetzt auch holen?«, fragte er trocken, als er vor ihnen her in Richtung seines Büros trottete.
»Nein«, erwiderte Angersbach, obgleich die Frage zweifelsohne rhetorisch gewesen war.
»Ich werde dennoch meinen Anwalt anrufen. Er dürfte mittlerweile bei Vera sein, also nur wenige Fahrminuten entfernt.«
»Das ist nicht nötig«, sagte Sabine nach einem vergewissernden Blickwechsel mit Ralph. »Wir möchten lediglich ...«
Anselm Finke blieb abrupt stehen und fuhr herum. »Sie möchten mich in die Enge treiben? Mich verhören ohne Rechtsbeistand?«, eiferte er sich. Seine Augen blitzten auf. »Oder wollen Sie mich einschüchtern, indem Sie mich mürbemachen? Hat sich bei der Gestapo oder in Guantánamo ja stets bewährt, wie?«
Er zog ein Stofftaschentuch aus der Tasche und tupfte sich den Speichel aus den Mundwinkeln. Ein glänzender Schweißfilm überzog seine Stirn, über den er ebenfalls hinwegwischte. Etwas verunsichert von diesem plötzlichen Ausbruch, murmelte Sabine: »Wenn Sie mich meinen Satz vollenden lassen würden, wir möchten Ihnen Gelegenheit geben, sich zu den Anschuldigungen zu äußern.«
»Und das ist weitaus mehr, als es für die Inhaftierten *damals* oder in Guantánamo jemals gab«, kommentierte Angersbach, sichtlich verärgert über das, was Finke im Zorn vom Stapel gelassen hatte.
»Wir werden sehen«, knurrte Rumpelstilzchen, dessen Mimik tatsächlich etwas Beängstigendes haben konnte, und schlurfte weiter.
Der Arbeitsplatz wurde von hellem Naturholz dominiert,

und das Sonnenlicht verlieh dem Raum einen goldenen Glanz. Die großzügig dimensionierten Glasflächen des Zimmers, das mehr an einen Wintergarten als ein Ingenieursbüro erinnerte, hatten eine Außenreinigung allerdings bitter nötig. Ein klobiges Aluminiumgehäuse mit dem Apple-Logo darauf dominierte auf einer überbreiten und ungewohnt hoch angebrachten Arbeitsplatte. Davor befand sich eine sonderbare Sitzkonstruktion, die sich beim zweiten Blick als Stehstuhl entpuppte. Ein Feigenbaum reckte seine Zweige der sonnigen Glasfront entgegen.
»Exquisite Einrichtung«, lächelte Sabine. Es war als *Icebreaker* gedacht gewesen, eine kleine, unverfängliche Randbemerkung, die dem Gesprächspartner das Gefühl von Wertschätzung gab. Doch dieser Versuch scheiterte prompt, als Anselm sich liederlich in einen wippenden Lehnstuhl sinken ließ und entgegnete: »Für einen Öko wie mich? Macht uns das gleich noch verdächtiger?«
»Nun machen Sie mal 'nen Punkt«, murrte Angersbach unwirsch, doch Sabine gab ihm sofort zu verstehen, dass er nicht für sie in die Bresche springen musste.
»Herr Finke, ich sag's ganz ehrlich, die Verhaftung war aufgrund gewisser Faktoren unvermeidbar. Warum machen wir nicht das Beste daraus, und Sie erzählen uns Ihre Sicht der Dinge?«
»Sie wollen, dass ich meine Frau belaste? Das muss ich nicht.«
»Sie müssen niemanden belasten, schon gar nicht sich selbst. Aber alles, was der Wahrheitsfindung dient …«
»Schon gut. Sparen wir uns die Floskeln.«
Suchend wanderten Sabines Blicke umher, sie machte einen stoffbezogenen Hocker aus, der sich unter einem Beistelltisch befand. Angersbach lehnte sich derweil ans Stehpult.

»Fühlen Sie sich einfach wie zu Hause«, kommentierte Finke sarkastisch. Sabine zog sich den Hocker herbei und nahm darauf Platz. Wie ein Kleinkind fühlte sie sich, *verdammt, einen ganzen Kopf kürzer als mein Gegenüber.* Aber vielleicht gab diese devote Haltung ihm ja Selbstsicherheit.
*Noch mehr davon.* Doch genau jene Sicherheit war es, die im Laufe der Kriminalgeschichte selbst die gewieftesten Täter zu Fall gebracht hatte. Serienmörder, die Trophäen ihrer Opfer horteten. Bankräuber, die mit ihren Taten in der Kneipe prahlten. Erpresser, die im Spiel mit der Polizei zu weit gingen. Unwillkürlich blitzte das Bild von Dagobert vor Sabines geistigem Auge auf und verschwand sogleich wieder.
Mussten die Morde und der Erpressungsversuch zwingend in einer Verbindung zueinander stehen? Ihre Schläfen begannen zu pochen, und ausgerechnet Rumpelstilzchen erlöste sie aus ihrem Hamsterrad.
»Was möchten Sie von mir wissen?«
»Wie man hört, hat Ihre Frau eine recht vielschichtige Beziehung zu einem der Mordopfer gehabt«, erklang Angersbach aus dem Hintergrund. Die Schonzeit war vorbei.
Sabine – eisern darauf bedacht, ein Pokerface zu wahren – fixierte indes Veras Gatten. Jegliche Gedanken, weshalb eine attraktive Frau wie sie sich an einen solchen Wurm binden sollte, waren ausgesperrt. Im Fokus ihres Blicks, der wie durch Scheuklappen vom Rest der Welt abgeschottet war, gab es einzig und allein Anselm Finke.
*Eidetischer Blick.* Nur ein kurzes Aufflackern eines störenden Gedankenfetzens. Aber war nicht die Fähigkeit, verräterische Diskrepanzen zwischen Artikulation und Gebärdenspiel zu erkennen, viel wichtiger als ein fotografisches Gedächtnis?

»Ulf.« Da war nichts, nur basaltgleiche Starre. Er wiederholte den Namen. »Ulf Reitmeyer. Nennen Sie das Kind ruhig beim Namen.«

»Welches Kind?«

Ein Zucken der Augenbraue. *Oder doch nicht?*

»Na, Tacheles, meine ich. Ich weiß doch von Veras Vergangenheit mit Reitmeyer.«

»Ach so«, lächelte Angersbach entschuldigend und winkte ab. »Ich hatte gedacht, es sei von einem Kind die Rede. Blödsinn, oder?«

*Wunderbar.* Angersbach hatte die unerwartete Vorlage treffsicher verwandelt. Und nun zuckten auch die Augenbrauen. *Definitiv.*

Doch Finke war nicht auf den Kopf gefallen.

»Habe ich irgendwo eine Pointe verpasst? Möchten Sie mir etwas mitteilen, was ich nicht verstehe?«

»Verzeihung«, erwiderte Sabine hastig. »Uns kam zu Ohren, dass Sie vor einigen Jahren ein Kind verloren haben. Tut mir leid für den Fauxpas.«

Finke atmete schneller. Seine Schultern begannen zu beben, er schien dies zu bemerken, räkelte sich und schlug das Bein übers andere. Sabine hatte mit ihrer vagen Aussage offenbar ins Schwarze getroffen. Wusste er von der Schwangerschaft? Wusste er, dass das Kind von Ulf war? Alles Antworten, die sie ihm mit ihrer offenen Formulierung nicht vorgegeben hatte. Finke knackte hörbar mit den Knöcheln seiner hageren Finger, die wulstig zwischen den Gliedern hervorstachen, und neigte dann mit betretener Miene den Kopf.

»Bitte. Das ist kein schönes Thema für uns. Kinder waren uns leider nicht vergönnt. Belassen wir es dabei.«

Er presste die Lippen aufeinander und sah zu Boden. Die

Kommissarin ahnte, dass er nicht weiter darauf eingehen würde, und beschränkte sich auf ein nachdenkliches »Hm«.
Die Rechnung ging nicht auf. Vera war ungewollt schwanger geworden, und es stand seinerzeit nicht zur Debatte, dass Ulf sich von seiner Frau trennen würde. Er drängte auf einen Abbruch, und Vera hatte dem schließlich zugestimmt. Das Ganze wäre völlig plausibel, wenn die Schwangerschaft niemandem bekannt gewesen wäre und nicht in irgendwelchen Akten auftauchen sollte. Doch Anselm wusste Bescheid. Warum hatte Vera ihm nicht die frohe Kunde übermittelt, dass sie ihm ein Kind schenken würde? Zwischen Finke und Reitmeyer lagen keine Welten, sie waren weder Riese und Zwerg noch Chinese und Schwarzafrikaner. Alljährlich legten Frauen ihren Ehemännern Kuckuckskinder in die Wiege; gezeugt von Nachbarn, Kollegen oder Schwiegervätern. Das Risiko, dabei erwischt zu werden, lag selbst heute, in Zeiten der Genanalyse, noch immer im Minimalbereich. Trotz kostengünstiger Vaterschaftstests, die auf Papierhandtüchern in Herrentoiletten beworben wurden.
Direkt neben den Kondom-Automaten.
Zielgruppenorientierung in Perfektion.
»Dann unterhalten wir uns bitte ganz direkt über die Vorwürfe gegen Ihre Frau«, schlug Sabine vor. Ohne auf eine Reaktion zu warten, drängte sie weiter: »Emotionale Bande zu ihrem Chef, Zugang zu Lebensmitteln, Zugang zu seinem Wohnbereich ... das sind die klassischen Faktoren. Motiv, Gelegenheit et cetera.«
»Aber meine Frau hat doch ein Alibi.«
»Wen denn, etwa *Sie?*«
»Ja, das sagte ich doch längst. Vera kann es nicht gewesen sein.«

»Herr Reitmeyer wurde vergiftet«, widersprach Angersbach kopfschüttelnd, und seine folgenden Worte klangen bitter durch den Raum. »Der Todeszeitpunkt und das Präparieren einer letalen Dosis können Stunden oder sogar Tage auseinanderliegen.«

»Ja ... also ...« Anselm Finkes Hände begannen einen verzweifelten Ringkampf, und in seinem Kopf mussten verzweifelte Erklärungsmodelle wie Tischtennisbälle hin und her rasen, bis er weiterstammelte. »Das ist doch alles, ähm, Bullshit. Was ist mit dem anderen? Köttich?«

»Kötting.«

Gab er vor, den Namen nicht zu kennen? Oder kannte er ihn wirklich nicht?

»Ja, den meine ich. Haben Sie für Kötting auch eine so wundervolle Theorie?«

»Kötting erwischt Ihre Frau beim Umetikettieren von Billiggemüse zu Ökoware. Wer einmal tötet ...«

Damit schien der Bogen endgültig überspannt zu sein. Mit hochrotem Kopf sprang Anselm auf.

»Raus!« Ein Nieselregen von Speichel ging auf Sabine nieder, und erschrocken kauerte sie, noch winziger als zuvor, auf ihrem Hocker.

»Beruhigen Sie sich«, erklang Angersbachs Stimme lautstark, aber ohne Drohgebärde. »Nur weil eine Hypothese absurd klingen mag, heißt das nicht, dass wir nicht darüber reden dürfen.«

»All Ihre *Hypothesen*«, Anselm formte diesen Begriff voller Ekel, »beinhalten einen entscheidenden Fehler. Meine Frau *ist* keine Doppelmörderin.«

»Die Sache mit den Lebensmitteln und der Affäre stimmen aber trotzdem«, beharrte Angersbach.

»Na und?«

Wieder ein Punkt, den es abzuhaken galt. Finke echauffierte sich nicht über den Vorwurf des Lebensmittelbetrugs. Er wusste demnach davon. Das machte die beiden zu einem Ehepaar, die offensichtlich mehr miteinander teilten als die durchschnittlichen sieben Minuten belangloser Konversation, welche eine statistische Untersuchung von Paaren vor einigen Jahren ergeben hatte.

»Sie wussten von dem Gemüsebetrug?«, erkundigte sich die Kommissarin dennoch.

»Kein Kommentar.«

»Wenn wir Ihre Frau aus unseren Gleichungen streichen«, begann Angersbach, während er sich erhob und auf den mittlerweile an einer Tischkante lehnenden Ehemann zuschritt, »wen sollen wir denn Ihrer Meinung nach stattdessen einsetzen. Sie?« Angersbachs Zeigefinger bohrte ein Loch durch die Luft, leicht im Kreise schwingend, wie eine Luft-Luft-Rakete, die sich auf ihr Ziel justiert. Zwanzig Zentimeter vor Finkes Brustkorb verharrte sein Nagel, und die Augen des Kommissars blitzten Rumpelstilzchen fragend an. Überrumpelt und der Tischplatte wegen nicht dazu fähig, zurückzuweichen, schluckte dieser, und sein Kopf bewegte sich einige Zentimeter nach hinten.

»Warum denn ich?«

Angersbach zischte. »Kötting *bedroht* Ihre Frau, Reitmeyer *vögelt* Ihre Frau – reicht das nicht aus?«

Höchste Zeit, zu intervenieren. Sabine Kaufmann schnellte nach oben und trat neben ihren Kollegen.

»Okay, ich denke, das genügt«, sagte sie mit einer auffordernden Handgeste und gebot Angersbach mit einem dezenten Nicken, einige Zentimeter nach hinten zu treten. Sie wandte sich an Anselm Finke: »Ich hoffe, Sie haben die Situation, in

der wir alle uns befinden, nun erkannt. Als Ehepartner müssen Sie nicht gegeneinander aussagen, denn es gilt das Zeugnisverweigerungsrecht. Sie dürfen jedoch *füreinander* aussagen. Allerdings, und das wird dabei gerne vergessen, dürfen Sie für Ihre Frau nicht lügen. Und vor Gericht werden entlastende Statements von Ehepartnern natürlich sehr kritisch geprüft. Wir lassen Sie jetzt allein, Ihre Frau bleibt in Haft. Nutzen Sie die Gelegenheit und denken in Ruhe über alles nach. Wenn Sie uns etwas zu sagen haben, melden Sie sich wieder.«
»Worauf wollen Sie hinaus?« Der Argwohn war nicht zu überhören. Anselm Finke hatte es nun in der Hand. War er an den Morden beteiligt, so konnte er seine Frau nur schützen, wenn er die Schuld auf sich nahm. War sie die alleinige Täterin, konnte er sie schmorenlassen. Falls keiner es war, würde der Anwalt in Kürze mit Tiraden und Pamphleten über sie herfallen.
»Fragen Sie Ihren Rechtsvertreter«, lächelte Sabine daher nur.

Wolfram Berndt war Forensiker, und weder Angersbach noch Kaufmann hatten bisher mit ihm zu tun gehabt. Seine Stirn war breit, der Haaransatz hoch, und mit einer gewissen Boshaftigkeit hatte Mirco Weitzel ihn als typischen Nerd bezeichnet. Eine schlohweiße Haarsträhne ragte aus dem glanzlosen braunen Haar und bot Raum für Spekulationen. Mirco war sich sicher, dass es sich dabei um Stigmata aus der geheimnisvollen Welt der Online-Rollenspiele handelte, doch der Wahrscheinlichkeit nach handelte es sich wohl eher um eine simple Pigmentstörung, wie sie nicht selten waren.
Berndt hatte einen überdimensional großen Laptop aufge-

baut, an dessen seitlichen Anschlüssen diverse Zusatzgeräte hingen. Eine ergonomische Maus, eine externe Festplatte, zwei Sticks und ein Netzteil, dessen LED grün leuchtete. Ein Dateiverzeichnis, dessen Explorerfenster zwei Drittel der Anzeige füllte, beinhaltete Dutzende Aufnahmen der einzelnen Textfragmente des anonymen Schreibens.
In einer angenehm klaren Stimme und mit akzentfreiem Hochdeutsch, was in dieser Region nicht unbedingt Standard war, führte Berndt die Anwesenden durch seine bisherigen Erkenntnisse. Es ging um die Textbausteine, deren sich der Verfasser des Briefes bedient hatte. Neben den beiden Kommissaren befand sich auch Konrad Möbs im Raum, dem die Meldung einer möglichen Erpressung in Verbindung mit vergifteten Lebensmitteln fast einen Herzinfarkt beschert hatte. Angersbach hatte ihn daher flugs am Arm gepackt und vor einem Fenster plaziert, welches er eilig aufriss. Nur langsam war der Dienststellenleiter wieder zur Ruhe gekommen, und seine Gesichtsfarbe würde womöglich noch Stunden brauchen, um sich gänzlich zu regenerieren. In Gedanken hatte Angersbach durchgespielt, ob ein plötzlicher Herztod seines Vorgesetzten dem ominösen Erpresser als fahrlässige Tötung angelastet werden könne. So morbide es auch war, aber der Kommissar vermochte solch düstere Gedanken nicht zu ignorieren, wie sie ihm zuweilen in den Sinn kamen. Doch zum Glück kam Möbs mit seinen Nerven wieder ins Reine, nachdem er ausreichend Sauerstoff getankt hatte. Ralph drückte das Fenster wieder zu. Es wäre ein Jammer, wenn Möbs, gerade einen stressbedingten Infarkt umschifft, kurz darauf in seinen Armen erfrieren würde.
So viel zum Thema Fahrlässigkeit.
So viel zum Thema Morbidität.

Wolfram Berndt räusperte sich und fuhr fort:
»Das Wortfragment PARA wurde aus einem Stück geschnitten«, erläuterte er und rief zu der erwähnten Buchstabenfolge das entsprechende Foto auf. Nach einigen Sekunden klickte er weiter.
»Ebenso befand sich das Fragezeichen, das hinter WAHRHEIT steht, auch in der Vorlage hinter dem Wort. Das Ausrufezeichen am Schluss des Textes hingegen wurde separat hinzugefügt. Dafür ist die letzte Zeile wieder ein einziger Papierstreifen, die Schriftgröße lässt vermuten, dass es aus dem Fernsehprogramm stammt.«
»›E-Mail für Dich‹«, murmelte Angersbach. »Ja, den Film kenne ich.«
Sabine Kaufmann konnte sich ein Schmunzeln nicht verkneifen bei der Vorstellung, wie ihr bärbeißiger Kollege im Angesicht von Meg Ryan und Tom Hanks eine Träne verdrückte. Andererseits hatte er sich ihr ja am Vorabend auch von einer anderen Seite gezeigt ... Alle weiteren Gedanken allerdings erstarben in der sonoren Stimme des Forensikers.
»MILLIONEN EURO ist grammatikalisch falsch, wenn es sich nur auf eine Million bezieht.«
»Ist uns auch schon aufgefallen«, bestätigte Angersbach.
»Die beiden Worte allerdings gehören zusammen. Sieht mir nach einer dieser plakativen Überschriften aus wie ›Dieser Fußballspieler wechselt für 15 Millionen Euro‹. Wenn Sie mich fragen, sollte ein Fußballer nur dort spielen dürfen, wo er seinen Lebensmittelpunkt hat«, schweifte Berndt mürrisch ab, »aber das wird wohl nie passieren. Unser Paracelsus scheint dagegen recht genügsam zu sein. Nur eine Million, wobei der Betrieb sicher weitaus solventer sein dürfte. Außerdem sind zwei Leute schon über den Jordan gegangen.« Er

schüttelte energisch den Kopf. »Nein, ich weiß nicht, das passt alles nicht so recht zusammen.«

»So weit waren wir auch schon«, murmelte Angersbach.

»Können Sie anhand der Wortschnipsel auf bestimmte Zeitschriften rückschließen?«, wollte Sabine wissen.

»Oje, die Standardfrage«, stöhnte Berndt augenrollend. »Sie verzeihen mir, wenn ich ein wenig pathetisch antworte? Geben Sie mir eine Hundertschaft Beamter und sämtliche in Hessen erhältliche Printmedien der vergangenen sechs Wochen. Dann beantworte ich Ihre Frage gerne mit Ja. Aber auf einen Zeitraum lege ich mich nicht fest.«

Sabine biss sich auf die Unterlippe. »Zusammengefasst war das also ein Nein?«

»Ja.«

»Was ist mit der IP-Adresse und der Registrierung der Mail-Adresse?«

»Zweimal niente, bedaure. Die E-Mail wurde auf einen Phantasienamen angelegt. Das geht leider noch immer, und man muss dazu kein Profi sein. Eingeloggt hat sich der Typ über einen WLAN-Hotspot in der Stadt.«

»WLAN? Das ist doch prima.« Ralph Angersbachs Stimme klang zuversichtlich, beinahe schon erfreut. »Wir erstellen einen Satz Fotos und setzen den Betreiber und die Kunden darauf an. Ist es ein Internetcafé? Da hängen doch eh meist dieselben Leute herum, oder?«

»Nicht so eilig«, bremste Berndt ihn aus und zog die Mundwinkel nach unten. »Problem Nummer eins ist, dass in einem Internetcafé jeder auf seinen Monitor stiert. Das wäre nicht zwingend eine Erfolgsgarantie. Problem Nummer zwei ist, dass der Hotspot überhaupt kein Internetcafé ist.«

»Ach nein, sondern?«

»Es ist der McDonald's. Jeder kann sich dort täglich für eine Stunde einloggen. Mit einem Handy oder Laptop muss man dafür nicht mal das Fahrzeug verlassen, denn das Funksignal reicht mindestens zwanzig Meter über den Parkplatz. Ich hab's nachgemessen«, ergänzte der Forensiker mit einem vielsagenden Schmunzeln.

»Verdammt!«, entfuhr es Ralph.

»Diese Faktoren deuten darauf hin, dass wir es nicht mit einem Laien zu tun haben, sehe ich das richtig?«, wollte Sabine wissen.

»Dem würde ich vorsichtig zustimmen«, erwiderte Berndt und zählte einige Punkte auf: »Für das Generieren des Zugangscodes benötigt man ein Handy. Anonym. Das ist nicht unmöglich, aber man muss sich schon ein wenig mit der Materie auskennen. Dann das Wissen um den Hotspot, eine anonyme E-Mail und der Autoresponder ... ja«, er blickte wieder auf und richtete seine Stimme an die Kommissarin, »auf einer Skala von eins bis zehn, wobei eins jemand ist, der den Begriff Cyberspace noch nie gehört hat, und zehn einer, hmm, wie ich«, er grinste, »gebe ich unserem Paracelsus eine Vier. Nein, eher sogar eine Fünf. Er scheint recht genau zu wissen, was er will und wie er das erreichen kann.«

Sabine nickte und schwieg, während sie an ihrer Unterlippe knetete, die dezent nach Eisen schmeckte. Sie hatte zu fest zugebissen, und eine scharfe Kante an ihrem Schneidezahn musste die Haut verletzt haben. Langsam, ganz allmählich – während sie im Stillen den Tag verfluchte, an dem sie beim Kauen eines Toffees so ungünstig abgerutscht war, dass ein winziges Stückchen ihres makellosen Zahnes abbrach – formte sich eine Frage in ihrem Gehirn.

»Wer sagt uns eigentlich, dass wir es mit einem männlichen Täter zu tun haben?«

Alle Blicke richteten sich auf sie, aber es war ausgerechnet Konrad Möbs, der zuerst darauf reagierte.

»*Wie bitte?*«

»Wir reden selbstverständlich von einem *Er*, einem Typen, einem Mann«, erklärte die Kommissarin, die längst aufgestanden war und im Raum auf und ab lief. Dabei gestikulierte sie mit beiden Händen. »Ist es der Name Paracelsus, der uns das suggeriert? Oder gehen wir stillschweigend von einem Mann aus, weil es sich um eine technisch versierte Person handelt?«

»Ich höre da einen Hauch von Emanzipation«, gab Angersbach zum Besten, und alle am Tisch lachten kurz auf.

»Machos!«, zischte Sabine verächtlich. »Können wir das bitte etwas ernster betrachten? Immerhin haben wir erst vor wenigen Stunden eine Frau inhaftiert, bei der sich zumindest Schulte zu hundert Prozent sicher gab, dass sie abgebrüht genug für zwei Morde sein könnte.«

»Vera Finke soll Paracelsus sein?«, wiederholte Angersbach verblüfft.

»Warum denn nicht? Der Brief kann seit gestern Abend in Claudias Postkasten gelegen haben, und wir haben doch mit eigenen Augen gesehen, dass die E-Mail sich automatisch beantwortet hat.«

»Hm.« Doch keiner der Anwesenden wirkte überzeugt.

»Ach, kommt schon«, forderte Sabine, zunehmend verärgert und auch ein wenig verzweifelt. »Es muss ja nicht Vera Finke sein, obwohl mir kein schlüssiger Grund einfällt, der sie als Verdächtige ausschließt. Oder hängt ihr etwa noch an dem Namen Paracelsus?«

»Paracelsus war jedenfalls keine Frau, so viel ist sicher«, warf Berndt ein.

»Wie soll sie sich denn sonst nennen, Hildegard von Bingen?«, konterte Sabine giftig. »*Dann* wüsste gleich jeder, dass eine Frau dahintersteckt. So dumm sind wir nun auch wieder nicht.«

»Sorry.« Berndt gab klein bei und entschloss sich, fortan wieder seinen Monitor zu fixieren.

»Okay, Sie haben uns überzeugt.« Möbs versuchte, die Situation zu befrieden. »Wir gehen also von *einem* oder *einer* Anonymen aus. Einverstanden?«

»Wir sollten jedenfalls nichts ausschließen.«

»Was geschieht als Nächstes?«

»Wir warten, ob Paracelsus sich wieder meldet«, schlug Sabine vor. »Sagen wir, bis heute Abend. Bekommen wir bis dahin etwas, kann es sich nicht um die Finke handeln. Anschließend lassen wir sie frei und observieren sie. Wenn dann etwas von Paracelsus kommt, wissen wir, ob sie nun dahintersteckt oder nicht.«


Konrad Möbs hatte den Raum kurz verlassen, um zu telefonieren. Seinem Gesichtsausdruck nach musste das Ende der Welt unmittelbar bevorstehen, was Sabine Kaufmann nach einem prüfenden Blick nach draußen ausschloss; der Innenhof lag nach wie vor friedlich im Schein der Sonne. Die Uhrzeit abschätzend, drängte sich eine näherliegende Erklärung für seine Zerknirschtheit auf.

»Schulte.« Möbs stieß den Namen des Häuptlings hervor, bestätigte damit Sabines Schlussfolgerung und ließ die Kommissare aufhorchen. Wie hatte ihr aller Chef reagiert? Offensichtlich nicht mit einem Freudentanz, denn das würde in

Möbs' Gebaren wohl anders aussehen. »Wir sollen die Finke freilassen.«
»*Wir?*« Angersbach hob ungläubig die Augenbrauen.
»Schulte wird nicht selber herübergefahren kommen«, erwiderte Möbs gereizt.
»Prima. Wenn's nach uns ginge, hätten wir Frau Finke zu Hause vernommen, anstatt sie gleich einzubuchten.«
Angersbach hatte recht, deshalb fand Sabine es gut, wie er Möbs die Stirn bot. Sie selbst schwieg allerdings, es mussten nicht beide auf dem Dienststellenleiter herumhacken.
»Hatten wir ja ohnehin vor«, warf sie daher diplomatisch ein. »Warten wir noch, ob eine weitere Mail eintrudelt, oder machen wir's gleich?«
Angersbach sah auf die Uhr. Seit dem letzten Kontakt waren Stunden vergangen, und es hatte sich keiner der auf dem Weidenhof befindlichen Kollegen gemeldet.
»Lassen wir sie gehen und observieren sie, wie geplant«, schlug er vor, und die Kommissarin nickte.

Als Vera Finke ins Freie trat, hielt sie sich die Hand vor die zusammengekniffenen Augen. Die Nachmittagssonne knallte ihr ins Gesicht, gleißend verlieh sie den kahlen Betonmauern des Gebäudes ein goldenes Kleid. Sie verharrte kurz, um ihren leichten Mantel zu richten, und schlug sich ein Tuch um den Hals. Ihr Atem kondensierte zu dichten, sich nur träge verflüchtigenden Wolken. In der Rechten erglomm das Display ihres Smartphones, welches sie abgeschaltet hatte, als sie es den Beamten hatte aushändigen müssen.
*Schlimm genug, dass sie unsere Privatsphäre derart rabiat verletzt haben,* dachte sie grimmig. Sie hatte das Telefon absichtlich ausgeschaltet. Ohne die Eingabe der PIN war es

niemandem möglich, einen Blick auf die Inhalte des Telefons zu werfen. *Wäre ja noch schöner, wenn jeder schmierige Bulle sich meine Fotos ansehen könnte. Oder meine Mails lesen.*
Auf dem Bildschirm, der eine matte Schutzfolie trug, erschien ein grüner Roboter, das Logo des Betriebssystems. Sekunden später baute sich der Hauptbildschirm auf, es folgte das Einloggen ins Mobilfunknetz und der Aufbau einer Datenverbindung. Vera schaute abwechselnd auf das Display und den unter ihren Schuhen knirschenden Rollsplitt, der großzügig auf dem Asphalt verstreut lag.
*Ob wir noch mal Schnee bekommen?*
So viele andere Dinge auch wichtiger erschienen, ihre Gedanken machten die wildesten Sprünge.
Vera tippte die Nummer eines Bad Vilbeler Taxiunternehmens ein, deren einprägsame Ziffernfolge sie im Gedächtnis hatte. Sie habe Glück, hieß es dort, ein Fahrer sei nur fünf Minuten entfernt.
*Oh, ich Glückspilz!,* dachte sie bitter und trabte ohne Eile in Richtung Straße.
Ein kurzes Vibrieren ließ Vera innehalten. Eine SMS.
Doch es war nur die Mailbox, die darüber informierte, dass es drei Anrufe in Abwesenheit gegeben hatte. Zwei davon gingen auf das Konto von Anselm, und der Zeitstempel ließ darauf schließen, dass er sie kurz nach der Verhaftung getätigt hatte.
Vera tippte auf das Symbol neben der Nummer und wartete, bis das Freizeichen erklang.
»Bist du frei?« Anselm schien neben dem Telefon gewacht zu haben, denn er nahm nach dem ersten Klingeln ab.
»Ja, eben gerade.«
»Soll ich dich holen?«

»Habe ein Taxi geordert«, lehnte sie ab, *ich habe nicht die geringste Lust, mich in dein Tretmobil zu zwängen.*
»Die Bullen sind bei mir gewesen«, eröffnete Anselm, und Vera horchte auf.
»Ach. Und?«
»Ich soll mir überlegen, was ich aussagen möchte.«
»Verstehe ich nicht.«
*Wir sind hier doch nicht bei* Wünsch dir was.
Anselm ließ mit der Erklärung nicht lang auf sich warten. »Diese Kaufmann hat mir ins Gewissen geredet. Ich muss dich nicht belasten, darf dich aber nicht entlasten, wenn's nicht der Wahrheit entspricht. Unser Anwalt meint, sie hat mich dazu nötigen wollen, mich selbst zu belasten.«
»Wieso denn das?«
»Weil ich genau wie du ein Motiv gehabt hätte, und das weißt du auch.«
»Wegen der alten Geschichte mit Ulf etwa?«, fragte Vera und blieb stehen.
»Nein. Weil du mit Reitmeyer einen *Bastard* gezeugt hast«, zischte Anselm so scharf durch den Lautsprecher, dass seine Frau erschrocken zusammenfuhr. Verdammt, das konnte – das *durfte* – er nicht wissen!
»Aber ...«
»Kein Aber! Sieh zu, dass du nach Hause kommst, wir haben einiges zu bereden.« Abrupt legte er auf und ließ seine Frau verstört auf dem Parkplatz zurück. Veras Schläfen pochten schmerzhaft. Eine neue Krise mit Anselm war das Letzte, was sie noch gebrauchen konnte.
Sie scrollte weiter und las den Hinweis, dass sich auf der Mailbox eine hinterlassene Sprachnachricht befand. Da von dem Taxi noch nichts zu sehen war, hob Vera das Telefon erneut ans Ohr.

Die Nummer des Anrufers war unterdrückt, was ihre Spannung verstärkte. Außer ihrem Mann, einigen wenigen Freunden und natürlich Ulf hatte niemand Veras Handynummer.
»Ja, hier ist Claudia Reitmeyer.« Vera schauderte, was nicht nur auf die unerwartete Anruferin zurückging, sondern vor allem auf deren unterkühlte Stimmlage. Ausgerechnet *die*.
»Melden Sie sich bitte umgehend bei mir. Danke.« Ein kurzes Knistern, und schon erklang die Frage der Computerfrau, ob die Nachricht gelöscht oder gespeichert werden solle. Im Vergleich zu Claudia klang die leidenschaftslose, blecherne Stimme beinahe schon warm und herzlich. Vera entschied sich, ohne darüber nachdenken zu müssen, für Löschen.
Noch immer kein Taxi. Sie überlegte kurz. Claudias Nachricht lag bereits zwei Stunden zurück, lange genug, um nicht wie auf Kommando zurückzurufen. Sie suchte die im Telefonbuch mit Ulfs Foto gekennzeichnete Nummer des Weidenhofs und tippte darauf.
Claudia meldete sich und klang auch live kaum lebensfroher als auf der Mailbox.
»Sie wollten mich sprechen?«
»Vor zwei Stunden«, kam es vorwurfsvoll zurück. »Wo sind Sie?«
»Der Laden ist versiegelt, es gibt nichts zu tun«, erwiderte Vera gelassen. »Oder darf ich etwa wieder rein?«
Von ihrer Verhaftung, über die Claudia offenbar nicht informiert war, brauchte diese nichts zu erfahren.
»Nein. Aber einfach fernzubleiben ist, genau betrachtet, ein Abmahnungsgrund.«
*Fährst du jetzt tatsächlich* diese *Tour?*
»Tun Sie, was Sie nicht lassen können.«
Wenn es hart auf hart käme, würde der Anwalt alle entspre-

chenden Formalien bereithalten, um einer arbeitsrechtlichen Auseinandersetzung die Stirn zu bieten. Aber selbst wenn nicht, konnte es Vera im Grunde egal sein. Sie hatte, und auch das würde Claudia erst in letzter Minute erfahren, nicht das geringste Interesse, sich weiterhin auf dem Weidenhof zu verdingen.
Wutschnaubend ließ Claudia Reitmeyer derweil ihren Frust ab und verlangte, dass Vera ihre Arbeitszeit in der Nähe des Ladens abzufristen hatte. Für den Fall, dass es etwas zu tun gäbe.
»Heute noch?«, fragte diese gleichgültig.
»Hm, nein. Aber morgen früh erwarte ich ...«
»Meinetwegen.« Mit diesem Ausdruck totaler Gelassenheit, der Vera trotz gesträubter Nackenhaare glaubhaft über die Lippen kam, unterbrach sie ihre spürbar wutschäumende Gesprächspartnerin. Chefin. *Königin.*
Nein. Vera Finke würde niemals Ulfs Tochter akzeptieren, sosehr sie ihn auch einmal geliebt hatte. Genauso wenig, wie diese sie hatte akzeptieren können.
Lächelnd stieg sie in das endlich eingetroffene Taxi ein, teilte dem Fahrer ihre Adresse mit und lehnte sich zurück.
Sie öffnete den Internetbrowser und loggte sich in ihren E-Mail-Account ein.
Ein dunkler Wagen, der fünfzig Meter entfernt geparkt hatte, setzte sich in Bewegung und folgte dem Taxi unauffällig.

In der Dienststelle hatte sich das Treffen mit Wolfram Berndt längst aufgelöst. Der Forensiker hatte den Auftrag bekommen, so viel wie möglich über den Ursprung der Papierfragmente in Erfahrung zu bringen. Teams der Spurensicherung waren unterwegs zu nahezu jedem Beteiligten der bisherigen Ermittlung, sogar, darauf hatte Schulte ausdrücklich bestanden, zu

den beiden Bio-Höfen und zu Frau Ruppert, der Zeugin, die Ulf Reitmeyer tot aufgefunden hatte. Nachdem Möbs die telefonische Anweisung aus Friedberg widerspruchslos zur Kenntnis genommen hatte, knurrte er nur: »Das wird wohl die teuerste Ermittlung, die Bad Vilbel jemals erlebt hat.«
»Was ist mit den Einreisebehörden, hat sich da schon etwas ergeben?«, kam es der Kommissarin in den Sinn.
»Wegen Frederik? Nein, nichts«, seufzte Möbs. »Laut Computer hat er seinen Dschungel nicht verlassen, doch ich bezweifle, dass Schulte sich damit zufriedengeben wird.«
»Bleibt ihm nichts anderes übrig«, brummte Angersbach, »oder will er bundesweit nach ihm fahnden?«
»Bringen Sie ihn bloß nicht auf solche Gedanken«, stöhnte Möbs, doch Sabine schüttelte nur beschwichtigend den Kopf.
So impulsiv war Schulte nun auch wieder nicht.
Die beiden kehrten in ihr Büro zurück, wo Sabine die Tür schloss und das Fenster kippte. Die abgestandene Luft im Besprechungszimmer hatte ihr Kopfschmerzen verursacht.
»Kaffee?«
»Ja, bitte. Aber ohne Milch.«
Angersbach lachte kurz auf. »Wir haben hier garantiert nichts von *BIOgut*.«
»Trotzdem«, erwiderte Sabine abwinkend. »Oder gerade deswegen, ach, es ist zum Aus-der-Haut-Fahren!« Sie seufzte und rümpfte die Nase. »Da kauft man Bio, weil man sich um Milchpreise, Tierschutz und Gesundheit sorgt, und was ist das Ergebnis? Gepanschte Brühe, die zu allem Überfluss auch noch vergiftet wird!«
»Noch haben wir keine vergifteten Produkte sichergestellt«, setzte Angersbach ihr entgegen und schob eine dampfende

Tasse in Richtung seiner Kollegin. Sie bedankte sich mit einem müden Lächeln, schloss die Augen und schlürfte kurz.
»Wie viele Läden waren es, in denen das Zeug vertrieben wird?«
Angersbach überlegte kurz. Dann zählte er sechs Namen auf, begonnen mit Reitmeyers erstem Bioladen in Bergen-Enkheim. Der Bogen spannte sich von Frankfurt nach Bad Homburg, eines der Geschäfte befand sich außerdem in Friedberg. Sabine lugte an ihm vorbei in Richtung der Landkarte Hessens, die, schon etwas ausgeblichen, über der Kaffeemaschine hing.
»Das goldene Dreieck des vergifteten Kefirs.«
Bevor Angersbach sich dazu äußern konnte, meldete sich das Telefon. Sogleich schnellte seine Hand nach vorn, und er riss den Hörer ans Ohr. Aufmerksam beobachtete Sabine die Bewegungen seiner Gesichtsmuskulatur. Das linke Auge bildete einen Schlitz, die Halsmuskeln zuckten, dann hoben sich die Augenbrauen. Konzentration, Anspannung, Erkenntnis. Eine vielversprechende Kombination. Geduldig nippte sie ein weiteres Mal an ihrer Tasse.
»Na, mitbekommen?«, fragte Angersbach, kaum dass er den Hörer vom Ohr genommen hatte. Er wartete nicht auf eine Antwort, sondern fügte mit vielsagendem Blick hinzu: »Der Erpresser hat sich gemeldet.«
»Nein!«, stieß Sabine erregt hervor. »Was fordert er? Welches Medium hat er diesmal benutzt? Ist Vera Finke schon auf freiem Fuß?«
»Eins nach dem anderen«, wehrte er ab und deutete auf Sabines Telefon. »Sie fragen nach, wann genau die Finke entlassen wurde, und ich kümmere mich derweil um den Rest. Es kam wieder eine E-Mail.«

Sabine suchte eine Kurzwahlnummer, und zwei Minuten später wurde ihr mitgeteilt, dass Frau Finke vor einer knappen halben Stunde entlassen worden sei. Ein weiteres Telefonat brachte die Information, dass sie daraufhin in ein Taxi gestiegen sei und auf direktem Weg nach Hause gefahren war, wo sie sich noch immer befand.

»Behalten Sie das Haus im Auge«, ordnete die Kommissarin an, »auch eventuelle Hinterausgänge.«

Im Hintergrund ratterte der Tintenstrahldrucker und spuckte zwei Papierseiten aus, deren Schriftbild irgendwie blass wirkte.

»Verdammte Patronen«, schimpfte Ralph und suchte nach einer Tastenkombination für das Reinigungsprogramm des alten Geräts. Wenn man immer nur Schwarz druckte, war es kein Wunder, dass Cyan, Magenta und Gelb mit der Zeit trockenen Schorf über ihre haarfeinen Düsen legten.

Angersbach reichte Sabine eine der Seiten, die ausschließlich in Grautönen gehalten war, und fragte: »Kann man alles entziffern?«

»Ja, fürs Erste genügt es wohl.«

Ein hektisches Knarren des Schlittens, gefolgt von hastigen Bewegungen, die das Gerät in Schwingung versetzten, verrieten Sabine, dass ihr Kollege den Reinigungstaster gefunden hatte.

Die Tinte roch abgestanden, und Sabine fragte sich für einen Moment, ob Druckertinte überhaupt einen frischen oder gar angenehmen Geruch verbreiten könne. Statt eine Antwort zu suchen, betrachtete sie grüblerisch das vor ihr liegende, in sanften Wellen gebogene Papier. Sie erkannte, dass es sich nicht um eine reine Textnachricht handelte, sondern um ein Bild. Ein abfotografiertes oder eingescanntes Schreiben,

welches dem Stil nach dem anonymen Brief in Claudia Reitmeyers Briefkasten glich.
Wieder Textfragmente aus Zeitschriften, wieder ein Kontakt des Unbekannten, der sich Paracelsus nannte.

1 000 000 €URO
violett und nicht markiert
Sehe ich Cops
weißt DU was passiert

Ort und Zeit folgen zum Feierabend

»Die E-Mail ist mit Lesebestätigung an Claudias Adresse gekommen. Absender: p4r4celsus@web.de – alles ist genauso wie heute Morgen. Nur der Automailer ist mittlerweile abgeschaltet«, fasste Angersbach zusammen.
»Woher wissen wir das?«
»Durch das Versenden der Lesebestätigung.«
»Aha. Können wir mit Sicherheit sagen, dass die Mail innerhalb der letzten dreißig Minuten versendet wurde?«
Sabine dachte an Vera Finke. War es Zufall oder Kausalität, dass die E-Mail unmittelbar nach ihrer Freilassung eingetroffen war?
»Nein, leider nicht. Absendezeiten sind, je nach Anbieter, mittlerweile programmierbar. Allerdings ist das wohl kostenpflichtig.«
»Zu blöd, daran hätten wir vorher denken müssen«, ärgerte sich die Kommissarin. »Wenn es technisch möglich ist, können wir einen Zusammenhang zwischen Veras Freilassung und der E-Mail nicht nachweisen.«
»Sie vergessen, dass für einen kostenpflichtigen E-Mail-

Account irgendein Bezahlvorgang existieren muss«, widersprach Angersbach. »Ich setze Herrn Berndt darauf an, es bringt ja nichts, wenn wir uns hier mit Halbwissen herumplagen. Er wird es uns genau sagen können.«
*Halbwissen?*
Doch bevor Sabine sich darüber ärgern konnte, dass ihr Kollege ihr dieselbe Computerunwissenheit unterstellte, wie sie offenbar bei ihm vorherrschte, schoss ihr ein Gedanke in den Sinn.
»Verflixt und zugenäht!«
Ralph, der längst die Nummer des Computerspezialisten gewählt hatte, blickte fragend auf.
»Ich kenne diesen Schriftzug.«
»Welchen davon?«
Sabine tippte auf die oberste Zeile. 1 000 000 *EURO*. Zahl und Buchstaben waren nicht miteinander verbunden, gehörten aber zur selben Schlagzeile. Ein kleines populistisches Magazin, welches in dem kleinen Laden am Heilsberg, in dem sie gelegentlich einkaufte, vertrieben wurde, hatte unlängst mit diesem Aufmacher die Blicke auf sich gezogen. Das *PAMPHL€T*. Es wetterte gegen Europa, gegen die Globalisierung, gegen Armut, gegen Ausländer … Meckern um des Meckerns willen. *Gegen alles* und *für nichts*.
»€URO war T€URO, das T und einige weitere Nullen wurden herausgeschnitten«, erklärte Sabine hastig. Angersbach gab Berndt, der das Gespräch angenommen hatte, zu verstehen, dass neue Arbeit auf ihn warte, und legte den Hörer eilig auf. Aufmerksam sah er Sabine an.
»Zeigen Sie mal bitte das Originalbild«, forderte sie, »oder geht der Drucker wieder?«
»Themenwechsel.«
Sie grinste und umrundete den Schreibtisch. *Halbwissen.*

Auf Ralphs Monitor flimmerte das Bild, das der E-Mail angehängt gewesen war. Die Überschrift prangte in grellem Pink.
»Bingo, Tatsache, das ist es!«, nickte die Kommissarin triumphierend. Sie nannte den Namen der Zeitschrift und das, was sie über den Artikel noch wusste. Ein feuriges Pamphlet gegen das bankrotte Griechenland, welches, wie exemplarisch errechnet wurde, bereits eine Skandalsumme von hundert Milliarden Euro verschlungen habe. Und ein Ende sei nicht in Sicht, hieß es weiter. Das sogenannte Lumpengeld mache dem Namen T€URO mal wieder alle Ehre.
»Höchst interessant, was Sie so lesen«, feixte Angersbach.
»Ich habe mich darüber *gewundert,* das ist alles. Seien Sie doch froh. Dieses Käseblatt ist nicht besonders auflagenstark, also grenzt das den Täterkreis möglicherweise ein.«
»Hm.« Angersbach wirkte weitaus weniger zuversichtlich. »Ist das jetzt links, rechts, liberal, national …?«
Er versuchte, einen Personenkreis zu bestimmen.
»Schwierig zu sagen«, murmelte Sabine und befragte die Suchmaschine nach dem Titel des Magazins und dem herausgebenden Verlag. Die Suche ergab, dass es sich um eine Verlagsgruppe handelte, die in jüngerer Zeit durch einige Veröffentlichungen zum Thema Verschwörungstheorien, dem Imperialismus der USA sowie zum Untergang der christlichen Welt von sich reden gemacht hatte. Doch einer eindeutigen Couleur ließ sich das Ganze nicht zuordnen, denn die Palette umfasste auch Esoterik und Naturheilkunde. Und es gab einen namhaften Wissenschaftler, der die Erderwärmung nicht nur leugnete, sondern stattdessen behauptete, eine stetige Abkühlung nachweisen zu können. Sabine suchte, ob es eine Möglichkeit gab, Zeitschriften zu abonnieren. Tatsächlich wurde sie nach einigen Minuten fündig.

»Geschenkabo, Probeabo, Prämienabo«, berichtete sie freudestrahlend. »Um was wollen wir wetten, dass einer unserer Kandidaten auf der Abonnentenliste steht?«

»Mit Ihnen wette ich nicht mehr.« Angersbach schob grimmig die Augenbrauen zusammen, zeigte aber ein verschmitztes Lächeln.

Auch Sabine musste lachen und wählte die Telefonnummer einer Hotline, die in der unteren Zeile der Website hervorgehoben war. Nach einer gefühlten Ewigkeit meldete sich eine junge Frauenstimme, die der Kommissarin mit großer Beharrlichkeit zu verstehen gab, dass es keine Möglichkeit gäbe, die Bezieher des Magazins namentlich aufzulisten.

Zerknirscht beendete Sabine das Telefonat mit den Worten: »Dann eben nicht.« Sofort informierte sie Möbs darüber, damit er eine entsprechende richterliche Verfügung in die Wege leiten konnte.

»Fahren wir rüber zu Frau Reitmeyer?«, erkundigte sich Ralph schließlich.

»Ja, wieso nicht«, antwortete Sabine achselzuckend. Wolfram Berndt konnte sich auch alleine mit der neuen Mail beschäftigen. Das Gleiche galt für Konrad Möbs und diesen ominösen Verlag.

*Zu viele Sonderlinge für meinen Geschmack*, schloss sie beim Hinausgehen.

Claudia Reitmeyer wirkte alles andere als ängstlich. Im Gegensatz zu ihrem letzten Aufeinandertreffen versprühte sie wieder die ihr eigene Arroganz. Den kühlen Charme einer Giftspinne, die ihre Opfer einzulullen wusste, um dann knallhart zuzuschlagen.

»Haben Sie etwas vorzuweisen?«

Selbst in Angersbachs Ohren klang die Frage wie eine Provokation. Er registrierte die latente Angriffslust der beiden Frauen und entschloss sich kurzerhand, das Gespräch zu übernehmen.

»Unsere Experten befassen sich mit der letzten E-Mail«, antwortete er, und Claudia wandte sich ihm zu.

»Mehr nicht?«

Ralph ahnte, dass Sabine innerlich zu kochen begann, und erwiderte eilig: »Wir haben verschiedene Hinweise, denen wir nachgehen, aber nichts, das spruchreif wäre. Ermittlungstechnische Gründe.«

»Klingt mir mehr nach einer Ausrede.«

»Vertrauen Sie uns.« Angersbach rang sich das charmanteste Lächeln ab, zu dem er fähig war, und war heilfroh, dass er sich nicht selbst in einem Spiegel gegenüberstehen sah.

»Sie dürfen ruhig ausplaudern, dass Sie die Finke verknackt haben.«

*Teufel noch mal!*

»Wer hat Ihnen denn das gesagt?«, platzte es aus Sabine Kaufmann heraus, während Angersbach sich noch von seiner Überraschung erholte. Von der Verhaftung hatte doch niemand erfahren.

»Unwichtig«, wehrte Claudia harsch ab, »solche Dinge sprechen sich nun mal herum. Hat die Finke etwas mit der Sache zu tun? Hat sie etwa meinen Vater auf dem Gewissen? Ich schlage vor, Sie reden endlich, sonst wird sich Dr. Brüning der Sache annehmen!« Dann verebbte ihre Stimme allmählich. »Ich habe das Recht, die Wahrheit zu erfahren.«

»Frau Finke wurde aufgrund einiger Indizien inhaftiert und längst wieder entlassen. In puncto der Morde haben wir – keine Ausrede! – nichts Neues vorzuweisen, bedaure.«

»*Ich* bedaure das noch viel mehr.«
»Obwohl Herr Reitmeyer nicht Ihr leiblicher Vater war?«
Sabine stand mit versteinerter Miene und überkreuzten Armen im Raum, regungslos wie eine Marmorstatue. Sie fixierten die drei Meter entfernt stehende Stieftochter, als wollte sie die Antwort aus ihrem tiefsten Inneren herausbohren.
»S…Sie wissen davon?«
»Wir hätten es lieber von Ihnen erfahren«, entgegnete die Kommissarin.
»Was ändert das denn?«, fragte Claudia schnippisch. »Vater, Adoptivvater, das ist rechtlich betrachtet dasselbe.«
Angersbach wollte etwas einwenden, schwieg aber. Er musste unwillkürlich an die Vaterfiguren denken, die er zeit seines Lebens kennengelernt hatte. Am nächsten kam dem Ganzen wohl sein Pflegevater, doch er hatte ihn nie als solchen bezeichnet. Väter waren etwas für normale Kinder, er hatte nun mal keinen, *na und?*
»Wann wurde diese Adoption denn vollzogen?«, hörte er Sabine fragen, und er hätte schwören können, dass seine Kollegin dies längst wusste. Doch er ließ sie gewähren, ganz entgegen seinem ursprünglichen Vorhaben, das Gespräch zu leiten.
*Solange sie sich nicht an die Kehle gehen.*
Claudia warf einen Blick in Richtung Decke, wo dunkles Gebälk sich in einem Abstand von einem Meter quer durch den Raum zog. »Vor knapp drei Jahren. Meine Mutter war zu diesem Zeitpunkt schon sehr krank. Aber ich habe es nicht ihr zuliebe getan.«
»Sondern?« Ralph wusste, welche Frage seiner Kollegin auf der Zunge lag.
*Sie haben dabei nur sich selbst zuliebe gehandelt, wie?*
Doch obgleich er Sabine Kaufmann erst seit wenigen Tagen

kannte, wusste er, dass sie nicht derart unprofessionell war, diesen Gedanken auch auszusprechen.
Claudia wurde unruhig. »Wir hatten uns als Familie zusammengefunden, mehr möchte ich dazu wirklich nicht sagen«, antwortete sie fahrig und schüttelte ihre Haare. »Nennen Sie es symbolisch. Aber was spielt das noch für eine Rolle?« Sie schluckte schwer, schien den Tränen nah. Dann flüsterte sie: »Ich bin ja nunmehr die Einzige, die übrig geblieben ist.«
»Nun ja«, wandte Sabine ein, »es gibt immerhin noch Philip Herzberg?«
Prompt zuckte Claudia zusammen. »Was wollen Sie damit sagen?«
»Wie ist denn Ihr Verhältnis zueinander? Würde Ihr biologischer Vater nicht vom Ableben seines Widersachers profitieren?«
Claudia gestikulierte wie ein aufgescheuchtes Huhn, als sie ein langgezogenes »Nein!« hervorstieß. Hastig winkte sie ab. »Um Gottes willen, nein. Phil kann keiner Fliege etwas zuleide tun.«
»Eifersucht kann gefährliche Kräfte freisetzen«, widersprach Sabine.
»Worauf soll er denn eifersüchtig sein?«, keuchte Claudia verzweifelt, und Ralph beobachtete, wie sich etwas seinen Weg nach außen bahnte. Es lag etwas Verräterisches in Claudias Gebaren, eine Furcht, vielleicht auch Loyalitätszwänge, etwas, gegen das sie offenbar ankämpfte.
»Sagen Sie uns die ganze Wahrheit, Frau Reitmeyer«, forderte er daher so ruhig und vertrauenerweckend, wie er konnte.
»Ich kann nicht. Ich habe es ihr versprochen«, wimmerte Claudia.
»Ihrer Mutter?«

»Hm.«

»Aber Ihre Mutter konnte die aktuellen Ereignisse nicht kommen sehen. Es gibt für jedes Versprechen Ausnahmen«, wagte Ralph einen weiteren Vorstoß. Sabine verharrte, Claudia vergrub den Kopf zwischen den Händen und summte leise vor sich hin. Schließlich, es war etwa eine Minute vergangen, flüsterte sie: »Philip *ist* nicht mein biologischer Vater.« Dieses Bekenntnis verfehlte seine Wirkung nicht.

»Bitte?«, entfuhr es Sabine, die sich kerzengerade aufsetzte, als hätte eine Wespe sie gestochen.

Mit gedämpfter Stimme fuhr Claudia fort: »Als meine Mutter schwanger wurde, hatte sie bereits eine Affäre mit Ulf. In der Geburtsurkunde bin ich aber als Philips Tochter vermerkt. Von Ulfs Vaterschaft erfuhr ich erst an Mamas Sterbebett. Sie wollte das Geheimnis nicht mit ins Grab nehmen, aber ich musste ihr versprechen, es niemandem zu verraten.« Sie schluckte schwer und ließ ihren Tränen freien Lauf. Dann tupfte sie sich die Wangen ab und fuhr fort: »Mama hat gesagt, dass nun alles beisammen ist, so wie es gehöre. Diese Gewissheit ließ sie friedlich sterben. Und jetzt habe ich mein Versprechen gebrochen.« Sie wandte sich ab und blickte ins Leere.

»Danke für Ihre Offenheit«, nickte Angersbach. »Eine Frage muss ich Ihnen dazu allerdings noch stellen. Weiß Philip Herzberg davon?«

»Ich weiß es nicht«, antwortete Claudia schulterzuckend, »aber es dürfte auch keine große Rolle spielen. Seit der Adoption liegt unser Verhältnis auf Eis. Er hat es weder Mama noch mir verziehen, dass wir uns von ihm abgewandt haben. Ich wollte ihn oft anrufen, aber ...« Sie stockte und weinte erneut, heftiges Zittern schüttelte sie durch wie einen Baum im Herbststurm.

Die Kommissare verständigten sich mit einem Nicken, es dabei bewenden zu lassen. Ralph Angersbach warf einen Blick auf seine krakeligen Notizen und suchte fieberhaft eine Stelle, die sich auf Herzberg und dessen Alibi bezog. Das Treffen eines Tierschutzvereins im Hintertaunus, Herzberg hatte sich als Protokollant betätigt, und schied somit von elf bis achtzehn Uhr, zuzüglich An- und Heimfahrt, aus.

Claudia Reitmeyer entschuldigte sich, schritt in Richtung Küche, schneuzte sich die Nase und zupfte sich die Kleidung zurecht. Dann kehrte sie zurück und kam auf ein völlig anderes Thema zu sprechen.

»Was ist denn nun mit der Million Euro?«, fragte sie kühl und geschäftig. »Dr. Brüning kann mir die Summe noch heute zur Verfügung stellen.«

Sabine übernahm die Antwort: »Sie möchten also zahlen?«

Claudia nickte stumm.

»Okay, dann sprechen wir das mit unseren Experten durch. Brüning soll das Geld bereithalten, und wir klären, welche Überwachungstechnik wir zum Einsatz kommen lassen.«

»Überwachungstechnik?« Claudia blinzelte skeptisch. »Sprechen wir von Wanzen im Koffer, so wie im Fernsehen?«

»Ja und nein«, lächelte Angersbach. »Nicht wie im Fernsehen, aber wir werden das Geld nicht im Blindflug auf die Reise schicken.«

*Blindflug.* Da war sie wieder, eine der unzähligen Metaphern aus der Welt der Sehenden. Es war nicht das schlechte Gewissen, das ihn plagte, weil er eine blinde Zeugin nicht ernst genommen hatte. Ambiguitätstoleranz. Ein Begriff, der ihm unlängst in einem sozialpädagogisch gefärbten Artikel einer Fachzeitschrift zum Thema Jugendkriminalität untergekommen war. So zu verstehen, dass die eigene Perspektive sich

gegenüber anderen Lebensentwürfen nicht verengen durfte. Ein wenig mehr Offenheit und Akzeptanz konnte wohl nicht schaden, schloss Ralph. Lieber gegenüber seiner Kollegin, oder auch gegenüber einer Blinden.
*Aber wohl kaum gegenüber Janine.*

Aus dem Stimmengemurmel der Beamten, die sich hinter der zur Hälfte geschlossenen Schiebetür von Reitmeyers Büro befanden, löste sich ein Geräusch. Schritte, dann das Schaben der Rollen auf der hängenden Schiene, als die Tür bis zur Gänze aufgeschoben wurde. Sabine fuhr herum, erkannte einen Mann, der gut und gerne eins neunzig sein musste und der sich ihr zielstrebig näherte. Sein dunkles, wild gekräuseltes Haar war straff nach hinten gezogen und schien einzig und alleine durch das Haargummi gebändigt zu sein. Einzelne Locken, die über Stirn und Schläfen hingen, ließen darauf schließen, dass die Frisur ihm allmorgendliche Kraftproben abverlangte. Die gedrehten Spitzen der Mähne reichten bis zwischen die Schulterblätter und breiteten sich wie Efeu auf dem Rücken aus. Auf der spitzen Nase saß eine rahmenlose Brille mit achteckigen Gläsern, kaum ein besserer Zwickel. An den dünnen Drahtträgern baumelte eine schwarze Nylonschnur, die im Dickicht der Haare verschwand und den Anschein erweckte, als verbände sie beide Ohren miteinander.
»Sie müssen Angersbach oder Kaufmann sein«, lächelte der Mann freundlich und streckte die Hand aus.
»Beides«, gab Sabine nickend zurück, »ich bin Letzteres.«
»Volker Leydt.«
Sein Händedruck war so kräftig, als schwänge er den ganzen Tag über den Schaft einer Axt, und Sabine hatte Mühe, ihr Gesicht nicht zu verziehen. Sie zog die Hand mit eingefrore-

nem Lächeln zurück. Prompt sprach er weiter: »Sorry, ich sollte mir angewöhnen, weniger fest zuzudrücken. Ich bin Kriminalpsychologe«, er kicherte, »und in der Regel sanft wie ein Kätzchen. Wobei dieses Bild ein sehr trügerisches ist. Auf das Naturell einer Katze trifft wohl kaum ein Begriff weniger zu als *sanftmütig.* Haben Sie eine Katze schon mal jagen und töten sehen? Aber Verzeihung«, unterbrach er sich und fuhr sich über die Stirn, »wir sind nicht hier, um über Stubentiger zu reden.«
»Gewiss nicht«, schmunzelte die Kommissarin. Der schlaksige Mann, dessen Statur sie an einen Basketballspieler erinnerte, trug ein weißes Jeanshemd, darüber eine schwarze Jeansweste und verwaschene Bluejeans.
*Wenigstens keine Lederstiefel,* dachte Sabine nach einem prüfenden Blick nach unten. Von der Behaarung abgesehen, hätte er nicht mehr viel gebraucht, um in die Gestalt des Marlboro-Mannes zu schlüpfen.
»Ich berate die Spezialisten, die sich mit der Erpressung befassen«, erklärte er hastig und wies mit der Hand dorthin, wo er hergekommen war.
»Erstellen Sie etwa ein Psychogramm von diesem Paracelsus?«
»Ja. Wir sollten unsere Ergebnisse miteinander abgleichen.«
»Gerne, Herr Heydt …«, nickte Sabine, und prompt unterbrach dieser sie: »Leydt. So wie Freud, nur mit Y-D-T.« Er grinste.
»Sorry«, murmelte die Kommissarin nur, denn ihre Gedanken waren an einem völlig anderen Ort.
Sie zogen sich in eine ruhige Ecke des Wohnzimmers zurück, nachdem Angersbach ihr signalisiert hatte, dass er bei Claudia verweilen würde. Frau Reitmeyer schien kein Interesse an

einer Analyse des Erpressers zu haben, oder gab dies zumindest vor, was Sabine etwas irritierte. Hatte sie Vera bereits endgültig verurteilt? Oder genoss sie die Anschuldigung ihrer Feindin einfach nur und wusste insgeheim, dass jemand anderer dahintersteckte?

»Sie haben vermutlich mitbekommen, dass wir heute eine Verhaftung samt Freilassung auf dem Programm hatten«, begann Sabine. Sie drehte ihren Kopf in Richtung des Panoramafensters und ließ ihren Blick über den Horizont wandern. In der Ferne zeichneten sich die Ausläufer der Großstadt ab, Offenbach, Maintal, Bergen-Enkheim. Das rotgoldene Abendlicht ließ die Stadtgrenzen und Entfernungen einzelner Gebäude zu einer glühenden Masse verschmelzen. Sabine berichtete in wenigen Sätzen über das Ehepaar Finke und sah dann den Psychologen erwartungsvoll an.

»Weshalb die Freilassung?«, erkundigte sich dieser unvermittelt und so direkt, dass Sabine erst einmal nachdenken musste.

»Nun ja, es fehlt an Beweisen. Und, unter uns gesagt, ich halte Frau Finke auch nicht für eine Erpresserin.«

»Für eine Mörderin schon?«

»Das habe ich nicht gesagt.« Sie verschränkte die Arme und ergänzte mit einem grimmigen Gesichtsausdruck: »Analysieren Sie bitte nicht mich, okay?«

»Ich frage nur nach«, lächelte Leydt gänzlich unbeeindruckt. »Sind der Mörder und der Erpresser denn nicht ein und dieselbe Person?«

»Das kann ich nicht beantworten«, wehrte er mit erhobenen Händen ab, »aber es scheint, als ginge jeder davon aus.«

»Was ist denn Ihre Meinung?«, bohrte Sabine nach. »Mal ganz essentiell: Ist es ein Mann oder eine Frau?«

»Ich lege mich ungern auf Entweder-oder-Antworten fest. Darf ich anders ansetzen?«

Die Kommissarin nickte, und Leydt räusperte sich.

»Paracelsus ist eine historische Person, ein Heiler, dessen Reputation gemeinhin makellos ist. Dass sich eine Frau hinter männlichem Pseudonym verbirgt, wäre denkbar, ebenso die technischen Fähigkeiten, die für das Ganze bisher vonnöten waren. Doch rein statistisch betrachtet, und das ist der entscheidende Faktor für mich, spricht mehr dafür, dass es sich um einen Mann handelt.«

»Statistik, wie?«, brummte Sabine missbilligend. Sie verabscheute Zahlen, höhere Mathematik im Allgemeinen sowie alles, was mit Wahrscheinlichkeiten zu tun hatte. Die zahlreichen Therapeuten ihrer Mutter hatten verschiedenste Zahlen zu Rate gezogen, um damit zu rechtfertigen, wie unberechenbar psychotische Schübe seien. *Dann brauche ich auch keine Statistik,* war ihr Standpunkt, denn Ungewissheit war das Einzige, was bei Hedwig Kaufmanns Erkrankung gewiss war. Michael Schreck, immerhin Computerforensiker und daher von Berufs wegen mit Zahlen verheiratet, hatte vergeblich versucht, seiner Freundin diese Abneigung zu nehmen. Doch bis dato ohne Erfolg. Sabine Kaufmann glaubte nicht an die Macht der Wahrscheinlichkeit, und wenn überhaupt, dann nur an die Kriminalstatistik. Diese stieg in der Regel, manchmal stieg auch die Aufklärungsquote, aber unterm Strich blieben die Zahlen auch hier das Wesentliche schuldig: Die Tiefe der menschlichen Abgründe ließ sich nicht damit ausdrücken. Nicht annähernd. Wenn sie eines in ihrem Job gelernt hatte, dann das.

»Statistik ist ein wesentlicher Bestandteil der Psychologie«, erwiderte Leydt achselzuckend. »Je mehr Faktoren wir aneinanderreihen, die Wahrscheinlichkeit erhöhen, dass es sich um einen Mann handelt, desto sicherer können wir davon ausgehen. Eines der schwerwiegendsten Argumente ist hierbei der statistische Anteil von Frauen bei materieller Erpressung. Ich gehe von einem Mann Anfang dreißig bis Ende vierzig aus, der über grundlegende biochemische Kenntnisse verfügt.«

»Das grenzt den Personenkreis nicht wirklich ein.«

»Tut mir leid, früher war das einfacher.« Leydt seufzte. »Google macht aus fast jedem einen Möchtegern-Experten, der es darauf anlegt.«

»Hm. Worauf basiert Ihre Alterseinschätzung?«

»Kriminalstatistik«, grinste er schief, »sorry. Er ist auf eine gewisse Weise unbeholfen, aber andererseits auch abgebrüht. Daher klammere ich jugendliche und junge Erwachsene aus. Außerdem verwendet er diesen archetypischen Spruch der alten Schulmilch-Werbung. Und er scheint Dagobert zu kennen.«

»Den Kaufhaus-Erpresser.«

»Präzise. Natürlich sind die Fälle nicht miteinander zu vergleichen, aber er schickt uns Gedichte und macht aus dem Ganzen eine Art Spiel. Das geht über normale, emotionslose Habgier hinaus.« Leydt pausierte kurz, dann fiel ihm noch etwas ein: »Na ja, und die Altersobergrenze ziehe ich bei fünfzig wegen der Computerkenntnisse. Das ist übrigens auch eine Limitierung, die im Laufe der Jahre immer mehr verschwimmen wird.«

»Ich sag's ja, die Statistik taugt auf Dauer nicht«, feixte Sabine. »Sie sagten eben, er spiele ein Spiel mit uns.«

»Nein, nicht ganz. Er spielt, buhlt um Aufmerksamkeit, macht sich wichtig, aber es sind nicht die Ermittler, mit denen er spielt. Das unterscheidet ihn essentiell von Dagobert.«

»Also spielt er mit seinem Opfer. Mit Claudia Reitmeyer.«
»Auch nicht ganz. Er lässt sie zappeln, quält sie, und Sie verzeihen, wenn ich Ihnen noch einmal das Bild einer Katze vor Augen halte. Bis zu diesem Punkt könnte ich ihm eine Menge Attribute einer Katze zuschreiben, aber eine Sache sprengt jeden Rahmen.«
»Die beiden Toten?«
Leydt nickte und blinzelte.
»Ein Erpresser, der sich erst meldet, nachdem es zwei Todesopfer gibt?« Er lachte bitter. »Dazu brauche ich keine Zahlen. Das ist an Absurdität kaum zu überbieten. Weshalb sollte die erpresste Person denn eine Million Euro zahlen? Ihren Vater bekommt sie dadurch nicht zurück.«
»Das haben wir uns auch schon gefragt«, brummte Sabine. »Kann es sein, dass das Gift die beiden zu früh erreicht hat? Also ein, hm, *Unfall* – wenn man so will?«
»Bei einem Toten könnte man eventuell davon ausgehen. Aber würde das unseren Erpresser nicht unglaublich nachlässig machen? Die Intention hinter einer Erpressung ist doch das Spiel mit der Angst, das Erschaffen einer Bedrohung, welche ausschließlich durch das Erfüllen einer Forderung abgewendet werden kann.«
»Also eine sehr persönliche Angelegenheit«, schloss Sabine nachdenklich.
»In unserem Fall: ja. Adressatin ist Claudia Reitmeyer, und zwar ganz gezielt, denn hätte die E-Mail an den Betrieb gehen sollen, hätte Paracelsus nicht ihre Privatadresse verwendet. Er hat demnach gewusst, dass er Ulf Reitmeyer nicht mehr erreichen wird, oder hat das Ganze bewusst in Kauf genommen, *oder,* und darauf möchte ich hinaus, er hat es genau so geplant.«

Das klang einleuchtend, doch Sabine blieb skeptisch und fragte nach: »Die Erpressung ist ein Vertuschungsmanöver?«
»Es ist eine *Möglichkeit*«, begann Leydt, und sofort blockte sie ihn ab.
»Keine Zahlen, bitte. Verraten Sie mir lieber, wie Herr Kötting in diese Gleichung passt.«
»Überhaupt nicht«, gestand der Psychologe verbissen ein. »Das macht die ganze Angelegenheit ja so komplex.«
Sabine schritt nachdenklich auf und ab. Angenommen, sie klammerte Vera als Tatverdächtige einmal aus, und angenommen, es handelte sich nicht um einen kaltblütigen Erpresser, dem zwei Menschenleben völlig egal waren ... Ihre Gedanken rasten. Schließlich kehrte sie zu ihrem Gesprächspartner zurück und brachte einen weiteren Denkansatz zur Sprache.
»Halten Sie es denn für möglich, dass die Erpressung von *innen* her kommt?«
»Dass jemand die Todesfälle nutzt, um Profit daraus zu schlagen?«
»Hm.«
»Laut Ihren Kollegen steht Frau Reitmeyer doch mit glänzender Bilanz da. Ich sehe nicht, was ihr das Ganze bringen sollte.«
»Sprechen wir einmal nicht nur von Claudia«, erwiderte Sabine und erkannte im Stillen, dass sie ihre Abneigung gegen diese Frau besser kontrollieren musste. Leydt hatte vollkommen recht, darauf hätte sie auch selbst kommen können. Aber trotzdem; die Theorie an sich blieb bestehen.
»Dann wäre das Geld aber wohl kaum der treibende Impuls«, setzte der Psychologe an, und Sabine neigte fragend den Kopf.
»Wie sollte ein vertrauter Mitarbeiter denn seinen plötzlichen Geldsegen rechtfertigen?«

»Er könnte die Kohle ja stillschweigend anlegen.«
»Um was zu tun? Weiterarbeiten, nine to five, als sei nichts geschehen? Nein. Jemand, der so habgierig ist, würde das nicht tun.«
»Jemand, der habgierig ist und den florierenden Betrieb kennt, würde sich auch nicht mit einer Million zufriedengeben.«
*Verdammt.* Die Theorie hinkte plötzlich.
Doch dann fragte Leydt etwas, was Sabine Kaufmann stutzen ließ: »Was wäre denn, wenn jemand dem Weidenhof schlechte Presse machen wollte? Zwei Tote, vergiftete Milch, Etikettenschwindel ... Wäre das nicht das Aus für einen Betrieb in dieser Branche?«
»Sie haben recht«, stieß Sabine hervor. »*Worst Case* auf ganzer Linie.«
*Ein Bio-Super-GAU.*

Etwa zur selben Zeit nahm Ralph Angersbach ein Telefongespräch entgegen, während er Claudia Reitmeyer beim Zubereiten eines Tees in der Küche zusah. Mirco Weitzel informierte ihn, hörbar erregt, darüber, dass er bei der Abonnentenliste einen Treffer gelandet habe. Und obwohl der Kommissar sich selten aus der Fassung bringen ließ – zumindest, wenn er sich nicht gerade im Dunstkreis seiner Halbschwester befand –, war er ziemlich perplex. Der verfeindete Nachbar hätte ihn als Täter wohl weniger verwundert, auch Gunnar Volz war in seinen Augen ein Kandidat gewesen. Gerade diesen undurchsichtigen Knecht hätte er nur allzu gerne ins Kreuzverhör genommen, weitaus lieber jedenfalls als das Rumpelstilzchen und dessen Königin.
*Doch ausgerechnet er?*
Gab es Faktoren, die den beiden entgangen waren, oder

zeichnete sich in dem lückenhaften Puzzle plötzlich ein Bild ab? Angersbach jedenfalls musste sich auf die Zunge beißen, um den Namen nicht lauthals in Claudias Gegenwart nachzusprechen, als Weitzel ihn durch den Hörer mitteilte. Er eilte hinüber zu seiner Kollegin und setzte sie davon in Kenntnis.

»Das ist nicht wahr!«, entfuhr es Sabine, und mit wohliger Genugtuung registrierte Angersbach die unverblümte Irritation in ihrem Gesicht. Er konnte förmlich sehen, wie sich hinter ihrer Stirn eine Maschinerie in Gang setzte und ratternd das gedankliche Chaos zu ordnen versuchte.

Angersbach schob seine Kollegin zur Seite und ließ den Psychologen stehen, um ungestört mit ihr sprechen zu können. Kurz darauf winkten die beiden Claudia Reitmeyer zu sich.

»Na und?«, reagierte sie entgeistert, nachdem sie sie auf den neusten Stand gebracht hatten. »Was soll das denn beweisen?«

»Das Magazin ist vergleichsweise auflagenschwach«, erläuterte Sabine ruhig. »Wir können es nicht als Zufall abtun, dass eines der wenigen Abonnements ausgerechnet an Ulf Reitmeyer adressiert war.«

Panisch sprangen Claudias Augen zwischen den beiden Ermittlern hin und her, während sie hervorstieß: »Ich habe nicht die geringste Ahnung, um was für ein Blatt es sich handelt!«

Harsche Worte einer in die Enge getriebenen Person.

»Überlegen Sie es sich von nun an besser sehr genau, was Sie behaupten«, funkelte Sabine sie an. Mit Daumen und Zeigefinger formte sie eine Zwei und ließ sogleich die Fingerspitzen sich langsam aufeinander zubewegen. »Sie stehen haarscharf vor einer Verhaftung, also präsentieren Sie uns am besten eine gute Erklärung dafür.«

Hilfesuchend richtete Claudia ihren Blick auf Ralph, doch auch dieser zeigte sich unnahbar.

»Ihr Vater dürfte sich ja wohl kaum selbst erpresst haben, oder?«

»Ich etwa? Verdammt!«, schluchzte Frau Reitmeyer außer sich und wedelte mit dem Armen. »Ich muss raus hier, ich bekomme keine Luft, ich fasse es nicht«, stieß sie hervor und stampfte davon. Sabine wollte ihr impulsiv folgen, doch Angersbach gebot Einhalt.

»Lassen Sie sie nur«, murmelte er. »Der ganze Hof ist voller Leute, was soll sie schon anstellen? Sie glauben doch nicht etwa, dass sie selbst eine Erpressung gegen sich inszeniert hat, oder?«

»Bei dieser Frau hört mein Glaube auf«, murrte Sabine.

»Persönliche Aversionen sollten das Urteilsvermögen nicht beeinflussen«, provozierte Angersbach mit einem schiefen Grinsen. Er wusste genau, dass sich in dem schönen Köpfchen seiner Partnerin einige unschöne Termini bildeten, mit denen sie ihn bedachte, doch aus ihrem Mund kam nur ein eisiges: »Wie auch immer.«

»In meinen Augen ist sie viel zu gerissen für so einen Patzer«, fuhr der Kommissar fort. »Außerdem wurde bei der Durchsuchung des Altpapiers nichts gefunden. Keine Schnipsel, keine Zeitungen, nun ja, jedenfalls keine zerschnittenen.«

»Wie oft erscheint dieses Schundblatt denn?«

»Alle zwei Monate laut Weitzel.«

»Dann müsste sich im Haus ja ein ganzer Stapel finden, wenn Reitmeyer sie gesammelt hat. Oder aber, das ungelesene Exemplar müsste noch herumliegen«, folgerte Sabine. »Wurde denn überall und gezielt danach gesucht?«

»Gemäß unseren Erpressungsspezialisten schon. Es war

angeordnet, hier, auf dem Tannenhof, und bei allen Befragten im Müll und auch im Haushalt nach Zeitschriften zu suchen. Die wissen schon, was sie tun.«
»Meinetwegen«, aber Sabine klang weder enthusiastisch noch überzeugt, »was bedeutet das nun für uns?«
»Füttern Sie doch mal Ihren Dr. Freud damit«, grinste Angersbach. »Ich sehe in dieser Zeit nach Ihrer Freundin.«

Sabine Kaufmann tauschte sich einige Minuten mit Volker Leydt aus, doch wie erwartet fiel sein Urteil nicht spektakulär aus.
»Paracelsus treibt ein perfides Spiel«, schloss er achselzuckend, »das wird hierdurch nur noch bestätigt. Frau Reitmeyer kann sich das jedenfalls nicht selbst angetan haben.«
»Aufgrund Ihrer Wahrscheinlichkeitsrechnung oder aufgrund von Fakten?«
»Beides. Ihre Körpersprache lässt mich in ihr lesen wie in einem offenen Buch«, schmunzelte Leydt. »Aber verraten Sie ihr das nicht. Sobald Personen auf ihre Haltung und ihre Reaktionen achten oder sie zu steuern versuchen, sieht die Sache anders aus. Frau Reitmeyer ist kaum mehr als ein aufgescheuchtes Huhn.« Rasch fuhren seine Finger über die Lippen, und er wisperte verschwörerisch: »Aber bloß nichts verraten!«
Ein müdes Lächeln huschte über Sabines Gesicht, und der Psychologe sprach weiter: »Ihre Körpersprache ist übrigens auch recht eindeutig. Zwischen Ihnen beiden herrscht eine unglaubliche Spannung.«
»Zwischen mir und Frau Reitmeyer?«
»Nein ... also ich meine: auch«, Leydt schüttelte energisch den Kopf, was seinen lockigen Schweif in Wallung versetzte

und urkomisch aussah. Doch Sabine war viel zu konzentriert auf das, was er sagte. »Sie und Ihr Kollege. Das meinte ich. Erlauben Sie mir, das zu sagen, aber Sie scheinen wie Feuer und Wasser zu sein.«

»Dazu muss man kein Psychologe sein«, erwiderte Sabine. Sie fühlte sich ertappt, überrumpelt, aber andererseits hatte Leydt ja recht. Sie rang sich ein aufforderndes Lächeln ab. »Nur zu, sprechen Sie weiter. Ich bin gespannt auf Ihre Analyse.«

»Sorry für den blöden Vergleich, aber Sie verhalten sich wie, hm, ein geschiedenes Pärchen. Abgesehen von den sichtbaren Kontrasten …«

»Wie bitte?«

Leydt verstummte, denn Sabines Stimme klang so laut und erbost, dass sich ein hinten im Raum vorbeigehender Kollege erschrocken zu ihnen drehte.

»Das ist unser erster Fall«, brauste Sabine mit vernichtendem Blick und nur mühsam gedämpfter Stimme auf, »und wir hatten weder eine Beziehung, noch werden wir jemals eine haben!«

»Das Zweite davon beschwören Ex-Ehepartner auch andauernd«, lachte Leydt und winkte ab, »aber es war ein unbeholfener Vergleich. Sorry. Ich wollte Sie nicht verärgern.«

»Hmpf.«

»Ihre Reaktion war allerdings ziemlich heftig. Irgendetwas zwischen Ihnen ruft eine enorme Spannung hervor.«

»Ja, er ist ein Trampeltier, zeigt null Empathie und belächelt mich wegen allem, was ich anders mache. Mein Auto, mein Geschlecht, meine Gesprächsführung …«

»Also doch ein Eheproblem«, lachte Leydt mit einer schützenden Handgeste, und Sabine hielt inne. Sie ließ die genannten Dinge noch einmal Revue passieren, und, tatsächlich, ihre

Aufzählung glich in vielen Punkten den Konflikten, die man zu einer Eheberatung tragen würde. Sie verkniff sich ein Schmunzeln und stieß hervor: »Mist! Wir brechen das Ganze wohl besser ab.«

»Wie Sie wünschen«, erwiderte der Psychologe freiherzig. »*Sie* haben gefragt.«

»Jaja.« Sabine winkte ab und sah auf die Uhr. Der Minutenzeiger befand sich längst jenseits seines Zenits, und der Winkel zu dem senkrecht nach unten zeigenden Stundenzeiger wurde immer spitzer. Was bedeutete »nach Feierabend«, die unpräzise Zeitangabe des Erpressers? Achtzehn Uhr dreizehn, es war mittlerweile fast dunkel draußen. Hilflos stellte die Kommissarin fest, dass sie auch in zwei Stunden noch hier sitzen würde, wenn Paracelsus sich nicht meldete. Sie fischte das Smartphone aus ihrer Gesäßtasche und rief Michaels neueste SMS auf, in der er ihr seine voraussichtliche Ankunftszeit genannt hatte.

*Verdammt.*

Doch obwohl es wieder einmal jenes weitverbreitete Fluchwort war, das ihr durch den Kopf ging, schien das Schicksal ihr gnädig.

»Da ist was!«, rief Claudia Reitmeyer spitz und erregt. Sabine fuhr herum, sah die junge Frau am Wohnzimmertisch vor ihrem Notebook sitzen, während aus dem Büro ein Kriminaltechniker herbeieilte. Der Einzige, der sich nicht impulsartig bewegte, war Angersbach. Er wirkte eher so, als sei er bestellt und nicht abgeholt, oder aber, als wäre ihm das Ganze schnurzpiepegal. Und inmitten all des Trubels tauchte auch noch der gelackte Anwalt auf, an dessen linker Faust eine mokkabraune Tasche aus Straußenleder baumelte. In ihrem Inneren vermutete Sabine das geforderte Geld und wunderte sich kurz darüber, wie wenig Platz die Summe einer Million Euro doch einnahm.

Als wollte sie den Bildschirminhalt vor den Blicken der anderen Anwesenden verbergen, kauerte Claudia vor dem hell flimmernden Hintergrund, in dessen Zentrum eine E-Mail aufgerufen war.

»Von ihm?«, erkundigte sich der Kriminaltechniker.

»Was schreibt er?«, wollte Angersbach wissen, der demnach doch nicht zur Salzsäule erstarrt war, wie seine Kollegin erleichtert feststellte. Doch Claudia suchte Augenkontakt mit Dr. Brüning, der sie mit einem stummen Nicken begrüßte.

»Muss ich den Inhalt überhaupt allen zeigen?«, erkundigte sie sich freiheraus und klappte den Monitor gerade so weit herunter, dass das Gerät nicht auf Stand-by ging.

Irritiert räusperte die Kommissarin sich und wechselte einen raschen Blick mit Angersbach, der ähnlich zu empfinden schien.

»Nein«, erwiderte Brüning, dessen Antwort zwar ebenfalls überrascht klang, aber dennoch voller Überzeugung kam. Er atmete einmal tief durch, hinter seiner Stirn flogen wahrscheinlich unzählige Paragraphen hin und her, dann ergänzte er: »Sie allein entscheiden, wem Sie den Inhalt der Mail zugänglich machen. Sie können die Beamten jederzeit bitten, das Anwesen zu verlassen. Allerdings …« Mit einem Mal klang seine Stimme skeptisch, und die Kommissarin erwartete nun den Einwand, dass es besser sei, die Ermittlungsbeamten nicht auszuschließen. Doch stattdessen schnitt Claudia Reitmeyer dem Anwalt harsch das Wort ab.

»Gut, danke, das genügt.« Sie vergewisserte sich, dass ihr Computer von allen Blicken abgeschirmt war, und richtete sich zackig auf. »Dann alle raus hier, bitte«, fuhr sie fort. Ihr

Atem ging schnell, und ihre Stimme schnarrte mit an Hysterie grenzender Frequenz.
»Aber Frau Reitmeyer.« Angersbach gab sich offenbar alle Mühe, entspannt und gefasst zu klingen. Oder es war ihm tatsächlich egal, so genau konnte Sabine das noch immer nicht einschätzen.
»Alle bis auf Dr. Brüning«, bekräftigte Claudia und wies aufgeregt in Richtung Haustür.
»Moment mal«, warf Sabine ein, und der unschlüssig wankende Beamte, schon bereit, die Flucht zu ergreifen, hielt inne.
»Nein!«, kreischte Claudia mit hochrotem Kopf. »Sie verlassen jetzt alle sofort den Raum!«
Dr. Brüning, nicht in der Lage, sich von seiner Tasche zu trennen, eilte zu ihr und versuchte, sie mit seiner freien Hand zu beschwichtigen. Er raunte einige Worte in Claudias Richtung, die Sabine nicht verstand, doch sie schienen zu wirken. Als Nächstes sah sie, wie die Frau tränenüberströmt an Brünings Schulter sackte, lauthals schluchzend, und fortan nicht mehr in der Lage, sich zu artikulieren. Auch der Anwalt verharrte, sprach nicht, legte einen Arm um die Klientin, dann auch den anderen, und die millionenschwere Tasche hing wie auf Halbmast unterhalb ihrer Hüfte. Mit einem auffordernden Nicken bedeutete Brüning, in dessen Blickfeld momentan nur Ralph Angersbach stand, dass eine Inaugenscheinnahme des Laptops nun in Ordnung ginge.
p4r4celsus@web.de, wie erwartet.
*Sicher nicht die dümmste E-Mail-Adresse der Welt,* dachte Sabine für sich, aber mit Sicherheit eine, die sie so schnell nicht vergessen würde.

Vor dem ersten Hahnenschrei
an Bonifatius' letztem Kreuz
Und noch mal: KEINE Polizei!
Nur Du und niemand Deiner Leuts!

Ist die Kohle wanzenfrei,
nicht markiert und registriert,
ist das Sterben dann vorbei.
EHRENWORT und GARANTIERT.

Die typischen Reime in einer etwas unbeholfenen Sprache. Allerdings, das musste Sabine dem Urheber der Zeilen lassen, wurde er von Mal zu Mal besser. Dieses Mal handelte es sich nicht um ein Papierschnipsel-Patchwork, sondern um ein einfaches Dokument, erstellt mit einem Schreibprogramm und danach in eine PDF-Datei konvertiert.

Die Analytiker hatten, wie die Kommissarin wusste, bereits die vorherigen Dateianhänge überprüft, ob das Programm ein Office-Paket war, in dessen Dateisignatur womöglich ein verräterischer Benutzername transportiert wurde. Fehlanzeige. Sie würden auch diese Datei checken, doch für Nachlässigkeiten dieser Art schien Paracelsus zu schlau zu sein.

So unbeholfen seine erste Kontaktaufnahme noch gewirkt hatte, allmählich verfestigte er sich, nun, da es konkret auf die Übergabe des Geldes zuging. Es schien fast, als wäre der unbekannte Erpresser in seine Handlungen hineingewachsen, anfangs, ohne das zu wollen. Sabine dröhnte der Schädel. Wohin führten sie solche Gedankenexperimente? In die Verzweiflung. Sie gab Angersbach zu verstehen, dass sie für einige Minuten an die frische Luft gehen wolle, was dieser mit einem Nicken beantwortete. Im Hinausgehen hörte sie, wie er zur Besprechung rief. Fünf Minuten.

Dankbar trat Sabine ins Freie.

Sie zog das Telefon hervor und fuhr mit dem Zeigefinger über den Sperrbildschirm. Das Display färbte sich in grelles Blau, dann erschien ein Nachrichtenfenster.

»ICE hat 8 Minuten Verspätung, aber die holen wir noch auf. Melde mich, wenn ich umgestiegen bin. Freu mich auf Dich«

Am Ende der unteren Zeile war außerdem ein Smiley mit Kussmund zu sehen.

*Michael.* Dieser Mann war ein Segen.

Sabine seufzte erleichtert und tippte ihm ein kurzes »Dito« zurück, zusammen mit einem Smiley mit roten Herzaugen. Sie atmete noch einige Male tief durch die Nase ein, dann ging sie zurück ins Haus.


Claudia Reitmeyer war noch außer Hörweite, als Angersbach sich in Richtung des Psychologen beugte und ihn fragte: »Was war das eben für ein Ausbruch bei der Reitmeyer?«

»Kontrollverlustängste«, mutmaßte Leydt. »Der Erpresser setzt sie massiv unter Druck, bürdet ihr auf, dass sie die Verantwortung trägt und die Polizei raushalten soll. Andernfalls sterben Menschen. Das, gepaart mit dem Stress, unter dem sie steht ...«

»Schon gut, ich hab's kapiert. Wir dürfen uns also glücklich schätzen, dass wir bleiben dürfen.«

»Wenn Sie das so sehen wollen«, wandte Leydt ein. »Machen Sie ihr keinen Vorwurf draus.« Seine Stimme wurde zum Flüstern, denn Claudia näherte sich ihnen.

»Okay, eine schnelle Analyse, bitte«, leitete Ralph Angersbach zur Besprechung über und massierte sich angestrengt den Nasenrücken. »Zuerst die Fakten. Wann schreien hier irgendwelche Hähne, und was zum Teufel ist *Bonifatius' Kreuz*? Eine Kirche?«

»Das Kreuz sagt mir etwas«, antwortete Sabine mit eilig erhobenem Finger. »An der Kreisstraße nach Heldenbergen steht ein Steinkreuz, da mussten wir in der Grundschule einmal hinwandern.«

»Aber Steinkreuze stehen doch praktisch überall hier.« Angersbach war nicht überzeugt. »Warum also ausgerechnet dieses?«

»Angeblich hat der Leichenzug dort Rast gemacht«, erklärte Sabine weiter und kniff die Augen zusammen, schätzungsweise grub sie tief in ihren alten Heimat- und Geschichtskenntnissen. »Bonifatius starb, soweit ich weiß, in Mainz und wurde von dort aus zum Begräbnis nach Fulda transportiert. Die Strecke wird zunehmend von Wanderern genutzt, nein, von *Pilgern*«, korrigierte sie sich.

»Eine Art *hessischer Jakobsweg,* oder wie?« Angersbach kratzte sich missmutig am Kopf.

»Könnte man so sehen«, grinste Volker Leydt. »Diese Form der Glaubensrituale ist ja wieder im Kommen. Und ich gebe Frau Kaufmann recht, es ist das markanteste Steinkreuz in der Gegend und das einzige, das zur Bonifatiusroute zählt.«

»Hm. Und die Uhrzeit?«

»Hähne krähen vor Sonnenaufgang«, erklang müde die Stimme von Claudia Reitmeyer. Sie hatte gedankenverloren in die Dunkelheit geschaut und das Gespräch aus der Distanz verfolgt. Nun trat sie zu ihnen und ergänzte: »Derzeit ist das wohl gegen fünf Uhr.«

»Danke.« Angersbach schenkte ihr ein Lächeln. »Damit haben

wir Zeit und Ort, wobei ich es für recht fragwürdig halte, derart unpräzise zu sein.«
»Der Ort ist eindeutig«, widersprach Sabine. »Das Kreuz steht für sich, daneben ein Baum und rundherum Felder.«
»Okay, aber die Zeit. Warum nicht ›fünf Uhr‹ oder einfach ›Mitternacht‹?«
»Mich wundert das auch«, warf Leydt ein. »Das Verhalten dieses Erpressers ist äußerst atypisch. Einerseits drängt er auf eine reibungslose Übergabe. Andererseits drückt er sich weder bei der Nennung des Ortes noch bei der Uhrzeit klar aus. ›12 Uhr, Hauptbahnhof, Mülleimer an Gleis 1.‹ *Das* wäre präzise.«
Sabine nickte. »Noch etwas?«
»Die Wahl des Ortes an sich ist ebenfalls problematisch. Strategisch unklug, um es vorsichtig auszudrücken. Ringsherum flache Felder, und nur eine einzige, außerhalb der Stoßzeiten relativ einsame Straße.«
»Nun ja, dafür kann er den Übergabeort aus der Ferne observieren, um sicherzugehen, dass außer Claudia Reitmeyer niemand dort aufkreuzt.«
»Die taktische Beurteilung überlasse ich Ihnen«, lächelte Leydt. Er griff sich hinter den Kopf und zupfte das Gummiband zurecht.
»Dann sagen Sie uns eines: Wird Paracelsus, wenn er das Geld hat, mit seiner Giftmischerei aufhören?«
»Darauf antworte ich Ihnen nicht als Psychologe«, wehrte Leydt vehement ab, überlegte kurz und setzte nach: »Aber aus dem Bauch heraus denke ich, dass ihm das Geld weitestgehend egal sein dürfte.«
»Warum dann so ein Brimborium?«
»Weil er sich inszeniert. In jeder Mail, in allem, was er bisher

getan hat. Von der Namenswahl bis hin zur Lösegeldanweisung: Paracelsus rückt sich in den Brennpunkt der Ermittlung.«

»Nur, um seine Forderungen zu unterstreichen?«, dachte Sabine laut und mit zweifelndem Gesichtsausdruck. »Oder möchte er die Aufmerksamkeit der Medien gewinnen, um dem Ansehen des Hofes zu schaden?«

»Die Beweggründe können mannigfaltig sein«, urteilte Leydt auf seine relativierende Art und Weise.

»Eines haben sie aber gemeinsam«, knurrte Angersbach, und die Blicke richteten sich fragend auf ihn. »Keiner von uns spricht mehr über die zwei Toten.«

Und er hatte recht. In der ganzen Liste von Ungereimtheiten, die der Erpresser den Beamten aufgegeben hatte, waren die beiden Ermordeten der größte Widerspruch. Paracelsus *konnte* nicht so naiv sein zu glauben, dass man ihm, der schon zwei Morde auf dem Gewissen hatte, eine Million Euro zahlen und die Ermittlung irgendwann im Sande verlaufen lassen würde.

»Das bildet er sich aber nur ein«, wandte Sabine ein, denn sie würde garantiert nicht lockerlassen, weder vor noch nach der Übergabe.

Leydt meldete sich wieder zu Wort, um einen Gedanken aufzugreifen, der sie ebenfalls nicht loslassen wollte. Wie gut kannte der Erpresser den Hof, und wie persönlich war seine Verbindung zu Claudia Reitmeyer?

»Er setzt voraus, dass Frau Reitmeyer seine Worte versteht«, leitete der Psychologe ein. »Das könnte ein Indiz dafür sein, dass es sich um eine Person aus ihrem direkten Umfeld handelt.«

»Liegt das Kreuz nicht in unmittelbarer Nähe der Zufahrt des

Tannenhofs?«, erkundigte sich Sabine und deutete auf den Laptop des Kriminaltechnikers. »Können Sie mal eine Karte aufrufen?«

Brummend klackerte dieser auf seiner Tastatur, bis ein Satellitenbild auf dem matten Breitbild erschien, welches er sogleich in Sabines Richtung drehte. Tatsächlich lagen nur wenige hundert Meter zwischen dem Kreuz und der Zufahrt, allerdings stach Angersbach noch ein weiterer Punkt ins Auge.

»Ist das nicht der Pappelhof von diesem Kayser?«

»Stimmt«, bestätigte seine Kollegin, nachdem sie sich auf dem Kartenausschnitt orientiert hatte.

»Der Weg dorthin ist noch kürzer als zum Tannenhof, und das Wissen um Hähne und lokale Steinkreuze dürfte der Alte wohl auch haben.«

»Aber vermutlich das technische Know-how eines Steinzeitmenschen«, murrte der Kriminaltechniker, und widerwillig musste Angersbach eingestehen, dass diese Einschätzung wohl vernünftig war.

»Mist«, murmelte er. »Aber wer wäre auch so blöd, eine Geldübergabe so nah am eigenen Grund und Boden zu machen.«

»Vorsicht. Bei diesem Typen sollten wir alle Erwartungen an rationales Verhalten über Bord werfen«, schaltete Leydt sich wieder ein.

»Sie meinen, er würde sich aus Kalkül irrational verhalten?«

»Das ist nicht meine *Meinung*, sondern eine Einschätzung, die auf verschiedenen Faktoren basiert«, korrigierte Leydt geduldig.

»Recht vage«, konterte Angersbach mürrisch. »Kein Wunder, dass ihr Psychologen euch nie irrt, wenn alle Diagnosen so schwammig sind.«

»Wie Sie meinen«, lächelte Leydt gütig, beinahe schon devot.

Angersbach knirschte mit den Zähnen, denn er ließ sich nicht gerne vorführen. Volker Leydt hatte ihn auflaufen lassen, ohne dabei eine Miene zu verziehen, und jeder hatte es mitbekommen. So etwas schaffte sonst nur Janine. Bevor er sich noch mehr ärgern konnte, beschloss er, schnell das Thema zu wechseln.
»Okay, was sagt die E-Mail noch?«
»Paracelsus warnt ausdrücklich vor einer Beteiligung der Polizei, sei es personell oder unter Zuhilfenahme von Überwachungstechnik«, folgerte Sabine und tippte auf die in Großbuchstaben geschriebenen Worte des ausgedruckten Textes.
»Des Weiteren garantiert er, dass es nach einer erfolgreichen Übergabe keine weiteren Vorfälle geben wird«, ergänzte sie weiter. »Klingt für mich nach einer letzten Instruktion, auf die keine weiteren Mails folgen werden.«
Fragend suchte sie den Blickkontakt zu Leydt und Angersbach. Der Psychologe reagierte zuerst: »Das schätze ich ebenfalls so ein. Er hebt mit diesen Hinweisen zweimal das Anliegen hervor, die Sache erfolgreich und endgültig beenden zu wollen. Seine Warnungen sind also mahnende Zugeständnisse. Er *will*, dass die Übergabe funktioniert, und legt die Verantwortung dafür in unsere Hände. In *Ihre* Hände.«
Er deutete auf Frau Reitmeyer, die unwillkürlich zusammenzuckte.
»Dann hätte ich Sie also doch fortschicken sollen«, hauchte diese bleich.
»Nein, aber wir sollten die Übergabe sehr präzise durchsprechen«, warf Sabine Kaufmann ein.

Eine halbe Stunde später verließen die Kommissare das Haus und traten ins Freie. Die Abendluft war eisig und schmeckte

nach Frost, dazu kam ein Hauch von Heu, und Sabine fragte sich, ob das Einbildung war, weil sie sich auf einem Hofgut befanden. Vieh gab es auf dem Weidenhof schließlich keines. Sie zog den Reißverschluss bis unter den Hals, zupfte den Kragen zurecht und suchte dann ächzend das Telefon, welches noch immer in ihrer Hosentasche steckte.
Angersbach, der sich gerade warme Luft in die Handhöhle hauchte, schenkte ihr einen schwer zu deutenden Blick.
»Haben Sie noch einen Termin?«
»Äh, ja«, gab sie ein wenig überrumpelt zurück. »Mein Freund kommt jede Minute mit dem ICE aus Berlin an. Ich würde daher gerne in einer halben Stunde am Bad Vilbeler Bahnhof sein.«
»Ihr Freund?«
*Spreche ich Spanisch?* Warum wiederholte Angersbach ihre Worte wie ein Papagei, wenn er doch genau verstanden zu haben schien, was sie gesagt hatte. Dann erst realisierte die Kommissarin, dass sie wie beiläufig ihre Schuld vom Vorabend beglichen hatte, denn bis dato hatte sie ihrem Kollegen noch nichts von Michael erzählt.
»Freund, Lebensgefährte, wie auch immer«, tat sie die Sache schnell ab. »Hatte ich Ihnen das gestern nicht erzählt?«
»Nein«, grinste Angersbach und schenkte ihr einen vielsagenden Blick.
*Verdammt.* Sabine schämte sich in Grund und Boden. Warum hatte sie zugelassen, dass dieses Thema ausgerechnet gegenüber ihrem anstrengenden Kollegen so aufgebauscht wurde? Immerhin waren sie nur *Berufspartner* und nicht, wie dieser bescheuerte Leydt behauptet hatte, ein altes Ehepaar.
Zu allem Überfluss stürmte just in diesem Augenblick der Polizeipsychologe aus der Eingangstür.

»Gut, Sie sind noch da«, keuchte er abgehetzt, mit einem erleichterten Lächeln.
»Wir sind im Begriff zu gehen«, brummte Angersbach und wollte sich schon in Bewegung setzen, als Volker Leydt hastig fragte: »Können Sie mich bitte mit zurück in die Stadt nehmen? Die Techniker düsen direkt nach Friedberg, und ich würde gern …«
Die Stirn des Mannes triefte förmlich vor Schweiß. Der Versuch, die Lockenmähne unter eine Strickmütze zu zwängen, war gründlich gescheitert, wie Sabine amüsiert feststellte. Dampfschwaden stiegen auf. Entweder schien Leydt innerlich zu glühen, oder aber er hatte sich in verzweifelte Eile gestürzt, um seine Mitfahrgelegenheit nicht zu versäumen.
*Letzter Aufruf für die Passagiere nach Bad Vilbel …*
Sabine wollte ihn gerade von seiner Pein befreien, als sie von Ralph ein triumphierendes »Ha!« vernahm. Sie zuckte zusammen und folgte mit fragendem Blick dem Zeigefinger ihres Kollegen, der in Richtung seines Geländewagens schnellte. Er musste es nicht aussprechen, damit Sabine die Anspielung verstand, und sie war zu müde, um sich in einen neuen Schlagabtausch zu stürzen.
»Klar, steigen Sie ein, wir fahren zur Dienststelle«, grinste Angersbach breit und ergänzte süffisant: »Ich habe genug Plätze frei.«

Das Wiedersehen mit Michael Schreck hatte beinahe filmische Ausmaße, wie er, als sie Arm in Arm zum Parkplatz schlenderten, ironisch anmerkte. Rhett Butler trifft Scarlett O'Hara, die sich ihm schmachtend an den Hals wirft. Vergleiche wie diese zog der Filmfreak oft und gerne, stets darauf bedacht, sich mit einer positiven Rolle zu besetzen. Sabine sah ihm die-

se Marotte gerne nach, denn er meinte es ja nicht abfällig. Michael Schreck war in dieser Hinsicht das gütige Gegenteil zu dem überheblichen Kommissar aus Gießen. Er war ein Technik-Freak, aber kein Nerd. Ein Typ, mit dem man *Terminator* schauen konnte und der die Actionfilme der achtziger Jahre liebte, der sich aber auch gerne auf die *Brücken am Fluss* oder *Tatsächlich Liebe* einließ.
»Ich war doch kaum eine Woche weg«, fügte er lächelnd hinzu, als sie den Twizy erreichten, den die Kommissarin gerade noch rechtzeitig von der Dienststelle wegbewegt hatte, um pünktlich am Bahnhof einzutreffen. Sie ließ einem tiefen, kehligen Seufzer freien Lauf. »Aber *was* für eine Woche!« Dann, nach einer kurzen Pause: »Möchtest du fahren?«
Michael lehnte dankend ab. Er klappte die Gepäckhalterung am Heck hinab und wuchtete seinen Rollkoffer darauf, woraufhin der Wagen deutlich einfederte.
»Kippt der mir jetzt auf den Kopf?«, grinste er.
»Fang *du* nicht auch noch an.«
Er küsste Sabine kurzerhand auf die Stirn und kletterte ins Innere. »So schlimm?«
»Schlimmer. Aber lass uns erst zu mir fahren, in Ordnung?«
»Gerne.«
Zehn Minuten später, eine Zeitspanne, die gerade ausreichend gewesen war, um einen kurzen Abriss über die Tagung zum Besten zu geben, standen sie vor Sabines Wohnung.
»Schau nicht so genau hin, bitte«, murmelte sie, während sie, unter dem Arm ein Bündel Kuverts und Wurfsendungen, die Tür aufschloss. »Ich bin die Woche über zu nichts gekommen.«
»Da haben wir ja was gemeinsam«, lachte Michael. »Ich bin mal gespannt, wie es bei mir aussieht.«
»Du bleibst doch hier heute Nacht, oder?« In Sabines Augen

lag ein warmer Glanz, und ihre Stimme klang flehend, dabei hasste sie nichts mehr als Klammern und Betteln. Michaels sofortiges Nicken erlöste sie. Er nahm ihre Wangen zwischen seine kräftigen Hände und zog Sabine fest an sich heran. Sie küssten sich lange, Sabine genoss die Intensität seiner Berührungen, den vertrauten Geschmack und seinen Atem auf ihrer Haut. Verschlungen sanken sie hinab auf die Couch, stießen die Kissen beiseite, und schon fuhren seine Finger unter ihre Bluse, die Fingerkuppen glitten den Rücken hinauf und zogen sich anschließend mit gespreizten Nägeln in breiten Bahnen hinunter in Richtung Steiß. Sabine juchzte auf, ihr Körper schien von elektrischem Strom durchflossen, und an den Armen bildete sich Gänsehaut. Michael öffnete den Haken ihres BH, während sie nicht einmal in der Lage war, seinen Hosenbund zu erreichen. Wie paralysiert von dem Mann, dessen Liebe sie in der Vergangenheit wohl viel zu oft als selbstverständlich abgetan hatte, gab sie sich seiner Dominanz hin. Seinem zarten Biss, als er ihren Nacken mit den Zähnen umspielte, seinen rauhen Fingerkuppen, die um die Vorhöfe ihrer Brustwarzen kreisten, ohne diese zu berühren. Zwei Stunden lang liebten sie sich – *wurde* sie geliebt –, und zwei Stunden lang vergaß die Kommissarin alle Ängste und Sorgen.
Als sie später in Michaels Arm gekuschelt unter einer leichten Decke ruhte, raunten sie einander zärtliche Worte zu.
*Ich liebe dich.*
*Du hast mir gefehlt.*
»Möchtest du nicht hier einziehen?«
Am plötzlichen Stocken seiner Atmung, denn ihr Kopf ruhte noch immer auf Michaels Brustkorb, erkannte Sabine, wie sehr ihn die Frage überraschte.
»Ich bei dir?«

Sie hob den Kopf, dabei knackste es bedrohlich zwischen ihren Nackenwirbeln.
»Ja, warum nicht? Platz genug wäre doch, oder?«
*Oh Gott.* Falsches Argument.
*Sag ihm, dass du nicht ohne ihn leben möchtest.*
Zu spät. Michael verzog den Mund und ließ seinen Blick durch das Zimmer schwenken.
»Platz genug, hm, na ja«, brummte er und gab sich keine Mühe, seine Ironie zu verbergen, »du müsstest halt dein Bücherregal zugunsten der Blu-Rays und der Videoleinwand ausmisten. Und ein Büro bräuchte ich auch. Man will sich ja nicht verschlechtern, nicht wahr?«
»Hey!« Sabine knuffte ihn lachend in die Seite. »Verschaukelst du mich hier etwa, während ich dir meine geheimsten Wünsche offenbare?«
»Nein!«, gab er zurück und tat empört. »Doch was sollen meine Kollegen denken, wenn ich plötzlich zu meiner Provinzschönheit ziehe? Dass ich als Nächstes meinen Schreibtisch in der Computerforensik räume?« Er lachte auf, doch Sabines Miene verfinsterte sich. Michael entging das nicht, und er fragte: »Sorry, hab ich was Falsches gesagt?«
»Provinzschönheit«, wisperte sie augenrollend.
»Die Vorsilbe *Provinz* ist verhandelbar«, grinste er, aber Sabine seufzte nur.
»Bei den meisten Kollegen fühle ich mich eher wie die Großstadttussi. Nein, eigentlich ist es anders«, korrigierte sie sich.
»*Die* vermitteln mir das Gefühl, als nehmen sie mich so wahr. Ich störe deren Kleinstadtidyll.«
Michaels Arm regte sich unter Sabines Schulter. Er zog sie wieder enger an sich, aber so, dass er ihr in die Augen blicken konnte.

»Immer noch das alte Spiel?«, fragte er dann. »Oder liegt es an dem neuen Kollegen?«

In ihren Augenwinkeln verschwammen die Konturen, doch Sabine kämpfte dagegen an. Keine Tränen.

»Erzähl mal von vorne«, erklang derweil Michaels Stimme, während sie ihre Gedanken ordnete. Und dann berichtete die Kommissarin von dem neuen Fall, von den Spitzfindigkeiten ihres Kollegen und von der jüngsten Verhaftung, die gegen ihre Überzeugung durchgeführt worden war.

»Klingt nach einer Menge Chauvinismus, einer Prise Inkompetenz und einem Tankwagen voller Politik, hm?«, schloss Michael Schreck, nachdem sie geendet hatte.

»Verteilt zu ungleichen Portionen, ja. Ich habe manchmal das Gefühl, als wären Dinge wie Subtilität oder Feingefühl hier völlig unbekannt. Und dann dieser Typ mit seiner klapprigen Diesellok. Fährt mir immer wieder in die Parade, auch wenn er's vielleicht gar nicht so meint. Ich glaube, der merkt es nicht mal. Aber manchmal frage ich mich, was er sich einbildet. Und vor allem, worauf?«

»Harte Worte.«

»Harter Job. Aber ich heule dich hier voll, dabei hast du eine anstrengende Reise hinter dir.«

»Macht nichts«, lächelte Michael sanftmütig. »Ich bin froh, wenn ich einfach mal schweigen und zuhören kann.«

*Lügner.* Unter seinesgleichen stand das Computergenie nur allzu gerne im Mittelpunkt, so viel wusste auch Sabine. Aber es waren edelmütige Schwindeleien wie diese, für die sie ihn liebte. Michael wusste, wie man einer Frau bedingungslose Aufmerksamkeit schenkte, ohne dass man sich dabei schlecht fühlte.

»Was ist das denn nun für ein Kerl? Gibt's da keine Details aus seiner Vita, die man sich zunutze machen könnte?«

»Um *was* damit zu machen?«
»Um ihn besser zu verstehen, um zu kontern, um Fettnäpfchen zu vermeiden. Keine Ahnung, such dir was aus«, antwortete Michael. Dann grinste er breit. »Oder soll ich ihn verdreschen?«
»Ach, du.« Sabine knuffte ihn leicht in die Rippen. »Als würdest du jemandem etwas antun können.«
»Wenn's für dich wäre …«
Er küsste ihre Stirn.
»Ach, ich weiß nicht«, sagte sie schließlich, nach einem Augenblick der Stille, in dem das leise Pochen von Michaels Herz das Einzige war, was zu hören war. Und der sanft über ihre Haare streichende Atem.
Und das Knacken der Spülmaschine.
»Ich kenne zwar einige Umstände aus seinem Leben, aber die meisten Fakten beinhalten mehr Fragen als Antworten. Zum Einschätzen jedenfalls reicht es nicht.«
»Wie kommt's?«
»Er gibt einfach kaum etwas von sich preis. Gestern haben wir bei ihm gegessen, weil es auf dem Weg lag …«
»Soso.«
Offenbar hatte Michael nun vor, ihr eine gespielte Szene zu machen, weil sie, kaum dass er einige Tage wegfuhr, mit fremden Männern essen ging. Doch genauso offensichtlich schien er zu erkennen, dass es nicht an der Zeit für weitere Flachsereien war, und verkniff sich den Rest. Dankbar nickend, fuhr sie fort: »Er hat ein Haus geerbt von einer Frau, die er nicht kannte. Seiner Mutter. Und in dem Haus lebte seine Halbschwester, von deren Existenz er nicht einmal wusste. Zwischen den beiden scheint ein fortwährender Grabenkrieg zu laufen.«

»Und dann wunderst du dich, wenn er schräg drauf ist?«
Die Frage klang vorwurfsvoller, als sie gemeint war, dessen war Sabine sich sicher. Dennoch fühlte sie sich mit einem Mal schuldig.
»Mir ging's auch schon richtig mies, na und?«, konterte sie daher trotzig. »Ich habe es dann aber in mich hineingefressen, anstatt es an anderen auszulassen.«
»Dafür bekommt *er* kein Magengeschwür«, erwiderte Michael schlagfertig und grinste entwaffnend.
»Okay, ich gebe auf.« Sabine stöhnte und vergrub ihren Kopf in seiner Achselhöhle.
»Ich wollte dich nicht angreifen«, setzte er nach einigen Sekunden versöhnlich nach, »aber dein Kollege hat dir gegenüber eine beachtliche Offenheit gezeigt. Er hat dich eingeladen, dich in sein Leben gelassen, hinter die kauzige Fassade ...«
»Nun ja, ich habe ihn wohl ein wenig überrumpelt.« Sabine schmunzelte, und Michael nickte lächelnd. Sie lagen schweigend da, seine Finger durchfuhren sanft ihre Haarsträhnen, und Sabine genoss den Frieden und die Stille dieses Augenblicks. Michael war auf ihrer Seite, das wusste sie, auch wenn sie einander andauernd neckten. Doch seine Informatikerseele konnte er nicht verleugnen. Zu oft sprach Rationalität aus ihm, wo Sabine sich emotionale Anteilnahme wünschte.
*Mitleid.* Genau betrachtet war das der richtige Begriff dafür. Aber genau das gab es von ihrem Freund, wenn überhaupt, nur sehr sparsam.
»Soll ich mich denn jetzt mal ein wenig schlaumachen?«
Sabine hob den Kopf gerade rechtzeitig, um das Funkeln in den Augen ihres Freundes zu erkennen. Ein Ausdruck, den Sabine nur allzu gut kannte. Wenn es darum ging, aus den

Tiefen des Internets Informationen zu fischen, die sonst niemand zu finden vermochte, gab es keinen Besseren als Michael Schreck. Wild entschlossen, ganz in seinem Element. Der Jagdtrieb war geweckt.
»Meinetwegen«, nickte sie und grinste. *Warum auch nicht?* Was immer es an Geheimnissen über Ralph Angersbach gab, *er* würde sie finden.

Etwa zur gleichen Zeit, einige Kilometer nördlich, ruckelte Ralph Angersbach seinen Lada über dunkle Feldwege. Der helle Mond gestattete ihm, zweihundert Meter vor dem Erreichen seines Ziels die Scheinwerfer auszuschalten und bis zu einer Biegung weiterzufahren, hinter der sich der Blick auf den vor ihm liegenden Hof eröffnete. Er drehte den Zündschlüssel herum, und der Dieselmotor erstarb in einem asthmatischen Zittern, als sei es der letzte Hauch gewesen. Die Inspektion war längst überfällig, wie es dem Kommissar einfiel. Nicht zum ersten Mal, aber solche Dinge konnte er sich ums Verrecken nicht merken.
Leise, obwohl er noch nicht in sensibler Hörweite war, drückte er die Fahrertür zu und unterdrückte einen Hustenreiz, den die eisige Luft ausgelöst hatte. Bedächtig schritt er über den gefrorenen Boden, das Gras knisterte unter seinen Sohlen, ansonsten war weit und breit kein Laut zu vernehmen. Es war so still wie unter einer Vakuumglocke, und hier draußen hatte die Umgebungsluft sicher auch eine klinische Reinheit. In seinem Kopf formierte sich das Bild von Dr. Elsass, wie er in einem weißen Kittel zwischen Bunsenbrenner und Erlenmeyerkolben posierte, umgeben von Getreidehalmen, an denen Ähren so groß wie Gurken sprossen. Trotz aller Anspannung rang ihm diese surreale Phantasie ein Lächeln ab.

Eine Stunde zuvor hatte Ralph Angersbach im Büro gesessen und seine wenigen Stifte lustlos auf der Schreibtischunterlage hin und her gerollt. Er hatte wiederholt zum Telefonhörer gegriffen, um Janine anzurufen. Auch wenn es ihr bestenfalls piepegal war, wann er nach Hause kommen würde, es war ein kleiner Schritt in Richtung Normalität. Die Begegnung am Vorabend hatte einen schalen Beigeschmack hinterlassen, eine Gewissheit, die Ralph verletzte. Er war seiner Halbschwester gleichgültig, aber vermutlich dachte sie dasselbe auch von ihm. Wahrscheinlich würde sie ihm, falls sie überhaupt ans Telefon ging, ein »mir doch egal« entgegenknurren. Und direkt nach seinem Anruf ihre ganze Kiffersippe einladen.
Sturmfrei. *Bullenfrei.*
Als er den Hörer zum dritten Mal in die Hand nahm und unentschlossen verharrte, entschied Ralph, es für heute dabei bewenden zu lassen. Es gab weiß Gott genügend andere Dinge, mit denen er sich auseinanderzusetzen hatte.
Paracelsus würde, wenn alles planmäßig verlief, in den frühen Morgenstunden am steinernen Bonifatiuskreuz seinen Geldkoffer auflesen. Ein durchaus bereichernder Pilgerweg, doch die Etappe würde dank der in der Umgebung postierten Beamten nicht weit führen. Die Absprache war eindeutig: Claudia Reitmeyer würde um drei Uhr morgens in ihren Landrover steigen, im Fahrzeugfond verborgen ein Zivilbeamter, auf dem Beifahrersitz die Tasche mit dem Geld. Im Inneren ein elektronischer Signalgeber, der durch einfache Geräte, wie man sie im Elektronikhandel erwerben konnte, nicht aufgespürt werden konnte. An den beiden nahe liegenden Bauernhöfen und einer Nebenstraße am Ortseingang von Heldenbergen warteten Zivilstreifen, die dort unmittelbar nach der

Besprechung Stellung bezogen hatten, um im kargen Nachtverkehr nicht aufzufallen. Ein Hochsitz wurde in Beschlag genommen und außerdem ein Wasserhäuschen inmitten der Felder. Auch die umliegenden Verkehrsknotenpunkte waren abgedeckt, ein Netz also, wie man es engmaschiger kaum spannen konnte, ohne dem Erpresser aufzufallen. Paracelsus' Warnung war eindeutig gewesen, und auch Schulte und Möbs hatten, ganz im Sinne von Claudia, argumentiert, dass die Übergabe keinesfalls an einer Überpräsenz von Polizeibeamten scheitern dürfe.

Erneut umspielte ein bitteres Grinsen Ralphs Mundwinkel, denn die Gesamtsituation hätte zynischer kaum sein können: Im Falle eines Scheiterns würden womöglich Dutzende solventer Gesundheitsapostel, deren Beitrag zur Rettung des Planeten sie darin sahen, ihr Geld in den Bioladen zu tragen, vergiftete Milchprodukte erwerben. Produkte, deren biologische Herkunft darüber hinaus überaus fraglich war. Starb man dann reineren Gewissens als andere? War das Kaufen sozial und ökologisch verträglicher Erzeugnisse heutzutage das, was vor zweihundert Jahren die Wohlfahrt für gutbetuchte, gelangweilte Ehefrauen bedeutet hatte? Erlösung durch Freikaufen? Angersbach vertrieb diesen philosophisch-sarkastischen Anflug aus seinem Kopf, denn er näherte sich nun den Mauern des in karger Beleuchtung vor ihm liegenden Hofes. Was auch immer die Antwort auf seine Frage sein mochte, es standen Menschenleben auf dem Spiel. Und die Gefahr würde sich auch durch eine erfolgreiche Lösegeldübergabe nicht in Wohlgefallen auflösen. Wer konnte schon sagen, ob das Gift sich nicht längst auf dem Lieferweg befand und es Paracelsus schnurzpiepegal war, wie viele Personen noch sterben konnten?

*Nach mir die Sintflut.* Absolution durch den Tod.
Paracelsus jedenfalls – Ralph Angersbach ärgerte sich jedes Mal, wenn er den Erpresser so bezeichnete, denn er zog damit den Namen jenes großen Mediziners in den Schmutz – hatte keine Skrupel vor dem Töten. Warum benutzt der nicht gleich den Namen eines Giftmörders oder den eines Erpressers? *Staschynskij* oder *Johnny Acht,* oder eine Mixtur aus beidem, denn mit dem Mischen dürfte er sich ja auskennen. Höchste Zeit, ihn dingfest zu machen, und aus diesem Grund war Angersbach, einer Eingebung folgend, hier hinausgefahren.
Nachdem er im Büro den Telefonhörer zurückgelegt und sich damit gegen einen Austausch von Eisigkeiten mit Janine entschieden hatte, durchforstete der Kommissar einen Stapel Papiere, die ihm Mirco Weitzel auf den Tisch gelegt hatte. Darunter auch Unterlagen über den Weidenhof. Vor dem Krieg hatte das Anwesen beachtliche Ausmaße gehabt. Einige Hektar waren im Laufe der Generationen durch Erbteilung verschwunden, aber für ein Gestüt mit florierender Landwirtschaft hatte es stets genügt. In den fünfziger Jahren schließlich brach das Idyll auseinander. Der Besitzer war nicht aus dem Krieg wiedergekehrt, sein Bruder führte den Betrieb mehr schlecht als recht. Schließlich, als der einst so stolze Besitz sich zunehmend einer maroden Ruine anglich, wurde er zum 1. März 1963 für einen geradezu lächerlichen Betrag auf Friedhelm Reitmeyer überschrieben. Ulf Reitmeyers Vater, wie mit Kugelschreiber neben den mit Textmarker hervorgehobenen Namen notiert war. So weit, so gut. Die Tatsache allerdings, dass der Vorbesitzer ein paar Tage später tot in der Maschinenhalle gebaumelt hatte, war Angersbach neu.

»Verdammt noch mal!«, entfuhr es ihm, als er den Namen des Mannes las, dessen Freitod seine hochschwangere Ehefrau zur Witwe machte. Seine Handfläche donnerte auf die Schreibtischplatte herab und brachte die Stifte zum Beben. Ansgar Volz.

Im blauweißen Schein langer Leuchtstoffröhren, deren spezielles Farbspektrum den Pflanzenwuchs begünstigen sollte, schlüpfte Victor Elsass durch hochwachsende Pflanzenstengel, die das hintere Viertel des langgezogenen Gewächshauses einnahmen. Ein Experiment, das grandios gescheitert war: Mais, dessen Erntezeit im Winter liegen sollte, um einen höheren Fruchtertrag zu erzielen. Doch ohne genetische Optimierung mit Getreidesorten aus den Anden oder dem Himalaya blieb dieses Vorhaben ohne Erfolg. Ironie des Schicksals. Ulf Reitmeyer, der weder vor spanischem Gemüse noch vor Milchpanscherei haltmachte, hatte ausgerechnet der genetischen Modifikation von Nutzpflanzen vehement widersprochen.
*Untersagt* hatte er es. *Pff!*
Die Sache erschien ihm zu gefährlich. Ob er dabei das Risiko meinte, aufzufliegen, oder sich tatsächlich um den manipulativen Eingriff in die Natur sorgte, hatte er geflissentlich verschwiegen. Das Schlimmste allerdings war, dass es noch einige weitere Projekte gab, für die es keine Patentierung geben würde, solange Ulf den Daumen darauf hielt. Der Mais indes erfüllte dennoch einen Zweck, wie Elsass mit einem hämischen Lächeln dachte, als er nach drei Metern grüngelblichem Blattwerk, vollkommen geschützt vor fremden Blicken, eine Art Lichtung erreichte. Hier befand sich ein weißlackierter, hüfthoher Tisch, etwa zweieinhalb Meter lang und mit

gelackter Arbeitsfläche. In zwei Reihen waren schwarze Pflanztöpfe darauf plaziert, aus denen Kräuterstauden sprossen. Ihre Blätterpracht im frühen Stadium erinnerte ein wenig an Efeu, während die Früchte mehr wie Haselnüsse aussahen. Doch es handelte sich weder um eine Kletterpflanze noch um einen Nussbaum, vielmehr war es eine Mutterpflanze, deren Samen – gemeinhin liebevoll als Babys bezeichnet – von besonderem Interesse waren.
*Argyreia nervosa.* Hawaiianische Holzrose.
Eine weitaus unkompliziertere und unauffälligere Aufzucht und Pflege, wie er es von Hanfpflanzen gewohnt war. Auch an Abnehmern fehlte es nicht, wenn auch die psychoaktive Wirkung des Stoffs nicht zwingend dieselbe war.
»Allein die Dosis macht den Rausch«, murmelte Elsass zufrieden, nachdem er das Substrat aller achtzehn Plastiktöpfe mit der Fingerkuppe überprüft und mit einer Tropfpipette benetzt hatte. Seine Finger streiften durch die handflächengroßen Blätter, die sich in Augenhöhe befanden, und er sog den Duft ein. Für einen Moment war er versucht, sich dem Genuss dessen hinzugeben, was er mit Liebe gesät und gepflegt hatte. Diesem Rausch, wenn der Körper wie im Fluss der Gezeiten ineinanderzuströmen scheint. Sich selbst verschlingt, als würde das Innere nach außen gekehrt, jedoch ohne dabei einen Schmerz zu spüren. Mehr ein waberndes Pulsieren, wie dickflüssige Lava, die sich langsam den Berg hinabwindet. Umgeben von buntem Glühen und Traumbildern, wobei es sich ausschließlich um Lustträume und nicht um Alptraumfratzen handelt.
Victor seufzte. *Heute nicht.*
Dann vernahm er das Schaben der Gummilippe, welche die innere Gewächshaustür von dem Vorraum trennte. Er er-

starrte, denn niemand außer ihm sollte zu dieser späten Stunde hier sein. Doch was immer dort draußen, fünfundzwanzig Meter entfernt von ihm, die Tür bewegt hatte, es war nicht der Wind.

Ralph Angersbach hatte Mirco Weitzel angerufen, was dieser ihm offenbar übelnahm, befand er sich doch allem Anschein nach in weiblicher Gesellschaft. Doch darauf konnte der Kommissar keine Rücksicht nehmen. Wenn Weitzel irgendwann in ferner Zukunft eine gehobene Laufbahn bei der Mordkommission anstrebte, musste er sich mit solchen Dingen arrangieren.
»Ist das Ihr Ernst?«
»Aus Spaß rufe ich um diese Uhrzeit jedenfalls nicht an.«
»Okay.« Gedämpfte Stimmen verrieten dem Kommissar, dass Weitzel den Lautsprecher verdeckt hielt, während er sich bei seiner Begleitung entschuldigte und einen ungestörten Platz aufsuchte. Zwei Minuten später hatte er dem nun aufmerksam lauschenden Polizisten einen kurzen Abriss über die alten Verstrickungen der Familien Volz und Reitmeyer gegeben.
»Weiß ich doch längst.« Zugegeben, es war nicht die Reaktion, mit der Angersbach gerechnet hatte, doch Weitzel hielt mit der Erklärung nicht hinterm Berg. »Das meiste Material auf Ihrem Schreibtisch stammt von Möbs.«
»Warum hat er uns nicht sofort informiert?«
»Weil es seinem Ermessen nach nicht brisant ist.«
Angersbach verdrehte entgeistert die Augen in Richtung Decke. Ein grauer Schatten bewegte sich ziellos im Milchglas der Deckenlampe hin und her, vermutlich der panische Versuch einer Motte, einen Ausweg zu finden.

»Mord aus Rache ist nicht *brisant?*«, fragte er dann und gab sich gleich selbst die Antwort: »Das ist ein klassisches Doppelmotiv! Ulf Reitmeyers Vater hat die Notlage des Hofes einst ausgenutzt, wer weiß, möglicherweise hat er die Familie mit in den Ruin getrieben. Er übernahm den Hof, und als Krönung erhängte sich Gunnar Volz' Vater. Liegt der Gedanke denn so fern?«

»Volz könnte mit der Million doch überhaupt nichts anfangen«, widersprach Weitzel. »Wie sollte er sie denn unter Claudias Augen ausgeben? Und sein Wohnrecht bleibt unangetastet. Warum sollte er das aufgeben? Und warum ausgerechnet jetzt?«

»Das soll er mir selbst erklären«, brummte Angersbach. »Wir sollten ihn noch einmal aufsuchen.«

»Aber nicht mehr heute, oder?« In der Stimme des jungen Beamten klang eindeutig die Sorge mit, dass das womöglich das endgültige Aus für sein Date bedeuten könne. Doch ein Blick auf die Uhr ließ den Kommissar zu dem Schluss kommen, dass diese Sache auch anders zu lösen war.

»Nein, keine Panik«, raunte er aufmunternd. »Ich veranlasse eine Überwachung. Das sollte den Kollegen, die ohnehin vor Ort am Weidenhof sind, nicht allzu schwerfallen.«

Leichter jedenfalls, als es für Gunnar Volz sein würde, das Anwesen unbeobachtet zu verlassen. Und je länger er darüber nachdachte, desto mehr verabschiedete sich Angersbach von dem Verdacht, dass der ominöse Knecht tatsächlich ein Doppelmörder oder Erpresser sein sollte. Zumindest würde Volz nicht alleine handeln.

Dieser Mirco Weitzel aber war ein Fuchs, das musste der Neid ihm lassen. So weit entfernt, dachte Angersbach, liegt seine Zukunft bei der Kripo womöglich gar nicht mehr. Dann

gab er sich einen Ruck und hob den Telefonhörer ein weiteres Mal. Diesmal wählte er sogar und ließ es zehnmal klingeln, bevor er seufzend auflegte. Entweder die Musik war auf Anschlag gedreht, oder Janine übernachtete woanders. In Karben, wo Angersbach von einer WG aus gescheiterten Langzeitstudenten wusste, oder, noch schlimmer, in einem heruntergekommenen Hochhaus am nördlichen Rand Frankfurts. Aber es gab sicher noch weitere Zusammenkünfte, an denen sich seine Halbschwester aufhalten könnte.
Müßig, darüber zu spekulieren.

Die Lohmühle lag still und schweigend da. Keine Tierrufe, keine Betriebsgeräusche, keine Lichter im Labor und in Elsass' Büro. Selbst das Wohnhaus lag im Dunkel, lediglich eine giraffenhalsige Straßenleuchte, wie sie zu Hunderttausenden aufgestellt waren, warf einen gelblich fahlen Schein auf das dunkelgraue Pflaster. Suchend ließ Angersbach den Blick entlang der Fassaden wandern. Schlief Elsass bereits? Oder war er gar nicht zu Hause?
Angersbach näherte sich dem Garagentor, welches einen Spaltbreit offen stand, und lugte hinein, ohne es zu berühren. Der runde Frontscheinwerfer eines Autos glotzte ihn leblos an, die Motorhaube war aufgeklappt. Ralph erinnerte sich an die Panne, von der Elsass berichtet hatte. Demnach war er nicht weggefahren, es sei denn, er verfügte über ein zweites Fahrzeug. Laut Zulassungsbehörde war das nicht der Fall. Dann registrierte der Kommissar einen weiteren Lichtschein, der nicht von der doppelten Leuchtstoffröhre der Laterne ausging. Durch milchiges Glas und Ritzen einer folienbedeckten Oberfläche drang grünlich weißer Glanz. Ein Gewächshaus.

Ralph schritt darauf zu, nicht ohne sich zu vergewissern, dass seine Dienstwaffe griffbereit saß. Doch er öffnete weder das Holster, noch legte er eine Hand darauf.
Die ausgefranste Gummilippe an der Unterseite der Glastür schabte unheilvoll laut über den gegossenen Betonboden. Dahinter führte eine weitere Tür, wie durch eine Schleuse, ins Innere. Schwere, süßlich duftende Luft drang Angersbach entgegen und trieb ihm Schweißperlen auf die Stirn. Ein Hygrometer neben dem Eingang verriet, dass die Luftfeuchte bei fünfzig Prozent lag, was ihn wunderte, denn die drückende Schwüle hätte ihn diesen Wert weitaus höher schätzen lassen. Das Thermometer hingegen maß mit achtzehn Grad eine geradezu tropisch wirkende Differenz zu außen. Irgendwo im Hintergrund summte ein Gebläse, und einige Pflanzen wiegten sanft hin und her, dann durchbrach ein kratzendes Rascheln die Ruhe. Aus einem mannshohen Maisdickicht trat Dr. Elsass hervor, er trug nicht den erwarteten Kittel und hielt anstatt Laborutensilien eine Sprühflasche in der Hand. Als er Angersbach erkannte, schien er erleichtert und verstört zugleich zu sein.
»Sie hier?«
»Erwarten Sie jemand anders?«, war Angersbachs schlagfertige Gegenfrage.
»Äh, nein, ich erwarte um diese Zeit niemanden.« Elsass griff nervös an einige Blätter und brummte Unverständliches, dann näherte er sich dem Kommissar. »Was machen Sie hier?«
»Ich habe noch einige Fragen.«
»Hätte das nicht Zeit bis morgen gehabt?« Elsass riss den Mund auf, als wolle er im nächsten Augenblick seine Sprühflasche verschlucken, und gab ein Gähnen vor. »Ich bin schlagskaputt.«

»Ich auch. Aber mein Chef sitzt mir im Nacken wegen der beiden Morde.«
»Verdächtigen Sie mich etwa noch immer?«
»Es geht um Ihr Alibi. Unter anderem.«
»Ich habe Ihnen doch bereits gesagt, dass mein Wagen eine Panne hatte.« Elsass gestikulierte vehement. »Jemand hat mich von der Autobahn hierhergeschleppt, und seitdem steht die Schrottlaube draußen in der Garage und tut keinen Mucks. Überzeugen Sie sich doch selbst.«
»Ihren Wagen habe ich bereits gesehen«, lächelte der Kommissar und fragte dann pfeilschnell: »Warum haben Sie sich eigentlich nicht gleich zu einer Werkstatt schleppen lassen?«
»Ich habe noch nicht entschieden, ob ich diese Kiste noch mal in Gang bringen werde oder gleich den Schrotthändler rufe«, antwortete Elsass mit verschränkten Armen. »Außerdem wären das zusätzlich ein paar Kilometer mehr gewesen. Man sollte die Geduld anderer nicht überstrapazieren, finden Sie nicht auch?« Ein angriffslustiges Aufblitzen unterstrich diesen spitzen Kommentar.
Angersbach hielt kurz inne und kratzte sich die Stirn. Einen defekten Wagen in Verbindung mit einem abgelegenen Hof als Alibi heranzuziehen, war schlichtweg genial, und ein unbekannter Helfer, den man niemals auffinden konnte, rundete das Gesamtbild ab. Das musste Angersbach dem Wissenschaftler zugestehen, vor allem, wenn die ganze Sache inszeniert war. Einem solch ausgetüftelten Plan würde er nur schwer beikommen können.
»Den Namen Ihres Helfers kennen Sie also nicht?«
»Nein.«
»Haben Sie sich denn nicht ein wenig unterhalten?«
»Wann denn? Wir saßen ja in zwei Fahrzeugen.«

»Und hier, nach dem Aussteigen?«
»Nein. Ich war müde und genervt. So wie jetzt.« Das Funkeln kehrte zurück. »Ich habe das doch alles längst zu Protokoll gegeben. Der Typ wollte zurück auf die A5, dem Kennzeichen nach in Richtung Hannover. Ich habe ihm noch eine Flasche Wein angeboten, weil er Benzingeld ablehnte, aber auch die hat er nicht gewollt.«
»Wie überaus christlich«, bemerkte Angersbach sarkastisch.
»Warum interessiert Sie das denn immer noch?« Elsass machte keinen Hehl daraus, dass er die Fragen als nervtötend empfand. Doch Angersbach wollte auf etwas Bestimmtes hinaus. Erst ein wenig mürbemachen, und dann …
»Wir können den Motor im Labor untersuchen«, sagte er schließlich achselzuckend.
»Na und? Reparieren wäre mir lieber.«
Sehr gut. Das Gespräch entwickelte sich in die richtige Richtung. Dr. Elsass hatte bei ihrem letzten Treffen erwähnt, von Kraftfahrzeugphysik keine Ahnung zu haben.
»Unsere Forensiker können präzise erkennen, wann der Motor zum letzten Mal gelaufen ist«, log Angersbach, wobei er den direkten Augenkontakt mied. Die untere Gesichtshälfte seines Gegenübers behielt er jedoch genau im Blick.
Keine Reaktion.
»Der thermische Abrieb innerhalb der Kolben kann präzise seiner Verbrennungszeit zugeordnet werden. Das Gleiche gilt für Abriebpartikel an Getriebedrehpunkten.« Die Worte quollen aus Angersbach heraus wie ein Wasserfall, und er gebot ihnen gerade rechtzeitig Einhalt. Die ebenfalls seiner Phantasie entsprungene Katalysator-Kerntemperatur würde den Bogen eindeutig überspannen.
»Ich verstehe nur Bahnhof, aber bitte.«

Zu Ralphs Enttäuschung zeigte sich Elsass vollkommen unbeeindruckt. Zeit für einen Themenwechsel. Denn der Grund, weshalb es Angersbach hierher verschlagen hatte, war ein anderer. Ein kleines Detail, das ihnen zunächst entgangen und erst durch intensive Nachforschung zutage gekommen war. Also Klartext.
»Kennen Sie ein Magazin namens *PAMPHLET*!?«
»Nicht, dass ich wüsste.« Elsass schien zu überlegen, verzog dabei angestrengt das Gesicht. Täuschte er damit womöglich über ein ertapptes Zucken hinweg?
»Lila Cover, weißer Titel«, bohrte der Kommissar weiter.
»Kann sein, ich weiß nicht. Was soll das denn?«
»Seltsam, das Abonnement läuft auf den Namen Reitmeyer, der Bezieher allerdings ist nicht Ulf, sondern dessen Sohn.«
Ein nicht unerhebliches Detail, welches erst bei genauerer Überprüfung der Abo-Daten herausgekommen war. Für dieses Puzzleteil verdiente Mirco Weitzel einen Orden.
»Sehen Sie den Junior hier irgendwo?« Elsass hatte nichts von seiner spitzzüngigen Abwehrhaltung eingebüßt, im Gegenteil.
»Stellen Sie sich nicht dümmer, als Sie sind«, murrte Angersbach ungehalten. »Die Adresse lautet auf Frederiks letzte Arbeitsanschrift, und die ist hier. Wer nimmt denn die Post entgegen?«
»Ich jedenfalls nicht«, erwiderte Elsass trotzig. »Einer der Assistenten erledigt das wohl, jedenfalls kenne *ich* diese Zeitschrift nicht. Ich lese nur Fachliteratur.«
Ein Großkotz war er auch noch.
»Weshalb sind Sie hier?«, fragte der Wissenschaftler schließlich freiheraus. »Sie kommen doch nicht ohne Grund den ganzen Weg gefahren, noch dazu allein.«
»Es gibt Verdachtsmomente und eine Indizienkette, die zu Ihnen führt«, erläuterte Angersbach.
»Wegen der *Morde?*« Victor lachte abfällig.

»Wegen der Erpressung. Lachen Sie jetzt immer noch?«
Elsass lachte nicht. Stattdessen fragte er: »Haben Ihre Forensiker deshalb unser Altpapier durchsucht? Auf der Suche nach zerschnittenen Tageszeitungen?«
»Woher wissen Sie, dass es zerschnittene Zeitungen gab?«
»Ach, kommen Sie. Ich kann eins und eins zusammenzählen. Haben Ihre Leute etwas Belastendes gefunden?«
»Hätten sie etwas finden können?«
»Nein. Erstens, weil ich kein Erpresser bin, und zweitens, weil ich sonst nicht so dämlich wäre, Spuren zu hinterlassen. Papier hat hervorragende chemische Eigenschaften, um es spurlos verschwinden zu lassen.«
»Das glaube ich Ihnen aufs Wort«, brummte Ralph.
»Also, was geschieht nun? Sind wir fertig?«
»Haben Sie noch was vor?«
»Nur schlafen. Eine Tasse Tee und dann ins Bett. Morgen wird ein langer Tag.«
»Vielleicht, weil Sie besonders früh aufstehen müssen?« Angersbach war noch nicht dazu bereit, aufzugeben.
»So wie jeden Tag.«
»Gut. Ich schlage vor, wir versiegeln das Labor, um eine gründliche forensische Untersuchung durchzuführen. Ihre Mitarbeiter dürfen morgen zu Hause bleiben und ausschlafen. Sie übrigens auch. Noch einfacher wäre es natürlich, wenn Sie mich begleiten.«
»Wollen Sie mich etwa *verhaften*?«
»Das haben Sie gesagt. Muss ich das?«
»Was werfen Sie mir denn vor? Ich habe nichts Kriminelles getan!«
»Dann stimmen Sie einer Versiegelung und Durchsuchung also ohne weitere Bedenken zu?«

»Nein.«

»Warum nicht?«

Offenbar hatte Elsass gute Gründe, denn er atmete hastig und begann zu schwitzen.

»Es befinden sich sensible Proben dort, ich lasse unter keinen Umständen zu, dass Fremde durch meine Versuchsanordnungen trampeln.«

»Und wenn wir es unter Ihrer Aufsicht tun?«

Elsass' Blicke rasten hin und her, dann rang er sich ein Zugeständnis ab. »Nur, wenn ich die Durchsuchung im Bedarfsfall unterbrechen darf.«

»Meinetwegen. Wir kommen im Laufe des Vormittags. Bis dahin darf das polizeiliche Siegel nicht angerührt werden.«

»Also bin ich nicht verhaftet?«

»Nein«, erwiderte Angersbach und dachte weiter: *Das hätte ich ohnehin nicht getan.* Falls Elsass oder einer seiner Mitarbeiter mit der Erpressung zu tun hatten, würde sich das spätestens beim ersten Hahnenschrei des folgenden Tages zeigen.

# DONNERSTAG

## DONNERSTAG, 7. MÄRZ

**S**ie haben *was?*«
Sabine Kaufmann traute ihren Ohren nicht, als Angersbach ihr berichtete, was sich nach Dienstschluss auf der Lohmühle zugetragen hatte. Der anthrazitfarbene BMW, ein leistungsstarker Zivilwagen der Kriminalpolizei, parkte an der Einmündung eines Feldwegs, zwei Hügelkuppen vom Übergabeort entfernt. Es war kurz nach vier Uhr, die Scheiben waren von innen beschlagen, und außen bedeckte kniehoher Bodennebel die Gegend, als sei das Land in Watte gepackt. In den Senken standen die Schwaden noch etwas höher, gespenstisch wabernd in einer kaum spürbaren Brise. Die ideale Witterung, um sich unentdeckt davonzustehlen, wie die Kommissarin zerknirscht gedacht hatte, unzufrieden darüber, dass sie mit ihrem Kollegen so weitab vom Schuss postiert worden war.
»Seien Sie froh, überhaupt dabei zu sein«, waren Schultes klare Worte gewesen. In diesem Satz lagen gleich mehrere Vorwürfe, die ein sensibles Gehör zu entschlüsseln vermochte.
*Lösegeld ist nicht Ihr Metier. Sie bekommen ja nicht einmal Ihr eigenes in den Griff.*
*Die Mordkommission hat nach fünf Tagen noch immer keinen Fang.*

*Sie haben versagt.*
Oder bildete Sabine sich das alles nur ein?
Doch es gab noch eine weitere Botschaft, die Schulte ihr gesendet hatte: »Sie hätten den Verdächtigen ja längst inhaftieren können.«
Und hier kam Ralph Angersbach ins Spiel. Er hatte einen Alleingang gewagt, für sich betrachtet war das nichts Dramatisches, aber es war ausgerechnet dann geschehen, als Sabine sich mit Michael vergnügt hatte. Das mochte niemand wissen, aber Angersbach war kein Idiot. Er hatte gewusst, dass sie ihren Freund vom Bahnhof holen wollte. Es bedurfte nur einer einzigen spitzen Bemerkung, und für die Kollegen würde sich das perfekte Bild ergeben: Die Großstadt-Tussi vögelt ihren Lover, während ihr armer Partner auf sich allein gestellt ist. *Bravo.*
»Warum um alles in der Welt haben Sie mich nicht mitgenommen?«
»Bauchgefühl.«
»Tolle Ausrede!«, murrte sie.
»Was hätte ich denn tun sollen?«, erwiderte Angersbach mit Unschuldsmiene. »Ich pfusche doch wegen einer plötzlichen Intuition nicht jedes Mal in anderer Leute Privatleben.«
»Was wollen Sie damit sagen? Soll ich mich jetzt schuldig fühlen?« Sabine stellte die Stacheln auf und gab sich größte Mühe, kein schlechtes Gewissen zu bekommen. Es verging eine halbe Minute, in der keiner der beiden sprach. Sabine wischte mit einem Lederschwamm über die Seitenscheibe und überlegte, ob sie die Lüftung einschalten sollte, bevor überhaupt nichts mehr zu sehen war.
»Sie haben wenigstens ein Privatleben.«
Der friedfertige und so unerwartete Kommentar ließ sie betroffen zusammenzucken. *Verdammt.*

»Ich hatte bisher nicht den Eindruck, als nähmen Sie das so schwer«, antwortete sie ein wenig unbeholfen.
»Auf Dauer ist es nervig«, gestand ihr Partner seufzend ein. »Ich habe mich gestern nur ins Büro gesetzt, weil ich keine Lust auf zu Hause hatte. Dann aber, als ich drinnen saß, überkam mich plötzlich der Gedanke, einfach bei Janine anzurufen. Bescheid geben, dass es später wird, eben so, wie man es in einer stinknormalen Familie täte.«
»Und? Haben Sie's getan?«
»Nein.« Angersbach schüttelte den Kopf und ziepte Luft durch seinen Mundwinkel. »Ich hatte den Hörer drei-, viermal in der Hand. Aber nein.«
»Hm.«
»Keine Analyse?«, lächelte Angersbach dann und gähnte.
»Bin ich Psychologin?«
»Mit Janine hatten Sie immerhin ein friedfertigeres Aufeinandertreffen, als es mir in der Regel gelingt. Irgendetwas scheinen Sie, hm, *richtiger* zu machen als ich.«
»Haben Sie sich schon einmal über Ihre gemeinsamen Wurzeln unterhalten?«
»Nein.« Angersbach schnaubte durch die Nase. »Wir unterhalten uns eher überhaupt nicht.«
»Dann ein Vorschlag: Sie tragen einmal alles zusammen, was es aus Ihrer Vergangenheit gibt. Besonders Fotos sind hilfreich. Aber auch wichtige Punkte in Ihrer Vita.«
»Da gibt es nicht viel«, wehrte der Kommissar ab, »und manches weiß ich auch gar nicht.«
»Wetten, es gibt eine Menge herauszufinden?«, grinste Sabine und erinnerte sich unwillkürlich an den vergangenen Abend. War es Zufall oder Schicksal, dass sie das Thema mit ihrem Freund angeschnitten hatte. Zufall oder Schicksal, dass

Michael gerade im rechten Moment aus Berlin zurückgekehrt war? Sie entschied sich, die Chance nicht ungenutzt verstreichen zu lassen. »Ich könnte dabei helfen«, schlug sie augenzwinkernd vor.
»Hm. Warum sollten Sie das tun?«
»Weil wir Partner sind, verdammt. Einsame Wölfe sind out!«
»Hören Sie mir bloß mit Wölfen auf«, lachte Angersbach. Sabine meinte zu erkennen, wie seine Augen von einem Fenster zum anderen schnellten, als suche er alle Richtungen der Umgebung nach Bedrohungen ab. Es gab noch eine Menge über ihren Kollegen zu erfahren, dessen war sie sich sicher. Doch es gab Hoffnung. Einen Silberstreif am Horizont, ähnlich dem, der sich nun auch draußen, in Richtung des Steinkreuzes abzeichnete.
»Wölfe leben außerdem im Rudel«, erklang es wie aus weiter Ferne, und Sabine runzelte überrascht die Stirn.
»Wie bitte?«
»Einsame Wölfe gibt es nicht.«
»Wie auch immer. Dann erzählen Sie mir bitte noch mal von Gunnar Volz.«
»Was ist mit Volz?«
»Nach allem, was Sie bislang erzählt haben, hat er doch das Motiv schlechthin.«
»Wegen des Wohnrechts?« Angersbach schüttelte den Kopf. »Das sehe ich anders. Er hat lediglich ein Bleiberecht auf dem Weidehof, solange dieser in Händen der Familie Reitmeyer ist. Warum also sollte er ausgerechnet Ulf Reitmeyer töten? Damit sägt er doch an seinem eigenen Ast.«
»Vielleicht hat er ja Übernahmephantasien«, überlegte Sabine.
»Dafür fehlt es ihm am nötigen Kleingeld«, widersprach An-

gersbach, und als erriete er Sabines nächsten Einwand, ergänzte er hastig: »Daran ändert auch eine Million nichts.«
Doch Sabine gab nicht auf. »Wer weiß? Wenn der Betrieb wegen eines Bioskandals den Bach runtergeht ...«
»Dann wäre das wohl eine prima Rache für das Schicksal, das seiner Familie einst widerfahren ist«, fiel ihr Ralph ins Wort, »aber ich halte das für unwahrscheinlich. Mich wundert es allerdings, dass Sie den Spieß nicht umdrehen.« Er grinste, doch Sabine runzelte nur fragend die Stirn.
»Worauf wollen Sie hinaus?«
»Frederik ist auf der anderen Seite des Globus«, sprach Angersbach weiter, »und da wird er vermutlich auch bleiben. Claudia könnte demnach versuchen, die Sache so zu drehen, dass das Bleiberecht mit Reitmeyers Tod endet. Sie kann ihre Adoption als Argument heranziehen und müsste dann nur noch ihren Bruder auszahlen. Damit wäre der Hof und damit die Familie Reitmeyer sämtliche Verpflichtungen gegenüber Volz los.«
»Stopp, stopp«, rief Sabine entgeistert. »Das ist die krudeste Theorie, die ich je gehört habe!«
»Ich sag's ja nur«, lächelte Angersbach. »Ich bin nun mal ein Kind vom Lande. Wir kennen uns vielleicht nicht aus mit Serienkillern oder Beschaffungskriminalität. Aber Blutrecht und Erbstreit sind Motive, deretwegen seit Jahrhunderten gemordet wird.«
Ein Piepen unterbrach weitere Ausführungen – Angersbachs Handy. Seiner Miene waren drei Phasen des nur wenige Sekunden dauernden Gesprächs zu entnehmen, zuerst Neugier, dann Zweifel, dann Fassungslosigkeit. Ein schallendes, entgeistertes »Waaas?!« rundete das Ganze ab.
Ohne zu wissen, was genau sie erwartete, startete Sabine den

Motor. Sofort klackte die Magnetkupplung des Klimakompressors, es zischte in den Untiefen des Handschuhfachs, und Sekunden später lichtete sich der Schleier auf der Windschutzscheibe.

»Er ist weg!« Angersbach ließ das Handy sinken, schnappte nach Luft und fuhr sich mit dem Handrücken über die Stirn.

»Wie bitte?« Sabine traute ihren Ohren nicht. »Wie kann das sein?«

»Sie haben's nicht bemerkt ... Er preschte querfeldein und dann in den Wald.«

Hatte sie richtig gehört? Paracelsus war *verschwunden?*

Ihre Finger glitten hinab in die Mittelkonsole und tasteten nach dem Smartphone.

»Fahren Sie lieber, ich telefoniere«, presste Angersbach hervor.

»Wohin denn?«

»Karben. Erst mal runter, ich zeige es Ihnen dann.«

»Okay«, keuchte die Kommissarin, und der Motor heulte unter ihrem kräftigen Tritt auf wie ein Pferd, dem man zu kräftig die Sporen gegeben hatte. »Rufen Sie Möbs an.«

»Lieber noch mal den Kollegen von eben«, murmelte Angersbach und drückte auf Wahlwiederholung.

Der BMW raste durch den anbrechenden Morgen, zerschnitt aufstiebende Nebelfetzen, passierte einen Bauernhof, auf dem bereits das Leben erwacht war, und erreichte nach wenigen Minuten die ersten Häuser der Stadt.

Im Telegrammstil gab Angersbach wieder, was er am Telefon an Neuigkeiten erfahren hatte, und Sabine wiederholte grimmig die wenigen Fakten.

»Ein Quad? Wie konnten wir das übersehen?«

»Keine Ahnung. Ein Quad fällt mittlerweile kaum mehr auf,

schon gar nicht im Winter, wenn die Straßenverhältnisse für ein Motorrad zu gefährlich sind.«

»Dreckskisten«, murmelte Sabine. ATVs oder Quads, wie man jene Fahrzeuge, die halb Gokart und halb Motorrad zu sein schienen, nannte, kamen zunehmend in Mode. Man fuhr sie in Schutzkleidung und Helm, sie waren geländegängig, leicht manövrierbar und in der Regel mit Stollenreifen und Allradantrieb ausgestattet. Dazu kamen ein geringes Gewicht, eine starke Beschleunigung und enorme Höchstgeschwindigkeiten. Das ideale Fahrzeug also, um auf ebenem Gelände das Weite zu suchen – sich sprichwörtlich vom Acker zu machen.

Knapp eine Stunde später hatte sich ein gutes Dutzend Beamte in dem engen Besprechungszimmer der Polizeistation versammelt. Der Raum, in dem sich nur selten mehr als fünf Personen gleichzeitig aufhielten, war heiß, stickig, und es fehlte bereits nach zehn Minuten an Sauerstoff. Vorne, mit der nötigen Ellbogenfreiheit und zudem in beneidenswerter Nähe zu dem einzigen kippbaren Fenster thronten Schulte und Möbs. Gleich einem Tribunal, mit dem Unterschied, dass es sich hier nicht um einen Angeklagten und eine missbilligende Jury handelte, sondern andersherum. Zwei gegen zwölf, und die donnernde Stimme Schultes und das beipflichtende Nachgrollen Möbs' hinterließen betretene Gesichter und zerknirschte Mienen.

Es war der größte Einsatz, der seit langem in den ländlichen Gefilden der Wetterau koordiniert worden war, und unter den Strategen gab es keine Rangeleien und Meinungsverschiedenheiten. Sämtliche Fahrzeuge waren klug plaziert gewesen, keiner der Beamten hatte sich der Unaufmerksamkeit oder Nachlässigkeit schuldig gemacht.

Dennoch: Paracelsus war entwischt und mit ihm die Million Euro.
»Wie zum Teufel konnte das passieren?«
Es war Schultes einziger Anklagepunkt, der wie ein Damoklesschwert über allen Anwesenden hing, wild entschlossen, jemanden einen Kopf kürzer zu machen.
Unpassender als in diesem Augenblick hätte sich Sabines Handy kaum bemerkbar machen können. Das hartnäckige Piepen durchdrang das betretene Schweigen und verriet Sabine derart schonungslos, dass ein Blaulicht auf ihrem Kopf nicht weniger dezent hätte wirken können.
»Sorry«, stieß sie gepresst hervor und schaltete das Gerät stumm, nicht ohne einen kurzen Blick aufs Display zu werfen. Eine Nachricht von Michael, deren Inhalt direkt auf dem Bildschirm angezeigt wurde.
*Müssen dringend reden, es geht um Deinen Kollegen.*
*Ruf mich an, wenn Du Zeit hast.*
*Love you*
So verlockend es auch war, Sabine unterdrückte den Impuls, sich nach draußen zu stehlen und ihren Freund anzurufen. Stattdessen hörte sie sich zum dritten Mal die niederschmetternden Tatsachen an, ohne die Erwartung, dass dabei etwas Neues herauskommen würde.
Der Quad-Fahrer war den Beamten am Ortsausgang von Heldenbergen aufgefallen, drei Minuten zuvor hatte ein weißer Opel Astra das Ortsschild passiert, gefolgt von einem knatternden Mofa, welches sich die schmale Straße entlangquälte und dabei einen breiteren Abgasstreifen zu hinterlassen schien als eine Boeing 747. Alles in allem war der Verkehr bis vier Uhr dreißig äußerst dürftig gewesen. Das Quad – eines jener Modelle, das nur mit den allernötigsten

Verkleidungselementen versehen war – hatte am Ortsausgang kräftig beschleunigt und war dann in der dichten Nebelsuppe entschwunden. Den Kollegen, die in einem Hof unweit des Steinkreuzes positioniert gewesen waren, war das Fahrzeug erst spät aufgefallen, da der Fahrer irgendwann die Frontscheinwerfer ausgeschaltet hatte. Ein Indiz für profunde Ortskenntnis und zugleich, bei dünnem Verkehr und schnurgerader Strecke, ein vorhersehbares Verhalten. Der ganze Vorgang schien sich in Sekundenschnelle abzuspielen, während die eigenen Bewegungen und Reaktionen wie in Zeitlupe abliefen. Dreihundert Meter entfernt, zwischen den Baumstämmen, die das Bonifatiuskreuz säumten, zeichneten sich schemenhafte Bewegungen ab. Es konnte sich nur um den Erpresser handeln, also machten die Beamten eine entsprechende Meldung und warteten auf den Zugriffsbefehl. Dieser erfolgte stante pede, genau in dem Augenblick, als der Motor des Quads aufkreischte und die LED-Scheinwerfer aufflammten. Als der PS-starke Audi der Kriminalpolizei die Übergabestelle erreichte, raste das wendige Geländefahrzeug längst zwischen den Feldern entlang in Richtung Wald. Dort hatte sich schließlich die Spur verloren, daran konnten fünf Wagen, darunter auch der von Sabine und Ralph, nichts mehr ändern. Eine Viertelstunde später fand eine Streife das noch vor Hitze knackende Vehikel nahe einem Waldparkplatz. Zwei Stunden später erbrachte die sofort eingeleitete Umzingelung des Forstes das niederschmetternde Ergebnis, dass Paracelsus entwischt war.

»Ich will den Namen Paracelsus nicht mehr hören!« Speichel sammelte sich in Schultes Mundwinkeln und sprühte, während er wutentbrannt auf den Tisch hieb, in Richtung der vor ihm Stehenden. »Schlimm genug, dass die Bildzeitung ihn so

nennt! Es ist ein Desaster.« Er vergrub den Kopf kopfschüttelnd zwischen den Handflächen und murmelte unverständlich vor sich hin.
»Was ist mit dem Kennzeichen?«, fragte Möbs in die Runde.
»Eine Dublette.«
»Wie bitte?«
»Das Kennzeichen ist eine Dublette«, wiederholte Mirco Weitzel und erklärte: »Es gehört zu einem Motorrad, welches in Heldenbergen gemeldet ist. So konnte Para… ähm, ich meine, der Erpresser, sichergehen, dass es einer Halterabfrage standhält. Zumindest einer oberflächlichen Überprüfung.«
Sabine überlegte kurz. Die Dubletten-Methode war nicht unüblich und hatte sich bereits in den Siebzigern in den Kreisen terroristischer Zellen erproben können. Im Zeitalter des Echtzeit-Datenabgleichs war sie eine der wenigen verbliebenen Möglichkeiten, mit einem Fahrzeug nicht aufzufallen. Kurzfristig zumindest, während gestohlene oder Phantasiekennzeichen sofort Alarm auslösten.
»Wie sieht es mit Hochsitzen, Kletterbäumen und Bauwagen aus?«, fragte Möbs weiter.
»Negativ«, gab ein Kollege, den Sabine nur vom Sehen kannte, zur Kenntnis. »Das Problem ist, dass zwei Waldstücke in Frage kommen. Beide eröffnen etliche Zugangsmöglichkeiten in Richtung bewohnter Gebiete. Karben, Büdesheim, und wir wissen noch immer nicht, nach wem wir überhaupt suchen.«
»Ich will nicht hören, was wir *nicht* wissen«, meldete sich Schulte wieder zu Wort. »Untersuchen Sie diese Klapperkiste auf DNA, tun Sie *irgendwas*. Fahnden wir jetzt nach einem Mann, der in Motorradkleidung herumläuft? Ansonsten: Finden Sie diese Kleidung!«
Ein brauchbarer Ansatz, dachte Sabine. Entweder jemand

würde sich über einen Mann wundern, der in Motorradmontur und mit eleganter Ledertasche aus dem Wald gelaufen kam. Oder Paracelsus stieg auf einen anderen Untersatz um. Oder, und das würde sich erst am nächsten Tag zeigen, er hatte außer dem Helm keine Schutzkleidung getragen. Dann würde einer der bereits Befragten mit einer fetten Erkältung aufwarten. Doch all diese Gedankenspiele waren müßig, denn es musste *jetzt* etwas getan werden.
»Wir klappern alle Kandidaten noch einmal ab«, schlug sie daher vor. Observiert worden waren immerhin lediglich der Weidenhof, also Volz und die Finkes. Was es genau mit Elsass auf sich hatte, wusste sie noch immer nicht. Angersbach hatte zwar von einer Überwachung gesprochen, aber nur äußerst unpräzise, wie ihr aufgefallen war.
»Das übernehmen Sie«, antwortete Schulte. »Den Rest will ich wieder bei der Fahndung haben.«

Bevor Ralph mit Sabine die Polizeistation verließ, entschuldigte sich seine Kollegin für einen Augenblick.
»Zwei Minuten, lassen Sie Ihren Diesel schon mal warm laufen«, lächelte sie ihn friedfertig an, und Angersbach runzelte überrascht die Stirn.
*Sie fährt freiwillig mit mir?*
Hatte sie etwa vergessen, den Akku aufzuladen?
Doch als Sabine Kaufmann in den Lada stieg und sich weder über den ausgesessenen Beifahrersitz noch die verschmierten Scheiben echauffierte, wusste er, dass sich hinter ihrem Verhalten etwas anderes verbergen musste.
»Wir müssen reden«, sagte sie knapp.
»Okay. Aber zuerst einigen wir uns darauf, wo wir beginnen. Meine Idee: Wir schlagen zuerst bei Herzberg auf, dann

Moreno und zum Schluss Kayser. Obwohl«, Angersbach hüstelte und entschied sich um, »wir beginnen besser bei Kayser. Sollte er hinter der Sache stecken, hat er die besten Versteckmöglichkeiten.«
»Mir egal. Wir werden ohnehin nichts finden.«
Offensichtlich hatte Sabine Kaufmann tatsächlich andere Sorgen, die ihr Kopfzerbrechen bereiteten.
»In Ordnung«, sagte Ralph daher, als er rückwärts aus der Parklücke gefahren war, »reden wir.«
»Ihre Schwester steckt in Schwierigkeiten.«
Es war ein einziger kurzer Satz, doch er jagte dem Kommissar einen Schauer über den Rücken.
»Was sagen Sie da?«
»Janines Name wird im Rahmen einer Rauschgiftermittlung genannt«, erklärte Sabine, »das hat Michael mir eben mitgeteilt. Sie sagten doch, dass sie sich öfter in Frankfurt herumtreibt.«
»Moment«, empörte sich Ralph. »Ich habe gewiss nicht den Begriff *Herumtreiben* verwendet! Aber ja«, ergänzte er leiser, »sie hat zweifelhafte Freunde. Ich konnte heraushören, dass Bonames dabei eine Rolle spielt.«
Bonames. *Das Ghetto,* wie man die Hochhausschluchten viel zu oft abschätzig bezeichnete. Es war einer von Frankfurts vergessenen Bezirken, anscheinend aufgegeben von den Ordnungsbehörden und nur noch ein Haarbreit entfernt von Anarchie und Verfall. So zumindest sprach man davon, wenn man nicht aus Frankfurt stammte und sich nicht näher mit dem Stadtteil befasst hatte, der sicherlich noch mehr zu bieten hatte, als nur sozialer Brennpunkt zu sein. Doch diese Hintergründe interessierten den Kommissar in diesem Augenblick nicht.

»Bonames?«, hörte er Sabines Stimme und nickte nur. Sie sprach weiter: »Dann haben wir tatsächlich ein Problem. Es ist ein Einsatz geplant, und natürlich dürfen weder ich noch Sie davon wissen.«
»Wann?«
»Heute Abend. Ben-Gurion-Ring, die Wohnanlage neben dem Jugendzentrum. Außerdem einige verdächtige Plätze rundherum.«
»Donnerstagabends?« Ralph schüttelte verwundert den Kopf.
»Klar. Am Wochenende rechnet jeder mit Polizeipräsenz, so zumindest die Logik des Drogendezernats.«
»Verdammt.«
Genau aus diesem berüchtigten Straßenzug stammten mindestens drei von Janines verzottelten Hippiefreunden.
»Wenn Sie Ihrer Schwester eine Strafanzeige ersparen wollen, sollten Sie sie heute von Bonames fernhalten.«
»Sehr witzig, wie soll ich das denn anstellen?«
Angespannt den Straßenverkehr an einer großen Ampelkreuzung fixierend, entging Angersbach nicht, wie sich ein gütiges Lächeln auf Sabines Lippen legte und ihre Hand seinen Unterarm berührte.
»Es ist noch genügend Zeit«, sagte sie ruhig und zuversichtlich. »Zeit, in der wir überlegen können, wie Sie sich Janine gegenüber wie ein großer Bruder verhalten können. Bitte verzeihen Sie meine Direktheit, aber diese Chance sollten Sie sich nicht entgehen lassen.«
Angersbach verzog den Mund. »Mir drängt sich der Verdacht auf, dass Sie sich mit der Materie auskennen.«
Sabine schüttelte nur den Kopf. »Nein, beileibe nicht«, schnaubte sie. »Mein Vater ist nach Spanien abgehauen, als er

die Probleme meiner Mutter nicht mehr händeln wollte. Ich hätte mir manchmal einen Bruder gewünscht, oder *irgend*jemanden. Aber vielleicht war es besser so: Was einen nicht umbringt ...«

Sie sprach den Satz nicht zu Ende, doch es war ohnehin nur eine Plattitüde, die Angersbach nur allzu gut kannte. Er schluckte, unsicher, ob seine Kollegin eine Antwort erwartete. Ihre Offenheit verdiente es, honoriert zu werden, doch in solchen Dingen war Ralph zuweilen ein Neandertaler, auch wenn er das niemals zugeben würde. Außerdem kam er nicht gegen die sich wie ein Flächenbrand in seinem Inneren ausbreitende Unruhe an. Sämtliche Verachtung und Missbilligung, die er für den Lebenswandel jenes ihm so fremden Teenagers jemals aufgewendet hatte, waren unter der Oberfläche Kummer, Sorge und Angst. Nun zeigten sie ihre wahren Gesichter. Beschützerinstinkt. Gefühle, wie sie üblicherweise nur ein Familienmitglied aufbringen konnte.

Ein Bruder. *Ein Vater?*

Diesmal sah Victor Elsass die Fahrzeuge kommen.

Es war ein kleiner, dunkelgrüner Geländewagen, gefolgt von einer silberblauen Streife. Kein Blaulicht, keine Sirene. Aber durch aufwirbelnden Staub den geraden, asphaltierten Zufahrtsweg entlangpreschend, hatte die Szene etwas Bedrohliches. Ohne zu zögern, wandte er sich von seinem Bürofenster ab, griff seine cognacfarbene Lederjacke und suchte das obere Fach eines Schranks fieberhaft nach Wollmütze und Fäustlingen ab. Ohne Erfolg. Die alte, mit Kaninchenfell gefütterte Fliegermütze aus rissigem Wildleder war alles, was sich in der staubigen Ablage fand. Dankbar, einen Wollpullover zu tragen, rollte Elsass den dunklen Kragen auf, bis dieser an sein

Kinn stieß. Ohne ein Wort der Erklärung hastete er durch den Hausflur, vorbei an seiner verwirrten Assistentin, die es sich nicht hatte nehmen lassen, heute zur Arbeit zu erscheinen. Anstelle des erwarteten Durchsuchungstrupps hatte lediglich sie am frühen Morgen auf der Matte gestanden, eine treue Seele, wie Elsass im Hinauseilen mit einem Anflug von Wehmut feststellte. Treu und doof, der ideale Nährboden für bedingungslose Loyalität. Wahrscheinlich würde sie die Unschuld ihres Chefs selbst dann noch beteuern, wenn die Beamten das Labor vor ihren Augen als Methamphetamin-Küche entlarven würden. Doch das würde nicht geschehen, denn Elsass war viel zu gerissen, als dass er seine Arbeitsstätte, wo ihm wissbegierige Mitarbeiter auf die Finger schauten, für kriminelle Aktivitäten nutzen würde.
Die kühle Morgenluft roch angenehm frisch, als Elsass die Tür aufstieß und nach draußen eilte. Er dachte an das Gewächshaus, *sein* Gewächshaus. Sollte er es in Brand stecken? *Nein,* entschied er, zog das Tempo seiner Schritte noch einmal an und schlug einen Haken in die entgegengesetzte Richtung, wo ein grauer, zur Hälfte verfallener Stall sich an die efeuberankte Mauer schmiegte.

Weder der Besuch bei Gottfried Kayser noch der bei Moreno hatte ihnen neue Erkenntnisse gebracht, und bei Herzberg in Dortelweil öffnete niemand. Auch Gunnar Volz schien aus dem Rennen zu sein, denn die Observierung seiner Wohnung hatte keinerlei verdächtige Bewegungen aufgezeigt. Im Umkehrschluss war eine polizeiliche Beobachtung doch das beste Alibi, was man sich wünschen konnte. Entsprechend resigniert fuhren die Kommissare nun in Richtung Lohmühle.

Sabine nutzte die Gelegenheit, um das Gespräch über Dr. Elsass wieder aufzunehmen.

»Haben wir ihn nun observiert oder nicht?«, fragte sie.

»*Wir* nicht«, antwortete Angersbach ausweichend.

»Details«, forderte sie daher ungeduldig und trommelte mit den Fingerkuppen auf der Seitenverkleidung der Tür. Ein hohler Klang. Es gab weder Seitenaufprallschutz noch andere Sicherheitssysteme. Ohne wieder einen direkten Vergleich riskieren zu wollen, schien der Renault in dieser Hinsicht besser ausgestattet zu sein. Nicht optimal, aber irgendwie anders.

»Der Gebäudekomplex ist schwer zu überschauen, das wissen Sie ja«, unterbrach Angersbach ihre abschweifenden Gedanken. »Für eine lückenlose Observierung hätte ich drei Funkstreifen anfordern müssen, eine vor jedem Tor.«

»Darauf wäre es auch nicht mehr angekommen«, brummte Sabine.

»Schulte hätte mir das niemals durchgehen lassen«, widersprach Angersbach. »Er hätte stattdessen die Festnahme von Elsass gefordert.«

»Ohne Beweise keine gute Idee«, seufzte Sabine, die an Finkes denken musste. Dort hatte sich nichts getan, nicht einmal zum Einkaufen oder zu Kundenterminen waren sie gefahren. Nur einem Pizzaservice hatte Vera am späten Abend die Tür geöffnet. Dabei hatte sie in Richtung der observierenden Beamten geäugt; überheblich, wie der eine behauptete. Der andere hatte es eher als mitleidig empfunden. Jedenfalls schien es die Frau, die am Nachmittag erst auf freien Fuß gesetzt worden war, nicht weiter in Aufruhr zu versetzen, dass man ihr Haus beobachtete.

Vorgespielte Sicherheit? Sabine war sich nicht sicher. Doch

weil jede verfügbare Person für die Fahndung nach Paracelsus gebraucht wurde, hatte Schulte sich gegen weitere Überwachungsmaßnahmen ausgesprochen. Angersbachs Logik ergab also Sinn.

»Was haben Sie folglich getan?«

»Ich habe nahe dem Gewächshaus eine Kamera plaziert, die ihren Fokus auf den freien Platz zwischen Wohnhaus und Laborgebäude richtet.«

Erstaunt hob Sabine die Augenbrauen. Angersbach und die Technik. Doch kein Buch mit sieben Siegeln?

»Sie tragen eine Kamera mit sich herum?« Sie grinste schief. »Auf mich wirkten Sie bislang eher wie der Überlebensmesser-Typ.«

»Blödsinn«, murrte er. »Ich war auf zwei Optionen eingestellt, als ich zu Elsass fuhr. Entweder ich konfrontiere ihn, und er bricht ein, oder ich wiege ihn in falscher Sicherheit und plaziere einen kleinen elektronischen Freund.«

»Sicherheit, indem Sie ihm eine Durchsuchung seiner Arbeitsräume für den nächsten Tag ankündigten?«

»Genau. Ich versiegelte das Labor und gab ihm zu verstehen, dass wir erst heute Vormittag damit beginnen. Technisch gesehen haben wir damit Paracelsus' Forderung erfüllt. Keine Polizei.« Angersbach zwinkerte verschmitzt. »Natürlich konnte ich ihn nicht ganz ohne Kontrolle zurücklassen. Daher die Kamera.«

»Wie hat er sich verhalten?«

»Unauffällig. Zumindest bis ein Uhr früh.«

»Und danach?«

»Dann kam Elsass schnurstracks in Richtung Gewächshaus gelaufen, den Blick nur knapp an der Kameralinse vorbeigerichtet. Keine Ahnung, ob er sie bemerkt hat, jedenfalls schien er ins Gewächshaus hineinzugehen. Danach wurde nichts mehr von ihm gesehen. Um halb drei Uhr musste der Wagen ja dann abziehen und seinen Posten in Karben einnehmen.«

»Verdammt!« Die Verärgerung in Sabines Gesicht sprach Bände. »Dann war das Ganze doch ein einziger Schuss in den Ofen.« Ihre Gedanken rasten. »Trug er auffällige Kleidung? Gibt es von dort aus einen Ausgang?«

»Das ist ja das Problem«, seufzte Angersbach, »mit einem geländegängigen Quad hat keiner von uns gerechnet. Keine Ahnung, ob das Gewächshaus einen Hinterausgang hat. In ein paar Minuten wissen wir mehr.«

Doch es kam anders.

Kaum dass der Lada, unmittelbar gefolgt von dem Streifenwagen, die breite Maueröffnung der Zufahrt passiert hatte, kreischte ein Motor auf. Erdklumpen und Fetzen vertrockneten Grases stoben auf, als sich die Stollenreifen des Motorrads in den gefrorenen Untergrund zu fressen versuchten. Das Heck der Crossmaschine, an der es kaum Verkleidungselemente gab, schlingerte bedrohlich hin und her. Alles spielte sich in Sekundenschnelle ab, so dass den beiden Kommissaren kaum etwas blieb, als verdutzt zu schauen, bevor sie realisierten, was sich vor ihren Augen abspielte. Angersbach gewann als Erster die Kontrolle über sich zurück und legte geistesgegenwärtig mit einem wütenden Krachen den Rückwärtsgang ein.

»Ist das Elsass?«, keuchte Sabine.

»Sieht ganz danach aus.«

Das Motorrad schoss an ihnen vorbei, und tatsächlich meinte nun auch die Kommissarin die Gesichtszüge zu erkennen, auch wenn außer den Augen, die hinter einer Schutzbrille lagen, kaum etwas zu sehen war. Schal und Mütze umwickelten den Kopf des Wissenschaftlers. Einen Motorradhelm besaß er offenbar nicht.

Nicht mehr?

Mit einem wütenden Fluch schlug Angersbach das Lenkrad bis zum Anschlag ein, und Sabine musste den plötzlich auftretenden Kräften massiv entgegenwirken. Kaum, dass sie sich wieder gefangen hatte, drückte die Vorwärtsbeschleunigung sie schon tief in den Sitz. So alt und klapprig der Geländewagen von außen auch wirkte, der Diesel entfaltete eine beachtliche Kraft. Elsass' Geländemaschine war längst einige hundert Meter entfernt, schien sich aber noch immer auf dem Feldweg zu befinden, der ohne nennenswerte Biegung in Richtung Bundesstraße führte. Eine hellbraune Staubwolke stieg hinter ihm auf. Sabine nutzte die Gelegenheit, um sich mit den beiden Kollegen im Streifenwagen zu verständigen.

»Elsass flüchtet nordöstlich in Richtung Bundesstraße«, keuchte sie ins Telefon, doch noch bevor sie die Angaben präzisieren konnte, sah sie, dass der aufwirbelnde Staub sich nun nach links bewegte. »Korrektur, er fährt jetzt nach Westen. Er prescht direkt auf den Wald zu.«

»Da wird er nicht bleiben«, stieß Angersbach hervor, als sie den Abzweig erreichten, und trat kräftig auf die Bremse. Der Weg zweigte im rechten Winkel ab, zudem handelte es sich nicht mehr um einen betonierten Feldweg, sondern um eine tiefe, grasbewachsene Fahrspur mit tiefen Reifenfurchen schwerer Traktoren. »Verdammt!«

Angersbach hielt kurz inne und beschloss dann, den Weg dennoch zu nehmen. In deutlich geringerem Tempo, aber immer noch rasant, wurde der Lada auf den folgenden dreihundert Metern durchgerüttelt. Sabine biss sich auf die Zun-

ge, als ihr Kopf beim Überqueren eines Schlaglochs gegen den Fahrzeughimmel stieß, und verzog gequält das Gesicht. Dann endlich, das Motorrad hatte längst eine weitere Abbiegung genommen und fuhr nun in südwestlicher Richtung, mündete der Weg auf eine asphaltierte Straße.
»Hier runter«, sagte sie.
»Nein, er ist doch viel weiter vorn«, widersprach Angersbach.
»Dieser Weg führt direkt in bewohntes Gebiet«, beharrte Sabine, dessen war sie sich zu neunzig Prozent sicher. Die Alternative waren weitere Kilometer auf unbefestigtem Untergrund.
Angersbach gab klein bei, lenkte nach links und beschleunigte. Das Motorrad entfernte sich am Horizont.
»Können Sie nicht schneller?«, fragte Sabine.
»Schneller als Ihr Twizy bestimmt«, brummte Ralph, »aber ein Porsche ist's nun mal nicht.«
Sabine gab erneut ein Update an die Kollegen.
»Wöllstadt, Okarben, Burg-Gräfenrode«, schloss sie. Überall dorthin konnte Elsass mit seinem Motorrad derzeit gelangen. Fieberhaft überlegte sie, welcher Punkt strategisch am sinnvollsten erschien.
Nach wenigen Minuten, in denen sie geradeaus schossen, kreuzte in der Ferne, unmittelbar vor den ersten Häusern, das Motorrad ihren Weg. Elsass befand sich nun links von ihnen und wagte offenbar, diagonal über einen Acker zu fahren.
»Jetzt haben wir die Bescherung«, schimpfte Angersbach, und beide suchten fieberhaft nach einer Abzweigung. Doch stattdessen tat sich ein Graben neben ihnen auf, den der Lada beim besten Willen nicht überqueren konnte. Zu allem Überfluss versperrte ihnen zweihundert Meter weiter ein rotweißer Sperrstein den Weg. Offensichtlich sollte diese Fahrzeugbarri-

ere verhindern, dass der Berufsverkehr in den Stoßzeiten, auf der Suche nach Schleichwegen, durch die Siedlung rollte.

»Schaffen wir das?«

»Werden wir sehen.«

Angersbach verlangsamte das Tempo, der Stein kam trotzdem in beängstigendem Tempo näher, und Sabine schätzte, dass der massive Quader eine Höhe von achtzig Zentimetern hatte. Links der Graben, rechts eine Böschung. Der Lada schlingerte, als Ralph ihn nach rechts riss und sich in bedrohliche Schräglage begab. Im Kofferraum fielen einige Gegenstände hin und her, ein klirrendes Geräusch, und irgendwo unter Sabines Füßen schabte es. Dann hüpfte der Wagen wieder zurück auf den Weg, und Sabine atmete erleichtert auf. In einiger Entfernung sah sie das Blaulicht des Streifenwagens vorbeiziehen. Die Kollegen näherten sich über die Landstraße, so weit, so gut, nur leider konnte Elsass das Blitzen der Lichter ebenfalls sehen. Sie blickte nach links und musste sich eingestehen, dass die Verfolgung einer Crossmaschine mit einem Forstfahrzeug nur wenige Erfolgsaussichten bot. Wenn ihr geografisches Gedächtnis ihr keinen Streich spielte, hatte Elsass die Hauptstraße beinahe erreicht.

Wo sollte er auch hin? Die Bahngleise auf der einen und die Nidda auf der anderen Seite bildeten selbst für einen beherzten Motorradfahrer natürliche Barrieren.

*Dachte* sie.

»Verdammt!«, rief Angersbach und deutete auf die Böschung. Elsass trieb seine Maschine nicht wie erwartet in Richtung B3, sondern bewegte sich nun parallel der Gleise.

»Wir müssen über den Graben«, keuchte er.

»Das können Sie knicken«, widersprach Sabine energisch.

»Vertrauen Sie mir.«

In der Miene des Kommissars lag eine unheilverkündende Verbissenheit, und er steuerte den Lada abrupt in einen Feldweg, dessen Oberfläche noch weitaus zerfurchter war als der letzte, über den sie geholpert waren. Nach wenigen Metern verschwand die Fahrspur in einer Senke, einem gepflasterten Bachdurchlass, wie man sie früher für Pferdefuhrwerke gebaut hatte. Nur dass von den Pflastersteinen nicht mehr viel zu sehen war und der Graben auf etwa einem Meter Breite mit gebrochenem Eis überzogen war.

»Sie sind ja wahnsinnig!«, stieß Sabine hervor, als sie realisierte, dass ihr Partner nicht ans Abbremsen dachte und stattdessen das Gaspedal noch tiefer drückte. Im selben Moment krachte es auch schon, die Front des Wagens glitt nach unten, und ein heftiger Stoß drückte Sabines Unterleib in den ächzenden Sitz. Draußen krachten Eisbrocken gegen die Scheibe, und schlammiges Wasser spritzte gegen die Scheiben. Der Motor heulte auf, als die Reifen ihre Traktion verloren und durchdrehten.

Angersbach fluchte. »Komm schon«, murmelte er dem Wagen zu. Beinahe zeitgleich ruckte es, offensichtlich war es einem der Reifen gelungen, sich in haftenden Untergrund zu graben. Zitternd und dampfend kroch der Lada aus der Senke.

»Machen Sie so etwas *nie* wieder«, hauchte Sabine tonlos, das Gesicht kreidebleich und den Mageninhalt bereits auf halbem Weg die Speiseröhre hinauf wähnend.

»Hatten Sie nicht etwas vom Segelfliegen erzählt?«, erwiderte Angersbach spöttisch, doch sie erinnerte sich nicht. Es konnte nur beim Essen gewesen sein, in einem Nebensatz vielleicht.

»Falls ja, dann habe ich wohl nicht erwähnt, dass die Fliegerei

und ich keine Freunde mehr werden«, kommentierte sie mürrisch. »Und meine Landung war um einiges sanfter als das eben.« Sabines Daumen deutete über ihre Schulter nach hinten, und sie bedachte Ralph mit einem rügenden Blick.
»Da vorn kommt ein asphaltiertes Stück.« Er wies mit dem Kopf gen Süden. »Das bringt uns Elsass wieder etwas näher.«
Außerdem zeigte sich soeben ein weiteres Paar Blaulichter, beinahe exakt in der Richtung, die Elsass eingeschlagen hatte. Die Staubwolken, die das Motorrad aufwirbelte, hatten sich gelegt. Elsass saß in der Falle, er manövrierte parallel zwischen einem Feld und dem steil ansteigenden Bahndamm entlang. Das deutlich verlangsamte Tempo ließ darauf schließen, dass dort kein Weg verlief. Es war nur eine Frage der Zeit, bis er auf den Streifenwagen stoßen würde, der sich rasch näherte.
Sabine gab den Kollegen im anderen Fahrzeug, welches noch immer die B3 entlang in Richtung Karben brauste, durch, dass es nun wieder zurück nach Norden ging. Kaum dass sie dies erledigt hatte, geschah das Unvorstellbare. Das Motorrad blieb stehen, sie waren nur noch zweihundert Meter entfernt, der Fahrer hielt kurz inne, und dann arbeitete sich die Maschine durch eine Lücke im Gestrüpp die Böschung des Bahndamms hinauf.
»Was zum T…«, gab Angersbach perplex von sich, und Sabine konnte ihm nur beipflichten.
»Der ist ja vollkommen irre.«
Angersbach blickte aus dem Fenster hinab auf das dunkelbraune Erdreich des Feldes, welches den Lada von Elsass' Position trennte. Dann fuhr er wieder an, erst sanft, dann immer schneller. Sabine hoffte inständig, dass der Boden noch

ausreichend gefroren war. Zu tiefergehenden Gedanken war sie in den folgenden Atemzügen nicht fähig, denn der Lada schlingerte heftiger als ein Fischkutter im Wellengang, und sie versuchte, so gut wie möglich, mit ihren Bewegungen gegenzusteuern. Dann verschwand Elsass' Silhouette im Gebüsch, und Sekunden später erstarb der Motor des Wagens.
»Verflixt!«, schimpfte Angersbach und sprang hinaus. Sabine folgte ihm und erkannte, dass die Radkästen voll mit lehmiger Erde waren. Der Lada hatte sich sprichwörtlich festgefressen, stand nun inmitten des Ackers, und an ein Vor- oder Zurückkommen war nicht mehr zu denken. Doch immerhin hatten sie über die Hälfte des Weges zurückgelegt. In der Ferne verriet ein hochtouriges Schnarren, dass Elsass die Kuppe erreicht hatte. Was dahinter lag, konnten die beiden nur erahnen. Sabine rannte los, kurz darauf schloss Angersbach zu ihr auf, und bald hatte er sie dank seiner langen Beine um einige Meter überholt. Er erreichte die Böschung zuerst. Knackend barsten die trockenen Zweige, als er sich nach oben kämpfte. Dann erst hörte Sabine das verräterische Summen in den Gleisen, das einen heranrollenden Zug ankündigte. *Angersbach!*
Sie hastete weiter. Der Abhang war glitschig, Sabine folgte den Spuren ihres Kollegen, der schon fast oben war. Er wandte sich um: »Kommen Sie klar?«
»Klar«, japste sie, »passen Sie bloß auf, da kommt eine Bahn.«
»Hab's gehört.«
Angersbach verschwand aus Sabines Blickfeld, und sie kraxelte verbissen den Abhang hinauf. Kaum dass ihr Kopf sich durch das lichter werdende Dickicht bohrte, ratterte auch schon mit metallischem Kreischen die feuerrote S6 vorbei, ein aus der Nähe unendlich lang wirkender Tausendfüß-

ler, in dessen Innerem tagtäglich Hunderte, wenn nicht Tausende Pendler vom Land in die Stadt befördert wurden. Und wieder zurück.
Niemand der im sauberen, warmen Innenraum Sitzenden erblickte Sabine. Doch das wütende Signalhorn verriet ihr, dass der Lokführer Sekunden zuvor den Kommissar erblickt haben musste, der es, so hoffte sie inständig, über die Gleise geschafft hatte. Und vielleicht würde einer der Fahrgäste ja zu Gesicht bekommen, wie er sich auf Elsass stürzte, ihn dingfest machte und damit diese surreale Verfolgungsjagd endlich beendete. Hinter dem hämmernd vorbeijagenden Metallkoloss war nichts zu erkennen und nichts zu hören. Sabine wurde flau in der Magengegend, als in ihr das Bild von Heiko Schultz aufstieg. *Ausgerechnet jetzt.*
Kaum dass der letzte Waggon an Sabine vorbeigedonnert war, vergewisserte sie sich, dass nicht ein weiterer Zug auf der anderen Spur kam, und hechtete über den von Brombeerranken bewucherten Schotter. Blaue Lichtreflexe blitzten auf, irgendwo hupte es, und am unteren Ende der Böschung erklang ein gequältes Stöhnen.
*Angersbach.*
Einzig den Motor der Geländemaschine hörte sie nicht mehr schnarren. Mit zusammengekniffenen Augen erblickte sie auf halbem Weg zwischen der Bundesstraße und ihrer Position im Widerschein der Blaulichtblitze zwei Uniformierte, die Victor Elsass in Gewahrsam nahmen. Er schien unverletzt und leistete keinen Widerstand.
Ein wildes Knacken drang zu ihr herauf, welches sich zu lautstark berstendem Geäst steigerte, begleitet von einem finsteren Fluch. Sabine beugte sich nach vorn, der Schneise, die das Motorrad in das Dickicht geschlagen hatte, folgend. Sie traute

ihren Augen kaum. Ralph Angersbach lag auf dem Rücken, seltsam verbogen und strampelnd wie ein Hirschkäfer, der verzweifelt versuchte, zurück auf die Füße zu gelangen. Eine zwei Meter lange Schlammspur, die zu seiner Position führte, enthüllte, dass er den Halt verloren hatte.
»Verdammter Mist«, ächzte er, als er seine Kollegin erblickte, die sich trotz aller Besorgnis und Anspannung ein Grinsen verkneifen musste. Ralph Angersbach, der robuste Naturbursche, der Outdoor-Freak. Es musste ihm gleich doppelt bitter aufstoßen, zuerst versackte er mit dem Lada im Acker und dann *das*; auch noch vor den Augen der piekfeinen Stadtkommissarin.
»Sind Sie verletzt?«, fragte sie sorgenvoll und suchte das Geäst nach einer Möglichkeit ab, um sich festzuhalten.
»Nur ein paar Kratzer«, stieß er hervor. »Verdammte Dornen. Was ist mit Elsass?«
Aus seinem blätterbedeckten Graben heraus hatte Angersbach nicht sehen können, was sich fünfundzwanzig Meter von ihm entfernt abspielte.
»Sie haben ihn«, antwortete sie nur und begab sich mit Bedacht auf den Weg nach unten.

Auf dem Weidenhof aktualisierte Claudia Reitmeyer mit manischem Blick ihren Posteingang. Es war das fünfzehnte, vielleicht auch zwanzigste Mal innerhalb der vergangenen Stunden. Seit sie die Meldung erhalten hatte, dass die Übergabe ohne polizeilichen Zugriff vonstattengegangen war, hatte Claudia sich keine drei Meter von ihrem Notebook entfernt. Mit ihr im Raum, weitaus entspannter, befand sich Gunnar Volz. Er war wie üblich mit einem Strickpullover und einer fleckigen Cargohose bekleidet, aus der die gelben Stiefel

stachen. Mit einer teuren Porzellantasse in der Rechten, deren elegante Form in der grobschlächtigen Pranke vollkommen versank, fläzte er sich auf dem Sofa.
»Warum grinst du so?«, zischte Claudia übellaunig.
»Du rennst hier herum wie ein aufgescheuchtes Huhn. Entspann dich mal.«
Claudia lachte zynisch. »Entspannen? Wie könnte ich das denn?«
Der Knecht stellte seine Tasse auf den Tisch und knackte mit den Knöcheln seiner Finger.
»Das Geld ist angekommen, die Bullen haben ihn nicht erwischt. Damit ist die Sache für uns erledigt. Worauf wartest du noch? Soll er ein Dankeskärtchen schicken?«
Claudia raufte sich die Haare und zupfte ihr Oberteil zurecht, denn sie fühlte sich erneut von den Blicken ihres widerlichen Besuchers ausgezogen. Sie überlegte kurz, ob sie einen Cardigan überziehen sollte, konnte sich jedoch nicht überwinden, den Laptop aus den Augen zu lassen.
»Er könnte doch schreiben, dass nun niemand mehr stirbt«, wisperte sie mit einer fahrigen Handbewegung und schniefte. Claudia hatte kaum geschlafen, sie war Dr. Brüning und der Geldtasche nicht von der Seite gewichen. Der unnahbare Anwalt gab ihr einen gewissen Halt, denn er versuchte im Gegensatz zu den Kriminalbeamten nicht, sie zu manipulieren. Zudem hatte sie nur hierdurch sichergehen können, dass nicht doch irgendwelche elektronischen Helferlein in die Tasche gepackt wurden. Dies hatte sie den Ermittlern mit allem notwendigen Nachdruck untersagt und darauf gedrängt, dass Brüning eine entsprechende rechtsverbindliche Erklärung aufsetzte, die sie sich gegenzeichnen lassen wollte. Doch das schien nicht realistisch, wie Brüning ihr zu

erklären versuchte, und infolgedessen hatte Claudia die Tasche mit derselben Insistenz bewacht wie eine Bache ihre Frischlinge.
Den Gedanken, dass sie den Mörder ihres Vaters bezahlte, versuchte sie dabei, so gut es ging, zu unterdrücken. Doch auf Dauer ließ sich dieser Zwiespalt nicht leugnen. Morgen früh würde, wenn Brüning seine Beziehungen in die oberen Etagen der hessischen Justiz ausreichend hatte spielenlassen, Ulf Reitmeyers Leichnam ins Krematorium gefahren werden. Für Montag schließlich war geplant, seine Urne im Friedwald, einige Handbreit neben der Ruhestätte ihrer Mutter, beizusetzen. *Nur vier Tage,* dachte Claudia panisch, als ihr durch den Kopf ging, was bis dahin noch alles organisiert werden musste. Am schlimmsten jedoch war etwas ganz anderes. Wenn man allen psychologischen Gedankenspielen der Beamten nachging, bestand durchaus die Möglichkeit, dass Ulfs Mörder der Zeremonie beiwohnen würde.
Gunnars abfälliges Lachen riss Claudia jäh aus ihren in Verzweiflung abdriftende Gedanken.
»Der hat sich längst abgesetzt, wenn du mich fragst«, knurrte er, »wir sollten uns endlich wieder dem Alltagsgeschäft widmen.«
Daher also wehte der Wind. Claudia hätte es sich denken können, dass Volz' Besorgnis weniger ihrer Person als vielmehr seinem eigenen Profit galt. Und seinen düsteren Begierden, von denen sie schon lange wusste, aber denen sie niemals nachgeben würde. Nicht in diesem Leben.
»Das Risiko ist viel zu groß«, widersprach sie kopfschüttelnd. »Bevor mein Vater nicht beerdigt ist …«
»Dein *Vater*«, wiederholte er und lachte erneut auf seine grausam süffisante Art. »Du müsstest dich mal reden hören!

Hallo! Es ist keiner da, dem du etwas vorspielen musst, also mime nicht die trauernde Tochter.«
»Ich *trauere* aber«, entgegnete Claudia trotzig. »Was weißt *du* schon.«
»Genug.« Gunnar stand schwungvoll auf und klatschte in die Hände. »Ich erwarte meinen Anteil, so wie immer. Die Schonfrist endet am Sonntag. Andernfalls wird das nächste Kaffeekränzchen mit diesen beiden trotteligen Kommissaren in meiner bescheidenen Hütte stattfinden.«
»Dafür fehlt dir die Courage«, schnaubte Claudia. »Du hängst viel zu tief drinnen.«
»Beweise es mir«, grinste Volz und zog eine Grimasse. Mit diesen Worten ließ er Claudia stehen und trottete in Richtung Haustür.
»Sonntag«, rief er im Hinausgehen, Sekunden, bevor er die Tür schallend ins Schloss warf. *Sonntag.*
Claudia Reitmeyer schluckte und wandte sich wieder ihrem Computer zu.


Die Tür des Vernehmungszimmers schnappte mit einem gedämpften Klacken ins Schloss. Abgestandene Heizungsluft drang in Sabines Nase, vermischt mit einem Duft nach Zigarettenrauch und Kaffee. Das Verhör von Victor Elsass hatte etwas von altem Kaugummi, zäh, fade und mit schalem Beigeschmack.
Nach dessen Abtransport hatte Ralph Angersbach sich von einem Unfallarzt untersuchen lassen. Seine rechte Schulter war geprellt, er konnte den Arm nur unter starken Schmerzen über die Waagerechte heben, aber ansonsten schien alles halb so wild. Der Röntgenbefund zeigte, dass es keine Frakturen gab, allerdings prophezeite der Mediziner, dass die Schmerzen

über mehrere Wochen anhalten könnten. Das rosafarbene Papier, auf dem der Kommissar Ibuprofen verschrieben bekommen hatte, war in den nächstbesten Mülleimer gewandert. Ob er eine Krankmeldung erhalten hatte, darüber schwieg er sich aus, auch, als Sabine gezielt nachfragte. Seine einzigen Worte waren gewesen:

»Nehmen wir uns diesen Elsass endlich vor?«

Doch dieser war bestens vorbereitet, hatte einen Rechtsbeistand bestellt, und der war kein Geringerer als Dr. Brüning. Sabine hatte den Anwalt beiseitegenommen und ihn gefragt, ob er nicht in einen Interessenkonflikt geraten würde, doch dieser gab sich unnahbar.

»Dr. Elsass ist keine kriminelle Handlung nachzuweisen«, wehrte er ab. »Keine Ihrer Anschuldigungen trifft auf ihn zu.«

Entsprechend selbstsicher gab sich Elsass, die Aufnahmen ihres bisherigen Gesprächs waren zum Gähnen langweilig, und Sabine beneidete niemanden, der sich die Vernehmungsbänder erneut anhören musste. Selbst die Tatsache, dass sich unter seinen Habseligkeiten ein Flugticket der Lufthansa nach Kuala Lumpur befand, schien ihn nicht in Verlegenheit zu bringen.

»Was machen wir?«, wandte sie sich an Angersbach, der sich ächzend in die rechte Hosentasche langte und kurz darauf einen Euro zutage förderte.

»Kaffee«, erwiderte dieser trocken und verzog das Gesicht.

Sie schlenderten ohne Hast in Richtung des Automaten. Sollte Elsass doch schmoren.

Kurz bevor sie in den Vernehmungsraum zurückkehrten, kam Mirco Weitzel wie ein aufgescheuchtes Huhn durch den Gang geeilt und flüsterte Angersbach etwas zu. Sabine stand

bereits in der Tür und wurde von Elsass' durchdringendem Blick gemustert. In seinen Augen lag keine Angst, nur verachtende Gleichgültigkeit. Als Angersbach ebenfalls eingetreten war, erhob er sich und verlangte: »Ich möchte jetzt gehen.«
Seine Worte waren derart überzeugend vorgetragen, dass die Kommissarin überrascht schluckte.
»*Gehen?*«, wiederholte sie irritiert, und Elsass nickte.
»Sie haben keine Beweise, und ich habe nichts verbrochen.«
»Das sehen wir etwas anders«, sprang Angersbach in die Bresche und zählte einige Vergehen auf, darunter Widerstand gegen die Staatsgewalt und Fahren ohne Motorradhelm. Schlagfertig war er, das musste Sabine ihm lassen, vor allem, da er Elsass nicht die geringste Chance gab, zu Wort zu kommen. Das Beste hob Angersbach sich zum Schluss auf: »Gefährlicher Eingriff in den Bahnverkehr, schon alleine dafür können Sie zwei Jahre aufgebrummt bekommen.«
»Lachhaft!«, stieß Elsass hervor. »Damit kommen Sie niemals durch, das lässt Brüning nicht zu. Und alles andere sind nur Ordnungswidrigkeiten. Suchen Sie sich für Ihre Bluffs also jemand anderen.«
»Und was ist mit Ihrer kleinen Plantage?«, konterte Angersbach, und Sabine fuhr überrascht herum.
»Unser Team ist auf der Lohmühle zugange, wie gestern angekündigt«, erklärte Angersbach weiter, »und was Sie dort hinter den Maispflanzen verbergen, ist höchst interessant.«
»Die Holzrose ist nicht illegal!«, rief Elsass.
»Nein, aber sie enthält LSA«, sprach Ralph unbeeindruckt weiter und fügte rasch, mit einem Augenzwinkern an Sabine gewandt, hinzu, »also die kleine Schwester von LSD.«
»Die *legal* ist«, betonte Elsass elanvoll.
»Im Betäubungsmittelgesetz vielleicht, aber beim Arznei-

mittelgesetz liegen die Dinge anders. Dieses Kräftemessen werden Sie nicht gewinnen, Herr Elsass, Sie kooperieren also besser.«

Zerknirscht presste Elsass die Lippen aufeinander und setzte sich wieder. Er verschränkte die Arme und fixierte die gegenüberliegende Wand, ohne in Augenkontakt mit einem der Kommissare zu gehen.

»Ihr Labor scheint sauber zu sein«, sagte Angersbach nach einer halben Minute Stille, »aber unsere Forensiker sind äußerst gründlich. Möchten Sie Ihrer Aussage etwas hinzufügen, bevor wie es ohnehin herausfinden?«

»Ich habe niemanden getötet.«

»Sie hatten Motiv und Gelegenheit«, übernahm nun Sabine, »und beides nicht zu knapp.«

»Nur weil ich ein Labor habe? Lachhaft!«

»Ein Labor und die Kenntnis exotischer Heilpflanzen. Sehen Sie hier jemanden lachen?«

»Und mein Motiv? Ulfs Tod hat mir keinen Nutzen gebracht. Und warum sollte ich töten, *bevor* ich Geld erpresse?«

»Erklären *Sie* es uns.«

»Nein, ich werde weiterhin schweigen«, gab Elsass trotzig zurück.

»Dann richten Sie sich auf eine umfangreiche Anklage ein«, erwiderte Sabine. »Oder Sie entscheiden sich, uns zu unterstützen, sollten Sie tatsächlich unschuldig sein. Erklären Sie uns, warum Sie geflohen sind und weshalb wir Sie als Verdächtigen ausschließen sollten. Sie haben kein Alibi, und das Flugticket entlastet Sie auch nicht unbedingt.« Sabine hob das Papier an. »Ein stolzer Preis. Wie ich sehe, ist es ein One-Way-Ticket.«

»Ich habe genügend Urlaub und Überstunden angesammelt«,

knurrte Elsass, »Claudia gegenüber verpflichtet mich gar nichts. Meine Erfahrung wird in Südostasien bereits erwartet.«
Sabine überlegte kurz, dann machte es Klick. *Frederik.*
»Sie haben das Ganze gemeinsam geplant«, schlussfolgerte sie und tippte auf die Tischplatte. »Steckt Reitmeyers Sohn mit Ihnen unter einer Decke?«
Elsass lachte schallend auf. »Sie phantasieren ja!«
»Das Gesamtbild wird Minute für Minute schlüssiger«, widersprach die Kommissarin kühl, doch im selben Moment überkamen sie auch schon die ersten Zweifel. Bevor sie sich in Ruhe darüber klarwerden konnte, worauf die durcheinanderschallenden Stimmen in ihrem Kopf hinauswollten, verfinsterte sich das Gesicht ihres Gegenübers, und er knetete sich das Kinn. Dabei murmelte er vor sich hin: »Verdammt noch eins.«
»Wie bitte?«
»Sagen Sie bloß, Ihnen ist der Gedanke nicht auch schon gekommen«, erwiderte Elsass aufgebracht. »Jemand schiebt mir die ganze Sache vorsätzlich in die Schuhe!«
Angersbach und Kaufmann wechselten einen raschen Blick. War das die Lösung? Oder warf diese Antwort nicht nur wieder tausend weitere Fragen auf, wie beinahe alles, was ihnen bislang in dieser kaugummiartigen Ermittlung begegnet war?
Doch Victor Elsass hatte gute Gründe für seine Theorie. Sein Alibi war brauchbar, aber wenn sich jemand tatsächlich ein Alibi konstruieren wollte, hätte dies auch ohne ein defektes Auto funktioniert. Viel zu kompliziert. Dann wiederum schien er auf viele andere Aspekte überhaupt nicht vorbereitet zu sein, und auch seine halsbrecherische Flucht passte

nicht ins Gesamtbild. Wer ein solch aufwendiges Alibi kreiert, würde nicht derart kopflos handeln. Anscheinend kam Angersbach derselbe Gedanke, denn er fragte:
»Warum sind Sie geflohen, wenn Sie unschuldig sind?« Sabine nickte eifrig. Ein guter Einwand, den sie selbst längst hatte anbringen wollen. Elsass' Erklärung klang plausibel:
»Ich hatte Angst, dass genau *das hier* passiert.« Er deutete kreisend im Raum umher. »Verhaftet aufgrund falscher Anschuldigungen. Die Justiz ist ja, wie man sieht, nicht unfehlbar.«
Sabine fragte sich, ob Dr. Brüning ihm diese Reaktion eingebleut hatte. Resigniert schüttelte sie den Kopf. So kamen sie nicht weiter. Dann klopfte es an der Tür, und vor dem schmalen Fenster zeichnete sich wie aufs Stichwort das Gesicht des Anwalts ab.
Damit war das Verhör vorläufig beendet.
Doch in dem Airbus A340–600, der gegen einundzwanzig Uhr den Frankfurter Flughafen verlassen sollte, würde an diesem Abend einer der dreihundertachtzig Sitzplätze frei bleiben.

»Was halten Sie von der ganzen Sache?«, erkundigte Angersbach sich, nachdem die beiden Kommissare genügend Abstand zwischen sich, den Verhörraum und Dr. Brüning gebracht hatten.
»Sie hätten mir die Infos bezüglich der Drogen vorher geben müssen«, brummte sie zunächst vorwurfsvoll, und er räusperte sich schuldbewusst.
»Sorry. Aber Mirco kam auf den letzten Drücker. Das ist einfach dumm gelaufen.«
»Schon vergessen, zumindest fast«, zwinkerte sie ihm zu.

»Aber um auf Elsass zurückzukommen: Ich traue dem Mann nicht. Er gibt für uns den perfekten Tatverdächtigen ab, alles scheint zu stimmen, und er weiß auf alles eine schlaue Antwort.« Sie entließ einen tiefen Seufzer in die Freiheit. »Genau da liegt aber mein Problem.«

»Worin?« Angersbach hing zu sehr seinen eigenen Gedanken nach, um der kryptischen Kombinatorik seiner Kollegin mit voller Aufmerksamkeit folgen zu können.

»Kennen Sie sich aus in griechischer Mythologie?«

»Hm. Wollen Sie etwa aus Homers Odyssee zitieren?« Angersbach grinste schief. Gänzlich daneben würde Sabine Kaufmann mit einem solchen Vergleich nicht liegen.

»Nein«, lächelte sie zurück, »und ich dachte auch nicht an Sisyphusarbeit. Ich spreche von dem Ariadnefaden.«

Angersbach grub in seinem Gedächtnis. Er entsann sich einer griechischen Prinzessin, die ihrem Geliebten, als er im Labyrinth gegen den Minotaurus kämpfen wollte, einen roten Faden mitgab, damit er sich auf dem Rückweg nicht verirrte.

»Ariadnefaden«, wiederholte er langsam, »ich verstehe. Sie halten es also für wahrscheinlich, dass jemand gezielt eine Spur in Victor Elsass' Richtung gelegt hat.«

»Ich halte es zumindest für möglich.«

»Auch wenn er es uns da drinnen als Ausrede präsentiert hat?«

»Warum sollte er nicht ebenfalls kombinieren dürfen?«, gab Sabine zurück. »Er verteidigt sich selbst. Jedes andere Handeln wäre unlogisch.«

»Er könnte gestehen«, beharrte Angersbach mit verschmitzter Miene.

»Nicht, wenn er von seiner Unschuld überzeugt ist.«

Die beiden verließen das Gebäude und stiegen in den engen,

blitzsauberen Renault, was dem Kommissar eine gequälte Miene entlockte. Seine Schulter schmerzte, als er sich auf den Rücksitz zwängte, und er dachte daran, dass sein geliebter Niva zwanzig Zentimeter tief in einem matschigen Acker festgefahren war. Ein Bild entstand vor seinem inneren Auge, eine Erinnerung aus längst vergangenen Kindertagen, die plötzlich so klar wurde, als hätte sie sich erst gestern abgespielt. Er sah einen alten Fendt-Traktor, kabinenlos, in ausgeblichenem, rostfleckigem Grasgrün, der mit seinen dünnen Reifen inmitten eines Feldes stak. Der Regen und das durchnässte Erdreich hatten ihn im Laufe von Tagen stetig weiter sinken lassen, die immerhin brusthohe Felge des linken Hinterreifens war bis zur Achse im Lehm versunken, und jeder Tag brachte weitere Zentimeter. Das Zeitfenster, um das Fahrzeug freizubekommen, war eng. Kaum dass der Regen nachließ, würde das Erdreich eine tonartige Masse bilden, die nach und nach hart wie Beton werden würde. Sollte das geschehen, würde das Fahrzeug für immer dort stecken, fester als die gebrannte Gussform von Schillers Glocke. Im strömenden Regen, so sagte man, hatte es zwei große Zugmaschinen benötigt, um den kleinen Traktor freizubekommen. Angersbach hatte es nicht miterlebt, konnte sich aber gut vorstellen, wie es seinem Lada ergehen mochte. Er warf einen Blick auf das Handy. Ein Streifenbeamter hatte ihm zugesichert, sich der Sache anzunehmen und baldmöglichst zu melden. Stunden waren seither vergangen. Apropos. Angersbach wählte die Telefonnummer von zu Hause, wo er jedoch nur das endlose Freizeichen zu hören bekam. Er wollte Janines Handynummer anrufen, als das Smartphone seiner Kollegin piepte.
Sabine Kaufmann hatte den Wagen gerade in Bewegung gesetzt, stoppte abrupt und stellte mit flinken Fingern eine

Freisprechverbindung her. Es war Professor Hack, ein unerwarteter Anrufer.

»Die beiden Toten haben meinen Segen«, eröffnete er, »einer Bestattung steht nichts mehr im Weg.«

»Sie haben demnach alles Notwendige durchgeführt«, konstatierte Sabine und bezog sich damit auf die besonderen rechtsmedizinischen Aspekte, die vor einer Einäscherung beachtet werden mussten.

»Aha, da kennt sich jemand aus«, erklang es sarkastisch durch die Lautsprecher. »Möchten Sie alle Einzelheiten dokumentiert haben, oder soll ich gleich zu den Ergebnissen springen.«

»Ich wollte Ihnen doch überhaupt nicht reinreden ...«, begann Sabine, sich ein wenig pikiert zu rechtfertigen, doch Angersbach beugte sich nach vorn und rief: »Spucken Sie's schon aus, wir haben nicht den ganzen Tag Zeit!«

»Ist ja schon gut.« Hack murmelte etwas Grimmiges, dann raschelte es im Hintergrund. »Sind Schulte und Möbs in Rufweite?«

»Wir sitzen im Auto«, antwortete Sabine.

»Ach so. Dann spitzen Sie mal Ihre Öhrchen«, säuselte Hackebeil, und die Kommissarin verdrehte seufzend die Augen.

»Zerberus«, fuhr der Rechtsmediziner fort.

»Der Höllenhund?«, stieß Angersbach hervor. Waren sie nun von den alten Griechen zu den Römern gewechselt? Oder gehörte Zerberus auch noch zu Homer? Er war sich nicht sicher, fand allerdings auch keine Gelegenheit, weiter darüber nachzudenken.

»Der Zerberusbaum oder, besser: die See-Mango«, erklärte Professor Hack. »Das ist unsere Giftpflanze. Ein exotischer Baum, der hauptsächlich an südpazifischen Küsten wächst. Seine Früchte ähneln Miniaturmangos, die Kerne sind furchig und sehen aus wie kleine Kokosnüsse. Wird gerne zum Dekorieren verwendet«, er machte eine theatralische Pause, »und zum Töten.«

»Verdammt«, sagte Sabine, und Angersbach schoss im selben Moment ein Gedanke in den Kopf: »Kann man diese Pflanzen im Gewächshaus ziehen? Wie sehen sie aus?«

»Kennen Sie Kirschlorbeer?«, fragte Hack zurück. »Ledriges Blattwerk, kleine Fruchtbeeren, steht in jedem dritten Vorgarten.«

Angersbach bekam kein Bild und Sabine offenbar auch nicht. Er verneinte.

»Giftig sind die Kerne«, fuhr Hack daraufhin fort, »und diese erhält man für wenig Geld auf legalem Weg. Ich sagte ja bereits, man verwendet sie als Dekomaterial. Für die Verwandlung zur tödlichen Waffe benötigt man lediglich eine Muskatreibe und keinerlei naturwissenschaftlichen Kenntnisse.«

In Angersbachs Kopf machte es *Plopp!*. War damit die Seifenblase, in der sich der Verdacht gegen Dr. Elsass befand, endgültig geplatzt?

»Die Herzglykoside sind schwer nachweisbar, und die statistische Dunkelziffer, wie oft dieses Gift übersehen wird, können wir nicht einmal erahnen«, erläuterte Hack und ergänzte dann hastig: »Womit ich natürlich nicht von Deutschland spreche. In Südostasien ist Zerberus seit Jahrhunderten das am meisten verbreitete Gift. Erstens, weil es dort für jedermann frei zugänglich ist, zweitens, weil ein Herzinfarkt von allen Todesarten die natürlichste ist, und drittens, weil man das bittere Gift dort hervorragend unter die stark gewürzten Speisen mischen kann.«

»So wie Ingwer?«, erkundigte sich Sabine angespannt.

»Ingwer oder Sauermilch«, bestätigte Hack, »wobei ich Ing-

wer wählen würde. Die kandierten Ingwerstäbchen wurden mit einer Tinktur bestrichen, die mit dem Gift angereichert war. Wenn Sie mich fragen: sehr ausgeklügelt. Es bedurfte schon einiger Genialität, das herauszufinden.«
»Sie sind *unser Held*«, erwiderte Angersbach süffisant, und Sabine grinste. Sie beendete das Gespräch und drehte sich anschließend zu ihrem Kollegen um.
»Gute Arbeit, aber ich mag ihn trotzdem nicht.«
»Er ist gewöhnungsbedürftig«, gestand Angersbach ihr zu, »besonders gegenüber Frauen. Doch was sagt uns das Ergebnis?«
»Der Mörder hat seine Tat von langer Hand geplant und von vornherein darauf abgezielt, dass Reitmeyers Tod wie ein plötzlicher Herzstillstand beim Sport aussieht.«
»Ergo kannte er seine Gewohnheiten, zum Beispiel seine Vorliebe für kandierten Ingwer«, ergänzte Angersbach. »Sonst hätte er ihm das Gift kaum unbemerkt zuspielen können.«
»Dann spinnen wir das mal weiter«, sagte Sabine. »Trauen Sie seiner Tochter oder Vera Finke so etwas zu?«
»Eher nicht«, widersprach der Kommissar. »Die beiden kannten zwar seine Vorlieben und meinetwegen auch seine gesundheitliche Verfassung, aber das dürften viele andere auch getan haben. Praktisch jeder, der ihn in seinem Büro besucht hat. Denn dort steht das Schälchen mit den Knabbereien, und an der Wand hängen Marathon-Fotos.«
»Elsass ist am Samstag dort gewesen«, warf Sabine ein, »aber sicher nicht als Einziger. Außerdem braucht es ja laut Hack weniger biologische als vielmehr medizinische Kenntnisse.«
»Scheiße!« Angersbach schlug sich gegen die Stirn. Erst jetzt fügte sich ein längst verdrängtes Detail in das Puzzle.

»Rahnenfeldt! Der Typ hatte eine Motorradmontur in der Garderobe hängen.«
»Wie bitte?«, herrschte Sabine ihn an.
»Sorry, das hatte ich überhaupt nicht mehr auf dem Schirm«, rechtfertigte sich ihr Kollege, »es spielte damals keine Rolle ...«
»Jetzt aber schon. Wir fahren sofort hin. Setzen Sie die Chefs ins Bild?«
»Aye, aye«, murrte Angersbach wie ein geprügelter Hund.

Als der Renault sich surrend dem Haus des Heilpraktikers näherte, waren Sabine Kaufmann längst die ersten Zweifel gekommen. Reiner Rahnenfeldt war ein Mann ohne Feinde, ein Mensch, der offenbar ohne Animositäten lebte. Selbst sein Beruf war heutzutage nichts Extravagantes mehr. Heilpraktiker, *Schamane, Scharlatan*. Doch auch in einer sich aufgeschlossen gebenden Großgemeinde wie Karben mochte es dennoch Misstrauen und Ablehnung gegenüber einem alternativen Mediziner geben, der die renommierten Fußstapfen seines Vaters missachtet hatte. Rahnenfeldt erfreute sich, wenn man den Nachforschungen Mirco Weitzels nachging, allerdings einer florierenden Praxis und regen Zulaufs. All diese Informationen rief die Kommissarin sich ab, ohne bislang den dahinter verborgenen Menschen kennengelernt zu haben. Passte diese Vita zu einem Mann, der zwei Männer vergiftete und eine, von der Lösegeldübergabe einmal abgesehen, recht stümperhaft inszenierte Erpressung abzog? Wohl kaum.
»Handeln wir zu voreilig?«, fragte sie schließlich, als Angersbach sie gerade um die letzte Ecke wies und das Haus bereits in Sicht kam.

»Bis dato sah es eher so aus, als hätten wir etwas versäumt«, brummte dieser, offenbar noch immer davon bedrückt, dass ihm Rahnenfeldts Motorradkleidung nicht schon viel früher eingefallen war.

»Na, wir werden sehen«, seufzte sie. »Fragen kostet ja nichts. Doch je länger ich darüber nachdenke, ich sehe weder ein Motiv noch sonstige Anhaltspunkte. *Sie* kennen den Mann zumindest, wie schätzen Sie das denn ein?«

»Rahnenfeldt wurde belästigt, aber er konnte mir nicht sagen, von wem«, überlegte Angersbach. »Die Mails können sowohl von Ulf als auch von Claudia gewesen sein.«

»Claudia hat zumindest lauthals gegen ihn gewettert«, erinnerte sich Sabine. Aber reichte das? Und wie passte Malte Kötting in dieses Bild? Außerdem hätte Rahnenfeldt den vergifteten Ingwer in Reitmeyers Büro plazieren müssen. Doch wenn er Claudia treffen wollte, warum dann zwei Männer ermorden? Der gordische Knoten in ihrem Kopf saugte jeden klaren Gedanken auf wie ein gefräßiges Ungeheuer, das mit jeder Idee anwuchs. Am liebsten wäre Sabine überhaupt nicht ausgestiegen, denn plötzlich fühlte sie sich so in Zweifeln gefangen, dass sie ihr Urteilsvermögen in Gefahr sah.

»Können Sie vielleicht übernehmen?«, rang sie sich schließlich ab und war erleichtert, dass Angersbach ohne Nachfrage zustimmte. Sie gab sich einen Ruck und stieg aus.

Nieselregen hatte eingesetzt und drückte zusätzlich auf die Stimmung, alles war grau in grau, und es blies ein kalter Wind, der nach Abgasen schmeckte. Nur ein Bruchteil eines Grades schien die feinen, wie Nadeln stechenden Tropfen davon abzuhalten, sich in Eiskörnchen zu verwandeln. Sabine zog einen Schal aus ihrer Tasche und hüllte den Hals darin ein.

Angersbach trat zielstrebig auf die Eingangstür zu und läutete. Es dauerte nicht lang, da öffnete Reiner Rahnenfeldt, dessen Foto sich die Kommissarin zwar betrachtet hatte, der realiter aber ganz anders aussah. Nicht wie ein Heilpraktiker, auch nicht wie ein Arzt, und schon gar nicht wie ein Mörder. Doch sie würde das Bauchgefühl und die analytischen Betrachtungen hintanstellen, sondern nur beobachten und die Fakten kombinieren.

Rahnenfeldt trug einen blauen Stoffmantel mit großen, runden Knöpfen, die in zwei Reihen verliefen und oben in einen ausladenden Kragen führten. Darunter ein Rollkragenpullover und eine Cordjeans, es fehlte nur noch eine Kapitänsmütze zum maritimen Look. Er war unrasiert, und hinter ihm stand ein klobiger Lederkoffer mit abgestoßenen Kanten.

»Sie hier?«, wunderte er sich.

»Wenn's recht ist«, erwiderte Angersbach mit einem unverbindlichen Lächeln und stellte kurz Sabine vor. Diese nickte und sah sich einem kurzen, skeptischen Blick des Heilpraktikers ausgesetzt, bevor er fragte: »Heute mit Verstärkung. Was hat das zu bedeuten?«

»Haben Sie vor zu verreisen?«

»Ich besuche ein Seminar«, nickte Rahnenfeldt, »auch wenn es zugegeben etwas kurzfristig kommt. Aber bei diesem Wetter ins Allgäu zu reisen ist wohl nicht das Schlechteste.«

»Hm. Was haben Sie in dem Koffer?«

Rahnenfeldt drehte sich nervös um, als wolle er sich vergewissern, dass das Gepäckstück noch an Ort und Stelle stand, und fuhr sich anschließend über den Nacken.

»Unterlagen, Papierkram, Diktiergerät. Medizinkram, was man als Heilpraktiker auf einer Tagung unter Kollegen eben so braucht.« Er zwinkerte, erlangte nach und nach seine

Selbstsicherheit zurück. Bevor Angersbach weitersprechen konnte, sagte er: »Ich müsste dann auch zum Bahnhof, könnten wir also bitte zur Sache kommen?«
»Sie haben meine Frage nicht ausreichend beantwortet«, sagte Angersbach und schob sich demonstrativ in die Mitte der Tür.
»Der Koffer. Ich würde gerne einen Blick hineinwerfen.«
»Und Sie haben einen entsprechenden Beschluss dabei?« Rahnenfeldts Augen funkelten mit einer plötzlichen Offensivität, die Sabine nicht erwartet hätte. Sie sah sich um, suchte den von Angersbach beschriebenen Garderobenschrank. Leider waren die Türen diesmal zur Gänze verschlossen, keine Chance, die Motorradmontur zu sehen. Wenn Rahnenfeldt am Steuer des Quads gesessen und sich seiner Kleidung unterwegs entledigt hatte, dürfte ja nun keine mehr im Inneren hängen.
»Eine richterliche Anordnung?«, wiederholte Angersbach betont langsam. »So etwas habe ich bei unserem letzten Treffen doch auch nicht gebraucht.«
»Da wirkten Sie auch weniger ... feindselig.« Rahnenfeldt verschränkte die Arme vor der Brust. Schweiß trat ihm auf die Stirn und lief unterhalb der Koteletten nach unten, was jedoch auch von der Heizungsluft und seiner dicken Jacke herrühren mochte.
»Und Sie weniger abweisend«, konterte der Kommissar.
»Was ist mit dem Garderobenschrank?«, warf Sabine ein und erntete einen weiteren kritischen Blick.
»Ich möchte jetzt *gehen*«, beharrte Rahnenfeldt. »Entweder Sie verhaften mich, dann rufe ich meinen Anwalt an, oder Sie lassen mich sofort gehen. Ich verwehre mich gegen polizeiliche Willkür!«
»Herr Rahnenfeldt, auf dieses Spiel lassen wir uns nicht ein«,

erwiderte Angersbach harsch. »Gefahr im Verzug, schon mal gehört? Wir haben auch unsere Tricks. Jedenfalls werden wir nicht gehen, bevor wir nicht einen Blick in Ihre Garderobe und Ihr Gepäck geworfen haben.«
Der Heilpraktiker riss erbost die Hände nach oben und stieß lautstark Atemluft durch die Nase wie ein angriffslustiger Stier. Seine Stimme bebte, als er ein gepresstes »Tun Sie's halt« hervorbrachte.
Sofort trat Sabine an den Schrank, während Angersbach sich der Ledertasche widmete. Ihre Blicke trafen sich nur Sekunden später, mit identischem Gesichtsausdruck.
Lederkleidung und Helm waren an ihrem Platz.
Im Koffer steckte eine silbrige Thermoskanne, ein dicker Schnellhefter, dessen knittrige Seiten eine Menge Eselsohren aufwiesen, und allerhand Schreibutensilien. Gepolstert war das Ganze mit dünnen Lederhandschuhen und einem Schal.
Was sich nicht darin befand, war Geld.

Wie nicht anders zu erwarten, zeigte sich Konrad Möbs nur wenig erfreut über die Stippvisite bei Reiner Rahnenfeldt.
»Sie verhaften *einen* und springen sofort zum *Nächsten*?«, japste er panisch. Vermutlich fühlte er bereits eine ganze Klageflut über sich hereinbrechen, doch Ralph Angersbach konnte ihn beruhigen.
»Herr Rahnenfeldt wird keine Schritte unternehmen«, versicherte er seinem Chef. »Wir haben ihn zwar ziemlich überrumpelt, aber er zeigte sich letzten Endes einsichtig.«
»Einsichtig?«, schmetterte Möbs zurück. »Das war Rechtsbeugung. Von Ihrem Trip zu Elsass ganz zu schweigen. Solche Alleingänge dulde ich nicht, haben wir uns verstanden?«
»Ich habe ...«, wollte Ralph widersprechen oder sich recht-

fertigen, aber Sabine gebot ihm zu schweigen und sagte so sanft wie möglich: »Er *hat* verstanden. Ich werde künftig auf ihn aufpassen.«
Doch Möbs war noch nicht fertig.
»Nicht auszudenken«, jammerte er, »wenn meine Dienststelle plötzlich in Verruf gerät, nur weil Sie sich nicht im Zaum halten können. Ich weiß ja nicht, wie das in Frankfurt und Gießen läuft, aber hier ist Dienst nach Vorschrift angesagt.« Er funkelte Sabine an. »Und das gilt nicht nur für Ihren Kollegen.«
»Wie gesagt, es kommt nicht wieder vor«, versicherte diese.
»Uns gehen nur langsam die Tatverdächtigen aus. Das hat Rahnenfeldt schließlich auch besänftigt, denn im Grunde gehörte er ebenfalls zum Kreis möglicher Täter.«
*Sehr diplomatisch,* dachte sie, denn nur aufgrund einiger Drohgebärden seitens der Reitmeyers konnte man Rahnenfeldt nicht des mutmaßlichen Doppelmords bezichtigen. Doch dem Heilpraktiker gegenüber hatte dieses Argument seine Wirkung voll entfaltet. Es hatte nicht viel gefehlt, dass er dankbar darüber gewesen war, sich mit dem Gewähren eines Blicks in Koffer und Schrank von allen Verdachtsmomenten befreien zu können. Sabine lächelte. Nicht nur Ralph Angersbach verstand sich aufs Bluffen.
»Habe ich eine Pointe verpasst?«, erkundigte sich Möbs, dem Sabines Amüsement nicht entgangen war.
»Nein, sorry«, erwiderte sie hastig, »es war nur ein flüchtiger Gedanke.«
»Dann konzentrieren Sie sich mal besser wieder auf den Fall. Ich konnte einen Besuch Schultes gerade noch abwenden, aber spätestens morgen steht der hier auf der Matte. Bekommen Sie dieses Chaos bis zum Wochenende noch in den Griff?«

»Kommt drauf an, wie sehr wir dabei gemaßregelt werden«, brummelte Angersbach, und bevor sich Konrad Möbs ein weiteres Mal in vorwurfsvolle Tiraden ergießen konnte, eilten die Kommissare aus dem Büro.

»Fahren wir also endlich zu Claudia«, schlug Angersbach vor, als sie einige Schritte von Möbs' Dienstzimmer entfernt waren.

»Eine Besprechung am Reißbrett wäre mir lieber«, entgegnete Sabine, doch das würde bedeuten, sich eine weitere Stunde mit ihrem übellaunigen Chef auseinanderzusetzen. Darauf hatte sie nicht die geringste Lust, und schon gar nicht, um dabei auch noch ständig als Schlichterin zwischen Angersbach und Möbs aufzutreten.

»Reitmeyer?«

Sabine fuhr herum. Mirco Weitzel näherte sich mit dumpf klackenden Absätzen, seine Stiefel glänzten frisch gewichst, und das Hemd saß makellos.

»Da wollten wir hin, ja«, bestätigte sie.

»Vergessen Sie's. *Migräne.*« Der junge Kollege ließ in der Betonung des Wortes keinen Zweifel, dass dieser Begriff für ihn einer Universalausrede gleichkam; sinnbildlich für Stimmungsschwankungen aller Art oder schlicht gesagt weibliche Unlust. Trotz aller Abneigung gegen die Erbin des Bio-Moguls versuchte Sabine, sich in die Frau hineinzuversetzen. Keine Zeit für Trauer, stattdessen die Angst, selbst zur Zielscheibe zu werden, und schließlich die auf sie gemünzte Erpressung. Die vergangenen Tage, welche in den frühen Morgenstunden ihren traurigen Höhepunkt erreicht hatten, mussten sie völlig ausgezehrt haben. Dennoch ...

»Wir müssen mit ihr reden«, beharrte sie.

»Aber sie läuft uns auch nicht weg«, warf Angersbach ein.

»Ein Kleidungswechsel und eine Rasur würden uns sicher guttun«, fuhr er gedankenverloren fort, »schauen Sie sich bloß mal den Weitzel an. Wie aus dem Ei gepellt.«
»Eine Rasur also, hm?«, erwiderte Sabine grinsend und fuhr sich mit dem Handrücken über die Wange, auf der außer makelloser Haut nichts als Sommersprossen zu finden war. Angersbach hüstelte. »Sie wissen doch, wie ich's meine. Immerhin haben wir nachher noch was vor.«
»Hört, hört!« Mirco hob die Augenbrauen und schaute zwischen den beiden hin und her.
»Nicht, was Sie denken«, knurrte Ralph mit einem Lächeln.
»Aber trotzdem Erwachsenenkram«, lachte Sabine, und sie ließen den verdutzten Beamten mit entgeisterter Miene stehen.
Bevor Sabine in den Renault stieg, bot sie Angersbach an, ihn mitzunehmen. Dieser warf einen Blick auf die Armbanduhr und schüttelte den Kopf. »Ich nehme die S-Bahn, danke. Wenigstens einmal beim Fahren die Beine ausstrecken.«
Als hätte er sich diesen Kommentar nicht schenken können.
»Wenigstens bewegt sich mein Fahrzeug noch«, gab Sabine spitz zurück, »bis später. Ich bin um halb acht da.«

Es war *ihre* Stadt. Noch immer.
Sabine Kaufmann drehte den Kopf nach hinten und steuerte ihren Wagen rückwärts in eine steil abfallende Garageneinfahrt, die offenbar zu einer Kindertagesstätte gehörte. Spätabends würde sie wohl kaum jemandes Parkplatz blockieren, schloss sie, außerdem hatte sie nicht vor, lange zu bleiben.
Frankfurt am Main; der Stadtteil Bonames gehörte zum selben Bezirk wie Sabines alte Wohnung in Heddernheim, wenngleich es sich dabei nicht um die schönsten der dreiund-

vierzig Stadtteile handelte. Sie hatte viele Jahre ihres Lebens hier verbracht, die meisten davon waren gute Jahre gewesen, und sie war erleichtert, dass Angersbach nicht permanent herumnörgelte. Der Kontrast zwischen Stadtkind und Landei jedenfalls war an diesem Abend kein Streitthema zwischen ihnen. Im Gegenteil. Es schien sie heute sogar zu verbinden, und Angersbach wirkte zahm wie ein Schoßhund. Lag es an den Schmerzmitteln, die ihr Partner widerwillig hatte schlucken müssen, weil der Bewegungsradius seines Armes immer weiter abnahm? Oder plagte ihn schlichtweg die Sorge um das junge Mädchen, das sich in seiner ungewollten brüderlichen Obhut befand?
Wie auch immer, es würde niemals *seine* Stadt werden, ebenso wenig wie Bad Vilbel, aber das musste auch nicht sein. Sabine hatte sich längst dazu entschieden, ihm künftig so tolerant und entgegenkommend wie möglich zu begegnen, solange er den Bogen nicht überspannte. Vielleicht würden die kommenden Stunden ein gutes Fundament schaffen, auch wenn sie todmüde war und ununterbrochen gähnte.
»Dieses Wohnklo etwa?«, brummte Angersbach argwöhnisch, als sie ausgestiegen waren und Sabine das Betonpflaster hinaufstieg. Er deutete auf eine langgezogene Hochhausreihe, und Sabine bejahte. »Haben Sie die Namen?«
Der Kommissar hatte zwischenzeitlich mehrmals versucht, Janine zu erreichen, doch sie hatte das Telefon entweder absichtlich überhört oder war nicht zu Hause. Das Handy schien wie gewöhnlich abgeschaltet zu sein, eine Tatsache, die für ein sechzehnjähriges Mädchen absolut unüblich war. Michael Schreck war der Sache daraufhin auf den Grund gegangen – ohne dass Sabine ihrem Kollegen etwas davon verriet – und hatte sie wissen lassen, dass die Dinge ein wenig anders

lagen. Janine hatte ihr Handy sehr wohl auf Empfang und war zudem recht häufig online. Angersbachs Handy- und Festnetznummern allerdings hatte sie offenbar blockiert beziehungsweise nur einem bestimmten Personenkreis das Anrufen gestattet. Eine Mailbox hatte sie nicht aktiviert. Daraufhin hatte Sabine ihr eine SMS getippt, in der sie schrieb, dass sie Ralphs Kollegin von gestern Abend sei und bitte kurz zurückgerufen werden möchte. Heute noch. Doch Janine wäre nicht Janine, wenn sie dem Ansinnen einer Bullin nachkommen würde. *Bullin? Bullette?*
Sabine musste die Kleine unbedingt fragen, welcher Begriff ihrer Meinung nach für das weibliche Pendant eines Bullen passte. Aber dazu mussten sie sie erst finden, bevor die Kollegen der Drogenfahndung das taten.
Ralph Angersbach hatte seinem Gedächtnis zwei Namen abringen können, die beide in Bonames gemeldet waren. Sabine hatte die Namen eilig zwischendurch überprüft, und nun warf Angersbach einen Blick auf den zerknitterten Zettel, auf dem er die Hausnummern hinter die Personen gekritzelt hatte. Es war ein Glücksspiel, und er hatte sich die mürrische Bemerkung nicht verkneifen können, dass für Janine eine Nacht in der Ausnüchterungszelle oder eine Konfrontation mit dem Jugendrichter eine durchaus heilsame Warnfunktion haben könnten. Doch noch bevor Sabine darauf reagieren konnte, die das Ganze insgeheim ganz ähnlich sah, hatte er hinzugefügt: »Aber es ist doch, wenn man alles andere mal ausblendet, meine Schwester. Ich kann meine eigene Schwester doch nicht wissentlich in die Falle laufen lassen.«
»*Könnten* Sie schon«, hatte die Kommissarin in den Innenspiegel gezwinkert, obwohl er dies in der Dunkelheit kaum hatte sehen können. »Aber zwischen Ihnen gibt es etwas viel

Wichtigeres zu heilen, als sich bloß auf den zweifelhaften Marihuanakonsum zu fokussieren. Sie tun das Richtige, ich würde wohl genauso handeln.«
»Na, wenn *Sie* das sagen …«
Sabine hatte diese Reaktion, die seltsam unvollständig auf sie wirkte, unkommentiert stehenlassen. Sie erwartete weder Dank noch Begeisterung, nicht von der Person, die sie im Laufe dieser gemeinsamen Woche kennengelernt hatte. Wenn der Abend erfolgreich verlief, würde der grobschlächtige Typ aus der Provinz schon eine andere Seite zeigen. Langfristig. Zumindest hoffte sie das.
»Wollen Sie wirklich mit reinkommen?«, erkundigte sie sich, als die beiden den Eingang erreichten. Die Briefkästen waren verklebt und mit Lack übersprüht, an der gekachelten Wand, aus der nicht wenige Steine herausgeschlagen waren, dominierte der Schriftzug ACAB, eine allgegenwärtige Wandschmiererei. *All cops are bastards.*
»Klar komme ich mit.«
Suchend wanderte Sabines Blick über die Klingelschilder. Die meisten Felder waren x-mal überklebt und in krakeliger Schrift gehalten, doch wenigstens schienen sie halbwegs aktuell zu sein. Beide Namen fanden sich; eine Wohnung lag im ersten Stock, die andere im dritten.
»Ich meine ja nur. Für Janine dürfte es wohl wie das sprichwörtliche rote Tuch wirken, wenn Sie plötzlich im Türrahmen stehen«, erwiderte die Kommissarin. Unwillkürlich musste sie grinsen. Wenn Angersbach das rote Tuch war, wer war dann der gereizte Bulle? Janine? Manche Metaphern sollte man besser nicht überstrapazieren.
»Ich werde jedenfalls nicht Däumchen drehen«, brummte Angersbach. »Teilen wir uns auf, oder gehen wir zusammen?«

Sabine warf einen Blick auf die Uhr. Der Zugriff sollte gegen einundzwanzig Uhr starten, eine zeitlich aufeinander abgestimmte Razzia an einschlägigen öffentlichen Plätzen und Hausdurchsuchungen bekannter Dealer. Noch eine knappe Stunde Zeit.
»Gehen wir gemeinsam.«
Gleich vor der ersten Tür reagierte niemand auf ihr Klingeln, obwohl im Inneren gedämpfte Musik zu hören war. Es musste jemand zu Hause sein, Licht schimmerte unter dem Türspalt durch, doch vermutlich aalten sich die Bewohner um eine Wasserpfeife oder verschlangen im Heißhunger Tiefkühlpizza. Oder sie hielten eine Sexorgie, was ungefähr das Letzte war, was Sabine ihrem Kollegen wünschte. Janine, völlig entblößt, inmitten zotteliger Kerle. Diese Angst, so hatte Ralph ihr im Vertrauen bei ihrem Essen gesagt, trieb ihn tagtäglich um. Er sah darin seine eigene Mutter, oder zumindest das, was an bleichen Erinnerungen an sie übrig geblieben war. Keine Bilder, sondern Geschichten, die andere über sie erzählten. Üble Nachrede oder traurige Wahrheit, was spielte das für eine Rolle? Es war eine Sorge, die Sabine nur allzu gut nachvollziehen konnte. Kinder sollten sich nicht um die Persönlichkeitsentwicklung ihrer Eltern kümmern müssen. Pflege im Alter, keine Frage. Liebevoller Umgang, kein Problem. Aber Selbstzerstörung, Exzesse und sittlicher Verfall? Diese Begriffe waren für sie, als Tochter und einzige Verwandte einer äußerst labilen, psychisch kranken Frau, leider keine Fremdworte.
Sabine formte eine Faust und schlug viermal kräftig aufs Türblatt. Ihre Hand schmerzte, doch sie wiederholte das Klopfen wenige Sekunden später.
Irgendwo zwischen den von innen her mürrisch ausgestoßenen Worten »das fuckt mich ab« und anderen Kraftausdrücken

wurde die Tür nach innen gezogen, bis ein zehn Zentimeter breiter Spalt entstanden war. Ein unrasierter Blondschopf in grauem Kapuzenpullover und Armyhose blinzelte hinaus.
»Waaas?« Seine Stimme war heiser, und er zog den Vokal deutlich in die Länge, um seinen Unwillen zu demonstrieren.
»Ist Janine da?«, fragte Sabine.
»Weeer?«
»Janine. Die hier«, drängte sich Angersbach zwischen seine Kollegin und die Wand. Er wedelte mit einem Foto. Sabine hatte sich das Bild vor ihrem Aufbruch lange betrachtet, die Aufnahme war laut Zeitstempel ein Jahr alt, und weder Haarfarbe noch Frisur stimmten mit der heutigen Janine überein. Selbst das Metall in ihrem Gesicht hatte sich seitdem vermehrt. Der mürrische, gelangweilte Gesichtsausdruck hingegen war unverkennbar.
»Wer is'n das?«
»Schon gut«, wehrte Sabine ab. »Ist Falco Schmittner da?«
»Nee. Der kommt heut auch nicht mehr.«
Wortlos wandte Sabine sich ab und eilte die Treppe nach oben. Angersbach folgte ihr.
»Wir hätten die Wohnung durchsuchen können«, keuchte er.
»Ein Mal *Gefahr im Verzug* reicht am Tag«, gab Sabine zurück. »Wir dürfen uns nicht als Polizisten ausgeben und dem Rauschgiftdezernat dazwischenfunken. Die verstehen da keinen Spaß.«
»Schon gut. Aber wenn sie hier oben auch nicht ist ...«
»Dann lassen wir uns was einfallen. Mein Freund steht Gewehr bei Fuß, das Handy zu orten.«
Innerhalb eines Mehrfamilienhauses, so wussten beide, war eine Ortung natürlich wenig sinnvoll, und daher wollte Sabine zuerst die beiden Wohnungen überprüfen. Außerdem

sollte Michael die Ressourcen des Präsidiums nicht übermäßig in Beschlag nehmen.
Valentin Knuppke, so verriet ein mit Edding angefertigtes, mit Schnörkeln verziertes Papierschild, lebte mit zwei weiteren Männern in der WG. Hakon und Silas, Nachnamen gab es keine, und aus den drei Anfangsbuchstaben war die Abkürzung VHS geformt, umgeben von einem fünfzackigen Stern und mit der Ergänzung »Club« versehen.
V*olkshochschule.* Oder *Video Home System.*
Das Logo erinnerte entfernt an das RAF-Symbol, und den pornographisch anmutenden Verzierungssymbolen zufolge spielte es kaum auf Volkshochschule an. Sabine lächelte müde, und auch Ralph schien sich seinen Teil zu denken. Sie hatten es also mit echten Witzbolden zu tun.
Die Tür öffnete sich wider Erwarten recht schnell, es zeigte sich eine junge Asiatin, gestylt und geschminkt, aber in Jogginghose.
»Was wollen *Sie* denn?« Pikiert musterte sie die beiden Kommissare, die weder vom Alter noch vom Typ her in ihre Welt zu passen schienen.
»Ich bin auf der Suche nach Janine«, antwortete Sabine freundlich, aber bestimmt. »Es ist sehr dringend.«
»Sind Sie ihre Mutter?«
Na danke. Sabine rechnete kurz nach. Biologisch hatte es zwar schon weitaus Absonderlicheres gegeben, als mit dreißig eine fünfzehnjährige Tochter zu haben. Viel mehr störte es sie, dass man sie als Dreißigjährige wahrnahm. War es blanke Süßholzraspelei, wenn Michael ihr gegenüber sagte, dass sie noch immer wie Anfang zwanzig aussah? *Männer.*
»Sie kennen sie also«, erwiderte sie prompt, um der Kleinen erst gar nicht die Chance zu geben, sich herauszureden.

»Na und?« Schulterzucken.

»Ich sagte ja bereits, es ist sehr dringend, dass ich mit ihr spreche. *Jetzt.*«

Die Asiatin drehte den Kopf nach hinten und rief: »Janni!«

Es dauerte einige Sekunden, dann lugte ein Sabine wohlbekanntes Gesicht aus einem abgedunkelten Zimmer. Schnell vergewisserte sie sich, dass Angersbach nicht an ihr vorbeiblicken konnte, denn sie befürchtete, dass sie Janine tatsächlich in einer verfänglichen Situation gestört haben könnte. Doch dann trat das Mädchen in den Flur, bekleidet im üblich schwarzen Look, und sah sie erstaunt an.

»Hä? Was machen Sie denn hier?« Dann erkannte sie ihren Halbbruder, und aus dem Erstaunen wurde ein erboster Blick.

»Ich glaub's ja wohl nicht!«

Unentschlossen, ob sie aufstampfen, schreien, auf ihn zurennen oder lieber zurück in ihre Räucherhöhle kriechen sollte, verharrte Janine. Geistesgegenwärtig schob Sabine sich an der nicht minder entsetzt glotzenden Asiatin vorbei und trat auf das Mädchen zu. Sie fasste sie sanft am Arm, als sich im Halbdunkel ein Mann zeigte.

»Was kreischt ihr denn so?«

»Lassen Sie mich!«, empörte sich Janine.

»Stell keine Fragen und vertrau mir«, stieß Sabine zwischen den Zähnen hervor. »Du *musst* jetzt mit mir mitkommen. Sofort.«

Nur widerwillig ließ Janine sich darauf ein, aber die Dominanz in Sabines Gestik und Mimik schien sie beeindruckt zu haben. Kein Polizeigeschwätz, kein Bitten und Flehen, sondern eine klare Ansage. Und dem Himmel sei Dank hielt Angersbach sich zurück, bis die beiden die Wohnung verlassen hatten und im Treppenhaus standen.

»Verdammt, Janine, ich hab x-mal versucht, dich zu erreichen«, sagte er vorwurfsvoll.
»Und wenn schon«, stieß diese hervor. »Was soll der Scheiß denn? Ich bin *erwachsen,* kapiert ihr das nicht?«
»Du kapierst hier doch nichts!«, rief Angersbach, und im Hintergrund öffnete sich die Wohnungstür erneut. Sabine trat einen Schritt zurück, wisperte ein paar beruhigende Worte, dass alles in Ordnung sei, *Familienangelegenheit,* und zog sie wieder zu.
»Verschwinden wir hier, und kein Anpflaumen bitte«, sagte sie harsch und schob die beiden in Richtung Treppe. »Wir erklären dir alles, aber erst draußen am Auto«, sagte sie, »bis dahin geht euch bitte noch nicht an die Gurgel.«
Janine wollte offenbar ihrer Empörung Luft machen, hielt sich aber zurück und fluchte nur grimmig vor sich hin.


Schwerer Dunst legte sich über die Stadt. Um die Leuchtkörper der Straßenlaternen bildeten sich milchig leuchtende Höfe. Alle fünfundzwanzig Meter eine kleine Supernova in vier Meter Höhe.
Schweigend warteten die drei Personen auf das Taxi, das glücklicherweise nicht lange auf sich warten ließ. Angersbach hatte im Vorfeld den Vorschlag gemacht, dass eine gemeinsame Fahrt nach Hause nicht die schlechteste Idee sei. Ein Initial, um das feindliche Schweigen zu durchbrechen, sich miteinander zu befassen, anstatt stumm in die Dunkelheit zu starren. Sabine wünschte den beiden, dass sich dieser Wunsch erfüllte, wenngleich sie wusste, dass mehr als eine Autofahrt dazu nötig sein würde, um die beiden ungleichen Geschwister einander anzunähern. Aber jede große Reise beginnt mit einem Schritt, wie schon Konfuzius einst erkannt hatte.

»Möchtest du meine Jacke?«, erkundigte sich die Kommissarin, als sie erkannte, dass das zwei Meter abseits stehende, rauchende Mädchen zitterte. Sie trug nur einen dünnen schwarzen Hoodie, lehnte aber kopfschüttelnd ab. Der Stolz eines Teenagers. Dazu kolportierte Janines geringschätzender Blick die Botschaft, dass sie lieber erfröre, als eine Jack-Wolfskin-Jacke zu tragen.

Sabine lächelte knapp und zuckte die Schultern.

»Wir sehen uns dann morgen früh«, verabschiedete sie ihren Kollegen, als dieser im Fond des cremefarbenen Mercedes Platz genommen hatte. »Soll ich Sie abholen?«

»Sie nutzen auch jede Gelegenheit, um mir den Verlust meines Niva aufs Brot zu schmieren, wie?«, erwiderte Angersbach grimmig.

»Daran hatte ich eben überhaupt nicht gedacht«, wehrte Sabine ab, denn sie hatte es tatsächlich nur gut gemeint.

»Schon gut, ich ärgere mich nur«, entschuldigte sich Ralph.

»Was ist mit der Schrottkiste denn?«, erklang, völlig unerwartet, Janines Stimme aus dem Fahrzeuginneren. Sabine unterdrückte ein Lachen, als die Ralphs verdutzte Miene sah, und entweder unterdrückte er einen verärgerten Kommentar, oder ihm fehlte es tatsächlich mal an Schlagfertigkeit.

Sie beugte sich hinab, damit sie dem Mädchen zublinzeln konnte.

»Er hat ihn auf einem Acker versenkt, bevor er vor einen Zug gesprungen und über den Abhang gesegelt ist.«

»Häh?«

Polizeiarbeit bedeutete für Janine offenbar kaum mehr als langweiliges Bürokratentum, Prinzipienreiterei und staatliche Willkür.

»Na, lass es dir am besten mal erzählen«, nickte Sabine. »Ich

schwöre, das war eben die Wahrheit, wenn auch nur im Telegrammstil. Wenn du ihm nicht glaubst oder das Gefühl hast, er lässt Einzelheiten aus, ruf mich ruhig an.«
Das Taxi brauste davon, und Sabine verharrte noch einige Sekunden am der hohen Bordsteinkante, bis sie den Geruch der nach öligem Ruß schmeckenden Abgaswolke nicht mehr ertragen konnte. Plötzlich übermannte sie die Müdigkeit, und sie sehnte sich ihre Badewanne herbei, den warmen Körper ihres Freundes und den Duft einer Vanillekerze.
Dann dachte sie an ihre Mutter und seufzte.
*Du hast auch eine eigene Familie*, dachte die Kommissarin, als sie in den Twizy stieg. *Vergiss das nicht.*
Sie entschied sich, ihren Heimweg nicht über die Schnellwege zu nehmen, sondern fuhr stattdessen für den kleinen Umweg über Nieder-Erlenbach und Massenheim. Dem Impuls, einen Schlenker zur Dienststelle zu schlagen, gab sie jedoch nicht nach, denn das Gähnen ereilte sie nunmehr alle paar Minuten.
Doch ein geruhsamer Abend mit Michael, der sie bereits erwartete, war Sabine nicht vergönnt. Als der Anruf einging, befand sie sich inmitten der Stadt, auf Höhe der großen Bahnbrücke, an deren Betonwänden Künstler surreale Szenen verewigt hatten. Am einprägsamsten waren für Sabine die Karten spielenden Wesen, eine Frau mit Vogelmaske, ein Tierschädel und ein Eierkopf. Umgeben von Kritzeleien und tiefgründigen Kommentaren, so wusste sie, war dieses zwiespältig aufgenommene Kunstwerk das Ergebnis eines Graffiti-Workshops. Kontrollierte Schmierereien, wie Kritiker fanden. Moderner Ausdruck von Gesellschaftskritik, wie Befürworter argumentierten.
Das Display verriet ihr, dass es sich um keine der üblichen

Nummern handelte, zu denen sie die Namen fein säuberlich im Speicher abgelegt hatte. Eine unbekannte Telefonnummer, allerdings mit Frankfurter Vorwahl, die angesichts der jüngsten Ereignisse unheilverkündend wirkte. Vielleicht ein Kollege des Rauschgiftdezernats, der spitzbekommen hatte, dass sie den bevorstehenden Großeinsatz unterminiert hatte. Sabine ließ es zwei weitere Male läuten, um ihre Gedanken zur Ruhe zu bringen, dann nahm sie das Gespräch an. Umso erstaunter war sie, als sich eine bekannte Stimme meldete.
»Ich möchte mit Ihnen reden«, eröffnete Brüning, »und zwar noch heute.«

Im biederen Straßenzug Okarbens wurden, zumindest unter der Woche, bei Einbruch der Dunkelheit die Rollläden heruntergelassen, bis neunzehn Uhr alle das Abendessen eingenommen hatten, und spätestens zur Tagesschau fand man sich in Sichtweite des Fernsehers ein. Kommissar Angersbach jedenfalls bedauerte es nicht, dass das Taxi, dem sie vor wenigen Minuten entstiegen waren, keine sensationsbegierigen Blicke auf sich zog. Blicke, aus denen die Geringschätzung für eine nach außen hin nicht definierbare Form des Zusammenlebens sprach, gewürzt mit dem zynischen Beigeschmack, dass es ja kein Wunder sei. Immerhin fiel der Apfel nicht weit vom Stamm, wie man ja wusste, und dass das jahrzehntelange Lotterleben der Mutter kein gesundes Wurzelwerk bildete, war kein Geheimnis. Man sprach natürlich nur hinter vorgehaltener Hand darüber, und hinter geschlossener Gardine, aber es dominierte die Abscheu über dem Mitgefühl und das Vorurteil über der Bereitschaft, hinter die Fassade zu blicken. Angersbach war dieses Spießbürgertum nicht fremd, doch er hatte als Heim- und Pflegekind gelernt, sich ein dickes Fell zuzulegen. Über jede Gelegenheit, sich *nicht* mit Nachbarn herumzuärgern, war er trotzdem dankbar.

Seine Schulter meldete sich, als er wie selbstverständlich in seine Tasche langen und den Schlüssel zum Vorschein bringen wollte. Stechender Schmerz durchzuckte das Gelenk, und er krümmte sich stöhnend.

»Was denn?« Es waren die ersten Worte, zu denen sich Janine nach einer gut viertelstündigen Fahrt hinreißen ließ. Nur das Radio hatte leise gedudelt, während der Fahrer den Eindruck erlangt hatte, dass das Klima im Wageninneren weitaus unterkühlter war als der aufsteigende Nachtfrost. Mit verschränkten Armen hatte sie dagesessen, die Stöpsel des iPod in den Ohren, und ihm die kalte Schulter gezeigt.

*Schulter.*

»Du hast doch gehört, was die Kaufmann gesagt hat«, antwortete er. Da er nicht darauf hoffte, dass Janine sich bemühte, ihren Schlüssel hervorzuholen, griff er mit der anderen Hand umständlich in seine Tasche.

»Du hast die Karre geschrottet und dich vor 'nen Zug geschmissen oder so.«

»Ähm, *das* hat sie nicht gesagt«, wandte Ralph ein, während die Haustür aufschwang und sich Janine sofort an ihm vorbeidrückte. Sie schien nicht an einer Erklärung interessiert, zumindest stapfte sie zielstrebig weiter, ohne auf eine Antwort zu warten. »Möchtest du es nicht wissen?«

Dann, auf der obersten Stufe, drehte sich das Mädchen um, und aus ihren Augen blitzte der Zorn.

»Ich will *nichts* von dir wissen!« Ihre Stimme war nahe daran, sich zu überschlagen. »Ich will nichts mit dir zu tun haben! Was bildest du dir eigentlich ein, mir nachzustellen und über mich bestimmen zu wollen?«

Ein Gift und Galle speiendes Ungetüm hätte nicht furchteinflößender sein können, und Angersbach fühlte sich völlig hilflos. Seine Position am unteren Ende der Treppe machte das Ganze nicht besser.

»Lass mich das bitte erklären«, versuchte er sein Glück, doch von oben kam nur ein schnaubendes »Pah!«, und er sah Janine bereits in einer Rauchwolke entmaterialisieren, doch hörte stattdessen nur das altbekannte wütende Stampfen, ein Knallen der leidgeprüften Zimmertür und Sekunden später den heiseren Schlachtruf einer Deathmetal-Band.

Eine Familienzusammenführung nach Art des Hauses, die sicher nicht im Sinne von Sabine Kaufmann war. Doch was wusste seine Kollegin schon? Sie war ein einziges Mal hier gewesen und bildete sich deshalb ein ... *Nein,* mahnte sich der Kommissar selbst zur Ordnung. Er konnte die Schuld nicht Sabine zuschieben. Langsam stieg er die Stufen hinauf, schlüpfte aus dem Mantel und schlenderte in Richtung Speisekammer. Er hatte Hunger und war hundemüde, doch das Einzige, was ihn interessierte, war eine Flasche Wein. Er bedauerte, als er den Kunstkorken ploppend aus dem Flaschenhals zog, dass sich nichts Härteres im Haus befand. Zumindest nicht in seinem Bereich. Und im selben Moment war er erleichtert darüber. Er hatte noch nie einen Menschen kennengelernt, dessen Probleme sich durch Alkohol gebessert hatten, aber nicht wenige, bei denen das Gegenteil eingetreten war.

*Ein Glas zum Runterkommen,* sagte er sich. So viel gestand er sich zu. *Danach sehen wir weiter.*


Ein zweites Mal an diesem Abend steuerte Sabine ihr Elektroauto über die Stadtgrenze. Der Ginnheimer Spargel, Frankfurts markanter Funkturm, wies ihr den Weg. Sie passierte

den Kreisel, der das Nordwestzentrum umgab. Fernab der Ladenöffnungszeiten und der Rushhour lagen die spärlich beleuchteten Fahrspuren nahezu verwaist. Dann erreichte sie Niederursel.
Brüning empfing sie in Anzughose und Hemd, er hatte das Sakko jedoch gegen eine Strickjacke getauscht und auch die Krawatte abgelegt. Ein breiter Flur, dessen Wände aus unverputztem, rötlich eingefärbtem Beton bestanden, beherbergte eine Galerie moderner Gemälde. Drei auf jeder Seite, kleine Täfelchen gaben Informationen über den Künstler preis. An der Stirnseite führte eine milchgläserne Schiebetür in das wohnzimmergleich eingerichtete Büro. Sabine erkannte einige Fachliteratur in dem wuchtigen Holzregal, an dessen Ende eine Schiebeleiter stand, um die oberen Gefache zu erreichen. Das Regal reichte bis zur Decke des überhohen Zimmers, über einer Sitzecke gegenüber hing ein schwerer Lüster, den silberne Metallplatten und kristallgläserne Glaszylinder schmückten. *Die Siebziger lassen grüßen*, dachte Sabine. Zentral im Raum wartete ein breiter, mahagonifarbener Schreibtisch, dessen Oberfläche derart aufgeräumt war, dass es ihr schwerfiel, sich einen Akten wälzenden Anwalt dahinter vorzustellen. Doch nach allem, was Sabine erfahren hatte, schienen Dr. Brünings Stundenhonorare längst hoch genug zu sein, dass er sich nicht mehr achtzehn Stunden am Tag durch meterdicke Papierstapel zu kämpfen hatte.
Zielstrebig schritt Brüning zu einem im Bücherregal verborgenen Klappschrank, nachdem er ihr einen Platz angeboten hatte.
»Etwas zu trinken?«
Der offizielle Dienst war theoretisch vorbei, wie der Kommissarin durch den Kopf ging. Doch während einer Mord-

ermittlung gab es keinen hundertprozentigen Dienstschluss, nicht, bevor der Mörder überführt war.

»Danke, nein«, antwortete sie daher.

»Sie verpassen einen hervorragenden Cognac«, lächelte der Anwalt, als er, ein dickbauchiges Glas schwenkend, zurückkehrte. Er ließ sich in seinen Drehstuhl sinken und seufzte. »Falls Sie es sich noch überlegen ...« Er nickte in Richtung Spirituosenschrank, dessen Klappe er noch nicht wieder verschlossen hatte.

Sabine erinnerte sich unvermittelt an etwas. Vielleicht war es nur eine Kleinigkeit, aber sie konnte es sich nicht leisten, ein noch so winziges Detail außer Acht zu lassen.

»Wie sind Sie eigentlich so schnell an die Million Euro gekommen, fein säuberlich in Fünfhundertern, mit Banderolen?«, fragte sie unverhohlen, und der Anwalt räusperte sich. »Zumal die meisten Banken um diese Uhrzeit längst geschlossen hatten«, setzte sie rasch nach.

»Die Liquidität von Frau Reitmeyer steht außer Frage«, erklärte Brüning ausweichend, »von daher habe ich das Geld, nun ja, unbürokratisch organisieren können.«

Doch das war der Kommissarin zu lax.

»Fakten, Herr Brüning, ich möchte das genau wissen«, forderte sie.

»Es stammt aus meinem Safe. Zufrieden?«

»Sie haben eine Million Euro in Ihrem Safe?«

»Warum nicht?«

»Sie verzeihen, wenn ich das als hochgradig sonderbar empfinde.«

»Das steht Ihnen frei«, lächelte der Anwalt kühl.

»Kommen Sie«, bohrte Sabine weiter. »Geben Sie mir eine vernünftige Erklärung dafür. Vielleicht reicht meine naive

Vorstellung als kleine Beamtin ja nicht aus, aber ich gehe nicht davon aus, dass man in Ihren Kreisen so viel Geld in der Matratze bunkert.«

Brüning lachte bitter auf. »Wenn Sie wüssten, was ich bei einigen meiner Klienten schon erlebt habe. Einer von denen hat noch D-Mark-Rollen in Weckgläsern, luftdicht, vor Motten und Schimmelbefall geschützt.«

»Bringt ihm bloß nicht viel.«

»Trotzdem. Er würde sich niemals die Blöße geben, die Geldbündel jemandem zu zeigen. Der Spott wäre riesig, zum Glück nagt er auch sonst nicht am Hungertuch. Aber es spricht nichts gegen Reserven«, sprach er äußerst ernst weiter, »vor allem nicht, da die Banken nicht mehr das Nonplusultra sind. Für mich als Anwalt ist das absolut nachvollziehbar.«

»Für mich als Kommissarin ist aber auch eine ganz andere Theorie nachvollziehbar«, hielt Sabine dagegen und hob die Augenbrauen. »Sie hielten genau die Summe bereit, die der Erpresser Ihrer Klientin erst noch abverlangen würde.«

»Beschuldigen Sie etwa mich?« Brüning machte ein unerwartet dümmliches Gesicht.

»Sollte ich das denn?«

»Gewiss nicht.« Er schien sich gefangen zu haben, aus seinen Augen sprach nun wieder juristisches Kalkül. »Warum sollte ich diese Summe denn erpressen, wenn ich sie längst habe?«

Verdammt.

»Kommen Sie, ich zeige Ihnen was.« Er stand auf, gebot der Kommissarin ungeduldig, ihm zu folgen, und eilte zum Wandregal. Mit flinken Griffen bewegte er einige Bücher, bis dahinter die Stahltür eines Tresors zu erkennen war. Das Drehrad surrte, ab und zu klackte es, dann öffnete sich mit metallischem Ächzen die etwa vierzig Zentimeter hohe Tür.

Sabine trat heran und beugte sich nach vorn. Das Innere des Safes war geräumiger, als es von außen aussah. Sie erkannte einige violette Geldbündel, eine Ledermappe sowie eine Schmuckschatulle. Auf dem Boden ruhten, in grünen Filz eingeschlagen, drei ziegelförmige Blöcke. Noch bevor ihr das Wort Goldbarren in den Kopf stieg, drückte Brüning flugs die Tür zurück und verriegelte das Zahlenschloss.

»Das ist mein Fort Knox«, sagte er und schritt wie selbstverständlich zum Schreibtisch zurück. »Sämtliche Einlagen sind legal, steuerlich erfasst und über jeden Zweifel erhaben.« Er feixte. »Soll ich *meinen* Anwalt anrufen?«

»Schon in Ordnung«, brummte Sabine und fragte sich, aus welchem Grund sich der Anwalt ihr gegenüber so freigiebig zeigte. Als hätte der ihren Gedanken erraten, sprach Brüning nach kurzem Schmunzeln weiter: »Ich habe Sie nicht hergebeten, um mit meinen Luxusattributen zu prahlen. Aber ich möchte, dass Sie mir vertrauen. Nur weil ich wohlhabend bin, bedeutet das nicht, dass ich zu den Bösen zähle. Nur weil ich solvente Klienten habe, heißt das nicht, ich würde das Proletariat mit Füßen treten.«

»Das habe ich Ihnen auch nicht vorgeworfen«, sagte Sabine kopfschüttelnd. »Doch Ihre hohe Präsenz ist schon etwas merkwürdig, Sie vertreten die Reitmeyers, diesen spanischen Lkw-Fahrer, Dr. Elsass …«

»Das Gleiche könnte ich auch von Ihnen sagen«, entgegnete Brüning. »Sie treten jedem meiner Klienten auf die Zehenspitzen, und in Victors Fall sogar besonders unsanft.«

»Er hätte nicht fliehen müssen«, wandte Sabine ein, und der Anwalt seufzte.

»Zugegeben, das war dumm. Aber haben Sie tatsächlich vor, ihn wegen dieser Lappalien festzuhalten?«

Sabine musterte ihr Gegenüber. Alles an Dr. Brünings Mimik und Körperhaltung deutete darauf hin, dass er seine Worte ernst meinte. Doch gehörte es nicht zu den grundlegenden Fähigkeiten eines erfolgreichen Anwalts, überzeugende Plädoyers zu halten, völlig unabhängig davon, ob sie der Wahrheit entsprachen? Sie kam zu keinem abschließenden Urteil und antwortete daher vorsichtig: »Nicht alle möglichen Anklagepunkte sind Kavaliersdelikte.«
»Sie sprechen von Mord und Erpressung? Lächerlich!« Verschwunden war die charmante Fassade.
»Weshalb haben Sie mich denn nun herbestellt?«
»Ich möchte für meinen Mandanten erreichen, dass er freigelassen wird. Umgehend.«
Ein Geständnis wäre der Kommissarin lieber gewesen. Insgeheim hatte sie es sich die Fahrt über sogar ausgemalt. Elsass gestand, und Brüning justierte im Gegenzug die Stellschrauben von Haftdauer und -bedingungen. Doch da war wohl der Wunsch Vater des Gedanken gewesen.
»Aufgrund wessen sollten wir das denn tun?«, fragte sie spitz.
»Victor ist kein schlechter Mensch, im Gegenteil«, begann Brüning. Das eigentliche Plädoyer begann offenbar erst jetzt. »Er forscht und arbeitet für eine gute Sache, ist politisch aktiv und hat sein Genie in den Dienst der Reitmeyers gestellt, wohl wissend, dass er in den USA oder Japan mit seinen Patenten Millionen hätte scheffeln können. Dieses Hobby, die Zucht von betörenden Pflanzen, dürfen Sie nicht überbewerten. Selbst hier hat er darauf geachtet, keine Setzlinge zu ziehen, die gegen das Betäubungsmittelgesetz verstoßen. Er hat die Substanzen nicht einmal verkauft, sondern die Produkte lediglich selbst konsumiert. All das hält einer Gerichtsverhandlung nicht stand, auch nicht seine Flucht vor Ihnen, denn

Sie hatten ja nicht das Ansinnen einer Verhaftung vorgebracht. Aber mehr als das, und das schwöre ich Ihnen, wenn's sein muss, auf die Bibel, gibt es nicht.«
Sabine schluckte. Die Worte Brünings klangen noch einige Sekunden nach, bevor sie reagieren konnte. Im Grunde hatte er nichts weiter getan, als ihre ohnehin bestehenden Zweifel auf den Punkt zu bringen.
»Diese Rede hätten Sie schon früher halten können«, warf sie ein.
»Victor hat all das bereits ausgesagt«, widersprach Brüning, »aber Ihr Kollege hat ihn mit seinen Drohungen verschreckt. Arzneimittelgesetz, Eingriff in den Bahnverkehr«, wiederholte er spöttisch, »dass ich nicht lache.«
»Schon gut, ich hab's verstanden«, erwiderte Sabine. »Aber es steckt doch noch mehr dahinter, nehme ich an.«
»Dazu kommen wir erst, wenn ich den Eindruck habe, dass Sie mir Glauben schenken.«
»Glaube ist etwas für die Kirche.« Sie winkte ab.
»In Ordnung, dann anders. Sie erhalten von Dr. Elsass eine umfassende Auflistung aller illegaler Aktivitäten der Firma *BIOgut*. Verantwortliche, Beteiligte et cetera. Die Unterlagen befinden sich in meinem Safe, in der Ledertasche, die Ihnen zweifelsohne aufgefallen ist.«
Sabine schluckte. Es war *doch* alles Kalkül. Sie hätte niemals daran zweifeln dürfen.
»Wir lassen uns nicht bestechen«, wollte sie widersprechen, doch Brüning wedelte sofort energisch mit den Händen.
»Ich bin noch nicht fertig«, unterbrach er sie, »darf ich fortfahren?«
»Bitte.«
»Ich darf Ihnen diese Papiere nicht zugänglich machen, solan-

ge sie Personen betreffen, für die ich ein Mandat innehabe. Das bedeutet, Sie erhalten die Mappe erst, wenn ich meine Verbindungen gelöst habe. Das werde ich morgen – nun, da die Sache mit dem Lösegeld durchgestanden ist – tun. Sobald ich meine Million wiederhabe, versteht sich«, er zwinkerte.
»Sie werfen also Ihren Ethos leichtfertig über Bord?«, hinterfragte Sabine.
»Meine freundschaftlichen Bande zum Weidenhof sind mit Ulf Reitmeyer gestorben«, erwiderte der Anwalt, betont sachlich, »und ich muss für meine künftige Tätigkeit sehr gut abwägen, wie ich mich in dem bevorstehenden Skandal positioniere. Aber das soll nicht Ihre Sorge sein.«
»Ist es auch nicht, keine Angst«, beteuerte Sabine, die noch immer nicht bereit war, ihrem Gegenüber entgegenzukommen. »Was hat das Ganze nun mit Elsass zu tun?«
»Victor hat eine eigene Theorie, was hinter der ganzen Sache stecken könnte. Doch er wird diesen Verdacht nicht leichtfertig äußern, schon gar nicht, solange er von Ihnen verdächtigt wird.«
»Er will uns den Mörder nennen?« Sabine hasste sich im selben Augenblick, da sie ihr Erstaunen ausgerufen hatte, für diesen unkontrollierten Impuls. Doch sie hatte keine Chance, das Gesagte zurückzunehmen oder zu korrigieren, denn Brüning antwortete schmunzelnd: »Das habe ich nicht gesagt. Er wird niemanden vorschnell belasten, denn er hat ja am eigenen Leib erfahren, wie fix Sie mit willkürlichen Verhaftungen sind.«
Sabine gelang es, sich wieder zu sammeln. »Er hätte selbst am meisten davon, wenn so etwas geschähe. Das lässt primär den Verdacht aufkommen, dass er von sich selbst ablenken möchte.«

»Deshalb wird er, solange Sie ihn festhalten, auch nichts dazu sagen«, schloss der Anwalt und lehnte sich mit einem zufriedenen Lächeln zurück. »Kommen wir also ins Geschäft?«
Sabine fühlte sich überrumpelt. Die Nennung eines Namens war das Geringste, worauf sie sich in diesem fragwürdigen Deal verlassen konnte. Doch die Einblicke in die Hintergründe der dunklen Machenschaften unter dem Öko-Etikett wollte sie sich nicht entgehen lassen. Viel zu groß war die Gefahr, dass im laufenden Fall wichtige Puzzlestücke verlorengingen. Dann kam ihr eine Idee.
»Sie halten doch nicht wissentlich Beweise zurück, die uns in der Ermittlung weiterführen könnten, oder?« Ihre Augen hielten dem unbewegten Blick Brünings stand. Eine Machtprobe, wie früher in der Schule.
Wer zuerst lacht ... oder, in diesem Fall, nachgibt.
»Das dürfte ich gar nicht«, erwiderte er diplomatisch.
»Dann bedeutet das also, dass die Morde und die Lebensmittelpanschereien in keiner kausalen Verbindung zueinander stehen«, schlussfolgerte die Kommissarin und ließ den Anwalt auch weiterhin keine Sekunde unbeobachtet. Das reflexartige Zucken, welches über seine Mundwinkel huschte, verriet ihr, dass sie auf dem richtigen Weg war. Sie nickte langsam und dachte angestrengt nach, bevor sie ihre nächste Frage formulierte. »Vertreten Sie die Person, die hinter der Erpressung und den Morden steckt?«
Brüning lachte spöttisch auf. »Was soll ich denn *darauf* antworten?«
»Die Wahrheit«, erwiderte Sabine mit versteinerter Miene. Sie beschritt einen zweifelhaften Pfad, das war ihr klar, aber den Versuch wagte sie trotzdem.
»Sie wissen genau, dass ich darauf nicht antworten dürfte ...«,

begann Brüning, und sofort unterbrach die Kommissarin ihn und warf ein: »Außer, wenn die Gefahr weiterer Morde besteht.«
»Nun ja«, Brüning kratzte sich am Kinn, »ich drücke mich mal anders aus. Keiner meiner Klienten hat die Erpressung oder die Morde verübt. Mehr werde ich dazu an dieser Stelle nicht sagen.«
»Eines noch«, fuhr Sabine dennoch fort. »Vertreten Sie die Reitmeyers als Familie oder das Unternehmen als Ganzes?«
»Sowohl als auch, wieso?«
Sabine sprach unbeirrt weiter. »Gehört demnach jede auf dem Hof arbeitende Person indirekt zu Ihrer Klientel?«
Brünings Pupillen weiteten sich, und er neigte den Kopf. Doch anstelle einer erwarteten Ausrede kam schließlich, nach einigen Sekunden der Stille: »Streng genommen, ja.«
»Also jeder Angestellte bis hin zum Knecht.«
»Knecht?«
»Gunnar Volz.«
»Ach so. Bei Herrn Volz liegen die Dinge ein wenig anders«, druckste Brüning, »aber ich muss ihn de facto zur *BIOgut*-Belegschaft zählen.«
»Erklären Sie das bitte«, forderte die Kommissarin.
»Die Zahlungen an ihn werden als Betriebsausgaben geführt«, erklärte Brüning, »auch wenn die Verpflichtungen der Reitmeyers gegenüber seiner Person nichts mit der Firma zu tun haben. Das ist kompliziert, tut aber nichts zur Sache.«
»Das möchte ich gern selbst entscheiden«, widersprach Sabine. »Klammere ich Volz nun aus der Gleichung aus, oder nicht?«
Doch der Kommissarin war längst klar, dass sie diese Entscheidung nicht einzig und allein aufgrund Brünings Einschätzung

treffen würde. War Gunnar Volz Bestandteil jener geheimnisvollen Theorie, die sich angeblich in Dr. Elsass' Gehirnwindungen manifestiert hatte? Es gab nur einen Weg, das herauszufinden, aber dazu war die Kommissarin noch nicht bereit. Nicht im Alleingang. So lange, und damit musste sie leben, würde der Knecht ein Buch mit vielen Siegeln bleiben, von denen längst nicht alle gebrochen waren. Was ihr zusätzliches Kopfzerbrechen bereitete, war, dass er zum Zeitpunkt der Lösegeldübergabe wie ein Murmeltier geschlafen hatte. Das zumindest hatte der Beamte, der ihn observiert hatte, zu Protokoll gegeben.
Gläubig oder nicht, Sabine schickte ein Stoßgebet gen Himmel, dass sie sich auf diese Aussage auch verlassen konnte.

Die alten Stufen ließen mit jedem Tritt ein gequältes Knarren verlauten. Es schien, als wollten sie an vergangene Tage erinnern, an denen ihr Holz noch jung und ihre Oberfläche noch eben gewesen war. Oder aber, dachte Ralph ein wenig melancholisch, sie jammern über die Unzucht, die sich in den vergangenen Jahrzehnten hier abgespielt hatte. Das dürfte eine Menge gewesen sein, zumindest, wenn man die Blicke der Nachbarsfrau richtig deutete. Mit jedem Schritt verlor sich das Ächzen des Holzes in den Bässen der Musikanlage, und als er die Zimmertür schließlich erreicht hatte, hielt er eine halbe Minute inne, um durchzuatmen. *Selbstzentrierung,* wie es eine Seminarleiterin einst genannt hatte, damals, in den schillernden Tagen seiner Dienstzeit in der Gießener Ferniestraße. Eine Sehnsucht, die der genaueren Betrachtung nicht standhalten konnte, doch damals war zumindest sein Privatleben in geordneten Bahnen verlaufen.
Keine Familie, keine Querelen.

No woman, no cry. Keine Janine, kein ... *Geschrei!*
Just in diesem Augenblick flog die Tür auf, und das noch immer im schwarzen Kapuzinerlook gekleidete Mädchen baute sich vor ihm auf.
»Spinnst du?«, keifte sie und deckte Ralph in einen Nieselregen von wutschnaubendem Speichel. Kein Zweifel, es war eine rhetorische Frage, auf die Janine keine Antwort erwartete. Stattdessen schimpfte sie weiter: »Das ist Hausfriedensbruch, Belästigung, stellst du mir etwa nach?« Sie keuchte, ihre Stimme schlug hysterische Kapriolen, und wie aus einem Maschinengewehr ratterten Kraftausdrücke und empörte Metaphorik in Richtung des Kommissars, der auf einen derartigen Schusswechsel nicht eingestellt gewesen war.
»Wie kannst du es wagen? Spannst du etwa durchs Schlüsselloch? Du perverses Schw...«
Da war der Punkt erreicht, an dem Ralph Angersbach die Schnauze gestrichen voll hatte. Aggressionsseminar? Blödsinn. Deeskalation ging auch anders. Er erinnerte sich an die Worte seiner Kollegin, als sie ihm versucht hatte, das Grundprinzip von Krav Maga zu erklären. Unterm Strich bedeutete das für ihn nur eines. *Angriff.*
Die beste aller Verteidigungen.
Als sie gerade nach Luft schnappte, trat er mit einem schnellen Schritt auf sie zu und packte ihre Handgelenke. Fassungslos erstarrte Janine, eine Schrecksekunde, die Ralph dazu nutzte, um dem Mädchen die Arme hinter den Rücken zu bugsieren. Dann griff er schnell um und hielt sie, bevor das große Zappeln begann, an den Ellbogen fest. Seine Daumen bohrten sich dabei in ihre Beugen, die so dürr waren, dass sie sich weniger weich anfühlten als erwartet.
»Was soll das? Lass mich los!«, giftete sie ihn an und versuchte,

nach ihm zu treten. Doch die beiden standen viel zu eng, und Ralph hatte seinen Schritt längst geschlossen, um seine sensibelste Angriffsfläche zu schützen.

»Jetzt hörst *du mir* mal zu, Kleines«, zischte er mit geweiteten Pupillen, und Janine zog instinktiv den Kopf, so weit es ging, nach hinten. Noch war sie nicht bereit, nachzugeben. Stattdessen machte sie sich steif, bog und wand sich in der eisernen Umklammerung, was jedoch nur zur Folge hatte, dass Ralph die Daumen ein wenig fester in ihre Sehnen grub, stets darauf bedacht, das Mädchen nicht zu verletzen.

»Sabine und ich haben unseren Arsch riskiert, um dich da rauszuholen, ist dir das eigentlich klar?«, stieß er hervor. Schweiß rann seine Stirn hinab, und er spürte den Puls und den heißen Atem des Mädchens. Ralph war heilfroh, dass er das Glas Wein unangerührt auf dem Küchentisch hatte stehenlassen. Nicht auszudenken, wie Janine reagiert hätte, wenn er ihr nun mit einer Alkoholfahne gegenüberstehen würde.

»Na und?«, gab sie zurück. »Ich kann machen, was ich will. Interessiert doch keinen.«

»Das stimmt nicht. Erstens bist du nicht volljährig, und zweitens würde ich nicht hier stehen, wenn's nicht so wäre.«

»Ja, weil du *Bulle* bist«, spie sie abfällig, »und es dir stinkt, dass ich manchmal Gras rauche.«

»Weil ich dein Bruder bin, verdammt«, widersprach Ralph. »Und weil es heute eine Großaktion der Drogenfahndung gegeben hat.«

»Häh?« Janine machte ein einfältiges Gesicht, und gleichzeitig verlor sie an Körperspannung.

»Kann ich dich endlich loslassen, ohne dass du mir die Augen auskratzt?«, nutzte Ralph die Gelegenheit.

»Hm.«

Vorsichtig, da er dem Frieden noch nicht ganz traute, lockerte der Kommissar seinen Griff, und tatsächlich schien ihm das drahtige Mädchen nicht an die Kehle springen zu wollen. Er verkniff sich, als sie einen Schritt zurücktrat, den Kommentar, dass eine Etage tiefer ein Paar Handschellen herumlag, denn für Humor war es eindeutig noch zu früh.

Eine schwere, elektrisierende Spannung umgab die beiden. Janine stand, scheu und verunsichert, vor ihrer Anlage, deren Lautstärke sie auf Ralphs Bitten hinuntergeregelt hatte, bis die ekstatischen Schreie der Band verstummt waren. Er hatte sich einen Sitzsack herbeigezogen, eisern gewillt, sich nicht über dessen fleckige Oberfläche zu pikieren oder gar Phantasiebilder über den organischen Ursprung der Verunreinigungen entstehen zu lassen.
»Ich riskiere meine Karriere, wenn ich solche Dinge tue wie heute Abend«, begann er. Doch seine Halbschwester maß dieses Argument anders als Ralph.
»Karriere, Karriere, das ist alles, was dir wichtig ist«, schnaubte sie.
»Nein, verdammt!« Ralph rang mit sich, um Ruhe zu bewahren. »Ich habe nun mal einen Job, den ich auch gerne mache, aber ich bin nebenbei auch noch ein menschliches Wesen. Ein Mensch, der plötzlich Familie hat.«
»Pah, Familie«, stieß das Mädchen hervor und winkte ab. »Auf einen Wächter, der sich nur dafür interessiert, mir das Kiffen zu verbieten, kann ich verzichten.«
»So siehst du mich, als *Wächter*?«
»Bulle eben«, brummte sie schulterzuckend.
»Ich lasse meinen Dienst im Büro, wo er hingehört«, widersprach Angersbach. »Es sei denn, mich beschäftigt ein heikler

Fall. So wie jetzt übrigens. Aber wenn ich durch diese Haustür trete, dann komme ich nicht als Polizist.«
»Sondern?«
Ralph stockte. Er stand in einer Sackgasse, die er nicht hatte kommen sehen. Doch es blieb ihm nichts anderes übrig, als darauf zu antworten.
»Als ... Bruder?«
Janine war sein Zögern nicht entgangen, und sofort schnellte ihr Zeigefinger in seine Richtung.
»Ha! Lächerlich.« Sie lachte auf. »Mom hatte eine Menge Typen hier rumhängen, von denen sich manch einer als guter Onkel aufspielen wollte. Ich brauche jedenfalls keinen neuen Macker, der meint, in meinem Leben herumpfuschen zu müssen.«
»Es war auch meine Mutter«, entgegnete Angersbach leise, »auch wenn ich das meiste von ihr erst nach ihrem Tod kennengelernt habe. Tut mir aufrichtig leid, dass ich vorher nicht hier war, aber meine Jugend spielte sich bei Pflegeeltern ab. Ihnen verdanke ich, dass ich den Absprung geschafft habe.«
»Schön für dich.«
»Ich habe mir meine neue Rolle nicht ausgesucht, Janine«, ergriff Angersbach vorsichtig die Chance, »aber es scheint ihr Wille gewesen zu sein, dass ich mich um dich kümmere. Besser, als es ihr zu Lebzeiten gelungen ist, vielleicht«, er zuckte hilflos die Schultern, »ich weiß es nicht.«
»Mom war ich scheißegal«, murrte das Mädchen und spielte an den Reglern der Musikanlage. Dann griff sie eine Zigarettenpackung, die jedoch nur noch Tabakkrümel enthielt, und zerknüllte diese mit einem leisen Fluch.
»Das glaube ich nicht«, widersprach Ralph und richtete sich ächzend auf, denn einmal mehr hatte er außer Acht gelassen,

dass seine Schulter ihm jede Belastung mit stechendem Schmerz heimzahlte.
»Was weißt du schon, du hast sie ja nicht gekannt«, wisperte Janine.
»Ich weiß dafür, dass du *mir* nicht egal bist«, antwortete er versöhnlich. *Brüderlich.*
Sie blinzelte in seine Richtung, ein erstes Zeichen des Einlenkens vielleicht, jedenfalls war aus ihrer Stimme jede Feindseligkeit gewichen, als sie sagte: »Du kennst mich doch kaum.«
»Vielleicht gerade deshalb«, schmunzelte Angersbach augenzwinkernd. Dann zog er das Mädchen aus heiterem Himmel in eine feste Umarmung.
*Jede große Reise ...*

# FREITAG

## FREITAG, 8. MÄRZ

**M**it rigorosem Schwung riss Sabine Kaufmann das Papier von dem Flipchart. Das mit unzähligen Verbindungslinien und Kreisen geschmückte Schaubild war nach und nach zu einer unüberschaubaren Krakelei mutiert, und sie konnte es nicht länger ertragen.
»Weg damit«, kommentierte sie, »ich will diesen gordischen Knoten nicht länger sehen.«
»Kann ich gut verstehen«, erwiderte Angersbach schmunzelnd. Dabei war er derjenige, der das Board in dem kleinen Büro im Blickfeld hatte.
Sie waren vor wenigen Minuten im Büro eingetroffen, und Angersbach hatte gerade ein Telefonat mit dem Abschleppdienst geführt, der sich um die Bergung seines Lada kümmern sollte. Mit einem Poltern war Weitzel hineingetreten, die Metallfüße der Staffelei, an der das Whiteboard befestigt war, stießen lautstark an den Türrahmen.
»Was sollen wir damit?«, hatte Sabine irritiert gefragt, als der junge Beamte sich seiner Last entledigt hatte.
»Möbs' Idee«, lächelte dieser und zuckte unbeschwert mit den Achseln. »Vielleicht erhofft er sich ja einen Geistesblitz.«
Sabine stieß einen grimmigen Fluch aus, nachdem sie für eini-

ge Sekunden auf das bunte, verworrene Schaubild geblickt hatte. Die zahllosen Verbindungen verschiedenfarbiger Linien erinnerten an ein Wollknäuel, das man den Krallen einer Katze entrissen hatte. Ein einziges Chaos.
Als Nächstes war das Reißen des Papiers an der Gummierung zu vernehmen, und die Seite segelte zu Boden.
Sabine überlegte kurz, ob sie eine neue Liste beginnen sollte, doch das konnte bis zur nächsten Besprechung warten. Ein Besuch bei Claudia Reitmeyer stand an, außerdem musste sie mit ihrem Kollegen über das Gespräch mit dem Anwalt reden. Und sie brannte darauf zu erfahren, wie der gestrige Abend im Hause Angersbach verlaufen war. Kratz- und Bisswunden jedenfalls wies ihr robuster Kollege nicht auf. Insgeheim gestand sich die Kommissarin ein, dass sie ihn zu mögen begann, so ungehobelt er auch sein konnte. Und sie stellte fest, dass sie auf einen Besuch bei Frau Reitmeyer nicht die geringste Lust verspürte. *Die* würde sie wohl nie mögen, aber das war zum Glück auch nicht nötig.
Sabines Blick fiel auf einen flachen Karton, in dem sich die Korrespondenz und der Kalender Ulf Reitmeyers befanden. Unterlagen, deren Analyse Zeit und Geld gekostet und dennoch zu nichts geführt hatte. Angersbach schien ihren Blick verfolgt zu haben, denn er fragte: »Nehmen wir den Kram nachher mit?«
»Meinetwegen«, nickte die Kommissarin.
»Wissen Sie, was mich dabei stört?«, fragte er weiter.
»Hm?«
»Frau Reitmeyer hat uns bei unserem ersten Treffen, ohne zu zögern, diese Unterlagen mitgegeben. Würde jemand so handeln, der um betrügerische Vorgänge in seiner Firma weiß?«
Sabine strengte ihr Erinnerungsvermögen an. »Sie hat uns die

Unterlagen aber erst nach der Vernehmungspause ausgehändigt, in der wir das Haus verlassen hatten. Entweder da oder noch vor unserem Eintreffen hätte sie genügend Zeit gehabt, um die Dokumente vorzusortieren. Des Weiteren hat Reitmeyer senior seinen Etikettenschwindel garantiert nicht schriftlich dokumentiert.«
Angersbach nickte. »Stimmt auch wieder.«
Sabine entschloss sich, die Papiere dennoch erneut durchzublättern. Sie hob den Karton auf den Schreibtisch und kippte ihn auf den Kopf.
»Dr. Brüning hat mich gestern Abend zu sich gebeten«, eröffnete sie dabei beiläufig, und Angersbach machte große Augen.
»Gestern Abend? Nach unserem, hm, *Einsatz?*«
»Genau.« Sabine schilderte in wenigen Sätzen, worüber sie mit Brüning gesprochen hatte. Parallel dazu ließ sie die Briefe und Rechnungen durch ihre Finger zurück in den Karton gleiten. Was sollte sie schon finden, was Möbs entgangen war?
Dann aber zuckte sie zusammen. Sie sprach nicht weiter, bewegte sich nicht, starrte nur auf das Briefkuvert, das in ihren Händen lag. Das Adressfeld trug den Namen Claudia Herzberg in 61118 Dortelweil.
»Was haben Sie denn?«, erklang Angersbachs Stimme wie aus weiter Ferne. Doch sie antwortete nicht. Stattdessen entfaltete sie das Anschreiben, welches das rote Logo der Deutschen Knochenmarkspenderdatei enthielt. Sie überflog die Zeilen. Es ging um den Eintrag im Spenderverzeichnis, dann folgten einige kryptische Begriffe, die Sabine nur überflog. Alles sah danach aus, dass Claudia vor Jahren an einer Typisierung teilgenommen hatte. Verschiedene Angaben, die erfasst worden waren, sollten nun durch weitere Tests ergänzt werden.

»Scheiße.« Sabine pfiff durch die Zähne und ließ das Papier vor sich niedersinken. »Ich glaube, ich weiß, was hier passiert ist.«
Angersbach schenkte ihr ein fragendes Stirnrunzeln, worauf sie fortfuhr: »Wie lautete der Vorname von Claudias Mutter?«
»Ebenfalls Claudia«, erinnerte sich Angersbach, »warum?«
»Dieser Brief war an die Tochter adressiert, das geht aus dem Geburtsdatum eindeutig hervor«, erklärte Sabine aufgeregt. »Die Typisierung hat stattgefunden, als sie noch in Dortelweil gemeldet war, also bevor Herzbergs Ehe zerbrach. Die Adressen im Melderegister der Spender werden offensichtlich nicht mit dem Einwohnermeldeamt abgeglichen und aktualisiert. Also flatterte dieses Schreiben vor rund drei Wochen direkt in Herzbergs Briefkasten.«
Jetzt dämmerte es auch Angersbach. Sein Blick erhellte sich, als er schlussfolgerte: »Er öffnet ihn und findet heraus, dass Claudia nicht seine leibliche Tochter ist.« Er pfiff und nickte langsam. »Das muss ihn hart getroffen haben. Ulf Reitmeyer hat ihm nicht nur die Frau, sondern auch die Tochter genommen. Und zwar noch auf eine ganz andere Weise als die, mit der er sich längst abgefunden hatte.«
»So zumindest die Theorie«, nickte Sabine. »Ich möchte das gleich nachprüfen, Moment.«
Schon klapperten ihre Finger zuerst auf der Computertastatur und dann am Telefon. Sie klemmte den Hörer ans Ohr, während ihr Blick auf den Computerbildschirm gerichtet war.
Das Gespräch dauerte keine zwei Minuten, dann hatte sie erfahren, was sie wissen wollte.
»Herzberg hat tatsächlich bei der DKMS nachgehakt«, verkündete sie triumphierend, »damit ergibt das Ganze endlich einen Sinn.«

»Ich möchte Sie ja ungern bremsen«, Angersbach rieb sich mit unverhohlenem Zweifel die Schläfe, »aber was ändert das an seinem Alibi?«
Kaum dass er gefragt hatte, fiel es ihm selbst ein, und auch Sabine ließ sich nicht beirren.
»Das Alibi hinkt schon lange«, erwiderte sie, »wir haben es nur nicht *gesehen*. Warten Sie kurz.«
Wieder würgte sie ihn ab, dieses Mal griff sie zum Handy und eilte nach draußen in den Flur.

Ralph Angersbach blieb verdutzt zurück. Er angelte sich den Brief, las die Zeilen und versuchte, ein Resümee zu ziehen. Doch es gab nach wie vor zu viele Widersprüche, zu viele Dinge, die nicht ins Bild passten. Ein Puzzle, dessen Teile man mit der Schere zurechtschnitt, mochte zwar ein flächendeckendes Bild ergeben, doch der Inhalt wäre blankes Chaos. Er erhob sich und ging ebenfalls in Richtung Tür. Draußen nahm Sabine gerade den Apparat vom Ohr.
»Ich hab's«, grinste sie und ließ das Smartphone in ihrer Hosentasche verschwinden.
»Ich höre!«
»Herzberg hatte, als er auf dem Weidenhof tätig war, einen Schlüssel.«
»Aber das ist doch ewig her«, warf Angersbach ein.
»So lange nun auch wieder nicht«, widersprach Sabine. »Seit damals wurden jedenfalls nirgendwo Schlösser getauscht. Er hatte demnach die beste Zugangsmöglichkeit.«
»Verdammt!« Angersbach ballte die Faust. »Damit konnte er nachts einen geeigneten Augenblick abwarten und den vergifteten Ingwer plazieren.«
»Genau das denke ich auch. Er könnte das Gift Freitagnacht

plaziert haben, oder noch früher. Herzberg kannte Reitmeyers Gewohnheiten, und damit meine ich nicht nur das Naschen, sondern auch das tägliche Joggen.«

»Das mag ja alles sein«, wandte Angersbach kopfschüttelnd ein, »aber wie passt Malte Kötting in diese Theorie? Sie haben doch gesehen, wie sehr dessen Tod Herzberg zu schaffen machte.«

»Das war der zweite Punkt meines Telefonats«, lächelte seine Kollegin triumphierend. »Kötting hatte laut seiner E-Mail an Herzberg einen Disput mit Reitmeyer. Das deckt sich mit der Aussage von Frau Finke, bei der er ebenfalls aufschlug. Er war demnach am Samstag in Reitmeyers Büro ...«

»... und hat sich dort an dessen Knabbereien gütlich getan«, vollendete Angersbach den Satz. »Weit hergeholt, aber nicht unmöglich. Ein letaler Zufall. Ein doppelter sogar.«

»Doppelt? Wieso?«

»Nicht nur, dass es mit demselben vergifteten Zeugs eine zweite Person trifft«, erklärte der Kommissar zynisch. »Sondern ausgerechnet Herzbergs bester Freund begeht diesen tödlichen Mundraub. Wenn ich's genau betrachte, ließe sich dadurch auch seine Sauferei erklären. Denn wie ein langjähriger Alkoholiker hat er auf mich nicht gewirkt.«

»Auf mich auch nicht.« Sabine nickte und sprach langsam weiter: »Aber auch die ganzen anderen Widersprüche würden nun mehr Sinn ergeben, insbesondere der Tod Köttings. Der störte unsere bisherigen Theorien stets am meisten.«

»Na ja, aber die Erpressung?«, gab Angersbach zweifelnd zurück. »Die passt meines Erachtens nach noch immer nicht ins Bild. Was hatte es damit auf sich?«

»Ich behaupte ja nicht, allwissend zu sein«, gab Sabine spitzzüngig zurück. »Warum fragen wir Herzberg nicht einfach selbst?«

Eine halbe Stunde später klingelten die beiden an Herzbergs Tür. Es dauerte eine Weile, bevor sich im Inneren etwas regte. Die Person, die nach schier endlosem Warten öffnete, machte einen noch erbärmlicheren Eindruck als bei ihrer ersten Begegnung.
»Was wollen Sie?«, lallte er mit heiserer Stimme, und eine Alkoholfahne wehte den beiden entgegen.
»Dürfen wir hereinkommen?«, fragte Sabine höflich, und Herzberg nuschelte mürrisch. Die Uniformierten warteten wie vereinbart im Wagen, doch dann trat der Mann, der einen verwaschenen Bademantel trug, mit einem fahrigen Nicken zur Seite.
Die Wohnung wirkte sehr viel unaufgeräumter als bei ihrem letzten Besuch, es roch nach kalter Pizza, und in der Küche stapelte sich das Geschirr.
»Wir haben Victor Elsass verhaftet«, ließ Sabine wie beiläufig verlauten und beobachtete Herzbergs Reaktion. Er wirkte nicht überrascht. Betont gleichgültig zuckte er mit den Schultern. »Sind Sie nur hierhergekommen, um mir das zu sagen?«
»Wir dachten, Sie freuen sich darüber.« Sabine zog die Schlinge ein wenig enger, doch Herzberg zeigte sich unbeeindruckt.
»Hm«, brummte er, und sein Blick suchte das Wohnzimmer ab, möglicherweise nach etwas Alkoholischem, wie die Kommissarin vermutete. Endlich schien er gefunden zu haben, wonach er suchte, und Herzberg bewegte sich zielstrebig auf das Wandregal zu. Ralph wollte zu ihm eilen, vermutete offenbar eine Gefahr, doch Sabine hielt ihn am Arm zurück. Der Mann zog eine halbleere Flasche billigen Wodkas hinter einem Stoß Wäsche hervor. Er hielt kurz inne, vergewisserte sich, dass die beiden Beamten keine Anstalten machten, ihn

aufzuhalten, und schraubte knirschend den silberblauen Metalldeckel auf.
»Sie sind wohl im Dienst«, konstatierte er in einem sarkastischen Anflug, »also biete ich Ihnen hiervon nichts an.«
Er schluckte, hustete kurz und wischte sich zufrieden mit dem Handrücken über das stoppelübersäte Gesicht.
»Wie lange trinken Sie schon?«, fragte Sabine tonlos.
»Was geht Sie das an?«, reagierte Herzberg mürrisch.
»Betäuben Sie damit den Schmerz über Ihren Verlust?«
Herzberg kratzte sich am Kopf und machte ein dümmliches Gesicht. Zeit für einen Hakenschlag.
»Wir lassen Victor Elsass wieder frei.«
Lag es am Alkoholpegel oder auch nicht, Herzberg misslang der Versuch, seine Überraschung zu unterdrücken. Seine glasigen Pupillen weiteten sich, und um ein Haar wäre ihm die Flasche entglitten.
»Warum das?«, fragte er mit schwerer Zunge.
»Er ist unschuldig und hat zudem ein Alibi.«
»Alibis kann man fälschen«, widersprach Herzberg prompt, und Sabine hob die Augenbrauen.
»Wie auch immer«, sagte sie, »wir sind zu einem anderen Schluss gekommen.«
Sie machte eine taktische Pause und fixierte Herzberg so unnachgiebig, dass dieser schließlich auswich und hastig einen weiteren Schluck Wodka kippte.
»Sie können sich Ihre Trauer also sparen«, sagte die Kommissarin dann, »denn der Mörder war Malte Kötting.«
Wie zur Salzsäule erstarrt, froren sämtliche Bewegungen Herzbergs ein, und seine Kinnlade fiel hinunter.
»Wie können Sie es ...«, schnaubte er, doch Sabine sprach unbeirrt weiter: »Die Pressemeldung ist ein wahres Fressen für

die Bildzeitung. *Ausgleichende Gerechtigkeit – Giftmörder tötet sich versehentlich selbst.*« Sie fügte ihrer überspitzten Bemerkung ein höhnisches Kichern zu.

»Blödsinn!«, schrie Herzberg auf. »Malte ist unschuldig!«

»Wie kommen Sie darauf?«, fragte Angersbach stirnrunzelnd, und Sabine winkte nur ab. Herzberg trat wutentbrannt gegen die Fußleiste des Regals, und sein Brustkorb hob und senkte sich panisch. Tränen schossen ihm in die Augen.

»Er ist ... ich habe ... Das *können* Sie nicht machen«, keuchte er außer sich. »Elsass ...«

»Victor Elsass ist unschuldig«, konterte Sabine und blitzte ihn an.

»Elsass ist alles andere als unschuldig!«, herrschte Herzberg sie an. »Er ist ein Giftmischer, ein Janusgesicht, eine falsche Schlange! Ein williger Handlanger von Ulf.«

»Deshalb haben Sie eine Brotkrumenspur zu ihm gelegt, wie?«, lächelte Sabine eisig.

»Das Gift, das Reitmeyer und Kötting getötet hat, erfordert weder ein Labor noch profunde biochemische Kenntnisse«, warf Angersbach in monotoner Ruhe ein. »Wenn wir Elsass ausschließen und Sie Kötting ...«

»... bleiben am Ende nur noch Sie«, beendete Sabine den Satz und streckte die Hand in Richtung ihres Kollegen. Dieser trat nach vorn, in seiner Hand lag ein Papier, mit dem er schwenkte.

»Wir sind gekommen, um Sie zu verhaften, und zwar wegen des vorsätzlichen Mordes an Ulf Reitmeyer, der fahrlässigen Tötung Malte Köttings sowie schwerer räuberischer Erpressung.«

Im selben Moment flog ein Glaszylinder in ihre Richtung, und Sabine duckte sich reflexartig zur Seite. Herzbergs Kopf

war puterrot, die Schläfenadern pulsierten unter der dünnen Haut, und den Bruchteil einer Sekunde später zerbarst die Wodkaflasche an der Wand hinter den beiden.
Wutschnaubend und verzweifelt schrie dieser: »Ihr Schweine! Das könnt ihr mir nicht beweisen! Ihr werdet es nie ...«
Die Hasstirade verebbte, und Herzberg taumelte zur Sessellehne, um sich festzuhalten.
»Er muss bestraft werden, es darf nicht ungesühnt bleiben«, wimmerte er. Weißer Schaum stand ihm in den Mundwinkeln, sein Gesicht war nunmehr kreidebleich, er schien kurz vor dem Kollaps zu stehen. Tränen rannen ihm über die Wangen, und seine Stimme war kaum mehr als ein hauchendes Stammeln.
»Jemand muss dafür bezahlen, jemand ...« Dann flog sein Kinn nach oben, und ein kehliges Lachen erklang. In seinen Augen loderte eine diabolische Leidenschaft, als er zischte: »Ihr könnt mir nichts beweisen!«
»Dass Sie sich da nicht mal irren«, erwiderte Sabine kalt. »Mir genügt es, wenn wir Sie eines der Verbrechen überführen, und glauben Sie mir, das werden wir.«
Sie wandte sich ab, trat ans Fenster und sah nach draußen. Dünne Dunstfäden stiegen aus den Schornsteinen der Häuser und verloren sich, nachdem sie kerzengerade Linien gezeichnet hatten, im kalten Blau des Himmels. In ihrem Rücken sprach Angersbach, der neben Herzberg getreten war: »Sie müssen nichts mehr dazu sagen, was Sie belasten könnte. Sie haben außerdem das Recht auf einen Anwalt. Kommen Sie freiwillig mit, oder soll ich die Beamten hinzurufen?«

# SAMSTAG

## SAMSTAG, 9. MÄRZ

Sie hatten sich für den späten Vormittag verabredet. Es war beinahe elf Uhr, als Sabine den Parkplatz der Dienststelle erreichte. Zu ihrer Verwunderung erwartete Ralph sie bereits. Es war weniger die Tatsache, dass er früher als sie angekommen war, die Sabines Augen größer werden ließ, sondern vielmehr der Wagen, an dem er lehnte. Sie schälte sich eilig aus dem Renault und schloss diesen ab. Angersbach grinste breit und ließ sein Schlüsselbund klirren. Hinter ihm stand der grüne Lada Niva, der ermattete Lack war frisch gewaschen, und sogar die Scheiben schienen abgeledert zu sein.
»Ist der neu?«, erkundigte sich Sabine lachend.
»Wo denken Sie hin«, erwiderte ihr Kollege. »Ein paar Eimer Wasser, das war's. Ich sagte doch bereits, dass diese Fahrzeuge praktisch unzerstörbar sind.«
Irgendwo zwischen Karben und Bad Vilbel, so nahm Sabine an, würde ein Waschstraßenbetreiber verzweifelt eine völlig verdreckte Reinigungskabine absperren müssen, weil eine halbe Tonne Erdreich und Grasfetzen auf dem Boden festfroren. So viel zu den »paar Eimern Wasser«, doch natürlich war sie erleichtert, dass Möbs sich nicht auch noch über den Ver-

sicherungsschaden eines dienstlich genutzten Privatfahrzeugs aufregen musste.

Philip Herzberg hatte auf dem Weg ins Untersuchungsgefängnis einen nervlichen Zusammenbruch erlitten und musste ärztlich behandelt werden. Seine Vernehmung wurde kurzerhand vertagt, doch keiner der beiden Kommissare erwartete ernsthaft einen Durchbruch. Ein Mann, der alles verloren hatte, was ihm wichtig war. Erst die Frau, dann die Tochter, und schließlich hatte er erfahren müssen, dass besagtes Kind nicht einmal von ihm stammte. Ein Kuckucksei. Und der Kuckuck war Ulf Reitmeyer, ausgerechnet, ein Mann, der sich als Freund der Familie aufgespielt hatte und zugleich sein Arbeitgeber gewesen war. Jeden Tag hatte Herzberg mit ansehen müssen, wie er seine Ex-Frau umgarnte und ihm das Mädchen entriss. Ein Maß an Demütigung, wie es kaum jemand ertragen konnte, und doch schien sich Herzberg mit alldem arrangiert zu haben.

So lange zumindest, bis er erfahren hatte, dass Ulf Claudias Erzeuger war.

Es lag nun an dieser (vermeintlichen) Tochter, ein wenig mehr Licht ins Dunkel zu bringen, und weder Sabine noch Ralph hatten es besonders eilig, den Weidenhof zu erreichen.

Gunnar Volz öffnete ihnen die Tür. Anstatt sich nach draußen zu verabschieden, stapften seine Gummistiefel über den Korkboden in Richtung Wohnzimmer und von dort aus zum Büro. Hinter der offenen Schiebetür erkannte Angersbach Claudia in kauernder Haltung hinter dem Schreibtisch sitzen. Auf die Unterarme gestützt, schien sie in ein Papier vertieft. Volz räusperte sich, und die junge Frau schreckte hoch. Als sie die Kommissare erkannte, erhellte sich ihre Miene.

»Wir hätten noch einige Punkte zu klären«, eröffnete Ralph behutsam. Unter seinem Arm klemmte der Pappkarton mit den Unterlagen. Claudia nickte langsam.
»In Ordnung«, sagte sie leise. Energischer wandte sie sich an Volz: »Du kannst gehen.«
»Vielleicht sollte ich lieber …«
»Ich sagte, du kannst gehen!«, wiederholte Claudia.
»Hör mal …«
»Raus!«, keifte sie nun, und ihr Zeigefinger schnellte in Richtung Eingangsbereich. Volz gab noch nicht auf und wollte sich an den beiden Kommissaren vorbeidrängen, doch Ralph trat näher an Sabine und schloss die Lücke. Der Knecht versuchte sich daraufhin mit den Händen den Weg zu bahnen, doch Angersbach streckte sich, er war nun einen halben Kopf größer als Volz.
»Sie haben die Hausherrin gehört«, sagte er mit festem Blick.
»Hausherrin, pah!«, stieß Volz hervor. »Lügenbaronin, Sie werden schon sehen.«
»Das werden wir«, lächelte Angersbach kühl, »aber ohne Sie. Muss ich erst meine Kollegen rufen, oder verschwinden Sie jetzt?«
Volz machte sich frei und trat einen Schritt zurück.
»Ist ja schon gut«, murrte er, dann machte er kehrt und verließ das Haus. Knallend fiel die Tür ins Schloss.
»Was war das eben für eine Szene?«, erkundigte sich Sabine bei Frau Reitmeyer, und diese schluckte schwer. Ein kehliges Seufzen erklang, es schien Angersbach, als klänge es befreit oder erleichtert. Eine Vermutung, die er schon länger hegte, erhärtete sich.
»Werden Sie von Gunnar Volz erpresst?«, fragte er gerade-

heraus, und Sabine kniff nachdenklich die Augen zusammen, sagte aber nichts.

Claudia schwieg einige Sekunden.

»Wie kommen Sie darauf?«, entgegnete sie, wich seinem bohrenden Blick aus und endete bei Sabine.

Diese sprang sofort in die Bresche.

»Werden Sie, oder werden Sie nicht?«, wiederholte sie das Ansinnen ihres Kollegen.

»Dazu möchte ich ohne Rücksprache mit meinem Anwalt nichts sagen«, wand sich die Frau weiter.

»Grüßen Sie ihn schön«, kam es sofort von Sabine, »ich war vorgestern Abend lange bei ihm.«

»Das kann nicht sein«, widersprach Claudia und verschränkte kopfschüttelnd die Arme vor der Brust. »Er darf überhaupt nicht mit Ihnen sprechen.«

»Über gewisse Dinge nicht, da gebe ich Ihnen recht«, übernahm Angersbach wieder, »aber sollten wir uns nicht aufs Wesentliche konzentrieren?«

»Wie meinen Sie das?«

»Was hat es mit diesem Volz auf sich?«

Claudia stöhnte auf und fuhr sich durch die Haare. Offenbar rang sie mit sich selbst, welche der inneren Stimmen die Oberhand gewinnen sollte. Schließlich gab sie nach.

»Gunnar Volz ist ein Geschwür«, begann sie verächtlich schnaubend. »Mein Großvater hat seiner Familie gewisse Rechte eingeräumt, aber das wissen Sie ja bereits.« Ralph nickte, unterbrach sie jedoch nicht. »Er arbeitet nach Lust und Laune mit, aber nicht, weil er materiell davon abhängig ist, sondern um alles und jeden ausspionieren zu können. Er hat mitbekommen, dass im Betrieb nicht alles lupenrein abläuft, und fortan für meinen Vater die Drecksarbeit erledigt.

Seit dieser tot ist«, seufzte sie abschließend, »rückt er mir auf die Pelle.«

»Was will er von Ihnen?«

»Er ist größenwahnsinnig!« Claudia stieß verächtlich ihren Atem aus. »Ich soll ihm den Hof überschreiben. Eine Hälfte sofort und den Rest als Erbe. Lächerlich!«

»Und sein Druckmittel sind die Bio-Betrügereien?«

»Da Sie ohnehin davon wissen ...«, erwiderte sie tonlos und senkte ihren Blick. »Ich werde dem wohl nachkommen. Der Skandal um den vergifteten Kefir und das Gemüse aus Almeria wird uns das Genick brechen. Der Betrieb geht den Bach runter, egal, was passiert.« Sie schluckte schwer und verstummte.

»Warten Sie damit noch ein paar Tage«, sagte Sabine Kaufmann in die Stille hinein, und sofort flog Claudias Kopf nach oben.

»Warum?« Banges Hoffen schwang in ihrer Frage mit, die Sehnsucht nach einem Strohhalm.

»Sollten Sie sich in der Betrugssache selbst nicht schuldig gemacht haben«, begann Sabine, »empfehle ich Ihnen, die Machenschaften Ihres Vaters und aller Beteiligten offenzulegen.«

»Damit ruiniere ich ja seinen Namen!«, schoss es empört zurück.

»Es ist Ihre einzige Chance«, bekräftigte Angersbach. »Entweder *BIOgut* geht unter, oder Sie nutzen Ihre Position und waschen den Namen rein. *BIOgut* steigt wie der Phönix aus der Asche und wenn schon nicht der Name Ihres Vaters, so ist zumindest das Familienerbe gesichert. Es ist allein Ihre Entscheidung.« Er machte eine kurze Pause, stellte den Karton auf die Tischplatte und fügte dann verschwörerisch hinzu:

»Allerdings dürfte es schwierig werden, Ihre Mitwisserschaft zu widerlegen.«
»*Darin* finden sich keine Beweise«, entgegnete Claudia.
»Der Presse dürfte das herzlich egal sein«, antwortete Ralph gelassen. »Die basteln sich ihre eigene Theorie, basierend auf dem Wortlaut unserer Pressekonferenz.«
»Moment mal.« Langsam schien der Frau etwas zu dämmern. »Wollen *Sie* mich jetzt auch noch erpressen?«, fragte sie misstrauisch.
»Ganz im Gegenteil«, verneinte Angersbach. »Aber eine Hand wäscht die andere. Wir helfen Ihnen, unbeschadet durch den Skandal zu kommen, und Sie helfen uns mit Informationen über Ihren, ähm«, er korrigierte sich, »über Philip Herzberg.«
»Über Phil?«, wiederholte Claudia verzweifelt. Ganz offensichtlich behagte es ihr überhaupt nicht, dass sie nun gleich beide Männer belasten sollte, die ihr zeit ihres Lebens Vaterfiguren gewesen waren. »Muss das wirklich sein?«, fragte sie flehend.
»Ja, muss es«, bestätigte Sabine, und Ralph nickte dazu.

# MONTAG

## MONTAG, 11. MÄRZ

Sabine hatte es sich im Büro gemütlich gemacht, es war längst Dienstschluss, aber im ruhiger werdenden Betrieb der Polizeistation schien es die ideale Zeit, um den Abschlussbericht zu tippen. Falls es für diese oft so lästige Pflicht überhaupt einen guten Zeitpunkt gab.
Victor Elsass war mittlerweile auf freiem Fuß. Er hatte erklärt, dass er Deutschland nun endgültig den Rücken kehren würde, erklärte sich jedoch bereit, eine umfassende Aussage über die Praktiken seines Arbeitgebers zu tätigen. Dass er dabei Claudia Reitmeyer half, ihre eigene Rolle reinzuwaschen, nahm er trotz aller Aversionen in Kauf.
Philip Herzberg befand sich nach wie vor in Haft und wurde darüber hinaus psychologisch betreut. Seine Verhaftung hatte ihn schonungslos mit der Realität konfrontiert, er gestand den Mord an Ulf Reitmeyer und erklärte, dass er dessen Tod wie einen Unfall hatte tarnen wollen. Reitmeyer war die Wurzel allen Übels, er machte ihn verantwortlich für die Zerstörung seiner Familie, denn ohne ihn hätte er seine Frau behalten und wäre selbst irgendwann Vater geworden. Die unmögliche Kombination der Blutgruppen, von der Herzberg erst nach Erhalt des Schreibens von der DKMS erfuhr, hatte den

ganzen Frust wieder aufkochen lassen. Doch weder der Tod Köttings noch die Erpressung waren beabsichtigt gewesen, so bekräftigte er. Es war, nachdem die Polizei nach Köttings unglücklichem Ableben wegen Giftmordes ermittelte, der verzweifelte Versuch gewesen, eine falsche Fährte zu legen. Als vermeintlicher Täter kam Elsass ihm gerade recht, denn dieser habe sich schon lange mit Ulf gegen ihn verschworen gehabt und ihm seine Stelle madiggemacht. Der Skandal um vergiftete Lebensmittel habe ihm die Möglichkeit gegeben, das Ansehen Reitmeyers über den Tod hinaus zu beschädigen. Die Million Euro sollte ihm ein neues Leben im europäischen Ausland ermöglichen. Über den Verbleib des Geldes verweigerte er jede Aussage.

Sabine hielt kurz inne und dachte nach. Herzberg hatte in seinen Reimen von Milch gesprochen, entweder, um den Fokus auf den Tannenhof zu richten, oder, um von dem Ingwer abzulenken. Der Zeitdruck, unter dem er stand, erklärte, warum seine Strategie so unbeholfen und überladen zugleich wirkte. Der Schachzug allerdings, mit einem duplizierten Nummernschild zu arbeiten, das direkt auf einen entfernten Verwandten von Elsass verwies, war ein äußerst schlauer gewesen. Obgleich es ein Fakt war, der den Kommissaren in der Eile der Ereignisse überhaupt nicht aufgefallen war. Wer weiß, schloss Sabine, als sie weitertippte, vielleicht wäre dann einiges anders gelaufen.

Gunnar Volz befand sich ebenfalls in Untersuchungshaft. Claudia Reitmeyer hatte sich von seiner Präsenz auf dem Weidenhof bedroht gefühlt und drängte darauf, dass er woanders wohnen solle. Obwohl es bis dato keine ausreichenden Verdachtsmomente für eine Verhaftung gegeben hatte, wurde er gegenüber den Beamten, die ihn zur Befragung geleiten

sollten, handgreiflich. Er brach Mirco Weitzel die Nase, was der eitlen Persönlichkeit des jungen Mannes einen ordentlichen Dämpfer bescherte. Parallel dazu bereitete die Staatsanwaltschaft eine Anklage wegen verschiedener Betrugsdelikte vor, an denen er als Mittäter und Mitwisser beteiligt war. Die Unterlagen Dr. Brünings erwiesen sich dabei als äußerst hilfreich. Es störte dabei niemanden, dass sie ursprünglich von Elsass zusammengetragen worden waren, um sich selbst aus den Fängen der Hydra zu kämpfen.
Sabine überlegte, ob sie Frederik Reitmeyer ebenfalls einen Absatz widmen sollte, doch ihr fiel nichts dazu ein. Zugegeben, es war ein seltsames Gefühl, im hochtechnisierten einundzwanzigsten Jahrhundert eine Person auf keinem Kommunikationsweg erreichen zu können. Natürlich erlaubt dieselbe globale Technisierung, dass man, wenn man es darauf anlegt, unter dem Radar zu praktisch jedem beliebigen Ort reisen konnte, und zwar binnen weniger Stunden. Doch Frederik Reitmeyer hatte Borneo nie verlassen. Gestern, in einer kurz während Verbindung, deren Qualität erstaunlich gut gewesen war, hatte die Kommissarin ihn über die Ereignisse der vergangenen Tage informiert. Der Tod seines Vaters schien ihm zwar nahezugehen, doch eine rechtzeitige Abreise, um der Beerdigung beizuwohnen, war unmöglich. Und auch nicht in seinem Interesse. Die Verhaftung Herzbergs sowie den Verlust des Geldes nahm er unerwartet gleichgültig zur Kenntnis.
*Er spielte einfach keine Rolle,* dachte Sabine grimmig und vermerkte diesen Sachverhalt in zwei kurzen Sätzen, schon allein deshalb, damit Schulte es noch einmal nachlesen konnte.
»Na, immer noch zugange?«
Sie fuhr zusammen. *Angersbach.*
»Was machen Sie denn noch hier?«, erkundigte sie sich stirn-

runzelnd. Die Arbeitsteilung war folgendermaßen abgesprochen: *Er* die handschriftlichen Notizen, *sie* den Bericht. Am Ende würde er ihn gegenlesen. »Ich bin noch nicht ganz fertig«, ergänzte sie daher, doch Angersbach schien sich nicht dafür zu interessieren.
»Machen Sie mal lieber Feierabend, wir arbeiten seit über einer Woche nonstop«, forderte er, und Sabine lehnte sich erwartungsvoll in ihrem Bürostuhl zurück.
»Haben Sie etwas Bestimmtes im Sinn, oder warum sorgen Sie sich plötzlich um mich?«, schmunzelte sie.
»Na ja«, druckste Angersbach, »Sie haben seit der Sache mit Janine etwas gut bei mir. Wir könnten den Bericht doch auch irgendwo beim Essen durchgehen, oder?«
»Wo sollte ich mit *Ihnen* denn hingehen?«, frotzelte die Kommissarin. »Rippchen, Kraut und Ebbelwoi stehen ja wohl nicht zur Debatte.«
Angersbach gab sich unbeeindruckt, als er erwiderte: »Mir wurde gesagt, es gäbe eine Menge vegetarischer Restaurants in Frankfurt. Und Apfelwein gibt es dort sicherlich auch.«
»Na dann«, seufzte Sabine und klickte rasch auf »Drucken«. Der alte Hewlett Packard setzte sich knackend in Bewegung, um die aktuelle Version des Berichts auszuspucken. »Und Sie haben sicherlich schon eine Auswahl getroffen, wie?«
»Na klar«, grinste Angersbach augenzwinkernd. »Und lassen Sie den Papierkram um Himmels willen bis morgen liegen.«
»Okay, Sie haben gewonnen«, gab Sabine nach und griff ihren Mantel. »Aber wenn ich mit Ihnen schon vegetarisch essen gehe, fahren wir dafür mit meinem Elektroauto. Ohne zu murren!«, mahnte sie.
»Einverstanden«, lachte Angersbach, »na dann, retten wir mal die Welt.«

# EPILOG

Der Hauptanklagepunkt gegen Philip Herzberg lautete auf vorsätzlichen Mord. Er gestand diesen sowie sämtliche weitere Taten, die ihm zur Last gelegt wurden. Doch es sind nicht die Haftdauer oder die Haftbedingungen, die ihn strafen. Am härtesten leidet er unter dem Tod seines Freundes, den er mit seiner Tat verschuldet hat. Herzberg empfängt weder Besuche noch Briefe und verbringt seine Tage wortkarg und in sich gekehrt. Claudia Reitmeyer lehnt jede Kontaktaufnahme zu ihm kategorisch ab.

Die Staatsanwaltschaft und die Presse nahmen *BIOgut* genauestens unter die Lupe. In ihrem Fokus stand hauptsächlich der Tannenhof, aber auch Claudia persönlich. Die Berichterstattung ging so weit, dass sie eine Verfügung wegen Geschäftsschädigung erwirken wollte. Dr. Brüning riet ihr davon ab, um nicht noch mehr Aufhebens zu machen. In einer ausgeklügelten PR-Kampagne gelang es ihr schließlich, den Namen reinzuwaschen. Sie legte jegliche diesbezügliche Skrupel ab, schob den Betrugsskandal ihrem Vater zu, entließ einige Mitarbeiter und stand am Ende als Retterin da. Unter den Entlassenen befanden sich auch Vera Finke und Becker, die beide nicht allzu böse darüber waren, sich aus ihren Anstellungsverträgen zu lösen. Fünfstellige Abfindungen und eine Verschwiegenheitsklausel taten ein Übriges.

Gunnar Volz hingegen lebt noch immer auf dem Weidenhof.

Die Anklage auf Körperverletzung führte zu einer Verurteilung auf Bewährung, und er vermied es tunlichst, sich in weitere strafbare Handlungen zu verwickeln. Er wird den Hof schon allein deshalb nie verlassen, um Claudia Reitmeyer ein schmerzender Stachel im Fleisch zu sein.

Nicht mehr auf Borneo, sondern in Argentinien gelang Dr. Elsass und Frederik Reitmeyer mit einem bahnbrechenden Patent auf Mais ein wissenschaftlicher Durchbruch. Ohne dabei offiziell gegen die Ethik der Gentechnik zu verstoßen, modifizierten sie Pflanzen so, dass sie selbst unter widrigsten Umständen Höchsterträge sichern. Sie sprachen von Züchtungs- und Einkreuzungserfolgen, doch ob Elsass die Grenzen jederzeit eingehalten hat, ist fraglich. Obwohl das Patent auf Forschungsergebnissen fußte, die während seiner Zeit auf der Lohmühle entstanden waren, erhielt *BIOgut* keine Gewinnbeteiligung.

Anselm und Vera Finke entschieden sich, ihr Zusammenleben auch weiterhin fortzusetzen. Zu komplex wäre die Trennung der Güter gewesen, zu teuer die Bezahlung zweier Scheidungsanwälte, und wie hätte Frau Wischnewski wohl reagiert? Dieser Faktor war natürlich nicht entscheidungsrelevant, denn sie zerriss sich ohnehin bei jeder Gelegenheit das Maul. Nach außen hin führten die Finkes also ihre emotions- und kinderlose Ehe fort, wie es heutzutage in nicht wenigen Haushalten gang und gäbe ist. Auch wenn die 1950er längst Vergangenheit sind, der Schein ist für viele Menschen noch immer alles.

Hedwig Kaufmann entging einer neuerlichen Psychose um Haaresbreite. Das Netzwerk hatte gut funktioniert: Die Tageseinrichtung bot ihr die nötigen Strukturen und Sabine die notwendige Nähe. Kontrolle, wie man es auch nennen könn-

te, aber letzten Endes war es genau das, was Hedi während der sensiblen Phasen ihrer Erkrankung brauchte. Das Ende ihrer ersten großen Mordermittlung beim K10 in Bad Vilbel und der Erfolg mit ihrer Mutter ließ in Sabine das Gefühl wachsen, dass der Wechsel wohl doch keine so schlechte Idee gewesen war.
Einige Tage nach Herzbergs Verhaftung besuchte die Kommissarin das Grab von Heiko Schultz. Noch immer schmückten bunte Kränze und Trockengestecke den braunen, reifbelegten Erdhügel. Sabine achtete angespannt auf die wenigen anderen Friedhofsbesucher, denn sie wollte eine Begegnung mit Heikos Witwe um alles in der Welt vermeiden. Beklommen und traurig steckte sie eine rote Rose zwischen einen Strauß müde herabhängender Chrysanthemen. *Er hinterlässt eine junge Familie,* dachte sie stumpf und war insgeheim erleichtert, selbst keine Kinder zu haben. Irgendwann könnte sich das jedoch ändern. Was, wenn Michael plötzlich welche wollte?
Der Tod von Ulf Reitmeyer blieb in diesem Jahr der am meisten beachtete, doch längst nicht der einzige Mord in Bad Vilbel.
Das Fortbestehen der Außenstelle der Wetterauer Mordkommission scheint gerechtfertigt zu sein, ist aber nach wie vor ungewiss. Ein Umstand, mit dem sich Sabine Kaufmann und Ralph Angersbach längst arrangiert haben.
Eines ist jedenfalls sicher: Ereignen sich in ihrem Revier Mord und Totschlag, dann sind sie zur Stelle.

# DANKSAGUNG

**S**abine Kaufmann ist eine Person, die in Andreas Franz' letztem Julia-Durant-Roman »Mörderische Tage« erstmalig auftrat. Ich erinnere mich genau, wie sympathisch sie mir damals wurde. In drei weiteren Fällen begleitete sie mich dann in der Frankfurter Mordkommission, und dabei ist etwas Eigenartiges mit ihr geschehen. Ihr Charakter füllte sich nach und nach mit der Persönlichkeit, die ich mir für meine eigene Kommissarin ausgedacht hatte. Das geschah zuerst ganz unbewusst, später ließ ich es bereitwillig geschehen. Als ich dann aber meine eigene Krimiveröffentlichung außerhalb der Julia-Durant-Reihe starten wollte, fehlte mir plötzlich etwas ganz Elementares: meine Ermittlerin. Verzweiflung war keine Option, also standen mir zwei Möglichkeiten zur Auswahl: Entweder erfand ich meine eigene Kommissarin noch einmal neu, also eine Kopie vom eigenen Original. Das fühlte sich seltsam an. Die zweite Option war, dass ich die Person, in deren Hülle sie geschlüpft war, auskoppelte. Alle Beteiligten bestärkten mich fortan darin, »meine Sabine« mitzunehmen, was ich sehr gerne tat. Meine Dankesworte beginnen also nicht ohne Grund mit den dafür verantwortlichen Personen.
Ich danke Inge Franz für ihre geduldige und wertschätzende Begleitung. Dafür, dass sie mir als Mentorin, Freundin und Expertin zur Seite steht. Christine Steffen-Reimann, Dr. Hans-Peter Übleis, Christian Tesch sowie allen Mitarbeiter(inn)en

der Verlagsgruppe Droemer Knaur für ihr Vertrauen und die Aufnahme in diese sympathische Gemeinschaft. Regine Weisbrod, einer wahren Kennerin (nicht nur) des Andreas-Franz-Krimiversums und ungemein kompetenter und geduldiger Lektorin. Außerdem danke ich meinem Buchplaner Dirk Meynecke, stellvertretend für die gesamte Dörnersche Verlagsgesellschaft, für eine lange und vertrauensvolle Begleitung. Last but not least meinem Webmaster Tim Peters, den ich nicht nur seiner geografischen Lage in Bad Vilbel wegen ausgewählt habe.
Nicht zu vergessen seien auch sämtliche produzierenden Instanzen, vom Cover-Design bis hin zur Druckerei. Ihr leistet beeindruckende Arbeit!
Ein Buch, völlig unabhängig von seinem Genre, steht und fällt mit seiner Recherche. Natürlich bedarf es auch weiterer Faktoren, aber wer keine Grundlagenforschung betreibt, wagt sich auf äußerst dünnes Eis. Zur Informationsbeschaffung gehört eine beachtliche Zahl an Quellen, und diese sind sorgfältig auszuwählen. Leider musste ich die Erfahrung machen, dass die meisten meiner Gesprächspartner es vorziehen, ungenannt zu bleiben. Der Rechtsmediziner, der Bestatter, die Kriminalbeamt(inn)en, mein Giftmischer-Team und diverse Personen, die – forschend und ackernd – in der nachhaltigen Landwirtschaft tätig sind. Der Aero-Club, auch wenn Sabine das Segeln kurzgeschlossen aufgab, der Pilzexperte, auch wenn mein Mörder nun doch nicht mit Sporen tötete, und auch der Forstbeamte, der mich mit verdrehtem Fußgelenk aus dem Wald rettete. Jeder Einzelne verdient eine eigene Geschichte, und dazu kommen noch all jene vielen, die in dieser exemplarischen Auflistung fehlen. Danke!
Bleiben am Ende noch die Familie, Freunde und Bekannten

zu erwähnen, die sich ohne Murren damit abfinden, wenn »der Holbe mal wieder abgetaucht ist« und sich nur alle paar Monate meldet. Oder die Leute in meinem E-Postfach, denen ich zum Beispiel im Oktober auf Mails von Februar antworte, aber so, als seien sie eben erst eingetroffen.
Ohne euch alle wäre ich nichts!

Daniel Holbe

*Die Frankfurter Kultkommissarin ist zurück*

ANDREAS FRANZ
DANIEL HOLBE

# Todesmelodie

Ein neuer Fall für Julia Durant

Eine Studentin, die grausam gequält und ermordet wurde ...
Ein Tatort, an dem ein berühmter Song gespielt wird ...
Ein Mörder, der vor nichts zurückschreckt ...
Ein Fall für Julia Durant!

*Kultkommissarin Julia Durant ermittelt weiter!*

# Tödlicher Absturz

Ein neuer Fall für Julia Durant

Frankfurt, Neujahr 2011: Zwei grausame Morde erschüttern die Bankenmetropole – scheinbar besteht kein Zusammenhang zwischen ihnen. Eine neue Herausforderung für Julia Durant und ihr Team …

*Die Frankfurter Kultkommissarin ist zurück*

# Teufelsbande

Ein neuer Fall für Julia Durant

Tatort Frankfurt am Main:
Auf einer Autobahnbrücke wird ein verbranntes Motorrad gefunden, darauf die verkohlten Überreste eines Körpers. Das Opfer eines Bandenkriegs im Biker-Milieu?
Die Ermittler stoßen auf eine Mauer des Schweigens.
Ein Fall für Kommissarin Julia Durant – und für ihren Kollegen Peter Brandt …